JOHN BRUNNER

Die Opfer der Nova

Sonderausgabe
3 Romane in einem Band

WILHELM HEYNE VERLAG
MÜNCHEN

HEYNE SCIENCE FICTION & FANTASY
Band 06/4341

Titel der englischen Originalausgaben
POLYMATH
THE AVENGERS OF CARRIG
(auch SECRET AGENT OF TERRA)
THE REPAIRMEN OF CYCLOPS
Deutsche Übersetzung von Barbara Heidkamp,
Walter Brumm und Horst Pukallus
Das Umschlagbild ist eine Collage von Jan Heinecke

Redaktion: Wolfgang Jeschke

Printed in Germany 1992
Umschlaggestaltung: Atelier Ingrid Schütz, München
Technische Betreuung: Manfred Spinola
Satz: Schaber Satz- und Datentechnik, Wels
Druck und Bindung: Elsnerdruck, Berlin

ISBN 3-453-06213-2

Inhalt

Erster Roman

Polymath

(Das Buch erschien dort 1983 als DER KOLONISATOR als Bastei-Lübbe-Taschenbuch, Band 23027)

Aus dem Englischen übersetzt von Barbara Heidkamp

I

»Ein Gutes haben diese verdammten Winterstürme ja gehabt«, meinte Delvia in einem mach-das-Beste-draus-Ton. »Sie haben uns einen hübschen Vorrat an Energie beschert, mit dem wir arbeiten können.«

»Aber dafür haben sie uns um so mehr genommen«, murmelte Naline.

»Mag schon sein. Trotzdem, kein Grund zum Verzweifeln. Vielleicht wird alles gar nicht so schlimm, wie wir erwartet haben.« Delvia trennte den Akkumulator vom Netz und das Winseln und Stampfen des Luftkompressors erstarb. Mit geschickten Fingern löste sie die letzte Flasche vom Schlauch, vergewisserte sich, daß der Druckmesser funktionierte, indem sie ein paar Kilo abließ — die Luft produzierte ein dünnes Kreischen, als sie aus dem Ventil entwich —, und warf sie neben die beiden anderen, die schon auf dem seltsam grünlichen Sand lagen. Dann nahm sie sich eine leere und begann, den Schlauch aufzustecken.

»Du kannst die drei hier nehmen, Lex«, fügte sie hinzu.

»Okay. Fertig, Naline?«

Das dunklere Mädchen, das ›Nesthäkchen‹ der überlebenden Heimatlosen, nickte und drehte sich zu dem Mann mit dem zerfurchten Gesicht herum, der ein paar Schritte von ihnen entfernt am Strand stand. »Wir sind soweit, Captain!« rief sie und warf ihre langen, schwarzen Haare zurück.

Captain Arbogast schien von weither zurückzukehren. Er hatte auf das ruhige, blaue Wasser der Bucht hinausgestarrt, wo sich ein glänzender Metallbogen über der Oberfläche zeigte. Jetzt nickte er mechanisch und ging zu Naline hinüber.

Lex, dessen hochgewachsene Hagerkeit noch durch die merkwürdig aussehende Kleidung unterstrichen wurde, die er trug, las die drei vollen Sauerstoffflaschen auf. Er hatte einen Raumanzug an, dessen fluoreszierendes, orangefarbenes Material — für Maximalsichtbarkeit im Raum ausgelegt — im blauweißen Schein der Morgensonne fast blendete. Naline hatte ihm schwarze, glänzende Elashkonstreifen um Arme, Beine und Körper gebunden, um das schlaffe Material zusammenzuziehen. Der Anzug war für jemanden bestimmt gewesen, der erheblich schwerer gebaut war.

Lex hob den Helm auf, wischte ein paar Sandkörner ab, die an dem Dichtungsring klebten und wandte sich an Arbogast.

»Ich werde mal runtergehen und nachsehen, ob das Boot fertig ist, Captain.«

»In Ordnung«, erwiderte Arbogast. Seine Stimme war tonlos und sein Gesicht ohne jeden Ausdruck. Er schien den Blick nicht von jenem glitzernden Ding im Meer losreißen zu können.

»Das linke Handgelenk bitte«, sagte Naline. Sie leistete ihm denselben Dienst, wie vorher Lex. Arbogast trug seinen eigenen Anzug, aber die Entbehrungen des vergangenen Winters hatten ihn gut zwanzig Pfund seines früheren Gewichts gekostet. Folgsam wie eine Marionette hob er den Arm an.

Der Kompressor begann wieder zu arbeiten, und Delvia richtete sich zu ihrer vollen Größe auf. »Ich beneide euch richtig«, erklärte sie mit einem Seitenblick auf Lex. »Nach diesem Winter fühle ich mich durch und durch schmutzig. Ich könnte mir jetzt nichts Schöneres vorstellen als ein langes erfrischendes Bad.«

Passend dafür angezogen war sie — oder vielmehr ausgezogen. Sie trug nichts außer einem fadenscheinigen roten Etwas, das auf beiden Seiten offen war. Es war offensichtlich, daß die Hungerzeit ihre früheren statuenhaften Proportionen noch stärker betonte; ihr

Körper war fest und wohlgeformt, und unter der geschmeidigen Haut zeichneten sich kräftige Muskeln ab. Es war beruhigend zu sehen, daß zumindest einige der Flüchtlinge auch hier bei guter Gesundheit blieben. Obwohl es später zu Problemen führen konnte, wenn man diese Tatsache den weniger Glücklichen unter die Nase rieb …

»Ich würde mich an deiner Stelle hüten«, erwiderte Lex nüchtern. »Nach dem, was mit dem jungen Bendle passiert ist …«

Delvia nickte und verzog das Gesicht. Unbewußt nahm sie einen Fuß hoch, wobei sie sich mit einer Hand auf dem Kompressor abstützte und rieb sich mit der Sohle über die Wade des anderen Beins. Lex sah genauer hin. Da war eine rote Stelle.

»Del! Juckt es stark?«

Verwirrt nahm sie den Fuß herunter. »Ein bißchen. Ich habe wohl einen Sonnenbrand.«

»Und dann läufst du immer noch in diesem Fetzen herum? Willst du dir durch das starke Ultraviolett unbedingt Hautkrebs holen? Wir sind hier nicht …« Er brach ab, weil er plötzlich die Blicke von Naline und Arbogast spürte. »Wir sind hier nicht auf Zarathustra«, hatte er sagen wollen. Und das war natürlich eine dumme Bemerkung.

Er leckte sich über die Lippen. »Du solltest etwas tragen, das den ganzen Körper bedeckt, Del«, beendete er seinen Satz.

Einen Moment lang dachte er, sie würde ihn anfauchen, daß er sich um seine eigenen Angelegenheiten kümmern sollte. Statt dessen seufzte sie.

»Ich weiß, ich weiß. Ich bin blond, und deshalb ist es dumm, wenn ich es nicht tue. Aber nach diesem Winter kann ich es einfach nicht! Ich meine es wirklich ernst, wenn ich sage, daß ich mich innerlich dreckig fühle. Ich habe noch nie im Leben so lange dieselben Sachen getragen. Es ist, als hätte sich der Dreck bis auf die Knochen durchgefressen!« Sie schüttelte sich. »Aber du hast recht. Ich werde Doc Jerode fragen, ob er eine Schutzcreme für mich hat.«

»Wenn du vernünftig bist«, murmelte Lex. Er nickte Arbogast zu und wandte sich ab.

Hinter sich hörte er, wie Naline gereizt Luft holte. »Del! Hast du vielleicht eine Schere?«

»Nein. Aber ich weiß, wer eine hat. Warum?«

»Du mußt mir unbedingt die Haare schneiden. Sie fallen mir andauernd in die Augen. Das hier ist so eine Fummelei — es muß ein ganz bestimmter Knoten sein, und wenn ich beim Strammziehen nicht genau aufpasse, dann rutschen die Bänder entweder herunter, oder sie schnüren das Blut ab ...«

Die Worte verloren sich in einem Gemurmel, von dem Lex nichts mehr verstand.

Fast fröhlich näherte er sich der Stelle, wo Aldric und Cheffy ihr provisorisches Boot auf Lecks hin überprüften, auch wenn er Angst vor dem hatte, was er und Arbogast in Kürze auf dem Boden der Bucht entdecken würden. Die grauen, frostigen Nebel und die schrecklichen Winterstürme waren wie ein Gefängnis für die Lebensgeister gewesen; jetzt, buchstäblich über Nacht, waren sie freigelassen worden, und ein Sommer von der Länge eines Erdenjahres lag vor ihnen. Sie hatten das Schlimmste durchgemacht, womit ihre neue Heimat sie überraschen konnte, und die meisten von ihnen hatten es überlebt. Einige von denen, die gedacht hatten, daß es keine Zukunft mehr für sie gäbe, nachdem ihre Heimatwelt verglüht war, begannen sogar allmählich, sich wie Menschen zu benehmen und nicht wie verängstigte Tiere.

Weiter landeinwärts, in dem schmalen Tal, wo sie an einem Fluß Schutz und Zuflucht gesucht hatten, wurden beschädigte Häuser repariert und neu geplant. Hier am Strand führten ein Dutzend Leute unter der Leitung des grauhaarigen Bendle — der sich von dem Schock nach dem Tod seines Sohnes im Herbst erholt hatte — eine systematische Inspektion der Felsen und Wassertümpel durch. Natürlich hatte sich alles verändert, denn die Winterstürme hatten nicht nur wochenlang die Windmühlen angetrieben. Die Dünen, die Sandbänke und sogar die großen Felsen, die an Rosinen in einem Sandkuchen erinnerten, waren zu einem neuen Bild verschoben worden.

Trotzdem schien die Situation — nun, vielversprechend.

Auf dem Strand lagen hier und da bräunliche, grünliche und rötliche Teile organischen Strandguts, die Bendles Team zuerst untersucht hatte. Bei den meisten handelte es sich um harmlose Überreste einer auf dem Meeresboden wachsenden Seepflanze, die bei den letzten Stürmen ausgerissen worden waren. Die anderen, die beweglich und möglicherweise gefährlich waren, hatte man zur Warnung mit einem Klecks weißer Farbe markiert, und einer war mit einem scharfen Pfahl in den Boden gespießt worden. Um ihn herum war im Sand ein Kreis gezogen worden.

Lex blieb stehen, um sich dieses Wesen näher anzusehen. Wie viele der Meerestiere ließ es sich nicht so einfach töten. Der rosa-grünliche, vierseitig symmetrische Körper, aus dem eine säuerlich riechende Flüssigkeit floß, zuckte und pulsierte; die paarig angeordneten und beweglichen, rüsselähnlichen Organe, die gleichzeitig die Funktion von Gliedmaßen, Schlund, Ausscheidungskanälen und Fangarmen erfüllten, zuckten vergeblich in seine Richtung und streckten sich dabei fast; aber doch nicht ganz, bis zum Rand des Kreises aus.

Ein langes, erfrischendes Bad … Lex schüttelte sich und ging rasch weiter.

»Na, hast du gerade unsere Exotenausstellung bewundert?« rief Aldric. Er trug eine dunkle Sonnenbrille und drehte sich herum, als Lex herankam. Aldric war ein untersetzter Rotschopf und früher fett gewesen, doch jetzt nicht mehr. Keiner der Flüchtlinge war in diesem Frühjahr dick.

»Und wie«, nickte Lex und setzte seine Luftflaschen mit dem Helm obenauf ab. »Hat sich schon jemand einen Namen für das Ding da ausgedacht?«

»Ich werde es *polystoma abominabilis* nennen«, erklärte Cheffy, ohne seinen runden Kopf mit dem dichtgelockten, schwarzen Haar zu heben. Er war gerade dabei, ein Paar Holzstifte, die an dem Rand des schotenförmigen Bootes befestigt waren, mit warmem Kunststoff aus einer Sprühflasche zu überziehen. In der anderen Hand hatte er einen Spachtel, mit dem er dem weichen Material die richtige Form gab, bevor es an der Luft steinhart wurde. »Das bedeutet«, fügte er hinzu, »ein ekelhaftes Ding mit einer Menge Mündern.«

»Wie treffend«, murmelte Lex. »Übrigens, habt ihr irgendwelche Lecks gefunden?«

»Diesmal nicht. Wir mußten nur zwei oder drei Risse abdichten.« Cheffy nahm die Spritzpistole herunter, fuhr noch einmal mit dem Spachtel über den Kunststoff und erhob sich.

»Wozu sollen die Holzstifte dienen?« wollte Lex wissen. »Als Dollen?«

»Ja, genau.« Aldric trat gegen ein Paar lange, nach oben breit auslaufende Gegenstände, die im Schatten des Bootes lagen. »Die freien Paddel mit denen wir es im vergangenen Jahr versucht haben, haben nicht viel getaugt, wie du weißt. Genauso wie die Stakstange.«

Lex nickte düster. Damals, als sein Staken im Bodenschlamm steckengeblieben war, war der junge Bendle aus dem Boot gefallen und nicht wieder aufgetaucht.

»Also habe ich in meiner freien Zeit diese Dinger hier zusammengebastelt«, fuhr Aldric fort. »Theoretisch müßten sie ein beladenes Boot besser voranbringen. Wir haben auch eine Ruderpinne ans Heck gehängt — da. Aber ich garantiere für nichts. *Ich* hätte mir nie träumen lassen, daß ich mal so primitive Provisorien wie diese Sachen hier zusammenschustern müßte. Ein Glück nur, daß sich Cheffy so für Erdgeschichte interessiert. Ich glaube, daß ich von mir aus nie auf die Idee gekommen wäre, Ruder zu machen.«

Lex nickte. Es war nicht das erstemal, daß Cheffys rein theoretisches Wissen über subtechnische Dinge — gewöhnlich von Aldric, der ein geschickter Handwerker war — in die Praxis übertragen werden mußte, wobei man aus allem improvisierte was gerade zur Hand war.

»Was macht dich so sicher, daß wir mit einem *beladenen* Boot zurückkommen werden?« fragte Lex, für einen Augenblick niedergeschlagen angesichts der gewaltigen Aufgabe, die sie sich gestellt hatten.

Aldric sah hinaus auf das Meer. »Es ist abgesackt, nicht?« Er seufzte.

»Ich würde eher sagen: gesunken«, warf Cheffy ein. »Wahrscheinlich obendrein noch halb voll nassem Sand. Du wirst mindestens vier Meter unter Wasser arbeiten müssen.«

»Bis jetzt ist das Glück immer auf unserer Seite gewesen«, gab Lex mit gezwungener Unbekümmertheit zurück. »Vielleicht ist es gar nicht so schlimm, wie du denkst.«

Cheffy schnaubte verächtlich. »Was meinst du, wie es den andern ergangen ist?« fragte er nach einem Augenblick. »Ich habe gehört, daß Ornelle bisher vergeblich versucht hat, sie über Funk zu erreichen.«

Er hatte recht, und deshalb gab auch niemand den anderen Flüchtlingen, die ihres Wissens nach außer ihnen als einzige noch die Zuflucht dieses Planeten erreicht hatten, eine große Chance. Er bedauerte, daß Cheffy das Thema angeschnitten hatte; er hatte gehofft, daß alle, zumindest noch für die nächsten Tage, zu beschäftigt sein würden, um an die andere Gruppe zu denken, deren Schiff auf dem Plateau im Landesinnern gelandet — oder abgestürzt — war.

»Da oben müssen die Stürme furchtbar gewesen sein«, mischte sich Aldric ein. Er griff nach dem Heck des kleinen Boots. »Also dann, schieben wir es ins Wasser. Ist der Captain fertig, Lex?«

Lex legte eine Hand über die Augen und blickte auf den Strand hinauf, wo der Luftkompressor stand.

»Fast, glaube ich.«

Das letzte Stück Band war verknotet. Kritisch fuhr Naline mit der Hand über die glatte Oberfläche des Anzugs und überprüfte nacheinander die einzelnen Knoten. Als sie an die auf Arbogasts Brust kam, entfuhr ihr ein überraschter Laut.

»Sind Sie in Ordnung, Captain?« wollte sie wissen.

»Natürlich«, brummte Arbogast. »Warum?«

»Sie zittern«, stellte Naline fest. Delvia, die gerade dabei war, die letzte gefüllte Flasche wegzulegen, blickte sich um.

»Unsinn.« Arbogast trat zurück, ohne die Mädchen anzusehen. »Ist meine Luft fertig, Delvia?«

»Ja, drei Flaschen.«

Arbogast bückte sich steif, um sie aufzuheben, wartete, bis Naline — mit immer noch besorgtem Blick — seinen Helm obenauf gelegt hatte und eilte dann mit einem hastigen Danke auf das wartende Boot zu.

Naline sah ihm nach. »Ich hoffe, er hat kein Fieber«, sagte sie dann leise. »Man kann es nicht sehen, aber er zittert am ganzen Körper.«

»Das hat nichts mit Fieber zu tun«, erwiderte Delvia. Sie drehte sich rasch zum Kompressor herum, löste die Akkumulatorleitungen vom Motor und begann, die Sonnenkollektoren auseinanderzurollen. »Hilfst du mir bitte eben?« fügte sie über ihre Schulter hinzu.

Naline gehorchte, wie sie immer gehorchte, wenn Delvia etwas sagte. »Aber ich sage dir, er zittert *wirklich*«, erklärte sie verwirrt. »Und das in der prallen Sonne.«

»Aber nicht, weil ihm kalt ist.« Delvia steckte die Ekken der ersten Matte im Boden fest und schloß die Akkumulatorleitungen an ihre Ausgangspole an.

»Was? Wieso dann?«

»Wegen des Schiffs — warum sonst? Den ganzen Winter hat er über nichts anderes gesprochen, als es zu reparieren und wieder in die Luft zu bringen. Jetzt ist er hier und hat gesehen, was damit geschehen ist. Es sitzt hier fest.«

»Tun wir das nicht alle?« entgegnete Naline bitter.

»Sicher, aber er ist ein Raumfahrer. Ich glaube, das macht es für ihn noch schlimmer. Und er ist nicht mehr der jüngste.« Delvia wischte sich Sand vom Körper.

»Außerdem«, fuhr sie fort, »kannst du dich bestimmt noch daran erinnern, wie er am Anfang vom Winter, als es ziemlich schlimm aussah, versucht hat, uns zu überreden, im Schiff Zuflucht zu suchen?« Sie deutete auf den schmalen, glänzenden Bogen, der alles war, was jetzt noch von dem Schiff über der Wasseroberfläche zu sehen war. »Wie würde es dir gefallen, wenn du jetzt da drinnen sitzen würdest? Komm — ich schneide dir jetzt die Haare.«

2

»Luft«, zählte Aldric auf, der die Ausrüstung im Boot überprüfte. »Eine, zwei, drei Flaschen. Gewichtsgurte. Stiefel ...«

»Beim letzten Mal«, wurde sich Lex plötzlich bewußt, »sind wir einfach über den Grund gegangen. Aber das hier sind ganz normale Raumstiefel mit magnetischen Sohlen. Ich habe keine Lust, jedesmal mit den Füßen zuerst an das Schiff gezogen zu werden, wenn ich nur in seine Nähe komme.«

»Daran habe ich gedacht«, erwiderte Cheffy knapp. »Ich habe Aldric Anweisung gegeben, die Magnete gegen Bleistücke auszutauschen. Aber da wir keine auftreiben konnten, hat er normalen Stahl nehmen müssen. Mach weiter, Aldric.«

»Tragnetze. Nimm nichts, Lex, was wir mit einem Seil hochholen müßten, ja? Ich weiß nicht, wie stabil das Boot ist, und ich habe nicht die geringste Lust, ins Wasser zu fallen. Eine wasserdichte Taschenlampe. Das heißt, sie soll wasserdicht sein. Zwei Äxte, das beste, was uns als Waffe eingefallen ist. Es ist absolut *un*möglich, eine Energiepistole unter Wasser einzusetzen. Cheffy hat mir erzählt, daß sie früher bei den Unterwasserwaffen mit komprimierter Luft gearbeitet haben. Sobald mir etwas eingefallen ist, das ich als Munition verwenden kann und das wir entbehren können, fange ich an, eine zu bauen.«

»Wieso? Die Munition *muß* doch nicht verloren gehen«, widersprach Lex. »Nimm einfach etwas, das lang genug ist, daß man ein Seil dran festbinden kann. Seil haben wir doch genug.«

»Da unten schwimmen Viecher rum«, gab Aldric trocken zurück und deutete mit dem Daumen auf das Meer, »an die ich nicht unbedingt festgebunden sein möchte, wenn sie ins tiefe Wasser abhauen. Natürlich, wenn jemand Spaß an dem Nervenkitzel eines Unterwasserausflugs auf den Fersen eines verwundeten und wütenden Monsters hat ...?«

»Eins zu null für dich«, grinste Lex.

»Ich bin froh, daß du es einsiehst. Wir wollen doch nicht mehr Leute verlieren als nötig. Was hältst du übrigens von unserem neuen Anker?« Aldric hielt ein glänzendes Ding aus Metall hoch, das aus einem Schaft und vier spitzen, gebogenen Zacken bestand. Am Schaft befand sich ein grobes Spiralgewinde, auf dem lose ein rotierender Ring mit vier scharfen Klingen saß.

»Wenn sich der Anker irgendwo auf dem Grund in Pflanzen verfängt, oder eins dieser niedlichen Tierchen da unten versucht, sich an ihn zu klammern, dann ziehst du hart an dem Seil hier, wodurch der Schnapphaken geöffnet wird — siehst du? — und die Klingen sich den Schaft hinaufdrehen.« Er klopfte beifällig auf den Anker und legte ihn dann in das Boot.

»Fährst du mit ihnen, Cheffy, oder soll ich?«

»Ich fahre. Das nächste Mal kannst du dann mit.« Cheffy schwang seine Beine über den Bootsrand. »Schieb uns ein Stück raus, ja? Und paß auf, wo du hintrittst.«

Lex kletterte leichtfüßig an Bord und übernahm den Platz auf der Ruderbank. »Okay, Captain«, rief er Arbogast zu.

Doch Arbogast stand wieder da und starrte auf das versunkene Raumschiff, die Hände vor sich so fest ineinander verschränkt, daß die Knöchel weiß unter der Haut hervortraten. Er schien Lex nicht gehört zu haben.

»Wir sind fertig Captain!« sagte Aldric scharf.

Arbogast ließ die Hände heruntersinken. Er schluckte hart, bevor er antwortete. »Ich ... ich habe es mir anders überlegt. Ich fahre nicht mit.«

»Was?« Aldric ging einen Schritt auf ihn zu. Cheffy der gerade dabei war, die Ruder in die Dollen zu legen, hielt überrascht inne. Nur Lex, der sich auf der Ruderbank so herumgedreht hatte, daß er den Captain sehen konnte, nickte langsam. Er hatte fast damit gerechnet, daß etwas Ähnliches passieren würde.

Arbogast senkte den Kopf und ging schleppend den Strand hinauf. Seine Füße hinterließen verwischte Abdrücke im Sand. Das sterbende Horrorwesen, das an den Boden gespießt war, spürte seine Nähe und krümmte sich noch einmal in dem Bemühen, ihn zu erwischen.

»Einen Moment mal!« sagte Aldric hitzig und wollte ihm nachgehen. »Sie können doch Lex nicht einfach allein ...«

»Aldric!« Lex schleuderte den Namen wie einen Pfeil durch die Luft. »Laß ihn, Aldric.«

»Zum Teufel!« fauchte Aldric. »Jetzt paß mal auf — es war doch seine eigene Idee, daß er raus zum Schiff wollte. Sollen wir jetzt vielleicht noch eine Stunde damit vergeuden, einen Anzug aufzutreiben, der mir oder Cheffy paßt, ihn zusammenzubinden und nach anderen Stiefeln suchen? Wir haben gestern fast den ganzen Tag gebraucht, bis wir endlich tragbare Ausrüstungen zusammen hatten!«

»Reg dich nicht auf«, meinte Lex. »Du mußt ihn verstehen. Würdest du gern dein altes Zuhause zerstört und vernichtet sehen, während in jeder Ecke fremde Wesen krabbeln?«

»War es meine Idee? He?« Aldric wischte sich über das Gesicht. »Und ... verdammt, mußt du unbedingt über zerstörte und vernichtete Zuhause reden?«

»Beruhige dich, Aldric«, mischte sich Cheffy ein. »Lex hat recht. Wenigstens müssen wir uns nicht *ansehen,* was aus unserem Zuhause geworden ist.« Er spuckte ins Wasser.

Aldric holte tief Luft. »Okay«, seufzte er resignierend. »Gehen wir also auf die Suche nach einem Anzug für mich.«

Lex zögerte und dachte sarkastisch, daß er gerade, vor ein paar Minuten, noch Delvia den Vorwurf gemacht hatte, unvorsichtig zu sein. Aber — rechtfertigte er sich — es war äußerst wichtig, daß sie das Schiff vor der morgigen Versammlung untersuchten, wenn sie Bestandsaufnahme ihrer Mittel machen sollten. »Ich kann allein runtergehen«, erklärte er.

»Du bist verrückt«, stellte Aldric fest. »Ohne Funkverbindung? Wo wir noch nicht mal die Hälfte der Lebewesen kennen, die es hier im Meer gibt? Wo wir jetzt wahrscheinlich die Brunstzeit für so gefährliche Viecher haben wie dieses Ding da auf dem Sand, das Bendle festspießen mußte? Wahrscheinlich würdest du als Futtervorrat für irgendein Eiergelege enden!«

»Ich werde die Axt nicht aus der Hand legen. Und

jetzt komm endlich ins Boot!« Lex wurde plötzlich ungeduldig. »Wir müssen wissen, wie es im Schiff aussieht!«

Ein zweites Argument fiel ihm ein. »Ich bin im letzten Herbst zweimal getaucht, und der Captain noch nie. Es ist sicherer für mich, wenn ich allein runtergehe.«

Aldric zuckte die Achseln. »Also schön — aber deshalb muß mir das Ganze immer noch lange nicht gefallen.«

Er beugte sich zum Heck vor, drückte mit seinem ganzen Gewicht dagegen und schob das Boot ins Wasser. Es schaukelte heftig, als er an Bord sprang. Etwa eine Minute lang hantierte Cheffy mit den Rudern und konnte sie nicht in Einklang bringen, dann hatte er plötzlich den Bogen raus und das Boot glitt sanft über das ruhige Wasser. Am Strand brach Bendles Team seine Arbeit ab, um zuzusehen.

Arbogast stapfte weiter, ohne sich umzudrehen. Lex sah, daß Delvia und Naline erregt miteinander diskutierten, offensichtlich über den Captain; er hoffte, daß weder sie noch jemand anders hinter ihm herlaufen und Erklärungen von ihm verlangen würde.

Entschlossen blickte er nach vorn auf das angelaufene, aber immer noch glänzende Metall des Raumschiffs. Man konnte erkennen, wie der Bogen unter der Wasseroberfläche weiterlief, aber es würde noch eine Weile dauern, bis sie so nahe heran waren, daß man sehen konnte, welcher Teil des Schiffs oben war. Als Fortbewegungsmittel war dieses Ruderboot offensichtlich sogar noch langsamer, als wenn sie zu Fuß gegangen wären.

»Es hat sich bestimmt um fünfhundert Meter verschoben«, meinte Aldric vom Heck aus. »Was meinst du, Lex, wie weit es sich bewegt hat?«

»Ich schätze, es ist gerollt. Es ist zu schwer, als daß es hinausgetrieben sein könnte.« Wer hätte voraussagen können, daß auf einer mondlosen Welt — und demgemäß eine Welt, auf der es keine Gezeiten gab — kein Strand fest war. Es gab keine Meteorologen unter der Handvoll Flüchtlinge; genau genommen gab es überhaupt keine Fachleute unter ihnen, so daß man einem Dilettanten wie Cheffy und einem Hobbybastler wie Aldric die Führung überließ, wenn es um technische Dinge ging. »Wenn ich den alten Plan noch richtig in Erinnerung habe«, fuhr er fort, »muß dort wo das Schiff gelegen hat, der ganze Boden unterhöhlt gewesen sein. Und wir wissen, daß er leicht abfällt. Sobald es weit genug gerollt war, daß das Wasser in die Schleusen dringen konnte, mußte es unweigerlich tief in den Meeresboden sinken.«

»Wären doch die Schleusen bloß nicht offen gewesen«, meinte Cheffy. »Erinnert ihr euch noch an das Geräusch? Als der Wind über die Öffnung pfiff und das ganze Schiff gesungen hat als würde es zu seiner eigenen Beerdigung spielen? Ich hoffe, daß ich nie wieder so etwas Schauriges mitanhören muß.«

Lex und Aldric waren einen Augenblick lang still; sie erinnerten sich nicht nur an das Geräusch — an das sie bis an ihr Lebensende denken würden —, sondern auch an andere Dinge. Wie Arbogast durchdrehte, als er begriff, was das Geräusch war und versuchte, in einem mit neunzig Meilen fegenden Sturm und haushohen Wellen, die über dem Rumpf zusammenschlugen, das Schiff zu erreichen. Und wie er über den Dummkopf tobte, der die Schleusen offengelassen hatte, bis sich herausstellte, daß er selbst es gewesen sein mußte, weil er versucht hatte, alle zu überreden, den Winter über Zuflucht im Schiff zu suchen, anstatt sich notdürftigen Hütten aus Brettern und Lehm anzuvertrauen.

»Warum sind wir überhaupt ausgerechnet hierher gekommen?« meuterte Aldric.

»Meinst du, in den Bergen wäre es uns besser ergangen?« konterte Cheffy.

»Nein. Nein, wahrscheinlich nicht. Was ist wohl aus den anderen geworden, Lex? Glaubst du, daß sie den Winter überlebt haben?«

»Vielleicht. Ich wüßte eigentlich nicht, warum nicht.«

»Und ich wüßte nicht, warum«, warf Aldric ein. »Immerhin haben sie noch immer keinen Kontakt mit uns aufgenommen, obwohl die Stürme vorbei sind, oder?«

»Sie könnten zum Beispiel ihre Antennen verloren haben«, gab Lex zurück. »Vergeßt nicht, daß sie zumindest ihr Schiff hatten, in das sie sich flüchten konnten. Und wie das aussah, hätte es ein Sturm kaum von der Stelle bewegen können.«

»Ich habe davon gehört«, meinte Cheffy. »Wie ein zerdrücktes Ei! Und wie erfreut Arbogast erst war. Er dachte immer, er hätte sein Schiff schlecht heruntergebracht, und dann sah er, was der andere Captain mit seinem angestellt hatte. Wie heißt er doch gleich — ich meine, der andere Captain?«

»Gomes«, half ihm Lex aus. »Ja, das Schiff war ziemlich schwer beschädigt.«

»Und außerdem«, fuhr Aldric fort, »werden sie viel länger Minustemperaturen gehabt haben als wir hier. Wahrscheinlich sind sie zu Eissäulen erstarrt und halb im Schnee begraben — das konnte uns wenigstens dank der Salzgischt vom Meer nicht passieren. Aber bis vor zwei oder drei Tagen war noch Eis auf dem Fluß.«

»Das brauchst du uns nicht zu sagen«, gab Cheffy zurück. Als er versuchte, zurückzusehen, verlor er die Kontrolle über die Ruder und hatte Mühe, sich auf seiner Bank zu halten. »Verflixt! Ich bin nicht fürs Rückwärtsfahren konzipiert. Wie weit noch?«

»Wir haben schon mehr als die Hälfte«, antwortete Lex.

»Zurück kann ich ja rudern«, bot Aldric an. »Wer weiß? Vielleicht ist das Boot bei der Rückfahrt leichter anstatt schwerer.«

Einen Augenblick später biß irgend etwas nach dem

Backbordruder, als wollte es damit seinen Galgenhumor unterstreichen. Als sich das Blatt wieder aus dem Wasser hob, zog es ein zuckendes Wesen mit hoch. Es hatte eine feucht-glänzend rosa Farbe und seine Zähne fest in das Holz des Ruders verbissen.

»Lästiges Mistzeug«, meinte Cheffy ziemlich resigniert. »Ich habe dir ja gesagt, daß diese Dinger aus Metall sein müßten, Aldric. Zum Beispiel Aluminium. Und hohl.«

»Wenn ich es endlich geschafft habe, meine Elektroöfen zusammenzubasteln, sage ich dir sofort Bescheid«, gab Aldric zurück. »Kannst du das Ding da abschütteln?«

Cheffy holte ungeschickt das Steuerbordruder ein, griff sich dann mit beiden Händen das andere und wirbelte es herum. Das Tier stieß einen Strahl gelber Flüssigkeit aus, die das Meer färbte, ließ aber nicht los.

»Dreh das Ruder um«, wies Lex ihn an und nahm seine Axt. Es gelang Cheffy mit einiger Mühe, und Lex schlug das Tier in hohem Bogen ab. Es hatte spitze Eindrücke im Holz hinterlassen, die so tief waren wie Nagellöcher.

»Na, willst du immer noch allein tauchen?« erkundigte sich Aldric.

Lex nickte. »Auch diese Zähne könnten dem Material des Raumanzugs nichts anhaben — wenn das Vieh allerdings ein bißchen Kraft in den Kiefern hat, könnte ich mir eine Quetschung oder einen ordentlichen blauen Fleck holen. Aber so, wie es nach dem Ruder geschnappt hat, nehme ich an, daß diese Spezies es auf Fischervögel abgesehen hat. Apropos Fischervögel!« Er setzte sich auf und suchte den Himmel ab. »Wo sind sie eigentlich? Im letzten Herbst wimmelte die Bucht nur so von ihnen!«

»Vielleicht sind es Zugvögel«, überlegte Aldric. »Jetzt, wo es wieder wärmer wird, werden sie wahrscheinlich zurückkommen.«

»Habt ihr schon Landvögel gesehen?« erkundigte sich Lex. »Ich habe gestern ein paar gesehen.«

»Mir wären sie nicht aufgefallen. Ich bin seit dem Tauwetter viel zu sehr mit anderen Dingen beschäftigt. Wir können ja Bendle fragen, wenn wir zurück sind.« Aldric drehte die Ruderpinne etwas und spähte an Cheffy vorbei. »Wir sind fast dran. Halt den Anker bereit, Lex.«

»Okay.« Er hob ihn vorsichtig hoch, wobei er es vermied, mit den sensenähnlichen Klingen in Berührung zu kommen. Sie würden gewiß eine hübsche Überraschung für jedes Tier auf dem Meeresboden sein, das versuchte, sich an ihn festzuhängen. Eine unvermutete Falle. Wie die, in der ihr Schiff versunken war.

Er hatte Aldrics Frage — »Warum sind wir ausgerechnet hierher gekommen?« — genauso wenig beantwortet wie Cheffy. Sie hatten sich diese Gegend ausgesucht, weil sowohl Meer wie auch Land von Leben wimmelte und ihnen ein doppeltes Angebot möglicher Nahrung zur Verfügung stand; jedes Meer liefert Salz, und wenn sie das einheimische Protoplasma nicht essen konnten oder es ergänzen mußten, dann konnten sie durch ein einfaches Verfahren dem Seewasser Spurenelemente für den Nahrungssynthetisierer entziehen. Außerdem war hier eine Flußmündung, die zurück in ein geschütztes Tal führte, und die Nähe von Frischwasser war ein logischer Platz für eine Ansiedlung. Es gab baumähnliche Pflanzen, und Holz war ein Material, das man mit Handwerkszeugen bearbeiten konnte ... Oh, es war bestimmt keine leichte Wahl gewesen, und sie war fast in jeder Hinsicht eine gute.

Wohlgemerkt, es war denkbar, daß sich jener Aspekt, in dem es keine gute gewesen war, als katastrophal herausstellen konnte.

Jetzt konnte er im klaren Wasser bis tief unten die gebogene Oberfläche des Schiffsrumpfs erkennen. Ungefähr dort, wo die Sicht aufhörte und trübe Dunkelheit begann, machte er eine Bewegung aus, die nicht unbedingt allein von dem schaukelnden Boot herrührte. Lex schüttelte sich.

Ich bin wirklich nicht zum Helden geboren.

Im vergangenen Sommer, als sie ihre Unterwassertechnik zur Bergung von Bendles Sohn improvisiert hatten, war es einfach gewesen. Er hatte nicht weiter über die offensichtliche Logik des Plans nachgedacht. Luft, ein dichter Anzug, Stiefel, die die Füße nach unten zogen, Gewichte an einem Gürtel — und dann ran an die Arbeit.

Aber während des langen Winters hatte er viel Zeit zum Nachdenken gehabt.

Trotzdem, auch das hier war etwas, das getan werden mußte. »Hör auf zu rudern, Cheffy«, sagte er, erfreut darüber, wie ruhig seine Stimme klang. Er warf den Anker über Bord, der glänzend in die Tiefe sank, während er die Leine abrollte. Eingedenk des Schnapphakens, der die messerscharfen Klingen in Bewegung setzte, ruckte er nur ganz vorsichtig, um ihn im Boden zu verankern und band die Leine dann an die Bugpinne.

»Hier ist dein Gürtel«, unterbrach ihn Cheffy in seinen Gedanken. »Zieh ihn an, während ich inzwischen deine Luft festmache.«

»Okay.«

Gürtel. Stiefel, Axt, Taschenlampe, Netztasche. Er wog etwa zehn Pfund unter dem neutralisierenden Auftrieb und würde so sanft zu Boden sinken. Wenn er wieder aufsteigen wollte, brauchte er nur den Gürtel abzulegen, um langsam nach oben zu gleiten, oder er konnte die Ventile der beiden Luftbehälter öffnen, so daß der Anzug aufgeblasen und er wie eine Luftblase an die Wasseroberfläche katapultiert werden würde. Ganz einfach. Warum schwitzte er dann nur so? Weil er glaubte, zu wissen, was er entdecken würde?

»Luft ist angeschlossen«, stellte Cheffy fest.

»In Ordnung — wünsch mir Glück.« Lex stülpte sich den Helm über den Kopf und setzte ihn mit einer raschen Drehung auf den Dichtungsring. Was auch immer geschehen mochte, jetzt gab es kein Zurück mehr.

3

Ihre Augen waren rot vor Müdigkeit, ihre Stimme war heiser vom langen Sprechen in das stumme Mikrofon, und in ihrem Kopf drehte sich alles, so daß die Worte, die sie sagte, keinen Sinn mehr zu haben schienen.

Und ganz plötzlich war Ornelle am Ende ihrer Kräfte. Sie stieß das Mikrofon von sich, legte die Arme auf die kühle, glatte Oberfläche des Tischs, barg ihr Gesicht auf ihnen und begann zu schluchzen. Wie die Spitze einer knallenden Peitsche war sie durch einen Kreis von Emotionen geschleudert worden, etwas, wofür sie ganz einfach nicht geeignet war.

Sie wünschte, sie wäre tot. Wie die anderen.

Es hatte einmal einen Planeten namens Zarathustra gegeben; die Leute sagten einfach: »Zara«. »Die Leute«, das waren seine zweihundertneunzig Millionen Bewohner. Gestalten aus Asche stiegen in Ornelles Erinnerung auf. Sie marschierten durch eine sengende Wüste, die früher einmal fruchtbarer Boden gewesen war. Ein brennendes Kind schrie, aber das hatte sie nicht mehr gesehen. Wenn sie so lange geblieben wäre, wäre sie auch verbrannt.

Zarathustra hatte in einem solchen Alptraum geendet, daß — wäre es ein Traum gewesen — jene, die ihn träumten, sich selbst zerkratzt, wild um sich geschlagen und versucht hätten, sich auf den Boden zu werfen, um nur nicht wieder einzuschlafen und noch mehr Entsetzliches zu sehen. Es war unglaublich gewesen — die Sonne war jeden Tag weißgelb und rund wie immer.

Man konnte keine Veränderung sehen. Aber in den Observatorien sagte jemand ein Wort: Nova. Jemand anders fragte: Wann? Die Computer gaben die Antwort.

Bald.

Dann fuhren Chaos und Schrecken in das ruhige und friedliche Leben wie eine Sichel ins Gras. Geh jetzt, sagten sie! Nein, keine Zeit, etwas mitzunehmen. Nein, auch nicht, um sich um Kinder oder Eltern zu kümmern oder den Partner oder Freund zu finden. *Jetzt.*

Und wenn man es nicht tat, hatten sie keine Zeit, einen mitzuziehen. *Geh jetzt.*

Beamte mit weißen Gesichtern. Raumfahrer, die sich wie Maschinen bewegten. Maschinen, die sich wie Menschen in Panik bewegten und die die Laderäume von Frachtschiffen auf einem Raumhafen leerten, der im Dunkeln lag. Nutzlose Dinge wurden zur Seite geworfen, Lastwagen und Helikopter kamen mit konservierten und dehydrierten Nahrungsmitteln, mit Medikamenten und Kleidung heran. Nahrungssynthetisierer wurden mit Spurenelementen gefüllt. Und die ganze Zeit und überall Schreien und Heulen, das ab und zu von einem zornigen Ruf nach einem Augenblick Ruhe unterbrochen wurde. Die Menschen schoben sich wie zerbrochene Puppen in die Bäuche der glänzenden Schiffe.

Und dann begann es am Horizont zu dämmern, und jeder wußte, daß auf der Tagseite von Zarathustra die Hitze alles Leben wie eine Fackel versengte.

All diejenigen, die nicht kurz entschlossen gehandelt oder sich wie Ornelle passiv verhalten hatten, weil sie in ihrer Verwirrung darauf warteten, daß jemand anders ihnen das Handeln abnahm, *fühlten* jetzt die Wahrheit und kamen weinend und jammernd, nackt aus ihren Betten, und heulten wie Wölfe, weil sie nicht sterben wollten. Aber die Schiffe waren voll; die Schiffe erhoben sich schon in den Raum.

In den überfüllten Laderäumen hatte man Zeit gehabt, an die zu denken, die zu Hause zurückgeblieben waren. Es herrschte eine schreckliche bedrückende Dunkelheit, nicht physisch, sondern in Seele und Geist. Später hörten sie von anderen Schiffen, mit denen sie Kontakt aufgenommen hatten, die überfüllt waren, auf denen die Sauerstoffversorgung unzureichend war und die Flüchtlinge erstickten, auf denen Krankheiten unter den vom Hunger geschwächten Menschen ausbrachen. Doch auf dem Schiff, wo sie war, war gerade genug.

Viel erfuhren sie allerdings von den anderen Schiffen nicht. Um von der Kontinuumverzerrung freizukommen, die die Nova erzeugte, indem sie mit einer unglaublichen Geschwindigkeit unvorstellbare Materiemassen über riesige Entfernungen hinweg bewegte, mußten sie aus einem Grund, den Ornelle nicht verstand, mit maximalem Hyperphotonenantrieb in die Richtung fliegen, die sie gerade zufällig gewählt hatten.

Das hieß: in unbekannte Dunkelheit.

Zu der Zeit, als seine Sonne explodierte, hatte sich Zarathustra auf der Seite seiner Bahn befunden, die am weitesten von der Erde und den meisten anderen von Menschen bewohnten Planeten entfernt war. Es war ein erst kürzlich erschlossener Planet — Ornelles Eltern waren selbst noch auf der Erde geboren worden und in jungen Jahren ausgewandert. Man hatte in Erwägung gezogen, einen Bogen um die Nova zu machen und Kurs auf ein besiedeltes System zu nehmen, doch es erwies sich als unmöglich; ihr Schiff war ein Frachter und kein Passagierjet, die mit soviel Energie wie ein kleiner Stern ausgestattet waren.

Schließlich, eingeklemmt zwischen den sich schließenden Zangen aus schrumpfenden Treibstoffreserven und den Grenzen der inneren Ökologie des Schiffs, blieb als einzige Hoffnung, einen Planeten — egal welchen — mit annehmbarer Schwerkraft und adäquaten Sauerstoffverhältnissen zu finden. Ein System von sechzig hatte einen Planeten, auf dem ein Mensch überleben konnte; ungefähr eins von zweihundert einen, auf dem er leben konnte.

Am Ende ihrer Vorräte, waren sie hier zu einer Jahreszeit gelandet, als der Sommer gerade zu Ende ging. Sie hatten keine Zeit gehabt, festzustellen, ob es sich um einen eins-von-sechzig oder um einen eins-von-zweihundert Planeten handelte. Zunächst hatte nur die beißende Verachtung der wenigen, die um jeden Preis überleben wollten, die Mehrheit dazu getrieben, sich so zu verhalten, als gäbe es Hoffnung. Sie fühlten sich nicht nur isoliert, sondern verlassen, ja, verdammt.

Die Ankunft des zweiten Schiffs von Zarathustra, das auf einer Hochebene im Landesinnern gelandet war, war ein neuer Hoffnungsschimmer. Plötzlich schien es nicht mehr unvorstellbar, hier zu leben, und nicht nur eine Zeitlang zu überleben. Während sich die Flüchtlinge mit einem jähen, besessenen Eifer daran machten, ein primitives Dorf aus Holz, an der Sonne getrocknetem Lehm und Teilen aus ihrem Schiff zu bauen, begab sich ein Team auf den Weg ins Landesinnere, wo das andere Schiff lag, um Neuigkeiten über Freunde oder Verwandte zu erfahren.

Aber es gab keine; das andere Schiff kam von einem anderen Kontinent Zarathustras. Trotzdem war allein seine bloße Gegenwart ein Trost; sie richteten eine Funkverbindung auf einer vereinbarten Frequenz ein und blieben den Rest des Sommers und den kurzen Herbst über in Kontakt.

Die tückische Schnelligkeit, mit der dann der Winter über sie hereingebrochen war, hatte eine zweite Expedition verhindert; außerdem war ihre Hauptantenne unter der gewaltigen Eislast vor Monaten in einem Sturm zusammengebrochen. Sobald es ihnen möglich gewesen war, sie zu reparieren, hatten sie versucht, die Funkverbindung wiederherzustellen. Ornelle — für die die Gegenwart anderer Menschen auf diesem Planeten etwas bedeutete, das sie nicht beschreiben konnte —

wartete fieberhaft darauf, endlich zu erfahren, wie es ihnen ergangen war.

Nachdem mehrere Tage lang in Abständen Funkrufe durchgegeben worden waren, fanden sich die meisten damit ab, daß man die anderen aufgeben konnte. Ornelle aber hatte darauf bestanden, daß sie weiter funken durfte, und da sie sich anders doch kaum nützlich machen konnte, hatte man sie gelassen. Jetzt saß sie seit drei Tagen und Nächten hier und rief und rief und rief — und hatte nichts gehört. Sie hätte annehmen können, daß das Funkgerät defekt war, aber die Tatsache, daß sie ihre eigene Stimme aus einem Empfangsgerät am anderen Ende des Raums hören konnte, bewies, daß es funktionierte.

Sie waren also keineswegs gerettet — so schien es ihr. Sie machten sich nur etwas vor. Dieser fremde Planet mußte schon die Hälfte der Eindringlinge aus dem Raum getötet haben, und es war nur eine Frage der Zeit, bevor er auch die übrigen vernichtete.

Sie hatte versucht, sich einzureden, daß auch sie auf diesem fremden Boden leben konnte, wenn ihre Eltern von der Erde hatten auswandern können. Aber ihre Eltern waren auf einen Planeten gekommen, der auf sie gewartet hatte. Es gab bereits fünfzig Millionen Siedler auf Zarathustra. Zuerst war eine einzelne Insel, dann eine Inselkette, von Experten sterilisiert und terraformiert worden, die darüber entschieden, ob die einheimischen Lebensformen nützlich, neutral oder gefährlich waren. Man hatte eine völlig neue Ökologie ausgearbeitet, die Haustiere, Nutzpflanzen und sogar Bakterien einschloß, die von der Erde hergebracht wurden, und erst nach einem halben Jahrhundert sorgfältiger Organisation wurde er für die Einwanderer freigegeben, die sich hier unter der Aufsicht und dem Schutz eines jener legendären menschlichen Computer, ›Polymathen‹ genannt, niederließen.

Welche Chancen hatten da ein paar hundert Flüchtlinge und eine Handvoll Wissenschaftler, ohne nennenswerte Werkzeuge oder Waffen und ohne Erfahrung des Lebens auf einem so primitiven Niveau, angesichts einer fremden und feindseligen Welt?

»Ornelle! Ornelle!«

Sie zuckte schuldbewußt zusammen und hob den Kopf. In dem grob zusammengezimmerten Türrahmen stand Doc Jerode, in der einen Hand seinen Arztkoffer, während er mit der anderen den Vorhang zur Seite hielt. Sein weißes Hemd und die weiße Hose waren vergilbt und abgenutzt, und da er hier auf Tricholenbehandlungen verzichten mußte, hatte sich sein volles, glänzend graues Haar auf einen spärlichen Kranz auf seinem Hinterkopf reduziert. Aber er nahm allmählich eine gesunde Bräune an.

»Tut mir leid, Doc. Ich habe Sie nicht hereinkommen hören.« Ornelle fuhr sich mit der Zunge über die Lippen. Ihre Kehle war zugeschnürt vom Schluchzen, und das Sprechen bereitete ihr Mühe. »Ich bin schon in Ordnung. Nur ein bißchen müde.«

»Müde! Erschöpft trifft wohl eher zu.« Er kam auf sie zu, wobei die rauhen Bodendielen unter seinen Schuhen ächzten, und stellte seinen Koffer auf den Tisch. »So, jetzt werden wir mal sehen, ob Sie sich keine Infektion geholt haben. Ziehen Sie sich bitte aus.«

»Aber — aber, also gut.« Ornelle stand auf und legte ihr Hemd ab. Wie alle anderen hatte sie den Winter über unter dem Gefühl gelitten, daß all die Sachen, die sie gegen die Kälte trugen, mit jedem Tag schmutziger wurden und immer mehr stanken, und jetzt trug sie nur noch Oberbekleidung. Mit hängenden Schultern stand sie da, während Jerode mit seinem Diagnoser über sie fuhr.

»Ich kann tatsächlich nichts finden außer ein paar harmlosen Bakterien«, meinte er schließlich. Er musterte sie aufmerksam. »Sie haben also recht. Sie sind nur erschöpft. Sagen Sie ... wie lange sitzen Sie jetzt eigentlich schon am Funkgerät?«

»Eh ... praktisch die ganzen letzten drei Tage«, gab sie zu.

»Haben Sie genug Schlaf gehabt? Nein, Sie brauchen mir keine Antwort zu geben — ich weiß, daß es nicht so ist. Und ich habe beobachtet, wie Sie Ihre Mahlzeiten hinuntergeschlungen haben, um nur so schnell wie möglich wieder hierher zu können. Nehmen Sie eine hiervon.« Jerode suchte ein Röhrchen mit kleinen weißen Pillen aus seinem Koffer heraus und stellte mit einem trübseligen Blick fest, wie wenige nur noch übriggeblieben waren. »Der Teufel soll Sie holen! Warum müssen Sie mich nur so enttäuschen?«

»Was?« Ornelle hatte einen Krug Wasser auf dem Tisch stehen; sie hatte gerade die Hand nach ihm ausgestreckt, um die Pille herunterzuspülen und hielt in der Bewegung inne.

»Sie haben mich schon verstanden. Da habe ich mir die ganze Zeit gesagt, daß Sie zu den wenigen verläßlichen Leuten gehören, die wir haben, weil Sie, obwohl Sie völlig unvorbereitet mit dieser Situation konfrontiert werden, trotzdem noch einigermaßen logisch denken können, während andere, die Experten mit speziellen Fähigkeiten sein sollen, lieber blind durch die Gegend laufen und dummes Zeug von sich geben! Aber, wie gesagt, Sie enttäuschen mich.«

»Ich verstehe Sie nicht«, murmelte Ornelle.

»Zuerst, was soll die Panik, nur weil wir keinen Kontakt mit der anderen Gruppe bekommen? Sie haben da oben wahrscheinlich einen viel härteren Winter gehabt als wir. Unsere Antenne ist zusammengestürzt. Das könnte ihnen auch passiert sein, und vielleicht liegt sie immer noch im Schnee begraben. Selbst wenn sie Zeit gehabt haben sollten, sich um ihre Antenne zu kümmern, können sie möglicherweise niemanden entbehren, der vor dem Funkgerät sitzt und darauf wartet, etwas von uns zu hören. Lassen Sie ihnen wenigstens die Zeit, die Schäden zu beheben, die der Winter angerichtet hat und erst mal wieder Ordnung zu schaffen.«

»Wenn sie in Schwierigkeiten steckten«, erwiderte Ornelle unbewegt, »dann würden sie als erstes wissen wollen, ob wir okay sind. Wenn sie nicht in Schwierigkeiten steckten, dann würden sie herausfinden wollen, ob wir vielleicht Probleme haben und Hilfe brauchen. Nein, ich bin der Meinung, daß es kaum noch Hoffnung für sie gibt.« Sie seufzte und schluckte die Pille.

»Das ist also die Last, die Sie auf Ihren Schultern tragen. Eine imaginäre. Ich habe es mir fast gedacht.«

»Last auf meinen Schultern? Was meinen Sie?«

»Sie stehen da wie eine — eine schlecht ausgestopfte Puppe. Hier, sehen Sie selbst.« Jerode klappte den Deckel seines Arztkoffers auseinander; ein Spiegel kam zum Vorschein. »Sie sollten sich schämen, ihren Körper so zu vernachlässigen.«

Mit ausdrucksloser Miene betrachtete sich Ornelle im Spiegel. Ihre Haut war blaß und um die Augen schlaff und rot vor Müdigkeit und Tränen, und ihre Brüste mit den farblosen Brustwarzen erinnerten an vertrocknete Birnen, während ihr Bauch nach vorn sackte.

Aber nicht vor Fett.

»Ziehen Sie den Bauch ein«, befahl Jerode. »Holen Sie tief Luft, nehmen Sie die Schultern zurück, und dann überzeugen Sie sich selbst, wie anders Sie auf einmal aussehen.«

Er wartete während Ornelle gehorchte. Als er dann sah, wie sich ihr Gesichtsausdruck veränderte, schloß er seinen Koffer.

»Sie brauchen ein bißchen Sonne«, erklärte er. »Die ersten Tage nicht länger als zehn bis fünfzehn Minuten täglich — ich habe nämlich schon genug Ärger mit Sonnenbrand. Aber ich will, daß Sie in zehn Tagen so eine Farbe haben wie ich, verstanden? Am ganzen Körper. Man bekommt zwar nicht viel Kalzipherol aus dem

Sonnenlicht, aber wir müssen alle Möglichkeiten ausnützen.«

Mit rotem Kopf drehte sich Ornelle um und nahm ihre Sachen vom Stuhl, über den sie sie gehängt hatte. »Es tut mir leid«, meinte sie nach einer Weile. »Es ist nur — ach, Sie wissen schon.«

Jerode gab keine Antwort. »Wie auch immer«, fuhr Ornelle fort, »jetzt verraten Sie mir, warum Sie hergekommen sind.«

»Ich brauche einen Rat. Ich will die Meinung einer Frau hören, bevor ich über ein Problem entscheide, das eben aufgetreten ist. Kennen Sie Delvia?«

Ornelle, die gerade dabei war, ihr Hemd überzustreifen, lachte bitter. »Ob ich diese — diese Exhibitionistin kenne? Wer kennt sie nicht?«

»Ja, sie ist wirklich untypisch für unsere Gruppe, nicht? Wie verdächtig! Jedenfalls, sie kam zu mir — einer der Fälle von Sonnenbrand, von denen ich vorhin sprach —, und ich habe sie untersucht. Sie ist schwanger.«

Ornelle starrte ihn ausdruckslos an. »Das hätte ich nie erwartet«, sagte sie langsam.

»Wieso? Weil sie kein Muttertyp ist?«

»Das ist sie mit Sicherheit nicht! Nein, ich hätte nicht erwartet, daß sie so leichtsinnig ist. An Erfahrungen mangelt es ihr doch ganz bestimmt nicht. Ich glaube sogar ...« Ornelle zögerte. »Ich glaube sogar, daß sie eine echte Nymphomanin ist.«

»Stimmt es, daß Sie Ärger mit ihr im Junggesellinnenhaus gehabt haben?«

»Woher wissen Sie das?«

»Die Patienten erzählen doch ihrem Arzt so einiges, nicht? Und da wir hier keinen Psychologen haben ... Aber das ist unwichtig. Die Sache ist die: Wir haben bei unserer Landung hier gemeinsam beschlossen, daß wir keine Kinder erlauben, bis wir unsere Umgebung besser kennen. Embryogewebe ist sehr empfindlich, und wir wollen doch keine Mißgeburten. Das war die einstimmige Entscheidung auf meinen Rat hin. Ich bin der Meinung, daß wir diese Bestimmung jetzt ohne Risiko aufheben können — offen gestanden hatte ich sogar vor, morgen auf der Bestandsaufnahmeversammlung nach freiwilligen Eltern zu fragen. Aber noch gilt die Bestimmung. Und Delvia ist, wie Sie mir zustimmen werden, nicht der Typ, der sich als Mutter eignet. Wir können nicht zulassen, daß unsere gemeinsamen Entscheidungen einfach ignoriert werden, oder?«

»Natürlich nicht.«

»Deshalb habe ich überlegt, ob wir nicht ein Exempel statuieren und eine Zwangsabtreibung an ihr vornehmen sollten.«

Ornelle schwieg einen Augenblick. »Wollen Sie meine persönliche Meinung hören?« fragte sie schließlich. »Oder wollen Sie wissen, wie die Reaktion der anderen Frauen wahrscheinlich aussehen wird?«

»Beides.«

»Nun ... ich glaube, die meisten von uns würden Ihnen zustimmen, daß man nicht einfach die Bestimmungen ignorieren kann, und da Delvia ja — eh — nicht allzu beliebt ist, könnten Sie einen solchen Antrag wahrscheinlich ohne weiteres durchbringen.«

»Und wie ist Ihre eigene Meinung?«

Ornelle schloß die Augen. »Wenn wir davon ausgehen, daß wir wahrscheinlich hierbleiben müssen, finde ich den Gedanken, daß unser Aufenthalt schon direkt zu Beginn durch so eine Sache beeinträchtigt wird, einfach schrecklich. Außerdem gehörte ja gerade die Tatsache, daß wir die Babys verloren haben, zu den Dingen, die den Winter so unerträglich gemacht haben. Kinder um mich zu haben, das gehört für mich zum Leben — unbedingt. Und da Sie sagen, daß Sie sowieso vorhatten, Schwangerschaften zu erlauben ...«

»Sicher.« Jerode rieb sich das Kinn. »Wenn es sich nicht gerade um Delvia handelte, würde ich ja vielleicht ein Auge zudrücken. Ich könnte es ohne weiteres. Ich glaube kaum, daß sie es schon weiß, denn es ist erst fünf oder sechs Tage her. Aber sie muß, wie Sie sagten, leichtsinnig gewesen sein, oder sie hat in voller Absicht eine Bestimmung ignoriert, die sie mißbilligt. Beides sind gefährliche Tendenzen, nicht? Besonders bei einer so starken Persönlichkeit.«

»Aber eine Zwangsabtreibung ... ich glaube, ich muß mir das erst einmal gründlich durch den Kopf gehen lassen.«

»Tun Sie das bitte. Der Ausschuß trifft sich heute abend bei Einbruch der Dunkelheit zu einer Vorbesprechung. Ich hätte gern, daß Sie ebenfalls kommen und uns Ihre Entscheidung zu diesem Thema mitteilen, ja?«

»Ja, natürlich.« Als er sich umdrehte und in Richtung Tür ging, fügte sie hinzu: »Doc, hatten Sie Kinder — zu Hause?«

»Ja. Und ich weiß, Sie auch. Deshalb habe ich Sie auch um Ihren Rat gebeten.«

4

Es war ein unwirkliches Gefühl, als Lex in das Wasser glitt, denn der Raumanzug, den er trug, isolierte ihn vollständig von seiner Umgebung. Im Wasser zu sein, ohne seine Kühle zu spüren, war befremdend. Bei seinen Tauchaktionen im vergangenen Jahr war es ihm nicht weiter aufgefallen, da er viel zu sehr mit anderen Dingen beschäftigt gewesen war. Er hatte nach Bendles Sohn gesucht — beim ersten Tauchgang hatte er ihn gefunden, beim zweiten den Toten, oder das, was noch von ihm übrig war, geborgen. Es war kein Trost, daß die hungrigen Meerestiere, die an ihm genagt hatten, noch immer verfärbt und sterbend an ihm hingen, weil irgendein Bestandteil des menschlichen Protoplasmas giftig für sie war.

Lex, der sich bewußt wurde, daß solche morbiden Gedanken seine Reaktionsschnelligkeit beeinträchtigten, holte tief Luft und griff nach dem Ankerseil, so daß er einen Augenblick pausieren konnte, bevor er den Boden erreichte und seine Umgebung richtig in Augenschein nahm.

Die silbrige Ei-Form des Schiffs schien etwa zu einem Drittel eingesunken zu sein. Der Meeresboden bestand noch ein beträchtliches Stück von der Küste entfernt aus dem gleichen, relativ festen grünlichen Sand wie der Strand, aber hier draußen war er weich und schlammig und mit einem dichten Pflanzenteppich bedeckt, und das Schiff war tief eingesunken. In dem dämmrigen, diffusen Licht konnte er nicht sagen, ob die Bewegungen, die er hin und wieder zwischen dem Blattwerk der Wasserpflanzen ausmachte, auf Strömungen zurückzuführen waren, oder ob sich dort tierisches Leben verbarg.

Es gab keine Zugänge zum Schiff außer den Schleusen: zwei für die Besatzung und zwei wesentlich größere für die Ladung. Er konnte gerade die Oberkante einer Schleuse auf dieser Seite des Schiffsrumpfes, über der Vegetation, ausmachen. Das war Glück. Also konnte er von dort in das Schiff eindringen und es sich gründlich ansehen, obwohl im Innern Sand und Schlamm wahrscheinlich einen großen Teil der Ausrüstung bedeckt hatten.

Für einen Augenblick überkam ihn Zorn auf das Schicksal, und er knirschte mit den Zähnen. Als ob es nicht schon schlimm genug war, mit nur den notwendigsten Mitteln, die ein Raumfrachter bot, und ein paar Dingen, die vor ihrem Start hastig an Bord verstaut worden waren, auf einem fremden Planeten landen zu müssen: Jetzt war sogar noch ein großer Teil dieser bescheidenen Mittel hier draußen — herausgetragen während des Winters und ruiniert durch die Einwirkung des Wassers. Sie hatten nur das aus dem Schiff geholt, was sie unmittelbar nötig gehabt hatten. Dazu gehörte zum Beispiel die übliche Funkausrüstung, denn sie hatten vorhergesehen, daß sie eine Möglichkeit haben mußten, mit Erkundungstrupps in Verbindung zu bleiben, noch bevor das Problem der anderen Flüchtlinge auftauchte.

Aber was nützte ihnen diese normale Funkausrüstung, wenn sie ihren Aufenthaltsort durch den interstellaren Abgrund funken wollten? Dazu brauchte man die Subfunkgeräte des Schiffs, und die hatten sie aus zwei guten Gründen nicht mitgenommen: erstens, wegen des Dämpfungsaspekts, und zweitens wegen ihres großen Energiebedarfs. Subfunksignale überbrückten praktisch ohne Zeitverzögerung Parsec-Entfernungen, aber durch die planetarische Atmosphäre drangen sie kaum hindurch. Wollte man von einem Planeten zu einem anderen funken, mußte man die Nachricht über ein normales Funkgerät zu einem im Raum kreisenden Satelliten schicken, der das Signal automatisch umsetzte. Und in jedem Fall war es nötig, Energie aus dem Fusionsantrieb des Schiffs zu zapfen, um den Strahl hinauszuschicken.

Hätten sie nur vor der Landung noch eine Subfunkbake im Raum lassen können ... Natürlich hatten sie während des Flugs ständig gefunkt, aber sie hatten ihre eigenen Signale fast eingeholt, und als sie dieses System endlich erreichten, waren sie an CO_2 und Anthropotoxinen fast erstickt. Die Belüftungssysteme waren nicht für achthundert Leute ausgelegt, und sie hatten sofort landen müssen.

Vielleicht spielte es auch gar keine Rolle, denn sie befanden sich mindestens zwanzig Parsec jenseits der Grenze des erforschten Raums. Möglicherweise wäre niemand auf den Gedanken gekommen, auf Signale von so weit draußen zu achten.

Die Subfunkausrüstung war also im Schiff geblieben. Sie befand sich jetzt also auf dem Meeresboden und war mit größter Wahrscheinlichkeit so korrodiert, daß sie nicht mehr zu reparieren war. Nahrungssynthesizer, Werkzeuge, Akkumulatoren, Sonnenenergiekollektoren, medizinische Ausrüstung, Bücher, Bänder und wissenschaftliche Instrumente — die wenigen, die an Bord waren — hatten sie mit an Land genommen, aber sonst kaum etwas.

Lex seufzte und setzte seinen Abstieg fort. Als er um sich blickte, hatte er den Eindruck, als ob das Wasser dunkler sei. Eine Wolke, die sich vor die Sonne geschoben hatte? Kaum anzunehmen, da der Himmel vor ein paar Minuten noch wolkenlos gewesen war. Er schaltete die Taschenlampe ein, doch es half nicht viel. Die Sicht blieb schlecht. Aber warum?

Einen Moment überlegte er, was passiert sein konnte, und dann brachte ihn das Glas der Taschenlampe auf des Rätsels Lösung. Es war mit einem feinen grünlichen Film überzogen, der sich ohne weiteres abwischen ließ. Das gleiche war auch mit seinem Helm passiert. Bei genauer Betrachtung stellte Lex fest, daß sein ganzer Anzug völlig von einer Substanz überzogen war, die das einheimische Äquivalent des Planktons sein mußte. Bei seinen Tauchgängen im vergangenen Jahr hatte er davon nichts bemerkt — aber damals war der Sommer auch fast vorbei gewesen, und der Frühling brachte zweifellos eine Fülle an neuem Leben.

Er konnte sich nicht vorstellen, daß es gefährlich war, nur lästig. Als er den Strahl der Lampe über das Schiff streichen ließ, stellte er fest, daß das glänzende Metall nur beschlagen war, die grünliche Substanz sich also nicht schichtweise aufbaute.

Nachdem er das Licht in die Helmhalterung eingehakt hatte, damit er das Seil nicht loslassen mußte, nahm er ein paar der Steine ab, die als Gewichte seinen Gürtel beschwerten. Neutralisierender Auftrieb war unter diesen Umständen besser als Gewicht. Die üppige Vegetation um den unteren Rand der offenen Frachtschleuse behagte ihm nicht, und er wollte versuchen, ob er in das Schiff treiben oder schwimmen konnte, ohne die Pflanzen zu berühren.

Etwas streifte die Hand, mit der er sich am Seil festhielt.

Sein Kopf und das Licht fuhren gleichzeitig herum. Es beleuchtete ein rötliches Wesen mit vielen krallenbewehrten Füßen und einem sackähnlichen Körper, an dem sich anmutig bewegende Wedel befanden, ähnlich denen der Pflanzen auf dem Meeresboden. Das Tier hatte sich das Seil hochgehangelt, wobei es sich mit Gruppen von vier Krallen festhielt, und war dabei auf ein Hindernis, seine Hand, gestoßen. Hier hatte es nun angehalten, um dieses Hindernis näher zu untersuchen. Ein blutegelähnlicher Hals mit einem Ring aus Fühlern, die um ein dunkles Saugmaul angeordnet waren, tastete über Lex Arm.

Das Licht schien es überhaupt nicht zu stören. Augen entwickelten sich ungewöhnlich spät bei diesen Meerestieren, hatte Bendle gesagt, obwohl sich bei vielen von ihnen Stellen auf der Haut fanden, die auf hell und dunkel ansprachen.

Vielleicht konnte es ihm nicht gefährlich werden, überlegte Lex. Aber diese Krallen sahen unerfreulich kräftig aus. Außerdem war es nicht unbedingt nötig, daß dieses Ding zu Aldric und Cheffy ins Boot kletterte. Es war gut einen Meter lang, und ein Stich oder Biß von ihm konnte für einen Menschen genauso giftig sein wie das menschliche Fleisch ganz offensichtlich für die einheimischen Lebewesen.

Er nahm seine Axt. Dann, als das Tier zu dem Schluß zu kommen schien, daß sein Arm einen besseren Weg als das Seil bot, holte er aus und hieb ihm die ersten sechs oder acht seiner krallenbesetzten Füße ab in der Erwartung, daß es jetzt herunterfallen würde.

Statt dessen brach im selben Moment der Sack auf der Rückseite des Tiers auf, und das Wasser nahm eine schmutzig gelbe Farbe an, die ihm innerhalb weniger Sekunden völlig die Sicht nahm. Erschrocken ließ Lex das Seil los und begann sofort zu sinken.

Sobald er aus dem Bereich der gelben Wolke war, drehte er sich herum und verfolgte aus ein paar Schritt Entfernung, was weiter geschah. Aus dem ungestalten Ball schossen wie Pfeile zwanzig oder mehr zappelnde Miniaturausgaben des Dings, das er angegriffen hatte. Sie stürzten sich allesamt auf ihn. Lex schwang wild seine Axt und schlug sie zurück, während er durch das Wasser purzelte, aber zweien gelang es, sich an die Gesichtsplatte seines Helms zu heften. Er sah, wie sich ihre kleinen Blutegelmünder weit öffneten, bis sie einen Durchmesser von zwei Zoll erreicht hatten, und sich dann zurückstülpten, als wollten sich die Tiere völlig herumkrempeln.

Seine Füße berührten den Grund. Er richtete sich auf, griff sich die beiden Tiere und schleuderte sie so weit von sich, wie es der Widerstand des Wassers erlaubte. Mittlerweile hatten sich die Mäuler schon zur Hälfte über die Körper zurückgestülpt, und sie schienen völlig ihre Schwimmfähigkeit verloren zu haben. Die Dinger fielen zwischen die Pflanzen, und etwas — Lex konnte nicht sagen, was es war, weil es sich so schnell bewegte — verschlang sie, worauf es einen Augenblick später einen Strahl jener allgegenwärtigen gelben Tinte ausstieß.

Langsam bereute Lex seinen spontanen Entschluß, allein zu tauchen. Er hatte im Leben nicht damit gerechnet, von einer so total feindseligen Umgebung empfangen zu werden. Immer wieder hatte er sich während des Winters gesagt, daß es jetzt am Menschen lag, sich den konkurrierenden Lebensformen als überlegen zu zeigen, indem er ein besseres Tier war. Aber hier begann er zum erstenmal zu verstehen, was diese Binsenweisheit wirklich implizierte.

Er befand sich ein paar Schritte von der Frachtluke

entfernt und schwankte hin und her, weil er sich zu leicht für einen stabilen Stand gemacht hatte, aber nicht leicht genug war, um im Wasser zu treiben. Nun, der Kompromiß war ganz in Ordnung, wenn er auf diese Weise langsame Sprünge machen konnte, wie jemand, der sich in kaum wahrnehmbarer Schwerkraft bewegt. Seine Beine waren bis an die Waden in Bodenpflanzen eingesunken, und seine Stiefelsohlen offensichtlich in glucksendem Morast, aber er schien jetzt festen Boden unter den Füßen zu haben.

Etwas wischte zwischen ihm und dem glänzenden Dach des Schiffsrumpfes vorbei. Als er aufblickte, sah er ein pulsierendes Wesen mit einem flachen Körper, von dessen Unterseite Bündel unregelmäßig angeordneter Tentakel herunterhingen. Es nahm keine Notiz von ihm. Ein paar andere kleine und große Tiere schwammen über ihn hinweg, ohne sich um ihn zu kümmern.

Gut, wenn sie ihn ignorierten, würde er sie auch ignorieren. Er wandte sich in Richtung Frachtschleuse und nahm Maß. Ein genau kalkulierter Sprung, traumähnlich unter Wasser, brachte ihn an die linke obere Ekke der Luke. Er prallte leicht gegen das Metall und konnte sich an einem Vorsprung festhalten und in das Innere des Schiffs sehen.

Die Zeit, die er hier in behelfsmäßig zusammengebauten Metallkojen, die so hart waren wie Tische, verbracht hatte, kam ihm wieder in Erinnerung. Das hier war der Laderaum gewesen, in dem vierhundert Menschen auf dem Flug zusammengepfercht gewesen waren. Sand bedeckte den geneigten Boden, und dazwischen entdeckte Lex Pflanzen und kleine runde, festgeheftete Tiere mit farnähnlichen Filtermündern, die das treibende Plankton aus dem Wasser siebten. An den Wänden hatten sich Kolonien symbiotischer Zellverbindungen festgesaugt, die vage den Fadenalgen ähnelten.

Schon jetzt wurde das Schiff zu einem Unterwasserdschungel. Lex konnte auf den ersten Blick sagen, daß die Bergungsaktion den größten Teil des Sommers in Anspruch nehmen würde, und daß es außerdem fraglich war, ob Energiewerkzeuge hier heruntergebracht werden konnten, um das wertvolle Metall des Schiffsrumpfs selbst sicherzustellen.

Da er auf dem Boden nichts Verdächtiges entdecken konnte, ließ sich Lex ins Innere gleiten und wagte sich ein Stück in das Schiff vor. Glücklicherweise waren ein paar der inneren Türen noch geschlossen. Seltsame Tiere, die sich in den Gängen verirrt hatten, stoben davon oder nahmen starre Drohhaltungen ein, die Lex normalerweise vielleicht zum Lachen gereizt hätten, aber auf diesem Planeten hatte er noch keine Maßstäbe, nach denen er sich in dieser Beziehung richten konnte. Er arbeitete sich durch den Spinaltunnel des Schiffs zu den Kontrollsektionen vor, weil er keine der geschlossenen Türen öffnen wollte, für den Fall, daß sie noch luftdicht waren.

Hier befanden sich die wertvollsten Objekte. Und hier war das Chaos einfach entsetzlich.

Computer, aus ihren Verankerungen gelöst, weil man sie mit in das Dorf nehmen wollte und dann zurückgelassen, als der Winter hereinbrach, waren auf den Boden gefallen und zertrümmert. Die Subfunkgeräte waren — wie er befürchtet hatte — korrodiert und mit Seesalzkristallen überkrustet. Der Navigationsraum bot ein Bild der Verwüstung, und er fand nur einige wenige Dinge, die er in seine Netztasche packen konnte.

Deprimiert machte er sich auf den Weg zum Heck, wo sich die Maschinen befanden. Auch hier sah es schlimm aus; ein Loch in der Wand des Treibstoffreservelagers, das so groß war, daß man hindurchgehen konnte, war das erste Anzeichen für eine Reihe chemischer Explosionen, die den größten Teil des Antriebssystems so stark beschädigt hatten, daß eine Reparatur unmöglich war.

Sein Licht offenbarte verschiedenfarbige Korrosionsflecken, gesprungene Platten und Instrumententafeln, die aussahen, als seien sie von Schrapnellsplittern getroffen worden.

Er konnte hier, an Ort und Stelle, seinen Bericht für die Bestandsaufnahmeversammlung am nächsten Tag zusammenfassen. Im Schiff gab es nichts mehr, das sich zu bergen lohnte, abgesehen vom Rohmaterial.

Sicher, vielleicht ließ sich hier und da ein Instrument reparieren und erwies sich als nützlich für irgendeine unvorhergesehene Funktion. Aber von den Dingen, die ihnen von direktem Nutzen gewesen wären, wie Energiewerkzeuge oder Akkumulatoren, konnte kaum noch etwas brauchbar sein.

Nachdem er seinen Helm wieder einmal von jenem grünen Film befreit hatte, machte Lex sich niedergeschlagen auf den Rückweg.

Sein erster Gedanke, als er die Frachtschleuse wieder erreicht hatte, war, daß sich das Meer verdunkelt hatte. Dann sah er, daß die Öffnung von irgend etwas blokkiert wurde. Sein Licht zeigte eine glänzend dunkle Oberfläche, die pulsierte und zuckte und sich entlang waagerechter Linien teilte, um Schwärme winziger Tiere auszuspucken, nach denen sich die Fäden an den Wänden gierig streckten.

Bei diesem Anblick wurde Lex von heillosem Zorn gepackt. »Zum Teufel mit euch!« sagte er laut. Die Worte echoten unheimlich in seinem Helm. »Noch gehört es uns! Es gehört trotz allem immer noch *uns!*«

Er erhob seine Axt und stürmte auf das Wesen zu, das seine unzähligen Jungen in das Schiff ergoß. Sie umschwärmten ihn wie Mücken, als er mit den Händen und der Axt das ledrige Fleisch bearbeitete, auf es einhieb, daran riß und zerrte; tauchte mitten hinein, durch sich windende Schwärze und hinaus in das verfärbte Wasser, wo sich kleinere Fleischfresser schon erwartungsvoll versammelten, um an dem Kadaver zu nagen;

dann ging es, bedeckt von stinkendem Blut und ein bandartiges inneres Organ des Tieres hinter sich herziehend, in traurigem Triumph hinauf an die Oberfläche und in das Boot, während unten auf dem Meeresboden das schäbige Symbol seines Widerstands sterbend zurückblieb.

5

Ein Tag auf Zarathustra hatte ungefähr zweiundzwanzigeinhalb Stunden eines Erdentags gedauert und war, wie es auf kolonisierten Planeten üblich war, auf ein willkürliches Standardmaß von zwanzig Stunden verkürzt worden. Hier dagegen waren es ungefähr achtundzwanzig Stunden von einem Mittag bis zum anderen. Man hatte versucht, eine der Schiffsuhren umzustellen, aber es gab Wichtigeres zu tun. Jetzt waren die Uhren und die Normalzeit völlig durcheinander, allerdings wurde die Zahl der verstrichenen Tage festgehalten.

War es nur rein aus Gründen der Bequemlichkeit, daß die Leute plötzlich in Tageslicht und Dunkelheit dachten, oder handelte es sich um das erste Anzeichen der Rückkehr zur wirklichen Primitivität? Jerode ging die Frage nicht aus dem Sinn, während er von der einfachen Veranda der Haupthütte auf ihre provisorische kleine Stadt blickte. Die meisten kamen jetzt langsam und müde zum Abendessen, nur Fritchs Team war noch mit der Ausbesserung des Dachs vom Junggesellenhaus auf der anderen Seite des Tals beschäftigt. Das Klopfen von Hämmern und ein gelegentlicher Befehl drang an sein Ohr.

Er hatte schon gegessen, weil er noch ein bißchen nachdenken wollte, bevor der Lenkungsausschuß bei Einbruch der Dunkelheit zusammenkam. Das Essen hatte wie gewöhnlich aus einem feuchten, mehligen

Kuchen aus einem Nahrungssynthesizer bestanden, der in zwei spröde Blätter vom Salatbaum eingewickelt war, und einem Stück konservierter Allfrucht von der Größe seines Daumens. Bis jetzt hatten sich nur der Salatbaum und drei andere, weitaus weniger schmackhafte einheimische Pflanzen als sowohl unschädlich als auch nahrhaft erwiesen. Der größte Teil der Vegetation enthielt ein Allergen, das ihm am Ende des vergangenen Sommers ganz schön zu schaffen gemacht hatte, bis er entdeckt hatte, daß er einen Vorrat eines entsprechenden Medikaments besaß, mit dem er es behandeln konnte. Als er Zarathustra verließ, hatte er wie alle anderen einfach das geschnappt, was ihm gerade in die Hände kam und wußte deshalb nicht genau, was er alles mitgebracht hatte.

Aber das würde sich ändern müssen. Der Not gehorchend, würden sie sich gezwungen sehen, einen der Synthetisierer so umzubauen, daß er ein Gegenmittel zu dem Allergen lieferte, das, routinemäßig dem Essen beigefügt, vielleicht zusammen mit Meeressalz, ihnen erlauben würde, unter fast dreißig Gemüsesorten auszuwählen.

Und die Vorratsbehälter für die Spurenelemente in den Synthetisierern waren fast leer — während der schlimmsten Zeit des Winters hatten sie ausschließlich von Synthesekuchen gelebt —, so daß eine weitere dringende Aufgabe sein würde, zusätzliche Salzlöcher anzulegen, das Präzipitat in ein entsprechendes Gemisch zu fraktionieren, die Vorratsbehälter aufzufüllen ...

Jerode fuhr sich mit einer Hand müde durch das Gesicht. Die Liste der noch zu erledigenden wichtigen Arbeiten war endlos.

Ein beständiger Strom floß nicht nur in die Küchen, sondern auch heraus, was ihm merkwürdig vorkam; er sah Leute, die schon wieder herauskamen, kurz nachdem sie hineingegangen waren. Dann begriff er, daß sie ihr Essen mit zum Flußufer nahmen, wo sie sich niederließen und in den Strahlen der untergehenden Sonne mit ihren langen Schatten als Gesellschaft aßen. Nun, wenigstens konnte die Abendsonne kaum einen Sonnenbrand verursachen. Man konnte es den Leuten auch nicht verdenken. Das ausgeglichene, vom Menschen kontrollierte Klima von Zarathustra hatte auf Befehl hin mit warmen Sommerabenden aufgewartet, und nach dem endlos langen Winter schien es Verschwendung, sich unter einem Dach aufzuhalten.

Dieser Fluß war wirklich ein Segen, dachte Jerode. Er war nicht besonders breit, abgesehen von der Mündung, und er war so flach, daß man sogar jetzt hindurchwaten konnte, während der Schnee, der seine Quelle auf der Hochebene im Landesinnern umgab, schmelzen mußte. Sicher, er hatte die Siedlung in den schlimmsten Winternächten getrennt, aber sie hatten es gerade noch geschafft, vor den heftigsten Stürmen eine Seilbrücke über ihn zu spannen, die stabil genug gewesen war, ihnen zu trotzen. Die Stadt auf beiden Ufern anzulegen, war ein kalkuliertes Risiko gewesen. Sie wollten das Holz nicht zu weit schleppen müssen, und es gab auf jeder Seite des Tals einen Baumbestand, der ihnen das Rohmaterial lieferte.

Doch was am wichtigsten war, es hatte ihnen nie an trinkbarem Frischwasser gemangelt, auch wenn sie es manchmal als Eisblöcke hatten hereinholen müssen. Vielleicht war es auch ganz klug, destilliertes Wasser als Trinkwasser zu benutzen, wenn die Salzlöcher erst einmal angelegt worden waren, und das Flußwasser ausschließlich zum Baden zu benutzen ...

Ja, wenn man die Umstände ihrer Gründung berücksichtigte, war dies wirklich eine aufstrebende kleine Stadt. Stadt? Nun, vielleicht sollte er besser sagen: Dorf. Aber mit den fünfzehn Gebäuden, aus denen es jetzt bestand, war es immerhin ein Anfang. Zuerst hatten sie im Schiff geschlafen, doch die engen Quartiere führten zu ängstlichen Spannungen unter den Flüchtlingen. Er selbst hatte darauf gedrängt, daß man so schnell wie möglich mit dem Bau von Unterkünften begann. Sie hatten am Fluß festen Lehm gefunden, den sie als Fußboden benutzten, und lange, einstöckige Häuser errichtet, die aus einem Rahmengerüst natürlicher Baumpfosten mit daran befestigten Brettern aus gespalteten Stämmen bestanden. Lex, der in solchen Dingen sehr geschickt war, hatte ihm geholfen, einen Nahrungssynthetisierer so umzubasteln, daß er ihnen einen widerstandsfähigen organischen Leim lieferte, der — jedenfalls zum größten Teil — den Winter über gehalten hatte. So waren eine Baracke für ledige Mütter und eine weitere für ledige Frauen entstanden sowie fünf andere, die grob in einzelne Räume für jene Paare abgetrennt wurden, die entweder schon bei der Evakuierung zusammen gewesen waren oder die sich erst an Bord zusammengetan hatten, um sich gegenseitig zu trösten.

Es hatte natürlich Probleme gegeben, als sich während des Winters neue Bindungen gebildet hatten, aber die wenigen Schlägereien ließen sich auf Angst und Klaustrophobie zurückführen. Gewalttätige sexuelle Eifersucht war auf Zarathustra, wie auf den meisten wohlgeordneten Kolonieplaneten, verpönt gewesen. Außerdem waren Pläne in Vorbereitung, die ... nun, die Ehequartiere zu erweitern.

Jerode seufzte. Ja, sie würden eine gewisse Disziplin einführen müssen, wenn diese ad hoc Verbindungen halten sollten. Eine Disziplin, die etwas strenger sein mußte als die legere macht-was-euch-gefällt Einstellung von Zarathustra. Denn wenn die Versammlung zustimmte, würden noch in diesem Jahr Kinder kommen, und Kinder durften auf *keinen* Fall der Gemeinschaft aufgebürdet werden, denn das würde eine zu große Verstimmung bei den Nichteltern hervorrufen.

Er wünschte mehr über primitive Psychologie zu

wissen. Jerode hatte ein paar Tips von Cheffy mitbekommen, aber im Grunde würde ihre soziale Entwicklung ein empirischer Prozeß sein, genau wie alles andere auch.

Vier der ursprünglich fünfzehn Gebäude waren inzwischen mehr oder weniger Ruinen. Sie waren noch nicht fertiggestellt gewesen, als der Winter hereinbrach, und Fritch hatte sie geplündert, um die Wände der größeren Häuser zu verstärken. Das hier, die Haupthütte, die als eine Art Verwaltungsbüro diente, war allerdings in verhältnismäßig gutem Zustand. Jerode musterte die Wände aus halbierten Stämmen und klopfte beifällig dagegen.

Bei seiner bloßen Berührung löste sich eins der Bretter und fiel polternd zu Boden.

Mit verzagendem Herzen bückte er sich, um es sich näher anzusehen. Auf dem bräunlichen Leim, mit dem es festgeklebt gewesen war, bewegten sich unsicher eine Reihe gelber Punkte, als wären sie von der plötzlichen Helligkeit überrascht. Irgendwelche Parasiten, die den Leim als verdaulich entdeckt hatten. Wieder ein Punkt für die Liste der dringenden Arbeiten.

»Ich sehe, Sie haben gerade unser jüngstes Problem entdeckt, Doc«, sagte jemand hinter ihm. Jerode drehte sich um. Es war Fritch, der stämmige, dunkelbraune Mann, der auf Zarathustra Architekt gewesen war und den Bau aller Gebäude hier überwacht hatte.

»Ist es schon öfter passiert? Und ist es schlimm?« wollte Jerode wissen.

»Ziemlich.« Fritch zuckte die Achseln. Er hielt sein Abendessen wie ein Sandwich in einer Hand und hatte im Gehen ein Stück abgebissen. »Die kleine Hannet hockte auf einem Balken, an dem dieser Schimmelpilz, oder was es auch immer sein mag, an der Arbeit gewesen ist, und er löste sich, und sie ist drei Meter tief gefallen. Glücklicherweise hat sie sich nicht verletzt; sie ist auf einem Bett gelandet.«

»Meinen Sie, daß uns alle unsere Häuser über dem Kopf einstürzen werden?«

»Nein, das glaube ich nicht. Ich habe ein Team damit beauftragt, aus Blechen Nägel zu schneiden. Wir können die Wände, die am schlimmsten betroffen sind damit verstärken, bis Sie oder Bendle etwas gefunden haben, das wir dem Leim beimischen können, damit ihnen der Appetit vergeht. Bendle sagt, er glaubt, daß einige der Meerespflanzen Antimon enthalten, und wir könnten eine Probe verbrennen und sehen, ob es hilft, wenn wir die Asche untermischen. Aber wie ich sehe«, schloß er und machte Anstalten, wieder ein Stück von seinem Essen abzubeißen, »hätte ich mich gar nicht so zu beeilen brauchen. Ich dachte, die anderen seien schon alle hier.«

»Arbogast kommt gerade«, erklärte Jerode mit einem Blick in Richtung Fluß. »Bendle ist inzwischen vom Strand zurück, und Aldric und Cheffy ebenfalls — ich habe sie vor ein paar Minuten zum Essen gehen sehen. Haben Sie Lex schon gesehen?«

»Ja. Er war im Schiff. Er sagt, es sei in hoffnungslosem Zustand.«

»Damit war fast zu rechnen. Trotzdem«, fügte Jerode stirnrunzelnd hinzu, »wenn Lex sagt, daß es übel aussieht, können wir es wörtlich nehmen. Wenn Arbogast das gesagt hätte, hätte ich angenommen, daß er entmutigt sei. Was sagt er eigentlich, wissen Sie das? Dasselbe wie Lex?«

»Er ist nicht mit gewesen«, antwortete Fritch zwischen zwei Bissen.

»Nein?« entfuhr es Jerode überrascht. »Wieso nicht?«

»Ich schätze, er hätte den Anblick nicht ertragen können.«

»Das gefällt mir nicht«, murmelte Jerode. »Ich glaube, ich werde nachher mal besser mit ihm reden.«

»Da ist noch etwas, das Ihnen nicht gefallen wird«, fuhr Fritch fort. »Nanseltine setzt alle Hebel in Bewegung, um Mitglied des Lenkungsausschusses zu werden, und eine ganze Menge Leute haben sich von seiner Argumentation überzeugen lassen, daß jemand, der zu Hause Manager eines ganzen Kontinents gewesen ist, zwangsläufig für diesen Job kompetent sein muß.«

»Das ist er nicht.« Jerodes Stimme klang endgültig. »Jemand, der den ganzen Winter über nichts anderes getan hat, als auf seinem Hinterteil zu sitzen und sich zu beschweren, ist einfach unfähig.«

»Der Meinung bin ich auch. Aber ich fürchte, daß wir da morgen einige Leute gegen uns haben werden.«

Einen Augenblick herrschte Schweigen. Dann kam Arbogast mit gesenktem Kopf um die Ecke der Nachbarhütte. Als sie ihn begrüßten, murmelte er einen Gruß zurück und ging sofort hinein, wo er sich auf seinen Platz am Konferenztisch setzte.

Jerode sah Fritch mit hochgezogener Braue an, der zuckte nur die Achseln.

»Sie müssen unbedingt versuchen, ihn aufzumuntern, Doc«, murmelte er. »Wir sind knapp genug an fähigen Leuten.«

Jerode nickte und gab genauso leise zurück: »Ich habe übrigens Ornelle gebeten, heute abend auch herzukommen. Ich habe sie immer als verhältnismäßig vernünftig eingeschätzt, und ich denke, daß sie im Junggesellinnenhaus de facto die Leitung in die Hand nehmen wird. Wir werden Leute brauchen, die sich jetzt um die menschlichen Probleme kümmern, genau wie irgend jemand die Arbeit organisieren muß, die zu tun ist.«

»Keine schlechte Idee«, nickte Fritch. »Aber auf wen ich wirklich alle Hoffnungen setze, das ist Lex. Er ist noch der spontanste Kopf, den wir haben. Wir anderen — nun, sind wir doch ehrlich. Wir sind ziemlich gehandikapt durch die Vorurteile, die wir von zu Hause mitgebracht haben. Er ist von Natur aus einfallsreich, nicht?«

»Still. Da kommt er.«

Ein paar Minuten später waren sie alle um den klobigen Tisch versammelt: Arbogast, nach Gewohnheitsrecht am Kopfende und Jerode zu seiner Rechten. Da es auf dem Flug hierher zur Gewohnheit geworden war, dem Captain zu gehorchen und dem Doktor zu vertrauen, waren sie automatisch als Führungspersonen akzeptiert worden. Hinzu kamen Fritch, Bendle, Aldric und Cheffy, die sich aufgrund ihres spezialisierten Wissens oder ihrer praktischen Fähigkeiten selbst hinzugewählt hatten. Bendle sah schrecklich müde aus. Dann Ornelle, still und blaß, und zu guter Letzt Lex, der Arbogast gegenüber saß. Er war dazu gewählt worden, nachdem er mit seinem Vorschlag einer Seilbrücke über den Fluß gekommen war, und seitdem hatte er schon des öfteren Ideen zu improvisierten Geräten gehabt, die selbst Cheffy mit seinem umfassenden Wissen über die Frühgeschichte der Menschheit überrascht hatten.

Nein, Nanseltine würde hier nicht hineinpassen, überlegte Jerode. Unsere Rechtfertigung, warum wir in diesem Ausschuß sitzen ist, daß wir sehr gut zusammen arbeiten. Er ist ein Mann, der es gewohnt ist, Befehle zu geben, mehr nicht. Und dabei ist er noch nicht mal ein fähiger Planer, nur das Sprachrohr für Computer, wie wir sie hier nicht haben.

Aber was ihm Sorgen gemacht hatte, war die Tatsache, daß sich keine Frau gefunden hatte, die wie sie für eine mögliche Autoritätsposition in Frage gekommen wäre. Vorausschauend auf die Zukunft, wenn sie vielleicht Zeit für kleinliche politische Auseinandersetzungen haben würden, wenn sich die ledigen Frauen zu einer Interessengruppe entwickeln würden, die man nicht ignorieren konnte, war er auf Ornelle gestoßen, weil sie — wie er Fritch gesagt hatte — zu einer Art Hausmutterfigur geworden war. Er war allerdings nicht ganz sicher, ob sie eine gute Wahl war.

Nun, die Zeit würde es zeigen.

Er wartete. Es war ganz still. Alle schauten erwartungsvoll auf Arbogast, der die Hände mit den Handflächen nach oben auf den Tisch gelegt hatte, die Finger nach innen gebogen.

Ohne aufzublicken, sagte er schließlich heiser: »Ich — ich glaube, ich sollte diesen Platz für jemanden räumen, dem er wirklich zusteht.«

Der Stuhl scharrte über den Boden, als er ihn abrupt zurückschob, aufstand und hinausging, ohne nach links oder rechts zu sehen.

Bendle und Ornelle machten überrascht Anstalten, ihn aufzuhalten, doch Jerode und Fritch blickten einander an und bedeuteten den anderen, zu schweigen. Als Arbogast verschwunden war, rückte Jerode entschlossen an das Kopfende des Tischs auf und räusperte sich.

»Ich glaube, der Captain fühlt sich nicht wohl«, erklärte er. »Es hat ihn ziemlich mitgenommen, was mit seinem Schiff passiert ist. Ich nehme an Sie wissen es schon alle?«

Lex, Aldric, Cheffy und Fritch nickten. Jerode blickte auf die Notizen, die er sich gemacht hatte und die vor ihm auf dem Tisch lagen.

»Ich werde mich nachher mal in Ruhe mit ihm unterhalten. Ich schlage vor, daß wir dieses Thema damit als abgeschlossen betrachten und uns jetzt dem Grund unserer Zusammenkunft heute abend zuwenden. Ich werde einen Bericht über die gesundheitliche Situation geben, dann werden wir von Lex etwas über das Schiff hören, von Fritch über die Unterkünfte, von Bendle über die Sommerbiosphäre, von Aldric über die Materialvorräte und von Cheffy über mögliche neue Projekte. Anschließend werden wir eine Prioritätenliste erstellen, und bevor wir die Sitzung aufheben, müßten wir uns noch — äh — mit einem Problem befassen, das bei der Versammlung morgen zur Sprache kommen wird. Dieses Problem ist auch der Grund, warum ich Ornelle gebeten habe, an unserer Sitzung teilzunehmen. So, fangen wir an!«

Es sah gar nicht so übel aus. Wirklich nicht. Nachdem alle Berichte vorgelegt worden waren und die Liste, abgesehen von einigen noch ungeklärten Fragen in bezug auf Dinge, über deren Dringlichkeit man sich nicht ganz einig war, fertig war, fand Jerode, daß es jetzt an der Zeit für seinen Vorschlag war, den er in seiner anfänglichen Eröffnungsrede nicht erwähnt hatte, versuchsweise Kinder zu erlauben. Mit der einen Einschränkung, daß diese Erlaubnis nur für die direkte Zukunft gelten sollte, damit die jetzt empfangenen Kinder vor dem Herbst auf die Welt kamen.

»Und das bringt uns zu einem ganz speziellen Problem der Gruppendisziplin«, schloß er. Mit der dringenden Bitte, diese Angelegenheit vertraulich zu behandeln, berichtete er über Delvia.

Alle blickten auf Ornelle und warteten auf ihren Kommentar. Sie hatte bisher noch nichts gesagt.

»Was die Frage der Kinder anbetrifft«, sagte sie langsam, »so meine ich, daß wir ja sagen müssen. Nicht nur, weil uns das zu den psychologischen Wurzeln verhelfen würde, die wir brauchen, wenn wir hier leben wollen ...«

Ein gutes Argument. Die anderen nickten beifällig.

»Sondern auch, weil wir so wenige sind, und jetzt, da der Winter die andere Gruppe umgebracht hat ...«

»Ornelle!« unterbrach sie Jerome angesichts der entsetzten Blicke der anderen. »Es gibt keinerlei Beweise dafür, daß die anderen den Winter nicht überlebt haben.«

»Und warum hat dann heute abend niemand vorgeschlagen, eine Expedition loszuschicken, um herauszufinden, was aus ihnen geworden ist?« gab Ornelle zurück. »Das bedeutet doch, daß Sie es als sicher annehmen, nicht wahr?«

»Nein«, meinte Jerode beschwichtigend. »Wir brauchen alle verfügbaren Kräfte hier, bis wir die wirklich dringenden Probleme erledigt haben.«

»Unsinn. Wenn irgend jemand von Ihnen glaubte, daß sie noch lebten, würden Sie nichts Eiligeres zu tun haben, als zum Plateau loszuziehen und zu sehen, ob wir einander helfen könnten.« Ornelles Stimme klang überzeugt. »Wie auch immer, jedenfalls halte ich es für überflüssig, über das Problem Delvia zu diskutieren. Ich habe mir die Sache durch den Kopf gehen lassen, und ich bin absolut sicher, daß sich eine Zwangsabtreibung erübrigt. Sie wird Sie nämlich höchst wahrscheinlich von sich aus darum bitten, weil sie der Meinung sein wird, daß ein Kind sie in ihren — ihren anderen Aktivitäten behindern würde. Glauben Sie mir. Ich hatte den ganzen Winter Zeit, sie aus nächster Nähe zu beobachten, müssen Sie wissen.«

»Das mag ja sein«, erwiderte Jerode. »Was mich beunruhigt, ist die Gefahr, daß die Antipathie gegen sie noch stärker wird, wenn sich die Neuigkeit herumspricht, weil wir einen Entschluß, der von uns allen kollektiv gefaßt worden ist, nicht durchgesetzt haben.«

»Oh, sicher!« Ornelle beugte sich vor, die Ellbogen auf den Tisch gestützt. »Aber ihr Männer scheint bei der ganzen Sache eins zu vergessen. Die Frauen haben nicht bewußt zugestimmt, auf Kinder vorerst zu verzichten, sondern aus Verzweiflung, aus Gleichgültigkeit. Weil sie der Meinung waren, daß es *sinnlos* sei, Kinder zu bekommen, weil wir sowieso wahrscheinlich alle sterben müßten, Erwachsene, Kinder, alle. Mit diesen feinen Plänen, die Sie gerade besprochen haben, wollen Sie jetzt alle überzeugen, daß wir nicht zum Untergang verurteilt sind. Schön. Aber damit stehen Sie vor einem ganz neuen Problem!« Sie schlug mit der Hand auf den Tisch. »Was werden Sie tun, wenn die Leute, nachdem Sie ihnen erst mal Mut gemacht haben — kollektiv! — beschließen, daß sie nicht länger genau das tun werden, was ihr selbsternannten Experten ihnen sagt?«

6

»Ich bin froh, daß Sie daran gedacht haben, Ornelle einzuladen«, bemerkte Lex leise. Jerode, der gerade damit beschäftigt war, seine Notizen zusammenzulegen, blickte auf. Das Material, auf dem er die Notizen gemacht hatte, war ihre erste nützliche Entdeckung hier gewesen; es gab eine Flußpflanze, deren Blätter in dichten, gelben Rollen wuchsen, die man auseinanderlegen und trocknen konnten und die dann, zurechtgeschnitten, einen ausgezeichneten Ersatz für Papier bildeten. Allerdings stanken sie noch eine ganze Weile nach dem Schneiden.

Die anderen waren bereits an der Tür. Ornelle selbst war schon draußen, außer Hörweite. Trotzdem senkte auch Jerode seine Stimme.

»Wie kommen Sie darauf, daß es eine gute Idee war? Sie ist nicht sehr konstruktiv in ihrem Beitrag gewesen, und ich glaube, ich muß meine Ansicht über sie revidieren.«

»Nein, es war ganz nützlich, daß sie dabei gewesen ist.« Lex hockte sich auf eine Tischkante und ließ ein Bein herunterbaumeln. Sein Gesicht unter dem unordentlich geschnittenen dunklen Haar war ernst. »Wissen Sie, was das Problem bei den meisten unserer Leute hier ist, Doc?«

»Rücken Sie schon raus mit Ihrer Diagnose«, entgegnete Jerode mürrisch.

»Sie sind realitätsfremd«, fuhr Lex gelassen fort. »Nicht im klinischen Sinn, das meine ich nicht — nicht in der Form einer offenen psychologischen Störung. Es ist eine direkte Konsequenz der Art, wie wir gelebt haben.« Er beugte sich etwas vor.

»Überlegen Sie mal, wie wenig sich die meisten von uns um die Lebensbedürfnisse haben kümmern müssen. Zara war zwar kein sehr wohlhabender Planet, aber es genügte völlig, wenn seine Bewohner etwa fünf

Stunden pro Tag und das vier Tage in der Woche ihren Aufgaben als Techniker, Manager oder Aufseher nachgingen. Und damit arbeiteten Zarathustraner härter als viele andere Leute. Stellen Sie sich vor, wir kämen zum Beispiel von der Erde, wo es einem völlig freisteht, ob man arbeiten möchte oder nicht — wo so viel zur Verfügung steht, daß es ganz egal ist, ob irgend jemand irgend etwas tut.

Und jetzt sehen Sie sich uns an, die wir auf einmal Verantwortung übernehmen mußten. Was haben wir gemeinsam? Nichts, soweit ich es beurteilen kann, außer Flexibilität. Wir haben uns der Situation schneller als die anderen angepaßt, und es liegt bei jedem einzelnen auf der Hand, wieso. Fritch ist ein kreativer Typ, der es gewohnt ist, zu sehen, daß seine Ideen in die Praxis umgesetzt werden und der zur Not auch selbst mit zupackt, damit er sicher ist, daß auch alles richtig gemacht wird. Bendle ist ein Forscher, den sein lebenslängliches Interesse für neue Flora und Fauna Tag für Tag motiviert. Dann Cheffy, ein Amateurhistoriker, der zumindest eine ungefähre Ahnung davon hat, wie das Leben aussieht, wenn man keine automatisierten Fabriken zur Hand hat. Aldric, ein Modellbauer, ein Handwerker, der viel zu spät auf die Welt gekommen ist. Und Sie, der Sie es gewohnt sind, zugunsten anderer zu arbeiten. Nein, Sie brauchen es nicht abzustreiten. Jetzt haben Sie den Job am Hals, mit dem Arbogast nicht fertig geworden ist, und Bescheidenheit wird nur ein Handikap sein.«

Jerode musterte Lex nachdenklich. Dies war eine Seite an dem jüngeren Mann, die ihm vorher nicht aufgefallen war. »Komisch, gerade darüber habe ich vor unserer Zusammenkunft nachgedacht.«

»Doch nicht zufällig im Zusammenhang mit Nanseltine?«

»Doch. Wie haben Sie das erraten?«

»Gar nicht. Ich habe es gerochen, könnte man sagen.

Deshalb habe ich auch gesagt, ich bin froh, daß Ornelle heute abend dabei war. Sie ist nämlich typisch für die Leute hier. Sie sind es nicht. Fritch ist es nicht. Aber ich fürchte, daß Nanseltine absolut archetypisch ist.«

»Ich hoffe, Sie irren sich«, meinte Jerode nach einer Weile. »Alles, was ich in letzter Zeit von ihm — beziehungsweise von seiner Frau — gehört habe, sind lauter als hilfreiche Kritik versteckte Beschwerden und eine Menge hypochondrischer Krankheitssymptome. Wie er es geschafft hat, sich auf seinem Managerposten zu halten, werde ich nie begreifen.« Er zögerte.

»Aber, wo wir gerade von den Gründen sprechen, warum gerade wir in diesem Ausschuß sitzen: Was ist denn mit Ihnen? Wenn Sie gegen Bescheidenheit plädieren, gibt mir das, glaube ich, das Recht, Ihnen einmal zu sagen, daß Sie über das schöpferischste Denken von uns allen verfügen. Beispiel: Sie sagten, daß Sie keine Raumausbildung hätten, aber als sich herausstellte, daß dieses Besatzungsmitglied abgesprungen war und nicht zurückkommen würde, da haben Sie seine Arbeit übernommen, richtig? Und ich kann mich nicht erinnern, von Arbogast irgendwelche Klagen gehört zu haben. Und Sie haben auch die Idee mit der Seilbrücke gehabt, und ich glaube, daß Sie es gewesen sind, der darauf kam, daß wir bei der Suche nach dem jungen Bendle einen Raumanzug zum Tauchen benutzen könnten, und — nun, und so weiter. Jetzt sind wir soweit, daß wir bei einem Problem wahrscheinlich Sie nach einer Lösung fragen würden, anstatt uns selbst etwas einfallen zu lassen. Aber mir ist aufgefallen, daß ich so gut wie nichts von Ihnen weiß.«

Lex lachte, stand auf und streckte sich. »Nun, Doc, das ist nicht verwunderlich. Wir waren uns doch fast alle völlig fremd, nicht? Wir sind einfach zusammengeworfen worden.«

»Wie wär's mit einer richtigen Antwort?« Jerode blickte dem Jüngeren in die Augen, wobei er den Kopf zurücklegen mußte. »Sie haben erklärt, wieso Fritch, Bendle und wir übrigens so gut mit dieser ungewohnten Situation fertig werden. Und ich habe gerade erklärt, warum Sie auch dazu gehören. Aber — also, der Grund kann nicht allein der sein, daß uns jenes eingefleischte Vorurteil über die Art und Weise, wie das Universum funktionieren sollte, beherrscht! Übrigens, wie alt sind Sie eigentlich?«

Lex zögerte. »Zwanzig, Erdenjahre«, antwortete er schließlich.

»Was?« Jerode trat einen Schritt zurück. »Jetzt hören Sie mal zu, Lex! Ich bin ein ausgebildeter Arzt, und ich sage, zwanzig ist einfach lächerlich. Biologisch sind Sie ein Dreißigjähriger in außergewöhnlicher Verfassung, plus minus ein Jahr!«

»Nein, Sie irren sich wirklich.« Lex schien merkwürdigerweise verlegen. »Das ist — eh — Schutzfärbung. Sehen Sie, ich bin ein Polymath in Ausbildung. Tetraploide Gene, modifizierte Neuronen, Infrarotsehfähigkeit, erhöhte Reflexe, beschleunigte Nervensignalübertragungen, kompakte Knochenstruktur, Immunität gegen praktisch alles ... Oh, ja, sie haben nichts vergessen. Aber das alles ist nicht mein Verdienst. Es wurde für mich getan.«

Jerodes Unterkiefer war schamlos heruntergefallen. Als er es merkte, klappte er den Mund wieder zu. »Ein *Polymath!*« entfuhr es ihm. »Warum um alles im Raum haben Sie das nicht eher gesagt?«

»Weil, wenn ich sage in Ausbildung, dann meine ich in Ausbildung.« Lex Ton war ruhig, aber scharf. »Haben Sie eine Ahnung, wie lange ich noch lernen muß? Nein, natürlich nicht. Länger, als ich jetzt alt bin! Es dauert ein Vierteljahrhundert, bis ein Polymath fertig ist. Wenn Arbogast heute abend nicht seinen Platz geräumt hätte, dann hätte ich es Ihnen nicht gesagt. Und ich möchte auch nicht, daß Sie mit irgend jemandem darüber sprechen.«

»Nein! Das können Sie nicht verlangen.« Jerode schwitzte; die einzelne Lampe, die sie bei Sonnenuntergang angezündet hatten, schien auf sein Gesicht. »Von den ganzen Leuten hier sind Sie der einzige, Lex, der auf eine Situation wie die unsere vorbereitet worden ist. Das heißt, daß Sie der beste Mann für Gesamtverantwortung sind. Ob es Ihnen paßt oder nicht, Sie sind auf jeden Fall besser geeignet als ich!«

»Überlegen Sie doch mal«, erwiderte Lex unbewegt. »Überlegen Sie sich, warum man mir wohl ein Aussehen gegeben hat, das mich zehn Jahre älter macht, als ich wirklich bin? Sie und alle anderen betrachten mich immer noch als den ›jungen Lex‹. Wie alt sind Sie, Doc? Siebzig?«

»Neunundsechzig.«

»Und damit noch lange nicht alt. Die durchschnittliche Lebenserwartung auf Zara beträgt — betrug — hundertzwölf Jahre für Männer und hundertachtzehn für Frauen. Und hier, ohne Geriatriekliniken, Gewebe-regenerate, entsprechende Diät — ganz zu schweigen von allen möglichen bisher noch nicht festgestellten Mangelkrankheiten, Allergien und vielleicht Infektionen die *dazu* kommen? In einer Generation wird sie sich um fast dreiviertel verkürzt haben, und jemand Ihres Alters wird dann schon erstaunlich alt sein! Aber im Augenblick wird noch niemand von den Älteren, zumindest von denen, die Einfluß auf Zara besaßen, von einem ›Grünschnabel‹ Befehle annehmen. Das wissen Sie! Und noch eins!« Er deutete mit dem Finger auf Jerode.

»Ein Polymath wird dazu ausgebildet, die Aufsicht über einen neu erschlossenen Planeten zu übernehmen. *Einen ganz bestimmten Planeten.* Dorthin kommt er erst, wenn er über vierzig ist, und erst mit sechzig wird ihm die alleinige Verantwortung überlassen. Mit neunzig wird er in den Ruhestand versetzt, weil seine Aufgabe erfüllt ist. Sehr oft stirbt er ein paar Jahre später. Ausgebrannt. Aber zufrieden. Denn er hat eine lebenslange Liebesaffäre mit einem ganzen Planeten gehabt, etwas, dem keine denkbare menschliche Verbindung gleichkäme. Er kennt ihn besser, als die meisten Männer ihre Frauen kennen.«

Lex ging zur Tür, ein Schatten, der sich dem dunkleren Schatten draußen näherte. Auf der Schwelle blickte er noch einmal zurück.

»Damit habe ich Ihnen vielleicht das Wichtigste gesagt. Dies ist nicht *meine* Welt. Ich *will* den Job nicht.«

Draußen leuchteten die fremden Sternbilder am matt samtenen Himmel. Verstimmt machte sich Lex auf den Weg zum Junggesellenhaus, aus dem Lachen an sein Ohr drang, aber er war erst ein paar Schritte gegangen, als er hörte, wie jemand seinen Namen rief. Er drehte sich um und sah Ornelle unsicher vor sich stehen, die Hände vor sich verschränkt.

»Hätten Sie etwas dagegen, mit mir den Hügel hinunterzuspazieren?« fragte sie leise. »Ich — ich wollte Sie um einen Gefallen bitten. Ich möchte nicht, daß Sie denken, ich wollte mich in anderer Leute Angelegenheiten mischen, aber ich meine, daß sich jemand darum kümmern sollte, und ... also, um ehrlich zu sein, nach dieser Versammlung heute abend halte ich alle für ziemlich anmaßend und diktatorisch.«

Lex seufzte so leise, daß Ornelle es nicht hören konnte und erwiderte höflich: »Nun, wenn ich irgendwie helfen kann ...«

Sie schloß sich ihm an, ohne ihn anzusehen. »Es war diese Sache mit Delvia, die mich zu dem Entschluß gebracht hat. Als wir über sie gesprochen haben. Sie kennen doch Naline, nicht?«

»Natürlich. Allerdings nicht sehr gut.«

»Was halten Sie von ihr?«

Lex überlegte einen Augenblick und fragte sich, worauf Ornelle hinaus wollte. »Offen gestanden hat sie keinen großen Eindruck auf mich gemacht. Sie ist wahrscheinlich von Natur aus schüchtern, was sie oft durch Frechheit zu überspielen versucht. Unsicher, genauso aus dem Gleichgewicht gebracht wie wir anderen, wobei ihr aber die Erfahrung eines Erwachsenen fehlt, um besser mit der Situation fertig zu werden — sie ist erst sechzehn, nicht? Aber sie ist überdurchschnittlich intelligent, und ich bin sicher, daß sie sich schon durchboxt.«

»Finden Sie sie attraktiv?«

Was sollte diese Frage nun wieder? Lex Interesse begann zuzunehmen. Eigentlich war sie eher unscheinbar, mit einem nichtssagenden runden Gesicht und einer Figur, die, auch wenn der Babyspeck durch den Hunger verschwunden war, einen noch immer kaum vom Hocker riß. Das lange dunkle Haar war das beste an ihr, aber sie hatte am Morgen irgend etwas von Abschneiden gesagt.

Er entschied sich für einen Kompromiß. »Ich glaube nicht, daß man sie als attraktiv bezeichnen könnte, wenn man von den Maßstäben auf Zara ausgeht. Aber diese Maßstäbe werden sich unter den augenblicklichen Bedingungen ändern, und zwar schnell.«

Ornelle blieb stehen. Sie hatten jetzt jene Stelle am Flußufer erreicht, wo sie eine andere Richtung zum Junggesellinnenhaus einschlagen mußte. Jetzt drehte sie sich um und sah ihn an.

»Sehen Sie, Lex. Ich will ganz offen sein. Naline sieht nicht besonders gut aus. Sie ist jung, aber sie wird auch älter. Und ich… ich hatte Zwillingstöchter zu Hause, die fast so alt wie sie waren. Und dann ist da Delvia, der ihre Mitmenschen völlig gleichgültig sind. Sie benutzt sie nur. Glücklicherweise wissen die meisten Erwachsenen, wie sie sich dagegen wehren können. Nur Naline nicht.«

»Ich verstehe immer noch nicht«, murmelte Lex. Tatsächlich begann er sehr wohl zu verstehen, aber er wollte, daß Ornelle das, worauf sie hinaus wollte, aussprach.

»Ich habe mich immer bemüht, Ärger zu vermeiden«, erklärte sie. »Ich wollte nicht, daß es auf diesem engen Raum, auf dem wir leben, noch schlimmeren Ärger gibt als wir bisher schon hatten.« Sie deutete mit dem Kopf auf das Junggesellinnenhaus. »Und Del hat auch einige gute Eigenschaften. Sie ist sicher tüchtig und vital, auch wenn sie diese Vitalität auf unanständige und gefühllose Weise auslebt. Naline muß sich sehr geschmeichelt gefühlt haben, als Del anfing, um sie zu werben.«

»Meinen Sie das wörtlich?«

»Glauben Sie, daß sich Del mit halben Sachen zufrieden gibt? Sie ist nicht die einzige! Ich meine, es liegt irgendwie in der menschlichen Natur, und wo wir alle so zusammengepfercht sind ... Aber für Del ist sie nichts weiter als ein Lückenbüßer.« Ornelle schwieg und lachte dann bitter. »Ein treffendes Wort, wirklich! Obwohl ich zugeben muß, daß sie auch ein paar Anzeichen von Gewissen zeigt. Ich meine, sie hat Naline nicht einfach weggeworfen, nachdem der Winter jetzt vorbei ist und sie die Möglichkeit hat, sich wieder mit Männern in den Wald zu verdrücken. Aber Naline klammert sich jetzt an sie wie eine Ertrinkende, und es wird ein furchtbarer Schock für sie sein, wenn Del anfängt, sich mit einem Mann zu zeigen, der ihr gefällt.«

»Meinen Sie nicht, daß sie ihn schon gefunden hat?« erwiderte Lex stirnrunzelnd.

»Wegen ihrer Schwangerschaft? Oh, wahrscheinlich hat sie jeden Tag zweimal den erstbesten Mann, der ihr über den Weg lief, den Hügel hinaufgeschleift, seit es wieder warm genug ist, daß sie es draußen treiben kann, ohne Angst haben zu müssen, sich Frostbeulen zu holen. Ich nehme an, daß sie sie der Reihe nach ausprobiert hat.«

Es kam Lex in den Sinn, daß sich Deliva, wenn das

stimmte, besser den Realitäten ihrer neuen Heimat angepaßt hatte als Ornelle oder im Grunde jeder andere.

»Schön, Sie haben mir das Problem erklärt«, meinte er. »Ich weiß nur immer noch nicht, was ich dabei tun kann.«

»Nein?« Ornelle trat zu ihm und legte ihm die Hand auf den Arm. »Sehen Sie, Lex, ich hätte keinen anderen der ledigen Männer gefragt, aber ich halte Sie für selbstbeherrschter und vernünftiger als die übrigen. Jemand muß den Schock für Naline auffangen. In ihrem Alter sind ihre Gefühle noch nicht voll entwickelt — sie ist noch in einem Stadium, wo man Idole anhimmelt. Ich glaube, deshalb ist sie auch so auf Del fixiert. Sie braucht jemanden, der sich um sie kümmert, der ihr Mut zuspricht und der ihr — nun, der ihr vielleicht etwas Zuneigung schenkt.«

Ornelle brach ab, als sei sie verlegen, daß sie fast ausgesprochen hatte, daß Naline verführt werden sollte. »Sie haben bei den Männern keine ähnlichen Probleme festgestellt, oder?«

»Eh ... ich wüßte nicht. Wir sind alle älter als Naline und — also, jeder von uns hat seine Richtung im Leben eigentlich schon gefunden. Wenn der junge Bendle nicht umgekommen wäre, hätte es möglicherweise etwas anders ausgesehen. Aber bei uns ist sonst außer ein paar Schlägereien, als die Leute durchdrehten, weil sie so lange im Schnee eingeschlossen waren, weiter nichts gewesen.«

»Ein paar!« echote Ornelle verächtlich. »Wir hatten ein paar jeden Tag — den Eindruck hatte ich jedenfalls. Aber ... Was meinen Sie, Lex?«

Er antwortete nicht sofort, sondern überschlug in Gedanken das Für und Wider, nicht zynisch, sondern nüchtern und sachlich. Die Frauen waren leicht in der Überzahl; da Frauen etwas robuster waren als Männer, hatten sie nur sieben im Gegensatz zu vierzehn Männern verloren, und es wurden auch weniger

Frauen krank. Auf der anderen Seite mußte man die Frage ihrer Fortpflanzungsfähigkeit ebenfalls berücksichtigen …

Alles in ihm revoltierte. Er war nicht auf eine derart absolute Objektivität vorbereitet, obwohl er wußte, daß sie von einem Polymathen verlangt wurde, wenn er seine endgültige Aufgabe übernahm. Lex sah keinen möglichen Vorteil in der Aussicht, das jüngste Mädchen in der Gruppe als Frau zu haben, abgesehen von ihrer längeren Fruchtbarkeit.

»Tut mir leid«, meinte er schließlich. Er mußte sich die Lippen anfeuchten. »Ich kann nicht.«

»Schön.« Sie seufzte. »Ich wußte nicht, daß Sie schon ein Mädchen haben, aber …«

»Ich habe noch kein Mädchen. Ich habe noch nicht mal eins im Auge. Aber ich richte mich nach einem Prinzip. Die Frage, ob wir hier überleben, kann letztendlich von Ehrlichkeit abhängen, davon, daß wir die Tatsachen so nehmen, wie sie sind. Die Folgen einer Lüge, wie Sie sie vorgeschlagen haben, könnten verheerend sein, ganz egal, wie selbstlos das Motiv ist, das dahinter steckt. Gute Nacht, Ornelle.«

Den ganzen Weg zurück zum Junggesellenhaus versuchte er, sich darüber klar zu werden, ob es richtig gewesen war oder nicht, daß er das gesagt hatte.

Im Haus hielten sich nur etwa ein halbes Dutzend Männer auf, die schwatzten; die anderen waren draußen, ein paar arbeiteten, die meisten von ihnen entspannten sich.

Unwillkürlich fragte er sich, ob einer von ihnen vielleicht gerade mit Delvia zusammen war.

7

»Was meinen Sie, Lex?« Jerode war sichtlich nervös, als sich die Teilnehmer der Generalversammlung einfanden — alle, die den Winter, die Giftstoffe, die Krankheiten und die Kälte überlebt hatten —, um Bilanz zu ziehen und sich anzuhören, welche Vorschläge der Lenkungsausschuß zu machen hatte.

Lex schüttelte den Kopf. Er stand im Schatten der Haupthütte und beobachtete, wie sich die Leute gruppierten, als sie sich auf den sanft ansteigenden Boden setzten, wobei er versuchte, aus der Wahl ihrer Nachbarn Rückschlüsse zu ziehen.

»Ich glaube, daß Ornelle recht gehabt hat.«

»Ich auch.« Jerode tippte auf einen Stapel Papiere in seiner Hand. »Wir haben hier eine Liste von Arbeiten gemacht, die vorrangig erledigt werden müssen. Ich habe mir überlegt, ob wir nicht auch eine Liste mit den Namen aller und den Arbeiten, die ihnen zugeteilt werden, hätten aufstellen sollen.«

»Warum haben Sie das nicht vorgeschlagen?«

»Erstens hatte ich angenommen, daß sich Arbogast darum kümmern würde, denn als Schiffskapitän müßte er an solche Dinge wie Dienstpläne und Ähnliches denken. Zweitens halte ich es für besser, zunächst einmal Freiwillige für die verschiedenen Arbeiten zu suchen und dann darauf zu vertrauen, daß sie entweder andere dazu überreden, ihnen zu helfen oder bei den anderen, die nichts tun wollen, ein schlechtes Gewissen bewirken, so daß sie einspringen, wo immer sie gebraucht werden.«

»Das klingt gut«, nickte Lex.

»Sie meinen also, daß ich es richtig gemacht habe?« Jerode schien auf die Antwort förmlich zu brennen.

»Warum fragen Sie mich?« erwiderte Lex leicht verärgert. »Hier ist alles neu. Wir müssen abwarten, ob es funktioniert; wenn nicht, lassen Sie sich etwas anderes einfallen. Ich frage mich«, er senkte die Stimme, während er den Blick über die wachsende Menge schweifen ließ, »warum Rothers die Plätze da ganz vorne freihält. Sie kennen ihn doch, oder? Er gehörte zum Computerteam des Raumhafens. Ach ja, natürlich, das muß es sein.«

»Was?« Jerode blinzelte verständnislos.

»Manager Nanseltine und seine Frau sind noch nicht da. Delvia übrigens auch noch nicht. Die Herrschaften von Einfluß, der ihnen noch von ihrer Stellung zu Hause geblieben ist, und ich nehme stark an, daß er sich auch hier welchen verschaffen will. Indem er an unseren Methoden herumnörgelt. Da kommen sie schon.«

In der sitzenden Menge fuhren Köpfe herum. Arbogast kam heran, und in seiner Begleitung befanden sich Nanseltine, ein großer, korpulenter Mann, der wortreich auf ihn einredete, und dessen auffällige, grauhaarige Frau. Der Captain ließ den Wortschwall offensichtlich über sich ergehen ohne richtig zuzuhören.

»Wie hat Nanseltine es bloß geschafft, den Winter über so dick zu bleiben?« murmelte Jerode.

»Wir haben unter anderem durch schwitzen abgenommen, nicht allein durch hungern«, entgegnete Lex. »Das heißt, es gibt eine Ausnahme.«

»Hmmm, ich nehme an, Sie haben recht … Also schön, fangen wir an.« Jerode seufzte und ging hinüber zu Arbogast, um ihn zu begrüßen.

Als erstes gab es Theater um Stühle für die Nanseltines. Man hatte zwei für Arbogast und Jerode auf die Veranda der Haupthütte gestellt; alle akzeptierten dieses Sonderrecht für die beiden, während es sich die anderen auf dem Boden bequem machten. Dann beschwerten sich Leute hinter den Stühlen, die man für die Nanseltines gebracht hatte, daß sie jetzt nicht mehr sehen könnten, worauf ein kleinerer Streit entbrannte. Arbogast machte keinen Versuch, ihn zu schlichten, sondern saß einfach da und starrte ins Leere.

Die Sache hatte auch ihre Vorteile, dachte Lex, der vorsichtig an der Ecke der Hütte lehnte, darauf bedacht, daß sich keiner der Balken löste, und die Gesichter der Menge studierte. Ja, es hatten sich Parteien gebildet. Auf der nützlichen Seite waren Leute wie Cheffy, Aldric und vielleicht auch Delvia: Sie waren bereit, der Realität ins Auge zu sehen und hart zu arbeiten. Eine Reihe von ihnen hatte sich um Bendle gruppiert, Stifte und ›Papier‹ vor sich, um sich Notizen zu machen. Andere saßen um Fritch herum; sie gehörten zu seinem Bauteam. Nicht zum erstenmal war Lex froh über den statistischen Zufall, daß die Mehrheit der Flüchtlinge unter vierzig war und doch nur so wenig Kinder unter ihnen gewesen waren. Der Grund dafür war in der Jahreszeit zu suchen. Neun von zehn Kindern auf Zaras nördlicher Hemisphäre waren zur Zeit der Katastrophe nicht zu Hause, sondern auf Lebensanpassungskursen gewesen.

Jetzt war Naline mit ihren sechzehn Jahren die Jüngste. Bendles Sohn war ein paar Monate jünger gewesen, und außer den beiden waren vier Kinder dabei gewesen, die aber dann an einer Lungeninfektion gestorben waren …

Gegenwart, nicht Vergangenheit, ermahnte er sich. Auf der nutzlosen Seite — nein, Berichtigung, auf der weniger nützlichen Seite, denn in dieser Situation zählte jeder einzelne — die Nanseltines und Kohorten; man könnte sie jetzt genau ausmachen, die, die sich beschwerten, weil sie nicht auch Stühle hatten oder weil sie nicht einsahen, warum die Nanseltines welche hatten, wenn sie keine hatten. Und dann die, die katzbukkelten wie Rothers, von denen sich eine Gruppe um Nanseltines Frau formiert hatte und die sagten, daß MANAGER Nanseltine *natürlich* einen Stuhl beanspruchen durfte.

Und in der Mitte dieser verschiedenen Kategorien eine, die fast die Hälfte der Anwesenden ausmachte: die Kategorie der Unentschlossenen.

Der Streit wurde beigelegt, als Cheffy mit der für ihn charakteristischen Diplomatie vorschlug, die Stühle an den Rand der Menge zu rücken, wo sie niemanden in der Sicht behinderten. Mit einem Seufzer der Erleichterung wandte sich Jerode an Arbogast, und erwartungsvolles Schweigen senkte sich über die Anwesenden.

Langsam kam Arbogast auf die Füße. Er sah schrecklich alt aus, als sei er während des zurückliegenden Tages um fünfzig Jahre gealtert. Seine Stimme aber war fest und entschlossen und trug über die Menge hinweg.

»Mit ... schiffbrüchige! Bis heute haben Sie gewissermaßen unter — äh, unter meinem Kommando gestanden. Ich war damit einverstanden, denn ich glaube, daß ich im Raum und auch hier, unmittelbar nach unserer Ankunft, der richtige Mann dafür war. Aber alles, was ich kenne, sind der Raum und Raumschiffe. Jetzt, wo wir auf einem Planeten sind, ist es wohl für alle besser, wenn ich diese wenig beneidenswerte Position jemandem überlasse, der sich angesichts der neuen Situation besser dafür eignet.«

Lex blickte auf Nanseltine, um zu sehen, ob dieser wußte, was jetzt kommen würde. Nanseltine zeigte keine Reaktion, dafür aber seine Frau.

Lex zog die Mundwinkel herab. *Ich hätte es mir denken können ...*

»Deshalb schlage ich vor«, fuhr Arbogast fort, »daß den Vorsitz über diese Versammlung jemand übernimmt, den wir alle wegen seiner unschätzbaren Arbeit respektieren und bewundern. Dr. Jerode, wenn Sie so freundlich wären ...?«

Nach einer kurzen, ausladenden Geste nahm er seinen Stuhl und trug ihn an den Rand der Menge, weit weg von Nanseltine. Letzterer, der endlich begriffen hatte, sah überrascht aus — seine Frau wütend. Stimmengemurmel erhob sich und legte sich wieder.

Jerode warf einen Blick auf Lex und zuckte die Achseln. Er drehte sich um und rief der Menge zu: »Wird dieser Vorschlag akzeptiert?«

Applaus ging durch die Reihen.

»Also gut.« Der Doktor blätterte in seinen Notizen. »Wie Sie wissen, hat sich unsere Situation wesentlich verbessert, obwohl ...«

Als Jerode bei der Beschreibung der vor ihnen liegenden dringenden Arbeiten angelangt war, konnte Lex eine ganze Reihe Leute mehr in ihre entsprechenden Kategorien einteilen. Die nützlichen runzelten die Stirn, aber ihre Mienen hellten sich auf, als ihnen bewußt wurde, wie wohlüberlegt das Programm war, das Jerode vorschlug. Die weniger nützlichen runzelten ebenfalls die Stirn und hörten dann nicht weiter zu, sondern fingen an, aufsässig zu flüstern. Trotzdem blieb alles mehr oder weniger ruhig, bis Fritch seinen Bericht über die Arbeit an den Unterkünften beendet hatte. Niemand hatte etwas gegen die Verbesserung ihrer Lebensbedingungen einzuwenden.

Doch dann sprach Bendle über mögliche neue Nahrungsmittel, wobei er sich so viel Zeit ließ und sich so fachspezifisch ausdrückte, daß die Zuhörer sichtlich verärgert waren. Jerodes Stimme war unsicher, als er als nächsten Aldric aufrief, der über die Wasserversorgung, die Werkzeugherstellung und andere technische Dinge sprechen sollte.

»Das Schiff!« rief jemand ziemlich hinten in der Menge. »Hey, was ist denn mit dem Schiff?«

»Ja! Ja!« Zwanzig Stimmen stimmten ihm zu, und Köpfe bewegten sich nickend wie Gras im Wind. Jerode stand unsicher da und blinzelte, während Aldric, der schon aufgestanden war, um auf die Veranda zu treten, mit seinen Notizen in der Hand stehenblieb.

»Also gut«, gab der Doktor schließlich nach. »Wenn Sie unbedingt möchten, werde ich als nächsten Lex aufrufen, der sich das Schiff gestern angesehen hat.«

Es waren die Nutzlosen, die jetzt applaudierten; die anderen wurden lediglich aufmerksam. Lex kam auf seine langen Beine und stieg die eine Stufe hinauf, um seinen Platz neben Jerode einzunehmen.

»Das Schiff«, begann er mit klarer, durchdringender Stimme, »steckt zu etwa einem Drittel im Schlamm und zu etwa einem Drittel im Wasser. In Salzwasser, und Salzwasser ist eine äußerst korrosive Flüssigkeit. Ich bin durch eine offenstehende Frachtschleuse eingedrungen« — sein Blick wanderte zu Arbogast hinüber, der zusammenzuckte, aber die Tatsachen mußten beim Namen genannt werden —, »und habe festgestellt, daß alles, was nicht befestigt war, zerschlagen wurde, als das Schiff herumrollte. Was nicht zerstört wurde, als es gegen Wände oder Decke geschleudert worden ist, befindet sich in irreparablem Zustand. Im Treibstoffreserveraum haben wenigstens zwei Explosionen stattgefunden, die den größten Teil des Antriebssystems zerstört haben. Hunderte Tonnen Sand und Schlamm sind hinein geschwemmt worden, und Meerestiere und Pflanzen haben es in Beschlag genommen. Genau das haben wir von vornherein erwartet.«

Er hielt inne, um die Wirkung seiner Worte abzuschätzen.

»Das einzige, was wir mit dem Schiff jetzt noch anfangen können«, resümierte er, »ist, es auszuschlachten und das Metall und andere Rohmaterialien zu bergen. Und auch das wird nicht einfach sein. Wir müssen uns einen Weg einfallen lassen, wie wir Schneidwerkzeuge so umbauen können, daß sie auch unter Wasser arbeiten, wie wir große Teile zurück ans Ufer transportieren können — vielleicht mit Flößen — und und und. Es gibt noch eine Reihe weiterer Probleme, auf die ich aber an dieser Stelle nicht weiter eingehen möchte, weil das zuviel Zeit kosten würde. Meine Empfehlung für den Augenblick ist die, lose Teile aus dem Schiff zu holen, die sich im Boot zurückbringen lassen.«

Er warf einen Blick auf Jerode. »Ich denke, das wäre im Moment alles.«

»Danke, Lex. Wie Sie eben sagten, die Situation ist genau die, mit der wir wohl alle gerechnet haben. Nun werden wir Aldric mit seinem Bericht ...«

»Einen Moment!« Es war Rothers, der neben den Nanseltines saß und mit ihnen an den Rand der Menge umgezogen war. Lex sah zu ihnen hinüber. Nanseltines Frau redete energisch auf ihren Mann ein, und ein paar Leute, die um sie herum saßen, nickten heftig. Jetzt erhob sich Nanseltine gewichtig.

»Wer ist sonst noch mit im Schiff gewesen?« wollte er wissen und warf sich in die Brust. »Nur Sie?«

»Richtig«, antwortete Lex, der wieder auf die Veranda stieg.

»Also nur Sie! Dürfen wir es also so verstehen«, fuhr er gestelzt fort, »daß diese — diese defätistische Ansicht einzig und allein auf Ihren unqualifizierten Beobachtungen beruht?«

»Sie sind herzlich eingeladen, einen Anzug überzuziehen und sich selbst zu überzeugen. Ich denke doch, daß wir einen finden werden, der Ihnen paßt.« Lex wählte seine Worte mit vorsätzlichem Sarkasmus.

»Werden Sie nicht ausfallend, junger Mann.« Nanseltine wurde rot, während diejenigen unter den Anwesenden, die Lex Spitze nicht sofort begriffen hatten, jetzt grinsten, ganz gleich, auf welcher Seite sie standen. Inzwischen fuhr der ehemalige Kontinentalmanager fort: »Was ich und eine ganze Reihe anderer Leute hier wissen wollen, warum wir nicht die qualifizierte Aussage eines Raumfahrers zu hören bekommen statt dieses — dieses Laienurteils.«

Es herrschte Schweigen. Jemand flüsterte: »Was für ein Raumfahrer?« Auch Arbogast hörte es. Würdevoll und erhobenen Hauptes stand der alte Mann — plötzlich war es ganz normal, ihn als solchen zu betrachten — auf und sah Nanseltine an.

»Manager Nanseltine! Vielleicht sind Sie sich nicht bewußt, in welcher Verfassung sich die *Raumfahrer* unter uns befinden! Sie scheinen überhaupt wenig von dem zu wissen, was hier vorgeht.«

Beifallsrufe wurden laut.

»Ich hatte vier Männer in meiner Crew! Einer ist von Ballenwaren erschlagen worden, die ihm auf den Kopf gefallen sind, als wir unsere Frachträume leerten, damit Ihre Leute Platz hatten! Einer, dem sein erfrorenes Bein amputiert werden mußte, ist anwesend. Der dritte fiel in den Fluß, als er in einem Sturm die Seilbrücke überprüfen wollte und den Halt verlor. Zweifellos ist er ins Meer mitgerissen worden und ertrunken. Und einer war auf Zara und ist nicht mehr zurückgekommen. Damit blieben nur noch ich selbst und Lex, der sich freiwillig anbot, während des Flugs unter mir zu arbeiten und in den ich dementsprechend, wenn Sie offensichtlich auch nicht, einiges Vertrauen habe.

Ich kann nicht leugnen, daß ich die Absicht hatte, mit hinaus zum Schiff zu fahren und es zu inspizieren. Aber dann habe ich es doch nicht getan, aus Gründen, die ich ...« Seine Stimme versagte, und er fuhr leiser fort: »... die ich nicht nennen möchte. Ich kann nur sagen, daß es mir leid tut. Entschuldigen Sie mich.«

Er senkte den Kopf, verließ die Versammlung und verschwand hinter der nächsten Ecke.

Nanseltine hatte Verstand genug, zu begreifen, daß er sein Publikum nur gegen sich aufbringen würde, wenn er dieses Thema jetzt weiter verfolgte. Um zu retten, was noch zu retten war, sagte er laut: »Da der Captain offensichtlich Lex Urteil vertraut, können wir das wohl auch.« Dann setzte er sich wieder und war still.

Leider zeigten nicht alle soviel Würde. Rothers, der ehemalige Computerchef, sprang jetzt auf.

»Wollen Sie damit etwa sagen, daß wir noch nicht mal versuchen werden, das Schiff zu reparieren, um von diesem — diesem widerlichen Dreckball wegzukommen?«

Man konnte sehen, wie seine Worte die Nutzlosen trafen und schmerzten.

»Es ist ein Haufen Schrott — haben Sie denn nicht zugehört?« rief Cheffy.

»Oh, seien Sie doch ruhig!« rief ein Dutzend junger Stimmen im Chor. Einen Augenblick sah es so aus, als würde es wieder ruhig werden, doch dann goß Ornelle — und Lex ballte in ohnmächtiger Wut die Fäuste — Öl ins Feuer.

»Die Gruppe oben auf dem Plateau hatte auch ein Schiff«, erklärte sie. »Das steht mit Sicherheit nicht unter Wasser. Und wir haben nichts mehr von ihnen gehört, also können wir annehmen, daß sie keine Verwendung mehr für es haben. Warum stellen Sie nicht eine Expedition zusammen, die hinaufgeht und nachsieht?«

Dieser wahnwitzige Vorschlag war genau das Richtige für die Phantasie derjenigen, die sich lieber etwas vormachten als sich zu retten. Augenblicklich wurden aufgeregte Rufe laut. Leute sprangen auf — unter ihnen natürlich wieder Nanseltine und Rothers, insgesamt vierzig oder fünfzig — und verlangten, angehört zu werden. Jerode brüllte vergeblich nach Ruhe.

Lex biß sich auf die Lippen und sah zu Ornelle hinüber. Ihr Gesicht war kalkweiß, und sie begegnete trotzig seinem Blick.

Er holte tief Luft und brüllte plötzlich wortlos los. Es kam so überraschend, daß alle erstarrten und schwiegen. Bevor sie sich von dem Schock erholen konnten, hatte Lex eine Frage an Rothers gerichtet.

»Diese Werft auf Ihrem Raumhafen — sind dort auch Schiffe dieser Größe repariert worden?«

»Wieso — also, natürlich!« antwortete der Gefragte.

»Wie groß war sie?«

»Ah ...« Er fuhr sich mit der Zungen über die Lippen. »Ungefähr anderthalb Quadratmeilen, schätze ich.«

»Wie viele der Arbeiten wurden von Hand ausgeführt?«

»Nun ... also ... keine natürlich!«

Jemand lachte. Und dieser jemand war ausgerechnet Delvia. Sie begriff offensichtlich schneller als die übrigen.

»Ein Antrag, Doc«, sagte Lex schnell. »Ich glaube, es ist ein Vertrauensvotum für den Lenkungsausschuß fällig.«

»Genau das habe ich auch gerade überlegt«, antwortete Jerode erleichtert. »Diejenigen, die ...«

Aber das Abzählen erübrigte sich. Der Ausschuß wurde durch Akklamation mit über zweidrittel Mehrheit bestätigt. Lex bemerkte mit Interesse, daß es Delvia war, die den Beifall auslöste.

Erst einmal frustriert, machten die Nutzlosen vorerst keinen Ärger mehr. Trotzdem war Lex zutiefst froh, daß das Thema von Delvias Schwangerschaft nun doch nicht angeschnitten worden war; Jerode erwähnte es einfach nicht, was angesichts der hitzigen Atmosphäre dieser Versammlung nur weise war.

Diesmal hatten sie also noch einmal Glück gehabt.

Erst nach Auflösung der Versammlung bei Einbruch der Dunkelheit wurde Arbogasts Leiche zwischen den Felsen am Strand gefunden, eine leere Energiepistole in der rechten Hand, die das einzige war, was von ihm noch zu erkennen war. Er hatte den Strahl auf Maximalweite gestellt und die Waffe gegen sich selbst gerichtet.

8

Der Schatten von Arbogasts Selbstmord lag eisig über den heißen, wolkenlosen Tagen, die folgten. Lex, der dabei war, einen Schlitten mit Metallstücken vom Schiff den Strand hinaufzuziehen, wo Aldric und sein Team an den Solarboilern und -destillierapparaten arbeiteten, überlegte, wie lange ihr empfindliches Gleichgewicht noch Bestand haben würde. Zwanzig, dann dreißig Tage waren inzwischen vergangen, ohne daß etwas passiert war, aber Lex hatte das ungute Gefühl, daß die Zeit an ihren psychologischen Stützen nagte, wie Termiten an einem Stück fauligen Holz und irgendwann …

Aldric hob den Kopf und musterte die Ladung; sein Gesicht war zur Hälfte hinter einer dunklen Brille versteckt. Lex kippte das Metall vom Schlitten, das auf den Boden polterte, trat zurück und wischte sich den Schweiß von der Stirn.

»Na, wie sieht's aus, Aldric?« fragte er leise. »Hier läuft offensichtlich alles glatt.«

Aldric zögerte. Dann tat er so, als wollte er die Metallstücke einzeln begutachten und rückte dabei nahe genug an Lex heran, daß er flüstern konnte:

»Nein, Lex — von glatt kann keine Rede sein. Ich wollte sowieso mal mit dir sprechen, also warum nicht jetzt. Komm, wir gehen ein Stück am Strand entlang.«

»In Ordnung.« Lex schnappte sich den Griff seines Schlittens und zog ihn hinter sich her, während er sich Aldric anschloß.

»Diese Schlitten sind ja am Strand ganz okay«, murmelte er, »aber wir werden bald Karren mit Rädern brauchen … Entschuldige, was hast du gerade gesagt?«

»Unter anderem frage ich mich, wie es im Hochsommer wird.« Aldric brach ab und fand dann, daß sie jetzt außer Hörweite seiner Leute waren. »Ich bekomme eine Menge Beschwerden wegen der Arbeit in der Mittagszeit, und sie sind nicht unbegründet. Gestern hat einer meiner Männer einen Hitzschlag bekommen. Cheffy sagt, daß früher einige heiße Länder auf der Erde während der Mittagszeit eine Ruheperiode einlegten, aber ich weiß nicht, ob das eine Lösung wäre. Es ist einfacher, einen Tag so auszudehnen, daß er länger ist als ein Erdentag, und schwerer, ihn auf einen kürzeren zu verkleinern. Und das würde effektiv bedeuten, daß wir zwei kurze Tage hätten. Halbe Tage.«

»Wenn Cheffy sagt, daß sich die Leute daran angepaßt hatten, dann hat er wahrscheinlich recht«, entgegnete Lex. »Ob wir es wollten oder nicht, ist eine andere Frage. Aber wenn die Hitze unerträglich wird ... Nun, was könnte man sonst mit der Zeit anfangen, in der man nicht arbeiten kann, als zu dösen?«

»Ich weiß, was du sagen willst«, brummte Aldric. »Entweder arbeiten oder nichts tun!«

Lex legte die Hand über die Augen und blickte über den Strand. In unmittelbarer Nähe befand sich Aldrics Reich: Dort waren in einer merkwürdigen, spinnwebartigen Anordnung Solarboiler verteilt, die gleichzeitig sowohl Destillationsgeräte als auch teilweise primitive Turbinengeneratoren waren. Nachdem auch der letzte überzeugt war, daß es wirklich, aber auch wirklich *keine* Hoffnung gab, den Schiffsantrieb reparieren zu können — Ornelle hatte noch fast eine Woche an ihrer Meinung festgehalten — hatte man den Schiffsantrieb auseinandergenommen und eine Reihe der Teile verwendet.

Dahinter hingen Fischnetze über Gestellen und trockneten in der Sonne, während Mädchen damit beschäftigt waren, die Knoten zu überprüfen. Bendle war es gelungen, ein Gegenmittel für die geläufigsten Allergene in den Meerestieren herzustellen, und auch wenn sie selbst nach dem Kochen noch abstoßend aussahen, boten nun ein halbes Dutzend Arten eine willkommene und recht schmackhafte Abwechslung auf ihrem Speiseplan. Weiter landeinwärts wurde Boden für Anpflanzungen gerodet — Bendle war gerade mit seinem Team dort; sie untersuchten die Schößlinge ihrer ersten Nährpflanze, des Salatbaums, um zu sehen, welche am meisten Blätter lieferten.

In der anderen Richtung breiteten sich die Sonnenkollektoren aus. Ständig wurden Akkumulatoren aufgeladen. Er sah Delvia, die jetzt braungebrannt war, wie sie mit ein paar von Fritchs Männern lachte und scherzte, die auf Ersatzakkumulatoren für ihre Energiewerkzeuge warteten.

Von hier drang von landeinwärts her das Geräusch von Sägen, das von Krachen unterbrochen wurde. Holz, das gefällt wurde. Lex konnte vage eine Reihe gelber Stämme erkennen, die in der Sonne trockneten. Wie verwelkte Blumen hockten die weißlichen Gestalten der Fischvögel auf ihnen, deren zäher schwarzer Kot bedeckte den ganzen Strand — ganz zu schweigen von den Dächern und, noch schlimmer, den Wegen des Dorfs. Sie wurden zu einer richtigen Plage, und man würde sich etwas einfallen lassen müssen, wie man sie verscheuchen konnte.

»Ich möchte wissen, wohin diese Vögel vor Einbruch des Winters ziehen«, murmelte Lex. »Vielleicht sollten wir ihrem Beispiel folgen.«

Aldric lachte rauh. »Besser nicht«, meinte er. »Einer von Bendles Leuten hat mir erzählt, daß sie keine Zugvögel sind. Sie kapseln sich ein — sie sondern eine Art gelatineartiger Schale für sich ab — und verbringen den Winter an den Felsen festgeklebt. Sie haben die Dinger zuerst für Eier gehalten, aber die Eier werden jetzt gelegt.«

Lex nickte abwesend; die Liste der sonderbaren Gewohnheiten in der einheimischen Fauna war schon zu lang, als daß ihn noch etwas hätte überraschen können. Außerdem war er sorgfältig darauf vorbereitet worden, das Unerwartete zu erwarten. »Tja, wenn die Hitze unser einziges Problem ist, dann können wir entweder diesen Siestabrauch einführen, wie ihn Cheffy vorschlägt — was nicht so schwer sein wird, wie du meinst, wenn du dich daran erinnerst, daß die Mittsommertage sehr lang sind —, oder einen Zweitplan mit Arbeiten für alle aufstellen, die sie im Schatten ein oder zwei Stunden vor und nach Mittag ausführen können.«

»Ich glaube nicht, daß ein Arbeitswechsel die Lösung wäre«, erwiderte Aldric. »Es ist eine Frage der — nun, der gereizten Stimmung. Paß auf. Ich habe Rothers bewußt eine Arbeit gegeben, die ihn bei Laune halten sollte: Metall in einem Solarofen einzuschmelzen, mit einem halben Dutzend Assistenten unter ihm. Ich dachte, so ein bißchen Autorität würde ihm gefallen und ihn ruhig halten.«

»Und?«

»Es war nicht so. Er bekam Streit mit einem seiner Helfer, verlor die Beherrschung und versetzte ihm einen Schlag, der ihn gegen die Rückseite eines Ofenreflektors schleuderte. Das Ding ist ziemlich verbogen, und deshalb steht es auch nicht hier draußen. Ich mußte zwei meiner besten Leute dazu abkommandieren, ihn wieder hinzubiegen. Rothers faucht in der Zwischenzeit jeden an und hält die Arbeit auf.«

Er machte eine ausladende Geste über das ganze Blickfeld. »Das sieht alles wunderschön aus. Überall Anzeichen für Fortschritte. Aber darunter wartet es nur darauf, zu explodieren.«

»Das brauchst du mir nicht zu sagen.« Lex seufzte. »Und ich bin ganz deiner Meinung, daß ein Arbeitswechsel allein nicht viel nützen würde. Es ist an der Zeit, daß wir uns irgendwie aufmuntern — uns selbst zu unseren phantastischen Leistungen gratulieren. Ich werde mal mit Jerode darüber reden und auf der nächsten Versammlung einen entsprechenden Vorschlag machen. Wir könnten vielleicht ein paar Hobbys anregen, zum Wettbewerb anspornen, ein bißchen Luxus einführen ... Ich habe mich schon gefragt, wie es mit Musik ist. Wir könnten bestimmt ein paar Instrumente bauen.«

»Hauptsache, es kümmert sich jemand um das Problem«, entgegnete Aldric. »Ich habe zuviel zu tun, um mir über solche Dinge den Kopf zu zerbrechen. Ich dachte nur, ich sollte es dir sagen.«

Ja, dachte Lex, die physischen Probleme konnten gelöst werden. Im Laufe des Sommers konnte die Stadt bescheiden komfortabel gemacht werden, doppelt so warm wie im vergangenen Winter und mit weitaus mehr Platz für ihre Bewohner. Das Ernährungsproblem war so gut wie gelöst, und es war genug Wasser vorhanden. Mit der Kleidung war es noch immer etwas schwierig, aber es war wirklich erstaunlich, wie lange man doch selbst zerlumpte Sachen immer noch zusammenhalten konnte. Außerdem zog es bei dieser Hitze jeder vor, nur das Höchstnötigste zu tragen.

Lex mußte an etwas denken. Er sah wieder zu Delvia hinüber. Ja, Naline war auch da. Sie wandte Fritchs Männern, die gerade die aufgeladenen Akkumulatoren aufhoben, den Rücken zu, um nicht mitansehen zu müssen, wie Delvia mit ihnen lachte und scherzte.

Noch war es nicht zum Knall gekommen — aber irgendwann würde es soweit sein. Zum Teufel mit dieser Delvia! Ihr altes Hemd bestand nur noch aus einzelnen Flicken, die von Fäden zusammengehalten wurden; anstatt es auszubessern, wie es die anderen Mädchen taten, hatte sie es zu einer Art Kilt reduziert und bewies so, daß sie den schönsten Busen unter den weiblichen Flüchtlingen hatte.

Aber trotz allem war sie ein harter und zuverlässiger Arbeiter, und wie konnte man sie als eine der nützlichsten Kräfte maßregeln? Sie war nicht für diese spezielle Arbeit eingeteilt worden, sondern hatte von sich aus erkannt, daß sich jemand um das Aufladen der Akkumulatoren kümmern mußte. Also hatte sie begonnen, diese Aufgabe methodisch und rationell zu bewältigen. Und Naline hatte sich ihr natürlich dabei angeschlossen.

Ob es Zweck hatte, sie in den Lenkungsausschuß zu

holen? Jerode stellte ihm immer wieder diese Frage, und jedesmal gab ihm Lex die gleiche Antwort. Sie und Ornelle würden sich dann stundenlang wegen persönlicher Differenzen in den Haaren liegen, und Ornelle erfüllte ihre Aufgabe, sich um die menschlichen Probleme zu kümmern, wirklich gut. Die Liste der gewünschten Schwangerschaften — das war ihre Idee gewesen. Sie würde höchstens noch einen Monat offen sein, denn wenn es irgendwie möglich war, wollte man Geburten während der Wintermonate vermeiden.

Aber Delvia ... Mit ihrer Schwangerschaft hatte es letztendlich doch keine Probleme gegeben. Als sie nach der Bestandsaufnahmeversammlung davon in Kenntnis gesetzt worden war, hatte sie Jerodes Vorwurf widerspruchslos über sich ergehen lassen und ihn dann um eine Abtreibungsspritze gebeten.

Wahrscheinlich gab es nicht viele unter den Flüchtlingen, die ihm beipflichten würden, aber langsam gewann Lex den Eindruck, daß diese unfreiwillige Kolonie eine ganze Reihe mehr Delvias und weniger Ornelles und Nalines gebrauchen konnte.

Mit dem Schlitten im Schlepp machte er sich auf den Weg zurück zu seinem Ausgangspunkt, wo sein Team von Amateurbergern nach dem morgendlichen Tauchunternehmen die Ausrüstung überprüfte. Die Raumanzüge konnten an einer scharfen Kante aufreißen, auch wenn sie noch so fest waren; die Äxte, die jetzt im Sommer, wenn es im Meer von Tieren nur so wimmelte, unentbehrlich waren, waren stumpf und mußten geschärft werden; ein Helm hatte einen Riß, der irgendwie geflickt werden mußte. Das Boot lag mit dem Boden nach oben auf dem Sand, während eins der Mädchen, die rosa Zungenspitze zwischen den Zähnen, dabei war, die hartschaligen Meerestiere abzukratzen, die sich an den Rumpf geheftet hatten.

Er hatte Glück, dachte Lex. Er hatte ein eifriges, gutes Team. Das Element der körperlichen Gefahr dieser Unterwasserarbeit hatte die Selektion für ihn getroffen.

Ganz zu schweigen von ihrer Bereitwilligkeit, unter einem jungen Führer zu arbeiten …

»Lex! Lex!«

Er fuhr herum. Aus der Richtung, in der der Fluß lag, kam Cheffy winkend und rufend auf ihn zugerannt. Ein Blick sagte ihm, daß es dringend sein mußte, und so ließ er den Schlitten einfach stehen und lief ihm entgegen.

»Was ist los?« rief er, während ihm eine ganze Reihe möglicher Katastrophen durch den Kopf gingen. Cheffy arbeitete an den Ingenieurbauprojekten, wie sie mit bewußt ironischer Übertreibung genannt wurden: Wasserversorgung, Sanitäreinrichtungen und Beheizungsanlagen für den unvermeidlichen Winter.

»Komm und sieh es dir selbst an!« japste Cheffy, machte auf dem Absatz kehrt und eilte den Weg zurück, den er gekommen war. Obwohl er gewichtsmäßig jetzt besser laufen konnte als bei ihrer Landung hier, bewegte er sich doch zu schnell, um noch Luft zum Sprechen zu haben.

Es dauerte nur Augenblicke, bis sie in Sichtweite dessen kamen, was am Tag zuvor noch ein breiter, ruhig dahinfließender Fluß gewesen war, verfärbt von treibendem Schlick und den Larven einer bisher noch nicht identifizierten Gattung von Wassertieren, die das Reifestadium erreichten, wenn der Fluß sie in Salzwasser trug.

Am Tag zuvor? Noch an diesem Morgen, als Lex an seine Arbeit gegangen war!

Jetzt war er nur noch ein dünnes Rinnsal, das nicht einmal mehr den schlammigen Grund bedeckte. Ein paar zappelnde Tiere lagen in Pfützen und schnappten nach Luft und die Wasserpflanzen wurden schon graugelb und begannen in der prallen Sonne zu stinken. Normalerweise war die Strömung so stark, daß man das Frischwasser noch dreißig Meter vom Strand entfernt feststellen konnte, doch nun spülte das Meer in die Flußmündung zurück.

Lex blieb entsetzt stehen. Sie hatten all ihre Hoffnungen auf den Fluß gesetzt! Cheffy hatte vor, Wasser zum Trinken und Waschen über ein Sedimentationssystem eine Meile flußaufwärts zu beschaffen, das die primitive Methode mit Eimerförderern ablösen sollte. Sie hatten beschlossen, in jedes Haus Leitungswasser zu legen und Toiletten mit Wasserspülung für jeweils fünfundzwanzig Leute zu installieren. Da sie im Augenblick doch nicht im Meer schwimmen konnten und es keine Gezeiten gab, die das Abwasser mit fortgespült hätten, begnügten sie sich vorerst damit, daß die Küstenströmung es mitnahm, was gegenüber den primitiven Latrinen, die sie in den ersten Monaten hier gehabt hatten, immerhin schon ein Fortschritt war. Jetzt waren sie dabei, Rohrleitungen aus hohlen Baumstämmen herzustellen, die mit Kunststoffilm abgedichtet wurden — in einer Länge von insgesamt anderthalb Meilen — und die ihr Abwasser ein gutes Stück aus der Stadt hinaus transportieren sollten.

Und jetzt ... das!

Er war nicht der einzige, den Cheffy herbeigeholt hatte, um sich dieses erschreckende Phänomen anzusehen. Jerode war auch schon da. Die Arbeiten an allen Flußprojekten waren abgebrochen worden und die Leute standen in Gruppen zusammen und spekulierten leise und mit besorgten Stimmen über die möglichen Ursachen. Als er stromaufwärts blickte, sah Lex, daß zwei oder drei Männer des Teams, das die Sedimentationstanks baute, quer durch das austrocknende Flußbett herunterkamen.

Jerode, der seine Ankunft mit einem Nicken zur Kenntnis nahm, rief Lex entgegen: »Was sagen Sie dazu?«

»Wann ist es passiert?« wollte dieser düster wissen.

»Vor ungefähr einer Stunde, anderthalb, fing der Wasserspiegel an zu fallen«, erklärte Cheffy. »Es ging zuerst ganz langsam, so daß wir es anfangs wohl nicht bemerkt haben. Dann sank er ganz abrupt. Man konnte sehen, wie er abfiel, als wenn Wasser aus einer Wanne läuft. Glaubst du, es hat etwas mit der Jahreszeit zu tun? Wenn das zutrifft, können wir unsere Pläne vergessen.«

»Nein, das kann ich mir nicht vorstellen. Als wir Ende letzten Sommers hierherkamen, war der Fluß trotzdem tief und breit. Außerdem, wenn es nur damit zu tun hätte, daß im Oberlauf kein Wasser nachkommt, durch Schneeschmelze oder was auch immer, würde der Fluß langsam und über Tage oder Wochen hinweg austrocknen. Ich vermute, daß er irgendwo weiter oben durch ein festes Hindernis blockiert wird.«

Jerode, der nähergekommen war, nickte. »So könnte es sein. Können Sie sich vorstellen, was dieses Hindernis sein könnte — ein Erdrutsch vielleicht? Oder ...« Er kratzte sich nachdenklich auf dem kahlen Kopf. »Ich erinnere mich vage, daß es auf der Erde ein Tier gibt, das Dämme baut. Ein — ein Bie-bie ...?«

»Ein Biber!« rief Cheffy. »Ja, natürlich. Was meinst du, Lex, könnte es hier dämmebauende Tiere geben?«

»Es könnte sie nicht nur geben«, antwortete Lex nach einem Augenblick. »Es gibt sie.«

Cheffy und Jerode starrten ihn verständnislos an.

»Wenn ihr euch erinnert, haben wir letztes Jahr festgestellt, daß der Fluß direkt zu der Stelle führt, wo die andere Gruppe gelandet ist.«

»Das ist doch absurd, Lex!« brummte Jerode. »Wir haben immer wieder versucht, und versuchen es jetzt noch, Kontakt mit ihnen aufzunehmen, doch es herrscht absolute Funkstille. Sie müssen tot sein! So ungern ich Ornelle auch recht gebe«, fügte er leiser hinzu.

Lex zuckte die Achseln. »Ich habe nicht gesagt, daß es so sein muß, Doc. Ich meinte damit nur, daß es nach allem, was wir wissen, möglich ist.«

»Also, ganz egal, aus welchem Grund kein Wasser mehr kommt«, mischte sich Cheffy ein, »wir müssen es unter allen Umständen zurückholen. Wenn nötig, mit Sprengstoff!«

Jerode zögerte. »Sicher … Nun, ich wollte sowieso auf der nächsten Versammlung einen Vorschlag machen, da alles so gut läuft — ich meine, lief. Und zwar eine zweite Expedition zum Plateau, die herausfinden soll, ob es noch Überlebende gibt und wenn nicht, ob wir von ihrem Schiff noch etwas gebrauchen können. Und dabei wollte ich Sie« — er drehte sich zu Lex herum — »fragen, ob Sie die Führung übernehmen würden.«

9

Die Neuigkeit über den Fluß verbreitete sich wie ein Lauffeuer. Innerhalb einer halben Stunde arbeitete niemand mehr, mit Ausnahme von Fritchs Team, und das auch nur, weil es gerade dabei war, einen zehn Meter langen, dicken und sehr schweren Hauptdachbalken hochzuhieven. Wer am Strand gewesen war, kam nun zurück, selbst Lex' Bergungsteam, und der Rest von Cheffys Arbeitern stromaufwärts eilten herunter und riefen, weil sie nicht wußten, was sie jetzt tun sollten. Es ergab sich zwangsläufig, daß jemand eine Dringlichkeitsversammlung vorschlug.

Wie üblich veranlaßten die Gerüchte, daß eine Versammlung in Aussicht war, die Wichtigtuer wie Nanseltine, Rothers und andere ihrer Sorte, sich um Jerode zu scharen wie Fliegen um den Honig und ihn mit unüberlegten Vorschlägen und indiskutablen Forderungen zu traktieren. Es dauerte fast eine Stunde, bis man die Leute unter der Versicherung, daß die Versammlung am Abend bei Einbruch der Dämmerung abgehalten würde, endlich wieder an die Arbeit brachte.

Anschließend schickte Jerode nach den Mitgliedern

des Lenkungsausschusses und ließ sie im Hauptquartier zusammenrufen, um über die einzig vernünftige Alternative zu sprechen, die ihnen blieb.

»Ich weiß nicht, was es da großartig zu besprechen gibt«, sagte Fritch. Er schien mehr verärgert, daß man ihn von seiner Arbeit geholt hatte, als besorgt über den Wasserverlust im Fluß. »Es muß eben jemand stromaufwärts gehen und nachsehen, was den Fluß blockiert. Dann räumt er das Hindernis beiseite oder kommt zurück, um Hilfe zu holen, wenn es zu groß ist. Wir müssen nur noch überlegen, wen wir schicken.«

Jerode räusperte sich. »Ich wollte Lex dafür vorschlagen.«

Alle außer Ornelle nickten zustimmend. »Er hat allerdings noch nicht gesagt, ob er will«, fügte Jerode hinzu.

»Natürlich gehe ich«, sagte Lex achselzuckend. »Und es bedeutet auch keinen großen Arbeitsausfall, denn wir haben jetzt alles, was wir konnten, aus unserem Schiff herausgeholt. Für alles weitere sind autogene Schneidbrenner erforderlich, und bis wir einen Unterwasserlichtbogen stabilisieren können oder vielleicht einen Weg finden, reines Fluor herzustellen, können wir das Metall der Hülle nicht auseinandernehmen. Knallgasflammen lassen sich leicht erzeugen, aber sie sind nicht heiß genug. Ich halte es also für eine gute Idee wenn ich mit meinem Team, nachdem wir die Blockade beseitigt haben, zum Plateau hinaufgehe. Sollte Ornelle mit ihrer Annahme recht haben, kann uns unsere Erfahrung mit unserem eigenen Schiff nur von Nutzen sein, wenn wir das andere in Angriff nehmen sollten.«

»Ich dachte, du glaubst, die anderen könnten vielleicht doch noch leben«, meldete sich Cheffy. »Und daß sie vielleicht den Damm gebaut haben.«

»Ich wollte damit nur sagen«, erwiderte Lex geduldig, »daß es hier ein dämmebildendes Tier gibt. Es tut mir leid, wenn ich deine Frage zu wörtlich beantwortet habe.«

»Ja, Bendle?« unterbrach ihn Jerode hastig. Cheffy klang ungewöhnlich schlecht gelaunt was eigentlich kaum verwunderlich war, wenn man bedachte, daß vorerst all seine geliebten Projekte für ungewisse Zeit in der Luft hingen.

Der grauhaarige Biologe beugte sich vor und rieb sich über einen roten Ausschlag auf seiner Wange, das Andenken an eine Begegnung mit jener Pflanze, die sie Pustelkraut getauft hatten. »Ich weiß nicht, ob Lex sein ganzes Bergungsteam mitnehmen sollte. Ich schlage vor, daß sie auch einen von meinen Leuten mitnehmen, jemanden, der sich gut in der einheimischen Flora und Fauna auskennt und vielleicht einen von Fritchs Leuten, für den Fall, daß sie den Rat eines Fachmannes brauchen, wie sich das Hindernis im Fluß am besten aus dem Weg räumen läßt.«

»Der Vorschlag klingt vernünftig«, meinte Fritch zögernd. »Ich hoffe nur, daß du meinen Mann nicht allzu lange beanspruchst, Lex.«

»Ich werde mich bemühen«, murmelte der. Er konnte in ihren Gesichtern lesen, was sie jetzt dachten: *Er ist ein tüchtiger junger Bursche, zäh und vernünftig — und besser er als ich.*

»Also gut«, nickte Jerode. »Und jetzt die Frage, wer alles mitgeht. Wieviel Leute können wir entbehren?«

Alle sahen Lex an. »Was meinst du, wie viele du brauchst?« wollte Aldric wissen.

»Ein halbes Dutzend dürften genug sein«, gab Lex zurück. »Wir haben nur sieben Energiepistolen.«

»Wollen Sie etwa alle mitnehmen?« platzte Ornelle heraus. »Und wenn wir jetzt während Ihrer Abwesenheit …«

»Gar nichts wenn!« fuhr Fritch dazwischen. »Er hat recht. Die Leute, die sich in unbekanntes Gebiet vorwagen, brauchen sie dringender als wir hier unten.«

»Aber wenn sie unterwegs ...«

»Wollen Sie lieber Leute verlieren als die Pistolen?«

Ornelle gab mit glühendem Gesicht auf. »Was glaubst du, wieviel Lebensmittelvorräte ihr braucht, Lex — für eine Woche?«

»In etwa. Wir könnten zwar mehr tragen, aber ich glaube nicht, daß wir das Wasser viel länger tragen könnten. Es ist schwer, und bei dieser Hitze werden wir wahrscheinlich viel trinken. Würdest du einen Freiwilligen in deiner Gruppe suchen? Und Sie auch, Bendle? Ich weiß schon, wen ich aus meinem eigenen Team mitnehmen möchte.«

»Das wäre also geregelt«, stellte Fritch zufrieden fest. »Wo ich schon einmal hier bin, Doc: wegen dieser Hütte, die Sie zu einer vernünftigen Krankenstube ausgebaut haben wollen ...«

Die Versammlung trat bei Anbruch der Dunkelheit zusammen. Die Lampen aus dem Schiff, die den ganzen Winter über benutzt worden waren, hatten ihren Geist aufgegeben, und bisher hatte man noch keinen Ersatz gefunden, obwohl die Informationsquelle Cheffy von Glühfäden aus Kohle gesprochen hatte. Also hatte man Pfähle aufgestellt, auf denen Harzfackeln flackerten und qualmten. Seltsamerweise schien den Leuten diese primitive Beleuchtung zu gefallen, als ob Feuer irgendeine eigentümliche Freundlichkeit der Natur symbolisierte.

Es hatte keine Probleme bei der Zusammenstellung von Lex' Team gegeben. Von seinen eigenen Leuten hatte er Minty, eine drahtige Frau Anfang dreißig mit der hageren Figur einer Athletin und den kräftigen, unerschütterlichen Aykin ausgewählt. Die beiden waren eins der ersten Paare gewesen, das eine Familie gründen wollte, was Lex als Zeichen ihrer Entschlossenheit verstanden hatte.

Dann, bevor er mit dem anderen Paar sprach, das er

im Auge hatte, fiel ihm etwas ein, was er bei der Besprechung des Ausschusses übersehen hatte. Er selbst kannte den Weg zum Lagerplatz der anderen Gruppe, weil er Arbogast, der damals die kurze und riskante Expedition dorthin angeführt hatte, begleitet hatte. Zu der Zeit war der Winter nicht mehr weit gewesen, und jetzt würde natürlich alles ganz anders aussehen. Trotzdem war es vielleicht keine schlechte Idee, noch jemanden mitzunehmen der den Weg ebenfalls kannte, für den Fall, daß ihm selbst unterwegs etwas zustieß. Er wußte auch schon, wen er wollte: einen großen, blonden Mann namens Baffin, der Hydraulik und Hydrodynamik studiert hatte und der sich auf jeden Fall den Fluß noch einmal näher ansehen sollte.

»Nimm ihn ruhig mit«, meinte Cheffy. »Es gibt hier sowieso nichts für ihn zu tun, bis das Wasser wieder da ist!«

Fritch empfahl einen vernünftigen jungen Mann namens Aggereth, der neben Lex im Junggesellenhaus schlief. Lex fand es eine gute Wahl; Aggereth war zuverlässig und ein harter Arbeiter. Bendles Wahl war auf Lodette, eine Frau mit einem runden Gesicht und dunkler Haut gefallen. Sie hatte sich auf das Studium der Fauna des Landesinneren konzentriert und wußte fast soviel darüber wie Bendle selbst.

Zu guter Letzt eilte Jerode, der ihn schon länger suchte, mit einem neuen Vorschlag zu Lex: Sollte zu der Gruppe nicht auch eins der Mädchen gehören, die im Winter die Bereitschaft für Krankenpflege gebildet hatten und sich jetzt den größten Teil ihrer Zeit in Medizin und Chirurgie aus den Schiffshandbüchern weiterbildeten? Zanice wollte sehr gern mitkommen, eine grauäugige, blonde Frau von ungefähr vierzig, die Lex, wie alle anderen in der Stadt, vom Sehen her kannte, obwohl er sich nicht erinnern konnte, je ein Wort mit ihr gewechselt zu haben.

Also: eine ausgewogene Gruppe mit breitgefächerten

Fähigkeiten. Lex war mit dem Ergebnis mehr als zufrieden.

Trotz des Risikos, daß nicht alle so denken würden und in Übereinstimmung mit Jerodes Prinzip, daß die Leute bei einer schwierigen Aufgabe Freiwillige sehen sollten, auch wenn schon von vornherein alles festgelegt war, bat Lex die sechs ausgesuchten Expeditionsteilnehmer, sich zu Beginn der Versammlung unter die Menge zu mischen und sich dann zu melden, wenn er Freiwillige aufrief. Er hatte keine Angst, daß es einen Ansturm von Freiwilligen geben könnte; was ihm weitaus mehr Sorgen bereitete war, daß vielleicht irgendwelche Leute gegen ihn als Führer der Expedition waren, weil sie ihn für unfähig hielten. Doch als es soweit war, stand niemand auf und sprach es laut aus.

Glücklicherweise ritt auch niemand — nicht einmal Ornelle — auf dem zweiten Grund für diese Expedition herum, nämlich der anderen Gruppe einen Besuch abzustatten. Es wurde allgemein als logisches Unterfangen akzeptiert, wenn man schon einmal stromaufwärts war.

Die Fragen, die kamen, waren zum größten Teil die, die er erwartet hatte. War der Fluß trocken, weil es Sommer war? Schließlich hatte es seit fast zwei Monaten nicht mehr geregnet, oder? Wie stand es mit Trink- und Waschwasser, bis der Fluß wieder da war? Wie hatten die selbsternannten Führer der Gemeinde überhaupt so etwas zulassen können? (Letzteres wurde zwar nicht so expliziert ausgesprochen, aber es zeigte sich deutlich in der säuerlichen Miene von Nanseltines Frau, die fast die ganze Versammlung über aufgebracht, aber leise mit ihrem Mann diskutierte. Nanseltine schien allerdings doch ein wenig klares Denken gelernt zu haben und gab ihren Sticheleien nicht nach.)

Lex war froh, als aufbrandendes Gelächter Rothers, der mit einer völlig irrelevanten Frage gekommen war, wirksam zum Schweigen brachte, und es Jerode ermöglichte, ihn zum gewählten Leiter der Expedition zu erklären.

Auf seine Frage nach freiwilligen Begleitern erhoben sich die sechs — nicht allzu hastig —, und blieben stehen, während er sie notierte, ihnen zunickte und sie heranwinkte. Aber es gab noch einen siebten Freiwilligen, nicht jemand, mit dem er gerechnet hatte, ganz im Gegenteil, fast die letzte Person von der er erwartet hätte, daß sie mitkommen wollte … geschweige denn so begierig.

»Ich möchte mitkommen«, erklärte Delvia mit klarer und entschlossener Stimme.

Was nun? Lex' Gedanken überschlugen sich. Er sah, daß Naline, die dem älteren Mädchen trotz allem immer noch auf Schritt und Tritt folgte, versuchte, Delvia wieder herunterzuziehen, doch diese schüttelte ihre Hand ungeduldig ab. Lex begann, die Qualifikationen derjenigen die er als Begleiter wollte, aufzuzählen in der Hoffnung, den Leuten begreiflich zu machen daß sie alle Voraussetzungen, auf die es ankam, mitbrachten, doch niemand hörte ihm zu. Alle Augen waren auf Delvia gerichtet.

Obwohl es jetzt, nachdem die Sonne untergegangen war, kühl war, hatte sich Delvia nichts über ihre Arbeitskleidung gezogen, was sie nun, in Anbetracht der mehreren hundert Augenpaare, die auf ihr ruhten, offensichtlich bedauerte. Vielleicht würde es sie so verlegen machen, daß sie es sich anders überlegte und sich wieder setzte. Nein, erkannte Lex zu seinem Bedauern. Nicht bei Delvia.

Also würde er sich irgend etwas einfallen lassen müssen, wie er sie wieder loswerden konnte.

»Äh … die Gruppe ist groß genug, und außerdem werden der Stadt so schon mehrere Schlüsselkräfte fehlen, während wir weg sind. Noch jemand wäre …«

»Quatsch«, fiel ihm Delvia ins Wort. »Ich gehöre

nicht zu den Schlüsselkräften. Die Arbeit, die ich mache, ist so simpel, daß ich zum großen Teil von selbst darauf gekommen bin, was ich tun muß. Und Naline hat von Anfang an mitgearbeitet, so daß sie sie übernehmen könnte.«

Nur zu wahr. Lex warf Jerode einen besorgten Blick zu und fragte sich, ob der Doktor vielleicht irgendeine Eingebung hatte. Und schon begann Delvia, die sein Schweigen anscheinend für ein Einverständnis hielt, sich einen Weg durch die sitzende Menge nach vorn zu bahnen.

»Nein!« durchbrach plötzlich ein schriller Schrei die Stille. Naline war aufgesprungen und versuchte, Delvia am Rücken festzuhalten. »Nein! Du wirst *nicht* mitgehen!«

Sie erwischte das Stück Tuch, das Delvias einzige Bedeckung war; es zerriß mit einem ratschenden Geräusch. Delvia wirbelte fluchend herum.

Mit tränenüberströmten Wangen und heiserer, fast hysterischer Stimme kreischte Naline: »Warum sagst du nicht, warum du mit willst? Warum sagst du nicht, daß du nur von mir weg willst? Warum sagst du nicht, daß du mit willst, damit du's endlich mit Lex treiben kannst, wie du's bis jetzt mit jedem Mann gemacht hast, den du in den Wald schleifen konntest?« Sie hob das Tuch hoch über ihren Kopf und schwenkte es wild hin und her. »Was willst du überhaupt noch damit? Es gibt ja doch kaum noch jemanden der dich nicht schon ohne gesehen hat.«

Sie schleuderte das Tuch von sich, fuhr herum und floh in die Dunkelheit, die Hände wie eine Blinde vor sich gestreckt.

Es herrschte totale Stille, als wollte die Menge nicht glauben, daß dies tatsächlich geschehen war. Schließlich wurde sie von Delvia gebrochen.

»Könnte ich bitte meinen Rock wieder haben?« sagte sie ruhig.

Jemand reichte ihn ihr. Sie zupfte ihn ein bißchen zurecht und schlang ihn dann, nicht viel anders als vorher auch, wieder um die Hüften, um daraufhin mit einer Arroganz, die Lex die Sprache verschlug, ihren Weg zu ihm fortzusetzen.

»Es sollte sich vielleicht jemand um Naline kümmern«, murmelte Lex Jerode zu.

»Ja, natürlich.« Er sah sich nach jemand Geeignetem um, doch Zanice hatte Lex' Worte mitbekommen und war schon unterwegs. Lex holte tief Luft. Also, wenn es nicht anders ging ...

»Delvia! Bitte geh auf deinen Platz zurück.«

Sie blieb stehen und legte den Kopf schief. »Ach so! Du hast also Angst, Naline könnte recht haben, was?«

»Ich glaube nicht, daß sie etwas gesagt hat, das wir nicht alle schon wußten«, entgegnete Lex brutal. »Ob man es dir jetzt vorwerfen kann oder nicht, Delvia, jeder weiß, daß du impulsiv bist. Wir gehen in eine wilde Gegend, in der unbekannte Gefahren lauern. Es wäre ein zu großes Risiko, wenn du mitkommst.«

»Ich verstehe«, antwortete Delvia nach einem Augenblick. »Schön, du mußt es ja am besten wissen.«

Bereitwillig — oder so sah es zumindest aus — kehrte sie zu ihrem Platz zurück. Stimmengemurmel erhob sich, das sich auf Jerodes Bitte um Ruhe jedoch schnell wieder legte. Danach gab es bis zum Ende der Versammlung keine Störungen mehr.

Doch aus irgendeinem Grund lächelte Delvia die ganze Zeit über, und es störte Lex ungemein, daß er nicht herausfinden konnte, warum.

10

»Funkwache halten!« sagte Elbing trübselig. »Na, das ist wohl auch so ungefähr das einzige, wozu ich noch tauge.« Er hob sein Holzbein vom Boden, um den

Druck auf den Stumpf zu entlasten. Elbing war das letzte noch lebende Mitglied aus Arbogasts Mannschaft; wie viele Raumfahrer litt er an Kreislaufstörungen, und der Frost des letzten Winters hatte ihn sein Bein vom Knie an abwärts gekostet.

Lex klopfte ihm auf die Schulter. »Es ist nur gut, wenn jemand aufpaßt, von dem wir wissen, daß er mit dem Job vertraut ist. Komm mit in die Hütte. Aykin bastelt gerade eine Rückentrage für unser Funkgerät zusammen.«

Er winkte Elbing, ihm vorauszugehen und blickte sich um. Die Luft war schwül und drückend, und über dem Meer waren dunkle Wolken am Horizont. Spannung lag in der Luft. Er zermarterte sich den Kopf. Er hatte das Gefühl, daß er irgendeine notwendige Vorkehrung für die Stadt hätte treffen müssen, konnte aber nicht greifen, was es war.

Er zuckte die Achseln. Notwendig bedeutete jedenfalls nicht unbedingt auch möglich. Er folgte Elbing in die Hütte.

Ihre einzigen Funkgeräte stammten natürlich aus dem Raumschiff; sie waren groß und schwer und weder dazu gedacht, herumgetragen noch von tragbaren Akkumulatoren gespeist zu werden. Aykin hatte sich ein primitives Holzgehäuse einfallen lassen, das an einem Schultergurt befestigt wurde; als Lex und Elbing hereinkamen, schlüpfte er gerade aus dem Gurt und legte das Ganze vorsichtig auf einen Tisch.

»Nun, wie sieht's denn jetzt aus?« wollte Lex wissen. »Wie viele Zusatzakkumulatoren müssen wir mitnehmen?«

»Keinen«, antwortete Aykin zufrieden. »Hier. Auf diese Idee ist Minty gekommen.« Er hob ein kurzes Stück Metallrohr hoch, das mit Draht umwickelt war. »Die Antwort ist die, die Antenne zu verlängern. Minty schlug vor, das Rohr hier auf einen Baum zu werfen. Ich habe es eben ausprobiert, und es sieht so aus, als könnten wir auch mit der Schwachstromeinstellung ziemlich klar senden und empfangen.«

»Genial.« Elbing nickte und ließ sich steif auf einen Stuhl sinken. Lex runzelte die Stirn, nicht, weil ihm die Idee nicht gefiel, sondern weil er meinte, jetzt endlich den Gedanken fassen zu können, auf den er die ganze Zeit zu kommen versuchte.

»Habt ihr meinen Vorschlag ausgeführt?« fragte er langsam. »Eine der Solarkollektormatten auszubreiten und sie als Energiequelle für das Funkgerät zu benutzen.« Die Sache hatte nur einen Nachteil, es würde bedeuten, daß sie tagsüber funken mußten, wenn die Sonneninterferenz am stärksten war, statt irgendwann abends, wenn sie ihr Lager aufgeschlagen hatten, aber auf jeden Fall hatten sie das Problem gelöst. Vielleicht brachten ihn Gedankenassoziationen auf die eine Überlegung, die ihm entging.

In der anderen Ecke hoben Minty und Lodette die Köpfe. Sie waren in eine Liste vertieft gewesen, die an einem Brett an der Wand hing.

»Lodette meint, daß wir kaum etwas von der Sonne sehen werden, wenn wir dem Fluß folgen«, erklärte Minty.

»Richtig.« Die Biologin mit dem runden Gesicht nickte. »Ich weiß nicht, ob du diesen Sommer schon weiter landeinwärts gewesen bist, aber stromaufwärts ist die Vegetation *dicht.*«

»Außerdem« — Aykin legte die Drahtantenne zurück auf den Tisch — »überzieht sich der Himmel. Vielleicht gibt es sogar ein Gewitter.«

Lex schnippte mit den Fingern. Das war es: Gewitter — Drähte in Bäumen — Blitzableiter! »Ich bin gleich wieder zurück«, sagte er und eilte davon, um Jerode zu suchen.

Die Hütte, aus der Fritch ein richtiges Krankenhaus machen wollte, indem er einen neuen Flügel anbaute, lag etwas abseits von den übrigen Gebäuden. Es war der Ort, wo man einen Arzt logischerweise als erstes suchte. Lex schritt auf die mit einem Vorhang verhängte Tür zu, während er besorgte Blicke zu den Wolken am Horizont warf und sich fragte, ob die Expedition möglicherweise verschoben werden mußte. Als er nur noch ein paar Schritte entfernt war, wurde der Vorhang zur Seite gerissen, und Ornelle erschien mit blassem Gesicht.

Als sie Lex sah, blieb sie einen Augenblick wie erstarrt stehen, ließ dann den Vorhang fallen und ging weiter.

»Ist Jerode da?« wollte Lex wissen.

»Ja, aber Sie können ihn jetzt nicht sprechen. Er ist beschäftigt.« In Ihrer Stimme schwang ein bitterer Unterton mit, der Lex nicht gefiel.

»Wieso? Ist etwas nicht in Ordnung?«

»Ja. Etwas, das Sie hätten verhindern können. Nur haben Sie gesagt, es sei eine Prinzipsache, daß Sie es nicht wollten. Naline hat das gleiche versucht wie Arbogast. Jerode meint, sie wird es überleben, aber wie es aussieht, wird sie blind bleiben. Sind Sie jetzt zufrieden, ja?«

»Wieso? Wegen Delvia?« Lex zwang sich, ihre gehässigen Worte zu ignorieren.

»Was glauben Sie denn?«

»Wie ist es passiert?«

»Sie und Delvia waren dabei, die Energiepistolen für Ihre Expedition zu laden«, erklärte Ornelle schneidend. »Ich vermute, sie hatten eine Auseinandersetzung. Vielleicht hat Delvia Naline geradeheraus erklärt, daß sie sie nur als Zeitvertreib für den Winter benutzt hat und von ihrer Seite aus nicht mehr an dieser Beziehung interessiert ist. Jedenfalls hat sich Naline eine der Pistolen geschnappt und verschwand in Richtung Wald. Bendle hörte zwischen den Bäumen jemanden stöhnen und fand sie dann. Die Pistole war nicht geladen — es kam nur ein kurzer Blitz. Aber es genügte, um sie zu blenden.«

»Und Delvia?«

»Delvia!« Ornelle stampfte mit dem Fuß auf. »Wahrscheinlich ist sie immer noch dabei, die Pistolen zu laden. Früher oder später wird sie merken, daß eine fehlt. Vielleicht hat sie es sogar schon längst gemerkt. Aber ich habe sie noch nicht gesehen, daß sie sie sucht.«

Lex holte tief Luft. »Sie wollen also mir die ganze Schuld in die Schuhe schieben, was?«

Ornelle bedachte ihn mit einem vernichtenden Blick.

»*Meine* Expedition, *meine* Pistolen, *meine* Verantwortung!« fauchte Lex. »Jetzt hören Sie mir mal gut zu Ornelle! Es reicht mir langsam. Ich habe endgültig die Nase voll. Haben Sie vielleicht irgend etwas unternommen, um Naline zu helfen? Na, haben Sie? Haben Sie wenigstens Delvia daraufhin angesprochen?«

Ornelle zuckte zusammen. »Ich habe Sie gebeten …«, versuchte sie sich zu verteidigen.

»Wieso mich? Sie haben das Ganze von Anfang an verfolgt und nicht eingegriffen — weder Sie noch eine andere dieser angeblich so verantwortungsvollen Frauen im Haus. Den ganzen Winter über haben Sie zugesehen, wie es gärte und schmorte, und das einzige, was Sie schließlich getan haben, war, mir die unangenehme Aufgabe aufhalsen zu wollen, die Scherben einzusammeln. Ich werde Ihre Schuld *nicht* auf mich nehmen, und auch niemand sonst. Haben Sie verstanden?«

Ornelles Kiefer mahlten. Plötzlich zerbrach ihre Maske. Sie beschimpfte ihn, und schlug ihm ins Gesicht. Lex nahm die Ohrfeige unbewegt hin.

»Reckskerl!« kreischte sie. »Ihr Männer seid alle Dreckskerle! Ihr laßt nichts auf sie kommen, auf diese Hexe, diese Hure, diese …!«

Jetzt griff Lex ein, packte sie bei den Armen und drehte sie ihr geschickt auf den Rücken, wobei seine

Finger ihre Handgelenke wie Schraubstöcke umklammerten. Der Vorhang der Hütte teilte sich, und ein perplexer Jerode erschien dahinter.

Lex erstickte Ornelles obszöne Ausdrücke mit seiner freien Hand. »Eine Beruhigungsspritze, Doc«, sagte er. »Sie ist in einer schlimmen Verfassung — ein Anfall von hysterischer Eifersucht. Soll ich sie hineintragen?«

»Eh — wenn Sie können«, gab der erstaunte Arzt zurück.

Lex konnte. Ein paar Augenblicke später lag Ornelle, von der Spritze ruhig gestellt, schlafend auf einer der Untersuchungsliegen.

»Was um Himmels willen ist denn passiert?« wollte Jerode wissen.

Lex erklärte es ihm. »Ich hätte es wissen müssen«, schloß er. »Sie ist verrückt vor Eifersucht auf Delvia, die sich trotz der Misere, in der wir alle stecken, nicht davon abhalten läßt, dem Leben möglichst viel Spaß abzugewinnen. Ich bin nicht gleich darauf gekommen, weil sie sagte, daß sie sich so Sorgen wegen Naline machte, da sie selbst zwei Töchter auf Zara gehabt hätte.« Er bemerkte flüchtig, daß er nicht mehr ›zuhause‹ sagte. Fast niemand sagte es noch, außer ein paar von denen, die er als die Nutzlosen betrachtete.

»Sie meinen …«, begann Jerode, aber Lex fiel ihm ins Wort.

»Ich meine, es ist besser, sie finden heraus, was während des Winters tatsächlich im Junggesellinnenhaus passiert ist. Und zwar in allen Einzelheiten. Vielleicht können wir dann für das nächste Jahr eine Wiederholung vermeiden. Ornelles Desinteresse war nur gespielt. Ich vermute, daß sie Naline bemuttern wollte, weil sie einen Ersatz für ihre Töchter brauchte, und daß Naline nicht mitspielen wollte und Schutz bei der Frau suchte, die die wenigsten mütterlichen Eigenschaften zeigte. Ich fürchte, daß es noch zu mehr Nervenzusammenbrüchen dieser Art bei den Frauen kommen kann, die ihre Familien verloren haben und sich wie Ornelle unbewußt schuldig fühlen, weil sie alles tun, um einen Ersatz zu finden.«

»Ich glaube, Sie haben recht«, meinte Jerode langsam. »Und ich hätte selbst darauf kommen müssen, auch wenn ich Mediziner und kein Psychologe bin. Wahrscheinlich hat mich der Verwaltungsstreß von meiner wirklichen Aufgabe abgelenkt. Und ... ich muß das sagen, Lex. Sie sind auch nicht ganz unschuldig daran, nicht?«

Während der Stille, die folgte, ließ Lex noch einmal alles Revue passieren, was er bisher auf diesem Planeten erlebt hatte. Da war immer noch die bittere Enttäuschung darüber, daß er sein großes Ziel nicht würde erreichen können, eine Enttäuschung, die ihn vielleicht sein Leben lang begleiten würde. Auf der anderen Seite aber sah er sich nicht länger der erschreckenden Aussicht auf jahrzehntelanges Studieren, Trainieren, Analysieren, Prüfen und Daumenpeilen gegenüber...

Hier war doch eine Welt. Ganz neu und letztendlich wohl eher bewohnbar als nicht. War dies nicht sein wirkliches Ziel — eine neue Welt zu haben?

Schließlich wandte er sich ab und kehrte Jerode den Rücken zu. »Ich weiß«, antwortete er. »Es tut mir leid. Ornelle versuchte, mir eine Verantwortung aufzubürden, die mich nichts anging, und ich habe die Geduld verloren, weil ich mich schämte, daß ich eine Verantwortung nicht übernehmen wollte, die wirklich mir zufällt. Wir können Sie nicht weiter mit der ganzen Verwaltungsarbeit belasten. Wenn wir von dieser Expedition zurückkommen, werde ich Minty und Aykin die Leitung des Bergungsteams übergeben und mich auf meine eigentliche Aufgabe konzentrieren.«

Jerode atmete aus wie jemand, der nach unerträglich langer Zeit unter Wasser wieder auftaucht. »Ich kann Ihnen nicht sagen, wie froh ich bin, Lex. Wie lange werden Sie wegbleiben?«

Lächelnd und wieder ruhig wandte sich Lex um. »Oh, so ungefähr sieben Tage: Das heißt, vorausgesetzt, daß wir das Hindernis im Fluß aus dem Weg räumen können. Wenn die Vegetation unterwegs so dicht ist, wie Lodette glaubt — obwohl ich denke, daß wir den Lagerplatz der anderen Gruppe in etwa zwei Tagen erreichen können, wenn wir dem Flußbett folgen —, wird der Rückweg auf jeden Fall wesentlich länger dauern, weil wir uns dann den Weg durch dichtes Unterholz freischlagen müssen.«

»Dann mal los!« Jerode strahlte. Plötzlich begann er zu lachen, worauf aus dem abgetrennten Teil der Hütte, wo Naline lag, Zanices ärgerliche Stimme erklang, die ihn um etwas mehr Ruhe bat.

Lex verließ Jerode in nachdenklicher Stimmung. Er hatte mit Jerode über die Blitzableiter gesprochen, und der wollte damit zu Fritch gehen. Eine hohe Metallstange an einem erhöhten Ort ein Stück vom Dorf entfernt dürfte genügen.

Der Zusammenbruch von Ornelle gab ihm jedoch neuen Anlaß zur Sorge. Inwieweit war er auf ihre den Winter über gehegte Annahme zurückzuführen, daß sich die andere Gruppe in diesem Jahr mit ihnen zusammentun und das Leben so für alle leichter werden würde? Wie viele andere, die mit ihren Nerven noch nicht so am Ende waren wie Ornelle, würden verzweifeln, wenn sie nach der Rückkehr der Expedition definitiv erfahren mußten, daß die andere Gruppe tot war? Auch wenn er Jerode und Cheffy gegenüber die Sache mit dem dämmebauenden Tier erwähnt hatte, das es hier geben könnte, glaubte er nicht mehr ernsthaft daran, daß es Überlebende auf dem Plateau gab.

Die Aussicht auf das, was sie sehr wahrscheinlich dort oben finden würden, behagte ihm ganz und gar nicht.

Unbewußt hatte er sich in Richtung Strand gewandt,

dorthin, wo Delvia ihrer selbstgewählten Arbeit nachging. Als er den Kopf hob, sah er sie vor sich, umgeben von Akkumulatoren und Sonnenkollektormatten. Auf einem Gestell aus Stöcken, die mit Kordeln zusammengebunden waren, lagen die sieben voll aufgeladenen Energiepistolen, die die Gruppe besaß.

Also hatte ihr jemand die Pistole zurückgebracht, mit der sich Naline hatte umbringen wollen und ihr erzählt, was passiert war. Trotzdem ging sie weiter ungerührt ihrer Arbeit nach und summte dabei vor sich hin, den Rock wie üblich lose um die Hüften geschlungen.

Einer der Akkumulatoren war fertig. Sie nahm ihn ab, stellte ihn auf einen anderen und die beiden auf einen dritten und trug alle drei zu einem Handkarren, der zehn Schritt entfernt stand. Die Leichtigkeit, mit der sie das tat, erstaunte Lex. Die Akkumulatoren waren nämlich schwer, so schwer, daß die Abdrücke, die ihre nackten Füße im Sand hinterließen, doppelt so tief wurden.

»Delvia!« rief er.

Sie richtete sich auf und drehte sich um, wobei sie ihre schwitzenden Handflächen an ihrem zerlumpten Rock abwischte.

»Weißt du schon das mit Naline?« fragte er rauh.

»Ja. Einer von Bendles Leuten hat die Pistole zurückgebracht.« Sie deutete auf das Gestell. »Sie sind übrigens alle fertig.«

Lex stand nur da und starrte sie an. »Und?« fauchte sie ihn schließlich an. »Worauf wartest du? Daß ich in Tränen ausbreche?«

»Nein, eigentlich nicht. Ich überlege nur gerade, warum Naline eine Pistole genommen hat, die ihres Wissens nach leer war.«

Delvia musterte ihn mit einem überraschten Ausdruck, der nach einem Augenblick Erleichterung Platz machte. »Danke, Lex. Hat man dir auch gesagt, daß sie darauf geachtet hat, daß sie von vier oder fünf Leuten mit der Pistole gesehen wurde, ohne daß sich jemand die Mühe gemacht hatte, sie zu fragen, was sie damit wollte?«

»Nein, aber das überrascht mich nicht.« Lex ging hinüber zu dem Handkarren und hockte sich auf den Rand. »Ich glaube, ich hätte dich schon eher nach deiner Version der ganzen Geschichte fragen sollen. Erzähl sie mir jetzt.«

Sie zögerte. »Du hattest recht«, begann sie dann mit nicht zu überhörender Bitterkeit, »als du nicht wolltest, daß ich mit auf die Expedition komme. Ich bin sehr impulsiv und habe mich noch nie in meinem Leben zurückhalten müssen, deshalb bin ich auch nicht daran gewöhnt. Ich glaube, man könnte mich als Naturtier bezeichnen. Ich finde es leichter, den Reflexen, die ich habe, nachzugeben als gegen sie anzukämpfen, und außerdem macht es auch mehr Spaß.«

Lex nickte. »Aber du mußt es lernen, Delvia. Uns allen und auch dir selbst zuliebe.«

»Ja, ja, ich weiß«, gab sie müde zurück. Sie ließ sich auf die Knie in den heißen Sand fallen. »Wenn ich geahnt hätte, in was ich mich da einlasse … Weißt du, ich bin weiß Gott kein Muttertyp, und ich glaube, daß ich nicht ein bißchen Mutterinstinkt besitze. Und dann waren da diese Frauen, die wie die Hennen um Naline herumgluckten mit Ornelle als Oberhenne, und sie als eine Art großes Baby umhätscheln wollten. Bloß haßte Naline die Vorstellung von ihnen als Kind behandelt zu werden. Sie wollte unabhängig sein. Erwachsen. Was sie natürlich nicht ist. Sie ist eine besitzergreifende, habgierige und sich selbst überschätzende Halbwüchsige. Da ich nicht wie eine Henne um ihr Küken um sie herumgluckte, hielt sie sich an mich. Das war alles, zuerst jedenfalls.

Dann wurde es richtig kalt. Weißt du noch, wie es mitten im Winter war?« Sie sprach leise und hitzig. »Nun, also eines Nachts kam sie plötzlich, *steif* vor Kälte, unter meine Decke geklettert. Oh, sicher — ich weiß, was ich in diesem Moment hätte tun müssen! Ich wußte, daß meine Reflexe kurz davor waren, zu explodieren. Ich hätte ihr meine Decke überlassen und hinaus in den Schnee gehen sollen, um mich abzukühlen. Aber ich habe es eben nicht getan. So, wie ich in meinem Bett fror, während es draußen stockfinster war und stürmte, war ich nicht in der Verfassung für noble Gesten. Und als sie sich soweit aufgewärmt hatte, daß sie sich wieder bewegen konnte, also, was beim Kosmos hätte ich tun sollen, als ihre Hände plötzlich auf meinem Körper waren und ihre Zunge in meinem Ohr?«

Sie schlug sich mit der Hand auf den Schenkel. »Aber eins will ich dir sagen! Wenn Ornelle oder jemand anders von sich behauptet, er hätte anders gehandelt, lügt er.«

»Weiter«, forderte Lex sie unbewegt auf.

»Und ob ich weiter mache! Wo ich schon einmal dabei bin, kann ich auch gleich reinen Tisch machen. Sieh mal, es ist schon ganz schön lange her, daß ich selbst so jung war wie Naline, und außerdem war meine Jugend sowieso ganz anders als bei ihr, also brauchte ich unverschämt lange, bis ich endlich begriff, warum sie sich so an mich hängte. Sie hat mich nie richtig gesehen, die Delvia, die ich wirklich bin. Sie hat eine Delvia erfunden, die es nie gegeben hat, lieb und großzügig, eine große Schwester und was weiß ich noch alles, das erklärt, warum sie mir so hinterherläuft. Was glaubst du, warum ich die Männer wie — wie Trophäen genommen habe selbst als es noch so kalt war, daß es verdammt ungemütlich war und bestimmt keinen Spaß gemacht hat? Weil ich versucht habe diese nichtexistierende Delvia kaputtzumachen und Naline die wirkliche zu zeigen!«

»Hast du ihr gesagt, sie sollte herkommen und heute hier mit dir arbeiten?«

»Nein. Ich gebe ihr keine Befehle. Ich habe ihr allerdings auch nicht gesagt, daß sie weggehen soll, weil ich dachte, sie würde sich schon wieder beruhigen. Doch das war nicht der Fall. Zuerst hat sie versucht, sich mit mir zu streiten, und als ich die Ruhe behielt, hat sie mir vorgeworfen, ich würde sie hassen, schnappte sich eine Pistole und rannte weg. Ich war überzeugt daß sie doch keinen Schaden damit anrichten konnte, da ich die Waffen ja bekommen hatte, weil sie leer waren und wieder aufgeladen werden sollten. Ich hatte keine Ahnung, daß überhaupt noch ausreichend Energie für einen Blitz in der Pistole war!«

Sie war blaß, und ihre Lippen zitterten. Lex betrachtete sie lange. »Geh zu Jerode und rede mit ihm, Del«, meinte er schließlich. »Ornelle hat einen Nervenzusammenbruch bekommen, und sie hat eine Menge Dinge gesagt, die ihm wahrscheinlich Grund genug sind, dich anzuhören. Vielleicht fällt euch dabei etwas ein, wie ihr verhindern könnt, daß man dich lyncht, wenn sich das mit Naline herumgesprochen hat.«

II

Die kleine Expedition brach beim ersten Licht des nächsten Tages auf — einmal um so weit wie möglich voranzukommen, bevor sie ein Lager für die Nacht aufschlagen mußten und zum anderen, weil sie vermeiden wollten, daß aus ihrem Aufbruch eine große Zeremonie gemacht wurde. Lex, der das Gelände hatte erkunden wollen, war drei oder vier Kilometer das Flußbett hinaufgegangen bis zu einem Hügel, von wo aus er einen guten Blick über die nächsten Kilometer hatte, und so wußte er, daß der Weg zunächst ziemlich frei war. Was allerdings das Wetter betraf, so hätte er vielleicht ihren Aufbruch verschoben. Wind von der See her trieb die Wolken zusammen, die am Tag zuvor noch am Horizont zu sehen gewesen waren, die Sonne hatte sich versteckt, und sobald die Wolken das Festland erreichten, wurden sie aufwärts getragen.

Mit etwas Glück würden sie ihren Regen erst ausschütten, wenn sie weiter landeinwärts über höherem Gelände waren und dann weiterziehen, bevor Lex und seine Begleiter so weit waren. Allerdings verdüsterten sie den ersten Teil des Unternehmens, und ein oder zweimal mußte die Gruppe sogar Zuflucht zu ihren Taschenlampen nehmen, obwohl die Morgendämmerung längst vorbei war. Zumindest regnete es nicht.

Den Menschen, die sie zurückließen, wäre es anders vielleicht lieber gewesen. Regen bedeutete frisches Wasser zum Waschen und die spärliche Trinkration aus Aldrics Solardestilliergeräten ... würde auf jeden Fall nicht lange vorhalten, wenn die Sonne nicht zurückkam.

Der Kontrast zu dem Unternehmen am Ende des letzten Sommers war erstaunlich. Diesmal war es erheblich härter. Alle Arten frischgesprossener Pflanzen säumten den Fluß, und von den Ufern her erstreckte sich ein Netz aus verschlungenen Wurzeln in das Flußbett. Das Ausbleiben des Wassers hatte sie trocken und porös werden lassen, und dort, wo die letzten Pfützen gewesen waren, türmten sich die Kadaver verwesender Süßwassertiere. Anfangs gab es zu beiden Seiten noch Bäume, die zwischen sechs und fünfzehn Metern hoch und in einen regelrechten Dschungel aus Kletter- und Schlinggewächsen und Pflanzen gehüllt waren, für die man noch keinen Namen hatte. Der Fluß wurde schmaler, und sein Lauf steiler; dann trat Gestrüpp an die Stelle der Bäume, das nur halb so hoch, aber genauso mit Schlingpflanzen überzogen war.

Das Flußbett war ausgetrocknet, und es ließ sich gut gehen. Im Laufe des Morgens kamen sie zügig voran, begleitet von seltsamen Lauten und Geräuschen: merkwürdig geformte Vögel, gelbgrau und braun, kreischten und schrien, Schaleninsekten zirpten und schwirrten, und manchmal erklang ersticktes Grunzen, das vermuten ließ, daß irgendein großes Tier von einem anderen überwältigt worden war und jetzt erwürgt wurde.

Lex und Baffin wechselten sich mit der Führung ab, die Energiepistolen schußbereit in den Händen. Neben ihnen ging Lodette; ihre Augen waren ständig in Bewegung, um die anderen mit ihren Fachkenntnissen zu warnen, wenn sie an giftige Pflanzen wie Pustelkraut kamen, oder sie vorsichtshalber zu stoppen, wenn sie etwas entdeckte, das sie noch nicht kannte. Hin und wieder nahm sie einen neuen der unersetzlichen Würfel für ihre einzige Kamera. Sie hatten mehr als fünfhundert aus dem Schiff retten können, aber die waren inzwischen fast alle von Bendles Team verbraucht worden.

Zanice und Aggereth, beide ein wenig ängstlich, folgten ihr, während Minty und Aykin, der die schwere Last von Funkgerät und Akkumulator auf seinem breiten Rücken trug, gesellig die Nachhut bildeten.

Es war fast Mittag, als ganz in der Nähe wieder jenes unerfreuliche, erstickte Grunzen erklang. Zweige peitschten, als würde ein Monster durch das Unterholz stürmen, und die sieben blieben abrupt stehen. Lex hörte, wie Aggereths Zähne einen Augenblick klapperten, bevor er sie fest aufeinanderbiß.

Mit der Pistole in der Hand näherte er sich dem Ufer. »Lodette, wir sind doch bisher noch auf keine größeren Raubtiere gestoßen, oder?« fragte er über die Schulter hinweg.

»Nein. Und der Umgebung nach zu urteilen dürfte es eigentlich auch keine geben. Ein Tier von, sagen wir, über fünfzig Pfund wäre zu schwer, um sich bei diesen dünnen Ästen in den Bäumen bewegen zu können und zu plump, um rasch in diesem Unterholz vorwärtszukommen. Große Raubtiere kommen meistens in savannenähnlichen Gegenden vor.«

»Und was ist dann das da?« Lex war überrascht, daß seine Stimme so ruhig klang.

Aus dem Gewirr von Ranken und Schlingpflanzen spähte keine drei Meter von ihm entfernt der Kopf eines Tieres. Es war nur aufgrund des weit aufgerissenen Mauls als solches zu erkennen; die Evolution hatte hier nicht so viele Organe aus der Urgastrula hervorgebracht wie auf den meisten von Menschen besiedelten Planeten. Das Fell war gefleckt. Auf einem Gliederhals wackelte der Kopf hin und her.

»Das — äh ...« Lodette brach ab und mußte schlukken. »Das ist ein Pflanzenfresser, Lex. Ich habe zu Hause im Dorf schon ein paar davon gesehen. Sie haben sich über unsere Salatbäume hergemacht, aber sie ließen sich ohne weiteres verjagen.«

Der Mund schloß sich und öffnete sich wieder; der Kopf richtete sich aufwärts. Wieder stieß das Tier dieses gurgelnde Grunzen aus — und Lex ließ den Strahl seiner Waffe nach unten schießen, kreuz und quer und hin und her. Die Vegetation schrumpfte, sprang zurück, als seien die Zweige unter Spannung stehende Federn. Stinkender Rauch kräuselte in die Luft.

»Da hast du deinen Fleischfresser«, sagte Lex leise.

Auf dem Boden kauerte, hockte oder ganz einfach lag ein Ding wie ein weicher schwarzer Beutel mit dem Maul zuoberst. Er hatte sich um das Hinterteil des Pflanzenfressers geschlossen und sog an ihm, zersetzte ihn, schluckte ihn hinunter.

Sie sahen mit entsetzter Faszination zu. Es schien unmöglich, daß der schwarze Beutel, obwohl er ziemlich groß war, den Pflanzenfresser verschlingen sollte, der immerhin die Größe eines Ponys hatte. Und doch war es so. Jetzt, mit einem plötzlichen Plopp, verschwand er ganz.

»Das verdammte Ding muß unter der Erde leben!« stellte Lex fest. »Das da ist nur sein Mund!«

»Lex! Paß auf!«

Es war Aykin, der etwa fünf Meter zurück stand. Er hechtete vorwärts, doch Lex, dessen Reflexe, wie viele andere seiner Fähigkeiten künstlich gesteigert worden waren, hatte schon beim Geräusch eines Kieselsteins, der in das Flußbett fiel, reagiert.

Zentimeter vor seinen Füßen, fast ganz unter Schlamm, toten Pflanzen und verschlungenen Wurzeln verborgen, öffnete sich ein anderer schwarzer Beutel. Die Bewegung warf den tarnenden Schlamm ab. Der Beutel klappte auf, schloß sich wieder und öffnete sich dann zu einem unglaublichen Durchmesser von über einem Meter, so daß Lex hinuntersehen konnte. Das Innere war mit farnähnlichen Zotten besetzt, die schlaff herunterhingen.

»Es sieht aus, als ob dieses Ding nicht nur essen, sondern auch trinken muß«, meinte er nachdenklich.

»Du meinst — du meinst, daß alle beide zu ein- und demselben Tier gehören?« fragte Aggereth entgeistert. »Dann ist das Ding vielleicht hier direkt unter unseren Füßen!«

»Das ist durchaus möglich«, nickte Lex. »Eine Gefahr mehr die ich nicht einkalkuliert hatte. Tja, dann müssen wir eben noch vorsichtiger sein. Lodette, siehst du irgendwelche charakteristischen Merkmale hier, nach denen wir uns richten könnten?«

Die Biologin biß sich auf die Lippen. Sie drehte sich langsam herum und musterte die Umgebung. Während sie überlegte, stieg der schwarze Beutel, der immer noch vergeblich nach Wasser schnappte, aus dem Boden, bis sein Rand fast einen Meter hochstand und das Flußbett wie ein häßliches Geschwür verunzierte. Ein intensiver, ekelerregender Gestank stieg auf, und unter der Erde blubberten Gase.

»Ja, genau«, sagte Lodette plötzlich. Sie zeigte auf einen saftig aussehenden, bläulich-grünen Stengel mit Köpfen, die an Spargel erinnerten. »Das da ist eine Pflanze, die diese Pflanzenfresser besonders gern mögen. Gewöhnlich fressen sie alle Knospen, an die sie herankommen können. Hier dagegen wachsen sie bis auf den Boden, und nur ein paar Stellen sind abgefressen.«

»Sie fressen das Zeug, wo sie nicht selbst gefressen werden, richtig?« sagte Minty mit einem schiefen Lächeln. Sie hielt sich mit beiden Händen an Aykins muskulösem Unterarm fest.

»Genau. Wo diese Triebe nicht angefressen sind, können wir davon ausgehen, daß wir vorsichtig sein müssen.«

»Ausgezeichnet, Lodette«, lobte Lex. »Also, laßt uns weitergehen.«

»Und das — das Ding da?« Aggereth deutete auf den schwarzen Beutel.

»Was soll damit sein?« gab Lex zurück. »Wir lassen es da liegen. Ohne Wasser stirbt es sowieso.«

Nach der nächsten Biegung trat dann genau das ein, womit sie gerechnet hatten. Der grüne Dschungel, der den Fluß säumte, rückte näher zusammen, und sie sahen sich dem Eingang zu einem dämmrigen, grünlichen Tunnel gegenüber. Lex seufzte und bemerkte die Bestürzung in den Blicken der anderen als er sich umsah.

»Es ist viel schlimmer als letztes Jahr«, stellte Baffin fest.

»Das kann man wohl sagen.« Lex blickte hinauf zum Himmel. Die Wolken wurden dunkler, und auch wenn es bisher trocken geblieben war, hatte er das Gefühl, daß der Regen jeden Augenblick losbrechen konnte. Er faßte einen Entschluß.

»Wir machen hier Rast. Bildet einen Kreis und haltet die Umgebung hinter eurem Gegenüber im Auge. Wenn ihr die Rationen verteilt, denkt daran, daß wir vielleicht länger als ursprünglich geplant damit auskommen müssen. Ich finde, Aykin, wir sollten Kontakt mit Elbing aufnehmen, so lange wir noch so nahe beim Dorf sind.«

Die Gruppe gab sich keine Mühe, ihre Erleichterung zu verbergen. Sie setzten ihre Lasten ab und streckten sich dankbar. Nur Aykin, der auf den Pflanzentunnel starrte, zeigte zuerst keine Reaktion.

»Glaubst du wirklich, Lex«, meinte er, »daß ein Erdrutsch das Hindernis ist, das den Fluß blockiert, wie wir vermutet haben?«

»Es scheint mir die wahrscheinlichste Erklärung.«

»Sicher, aber sieh doch mal, wie dicht diese Pflanzen wachsen. Könnte es nicht sein, daß ihre Wurzeln so dicht verflochten sind, daß sie das Wasser nicht mehr durchlassen? Damit ließe sich doch erklären, wieso es am Ende des Sommers wieder fließt, weil dann nämlich die Vegetation wieder abstirbt.«

»Es wäre möglich, aber ich glaube es nicht. Sie müßten schon mit einem unvorstellbaren Tempo gewachsen sein, um den Fluß in etwas mehr als einer Stunde auszutrocknen, und genau das ist ja der Fall gewesen.«

»Außerdem«, mischte sich Lodette ein, »müßte sich dieser Fleischfresser am Ufer längst angepaßt haben, wenn es sich um ein ganz normales, saisonbedingtes Phänomen handeln würde. Aber wie es aussieht, stirbt er ja wohl offensichtlich ohne Wasser.«

»Ja, richtig.« Aykin machte sich daran, das Funkgerät aufzubauen.

»Ich glaube, ich weiß auch, wo der Erdrutsch wahrscheinlich passiert ist«, fuhr Lex fort. »Erinnerst du dich noch an die Stelle, Baffin, wo der Fluß einen Schnitt in den Rand des Plateaus macht?«

»Wo wir über all das Geröll und die Felsen klettern mußten? Ja, natürlich. Die Ufer sind da oben ziemlich hoch. Was meinst du, ob sich das Wasser hinter dem Hindernis gestaut hat, oder hat es sich inzwischen ein neues Bett gesucht?«

»Ich hoffe, daß es sich ein neues Bett gesucht hat.

Falls sich das ganze Wasser zu einem See gestaut hat, wird es wahrscheinlich den Lagerplatz der anderen Gruppe völlig überflutet haben.«

»Fertig, Lex«, meldete sich Aykin. Die beschwerte Antenne abschätzend in einer Hand, nahm er sorgfältig Maß und warf sie hinauf in die Spitze des höchsten Baums in der Nähe. Damit war sie zwar nicht mehr als etwa vier Meter vom Boden weg, aber bei dieser kurzen Distanz müßte es eigentlich reichen.

Und das tat es. Das Signal war deutlich, wenn auch schwach — da der Sender für Orbit-Boden-Kommunikation ausgelegt war, brauchte er normalerweise eine stärkere Stromquelle als einen GD-Akkumulator. Lex beschrieb wie sie vorangekommen waren und berichtete von dem ›Tunnel‹ der sie jetzt erwartete.

Elbing nahm die Informationen lakonisch entgegen und übermittelte alles Gute von Jerode.

»Wie geht es Naline?« wollte Lex wissen.

»Besser, habe ich gehört. Aber die Gemüter sind ganz schön erhitzt. Der Doc hat den Leuten erklärt, wie er die Fakten sieht —, daß Naline wußte, daß die Pistole nicht geladen war und sich deshalb nicht wirklich hat umbringen wollen, sondern nur Aufmerksamkeit erregen wollte und so weiter. Trotzdem ist und bleibt das Ganze ziemlich unerfreulich. «

Was würden sie bei ihrer Rückkehr vorfinden? Hysterie? Rufe nach einer Verhandlung? Lynchjustiz? Lex mochte nicht an die Möglichkeiten denken. Er meldete sich ab.

»Wie ist das Wetter?« wollte Elbing noch wissen.

»Bisher haben wir noch keinen Regen gehabt«, berichtete Lex. »Wenn wir Glück haben ...«

Genau in diesem Augenblick krachte es aus dem Funkgerät. Er warf einen Blick auf die Berge und sprang dann auf. Ja, die dunklen Wolken ballten sich jetzt über dem höher gelegenen Gebiet; er sah, wie Blitze wie Silberfäden über ihre watteartige Oberfläche zuckten, und in der Ferne konnte man das Grollen des folgenden Donners hören.

Auf ihrem zusammengerollten Bettzeug hockend, aßen sie hastig ihre Ration. Baffin wischte sich die letzten Krümel von der Oberlippe und meinte: »Ich wollte dich noch etwas fragen, Lex?«

»Hmmm?«

»Wenn die andere Gruppe wirklich tot sein sollte, was meinst du, woran sie gestorben sind? Einfach an der Kälte?«

»Ich könnte es mir vorstellen, Zanice?«

»Ja. Wir sind ja auch nicht ganz ungeschoren davongekommen. Denk nur an Elbings Bein.«

»Es könnte aber auch eine Krankheit gewesen sein«, warf Minty ein. »Oder sie haben die falschen einheimischen Nahrungsmittel gegessen. Ich glaube nicht, daß sie so viele Nahrungssynthetisierer gehabt haben wie wir, oder?«

»Weder das noch Fachleute, die sie so umbauen konnten, daß sie Antallergene und dieses Zeug produzierten«, bestätigte Baffin. »Wir haben ja versucht, sie zu überreden, mit uns ins Dorf zurückzugehen, weil sie da oben kaum etwas hatten. Meilenweit keine Spur von Holz, etwas Süßwasser, aber lange nicht so viel, wie wir haben — hatten! — alles nur nackter Felsen ... Aber sie wollten unbedingt da oben bleiben.«

»Nun, sie sind ja genauso hier gelandet wie wir«, entgegnete Lex. »Das heißt, halb erstickt.« Er hatte sein Stück Synthesekuchen aufgegessen, verschränkte die Hände um die Knie und begann, vor- und zurückzuschaukeln. »Sie werden also kaum Zeit gehabt haben, ihre Landung zu planen. Und es hat einiges für sich, auf nacktem Boden herunterzugehen, wenn man auf einem unbekannten Planeten landet, denn man hängt nicht sofort mitten unter fremden Pflanzen, Tieren und giftigen Dingen. Und die einzigen Fachleute, die in Gomes' Gruppe waren, besaßen nur Kenntnisse auf Gebieten, die ihnen nicht viel nützen konnten, wie Technik zum Beispiel. Auf der anderen Seite muß ich allerdings zugeben, daß Baffin irgendwo recht hat. Als sie wußten, daß wir einen Arzt und einen erfahrenen Biologen unter uns hatten, war es unvernünftig von ihnen, nicht mit uns stromabwärts zu unserem Lagerplatz zu kommen. Sicher es hätte eine ungeheure zusätzliche Belastung für uns bedeutet, aber auf der anderen Seite hätten wir auch eine ganze Menge Arbeitskräfte dazubekommen.«

»Ich meine, sie waren regelrecht dumm«, entgegnete Baffin. »Und das habe ich ihnen auch gesagt. Wenn sie Angst hatten, irgendwo anders als auf nacktem Boden zu landen, hätten sie sich doch wenigstens irgendwo eine flache Wüstengegend aussuchen können wo Grundwasser in der Nähe war. Es war der größte Schwachsinn, sich ein kleines, felsiges Plateau so hoch über dem Meeresspiegel auszusuchen.«

Aggereth stand auf und schlüpfte in seinen Rucksack. »Sagt mal, findet ihr das nicht ein bißchen akademisch?« meinte er barsch. »Ich meine, dieses Gerede, ob ihr Entschluß richtig oder falsch war! Schließlich sind wir auf dem Weg, ihr Grab zu plündern.«

»Du hast recht«, pflichtete ihm Lex bei. »Also dann, auf geht's.«

12

Durch den sie umgebenden Tunnel aus Pflanzen kamen sie stetig voran. Lex runzelte die Stirn, als er sah, wie dicht die Vegetation war, die die Ufer säumte und darüber hinweg rankte. Er hatte einen zusätzlichen Tag für die Rückkehr eingeplant, aber wie es jetzt aussah, hatte er sich damit schwer verrechnet. Entweder würden sie sich damit zufriedengeben müssen, den Lagerplatz der anderen Gruppe nur kurz zu inspizieren, anstatt sich dort gründlich nach nützlichen Dingen umzusehen, oder sie würden mit ihren Rationen einen Tag länger auskommen müssen. Auf dem Rückweg würden sie nicht klettern müssen wie jetzt — sie waren inzwischen in steileres Gelände gekommen —, aber auch bergab würden sie nicht schneller vorwärtskommen, wenn sie gezwungen waren, sich jeden Meter freizuschlagen.

Im Unterholz bewegten sich Tiere; hin und wieder huschten Schatten über Äste, die über den Fluß reichten und verursachten mit Krallenfüßen kratzende Geräusche. Einmal riß er seine Pistole hoch und jagte einen Schuß in die Luft, worauf ein Ding mit sechs symmetrisch angeordneten Beinen und einem Nadelkissenkörper vor ihnen herunterfiel. An der Mitte seiner Unterseite hing ein langer, elastischer Tentakel mit einem klebrigen Ball an der Spitze. Lodette bestätigte Lex spontane Vermutung, daß es sich dabei um eine Beutefalle handeln könnte, obwohl sie bezweifelte, daß der Ball einen Menschen verletzen konnte, es sei denn, er war giftig. Niemand hatte jedoch Lust, das herauszufinden.

Sie waren übereingekommen, an diesem ersten Tag so weit wie möglich voranzukommen, und deshalb lagerten sie nicht sofort nach Sonnenuntergang, sondern gingen mit Lampen weiter. Doch schließlich wurde es zu anstrengend, denn oft mußten sie mehr klettern als gehen, weil das Flußbett hier von losen Felsen übersät war.

»Genug ist genug«, sagte Lex irgendwann. »Schlagen wir hier unser Lager auf, ja? Die Stelle ist ganz gut hier. Baffin, brenn die Vegetation ein Stück zurück. Ihr übrigen geht etwas zur Seite — nicht, daß ihr nachher noch in Flammen aufgeht.«

Die anderen gehorchten. Mit ihren Pistolen mähten Lex und Baffin die Pflanzen in einem Kreis von etwa fünfzig Metern ringsherum nieder. Der faule Gestank von verbranntem Grünzeug erfüllte die Luft, war aber nach kurzer Zeit schon wieder verschwunden.

Sie bereiteten ein Feuer aus trockenen Wurzeln und wärmten Suppe zum Trinken auf, dann teilten sie die Wachen ein und ließen sich endlich erschöpft auf ihren Decken nieder. Es war ganz still, nur hin und wieder schrie ein Tier. Lex, der Minty für die erste Wache eingeteilt hatte, dachte als er sich hinlegte, daß man es fast als friedlich bezeichnen konnte.

Doch plötzlich stieß Minty einen Schrei aus. Aus dem Halbschlaf gerissen, fuhren alle auf.

»Wasser!« schrie sie und ließ den Strahl ihrer Taschenlampe über den Boden gleiten. »Seht!«

Bräunliche Rinnsale liefen über Kieselsteine und trockenen Schlamm. Aggereth sprang hektisch auf.

»Wenn das der Fluß ist, der zurückkommt, müssen wir schnellstens von hier weg! Sonst könnten wir ertrinken!«

»Es ist aber nicht der Fluß, der zurückkommt, und wir werden auch nicht ertrinken«, erwiderte Lex, nachdem er sich das Ganze sorgfältig angesehen hatte. »Es sind die ersten Auswirkungen des Unwetters vor uns. Es wird uns überhaupt nichts passieren, so lange wir uns nicht im tiefsten Teil des Flußbetts hinlegen, auch wenn es da vielleicht besonders eben ist.«

Mit einem ärgerlichen Brummen brachte Lodette, die sich ein flaches Stück getrockneten Schlamms ausgesucht hatte, das eine der letzten Pfützen gewesen sein mußte, ihre Sachen an einer höher gelegenen Stelle in Sicherheit.

»Meinst du, ich sollte besser Elbing anfunken?« fragte Aykin. »Damit sie vorbereitet sind, wenn es sie erreicht? Ein bißchen Regenwasser ist immerhin besser als nichts.«

Lex schüttelte den Kopf. »Es wird nicht bis zur Küste kommen, weil es vorher von dem trockenen Boden aufgesaugt wird.«

»Bist du sicher?«

Barsch, weil er müde war, wollte Lex gerade antworten: »Natürlich bin ich sicher«, doch dann zögerte er. Überrascht wurde er sich bewußt: *Ja, ich bin sicher. Weil ich anfange, ein Gefühl für diesen Planeten zu bekommen. Wie bei diesem Tier mit dem klebrigen Ball unter dem Bauch. Ich habe noch nie so etwas gesehen, trotzdem wußte ich irgendwie, was es sein mußte.*

Erstaunlich. Er grinste Aykin listig an. »Natürlich, denn wenn ich es nicht wäre, würde ich doch mit meinem Bett umziehen, oder? Und jetzt mach, daß du schläfst.«

Er hatte recht. Am Morgen zeugten nur noch ein paar feuchte Stellen davon, daß es geregnet hatte, als sie verbissen ihren Weg flußaufwärts fortsetzten. Es ging jetzt ganz deutlich ›aufwärts‹; sie kamen an lange Stromschnellen und kleine, steile Fälle, und einmal konnten sie ein paar hundert Meter lang über sich den klaren Himmel sehen, als die Vegetation dünner wurde. Während des Frühstücks hatten sie mit Elbing gesprochen der ihnen gesagt hatte, daß Jerode eigentlich mit ihnen hatte reden wollen, aber noch schlief, da er eine unruhige Nacht hinter sich hatte. Ornelle hatte wieder einen hysterischen Anfall gehabt, und irgend jemand im Junggesellinnenhaus hatte Delvia Pustelkraut ins Bett gelegt und einen gewaltigen Aufruhr verursacht.

Es brauchte nur jemand mit gutem Beispiel voranzugehen, dachte Lex, als er sich seinen Weg über tückische Kieselsteine suchte, und schon benehmen sie sich alle wie die kleinen Kinder. Verfluchte Naline!

Gegen Mittag hatten sie ihr Ziel greifbar vor Augen. Hin und wieder waren die höchsten Felsen in der Nachbarschaft des Plateaus zu sehen, und einmal sah Lex einen Sonnenstrahl, der auf etwas, das der Rumpf des Raumschiffs — oder auch nicht — hätte sein können, reflektiert wurde. Aber noch waren sie nicht auf das Hindernis im Fluß gestoßen, und alle starrten nach vorn statt ständig zur Seite, als erwarteten sie, jeden Augenblick den Damm zu sehen. Lex mußte sie ermahnen, nicht unvorsichtig zu werden.

Dann sichtete er an einer Biegung, halb eingesunken in den weichen Boden, einen abgeflachten, fast kubischen Felsblock mit einer Seitenlänge von etwa zehn Metern. Dort würde ein guter Platz für ihre Mittagsrast sein. Dankbar kletterten sie über die kleineren Felsen ringsum hinauf, um ihre Lasten auf seiner flachen Oberfläche abzulegen.

Aykin baute das Funkgerät auf, und während er auf seiner Ration Synthesekuchen kaute, hörte Lex, wie Elbing den Ruf durch das während des Tages übliche Knistern solarer Störungen bestätigte und nach ihm fragte, weil Jerode mit ihm sprechen wollte.

»Wie sieht's aus, Doc?« meldete sich Lex.

»Übel«, kam die knappe Antwort. »Habt ihr den Erdrutsch schon gefunden? Es ist heute wieder heiß hier unten, und wir brauchen dringend das Wasser wieder. Allein der Gestank von unserem Abwasser kann einen schon verrückt machen.«

»Nein, noch nicht«, berichtete Lex. »Und wir sind schon fast in Sichtweite des Plateaus. Er muß genau da oben sein, wo wir ihn vermutet haben, ganz in der Nähe des anderen Landeplatzes. Wenn alles gut geht, müßten wir die Blockade noch heute nachmittag erreichen, aber es kann sein, daß wir erst morgen versuchen können, sie zu beseitigen.«

»Tut, was ihr könnt. Der Wassermangel verschlimmert nur eine Situation, die auch ohne ihn schon explosiv genug ist. Ich habe die Sehkraft von Nalines rechtem Auge retten können aber ihr linkes braucht eine neue Hornhaut, und mit den Mitteln, die mir hier zur Verfügung stehen, kann ich nichts machen. Ich hätte im letzten Winter wohl besser eine Organbank angelegt, anstatt die Toten so zu begraben, aber es gab so verdammt viel anderes zu tun ... Hat Elbing ihnen erzählt, was Delvia gestern abend passiert ist?«

»Ja.«

»Nun, ich neige eher zu Delvias Version der Hintergrundgeschichte, aber die Fakten sind nun mal da, und die meisten anderen Frauen sind gegen sie. Heute morgen kam Nanseltine ziemlich aufgeblasen zu mir, weil ihn ein paar von ihnen aufgefordert haben, sie vor ein Gericht zu stellen. Ich habe zwar keine Ahnung, weswegen man sie anklagen könnte — ich glaube nicht, daß es eine solche Straftat im Vereinheitlichten Galaktischen Gesetzbuch gibt —, aber das wird sie kaum aufhalten. Sie werden sich schon irgend etwas einfallen lassen.« Trotz der Störung klang aus seiner Stimme deutlich Abscheu heraus. »Und natürlich stehen verdammt zu viele Leute herum und ringen die Hände. Unter anderem die ganze Mannschaft von Cheffy.«

Lex biß sich auf die Lippen. Er sah, wie Baffin die Stirn runzelte und Minty und Aykin besorgte Blicke austauschten. In der Hoffnung, daß sie vielleicht irgendwelche brauchbaren Vorschläge hatten, warf er ihnen einen aufmunternden Blick zu.

»Dieser verfluchte Nanseltine!« sagte Minty und spuckte über den Rand des Felsens, auf dem sie saßen.

»Weniger er als seine Frau«, korrigierte Zanice sie ruhig. »Ich weiß Bescheid. Der Doc hat mich oft losgeschickt, wenn sie ihn gerufen hatten — sie legen sich tatsächlich schon mit einem Kratzer am Finger oder einem blauen Schienbein ins Bett, und beim kleinsten bißchen Kopfschmerzen glauben sie, todkrank zu sein. Ich habe gesehen, was los ist. Wenn man irgendwie hoffen könnte, sie an eine nützliche Arbeit zu bekommen, dann würde ich vorschlagen, daß Lex sie für sein Bergungsteam einteilt und das Boot dann eine Meile vor der Küste klammheimlich versenkt.«

Baffin kicherte.

»Tut mir leid, Doc, aber uns fällt dazu auch nichts

ein«, meldete sich Lex. »Wir werden zusehen, daß wir dieses Hindernis finden und Sie dann wissen lassen, wann Sie wieder mit dem Wasser rechnen können. Okay?«

»Hoffentlich bald. Wir werden das Funkgerät Tag und Nacht besetzt halten.« Es trat eine Pause ein, dann war seine Stimme wieder schwach zu hören, als spräche er zu jemand anderem. »Was will *der* denn schon wieder? ... Also gut, sag ihm, ich komme gleich!«

Ein Seufzer, dann meinte er lauter: »Lex, jetzt habe ich Rothers auf dem Hals. Ich muß Schluß machen. Tun Sie, was Sie können, und sehen Sie zu, daß Sie so schnell wie möglich wieder zurück sind.«

Sie waren sehr still, als sie zu Ende aßen und dann ihre Sachen aufsammelten, um weiterzugehen. Das blauweiße Sonnenlicht kam ihnen plötzlich bedrückend und kalt vor.

Baffin hatte die Führung übernommen, während Lex die Nachhut bildete. Die Vegetation war jetzt bis auf spärliches Gestrüpp zurückgegangen, und sie brauchten nicht mehr so wachsam zu sein. Trotzdem kamen sie nicht schneller voran, denn alle paar hundert Meter wurden sie von einem ausgetrockneten Wasserfall oder einer Wand aus bröckeligem Gestein von bis zu sechs Metern Höhe aufgehalten, die beim Hinaufklettern nur schlechten Halt boten.

Sie standen wieder einmal vor einer solchen Felswand von ungefähr zweieinhalb Metern Höhe, und Baffin machte sich daran, das Hindernis wie gewöhnlich zu nehmen. Er stellte sich davor auf, ging in die Knie und sprang dann hoch, um mit den Armen und dem Oberkörper über den Rand zu kommen. So blieb er eine Sekunde hängen und starrte auf etwas, was die anderen nicht sehen konnten. Anstatt sich dann aber ganz hinüber zu ziehen, ließ er sich atemlos wieder fallen.

»Was ist los?« brummte Lex ärgerlich.

»Da hätten wir unser Hindernis«, gab Baffin zurück und wischte sich über die Stirn. »Sieh es dir selbst an.«

Lex zog sich hoch, schwang die Beine auf den Felsen und richtete sich auf. Die Hand über die Augen gelegt, blickte er auf das, was Baffin so in Erstaunen versetzt hatte. Von hier an führte der Fluß gerade auf die Felsen zu, die das Plateau umgaben. Ein paar hundert Meter vor ihnen, ungefähr da, wo er den Erdrutsch vermutet hatte, entdeckte er eine Mauer. Sie blockierte nicht nur das Flußbett, sondern reichte auch noch ein beträchtliches Stück auf beiden Seiten über und schloß sich mit natürlichen Hängen zu einem fortlaufenden Damm. An ihrem Fuß waren schwere Felsblöcke aufeinandergestapelt, und in Abständen war sie mit Holzbalken verstrebt, zwischen denen Lex Matten und Faschinen aus geflochtenen Zweigen zu erkennen glaubte, die mit Blättern und Lehm abgedichtet waren.

Er stand noch immer da und starrte auf die Mauer, als Baffin zu ihm hinaufgeklettert kam und sich dann umdrehte, um den anderen zu helfen.

»Was ist es?« rief Minty von unten herauf.

»Ein Damm«, antwortete Lex knapp. Er musterte ihn eingehend. An den Seiten des Flußbetts sah er zwei extra starke Pfosten, und die Faschinen zwischen ihnen schienen nicht starr, sondern nur festgebunden zu sein, so daß sie ein provisorisches Schleusentor darstellten.

Aber ...! Lex war so überrascht, daß er unwillkürlich einen Schritt vortrat. Ein Blick nach rechts und links zeigte ihm das ungefähre Niveau, das das aufgestaute Wasser schließlich erreichen würde. Selbst wenn diese Pfosten und Faschinen noch so stark waren, konnte dieser Damm einfach nicht halten!

Inzwischen waren auch die anderen oben, und überraschte Ausrufe waren zu hören. Aykin wollte gerade das aussprechen, was alle dachten, als sie von einer leisen Stimme unterbrochen wurden.

»Das Ding haben Menschen gebaut! Das bedeutet ...«

»Stehenbleiben. Alle.«

Sie erstarrten. Zwischen den Felsen tauchte ein Mann in einem zerlumpten grauen Hemd und einer braunen Hose auf, der sich dort versteckt hatte. Er war dunkel verbrannt von der Sonne und blinzelte gegen die grellen Strahlen. Aber er hielt eine Energiepistole in der Hand, und die bewegte sich keinen Millimeter.

»Wir haben Sie erwartet«, stellte er im Plauderton fest. »Wir haben Ihren Funkverkehr abgehört, als Sie stromaufwärts kamen. Schön, nehmt ihnen jetzt die Pistolen ab!« fügte er lauter hinzu, worauf weitere Männer, die genauso braun waren wie er, aus ihren Verstekken zum Vorschein kamen.

»Was soll der Blödsinn?« platzte Baffin heraus. »Sie haben kein Recht, uns wie — wie Diebe zu behandeln!«

»Wollten Sie nicht unseren Damm zerstören?« sagte der Mann. »Wollten Sie uns nicht unsere wichtigste natürliche Quelle wegnehmen?«

»Tut, was er sagt«, wies Lex die anderen an. Er warf seine eigene Pistole auf den Boden.

»Aber ...!«

»Tut, was er sagt«, wiederholte Lex entschlossen, und wutentbrannt gehorchten sie.

»Sehr vernünftig«, nickte der erste der Wegelagerer und wandte sich dann polternd an seine Begleiter. »Ein bißchen Beeilung, ja?«

»Ich glaube, wir haben uns schon letztes Jahr kennengelernt«, fuhr Lex fort. »Sie heißen Cardevant, wenn ich mich nicht irre.«

»Sie irren sich nicht.« Der braungebrannte Mann musterte ihn eindringlich. »Ja, richtig. Sie kamen mit Captain Arbogast und wollten uns überreden, bei Ihrer defätistischen Politik mitzumachen und hier oben alles aufzugeben, um statt dessen von Ihnen Befehle entgegenzunehmen. Der Mann da neben Ihnen kommt mir auch bekannt vor.« Er grinste säuerlich und steckte seine Waffe ein; seine Begleiter hatten jetzt alle Pistolen der Neuankömmlinge an sich genommen.

»Na, was sagen Sie dazu?« Er wies mit dem Daumen in Richtung Damm. »Das ist was, hmmm? Unser Wasserreservoir!«

»Uns als Räuber zu bezeichnen!« schrie Minty. »Wer hat denn wem den Fluß gestohlen?«

»Nun, Sie können den Rest ja haben, wenn das Reservoir voll ist.«

»Früher«, gab Lex ruhig zurück.

»Ist sich der Herr da so sicher? Glauben Sie mir, es wird eine ganze Zeit dauern.« Er lachte. »Und wie gesagt, wir haben Ihren Funkverkehr ständig abgehört. Hat sich nicht Ihr Doktor vorhin erst beschwert, daß Ihr Abwasser stinkt?«

»Was hat das eine mit dem anderen zu tun? Das Wasser wird von selbst zurückkommen. Ich würde sagen — hmmm ... Also, ich müßte natürlich die andere Seite des Damms sehen, um ganz sicher zu sein, aber ich schätze, daß er in zirka drei Tagen, vielleicht auch noch eher, brechen wird.«

Als ob er einen Schlag in den Magen bekommen hätte, klappte Cardevant den Mund zu und sog zischend die Luft ein. »Sie mieser defätistischer Dreckskerl! Ich werde mir Ihre höhnischen Bemerkungen keine Sekunde länger mitanhören!«

Er fuhr herum und machte seinen Begleitern ein Zeichen. »Setzt sie in Bewegung!« bellte er. »Nehmt sie mit und bringt sie zu Captain Gomes!«

13

Als sie endlich vor Captain Gomes standen, fühlte sich Lex regelrecht krank. Die Anstrengungen, die hier gemacht worden waren, waren unvorstellbar. Und die

Entscheidung sie zu machen war der reinste Wahnsinn. Der Fluß, dessen Quelle irgendwo in den unerforschten Bergen hinter diesem Plateau lag, floß jetzt in das Becken hinter dem Damm. Es war leicht zu sehen, wie er erbaut worden war. Zuerst waren die Seiten hochgezogen worden, dann hatte man Felsbrocken ins Wasser gerollt, auf denen die Arbeiter stehen konnten, während sie die Pfosten einrammten, und dann waren die Matten und Faschinen herabgelassen, festgezurrt und schließlich mit Erde und Blättern abgedichtet worden. Hundert oder mehr Leute mußten hier wie Sklaven geschuftet haben, um ein so großes Bauwerk in einer so kurzen Zeit hochzuziehen. Und es war sicher, daß es bald einstürzen würde.

Die Bezeichnung ›wie Sklaven‹ schien ganz treffend, dachte Lex. Als sie nämlich die letzten hundert Meter zum Plateau hinaufgetrieben wurden, hatte er gesehen, wie Gruppen zerlumpter und ausgemergelter Männer und Frauen im Schweiße ihres Angesichts daran arbeiteten, den Damm zu verstärken, während ihnen ein Mann Befehle zuschrie. Auf dem Plateau selbst, an dessen Rand das Schiff lag — wie ein zerdrücktes Ei, erinnerte sich Lex düster —, hätte man irgendwelche Gebäude erwartet, aber sicher nicht das, was hier wirklich stand: primitive Schuppen aus den gleichen, mit Lehm verputzten Matten, die wie Viehställe aussahen. Es stank nach Abwässern und Rauch, und in Herdstellen aus Lehmsteinen brannten offene Feuer, über denen grobe Kessel an Dreifüßen hingen.

Mit ausdruckslosen Gesichtern starrten Männer und Frauen den Neuankömmlingen nach, als sie an ihnen vorbeikamen, doch Aufseher trieben sie mit Schreien zurück an die Arbeit.

Rings um das Schiff war ein Holzgerüst errichtet worden, von dem unordentlich Seile herabhingen. Lex hatte schon über die Arbeit gestaunt, die es gekostet haben mußte, die Pfosten des Damms den ganzen Weg vom nächsten Wald hierherzuschleppen, der Meilen entfernt war. Aber so viele große Stämme herzuschaffen! Es war nicht zu fassen.

Müde, hagere Arbeiter trieben Steine unter den Rumpf, und andere stemmten sich auf Hebestangen aus Holz. Ein Kind von etwa zehn Jahren schlug auf einer Metallpfanne den Rhythmus, zu dem sie ächzend die Balken anhoben. Offensichtlich wollte man versuchen, das Schiff aufzubocken, damit man die beschädigten Bodenplatten schweißen konnte.

Wahnsinn! Der reinste Wahnsinn! Lex ballte die Fäuste. Er hatte mit vielem gerechnet, als er überlegt hatte, was sie hier finden würden, aber die Wirklichkeit überstieg alle Vorstellungen.

Cardevant ging mit Gewittermiene voraus. Minty war zu entsetzt, um sich noch länger zurückhalten zu können, und rief, als sie hinter dem braungebrannten Mann hergetrieben wurden, Lex zu:

»Sie schaffen es nie vor dem Winter! Und wenn sie sich nicht entsprechend auf ihn vorbereiten, werden sie ...«

Cardevant wirbelte so schnell herum, daß Minty noch nicht einmal Zeit hatte, zusammenzuzucken und schlug ihr ins Gesicht.

»Wir werden den nächsten Winter genauso überstehen, wie wir den letzten überstanden haben!« erklärte er. »Und wenn die Schwächlinge sterben, ist es kein Verlust, verstanden?«

»Wie kommen Sie dazu, meine Frau zu schlagen?« Aykin war trotz seiner stämmigen Statur sehr schnell, und auch das Gewicht des Funkgeräts und des Akkumulators, die er immer noch auf dem Rücken trug, schien ihn nicht zu behindern. Seine Faust schoß so schnell vor, daß selbst Lex ihr nicht folgen konnte, und plötzlich taumelte Cardevant rückwärts, verlor den Halt und fiel der Länge nach auf den steinigen Boden.

Er war im Augenblick nicht gefährlich, dafür aber die

anderen. Lex schätzte spontan ab, wer von ihnen am ehesten zu den Pistolen greifen würde, die sie ihnen abgenommen hatten und stürzte sich auf ihn. Er konnte den Arm des Mannes gerade noch rechtzeitig hochschlagen, so daß der Strahl, der für Aykin bestimmt war, in die Luft zischte.

»Cardevant!« bellte Lex und schnappte sich das Handgelenk des Mannes, der gefeuert hatte. »Ich rate Ihnen eins: Sorgen Sie dafür, daß uns nichts passiert, verstanden? Wir haben über achthundert wohlgenährte und gut untergebrachte Leute, und Sie haben genau halb so viele verhungerte und geknechtete Sklavenarbeiter!«

»Sie dreckiger Defätist!« schleuderte ihm Cardevant entgegen. Er rappelte sich mühsam auf. Lex fiel auf, daß dieses Wort hier offensichtlich eine politische Bedeutung angenommen hatte. »Wohlgenährt und gut untergebracht, was? Und was ist mit durstig?«

Lex blickte ihn nur an. Nach ein paar Sekunden ließ seine Wut nach, sein Ton allerdings blieb genauso barsch wie vorher.

»Okay, ich schätze, ich hätte ihre vorlaute Freundin nicht ohrfeigen sollen. Aber wenn ihr da unten so fett seid und es euch bequem gemacht habt, dann nur, weil ihr die Hoffnung aufgegeben habt. Wir nicht. Wir arbeiten hart, um von diesem Dreckball wegzukommen, verdammt hart. Und wir werden uns von nichts aufhalten lassen, am allerwenigsten von euch!«

Captain Gomes saß auf einem Stuhl, den man aus einem Baumstumpf angefertigt hatte, unter einer aus Decken improvisierten Plane und war in Notizen auf Fetzen von Papier vertieft. Man war hier also offensichtlich nicht auf die Flußpflanze gekommen, die unten im Dorf als Papier benutzt wurde. Bei ihm war ein zweiter Mann, den er ebenfalls schon im letzten Jahr kennengelernt hatte, sein zweiter Offizier Probian.

»Gute Arbeit, Cardevant«, lobte Gomes, als die sieben Gefangenen zusammen vor ihn getrieben wurden, und lehnte sich zurück. Er war ein beleibter Mann und hatte nur Shorts an; seine behaarte Brust glänzte vor schmierigem Schweiß. Gomes bildete einen überraschenden Gegensatz zu der Hagerkeit von fast allen anderen. »Das sind also die Burschen, die unseren Damm zerstören wollten, hmmm? Offensichtlich können sie es nicht ertragen, wenn jemand mehr Grips hat als sie!«

Lex und seine Begleiter schwiegen düster.

»Hast du ihre Sachen schon durchsucht?« fuhr Gomes fort.

»Nein, Sir«, antwortete Cardevant. »Ich habe nicht eingesehen, warum *wir* sie hierher hätten schleppen sollen.«

Gomes lachte. »Schön, dann mach es jetzt. Los, laßt das Zeug fallen!« Er verschränkte die Arme.

Lex zuckte die Achseln und gehorchte. Die anderen folgten seinem Beispiel, und Cardevant und Probian machten sich daran, den Inhalt des Gepäcks zu inspizieren.

»Die Pistolen haben wir ihnen natürlich abgenommen, Captain«, sagte Cardevant, während er in Lex' Bündel griff. »Sie hatten jeder eine bei sich.«

»Sieben Pistolen!« Gomes runzelte die Stirn. »Und ihr habt sie mit einer einzigen überwältigt? Das nenne ich eine lohnende Investition. Und auch noch ein Funkgerät, wenn ich das richtig sehe — oder, Probian?«

»Ja, Sir.« Probian sah sich gerade Aykins Ausrüstung an. »Mit einem GD-Akkumulator in erstklassigem Zustand. Den können wir gut gebrauchen.«

»Die Pistolen noch besser«, brummte Gomes. Wenn das seine ehrliche Meinung war, dachte Lex, war damit die ganze Situation hier schon erklärt.

»Medikamente, nehme ich an«, murmelte Cardevant, der sich jetzt mit Zanices Bündel beschäftigte. Er packte die Sachen aus: ein paar Röhrchen mit Tabletten, Verbandszeug und die nötigsten Instrumente, eine Flasche mit Geweberegenerat und das bißchen, was Jerode sonst noch hatte entbehren können. »Und — was ist das hier?«

Er hielt eine Flasche mit Bendles synthetischen Antallergen hoch, das eine wertvolle Reihe von Pflanzen eßbar machte. Es sah sehr merkwürdig aus, ein grobes Kristallpulver, dessen Farbe ein Mittelding zwischen lavendel und purpur war — gemahlenes Meeressalz, das mit einer Lösung des Präparats eingefärbt war.

Die anderen sahen Lex abwartend an. Er überlegte einen Augenblick und meinte dann: »Es ist ein Antiallergen. Man kann es auf einen feuchten Verband geben und es als Mittel bei Entzündungen durch Kontakt mit Pustelkraut anwenden.« Damit hatte er nicht gelogen; das Gift in den Blättern glich chemisch jener Substanz, die die einheimische Vegetation ungenießbar machte. »Ich kann mir denken«, fuhr er fort, »daß Sie hier einen anderen Namen dafür haben. Es ist eine Kriechpflanze, die sticht, wenn man mit ihr in Berührung kommt. Sie sieht so ähnlich aus wie ...«

»Lassen Sie mich mit Ihren verdammten Pflanzen in Ruhe«, unterbrach ihn Gomes. »Wir werden ja doch nicht so lange hier bleiben, als daß wir uns darüber den Kopf zerbrechen müßten!«

Lex schwieg gehorsam.

»Was hast du da?« sagte Probian plötzlich zu Cardevant, als dieser eine durchsichtige Tüte mit grün-gelben Blättern zum Vorschein brachte. »Ich hab' auch eine gefunden.«

»Pflanzenproben!« röhrte Gomes und begann schallend zu lachen.

Cardevant, der sich überlegte, daß es sich bei ihrem Fund um etwas Wichtigeres als um bloße Pflanzenproben handeln mußte, da jeder der sieben einen dieser Beutel in seinem Gepäck hatte, öffnete den, den er gerade in der Hand hielt. Unbewußt leckte er sich über die Lippen.

»Hey, das ist ihre Verpflegung!«

Als Gomes dies hörte, beugte er sich vor und legte die Hände auf den Tisch. Aber es war Probian, der seufzte, als er den Synthesekuchen sah, und er begann hastig, den gleichen Beutel, den er in der Hand hatte, auszupacken. Der Kuchen war in Salatbaumblätter gewickelt, die er mißtrauisch betrachtete.

»Wozu ist das gut?« wollte er wissen. »Um den Kuchen feucht zu halten? Ist das nicht gefährlich? Man weiß nie, was man sich von dem Zeug holen kann!«

»Solche Probleme haben wir noch nie gehabt«, murmelte Lex.

Probian warf ihm einen zweifelnden Blick zu, doch nach einem Moment warf er die Blätter weg und legte den Kuchen auf den Tisch. Ein paar Krümel, die an seiner Handfläche klebenblieben, leckte er ab.

»Ich hab' hier was anderes«, meldete Probian, der jetzt an Baffins Gepäck war. »Sprengstoff!«

Er brachte vier wertvolle Blöcke zum Vorschein, die sie aus der Notbox des Raumschiffs gerettet hatten. Sie waren dazu bestimmt, einen Instrumentenmonitor oder einen Subfunkpieper aus einer Antriebsexplosion oder einer anderen Katastrophe herauszuschleudern und besaßen genug Sprengkraft, um den Fluß freizusprengen, wenn ein Berg hineingerutscht wäre. Man konnte sie gefahrlos auf Armeslänge zünden.

Die Tatsache, daß sie sich hier auf dem Planeten befanden, war für Lex ein Grund für endlose Selbstvorwürfe. Er war durch den Sauerstoffmangel so benebelt gewesen und hatte solche Kopfschmerzen gehabt, als sie sich dieser Welt genähert hatten, daß er — und auch alle anderen — die Möglichkeit übersehen hatte, wenigstens diesen schwachen kleinen Funksender im Orbit zu lassen, bis es schließlich zu spät gewesen war, noch eine Abschußflugbahn zu berechnen.

Auch diese vier Blöcke wurden wie ein Opfer auf den Tisch des Captains gelegt.

»Ist das alles?« fragte Gomes.

»Alles, was für uns von Interesse ist.«

»Schade. Trotzdem, ein ganz guter Fang. Ich möchte wissen, was sie sonst noch alles da unten haben ...« Gomes rieb sich das bärtige Kinn. Auf Zarathustra war es üblich gewesen, sich die Gesichtsfolikel entfernen zu lassen, allerdings konnte man nicht erwarten, daß Gomes als Raumfahrer diesem Brauch folgte.

»Achthundert wohlgenährte und gesunde Leute«, wiederholte Lex. Was für ein unglaubliches Mißgeschick mußte den anderen hier oben unterlaufen sein! Er verstand jetzt die Zusammenhänge. Da sie niemanden gehabt hatten, der fähig war, vernünftige Pläne für einen Aufenthalt auf Dauer oder zumindest auf unbestimmte Zeit hier zu machen, mußten sie sich an Gomes gewandt haben, und zwar nicht mit der Bitte um Führung, sondern um Befehle. Aber da Gomes ein Raumfahrer war, fiel ihm natürlich nichts Besseres ein, als sein Schiff zu reparieren. Ob er nun wußte, daß es unmöglich war oder nicht, er hatte auf jeden Fall alles darauf gesetzt, und der Punkt, an dem er es sich noch anders hätte überlegen können, war längst überschritten. Inzwischen war das Ganze vielleicht zu so etwas wie einer fixen Idee von ihm geworden, eine Idee, die darüber hinaus noch ansteckend war. Diejenigen, die argumentierten, daß eine Reparatur des Schiffs unmöglich war (und nach Gomes' freudiger Reaktion auf die Pistolen mußten es eine ganze Menge sein), wurden rücksichtslos zur Arbeit angetrieben.

Folglich wurde nichts von irgendeinem praktischen Nutzen unternommen!

»Ja!« sagte Gomes gerade. »Achthundert Leute — aber ohne eigenes Schiff!«

»Woher wissen Sie das?« platzte Minty heraus.

»Na, Sie haben es uns doch selbst gesagt!« gab Gomes zurück. »Wir hatten die Absicht, Sie dazu zu bewegen, uns dabei zu helfen, unsere Schiffe wieder in die Luft zu bekommen. Auch wenn wir nicht zurück in die Zivilisation hätten fliegen können, hätten wir doch wenigstens eins der beiden Schiffe in einen Orbit bringen und Subfunksignale für die Sucher in Richtung Zuhause aussenden können. Man sucht ganz bestimmt nach uns! Nicht?«

Es war eine Frage, die man unten im Dorf bis zur Erschöpfung durchdiskutiert hatte. Keiner der Neuankömmlinge sagte etwas, weil es einfach keine Antwort darauf gab. Als die Schiffe von Zarathustra geflohen waren, hatten sie ständig Signale ausgesandt — aber sie rasten mit solcher Geschwindigkeit durch den Raum, um der Nova zu entkommen, daß es anzunehmen war, daß die Antriebsgeräusche die Signale überdeckt hatten.

Auf jeden Fall schickte die Nova selbst Geräusche aus.

»Und ...?« fragte Lex.

»Nun, als es zu tauen anfing, haben wir unsere Antenne wieder aufgebaut, und alles, was wir zu hören bekamen, war irgendeine komische Frau, die in das Mikrofon stöhnte und verkündete, daß Ihr Schiff ausgerechnet im *Meer* lag!« Gomes lachte hämisch. »Ich hätte zu gern Arbogasts Gesicht gesehen, nach dem was er über meine Landung gesagt hat. Ein Jammer, daß er nicht mitgekommen ist.«

»Das ging nicht«, antwortete Lex unbewegt. »Er hat sich das Leben genommen.«

»Bei einem so defätistischen und rückgratlosen Haufen wie euch hätte ich an seiner Stelle das gleiche getan!« donnerte Gomes. »Bei uns hat es auch ein paar gegeben, die aufgeben und sich hier fest niederlassen wollten — wie Tiere! Aber dem haben wir schnell ein Ende gemacht. Hah! Wir haben dafür gesorgt, daß sie diese Frau heulen hören konnten. Es hat uns den Magen umgedreht. Deshalb haben wir auch nicht geantwortet. Wir hatten keine Lust, solche Idioten, die ihr Schiff ins Meer rollen lassen, als Parasiten mitzunehmen, während wir mit Schweiß und Blut bezahlen müssen!«

»Leben Sie nur von Synthesekuchen?« wollte Lex wissen.

Gomes blinzelte. Dann schien er plötzlich zu der Überzeugung zu kommen, daß Lex' Frage mehr schmeichelhaft gemeint war. »Natürlich! Wir sind halb verhungert. Und wir hatten mit Krankheiten und Frost zu kämpfen, und trotzdem kommen wir mit unserer Arbeit voran!«

»Wie ist es mit Spurenelementen?« bohrte Lex weiter, und aus den Augenwinkeln heraus sah er, wie Zanice heftig nickte. »Sie hatten doch keinen Doctor oder Biologen hier, oder? Ein Nahrungssynthetisierer ist nur für den Notfall gedacht. Man kann etwa vier Jahre von dem Kuchen leben, aber schon nach sechs Monaten stellen sich Mangelkrankheiten ein, und sobald die Vorratsbehälter leer sind, sind die Kuchen, was ihren Nährwert betrifft, völlig nutzlos — sie stillen nur den Hunger. Auch wenn Sie sie essen, verhungern Sie.«

»Verhungern?« Gomes schien nicht zugehört zu haben. »Sicher haben wir immer Hunger, aber wir verhungern nicht. Sie werden sich wundern, was wir alles schaffen können!« Er stand auf, und zum erstenmal sah Lex seine Beine. Seine Waden waren geschwollen und verfärbt, und um seinen linken Knöchel war ein Stück Tuch gebunden. Er hinkte, als er vorkam und mit leuchtenden Augen auf das Schiff deutete.

»Wir werden dieses Schiff in einen Orbit bringen! Wir werden die Subfunkgeräte mit Energie versorgen und um Hilfe signalisieren! Es wird seine Zeit dauern, aber wir werden es schaffen! Und dann werdet ihr, ihr defätistischen Teufel, wahrscheinlich davon profitieren wollen, ohne etwas dafür geleistet zu haben!«

»Wo ist Ihr Antischwerkraft-Schlitten?« erwiderte Lex ruhig. »Wo sind Ihre Schmelzbögen? Wo ist die Chromlegierung zum Flicken der Risse? Wenn Sie es mit Erde versuchen, wird das Schiff wieder kaputtgehen, genau wie Ihr Damm.«

»Das wird er nicht! Er wird unser Wasserkraftwerk werden. Hah — daran haben Sie nicht gedacht, was?« entgegnete Gomes fast triumphierend. »Wir werden jetzt die Turbinen und Generatoren bauen.«

»Wir haben Windmühlen gebaut«, erklärte Lex. »Wir haben den ganzen Winter über genug Strom gehabt. Und dazu brauchten wir noch nicht mal andern ihren Fluß wegzunehmen.«

Einen Augenblick lang dachte er, daß Gomes sich auf ihn stürzen würde, obwohl ihn der Gedanke nicht beunruhigte, denn der Captain war aufgrund seiner Unterernährung und körperlichen Erschöpfung so langsam, daß er dem Schlag leicht hätte ausweichen können. Statt dessen drehte Gomes ihnen wütend den Rücken zu.

»Er lügt! Weil er sich jetzt, nachdem er gesehen hat, was wir hier schaffen, schämt, während sie da unten die Hoffnung aufgegeben und sich damit abgefunden haben, für immer hierbleiben zu müssen! Cardevant, Probian! Schafft mir diese rebellischen Defätisten aus den Augen. Kettet sie an und stellt eine Wache auf. Wenn sie mir heute noch mal unter die Augen kommen, explodiere ich.«

14

»Was kann bloß *passiert* sein?« sagte Jerode zum zwanzigsten Mal. Elbing sah müde auf.

»Können Sie mich nicht mal was anderes fragen, Doc? Es geht mir langsam auf die Nerven! Auf einem fremden Planeten kann einem alles Mögliche passieren. Das ist einer der Gründe, warum ich es vorgezogen habe, ihnen immer nur einen kurzen Besuch abzustatten — und so schnell wie möglich wieder zurück in den Raum zu kommen.«

»Tut mir leid.« Jerode wischte sich durch das Gesicht und ließ sich auf einen Stuhl fallen. Er warf einen bösen Blick auf das hartnäckig schweigende Funkgerät. »Ist es nicht vielleicht möglich, daß — also, daß die Antenne nicht funktioniert, oder irgend so etwas?«

»Das haben Sie mich auch schon mal gefragt«, murmelte Elbing und bückte sich, um sich an seinem Beinstumpf zu kratzen. »Entschuldigung«, fügte er nach einem Augenblick hinzu, schnallte die Prothese ab und legte sie auf den Tisch.

»Scheuert sie wieder?« wollte Jerode wissen, der sich plötzlich wieder an seine ärztlichen Pflichten erinnerte.

»Wie? Ach so — nein, das nicht. Die Haut ist schon ordentlich hart geworden. Für jemanden, der bis dahin nur über Amputationen von erfrorenen Gliedern gelesen hat, haben Sie wirklich großartige Arbeit geleistet. Nein, es ist mehr ein Jucken.« Elbing grinste schief. »Kein richtiges, sondern eher ein psychologisches. Es kommt daher, weil ich jetzt nicht auf- und abgehen kann, wenn ich aufgeregt bin. Dieses ständige Tacktack von meinem Holzbein macht mich nämlich verrückt.«

Jerode zwang sich zu einem leisen Lachen und starrte dann wieder auf das Funkgerät, als könnte er es mit seinem bloßen Willen dazu bringen, etwas von sich zu geben.

»Doc!« ertönte es zaghaft von der anderen Seite des Vorhangs vor dem Eingang. Als Jerode die Stimme erkannte, hob er den Kopf.

»Ja, Delvia, ich bin hier.«

Sie kam wie ein scheues Tier durch die Tür und sah automatisch hinter sich. Ihr Gesicht war müde und angespannt, und ihre Beine waren bis hinauf zu den Schenkeln mit dem feuerroten Pustelausschlag des Pustelkrauts bedeckt, das ihr jemand ins Bett gelegt hatte. Bisher hatte man noch nicht herausgefunden, wer dieser jemand war.

»Ich — also, ich wollte Sie um Ihre Hilfe bitten«, sagte sie, bemüht, ihre Stimme beiläufig klingen zu lassen. »Doc, ich kann nicht noch eine Nacht in diesem Haus verbringen. Es ist jetzt das reinste Irrenhaus.«

»Tragen Sie sich mit dem Gedanken, ins Junggesellenhaus überzusiedeln?« erwiderte Elbing langsam. »Man würde Sie dort bestimmt mit offenen Armen aufnehmen.«

»Elbing!« fuhr ihn Jerode an. Er erhob sich und betrachtete Delvia im dämmrigen Schein der Lampe, die von der Mitte der niedrigen Decke herabhing. »Sie haben sicher Schmerzen?« fuhr er fort.

»Manchmal.« Sie verzog das Gesicht und rieb sich an einem Bein. »Und dann habe ich da so taube Stellen.«

»Wird Ihnen noch schwindlig?«

»Seit — eh, ich glaube seit Mittag nicht mehr.«

»Hat die Salbe geholfen?«

»Sicher, und wie. Aber ich habe von diesem Zeug ordentlich etwas abbekommen.«

»Das kann man wohl sagen. Bisher hat es noch niemand so schlimm gehabt wie Sie. Und wenn man sich dann überlegt, daß es jemand noch absichtlich getan hat!« Jerode ballte die Fäuste. »Ich wünsche, ich könnte den Schuldigen finden!«

»Lassen Sie es, Doc. Auch wenn sie es nicht selbst getan haben, waren die anderen zumindest damit einverstanden. Ich wünsche, ich hätte Naline ihrer zärtlichen Obhut überlassen. Sie hätten schon schnell genug herausgefunden, daß sie nicht das kleine Kind ist, für das sie sie halten.« Bitterkeit markierte ihre Stimme wie die roten Flecken ihre Beine. »Übrigens, wie geht es ihr eigentlich?«

»Ich halte sie bis morgen früh noch unter Beruhigungsmitteln«, antwortete Jerode. »Ich möchte, daß sie wieder ein bißchen zu Kräften kommt, bevor ich sie dem Schock aussetze, erfahren zu müssen, daß sie ein Auge verloren hat.«

»Was ist mit Ihrer anderen Patientin?« warf Elbing ein. »Ich rede von Ornelle.«

»Das kann *ich* Ihnen sagen!« rief Delvia. »Jetzt, wo sie wieder zurück im Verkehr ist ... Nein, ich darf es nicht sagen!« Sie stampfte mit dem nackten Fuß auf. »Doc, haben Sie irgendein Mittel für rachsüchtige Biester? Denn ich bin auf dem besten Weg, das zu werden, obwohl ich es nicht sein will. Aber so, wie sie mich reizen, kann ich einfach nichts dafür. Obwohl ich weiß, daß sie auch nichts dafür können.«

Elbing musterte sie nachdenklich. »Hey, Del!« sagte er jetzt, bevor Jerode antworten konnte. »Immer voller Überraschungen, was?«

»Ja?« Sie ging steifbeinig zu dem Stuhl, den Jerode freigemacht hatte, setzte sich und schlug die Beine übereinander, so daß sie sich wieder an den entzündeten Stellen kratzen konnte. »Ich weiß, ich komme mir selbst wie eine Fremde vor, das erklärt es vielleicht. Doc, haben Sie vielleicht eine Couch in der Krankenhütte oder irgend so was für mich? Ich brauche ein bißchen Ruhe.«

Elbing schnaufte entrüstet und drehte sich um.

»Sie auch?« sagte Delvia. »Sie glauben also auch, daß Naline sich umbringen wollte, weil ich sie so weit getrieben habe? Sie brauchen mir nicht zu antworten, ich sehe es Ihnen an. Aber verraten Sie mir eins!« Ihre Stimme wurde heftig. »Wie erklären Sie sich, daß sie eine Pistole genommen hat, von der sie wußte, daß sie nicht geladen war? Ich hatte schon drei von ihnen wieder aufgeladen, und sie hat zugesehen! Sie kann einen Ladungsmesser lesen!«

»Ich weiß nur eins«, erwiderte Elbing eisig. »Daß ich es hasse, wenn einem Kind etwas zustößt, ganz egal, wie und warum es passiert ist.«

»Sie ...!« Delvia brach hoffnungslos ab. Sie warf einen Blick auf Jerode und ließ die Schultern sinken. »Sehen Sie, Doc? So ist nun mal die allgemeine Meinung, und reden hilft gar nichts. Ich schätze, meine Idee, in der Krankenhütte zu schlafen, war doch nicht so gut, denn wahrscheinlich denken die Krankenschwestern genauso. Ich gehe am besten irgendwo raus ins Gebüsch, glaube ich. Ich muß mich unbedingt hinlegen, sonst breche ich zusammen.«

Sie wollte aufstehen, doch Jerode legte ihr die Hand auf die Schulter und drückte sie wieder hinunter. »Sie bleiben jetzt erstmal da sitzen, und in der Zwischenzeit lasse ich mir etwas einfallen. Und Sie halten den Mund, Elbing. Ich glaube Del, und wenn Sie es nicht tun, werden Sie sich schon mit mir anlegen müssen. Sie müssen ihm einiges nachsehen, Del. Lex hat sich seit Mittag nicht mehr gemeldet, und wir machen uns ziemlich große Sorgen.«

Es polterte auf dem Dach, und alle drei zuckten zusammen. Dann entspannten sie sich, beschämt über ihre Schreckhaftigkeit. Es mußte einer der allgegenwärtigen Fischervögel gewesen sein, der sich in der Dunkelheit schwerfällig auf das Dach hatte plumpsen lassen. Sie hatten sich mittlerweile an die Gegenwart der menschlichen Eindringlinge gewöhnt, und manche hatten sogar angefangen, sich nützlich zu machen, indem sie die Abfälle auffraßen — allerdings durfte man das nicht allzu weit kommen lassen, sonst fingen sie irgendwann noch an, aus den Küchen zu stehlen.

»Er hätte nicht gehen sollen«, meinte Jerode halb zu sich selbst. »Wenn wir ihn verlieren, sind wir ...« Er wurde sich bewußt, was er gerade hatte sagen wollen und brach ab, doch Delvia hatte genau zugehört.

»Doc, da ist etwas Besonderes an Lex, nicht?« Sie beugte sich vor. »Was ist es? *Ich* habe es bemerkt.«

»Uh — also!« Jerode fuhr sich mit der Zunge über die Lippen. »Also, er ist unser schlauester und fähigster junger Mann, oder? Er scheint instinktiv immer eine Lösung für alle Probleme zu haben.«

»Ist es wirklich nur instinktiv?« murmelte Delvia. Jerode, der sie vom Thema ablenken wollte, rieb sich die Hände und täuschte Munterkeit vor.

»Tja, also wissen Sie dieser Ausschlag gefällt mir nicht. Kommen Sie mit in die Krankenstube. Ich werde Ihnen noch etwas von der Salbe geben, und dann werden wir sehen, ob wir nicht ein Bett für Sie auftreiben können. Können Sie noch einen Moment dranbleiben, Elbing? Ich schicke Ihnen dann auf dem Rückweg jemanden vorbei, der Sie ablöst.«

Der einbeinige Raumfahrer nickte. Er wandte sich wieder dem Funkgerät zu und drehte versuchsweise am Stromknopf. Aber es lag nicht am Strom.

Lex und seine Begleiter waren in eine kleine Höhle zwischen Felsen am Rande des Plateaus gebracht worden, ein Stück vom Schiff und den aus Flechtwerk und Lehm bestehenden Schuppen, die als Unterkünfte dienten, entfernt. Er vermutete, daß man sie unter anderem deshalb isolierte, damit die Arbeiter hier sie nicht sehen und ihren eigenen ausgemergelten Zustand mit dem der offensichtlich gesunden und starken Neuankömmlingen vergleichen konnten.

Sein Mut sank noch mehr, als jemand mit Ketten und Schlössern kam, um sie zusammenzubinden. Solche Sachen gehörten nicht zu der Ausrüstung eines Raumschiffs und hätten bei der panikartigen Evakuierung bestimmt nicht mit in den Raum genommen werden dürfen. Was sollte man von einer Situation halten in der Ketten und Ähnliches für wichtiger gehalten wurden als vernünftige Nahrung, Unterkunft und Kleidung? Die fanatische Entschlossenheit einiger weniger mußte die übrigen mit Methoden vorantreiben, die man schon seit Hunderten von Jahren auf keiner zivilisierten Welt mehr gesehen hatte. Von wo in der Galaxis kam Gomes her, daß er überhaupt so etwas wie Ketten kannte?

Als ob die Ketten allein nicht sicher genug wären,

wurde zusätzlich noch ein bewaffneter Wachposten über ihnen aufgestellt. Bis Sonnenuntergang war es einer der Männer, die sie gefangengenommen hatten; er hatte Posten auf einem Felsen in der Nähe bezogen und starrte drohend auf sie hinunter. Dann wurde er von einem hageren jungen Mann mit Borstenhaar und einem abgebrochenen Schneidezahn abgelöst, der eine Lampe an einen nahen Pfosten hängte, so daß ihr Schein auf die zusammengekauerten Gestalten der Gefangenen fiel. Man bot ihnen weder etwas zu essen an, noch brachte man ihnen ihre Decken.

»Sollen wir etwa die ganze Nacht hier im Freien liegen?« wollte Baffin wissen.

»Uns geht es auch nicht besser!« bellte der Mann. »Und ich rate Ihnen, sich nicht zu beschweren, denn das hilft einem hier nicht viel! Kapiert?«

Lex hatte während der letzten Stunden kaum etwas gesagt, weil er so niedergeschlagen war, aber dafür hatte er lange nachgedacht. Jetzt wurde er plötzlich aufmerksam, als er Nebentöne in den Worten des Wächters hörte.

Er wandte sich versuchsweise an Baffin. »Er hat wahrscheinlich recht. Gomes läßt diese Leute absichtlich leiden — höchstwahrscheinlich in der Hoffnung, daß genug sterben werden, daß er und ein paar andere wieder in die Zivilisation zurückkehren können.«

»Aber selbst mit nur ein paar Leuten an Bord« — Baffin hatte begriffen und spielte sofort mit — »wird das Schiff ohne entsprechende Reparatur, die mit Handwerkzeugen nicht ausgeführt werden kann, niemals fliegen können.«

»Richtig«, antwortete Lex. Die anderen rückten mit klirrenden Ketten näher heran, um sich an der Diskussion zu beteiligen. »Was bedeutet, daß ...«

»Ruhe da unten! Schluß mit diesem defätistischen Gerede!« bellte der Posten. Sie gehorchten und blickten hinauf. Ein zweites Licht näherte sich, und die Art und

Weise, wie es hin und her schwang, ließ erkennen, daß es von einem Mann getragen wurde, der hinkte. Im selben Moment sprang der Wächter auf.

»N'abend, Captain«, begrüßte er den Neuankömmling kriecherisch. Zuerst war nur Gomes' schroffe Antwort zu hören, einen Augenblick später tauchte er dann hinter dem Felsen auf, begleitet von Probian und Cardevant.

»Sehr schön«, brummte er zufrieden. »In ein oder zwei Tagen werden sie vielleicht sogar arbeiten wollen, um sich ihr Essen zu verdienen. Wir könnten ein paar gesunde Männer mit ordentlichen Muskeln gut gebrauchen. Und die Frauen könnten sich auch ganz nützlich machen — unsere werden langsam ein bißchen knochig.«

»Und wir werden noch mehr kassieren, wenn der Suchtrupp kommt, der sicher losgeschickt wird«, grinste Cardevant. »Um herauszufinden, warum der Fluß noch nicht zurückkommt!«

»Ich habe es Ihnen doch schon gesagt«, mischte sich Lex ein. »Wir bekommen ihn zurück, sobald der Damm bricht. Und das ist meiner Schätzung nach in drei Tagen.«

»Halt den Mund!« Ihr Wächter machte eine drohende Bewegung mit seiner Waffe, worauf ihm Gomes einen beifälligen Blick zuwarf.

»Genau so muß man die Leute anpacken, Hosper. Gute Nacht. Ich werde bei Sonnenaufgang wieder vorbeikommen und sehen, wie sie die Nacht verbracht haben.«

»Gute Nacht, Sir.«

Zanice wimmerte, und Aggereth rückte näher zu ihr heran, um ihr den mit der Kette beschwerten Arm um die Schulter zu legen. Lex wartete, bis das Geräusch der Schritte verklungen war, dann wandte er sich an ihren Wächter.

»Na, Hosper? Haben wir recht?«

Der Angesprochene sah sich nervös um, während Lex Begleiter unruhig wurden, als glaubten sie, er sei verrückt geworden. Doch dann beugte sich Hosper vor und legte seine Pistole beiseite.

»Natürlich haben Sie recht! Dieser Verrückte und seine Kumpane behandeln uns wie Sklaven. Was glauben Sie, wieso er die Ketten für Sie so schnell bei der Hand hatte? Ketten, Peitschen, Pistolen — das ist die Sprache hier! Ich spiele nur mit, weil ... also, ich habe da ein Mädchen, und für sie ist alles leichter, wenn ich zu den — den Bossen hier gehöre. Aber wir haben alles getan, was wir aus eigenen Kräften können. Wenn uns nicht jemand hilft, sind wir verloren.«

»Wie ist es dazu gekommen, daß sie euch so schinden?« wollte Aykin wissen.

»Was glauben Sie?« gab Hosper zurück. »Wir hatten niemanden an Bord, der seine Autorität geltend machen konnte, außer der Raumschiffbesatzung. Ich schätze, sie haben es verdammt schwer mit uns gehabt während des Flugs. Es ist ziemlich oft zu Panik gekommen, und Gomes mußte manchmal einfach hart durchgreifen: Als wir landeten, waren wir hilflos, halb von Sinnen durch den Schock und hatten Hunger. Als Sie dann mit Ihrer Gruppe von der Küste kamen, dachten wir, phantastisch, da ist jemand, der uns hilft — doch dann brach der Winter herein, bevor Sie zurückkamen. Es war schrecklich hier oben. Wir hatten keinen Schutz außer dem Schiff, und der Strom ging aus, und wir mußten uns mit sechs bis acht zusammenlegen, um ein bißchen Wärme zu haben. Trotzdem sind noch Leute erfroren. Es war die Hölle. Gomes und seine Leute haben die Befehle mit Waffengewalt durchgesetzt, weil alle so aufgebracht waren, und zwei Männer — die einzigen, die sich wirklich trauten, aufzumucken — haben sie hinaus in den Schnee und in ihren Tod gejagt.« Seine Stimme zitterte.

»Ich weiß nicht, ob ich schlau oder bloß feige war.

Sehen Sie, ich bin kein richtiger Raumfahrer. Ich war sein Frachtaufseher, mehr eine Art Geschäftsmann. Aber ich habe schon ziemlich bald begriffen, daß ich entweder auf seiner Seite bleiben mußte oder untergehen würde. Ich habe mich schrecklich für mich selbst geschämt ... Aber wenigstens hat es Jesset geholfen. Das ist meine Freundin.«

Er mußte hart schlucken, um sich wieder unter Kontrolle zu bekommen.

»Innerhalb von ein paar Monaten zurück ins finsterste Mittelalter«, kommentierte Lodette düster. »Ich habe nie begriffen, was für ein Glück wir doch hatten.«

»Sie müssen es jetzt aber begreifen«, drängte Hosper. »Wir müssen den Fluß hinunter zu Ihren Leuten und sie herbringen, daß sie uns von Gomes, Cardevant und den anderen befreien.«

Die Gefangenen schwiegen bedrückt. Schließlich meldete sich Lex. »Da wären noch zwei Probleme. Erstens hatten wir genau sieben Pistolen, die wir alle mitgebracht haben, weil wir sie an der Küste nicht unbedingt brauchten.«

»Oh, nein!« Hosper biß sich auf die Lippe. Dann fuhr er eifrig fort: »Sicher, aber Sie sind achthundert starke und gesunde Leute, während wir hier oben nur ein Haufen halb verhungerter Vogelscheuchen sind. Und es würde sowieso kaum einer für Gomes kämpfen, höchstens — eh — etwa zwanzig Leute!«

»Aber gegen Energiepistolen ...«, sagte Aykin langsam. »Habt ihr viele?«

»So viele, wie Sie mitgebracht haben«, gab Hosper niedergeschlagen zurück. »Sieben.«

»Könnten wir an ein Funkgerät herankommen?« erkundigte sich Lex.

»Unmöglich. Gomes und seine Kumpane leben im Schiff, und sie lassen auf keinen Fall zu, daß so etwas Gefährliches wie ein Funkgerät da herausgeholt wird. Jemand hat versucht, mit Ihnen Kontakt aufzunehmen, aber Gomes hat ihn erwischt und ihn auspeitschen lassen, bis er ohnmächtig geworden ist.« Hospers Stimme war heiser. »Auch die anderen Pistolen befinden sich im Schiff, außer der hier und der, die Probian hat. Er bewacht die Ställe. So nennen wir die Schuppen, in denen die Arbeiter schlafen.«

»Aber Sie haben eine Idee«, drängte Lex.

»Nichts Großartiges, aber...« Hosper beugte sich vor. »Passen Sie auf. Ich bin für die erste Hälfte der Nacht hier als Wache eingeteilt. Jesset soll mich dann ablösen. Gomes vertraut uns beiden. Er hat nur ein paar Leute, von denen er glaubt, sich auf sie verlassen zu können, und da Sie hier sind, werden die Nachtwachen natürlich verdoppelt. Wenn sie herkommt, können wir Ihre Ketten mit der Pistole durchbrennen. Cardevant hat die Schlüssel wahrscheinlich mit ins Bett genommen. Das macht er immer. Vielleicht gelingt es uns, den Mann, der die Ställe bewacht, zu überwältigen — im Augenblick ist es Probian, wie ich schon gesagt habe, aber ich habe keine Ahnung, wer ihn ablösen soll. Eigentlich wäre ich es gewesen, aber ich habe gefragt, ob ich die Wache hier übernehmen kann. Wenn Sie erst frei sind, würde ich am liebsten alle wecken und ihnen sagen, daß sie sich gegen Gomes erheben, aber das ist unmöglich. Gomes und die anderen würden es hören und mit den Pistolen hinter uns herkommen.«

»Nein, das kommt nicht in Frage«, nickte Lex. »Aber der erste Teil des Plans gefällt mir. Ich schlage vor, daß wir uns still ein Stück den Fluß hinunter verdrücken und uns dort verstecken. Dann kann einer von uns den Damm zerstören. Das werde ich übernehmen. Er ist sowieso ziemlich wackelig, also brauchen wir keinen Sprengstoff. Und dann — also, wir kennen den Weg und einen Teil der Gefahren, die unterwegs lauern. Wir können allen Verfolgern hinunter zur Küste entkommen.«

»Bei Nacht?« warf Baffin zweifelnd ein.

»Es geht nicht anders«, erwiderte Minty. »Es ist die einzige Möglichkeit, nicht, Lex?«

15

In der Nähe trat jemand gegen einen Stein. Sie zuckten zusammen und starrten in die Dunkelheit, doch dann beruhigte sie Hosper.

»Es ist Jesset«, flüsterte er. »Ich kenne sie am Schritt.«

Die Gefangenen entspannten sich. Die langen Stunden des Wartens hatten sie steif und müde gemacht; außerdem war es hier oben auf dem Plateau wesentlich kälter als unten am Meer. Neugierig betrachteten sie das Mädchen, das jetzt neben Hosper im Schein der herabhängenden Lampe auftauchte. Es war eine katzenhafte Gestalt mit einem elfenhaften Gesicht, kurz geschnittenem schwarzen Haar und leuchtend schwarzen Augen; das Mädchen war sehr dünn, und unter ihren winzigen Brüsten traten die Rippen hervor. Das einzige, was sie am Leib trug, war ein Paar Shorts.

Hosper umarmte sie hastig und erklärte ihr, daß Lex mit ihrem Plan einverstanden war. Jetzt mußten sie nur sehen, daß sie die Ketten durchtrennen und den Wachposten bei den Arbeiterschuppen überwältigen konnten.

Jesset lächelte, und ihre scharfen Zähne glänzten. »Was glaubst du, wo ich die letzte halbe Stunde gewesen bin? Ist dir nicht aufgefallen, daß ich zu spät komme? Und was glaubst du, was mit meinem Hemd passiert ist?«

Sie hob ihre rechte Hand hoch, die sie bisher im Schatten verborgen gehalten hatte und zeigte ihnen die Pistole.

»Ich konnte es nicht mehr mit dir besprechen«,

wandte sie sich an Hosper. »Die Idee ist mir ganz plötzlich gekommen, und ich hielt sie für sicherer. Cardevant sollte Probian ablösen, also bin ich mit ihm gegangen. Ich habe natürlich mit ihm schlafen müssen.« Sie verzog das Gesicht. »Aber es war die Sache wert. Er wird uns diese Nacht keinen Ärger mehr machen.«

»Was hast du getan?« fragte Hosper leise.

»Ich habe ihn gewürgt«, meinte sie beiläufig. »Nur so viel, daß er bewußtlos wurde. Dann habe ich mein Hemd zerrissen und ihn damit gefesselt und ihm einen Knebel in den Mund gestopft. Aber ich weiß nicht, wie lange es hält, also beeilen wir uns besser. Du nimmst diese Seite, und ich die hier.«

Mehr als beeindruckt von dieser harmlos aussehenden und doch so wild entschlossenen jungen Frau, nahmen die Gefangenen vorsichtig ihre Ketten hoch — bemüht, keine Geräusche zu verursachen — damit sie mit möglichst wenigen Energieschüssen aus den Pistolen befreit werden konnten.

Das Plateau wirkte unheimlich im Licht der Sterne, als sie sich ihren Weg hinüber suchten, immer in der Furcht, daß jeden Augenblick ein Geräusch vom Raumschiff zu ihnen herüberkommen würde, daß eine Lampe oder eine Pistole auf sie gerichtet würde. Doch Hosper und Jesset hatten ihnen versichert, daß Gomes und die anderen in einem tiefen, erschöpften Schlaf liegen würden — die beiden hielten sich offensichtlich selbst nur durch bloße Willenskraft auf den Beinen —, und sie erreichten den Fluß ohne Zwischenfälle. Auf dem Damm war keine Wache postiert.

Als sie auf dem Felsen dahinter standen, trat Lex zur Seite.

»Ich werde hier warten«, sagte er. »Ihr geht etwa eine Meile stromabwärts bis zu dieser freien Stelle am linken Ufer — du weißt, welche ich meine, Baffin? Wir haben da im letzten Sommer auf unserem Weg hierher

Rast gemacht. Ich habe gesehen, daß sie immer noch nicht zugewachsen ist.«

Baffin nickte.

»Wartet da, bis ihr hört, daß der Damm bricht, dann zieht ihr weiter. Ich werde in etwa sieben Minuten bei euch sein. Seht zu, daß ihr möglichst schnell vorankommt — ich werde euch schon einholen. Gomes wird wahrscheinlich die ersten paar Minuten so abgelenkt sein, daß er gar nicht an uns denkt. Ich werde versuchen, diesen Kilometerabstand zwischen uns den ganzen Weg bis zur Küste zu halten. Sie werden uns nicht sehen, geschweige denn so nahe kommen, daß sie auf uns schießen könnten. Ich fürchte es wird ein harter Weg werden — wir müssen durch unsere Kleidung gefiltertes Flußwasser trinken und Salatbaumblätter essen, wenn wir welche finden. Aber wir werden es schaffen.«

Die Taschenlampe, deren Strahl auf Bleistiftstärke verengt war, zeigte ihm einen besorgten Ausdruck auf Lodettes Gesicht. Er klopfte ihr auf die Schulter. »Mach nicht so eine Trauermiene. Du bist die dickste unter uns — du wirst es am besten durchstehen. Hab' ich recht? Hosper, kann ich deine Pistole haben?«

Hosper reichte sie ihm wortlos. Er schien zwar etwas sagen zu wollen, überlegte es sich dann aber anders. Zusammen mit den anderen verschwand er in der Dunkelheit.

Lex wartete eine Zeitlang, bis er sicher war, daß sich seine Augen angepaßt hatten. Sein Infrarotsehvermögen war von den Technikern, die daran gearbeitet hatten, ihn körperlich zum Polymathen zu machen, verbessert worden, und er sah immer besser als ein unmodifizierter Mensch, aber es dauerte etwa fünf Minuten, bis die volle Sehfähigkeit erreicht war, wenn er vorher mit Hilfe eines Kunstlichts — wie der Taschenlampe — gesehen hatte. Dann huschte er völlig lautlos vom Fluß weg in den Schutz eines Felsens, von dem aus er die Vorderseite des Damms im Detail begutachten konnte.

Er war sich nicht sicher, wie ihre Chancen standen, die Küste zu erreichen. Wenn sie nur irgendwo etwas zu essen und ein paar Feldflaschen mit Wasser hätten stehlen können ... Aber die Vorräte wurden genauso scharf bewacht wie die Pistolen; es war so oft versucht worden, Essen zu stehlen, hatte ihnen Hosper erzählt, daß Gomes schließlich die Todesstrafe für dieses Vergehen verhängt hatte. Niemand bezweifelte, daß er sie auch vollstrecken lassen würde.

Lex war erschüttert von dem ungeheuren Ausmaß dessen, wogegen er kämpfte. Bisher war es für ihn nur ein Abstraktum gewesen, daß sich Menschen in ihrer Verzweiflung wieder dem Primitiven zuwandten, eine Theorie, für die es in der jüngsten Geschichte keine Beispiele gab. Jetzt hatte er gesehen, wie sie Wirklichkeit wurde, und er war entsetzt. Das gleiche hätte auch unten an der Küste geschehen können. Statt der Versammlungen, auf denen ihre Probleme diskutiert wurden, hätten sie auch nur zusammenkommen können, um sich einen neuen Erlaß Arbogasts anzuhören, nach dem sie fünfzehn Stunden arbeiten mußten, um sich einen synthetischen Kuchen zu verdienen oder zuzusehen, wie ein Aufsässiger ausgepeitscht wurde, weil er gewagt hatte, zu protestieren ...

Es war Lex unerklärlich, daß die bestrafte Person in der Szene, die vor seinem inneren Auge auftauchte, ausgerechnet genau wie Delvia aussah.

Die anderen mußten inzwischen genügend Vorsprung haben, schätzte er. Er konnte das Wasser hinter dem Damm sehen, das noch immer eine Spur wärmer als der umliegende Boden war — wie eine von Asche getrübte, verschwommene glühende Kohle. Er zielte mit der Energiepistole, nutzte den Felsen als Stütze für den Ellbogen und setzte einen Einzelschuß in die Stelle, die er als schwächste ausgewählt hatte.

Er wartete nicht, um zu sehen, ob er recht gehabt hatte. Er wußte es. Er wandte sich sofort um und begann ein paar Meter vor den ersten Rinnsalen das Flußbett hinunterzurennen.

Der Schlamm, der die Matten abdichtete, wurde weggespült, der Schlamm, der zwischen die Steine geschmiert war, die die Pfosten stützten, wurde naß, glitschig und wirkte jetzt als Gleitmittel. Lex, der in Gedanken überschlug, wie lange das Ganze dauern würde, rannte ohne zurückzublicken. Vier Minuten laufen und springen. Fünf. Das Wasser drückte gegen die Matten, bog sie nach außen.

Sechs Minuten — und Lex sprang aus dem Flußbett, fiel der Länge nach auf das Ufer und konnte nur hoffen, daß unter den Pflanzen, die er dabei plattdrückte, nicht ausgerechnet Pustelkraut war, während das freigewordene Wasser an ihm vorbeidonnerte. Die ersten Wellen führten Teile von Matten, Faschinen, Stöcke, Blätter und alles mögliche Treibgut mit. Gischt spritzte in die Höhe, als die Flut über die alten Fälle und Stromschnellen schäumte. Steine mahlten aufeinander und verursachten Geräusche wie Schreie schmerzgequälter Tiere.

Vom Plateau hinter ihm kam eine Brise herunter. Lex konzentrierte sich und lauschte, ob durch das Rauschen des Wassers schon Stimmen heruntertrieben, aber er konnte nichts hören und hatte auch nicht die Zeit, länger zu warten. Er wandte sich der Vegetation zu, die das Ufer säumte; die Welt um ihn herum schien im Nebel zu verschwimmen, eine Welt, in der der nackte Boden dunkelgrau und die Vegetation und alles andere, das eine Idee wärmer war blaßgrau war.

Ein paar Minuten später hatte er die Hauptgruppe eingeholt. Sie waren erst ein kurzes Stück über die Stelle hinaus, wo sie auf seine Anweisung hin gewartet hatten, bis der Damm brach. Er ignorierte ihre leisen

Glückwünsche, schloß die Augen vor dem Licht der Taschenlampe und schob sich zwischen sie, um die Führung zu übernehmen.

»Haltet die Lampe von mir weg«, wies er sie an. »Ich habe mich jetzt an die Dunkelheit angepaßt und muß bis zum Morgen so bleiben. Ihr braucht euch keine Mühe zu geben, leise zu sein — worauf es jetzt ankommt, ist, eine möglichst große Strecke hinter uns zu bringen. Lodette, du achtest auf Pustelkraut und was sonst noch gefährlich ist. Jesset, gib Baffin deine Pistole. Er ist der einzige unter uns, der außer mir diesen Weg schon einmal gemacht hat, als der Fluß Wasser führte, also braucht er nicht so aufzupassen wie ihr und kann mehr auf mögliche Gefahren achten. Und jetzt los!«

Er setzte sich in Bewegung.

Schon ein paar Minuten später wurde es hinter ihnen laut; da die Hauptflut aus dem Staubecken vorbei war und der Fluß jetzt ruhiger durch das Bett strömte, konnten sie deutlich den Tumult hören. Sie vernahmen Rufe, die aber so weit entfernt waren, daß sie die Worte nicht verstehen konnten, und Hosper, der am Ende der Gruppe ging, meldete, daß er den Strahl einer Pistole gesehen hatte.

»Weiter!« antwortete Lex nur. Insgeheim allerdings hoffte er verzweifelt, daß Gomes nicht so wild wurde, daß er seinen Männern befahl, sich einen Weg freizubrennen. Damit würden sie zwar ihre Pistolen sehr schnell erschöpfen, aber sie würden auch wesentlich schneller vorankommen, was sich letztendlich als entscheidend erweisen konnte. Schließlich genügte es, wenn sie in Sichtweite der Flüchtenden kamen, um sie zu erledigen.

Danach wurde das Ganze zu einer Art Alptraum, in dem ihnen Zweige ins Gesicht und gegen die Beine schlugen; scharfgezackte Blätter ihre Haut zerkratzten und zerstachen und ständig irgendwelche Tiere aufgeregt Schreie ausstießen, weil sie hörten, wie sich etwas, das sie nicht sehen konnten, durch das Unterholz bewegte. Ihre Kehlen wurden trocken, ihre Lungen begannen zu stechen, und hinter ihnen wurden die Verfolger immer lauter.

»Lex!« Es war Jessets schrille Stimme. »Sie brennen sich jetzt einen Weg mit den Pistolen frei!«

Er reagierte auf die Meldung, indem er noch einen Schritt zulegte, aber er wußte, daß das keine Antwort war. Für sie selbst kam es nicht in Frage, sich ebenfalls ihren Weg freizubrennen — einmal besaßen sie nur zwei Pistolen, und zum anderen würden die Verfolger irgendwann die Stelle erreichen, an der die Flüchtenden begonnen hatten, sich einen Weg zu bahnen und brauchten ihm nur noch zu folgen.

»Ah-ah-*ach!*« Was ein Schmerzensschrei hätte werden sollen, blieb durch Willenskraft bei einem bloßen Stöhnen. Aber es klang wie ein Totengeläut. Lex schloß die Augen, damit er seine Nachtsicht nicht verlor und fuhr herum.

»Was ist los?«

»Tut mir leid, Lex.« Aggereth bemühte sich, seine Stimme trotz Schmerzen ruhig klingen zu lassen. »Mein Knöchel. Ich bin in ein Loch getreten. Ich glaube, ich kann nicht mehr weitergehen.«

»Zanice! Rasch — sieh dir seinen Fuß an.«

Es trat eine Pause ein, während der sie mit kundigen Fingern die Verletzung abtastete. »Es sieht böse aus«, erklärte sie schließlich. »Eine schlimme Verstauchung — eine Muskelzerrung. Es wird ziemlich wehtun, Aggereth.«

»Das tut es jetzt schon«, stieß er zwischen zusammengebissenen Zähnen hervor.

Was *nun?* Sie konnten ihn nicht hier liegenlassen. Aber sie konnten ihn auch nicht tragen, wenn sie weiter zügig vorankommen wollten... Es sah nach einer Katastrophe aus.

Aber...! Lex hatte unbewußt die Augen geöffnet und

starrte jetzt auf die Vegetation um sie herum. Sie erinnerte ihn an irgend etwas. Diese Schößlinge! Die üppigen mit den spargelähnlichen Köpfen am Ende!

»Zanice, kannst du etwas für seinen Knöchel tun?« wollte er wissen.

»Ich kann ihn verbinden. Er wird damit humpeln können. Vielleicht können wir auch irgendwo einen Ast abbrechen, den er als Krücke nehmen kann.«

Wo war das Ding bloß? Lex bewegte sich von links nach rechts, teilte das untere Blattwerk und spähte auf den Boden. Er war hier von einer moosähnlichen Pflanze bedeckt, die einen weichen, etwas schwammigen Teppich bildete, und es war sehr schwer, Einzelheiten zu erkennen. Er war schon fast soweit, daß er seine Nachtsicht opfern und die Taschenlampe zu Hilfe nehmen wollte, als er es endlich entdeckte und einen leisen Pfiff ausstieß. Und was für ein großes! Es hatte einen Durchmesser von mindestens zweieinhalb Meter und war *unter* dem Moosteppich versteckt, aber Lex hatte es gefunden, weil es etwas wärmer als der Boden war. Und da war nicht nur dieses eine, sondern noch eines und noch eines, wie Schorfstellen einer abstoßenden Krankheit.

»Na, wenigstens hast du dir eine gute Stelle für dein Mißgeschick ausgesucht, Aggereth«, meinte er, bemüht, sich seine Freude nicht anmerken zu lassen. »Sieh mal hier, Baffin.«

Er schloß die Augen, als Baffin mit der Lampe kam und staunte: »Aber da sind ja fünf — sechs … Verdammt, wie viele sind es denn?«

»Genug!« unterbrach ihn Lex knapp. »Aykin! Schnapp dir Aggereth und bring ihn über den Fluß …«

»Hier?« warf Baffin ein.

»Ja, hier! Nimm dir eine Stange und taste den Flußboden vor jedem Schritt, den du machst, ab — der Schößling hier müßte gehen. Paß auf, daß keine von diesen Dingern hier am anderen Ufer sind. Geh ungefähr hundert Meter flußabwärts. Zanice, du kümmerst dich dort um Aggereths Knöchel. Und jetzt ab mit euch. Wartet auf Baffin und mich. Wir kommen gleich nach.«

»Was habt ihr vor?« wollte Hosper wissen.

»Das wirst du schon sehen.«

Die anderen gehorchten wortlos. Sobald sie sicher auf der anderen Seite des Flusses waren, begann Lex, Zweige abzureißen und sie als zusätzliche Tarnung über die Fallen unter dem Moos zu werfen. Baffin folgte seinem Beispiel.

»Das reicht«, meinte Lex schließlich. »Sie sind nicht mehr weit weg. Wir brennen jetzt noch ein Stück Weg zurück auf sie zu, damit es so aussieht, als seien wir dort in Panik geraten. Dann verstecken wir uns ein Stück weiter flußabwärts.«

Die Lichter und die aufflammenden Pistolen der Verfolger kamen näher. In der atemlosen Stille beobachteten Lex und Baffin, wie sie jetzt an das Ende des falschen Wegs stießen, den sie mit ihren eigenen Pistolen freigebrannt hatten. Die Verfolger blieben unsicher stehen und blickten einander verwirrt an.

»Weiter, ihr Idioten!« brüllte eine Stimme — die Cardevants, heiser, nach dem, was Jesset mit ihm gemacht hatte. »Sie müssen in Panik geraten sein! Wir haben schließlich ein Dutzend Pistolen gegen ihre zwei!«

Lex drehte sich um und jagte einen Schuß in die Vegetation etwa hundert Meter vor ihnen — auf dieser Seite des Flusses.

»Da!« rief Cardevant, worauf die Verfolger vorwärtsstürmten.

Plötzlich öffnete sich der Boden unter ihren Füßen. Vier — fünf — sechs von ihnen schienen auf einmal auf ihre halbe Größe zu schrumpfen. Die hinter ihnen stoppten und begannen zu rufen; diejenigen, die in die Fallen geraten waren, schrien in Todesangst. Draußen im Fluß war ein gurgelndes Geräusch zu hören, als der in der Erde verborgene Fleischfresser das Wasser ansaugte, das er ebenfalls für seinen Stoffwechsel brauchte.

Die anderen zerrten an den Armen der Opfer, schafften es aber nicht, sie herauszuziehen; sie traten die tarnenden Äste weg, die Lex auf dem Boden ausgebreitet hatte und feuerten auf die gespenstischen schwarzen Beutel. Doch die Gefangenen schrien noch schlimmer als vorher. Einer, den sie hatten befreien können, hatte im Pistolenfeuer ein Bein verloren; ein anderer wurde wieder ausgestoßen, als sich der Fleischfresser vor Schmerzen aufbäumte, aber der Mann war schon tot, als seine Kameraden ihn endlich vor sich auf der Erde liegen hatten.

»Ich ... ich kann es nicht mehr sehen«, flüsterte Baffin mit kalkweißem Gesicht.

»Ich auch nicht.« Mit der grimmigen Miene eines Henkers wandte sich Lex ab und durchquerte mit Baffin im Gefolge den Fluß, um sich den anderen anzuschließen.

Hinter ihnen verhallten das Stöhnen und die Schreie.

16

»Was bin ich nur für ein Esel«, sagte Cheffy niedergeschlagen. »Ich habe angenommen, wenn Lex' Trupp sich nicht mehr meldet, haben sie es auch nicht geschafft, den Fluß zurückzubringen. Als er dann plötzlich mitten in der Nacht wiederkam, hat er alle Werkzeuge und Rohre mit weggespült — und dabei haben wir so viel Arbeit darin investiert. Warum haben wir sie bloß in dem ausgetrockneten Flußbett liegenlassen?«

»Es läßt sich jetzt nicht mehr ändern.« Jerode blickte sich am Konferenztisch um. »Zumindest sind unsere Unruhestifter durch die Rückkehr des Wassers abgelenkt worden.«

»Meinen Sie mich?« Ornelle, die am unteren Ende des Tischs saß, kräuselte die Lippen. Gegen besseres Wissen hatte Jerode ihrem Drängen nachgegeben, an der Zusammenkunft des Ausschusses teilnehmen zu dürfen. Sie schien sich von ihrem Nervenzusammenbruch erholt zu haben, aber bisher waren ihre Beiträge wenig konstruktiv gewesen, und sie nahm jede Bemerkung, bei der es möglich war, als persönliche Beleidigung auf.

»Meinen Sie mich?« wiederholte sie lauter, als die anderen versuchten, sie zu ignorieren. »Was Sie damit sagen wollen, ist, daß Sie hoffen, daß die Sache mit dem Fluß die Leute davon ablenkt, Naline zu ihrem Recht zu verhelfen!«

»Sie haben gehört, was ich über das Thema Naline zu sagen hatte«, erwiderte Jerode knapp. »Wir sind jetzt bei einem ganz anderen Thema. Also, was ich gerade sagen wollte: es gibt da einige, die eine Versammlung wollen, auf der über die Rückkehr des Flusses und das Verschwinden von Lex und seinem Trupp diskutiert werden soll.«

Fritch schlug mit der Hand auf den Tisch. »Es dauert nicht mehr lange, dann kommen wir vor lauter diskutieren überhaupt nicht mehr zum arbeiten! Ich bin dagegen.«

»Ich fürchte, es spielt überhaupt keine Rolle, ob wir dafür sind oder nicht«, erwiderte Aldric. »Diese paar Tage ohne ausreichendes Wasser, die psychologischen Auswirkungen der Gewitter, und was noch alles dazu kommt — es hat den Leuten wieder bewußt gemacht, daß nicht nur ein wenig harte Arbeit vor ihnen liegt, sondern ein verdammt hartes Leben. Eine ganze Reihe ist regelrecht durchgedreht. Ein paar meiner besten Männer sprechen kaum mehr miteinander. Ich glaube, wir werden uns irgend etwas einfallen lassen müssen, wie sie ein bißchen Dampf ablassen können, Doc.«

Es trat eine Pause ein. Schließlich meinte Bendle:

»Was kann denn nun *wirklich* aus Lex und seiner Gruppe geworden sein? Wäre es möglich, daß sie vom Wasser überrascht worden sind? Ich meine, falls das Hindernis von selbst zusammengebrochen ist?«

»Nein«, brummte Aldric. »Wenn sie vom Wasser überrascht worden wären, als sie sich nicht mehr gemeldet haben, hätte es uns ein oder zwei Stunden später erreicht, und nicht mitten in der Nacht. Ich vermute eher, daß das Funkgerät defekt ist oder sie einen Kurzschluß in ihrem Akkumulator haben.«

»Ist es nicht ein Jammer, daß wir Lex nicht gezwungen haben, Delvia mitzunehmen?« mischte sich Ornelle ein. »Dann wäre dieses Problem wenigstens aus der Welt.«

»Mir wäre es weitaus lieber, Sie aus der Welt zu wissen!« fuhr Fritch sie an. »Soll ich Ihnen mal was sagen? Sie gehen mir verdammt auf den Wecker.«

Ornelle wurde rot. »Es überrascht mich nicht, daß Ihnen Del lieber ist als ich«, fiel sie über ihn her. »Ich schätze, Sie gehören auch zu ihren Kunden, was, Fritch? Wie will sie denn bezahlt werden? Bauen Sie ihr vielleicht ein eigenes kleines Bordell?«

»Halten Sie verdammt noch mal den Mund, Ornelle!« polterte Cheffy. Jerode schlug auf den Tisch, als plötzlich alle anfingen, durcheinanderzurufen. Ornelle sprang auf, stemmte die Fäuste auf den Tisch und beugte sich mit funkelndem Blick vor.

»Ich werde nicht den Mund halten!« rief sie aus. »Ich habe dieses ganze Gerede satt; es bringt uns doch nicht weiter! Mir wird schlecht, wenn ich diesen Quatsch schon höre: ›die Leute müssen Dampf ablassen‹ oder ›mein Gott, was kann bloß mit Lex passiert sein?‹ Ich weiß verdammt genau, was passiert ist!«

»Dann sagen Sie es uns doch!« bellte Fritch. Sie fuhr zu ihm herum.

»Wo waren Sie, als der Fluß wiedergekommen ist? Wahrscheinlich haben Sie im Bett gelegen und geschlafen, was? Ich nicht. Ich bin draußen gewesen, weil ich vor lauter Sorge um die arme Naline nicht schlafen konnte.« Sie holte tief Luft, und ein abstoßendes Lächeln huschte über ihr Gesicht. »Es war nicht mehr bewölkt in Richtung Plateau. Man konnte sehr weit sehen. Da oben, wo der Fluß liegt, hat es geblitzt.«

»So?« knurrte Aldric. »Das Gewitter, was sonst!«

»Nein. Das Gewitter war längst vorbei. Was ich gesehen habe, war das Feuer von Pistolen. Es hat ein paar Minuten lang gebrannt, Pflanzen wahrscheinlich.«

»Was?« kam es heiser aus mehreren Kehlen.

»Ich ...« Cheffy schien Mühe zu haben es auszusprechen und fuhr sich über die Lippen. »Ich bin rausgekommen, als ich den Fluß hörte und — also, ich habe auch etwas aufflackern sehen, in Richtung Berge. Ich habe gedacht, es seien Blitze, aber wenn ich jetzt nachdenke, könnte es auch Pistolenfeuer gewesen sein. Mit Sicherheit kann ich es natürlich nicht sagen. Aber es könnten Pistolen gewesen sein.«

»*Vielen* Dank.« Sarkasmus tropfte honigsüß aus Ornelles Worten. »Ich nehme an, Sie waren zu sehr mit dem Verlust Ihrer Werkzeuge und Rohre beschäftigt, um weiter darüber nachzudenken, was? Nun, ich habe mir mehr Gedanken gemacht, und deshalb weiß ich jetzt, was passiert ist. Warum wollte Lex denn unbedingt zum Plateau hinauf? Weil er uns den Fluß zurückbringen wollte? Nie im Leben!« Wieder sog sie tief die Luft ein. »Der wirkliche Grund, warum sie zum Plateau wollten, war das Schiff der anderen Gruppe. Sie haben sich nicht mehr bei uns gemeldet weil sie festgestellt haben, daß man es reparieren kann. Als sie sich dann bewußt wurden, daß wir nach ihnen suchen würden, wenn es keinen Grund gab, es nicht zu tun, inszenierten sie dieses kleine Drama mit ihren Pistolen, damit wir denken sollten, sie seien von irgendeinem Tier oder so etwas verschlungen worden. Sie wußten, daß wir wach sein und die Schüsse sehen würden, da uns das Geräusch des zurückkehrenden Wasser geweckt haben mußte. Jetzt werden sie das andere Schiff nehmen und von hier weg fliegen!«

Die Geschichte, die sie sich zusammengesponnen hatte, war so paranoid, daß ihre Zuhörer einen langen Augenblick schockiert dasaßen und sie nur mit offenem Mund und einem entsetzten Ausdruck auf dem Gesicht anstarren konnten. Jerode überlegte im stillen schon, welche Maßnahmen sie ergreifen konnten, um die Geisteskranke einzusperren und zu behandeln, als er draußen einen Ruf hörte, der ihn mehr erleichterte, als er für möglich gehalten hatte.

Ornelle stand noch immer da in dem falschen Glauben, mit ihrer Enthüllung Überraschung und ehrfürchtiges Schweigen hervorgerufen zu haben, als die Rufe klar verständlich wurden.

»Sie sind zurück! Lex und Baffin und alle anderen! Sie sind alle wieder zurück!«

Die Atmosphäre schien plötzlich von etwas Bedrükkendem und Düsterem befreit. Sie sprangen erregt auf. Allein Ornelle stand wie erstarrt da, bis Fritch den Bann brach, indem er, als er sich an ihr vorbei zur Tür drängte, sagte: »Vielleicht lernen Sie jetzt endlich, Ihr albernes Mundwerk zu halten, Ornelle! Kommt!«

Während die anderen hinaus auf die Veranda eilten, ließ sich Ornelle wieder auf ihren Stuhl sinken, legte den Kopf auf die Arme und begann zu weinen.

Die doppelte Neuigkeit — nicht nur, daß Lex und seine Gruppe wieder zurück waren, sondern daß die Leute auf dem Plateau doch noch lebten und zwei von ihnen sogar mit Lex gekommen waren — verbreitete sich wie ein Lauffeuer. Cheffys Trupp, der damit beschäftigt gewesen war, die Gegenstände wieder einzusammeln, die weggetragen worden waren, als das Wasser ihre stromaufwärts gelegene Sedimentierungsanlage erreichte, hatten die Vermißten als erste gesehen — hinkend, dreckig und zerkratzt kamen sie an, Aggereth humpelnd auf Aykins Schulter gestützt. Sie hatten ihre Arbeit liegengelassen und waren mit ins Dorf zurückgekommen, und als die Neuigkeit bekannt wurde, ließen die anderen ebenfalls ihre Arbeit fallen. Selbst Lex' Bergungsteam, das draußen am Schiff war und alles für das spätere Auseinanderschneiden markierte — die entsprechenden Werkzeuge standen zwar immer noch nicht zur Verfügung, aber Aldric war auf eine vielversprechende neue Idee gekommen — kam eilig zurück.

Aber es war nicht allein die allgemeine Aufregung, die den Ausschuß zwang, eine Versammlung einzuberufen. Es war das, was Elbing zu Ohren kam und das er sofort Jerode berichtete, der in der Krankenhütte Aggereths Knöchel behandelte und die Versorgung der kleineren Verletzungen bei den anderen überwachte.

»Doc!« keuchte der Raumfahrer atemlos. Er hielt sich am Türpfosten fest, um seinen Stumpf zu entlasten. »Stimmt es, daß die anderen versuchen, ihr Schiff zu reparieren und es in den Orbit zu schicken?«

Lex, der auf einem Stuhl saß und hastig etwas zu essen hinunterschlang, während eine von Jerodes Krankenschwestern die Schnitte in seinem Bein säuberte, hob den Kopf. Er sah schrecklich müde aus. »Es stimmt«, bestätigte er. »Fragen Sie Hosper. Er war übrigens Gomes' Frachtaufseher.«

»Dann sind sie verrückt«, sagte Elbing mit Überzeugung. »Captain Arbogast hat mir geschildert, in welchem Zustand es sich befand, als er von der Expedition zurückkam. Es müßte mindestens einen Monat auf einen Antischwerkraft-Schlitten, bevor es wieder in den Raum kann. Ganz egal, wie lange man mit Handwerkzeugen daran arbeitet, so käme es jedenfalls nicht höher als eine Meile.«

Hosper, der in einer Ecke des Raums saß und Jessets Hand hielt, sog mit hungrigen Blicken auf, was hier alles erreicht worden war. Es war nicht verwunderlich, daß beide überwältigt waren, dachte Lex, nachdem sie sich lange Monate mit sinnloser Arbeit abgeplagt hatten.

Und doch wußte niemand besser als er, wieviel noch zu tun blieb.

»Sind Sie Raumfahrer?« wollte Hosper plötzlich wissen. Als Elbing nickte, fuhr er fort: »Dann hören Sie zu. Die Bodenplatten unseres Schiffs haben sich verzogen. Dann läuft durch Dreiviertel des Rumpfs ein Riß. Der gesamte Antrieb hat sich verschoben. Die ...«

»Genug, genug«, unterbrach ihn Elbing. »Ich habe recht. Sie sind wirklich verrückt.«

Sie versammelten sich in der heißen Luft des frühen Abends. Lex sah sofort, daß sich die Situation während seiner Abwesenheit verschlimmert hatte. Die Anwesenden bildeten jetzt zwei deutlich voneinander getrennte Parteien. Auf der einen Seite waren die Nützlichen, die sich um die Mitglieder des Lenkungsausschusses gruppierten — hager, mit müden Gesichtern und von der Sonne tief gebräunt, unterhielten sie sich ruhig und mit einer Art ernster Aufmerksamkeit. Auf der anderen jetzt ein völlig neuer Mittelpunkt.

Da waren Nanseltine und Rothers, sowie Nanseltines Frau, die äußerst schlecht gelaunt aussah. Sie war zur Arbeit an einem Projekt eingeteilt worden, bei dem Seife aus Asche und Fett hergestellt wurde, die ihr aber keineswegs gefiel, obwohl es keine andere leichte Arbeit gab, die man ihr hätte anbieten können.

Das war zu erwarten gewesen. Neu war allerdings, daß neben Nanseltines jetzt Naline saß. Ihr Gesicht war zur Hälfte unter einer dicken Schicht gelber Salbe versteckt, und über dem blinden Auge trug sie einen Verband. Es war nicht zu fassen, aber ihr ganzes Verhalten drückte deutlich Selbstzufriedenheit aus, als ob die Teilnahme und Aufmerksamkeit, die ihr die Nanseltines, Rothers und Ornelle — die an ihrer anderen Seite saß — sowie viele andere zuteil werden ließen, sie völlig für den Verlust ihres Auges trösteten. Lex hatte in der Geschichte der Psychologie über Menschen gelesen, die sich selbst verstümmelten, um Mitleid und Aufmerksamkeit zu erregen, aber die Fortschritte von Jahrhunderten in der Erziehung hatten ein derart pathologisches Verhalten so gut wie ausgeschlossen. Hätte er nicht mit eigenen Augen gesehen, was Gomes machte, wäre es ihm schwergefallen, zu glauben, daß eine so rasche und weitreichende Regression möglich war.

Dabei blieb das betroffene Individuum dasselbe. Nur die Umstände hatten sich entschieden geändert.

Die Gruppe um Nanseltine war größer, als er erwartet hatte, und wenn er daran dachte, was ihm Jerode — in groben Zügen in der Krankenstation — berichtet hatte, sank sein Mut. Wenn er und seine Begleiter nur die Gelegenheit gehabt hätten, sich nach dem an einen bösen Traum erinnernden Rückweg erst einmal auszuschlafen ... Aber es kreisten wilde Gerüchte, denen sie unbedingt entgegentreten mußten.

Er merkte, wie er die Stirn runzelte, weil jemand fehlte, nach dem er unbewußt Ausschau gehalten hatte. Delvia natürlich. Und da kam sie auch schon, scheu am Rand der Menge und so weit wie möglich von Naline weg. Ein paar Leute begrüßten sie mit einem Kopfnikken. Schweigend, die Arme verschränkt, setzte sie sich etwas abseits hin.

Um Nanseltine wurde plötzlich heftig geredet, und der frühere Kontinentalmanager erhob sich mit rotem Kopf.

»Dr. Jerode!« In seiner Stimme schwang deutliche Feindseligkeit mit. »Da Sie den Beginn dieses Treffens hinauszögern, halte ich es für angebracht, daß endlich jemand mit Verantwortung die Diskussion in Gang bringt. Was wir wollen, sind ehrliche Informationen.«

Mit weißem Gesicht blickte Jerode von seinen Notizen auf, doch bevor er zu einer Erwiderung ansetzen konnte, fuhr Nanseltine schon fort:

»Wir haben gehört, daß die andere Gruppe, statt an diesen hoffnungslosen und unwillkommenen Programmen für einen Aufenthalt auf Dauer zu arbeiten, die man uns aufgezwängt hat, trotz lähmender Schwierigkeiten einen kühnen und mutigen Versuch gemacht hat, ihr Schiff zu reparieren und zu den Annehmlichkeiten und in die Normalität der Zivilisation zurückzukehren.«

Stellenweise wurde Beifall laut. Nanseltine wartete ab, bis es wieder ruhig geworden war.

»Wir wissen aus glaubwürdiger Quelle, und zwar von einer Person, die Sie eingeladen haben, Ihrem selbsternannten Ausschuß beizutreten — also jemand, den Sie sicher nicht als unglaubwürdig bezeichnen können! —, daß Sie die Absicht haben, diese wichtige Neuigkeit herunterzuspielen. Was Sie zu diesem feigen Verhalten treibt, weiß ich nicht: ob es Ihr Mangel an Unternehmungsgeist ist, ich möchte fast sagen an Mumm, oder die rücksichtslose Leichtsinnigkeit, mit der Sie unersetzliche Dinge aufs Spiel setzen — lassen Sie mich nur die Tatsache anführen, daß das Team, das Sie unter der Führung eines so jungen und unerfahrenen Burschen wie Lex mit sieben wertvollen Energiepistolen losgeschickt haben, nur zwei davon wieder mit zurückgebracht hat, abgesehen von zwei Deserteuren der anderen Gruppe, womit wir jetzt zwei Münder mehr zu stopfen haben, außerdem haben sie ein Funkgerät verloren, Medikamente und was weiß ich noch alles, und lassen Sie uns natürlich nicht die ganze Arbeit vergessen, die zunichte gemacht wurde, als die Geräte für die Trinkwasseranlage ins Meer hinausgespült wurden ...«

So ging es immer weiter, und eine erschreckende Anzahl der Zuhörer nickte beifällig zu seinem hysterischen Angriff. Jerode warf Lex einen hilfesuchenden Blick zu.

Was tun? Hosper und Jesset waren blaß vor Wut über Nanseltines Worte; sollte Lex sie aufrufen? Elbing murmelte vor sich hin; hatte die Meinung eines Raumfahrers bei Leuten, die sich in einer solchen Verfassung befanden, irgendwelches Gewicht? Von den Mitgliedern seines eigenen Teams hatten Baffin und Minty die Hände vor die Gesichter geschlagen und boten ein Bild hoffnungslosen Jammers, während die Mienen der übrigen Verzweiflung ausdrückten.

Nein, ein Versuch, diese Leute auf der Vernunftebene zu erreichen, hatte keinen Sinn. Sie würden noch nicht einmal glauben, wenn Hosper und Jesset als Betroffene ihnen das Leben auf dem Plateau unter Gomes' Kommando schilderten, sondern die beiden wahrscheinlich niederbrüllen; sie würden argumentieren, daß Elbing das andere Raumschiff nicht mit eigenen Augen gesehen hatte und das, was er sagte, deshalb Unsinn war ... Man konnte Ornelle nicht mehr als geistig normal bezeichnen, und das traf im Grunde auch für Leute wie Rothers und Nanseltine zu. Sie bemühten sich immer noch um die Schmeicheleien und den Status, die sie auf Zarathustra genossen, aber auch dort nicht wirklich verdient hatten.

Trotz der überwältigenden Müdigkeit zwang sich Lex, aufzustehen. Er holte tief Luft, und sein Mund formte Worte, die wie Donnerschläge über die Versammelten hallten.

»Dann geht doch selbst hinauf zum Plateau, wenn ihr wollt! Dann wären wir euch Gott sei Dank wenigstens los!«

17

Die Heftigkeit seiner Worte ließ die überraschten Zuhörer schweigen. Sogar Nanseltine, dessen Schwall von Beschimpfungen so plötzlich unterbrochen worden war, stand einen Moment erstaunt da.

Noch erstaunter war jedoch Jerode. »Lex, diesen Vorschlag meinen Sie doch nicht ernst, oder?« fragte er schwach.

»Wieso nicht?« blitzte Lex ihn an. »Hören wir doch auf, uns selbst etwas vorzumachen! Leute, die ihrer einzigen Überlebenschance den Rücken zukehren, taugen einfach nicht zum Leben!«

»Jerode!« Nanseltine hatte sich von seinem Schock erholt und forderte die Aufmerksamkeit, die er vorher auf sich gezogen hatte. »Jerode, sagen Sie diesem jungen Narren, daß wir keine Zeit für solche Wutanfälle haben. Wir ...«

Und genau in diesem Augenblick passierte etwas, das die bis zum Zerreißen gespannte Atmosphäre plötzlich entkrampfte. Wie üblich hockten etwa ein Dutzend der stets gegenwärtigen Fischervögel auf den umliegenden Dachpfosten. Jetzt breitete einer von ihnen, der wohl der Gedanken müde war, mit denen er sich gerade beschäftigt hatte, seine schmutzig-weißen Flügel aus und schwang sich mit einem schwerfälligen Sprung in die Luft. Genau als er über Nanseltine war, ließ er einen jener glänzend schwarzen Kotkleckse fallen, die überall auf dem Strand, auf Felsen, Bäumen und Häusern herumlagen.

Er landete genau auf Nanseltines Haaren, und eine Woge von Gelächter fuhr wie eine auffrischende Brise durch die Reihen der Zuhörer, als er nach seiner neuen Kopfbedeckung griff und versuchte, das schwarze Zeug abzureiben. Es verschmierte seine Hände, lief über seine Stirn herunter und blieb an seinen Fingern kleben, als er versuchte, es abzuschütteln. In wenigen Augenblicken war er zum Clown für die Versammlung geworden, und die ganze angestaute Spannung löste sich in ausgelassener Heiterkeit.

Wahrscheinlich, dachte Lex, war er der einzige, der wußte, daß das Gelächter von dem kurzen, gezwungenen Kichern ausgelöst worden war, das er unmittelbar nach dem Mißgeschick reflexschnell von sich gegeben hatte.

Nein. Vielleicht der einzige außer noch jemandem. Er sah, daß Delvia nicht mitlachte. Sie saß da und starrte ihn an. Als sie seinen Blick bemerkte, runzelte sie die Stirn.

Sein Zorn ließ nach, und an seiner Stelle trat jetzt kalte Entschlossenheit. Jetzt oder nie würde er seine Überlegenheit über Nanseltine, Rothers, Ornelle und die übrigen durchsetzen müssen — und dafür sorgen, daß so viele andere die buchstäbliche Dummheit ihrer Ideen erkannten, daß sie von nun an nur noch mit der Verachtung, die sie verdienten, behandelt wurden.

Ein Augenblick, in dem der Wortführer der nutzlosen Partei eine Witzfigur war, war eine Gelegenheit, die sich so schnell nicht wieder bieten würde.

Aus dem Meer von Gelächter stiegen neue Worte auf — sie kamen zuerst von Cheffy, wie Lex glaubte, und wurden dann von denen, die neben ihm saßen, unterstützt. »Setzt euch! Ruhe! Setzt euch!«

Er ließ die Rufe lauter werden, bis sie fast die letzten Lachenden übertönten, dann hob er die Hand.

»Okay, also ruhig jetzt, Leute«, sagte er schneidend. »Ich glaube, wir sollten diesen Fischervogel mit in unseren Lenkungsausschuß wählen. Er weiß, was Unsinn ist, wenn er ihn hört, und er hat keine Bedenken, den passenden Kommentar zu geben.«

Seine Worte erzeugten neues Gelächter und lenkten das Interesse der Anwesenden ganz auf Lex. Er trat auf die Veranda und ließ sich auf eine Ecke von Jerodes Tisch nieder, wobei er ein Bein herunterbaumeln ließ und sich bemühte, möglichst viel Autorität auszustrahlen.

In vertraulichem Ton, als appelliere er an die ganze Menge um persönliches Verständnis, fuhr er fort: »Da ist etwas, das wir schon längst hätten richtigstellen sollen. Es gibt immer Leute, die sich schon eine Meinung gebildet haben, noch bevor sie die Tatsachen kennen. Auf Zara oder irgendeinem anderen zivilisierten Planeten sind solche Leute nicht weiter schlimm, weil man dort sowieso die meiste Zeit entfernt von allen Tatsachen lebt. Es gibt ein Dutzend verschiedene Isolationsformen, von automatisierten Häusern zu Wegwerfkleidung, von Lebensmittelfabriken bis zu klimatisierten Ferienstädten, die dazu bestimmt sind, die Tatsachen und uns zu trennen. In solchen Verhältnissen kann man jemanden, der sich unmögliche Vorhaben ausdenkt, im allgemeinen tolerieren, weil ihnen Computer und Leute mit mehr Verstand sagen, daß sie damit höchstens einen Narren aus sich machen, was ihre Sache ist, aber man läßt nicht zu, daß sie auch andere für dumm verkaufen.

Hier dagegen werden wir mit den Tatsachen konfrontiert. Und sie sind hart und deutlich. Hier sind Leute, die Phantastereien der Realität vorziehen eine Belastung. Wenn Sie sich mit der Geschichte der Erde befaßt haben, wissen Sie, was für eine Behinderung sie für unsere Rasse im voratomaren Zeitalter gewesen sind, und um wieviel schneller wir uns entwickelten, als Leute mit Verstand endlich begriffen, daß es ihr liebster Trick war, mit anderen herumzustreiten, anstatt die Arbeiten zu erledigen, die wirklich getan werden mußten.

Wenn ihr euch unter den hier Versammelten umschaut, werdet ihr selbst feststellen, daß der gleiche Trick direkt hier vor unseren Augen abgezogen worden ist. Wir sind hier auf einer feindlichen, unzivilisierten Welt. Bemühen wir uns alle nach besten Kräften, das Leben erträglich zu machen, arbeiten wir alle gemeinschaftlich zusammen? Ich glaube nicht. Denn hier, auf dieser Versammlung, gibt es zwei Parteien, von denen die eine die Fersen in den Boden stemmt, um die andere festzuhalten.«

In der Mitte der Menge sahen sich eine Reihe von

Leuten — eine erfreulich große Reihe — unbehaglich um und versuchten, ihre Position so zu verändern, daß sie keine Trennlinie darstellten.

Nun, das war immerhin ein Anfang.

»Ich schätze, ihr werdet jetzt fragen, wie ich dazu komme, so zu reden. Nun ...« Lex wog die Länge seiner Pause sorgfältig ab. »Vor ein paar Minuten konntet ihr hören, wie mich Nanseltine als jung und unerfahren abtat, als nicht einmal geeignet, eine Gruppe von sechs Leuten anzuführen, die mich willig und gern als ihren Leiter akzeptierten. Ich wußte, daß er so etwas sagen würde, denn das gehört zu den Dingen, vor denen man bei der Ausbildung als Polymath hingewiesen wird.«

Den letzten Satz sprach er betont deutlich aus, damit kein Zweifel an dem bestand, was er gesagt hatte. Und trotzdem dauerte es eine Weile, bis seine Zuhörer den Schock der Überraschung verarbeitet hatten. Er blickte sich um und stellte einige Schlüsselreaktionen fest.

Jerode: reine Erleichterung, was man vielleicht hätte übersetzen können mit: »Endlich ist er mit der Wahrheit herausgerückt!« Hosper und Jesset: »Kein Wunder, daß sie hier so weit gekommen sind, wenn ihnen ein Polymath dabei geholfen hat!« Nanseltine: Nacktes Entsetzen darüber, wie sehr er sich zum Narren gemacht hatte. Delvia: Sie hatte die Unterlippe zwischen die Zähne genommen und nickte nachdenklich. Aldric, Cheffy, Fritch, Aykin, Minty und viele viele andere zeigten eine Mischung aus Erstaunen, Erleichterung und Erregung.

Lex wußte, daß irgend jemand seine Behauptung mit Sicherheit anzweifeln würde. Es war Ornelle, die jetzt aufstand und mit zitterndem Finger auf ihn zeigte.

»Sie lügen!« kreischte sie. »Das Ganze ist ein Komplott, das Sie mit Jerode ausgeheckt haben, um das zu vertuschen, was Sie Naline angetan haben!« Ihre andere Hand verkrampfte sich um Nalines Schulter. »Wenn Sie ein Polymath sind, warum haben Sie das dann nicht viel früher gesagt? Es ist eine Lüge, eine unverschämte Lüge!«

»Ich habe es nicht gesagt, weil ich keiner bin«, stellte Lex richtig. »Ich habe eine Polymath-Ausbildung gehabt und bin teilweise körperlich modifiziert worden. Stellen wir doch mal eben klar, was ein Polymath überhaupt ist, denn wenn Sie es nicht wissen, werden es auch eine Reihe anderer hier nicht wissen. Ein Polymath ist ein Mann oder eine Frau, die jahrelang, genau bis zu ihrem vierzigsten Lebensjahr, umgeformt und ausgebildet werden, um dann eine Aufgabe auf einem bestimmten Planeten zu übernehmen. Kein Supermann oder eine Art lebender Computer, sondern ganz einfach ein Mensch mit einer ganz besonderen Art von Widmung, der von einem großen Team von Experten chemisch, chirurgisch und geistig behandelt worden ist ... Ich konnte es nicht vorher sagen, weil dann von mir erwartet worden wäre, daß ich Wunder vollbringe. Ihr alle mußtet mich erst als Mensch kennenlernen, oder? Sonst hättet ihr in mir letztendlich eine Maschine gesehen.

Es kommt noch etwas anderes hinzu: Selbst nachdem er fertig ausgebildet ist, muß ein Polymath noch einmal *zwanzig Jahre* auf dem Planeten verbringen, für den er bestimmt ist, um ihn ganz genau kennenzulernen, bevor ihm die alleinige Verantwortung überlassen wird. Äh — um es milde auszudrücken, dieser Planet hier ist reichlich hastig zur Kolonisierung ausgewählt worden.«

Schiefes Grinsen. Er schätzte, daß er die Hälfte jetzt so ziemlich auf seiner Seite hatte. Aber er mußte auch noch den Rest herüberziehen.

»Und wenn der Polymath dann endgültig fertig ist, ist es seine Aufgabe, die Arbeit der ersten Kontinentalmanager zu überwachen und dafür zu sorgen, daß sie aufhören, sich lächerlich zu machen.«

So. Lex zuckte fast zusammen in Anbetracht der

Selbstgefälligkeit, die in seiner letzten Aussage lag, aber es war nötig. Nanseltine, der sich mit einem Stück Lappen immer noch über den Kopf rieb, machte sich so klein wie möglich, als hoffe er, so der Aufmerksamkeit entkommen zu können. Es war ganz gewiß nicht seine Absicht, Nanseltine persönlich anzugreifen, aber er mußte dem Mann ein für alle Mal seinen unberechtigten Anspruch auf Autorität nehmen.

»Zu den wichtigsten Dingen, vor denen er in seiner Ausbildung gewarnt wird, gehört genau die Möglichkeit, die hier eingetreten ist —, daß die Leute sich uneins werden, statt mit vereinten Kräften an die Arbeit zu gehen, bis der Planet endgültig gezähmt ist. Es enttäuscht mich, daß *Manager* Nanseltine« — er sprach den Titel mit ätzendem Sarkasmus aus — »das offensichtlich nicht begreift. Wahrscheinlich ist der Grund der, daß er noch nie mit einem Polymathen zusammengearbeitet hat.«

Der logische Folgesatz, daß er aber sehr gut gegen einen zu opponieren wußte, rastete fast hörbar ins Bewußtsein der Zuhörer ein. Als nächstes mußte er Ornelle unschädlich machen. Er haßte es, daß er seinen Angriff so kalkuliert planen mußte, aber er wußte, daß er so am ökonomischten mit ihrem wertvollsten Gut umging: der Zeit.

Jetzt hieß es, denen die Augen zu öffnen, die sie vor der Wahrheit verschlossen.

»Aber es gibt noch eine schlimmere Trennung als die unter uns, und das ist die von den anderen Überlebenden oben auf dem Plateau. Ich nehme an, daß sich viele unter euch schon gefragt haben, warum sie unsere Funkrufe nicht beantwortet haben und warum sie nicht mit uns zusammenarbeiten wollten. Nun, zu dieser Frage können diese beiden hier, Hosper und Jesset, die mit uns zurückgekommen sind, am besten etwas sagen. Ich werde ihnen ein paar Fragen stellen.«

Hosper erhob sich und stützte sich dabei auf einen

der Fackelpfosten. Es war inzwischen fast dunkel, aber es hatte noch niemand die Fackeln angezündet. Lex wies Jerode leise darauf hin, der jemanden bestimmte, es nachzuholen.

»Hosper!« fuhr er dann fort. »Captain Gomes hat uns gesagt, warum er keinen Funkkontakt mit uns aufnehmen wollte. Würdest du bitte vor den hier Anwesenden wiederholen, was genau er gesagt hat?«

Der junge Mann mit dem Borstenhaar sah so müde aus, als würde er jeden Augenblick zusammenbrechen. »Als es anfing zu tauen«, begann er mit ausdrucksloser Stimme, »ließ er die Antenne wieder aufstellen, und wir dachten, wir könnten Sie zur Hilfe gegen ihn rufen, weil er nämlich den Verstand verloren hat, wie Sie inzwischen vielleicht schon wissen.« Die Worte folgten einander ohne irgendeine Betonung oder Veränderung der Stimme. »Dann hörten wir eine Frau stöhnen, wie schlimm es hier unten sei, und daß Ihr Schiff ins Meer gerollt sei und Sie alle verhungern oder an Krankheiten sterben würden und so weiter. Und dann hat Gomes sich plötzlich eingebildet, daß Ihr alle zum Plateau hinaufkommen und versuchen würdet, ihm sein Schiff zu stehlen, und er wollte nicht mehr, daß jemand funkt, noch nicht einmal, um euch zu sagen, daß wir noch am Leben waren. Ich habe es nie verstehen können, und jetzt bin ich hier und sehe, welche Wunder ihr geschaffen habt« — endlich kam Leben in seine Stimme —, »ich weiß nicht einmal, ob es wirklich jemand von hier war, dessen Schluchzen aus dem Funkgerät kam oder ob es nur ein Trick von Gomes war, damit wir die Hoffnung aufgeben sollten.«

»Es kam tatsächlich von hier«, mischte sich Jerode ein, und seine Worte waren eine Anklage. Er klang irgendwie erstaunt, als hätte er gerade zwei und zwei zusammengezählt. »Ich fand Ornelle weinend über dem Mikro unseres Radios vor, und ich kann mich noch erinnern, daß ich ihr ein Beruhigungsmittel gegeben habe, weil sie ganz kurz vor einem hysterischen Anfall stand.«

Köpfe fuhren herum. Achthundert Blicke waren auf Ornelle gerichtet, böse Blicke.

»Sie hatte drei Tage praktisch ununterbrochen vor dem Gerät gesessen«, schloß Jerode.

»Sie meinen, *sie* war es?« Neben Hosper erhob sich jetzt Jesset und zeigte auf Ornelle, die alle anstarrten. Vom Hunger ausgezehrt und doch mit einem Feuer des Hasses in den dunklen Augen, sah sie wie das aus, wozu das Leiden sie gemacht hatte: ein wildes Tier. »Ihretwegen mußten wir uns weiter auspeitschen, in Ketten legen lassen und hungern? Wagten nicht, uns hinzulegen, wenn wir krank waren, weil wir Angst hatten, mit Peitschen zurück an die Arbeit getrieben zu werden, uns vor einer Pistolenmündung zu sehen, wenn wir uns auch nur einen Augenblick ausruhten? *Ihre* Schuld ist das?«

Einen Moment lang hatte Lex Angst, sie würde sich auf Ornelle stürzen und mit ihr das gleiche machen, was sie mit Cardevant gemacht hatte. »Jesset!« bellte er. »Auf dem Plateau! Wo schlafen die Leute da?«

»In dreckigen Lehmhütten! Auf dem nackten Boden!«

»Gomes und seine Offiziere?«

»Im Schiff!«

»Wie lang arbeitet ihr?«

»Jeden Tag vom Morgengrauen bis zum Abend, ob krank oder gesund!«

»Was eßt ihr?«

»Synthesekuchen! Zwei pro Tag!«

»Was trinkt ihr?«

»Flußwasser! In Tontöpfen über offenem Feuer abgekocht!«

»Wenn ihr euch weigert, zu arbeiten?«

»Dann lassen sie einen in Ketten arbeiten!«

»Wenn ihr zu krank seid, um zu arbeiten?«

»Dann peitschen sie einen, bis man aufsteht!«

»Wenn man nicht aufstehen kann?«

»Dann lassen sie einen sterben!«

Und dann verzerrte sich plötzlich ihr Gesicht, und sie begann zu weinen. Hosper hielt sie fest, zog sie mit beiden Armen neben sich herunter und drückte sie an sich. Alle konnten hören, was er zu ihr sagte.

»Du bist jetzt in Sicherheit, Jesset. Du bist in Sicherheit! Du brauchst keine Angst mehr zu haben.«

Als das darauffolgende Schweigen unerträglich wurde, ergriff Lex wieder das Wort. Seine Stimme klang rauh und fremd in seinen Ohren.

»Ich schlage vor, daß wir denjenigen, die bei der Reparatur des Raumschiffs mithelfen wollen, alles zur Verfügung stellen, was sie für den Marsch zum Plateau hinauf brauchen: Lebensmittel, Wasserflaschen, Bettzeug und so weiter. Würden Sie sich darum kümmern, Doc? Es ist nicht schwer, den Weg dorthin zu finden. Sie folgen einfach dem Fluß, bis Sie an den Rand des Plateaus kommen. Man kann das Schiff schon von weitem sehen. Ich habe es nur für richtig gehalten, daß diejenigen, die dorthin wollen, auch wissen, was sie am Ende ihres Marsches erwartet.«

Er blickte auf die versammelte Menge. Diese kurze, bittere Befragung Jessets hatte sein Werk beendet. Durch ihre Grausamkeit hatte sie den Leuten mehr gesagt, als es in Stunden detaillierter Erklärungen möglich gewesen wäre. Obwohl sich die Leute im Grunde nicht bewegt hatten, konnte man von einem Rückzug sprechen. Nanseltine und Ornelle waren — ausgestoßen, weil sie mit Namen genannt worden waren. Sogar Naline hatte ihr eines Auge auf sie gerichtet und starrte sie an, als sei sie eine Fremde.

Früher einmal, überlegte Lex schwermütig, hatte es so etwas wie Sündenböcke gegeben. Jahrhunderte später, Lichtjahre entfernt, hatte er zum Wohl der Gemeinschaft erneut Sündenböcke geschaffen.

17

Als es vorbei war, fühlte er sich jeden Funkens Energie beraubt, und doch war er paradoxerweise gleichzeitig so aufgedreht, daß an Entspannung nicht zu denken war. Es war eine vorübergehende Lösung für das schlimmste Problem gefunden worden, das ihre Gemeinschaft bedrohte — ein menschliches und unvermeidbares Problem; und jetzt, als ob es den Vordergrund seines Denkens verschleiert hätte, sah er ganz plötzlich hundert weitere.

Während sich dic Versammlung in der Dunkelheit zerstreute, saß er zusammengekauert auf einem Stuhl und starrte blind in unendliche Ferne. Sie waren die ganze letzte Nacht durchmarschiert, um zur Küste zurückzukommen, und auch die Nacht davor hatten sie nur ein paar Stunden geschlafen. Jetzt sehnte sich alles in ihm nach Ruhe, nur sein aktiver Geist wollte nicht mitspielen.

Außerdem versammelten sich allmählich die Mitglieder des Ausschusses um ihn, wenn auch ein bißchen zögernd, weil sich der Lex, den sie gekannt hatten, als jenes unglaubliche, fast fremde Wesen Polymath entpuppt hatte. Auch seine genau überlegten Dementi hatten ihre halb abergläubische Ehrfurcht vor jenen nicht beseitigen können, denen man das Schicksal einer ganzen neuen Welt anvertrauen konnte.

Er begriff, daß sie sich in einem Halbkreis um ihn aufstellten, weil sie auf Befehle warteten.

»Bevor wir weitermachen«, sagte er gereizt und ohne irgend jemanden anzusehen, »möchte ich eins klarstellen. Kommt mir jetzt bloß nicht mit jedem kleinsten Problem an, das auftaucht, verstanden? Ihr seid alle fähige und selbständige Männer. Ihr habt hier Wunder vollbracht. Wenn ihr inzwischen immer noch nicht das nötige Selbstvertrauen in eure Urteilskraft entwickelt habt, seid ihr nicht die, für die ich euch halte. Also zum

Beispiel ... Bendle!« Sein Blick fiel willkürlich auf einen der Gruppe. »Wenn Sie von mir wissen wollen, wie Sie eine Langkettenanalyse mit drei Lehmkesseln und einem GD-Akkumulator durchführen sollen, sparen Sie sich Ihren Atem. Ich bin kein Wunderkasten auf Beinen, bei dem Sie nur auf einen Knopf drücken müssen und der dann alles ausspuckt, was Sie wissen wollen. Ich bin wie jeder andere auch ungefragt in diese Situation geraten, und ich kann noch nicht einmal wirklich dankbar dafür sein, daß ich noch lebe, weil dies für mich der falsche Planet ist, und ich kann genauso sauer wie jeder andere auch werden, wenn man mir auf die Nerven geht.«

Die Ausschußmitglieder sahen einander an. Nach einer Pause ergriff Fritch das Wort.

»Eins zu null für dich, Lex«, meinte er rauhbeinig. »Ich schätze, wir alle wollen, daß auch weiterhin alles durch gemeinsame Beschlüsse entschieden wird, nicht durch einen einzelnen wie oben auf dem Plateau.«

»Und ich glaube, daß eine ganze Reihe von uns keine Ahnung gehabt haben, was für ein Glück wir gehabt haben«, ergänzte Bendle. »Ich war verbittert, als mein Junge gestorben ist. Wenn ich nicht zu beschäftigt gewesen wäre, herumzusitzen und nachzugrübeln, wäre es mir vielleicht genauso wie Arbogast ergangen.«

Sie redeten vernünftig. Lex brachte ein leises, erleichtertes Lächeln zustande.

»Eigentlich sind wir wegen etwas anderem gekommen«, fuhr Fritch fort, »etwas, das viele hier beschäftigt. Was machen wir mit der anderen Gruppe? Ein paar von uns sind so aufgebracht, daß sie darauf drängen, eine Art Armee aufzustellen und loszumarschieren, um die Sklaven zu befreien. Natürlich versuchen Hosper und dieser Hitzkopf von einem Mädchen jeden, der ihnen zuhört, zu dieser Idee zu überreden. Aber wie ich es sehe, sind sie euch ja mit Waffen gefolgt und hätten euch bedenkenlos ermordet, wenn ihr sie nicht in die Falle dieses — dieses menschenfressenden unterirdischen Ungeheuers gelockt hättet.«

Lex sagte nichts, sondern nickte halb und senkte die Lider.

»Und ich habe den Eindruck«, drängte Fritch weiter, »daß es da ein noch dringenderes Problem gibt. Werden diese Schurken hierherkommen? Ich denke mir, daß sie, so lange sie diese wilde Geschichte glaubten, die Ornelle über Funk verbreitet hat, von wegen wie schlecht es uns hier unten gehen würde, meinten, daß wir nichts hätten, was für sie von Interesse wäre. Jetzt haben sie dich und dein Team gesehen, Lex, und mit dir gesprochen, und sie wissen, daß wir nur zwei Pistolen haben, mit denen wir uns verteidigen können — ist es nicht anzunehmen, daß sie jetzt einen Überfall versuchen werden, um uns Nahrungsmittel und Geräte zu stehlen?«

»Diese Nacht kaum«, brummte Lex. »Sie haben zu viele Leute verloren, als wir sie in diese Falle gelockt haben. Hosper sagt, daß Gomes nur etwa zwanzig Leuten vertraut, und davon sind zwei gestorben, und drei weitere wahrscheinlich ziemlich schwer verletzt. Aber du hast recht. Wir werden eine Art Wachposten aufstellen müssen.«

»Und was unternehmen wir, um diesen armen Teufeln zu helfen?« murmelte Jerode. »Wir können sie doch da oben nicht einfach ihrem Schicksal überlassen.«

»Aber wir können auch genauso wenig in einer Nacht eine Armee aufstellen!« gab Lex mit einer Spur von Ungeduld zurück. »Natürlich werden wir uns überlegen müssen, was wir in dieser Sache unternehmen, und ich fürchte, wir müssen eine formelle Verfassung für uns entwerfen und uns überlegen, wie wir verhindern können, daß geistesgestörte Individuen eine Belastung für die Gemeinschaft werden, wir werden Vorbereitungen für eine Flut von kranken und halb verhungerten Flüchtlingen treffen müssen und ... und ... *und ...!*« Er schlug sich auf den Schenkel und stand auf. »Aber jetzt gehe ich ein Stück am Strand spazieren, um mich zu entspannen, bevor ich mich hinlege. Ich habe zwei Nächte nicht geschlafen, und alles, was ich im Augenblick sage, ist wahrscheinlich höchstens Luftverschwendung. Gute Nacht!«

Am Anfang des Strands blieb er stehen. Im Licht der Sterne erinnerten die skelettartigen Formen der Solardestillierer und -boiler an die Gerippe halb im Sand eingesunkener, alter Schiffe. Irgendein erfinderischer Geist hatte ein Ding zusammengebastelt, das, angetrieben von einem Schwimmer, der im Wasser hin- und hertanzte, in unregelmäßigen Abständen ein Stück Blech gegen den Hauptboiler schlug, um so die Fischervögel zu verscheuchen, die sich hier niederließen und die Reflektoren mit ihrem Kot verschmutzten.

In der Nähe des Schiffsrumpfs stiegen glänzende Blasen an die Wasseroberfläche. Ein Meerestier fraß dort unten, setzte Gas aus dem Kadaver irgendeines der am Meeresboden wachsenden Lebewesen frei. Sie waren in den letzten Wochen zu alarmierender Größe herangewachsen, und es war nicht immer leicht, ihren Greifarmen zu entgehen, wenn man am Schiff arbeitete.

Die Gerippe von alten Schiffen ... Das Bild blieb in seiner Vorstellung haften und schickte ihm eine Gänsehaut den Rücken hinunter, die nichts mit der kühlen Brise zu tun hatte, die jetzt aus tieferen Gewässern kam, begleitet vom Geruch nach Salz und dem Leben im Meer.

Er hatte es vor den anderen nie zugegeben, aber auch er hatte — bis zu jenem Augenblick als ihm klar wurde, was Gomes tat — ein bißchen gehofft, daß es im folgenden Jahr, oder im Jahr darauf, vielleicht möglich sein würde, wenn auch nicht das ganze Schiff, so doch wenigstens eine Subfunkbake und eine Energiequelle in einen Orbit zu schicken, damit eventuelle Suchtrupps erfuhren, wie weit die Überlebenden hatten fliehen müssen.

Jetzt war er von dieser sinnlosen Hoffnung geheilt. Es würde nicht in diesem Jahr und auch nicht im nächsten geschehen. Vielleicht würde er es überhaupt nicht mehr erleben. Zum erstenmal sah er den Tatsachen, die er eigentlich immer schon gewußt hatte, klar ins Auge. Die Suchtrupps würden fast mit Sicherheit annehmen, daß niemand von Zarathustra die Katastrophe überlebt hatte, abgesehen von denen, die den Planeten schon so früh verlassen hatten, daß sie die Nova hatten umkreisen und zu den alten Systemen zurückfliegen konnten.

Irgendwann würde die Expansionswelle auch diesen Planeten erfassen — in fünfhundert Jahren, oder vielleicht in tausend. Was würden die Pionierteams dann finden? Einen neuen Zweig der Familie der Menschen, die ihren Planeten gezähmt hatten und wieder nach den Sternen griffen? Oder …

»Knochen?« sagte er laut. »Verrostete Metallteile? Im Sand begrabene Kunststoffteile?«

Plötzlich hörte er hinter sich eine Bewegung. Als er erschrocken herumfuhr, vernahm er eine Stimme, die aus der Dunkelheit hinter dem Hauptboiler kam.

»Bist du das, Lex?«

»Delvia! Tut mir leid, ich hatte keine Ahnung, daß jemand hier …«

»Oh, ich bin allein, wenn es das ist, was du meinst.« Sie richtete sich auf, so daß er sie sehen konnte. »Ich glaube, ich bin dabei, mich innerlich zu verändern. Ich bin ziemlich oft allein hier draußen und denke nach. Manchmal schlafe ich sogar hier!«

»Wenn du lieber allein sein willst, dann gehe ich!«

»Nein.« Sie trat in den Sand. Körner prasselten auf den nächsten Reflektor wie getrockneter Mais in eine Pfanne. »Ich komme in der Hauptsache hierher, um Zara anzuschauen. Ich kann es einfach nicht glauben, daß der Stern, den ich immer als Sonne betrachtet habe, noch immer da oben ist und friedlich scheint, obwohl er in Wirklichkeit eine wilde kosmische Explosion ist. Wie lange wird es dauern bevor wir es sehen können, Lex? Sechzig Jahre?«

»Eher siebzig.« Nach den ersten Tagen ihrer Landung hatte er nicht mehr oft hinauf zu Zarathustras Sonne gesehen, die unauffällig gelb wie tausend andere dort oben am Himmel stand. Jetzt heftete sich sein Blick automatisch auf sie.

»Also werden *wir* es wahrscheinlich nicht mehr sehen«, stellte Delvia fest.

»Nein. Ich weiß nicht, ob man dafür dankbar sein sollte oder nicht.«

»Nicht.« Es kam mit Überzeugung. »Wenn wir es sehen würden, eine große, grelle Wunde am Himmel, würden wir wieder mit der Wahrheit konfrontiert. Sie hat mich nämlich bisher nicht erreicht, weißt du. Manchmal sitze ich hier und sehe hinauf, und dann versuche ich, mir vorzustellen, wie es war, in einer zivilisierten, geordneten und sicheren Welt zu leben — und weil Zara noch immer da oben ist, kann ich mir fast einreden, daß das die Realität ist und dies hier nur ein kurzer Alptraum.«

Sie blickte ihn flüchtig an. »Bist du auch meiner Meinung, Lex, daß dies ein Teil unseres Problems ist? Daß das Ganze hier für uns noch unwirklich ist? Ich glaube, wir spielen einfach noch. Sicher, wir arbeiten, damit wir es nicht so unbequem haben, um Essen, Wasser und Unterkünfte zu bekommen. Aber innerlich betrachten wir es doch irgendwie immer noch als eine Art aufregende Campingferien.«

»Ja, ich glaube, du hast recht«, nickte Lex.

»Aber was nützt das — recht zu haben?« Sie klang niedergeschlagen. »Ich hätte mir nie träumen lassen, daß mir einmal so etwas passieren könnte, weit weg auf einen fremden Planeten verschlagen zu werden, ohne Hoffnung, all die Dinge, die ich früher für selbstverständlich gehalten habe, jemals wiederzubekommen. Es gibt mir das Gefühl, als wäre ich eine — eine Gefangene. Eine verurteilte Gefangene, die sich keines Verbrechens schuldig gemacht hat. Hast du noch nie das Gefühl gehabt, daß dich das Universum zu Unrecht bestraft hat?«

Lex zögerte. »Doch, schon oft«, gab er schließlich leise zu.

»Für dich muß es besonders schlimm sein, glaube ich«, fuhr Delvia fort. »Aber du kannst es so gut verbergen. Deshalb habe ich immer den Verdacht gehabt, daß etwas Besonderes an dir ist. Oder irre ich mich? Hast du dich schneller mit dem, was passiert ist, abgefunden, weil du schon seit Jahren weißt, daß du einmal den Rest deines Lebens unter einer anderen Sonne verbringen würdest?«

»O nein.« Lex ließ ein trockenes Lachen hören. »Ich bin gerade erst über den ersten Schock von dem, wovon du sprichst, hinweg und es war ziemlich hart. Ich habe versucht, mir begreiflich zu machen, daß wir das was wir hier tun, nicht für uns tun, sondern für die Kinder, die im Herbst geboren werden, und für deren Kinder — vielleicht. Wir leben in der Vergangenheit und versuchen, etwas für die Zukunft zu schaffen, aber wir selbst haben keine Gegenwart.«

»Wir sind in die tiefste Vergangenheit zurückgeworfen worden«, erklärte Delvia. »Nicht in unsere, sondern in jene Zeit, als sich wilde Stämme ganz am Anfang über die Erde verbreiteten.«

»Nein, der Vergleich hinkt. Sie sind nämlich nicht so auseinandergerissen worden, wie es bei uns war. Sie hatten weder ihre eigene Vergangenheit verloren noch die Möglichkeit erkannt, die Zukunft kraft ihres Willens zu ändern. Wir sind einzigartig, Del. Darum ist unsere Aufgabe auch so schwer.«

Sie schwiegen. Delvia löste sich aus dem Schatten

des Boilers und schlenderte von ihm fort, und Lex gesellte sich unbewußt zu ihr, den Blick auf das Meer gerichtet.

»Gibt es noch eine Hoffnung für uns, Lex?« fragte sie, als sie ein Stück gegangen waren.

»Eine Hoffnung? Worauf? Daß wir unser Ziel hier erreichen, daß wir ein Signal nach Hause schicken können und gerettet werden?«

»Einfach eine Hoffnung, egal, welche. Genau das brauchen wir nämlich am dringendsten. Und dabei haben wir eigentlich keine. Wir tun nur so. Wenn du uns Hoffnung geben kannst, wird es uns gut gehen, ganz egal, was anders aus uns wird.«

Er betrachtete sie, als sähe er sie zum erstenmal. »Du hast dich verändert. Oder — nein, warte. Ich frage mich, ob es nicht wir sind, die sich verändert haben und du uns nur einen Sprung voraus gewesen bist.«

»Ich verstehe dich nicht.« Sie blieb stehen und sah ihn an, während sie einen Fuß hob, um sich damit an der anderen Wade zu kratzen. Die Spuren des Pustelkrauts waren immer noch nicht ganz verschwunden.

»Ich erinnere mich daran«, erwiderte Lex langsam, »daß ich vor einiger Zeit gedacht habe, daß wir viel mehr Delvias und viel weniger Ornelles und Nalines gebrauchen könnten.«

»Ich fühle mich direkt geschmeichelt.« Die Worte waren ironisch gemeint, aber sie klangen tonlos. »Ich wüßte allerdings nicht wieso.«

»Ich wußte es bis jetzt auch nicht, aber ich glaube, ich habe es jetzt herausgefunden. Du hast eine Gegenwart. Du lebst im Hier und Jetzt, und genau aus diesem Grund sind wir anderen neidisch auf dich. Für dich war die Tatsache, daß du noch lebst, Grund genug, weiterzuleben, als es hart wurde. Ich habe gesehen, wie du dir eine Aufgabe gesucht hast, die du allein tun konntest, während wir anderen diskutiert und diskutiert haben, bis uns die Luft ausging. Und wie sich dann herausstellte, war es eine sehr wichtige Arbeit, die du übernommen hattest, was wir noch nicht einmal gesehen hatten.«

»Bin ich damit in deinen Augen ein Genie? Dann muß ich dich enttäuschen, denn das bin ich ganz bestimmt nicht.«

»Und du warst weiterhin fähig, dein Leben zu genießen«, fuhr er fort, als ob er sie nicht gehört hatte.

»War ich das? Nein, ich glaube nicht. Was es mir eingebracht hat, war nur eine Menge Unglück. Wenn das, was ich getan habe, Leben in der Gegenwart war, macht es überhaupt keinen Spaß. Außerdem ist es jetzt die Zukunft, die zählt, und die hängt von dir ab ... Was ist los, Lex?«

Er hatte plötzlich angefangen zu zittern; er zitterte von Kopf bis Fuß wie eine heftig vibrierende Maschine, die gleich aus ihrer Verankerung losreißt. Er konnte nichts mehr sagen. In seinem Kampf, sich wieder unter Kontrolle zu bringen und das schreckliche Zittern zu unterdrücken, hatte er die Zähne fest aufeinander gebissen und die Hände zu Fäusten geballt. Es war, als wäre durch Delvias Worte die ganze ungeheure Last seiner Aufgabe materiell geworden und hätte sich auf seine Schultern gelegt, so daß er kämpfen mußte, um auf den Beinen zu bleiben. Er schloß die Augen und glaubte schreien zu müssen. Nur, daß er sein Bewußtsein ausschalten konnte!

Und dann sagte sie immer wieder seinen Namen: »Lex, Lex, Lex, Lex ...« Ihre Arme schlangen sich um ihn. Dunkel, durch all die Schichten seines Entsetzens konnte er ihre Haut spüren. Sie hatte ihr einziges Bekleidungsstück abgelegt; jetzt nahm sie seine Hände und preßte sie auf ihren Körper, und aus irgendeinem archetypischen Reflex heraus hielten sie sie fest; sie zog seinen Kopf zu ihren Brüsten hinunter, so daß er den warmen Geruch ihres Körpers einatmen konnte.

Als er aufgehört hatte zu zittern, sagte sie immer

noch nichts außer seinem Namen und zog ihn neben sich in den Sand.

19

Während der folgenden Tage drohten die endlosen Vorstellungen von zukünftigen Problemen ihn mehr als einmal mit dem gleichen Zittern zu paralysieren. Und wenn schon ihn, dann wie viele andere noch? Zum erstenmal verstand er Menschen, die überwältigt waren von dem, was mit ihnen passiert war, geschockt durch ein Unglück, angespannt bis zur Grenze ihrer Belastbarkeit, die Kiefer vor nervöser Spannung verkrampft, mit trockenem Mund und Magenbrennen, und die sich doch nicht dazu hinreißen ließen, sich durch Aggressionen Luft zu machen oder über die Umstände zu fluchen, die sie bedrückten. Mit Delvias Worten ausgedrückt: die fühlten, daß das Universum sie zu Unrecht bestraft hatte.

Für die Männer war es schlimmer als für die Frauen. Unmerklich hatte ihre gleichermaßen primitive Situation den alten Instinkt wieder geweckt, in dem Mann den Organisator und Führer zu sehen.

Lex wußte, daß er während jener schrecklichen Augenblicke am Strand am Rande des Wahnsinns gestanden hatte. Er hatte jene Schwäche in sich entdeckt, die Arbogast zum Selbstmord getrieben hatte, die die Flüchtlinge auf dem Plateau dazu gebracht hatte, sich wie Tiere beherrschen und mißhandeln zu lassen, ohne Widerstand zu bieten.

Aber Delvia hatte erkannt, was sie tun mußte. Konnte man sagen: instinktiv? (Sie hatte einmal — es war so lange her, daß er das Gefühl hatte, sich an die Worte von einer früheren Existenz her erinnern zu können — gesagt, daß sie immer schon das gewesen war, was man als ›Naturtier bezeichnen könnte‹.)

Nein, nicht instinktiv. Aus Erfahrung. Lex überlegte,

wenn es ihm auch nie eingefallen wäre, sie danach zu fragen, von welchem bebenden, stöhnenden Körper sie zuerst gelernt hatte, wie man die Krankheit Angst vertrieb.

Er hatte nun allerdings kaum Zeit, sich um sich selbst Gedanken zu machen. Es war, als hätte sich das Universum in eine andere Bahn verschoben, seit er die Leitung übernommen hatte. Es gab tatsächlich keine Gegenwart für die Flüchtlinge, nur die Illusion davon. Die Vergangenheit hatte sie ausgespuckt, und nur in der Zukunft konnten sie sich rechtfertigen.

Ihre Lage war wirklich einzigartig. Wer außer ihnen war in der Geschichte jemals gezwungen worden, die Gegenwart nicht auf dem, was gewesen war, zu begründen, sondern auf dem, was kommen würde?

Und so sagte in dieser Backofenhitze des Sommers, wo die Luft über den Bergen flimmerte und das ruhige Meer zu seinem eigenen Spiegelbild am Horizont hinaufsah, alles ununterbrochen zu ihm: »Mach dir ein Bild! Schau voraus! *Plane!*«

Sofortpläne, Eventualpläne, Dringlichkeitspläne, Normalroutine, Übungsroutine, Dringlichkeitsroutine. Er konnte einen Plan ausarbeiten und fertigstellen, und dann passierte irgend etwas, das seine sorgfältige Planung zunichte machte. Für diese Arbeit brauchte man jenes Werkzeug, und damit konnte man sie in ein paar Tagen erledigen. Leider hatte man es im Flußbett liegenlassen, und es war mit Cheffys verlorener Ausrüstung weggespült worden. Was ging schneller eine Alternativmethode zu entwickeln, oder Ersatz für dieses Werkzeug zu schaffen indem Rothers Stahl in seinem Solarofen schmolz und Aldric es dann goß, so daß es eine der Frauen mit einer elektrischen Schleifmaschine schärfen konnte, die von Fritch ausgeborgt wurde und über eine Sonnenkollektormatte angetrieben wurde, die Delvia normalerweise benützte, um die Akkumulatoren aufzuladen, und dann die Klinge mit einem Holzgriff zu versehen, den man aus einem Ast angefertigt, ihn glatt geschmirgelt und dann mit etwas Draht umwickelt hatte, damit er nicht splitterte, eine Arbeit von einer Stunde? Das Fehlen des elektrischen Werkzeugs beeinträchtigte die Arbeit an den neuen Gebäuden, wohingegen das Fehlen des Sonnenkollektors eine Knappheit an aufgeladenen Akkumulatoren bedeuten könnte, und der Bedarf nach weiteren konnte sich plötzlich überall einstellen — in Bendles Laborhütte, draußen bei der Sedimentierungsanlage, in der Krankenstation, *überall.*

Überall zeigte sich, daß Jerode während seiner Amtszeit unzählige wichtige Projekte inszeniert hatte. Was Lex am erschreckendsten fand, war die Tatsache, daß ihm trotz dem, was Jerode geleistet hatte, ständig neue, genauso wichtige Aufgaben einfielen.

Und immer, besonders wenn er Hosper und Jesset vorbeikommen sah, aber auch sonst, deprimierte ihn der Gedanke an die anderen Flüchtlinge auf dem Plateau, die von Verrückten dazu gezwungen wurden, ihre Energie und möglicherweise auch ihr Leben zu verschwenden.

Aber er blieb unerbittlich, daß kein Angriff unternommen wurde, bis nicht die entsprechenden Vorkehrungen für einen Zufluß von drei- bis vierhundert Überlebenden getroffen worden waren, von denen die meisten krank oder verletzt, und alle zumindest geschwächt waren. Außerdem mußten sie, wenn — was wahrscheinlich schien — gegen Ende des Sommers ihre überbeanspruchten Nahrungssynthesizer allmählich erschöpft waren, soviel Nahrung vorrätig haben, damit sie bis zum folgenden Frühjahr auskamen. Dann war es unsinnig, Energie zum Heizen heranzuziehen, nur um sie dann durch schlechte Isolierung zu verlieren, und wenn sich ihre improvisierten Windmühlen auch erstaunlich gut bewährt hatten, würden sie nicht mehr ausreichen, wenn ihre Gemeinschaft größer wurde ...

Und dann gab es immer mehr verheiratete Paare, für die Fritch seperate Unterkünfte bereitstellen wollte, aber das erforderte eine Menge zusätzliches Baumaterial und Zeit, und es steigerte auch den Wärmebedarf, denn damit waren mehr Außenwände dem Wind ausgesetzt ... Und zur gleichen Zeit, wenn sie sich um hunderte kranker und hilfloser Erwachsener kümmern mußten, würden die ersten Kinder geboren werden, die mehr als sorgfältige Pflege brauchen würden, denn die vier kleinen Kinder, die mit hergekommen waren, waren alle gestorben ...

Wir sind in der Lage, ein weiteres einheimisches Allergen zu neutralisieren, aber wenn wir das Präparat in einem so großen Umfang herstellen wollen, daß es sich wirklich lohnt, müssen wir einen Nahrungssynthetisierer umbauen. Diese Veränderungen lassen sich mit unserer beschränkten Ausrüstung allerdings nicht mehr rückgängig machen, auf der anderen Seite aber würden dadurch diese Landpflanze, jene Meeralgen und jenes Tier eßbar. Sollen wir es tun? *Nein. Wir brauchen unsere Nahrungssynthetisierer für den Winter, wenn uns diese Dinge nichts nützen, weil wir nicht an sie herankommen können.*

Es geht um Ornelle. Sie hat Rohre vom Hauptboiler gestohlen, und als sie weglief, hat sie gemeint, sie wollte ein Raumschiff bauen, damit wir alle wieder nach Hause können. *Jetzt ist es also doch passiert. Sag Jerode Bescheid.*

Achtzehn Leute sind an akuter Diarrhöe erkrankt und haben leichtes Fieber. Unter ihnen sind Aykin, Fritch, Zanice und Lodette. Wir glauben, daß es in etwa das gleiche wie Amöbenruhr ist; es läßt sich mit demselben Mittel heilen, aber wir haben nur noch genau fünf Dosen davon übrig. Jesset sagt, es hört sich nach einer Krankheit an, die auf dem Plateau vorkommt, und wenn das stimmt, können wir mit einer ganzen Reihe weiterer Fälle rechnen. Können wir einen Nahrungssynthetisierer so lange entbehren, daß wir hundert Dosen für künftigen Gebrauch herstellen können? *Ja, aber beeilt euch. Wir können es uns nicht leisten, daß wichtige Leute krank werden.*

Heute sind fünfundsechzig Leute krank. Komme mit der gleichen Bitte. Fritch geht es wieder besser, es geht also aufwärts. *Diesmal nein. Wenn die Leute auf dem Plateau daran nicht gestorben sind, dann werden sie es auch hier nicht. Setzt sie auf Synthesekuchen und abgekochtes Wasser und seht, wie lange es dauert, bis sie sich von selbst wieder erholt haben. Stellt den Erregerorganismus fest und überlegt euch, wie man ihn neutralisieren kann bevor er geschluckt wird.*

Wegen der anderen Flüchtlinge: Könnten wir nicht versuchen, sie zu befreien, indem wir ...? *Tut mir leid, Hosper. Es wird aus dem und dem Grund nicht funktionieren. Es hat keinen Zweck, etwas zu unternehmen, bevor wir nicht fertig sind.*

Immer warten. Dieses entsetzliche Warten.

Wie viele Schwangerschaften sind registriert? Ich kann mich nicht erinnern. Bis jetzt achtunddreißig. *Das ist genug: schließ die Liste.*

Wie viele neue Unterkünfte sind fertiggestellt? Wir haben die Räumlichkeiten um dreißig Prozent erweitert. *Das reicht nicht.* Wir haben nicht genug Holz. *Dann sucht stromaufwärts Lehm und bringt ihn in großen Mengen auf Flößen her; wir werden Ziegelöfen bauen und Ziegelsteine backen. Nehmt Kieselerde als Isolierschicht.*

Lodette, unsere Kleidung besteht nur noch aus Lumpen. Früher hat man Leinen aus Naturfasern gemacht, die durch Verrotten, Klopfen, Bleichen und so weiter bearbeitet wurden. Ich möchte, daß ihr so etwas versucht.

Hier hast du eine starke Faser, Minty. So funktioniert ein Spinnrad. Und so funktioniert ein Webstuhl.

Jesset, das hier ist gewebtes Tuch. Denk dir bitte irgend etwas zum Anziehen aus, das man in ein paar Stunden anfertigen kann.

Bendle, man kann den Stoff im Saft bestimmter Bäume tränken und wärmebehandeln, um ihn widerstandsfähig und wasserdicht zu machen. Wir werden diesen Winter auch Schuhe brauchen.

Jesset soll Kleider machen, Rothers. Ich brauche Nadeln und Scheren. Hier ist eine Zeichnung.

Ja, Bendle? Aha. Und was ist mit der Rinde der Bäume? Tierhäute? Alles, woraus wir tragbare Fußbekleidung nähen, schneiden oder formen können.

Ja, Jesset? Farbstoffe? Prima, aber überprüfe erst, ob sie keine allergischen Reaktionen hervorrufen ja?

Ja, Minty? Ah ja, ein Wasserrad! Warum nicht? Ich werde dir eins aufzeichnen. Zum Antrieb des Webstuhls könntest du einen Endlosriemen aus deinem eigenen Garn benutzen.

Zumindest kein Mangel an Ideen ...

Vorschlag: Wir könnten einen Kastendamm um das Schiff legen, das Wasser herauspumpen und das Metall mit dem dreitausendfünfhundert-Grad-Strahl eines Solarofens zerschneiden. *Könnte funktionieren, Aykin, geht aber diesen Sommer leider nicht mehr.* Vorschlag: Hydoponikbehälter in jedem Haus zur Versorgung mit frischer Grünnahrung während des Winters. *Gute Idee, aber frag Bendle, ob wir genug über die Bedürfnisse der einheimischen Flora wissen, Jerode, ob der Ertrag die Mühe wert ist und Aldric, ob er genug Licht für das Wachstum der Pflanzen liefern kann. Dreimal ja, sonst brauchst du erst gar nicht zurückzukommen.*

Vorschlag: Wir schleichen uns nachts über den Rand des Plateaus und kidnappen Gomes und seine Kumpane. *Meine Güte, hör auf, mir auf die Nerven zu gehen.*

Vorschlag: Wir jagen das andere Schiff in die Luft, dann hat Gomes keinen Grund mehr, seine Arbeiter so zu schinden. *Du machst wohl Witze.*

Vorschlag: Dann schlag du etwas vor, wie wir diesen armen Teufeln helfen können! *Ich verspreche es. Ja, ja, ich schwöre es!*

Vorschlag: Komm aus dem Stuhl da raus und geh ein Stück mit spazieren, denn wenn du keine Pause einlegst, ruinierst du dich noch.

Lex lehnte sich zurück und sah lächelnd zu Delvia hinauf. »Das ist der beste Vorschlag, den ich seit drei Tagen gehört habe«, meinte er.

Er betrachtete sie nachdenklich. Sie trug eins von Jessets groben, aber praktischen Kleidungsstücken, eine bis an die Schenkel reichende, ärmellose Tunika, deren unterer Rand zu großen, nützlichen Taschen aufgeschlagen war. Im Winter würde sie mit Hosen, die am Knöchel zugeknöpft wurden, und einem Mantel vervollständigt. Die meisten hatten sie dankbar gegen ihre alten, ausgefransten Kleider eingetauscht, wenn auch nichts weggeworfen wurde, das noch irgendwie zu verwenden war.

Ihre Haare waren von der Sonne fast weiß gebleicht, und ihre Haut zeigte die tiefe Bräune, die alle hatten, die draußen im Freien arbeiteten. Es hatte sich herumgesprochen — es ließ sich unmöglich verhindern —, daß Lex sie offensichtlich sehr gern hatte, und obwohl die Leute etwas überrascht schienen, begnügten sich die meisten mit der Einsicht, daß sie sich in ihr getäuscht haben mußten. Das Leben war jetzt viel leichter für sie geworden, und ihr Gesicht hatte den früheren Ausdruck von ständiger Spannung verloren.

Er schob seinen Stuhl zurück und informierte die beiden Frauen, die als seine Sekretärinnen arbeiteten, daß er in einer halben Stunde zurück wäre. Dann nahm er Delvias Arm und ging hinaus in den Sonnenschein.

Sie schlugen die Richtung zum Flußufer ein. Nachdem sie vielleicht hundert Meter gegangen waren, meinte er nachdenklich:

»Du hast recht; ich treibe mich ziemlich hart an. Weißt du, was das Schlimmste ist?«

Sie schüttelte den Kopf.

»Die bloße Zahl der einzelnen Gegenstände. Seife, Holz, Leim, Nägel, Hammer, Nadeln, Spulen für Garn, Kochtöpfe, Spaten und Schaufeln, Handtücher, Decken, Binden, Stiefel ... Ich schätze, daß wir vor dem Ende des Sommers mit der Herstellung von mehr als tausend verschiedenen Dingen beginnen werden.«

»Damit wir hier komfortabel leben können«, antwortete Delvia.

»Damit wir hier leben können«, korrigierte er sie. »Wo keiner von uns leben will.« Nach einer Pause wechselte er rasch das Thema und fuhr fort: »Hat Naline übrigens mit dir gesprochen? Ich habe gehört, daß sie — äh — viel ruhiger geworden ist.«

»Ja. Anscheinend hat sie begriffen, wie dumm sie sich benommen hat. Ich glaube, sie wird jetzt ziemlich schnell erwachsen und am Ende doch noch ein ganz nettes Mädchen werden. Ich wünsche, das gleiche könnte ich auch von Ornelle sagen. Ist ihr Fall wirklich hoffnungslos?«

Lex nickte düster. »Mit den uns zur Verfügung stehenden Mitteln ja, hat der Doc gesagt. Sie schnappt sich alles, was ihr in die Hände kommt und stapelt es auf einen Haufen. Sie sagt, sie wolle uns ein Raumschiff bauen, damit wir wieder nach Hause fliegen können.« Er zögerte und fügte dann leiser hinzu: »Es ist das erstemal, daß ich einen Fall von unheilbarer Geisteskrankheit erlebe. Es ist wirklich nicht angenehm.«

»Ich denke mir, daß nur wenig Leute von heute so etwas schon erlebt haben. Aber es können auch nur wenig Leute begreifen, wie viele individuelle Dinge schon zu einer kleinen Dorfgemeinschaft wie der unseren gehören. Ich habe es jedenfalls nicht gewußt. Ich weiß nicht, ob das jetzt eine dumme Frage ist oder nicht, Lex, aber ich habe mich immer und immer wieder gefragt, warum wir nicht wenigstens einen Subfunksender in einen Orbit bringen können. Wenn wir doch soviel können ...«

Lex überlegte einen Augenblick. »Hast du eine Uhr?« fragte er dann.

»Ja. Aber ich trage sie nicht, weil — ach, das weißt du doch! Niemand trägt hier eine Uhr.«

»Glaubst du, daß eine Uhr genauso kompliziert ist wie ein Subfunkgerät?«

»Natürlich nicht.«

»Das zeitmessende Element einer modernen Uhr ist ein Kristall, der mit Monomolekültoleranzen gefertigt wurde und sich in einem Zustand permanenter Resonanz befindet. Wir haben ausgearbeitet, daß wir, wenn wir ihn auf die Tageslänge, wie wir sie hier haben, einstellen wollten« — er begann an seinen zehn Fingern aufzuzählen — »Ultraschallschneidwerkzeuge haben müßten, die wir nicht haben; Mikroskope, die wir nicht haben; ein Flächeninterferometer, das wir nicht haben; eine Billiomokronlehre, die wir zwar haben, die aber beschädigt ist; eine Vakuum-Arbeitskammer; eine Normaluhr, nach der wir den Kristall eichen können und fünf Jahre Beobachtung, um die Normalzeit zu kalibrieren. Um einen Ultraschallschneider herzustellen, brauchst du ...«

»Schon gut, schon gut!« Delvia hielt sich die Ohren zu. »Aber sieh doch mal! Wir haben die Subfunkgeräte — ich meine hatten — im Schiff. Hätten wir sie nicht einfach herausholen und sie mit einer Aufzeichnung und einem Sonnenkollektor in einen Orbit bringen können?«

»Fast«, erwiderte Lex. »Aldric hat sich nach unserer Landung hier damit beschäftigt. Nur leider konnte es nicht funktionieren. Seine Idee war, eine Art Kanone aus den Katastrophenkastenauswerfern des Schiffs zu basteln; hinter diesen Sprengladungen steckt genug Kraft, um hundert Pfund in einen Orbit zu bringen. Das Problem war dabei nur, daß die Gravitationskräfte alles zerdrückt hätten, was wir abzufeuern versucht hätten.«

»Warum haben wir den Kasten dann nicht in einem Orbit gelassen, bevor wir gelandet sind?«

»Weil wir total erschöpft, halb verhungert und am Ersticken waren«, fauchte Lex. »Oder hast du das vergessen?«

»Natürlich nicht, aber ich habe gedacht, daß du …«

»Ich habe es versucht«, gab Lex zu. »Aber ich war so krank und erschöpft, daß ich es nicht geschafft habe. Und wenn du irgend jemandem erzählst, daß ich es versucht und nicht geschafft habe, dann — dann rede ich nie wieder mit dir.«

Lex' Bekenntnis hing wie eine Wolke zwischen ihnen in der Luft. Sie hatten inzwischen das Ufer erreicht und sahen landeinwärts auf die rasch größer werdende Sedimentierungsanlage, wo Cheffys Team Rohre aus Holz zurechtlegten; hin und wieder konnte man hören, wie jemand einen Befehl rief.

Doch plötzlich entstand eine Unterbrechung im Arbeitsrhythmus. Einer der Wachposten stromaufwärts — den Lex fast vergessen hatte, weil er schon so besessen von der Notlage der anderen Flüchtlinge war — lief winkend und rufend das Ufer zu ihnen herunter.

»Da kommen Leute den Fluß entlang! Ungefähr ein Dutzend! Ich habe Pistolenfeuer gesehen! Haltet euch bereit!«

Lex holte tief Luft; alles andere war augenblicklich vergessen. So wurde er also nach all der Zeit jetzt zum Handeln gezwungen, obwohl er noch nicht bereit war. Es war kaum anzunehmen, daß sich Gomes tatsächlich ein zweitesmal von Flüchtlingen Pistolen hatte stehlen lassen. Dies mußte der schon lang gefürchtete Überfall sein.

20

Er konnte sich später kaum erinnern, wie er die Zeit gefunden hatte, so detaillierte Instruktionen zu geben, aber er hatte es getan, und sie waren alle getreulich ausgeführt worden. Außer den in Bäumen getarnten Wachposten hatte er Anweisungen für einen Stolperdraht, wie er ihn bezeichnete, gegeben. Einen guten Kilometer hinter den Wachposten, aber so, daß sie die Stelle genau überblicken konnten, hatte er mehr als zwanzig Löcher am Flußufer graben lassen, die so angelegt waren, daß man sie kaum vermeiden konnte. Diese Löcher waren mit alter, schwarzer Plastikfolie abgedeckt, die so zerknittert und zerrissen war, daß man sie für nichts anderes mehr benutzen konnte, um auf diese Weise die entspannten Beutelmäuler des unterirdischen Fleischfressers vorzutäuschen.

Da Cardevants Gruppe so unerfreuliche Erfahrungen mit diesem Tier gemacht hatte, hatte sich Lex überlegt, daß jeder, den Gomes den Fluß hinunterschickte, leicht in Panik ausbrechen würde, wenn er eine solche Menge dieser gefährlichen Dinger sah. Wenn sie sich bis dahin auch noch so vorsichtig vorgearbeitet hatten, so würden sie an diesem Punkt wahrscheinlich versuchen, das vermeintliche Monster mit ihren Pistolen unschädlich zu machen, und bis sie endlich begriffen hatten, daß es nur eine Attrappe war, hatte das Feuer ihrer Pistolen sie längst verraten.

Der Plan hatte ausgezeichnet funktioniert. Er hing von keinem Funkverkehr ab, der von den Eindringlingen vielleicht abgehört wurde, von keiner Überlandleitung, für die sie nicht das nötige Kabel besaßen und auch von keiner Blicksignalverständigung, denn dadurch wären wertvolle Laser unnötigerweise blockiert worden. So hatte er Delvia losschicken können, die durch das Dorf gelaufen war und die Leute alarmiert hatte, als die Gruppe vom Plateau noch außer Hörweite war, und den Wachposten auf dem rechten Ufer erreichen können, während sie noch damit beschäftigt waren, zu verdauen, daß sie zum Narren gehalten worden waren.

Diesen anderen Posten besetzte Elbing; sein Holzbein war ihm immer hinderlicher geworden, und so hatte er sich nur allzu gern für diese Aufgabe gemeldet, so daß jemand anders für die Arbeit frei wurde, die er nicht tun konnte. Als Lex zu ihm hinauf in seinen Ausguck aus Ästen, an denen noch die Blätter hingen, geklettert kam, begrüßte er ihn lächelnd.

»Sie sind völlig durcheinander«, meinte er. »Willst du es dir selbst mal ansehen?« Er machte den Platz vor dem Okular des Schiffsteleskops frei, mit dem der Posten ausgerüstet war.

Lex murmelte ein Danke und beugte sich vor. Das Fernrohr war nicht für so kurze Distanzen ausgelegt, und es vergrößerte so stark, daß er kaum einen Mann in seiner ganzen Größe ins Blickfeld bekommen konnte, aber dafür waren die Gesichter der Störenfriede so deutlich zu erkennen, als wären sie nur ein paar Schritt weit weg.

»Gomes!« rief er. »*Und* Probian! Dann ist das vielleicht gar kein Überfall. Vielleicht sind sie zur Verzweiflung getrieben worden und wollen jetzt verhandeln.«

»Ich hoffe, du hast recht«, brummte Elbing. »Jeder von ihnen hat eine Pistole, und wir haben zwei für achthundert Leute.«

Er hatte recht, stellte Lex fest. Gomes' Trupp stöberte jetzt am anderen Ufer herum; Probian hielt wütend ein Stück verkohlte Plastikfolie in die Luft und fluchte, daß man sie hereingelegt hatte, während die anderen mit Stöcken mißtrauisch in den Gruben herumstocherten, als wollten sie ihren Augen nicht trauen. Es würde mit Sicherheit noch einige Minuten dauern, bis sie ihren Weg fortsetzten, und jetzt hatte er die Gelegenheit, sie in aller Ruhe zu betrachten.

Sie waren insgesamt elf, zählte er. Eine ungewöhnliche Zahl, mit der interessanten Implikation, daß sich nur noch eine Waffe auf dem Plateau befand. Wen mochte Gomes wohl während seiner Abwesenheit zu seinem Stellvertreter ernannt haben? Nach dem Verrat von Hosper und Jesset mußte es ihm schwergefallen sein, noch irgend jemandem zu vertrauen. War Cardevant auch mit von der Partie? Lex musterte jedes Gesicht; nein, er war nicht dabei. So war die Wahl wahrscheinlich auf ihn gefallen, aber es konnte natürlich auch sein, daß er tot oder einfach zu krank war, um mitzukommen.

»Ich hatte auch die unsinnige Hoffnung«, ließ sich Elbing vernehmen, »daß die anderen sie verjagt haben könnten und sie uns um Schutz bitten wollten. Aber da hatte ich noch nicht gesehen, daß sie alle Pistolen dabei haben. Was meinst du, Lex?«

»Tja, also die wahrscheinlichste Erklärung ist die, daß Gomes seine Probleme über den Kopf wachsen. Aber wenn die Dinge auf dem Plateau wirklich so schlimm stehen, hätte er Angst, daß wenn er einen Stellvertreter zur Küste schickte — selbst wenn es Probian wäre —, er vielleicht nie wieder etwas von ihm hören würde. Offensichtlich macht er sich weniger Sorgen darüber, seine Basis zu verlassen, als wieder einen seiner wenigen Getreuen zu verlieren.«

»Aber was könnte er denn so dringend brauchen, daß er persönlich herkommt?«

»Oh, eine ganze Menge — Lebensmittel, Medikamente, technische Daten ...« Lex zuckte die Achseln.

»Glaubst du, er wird versuchen, mit Waffengewalt das zu bekommen, was er will?«

»Schon möglich. Aber wenn er auch nur ein bißchen Verstand hat, wird er behaupten, daß sein Schiff in Kürze wieder flugfähig ist, oder daß sie vielleicht soweit sind, endlich ein Subfunkgerät in einen Orbit zu bringen und jetzt unsere Hilfe brauchen. Er wird die Pistolen für sich sprechen lassen.«

»Du glaubst also, daß er noch Verstand hat? Nach dem, was ich über ihn gehört habe, hat er doch seinen Verstand wohl eher verloren, oder?«

»Wenn er so verrückt wäre, dann hätte ihn längst einer seiner Kumpane verdrängt. Nein, ich glaube, daß er noch völlig normal ist, abgesehen vielleicht von dieser fixen Idee, die er hat und seinem Hang zur Brutalität.« Lex setzte sich zurück.

»Ja, ich bin überzeugt, daß er der Verzweiflung nahe ist. Alles deutet darauf hin. Ich möchte, daß seine Gruppe in schlechter Verfassung im Dorf eintrifft: erschöpft und fertig mit den Nerven und so müde und elend, wie sie sich bestimmt fühlen. Du hast dir irgend etwas einfallen lassen, um sie fertig zu machen, oder?«

Elbing grinste und deutete auf eine Reihe von Seilen, die in Reichweite um einen Ast gebunden war. »Wir haben etwa zwanzig oder dreißig davon im Gebüsch festgemacht. Ich ziehe an einem, und dann bewegt sich irgendwo ein Ast neben ihnen und so weiter. Wenn sie schießen, werden die Seile durchgetrennt und schnellen zurück, so daß sie nicht feststellen können, was die Bewegung verursacht hat.«

»Ausgezeichnet. Und wir werden ein Schauspiel für sie organisieren, wenn sie ins Dorf kommen. Ich will, daß sie einen ersten Eindruck bekommen, der sie ein bißchen entmutigt. Versuch, sie so lange wie möglich mit deinem Seilspielchen aufzuhalten, ja? Es wird etwas dauern, bis alles für sie bereit ist.«

Er glitt über den Rand des Ausgucks und kletterte wieder hinunter auf den Boden.

Gomes und seine Begleiter kamen zu der Sedimentierungsanlage, und fanden sie verlassen vor. Sie blieben eine Weile stehen und diskutierten, wobei sie immer wieder nervöse Blicke um sich warfen, weil sie während der letzten Meile unerklärliche Bewegungen im Unterholz gesehen hatten. Sie fühlten sich beobachtet

— was sie auch wurden. Cheffys Arbeiter waren angewiesen worden, sich in der Nähe zu verstecken und sie im Auge zu behalten.

Schließlich kamen sie in Sichtweite des Dorfs: solide aussehende Holzgebäude, die mit Lehm abgedichtet waren, die Holzläden vor den Fenstern in der heißen Sommerluft weit geöffnet; Rauch stieg aus den Schornsteinen der Ziegelöfen auf; Nageln, Hämmern und Klopfen hallte ihnen entgegen. Sie sahen, wo Holz gefällt und der Boden gerodet und mit Salatbäumen in geraden, ordentlichen Reihen neu bepflanzt worden war. Sie sahen gesunde, wohlgenährte Menschen in sauberen, praktischen Kleidern und wurden daran erinnert, daß sie selbst dagegen zerlumpt, dreckig und dürr wie Vogelscheuchen waren.

Die Leute sahen sie zwar, kümmerten sich aber nicht weiter um sie, sondern fuhren mit der Arbeit fort, an der sie gerade waren. Dazu gehörte auch das Verteilen von großen Schüsseln mit duftendem Essen an die beschäftigten Arbeiter und das Ausgeben von Wasserrationen aus dicken Fässern.

Sie blieben ein paar Minuten so stehen und betrachteten das Dorf, unsicher, was sie jetzt tun sollten. Dann tauchten Cheffys Männer aus dem nahen Unterholz auf, und die Eindringlinge wirbelten fluchend herum und hoben die Waffen.

Keiner von Cheffys Leuten war bewaffnet. Lex hatte ihnen extra eingeschärft, nicht die Pistolen der Wachposten zu nehmen. Noch nicht.

Cheffy trat an Gomes heran und meinte ruhig: »Wir haben Sie erwartet. Kommen Sie mit — ich bringe Sie zu unserem Polymathen.«

»*Was?*« Das Wort löste sich aus Gomes' Mund, als würde es seine Lippen spalten. »Ihr habt einen Polymathen hier? Das glaube ich nicht! Niemand hat erwähnt ...«

»Captain«, unterbrach ihn Probian leise und legte

ihm die Hand auf den Arm. Er deutete auf die aufstrebende kleine Stadt, und diese eine Geste machte jeden weiteren Kommentar überflüssig.

»Sie können Ihre Waffen natürlich behalten«, fuhr Cheffy fort, der die Verwirrung in Gomes' bösartigem Gesicht las. »Man hat mir gesagt, Sie würden sich ohne sie unsicher fühlen. Aber Sie werden keinen Grund haben, sie zu benutzen. Hier entlang, bitte.«

Er wartete nicht ihre Reaktion ab, sondern drehte sich um und begann, den Hügel hinunterzugehen. Seine Leute folgten ihm, wobei sie Gomes' Trupp so in die Mitte nahmen, als würden sie eine Gruppe seltener Tiere vorführen. Die Leute, die an den neu errichteten Häusern hier am Rande des Dorfs arbeiteten, verstärkten noch diesen Eindruck: »Sorgt dafür, daß sie sich so barbarisch fühlen, wie sie sind!« hatte er gesagt und das taten sie nun.

»Hey, Cheffy!« rief Zanice, die damit beschäftigt war, Stangen weißer Seife aus ihren Formen zu nehmen. »Ganz schön jämmerlicher Haufen, was?«

»Vor allem dreckig!« nickte Cheffy. Gomes biß die Zähne zusammen, und seine Finger schlossen sich fester um die Pistole.

»Sind sie das?« wollte Minty wissen, die auf der Stufe vor dem Junggesellinnenhaus saß und heiße Suppe an die Mitglieder von Fritchs Bauteam austeilte, die innen neue Trennwände errichteten. Sie rümpfte die Nase. »Sie sehen aus, als könnten sie etwas Anständiges zwischen die Rippen gebrauchen — und ein Bad!«

Einer von Gomes' Begleitern schluckte so hart, daß es weithin zu hören war, und Probian fuhr ihn mit einer Gewittermiene an.

So ging es den ganzen Weg bis zur Haupthütte — immer wieder machte irgend jemand eine persönliche Bemerkung, die nie an die Fremden direkt gerichtet war, sondern sich ganz allgemein auf ihre schmutzige Erscheinung, ihren Gestank, ihre zerlumpte Kleidung und die Magerkeit bezogen —, während Cheffys Team mit Argusaugen auf irgendein Anzeichen dafür wartete, daß Gomes der Kragen platzte.

Doch er hielt. So gerade eben. Als die Neuankömmlinge endlich vor der Haupthütte standen, waren sie, wie Lex gehofft hatte, nicht nur wütend, sondern auch überwältigt.

Von hier aus konnten sie auf die Anlagen unten am Strand blicken — Destilliergeräte, Boiler, der Solarofen und so weiter — und sich ein Bild davon machen, was hier erreicht worden war, während sie wie besessen versuchten, ihr Schiff zu reparieren.

Lex ließ sie so einen Moment in der Sonne stehen. Dann schlug er den Vorhang vor der Tür zur Seite und trat auf die Veranda hinaus.

»Sie?« meinte Gomes schwach. Sein Stimme zitterte. »Sie sind ein Polymath?«

»In Ausbildung«, korrigierte Lex und musterte den Captain. Er entdeckte auf den ersten Blick etwas, das er durch das Teleskop nicht bemerkt hatte. Die zwölfte Pistole steckte oben in Gomes' Rucksack, der aus einem mit Kordel grob zusammengebundenen Raumanzug improvisiert war. So hatten sie also entweder ihre Basis im Stich gelassen, oder sie hatten sich irgendeine andere Waffe einfallen lassen, mit der sie die Sklaven während ihrer Abwesenheit in Schach hielten. Interessant!

»Nun, was wollen Sie?« fuhr er fort. »Abgesehen von einem Bad mit einem riesigen Stück Seife und anderen Sachen, meine ich?« Er rümpfte übertrieben die Nase.

Gomes unterdrückte einen Fluch. »Was zum Teufel sollte dieser Schwachsinn mit den Löchern am Fluß?« fragte er wütend.

»Was? Ach so, das! Die sollen Tiere verscheuchen, die versuchen, unsere Anpflanzungen zu plündern. Alle großen Pflanzenfresser haben vor diesen unterirdischen Fallen Angst. Sie auch? Haben Sie auf diese Weise unterwegs einen Ihrer Männer verloren?«

Gomes verzog finster das Gesicht und schwieg, aber einer seiner Begleiter, ein junger Mann, der, wie Lex sich erinnerte, dabei gewesen war, als Cardevant sie am Damm gefangengenommen hatte, trat einen Schritt vor und rief ungläubig: »Woher wissen Sie das?«

»Halt deinen Mund, Dockle!« blitzte Gomes. »Ich übernehme das Reden hier, kapiert?«

Lex behielt die Neuankömmlinge scharf im Auge. Er hatte eine geheimnisvolle Miene aufgesetzt, die anzudeuten schien, daß er den Tod ihres zwölften Mannes auf dem Gewissen oder zumindest beobachtet haben könnte. Er befand sich in einer heiklen Situation; auf der einen Seite mußte er das Vertrauen von Gomes' Begleitern in ihren Anführer unterminieren, auf der anderen aber durfte er nicht das Risiko eingehen, daß ein Schuß abgegeben wurde. Auch wenn die Pistolen wahrscheinlich fast erschöpft sein mußten, konnten sie immer noch jemanden töten oder zumindest Gebäude zerstören.

»Ich werde nicht den Mund halten!« widersprach Dockle hysterisch. »Diese Leute haben einen Polymathen der ihnen hilft, und seht sie euch doch mal an! Sind sie hungrig, dreckig oder krank, wie wir? Sind sie ...?«

»Ich habe gesagt, du sollst den Mund halten!« Gomes hob seine Pistole, und die Knöchel der Finger um die Waffe traten weiß unter der Haut hervor.

»Gomes, mit Ihren privaten Auseinandersetzungen haben wir nichts zu tun«, warf Lex rasch ein. »Wenn Sie etwas sagen wollen, dann los. Aber beeilen Sie sich — ich habe noch zu tun.«

»Sie Dreckskerl!« platzte Gomes heraus. »Hätte ich es bloß gewußt, als ich Sie oben auf dem Plateau hatte!«

»Gewußt, was ich bin, meinen Sie? Warum hätte ich es Ihnen sagen sollen? Glauben Sie denn, ich hätte Ihnen bei Ihrem sinnlosen Vorhaben geholfen und die brutale Art und Weise, wie Sie Ihre Sklaven behandeln, unterstützt und ermutigt? Nein. Ich beschloß, ganz einfach so lange zu warten, bis Sie in der Klemme stecken; in der Sie jetzt sind. Sie haben die Kontrolle über die Lage oben auf dem Plateau verloren. Die Leute wollen wissen, wer denn überhaupt noch am Leben sein wird, wenn die Rettungsteams sie finden sollten, selbst wenn Sie es schaffen, ein Subfunkgerät in einen Orbit zu bringen. Sie brechen bei der Arbeit aus Müdigkeit, Mangelkrankheiten und Infektionen, gegen die sie keine Widerstandskräfte haben, zusammen. Sie sind hergekommen, um uns um Hilfe zu bitten — um Essen, Medikamente, Decken und was weiß ich noch —, weil Sie Angst haben, daß Sie morgen aufwachen und entdecken, daß man Ihnen die Kehle durchgeschnitten hat.«

Mit jedem Wort zeigte sich in Gomes' Gesicht immer deutlicher, wie recht Lex mit seiner Behauptung hatte. Wie er veranlaßt hatte, waren die Leute langsam herangekommen und standen nun um Gomes und seinen Trupp, um sich mit eigenen Augen und Ohren zu überzeugen. Es war eine weitere Gelegenheit, um seine Autorität zu festigen, und er durfte sich keine Gelegenheit entgehen lassen, sie zu untermauern.

»Ich bin der Captain dieses Schiffs!« rief Gomes. »Ich weiß, daß es zu reparieren ist!«

»Und ich sage nein«, erwiderte Lex gelassen.

»Sie sind kein Raumfahrer! Sie haben eine Ahnung ...«

»In der Ausbildung zum Polymathen lernt man eine ganze Menge«, unterbrach ihn Lex mit einer Stimme, die schneidend wie ein Messer war. »Und jetzt hören Sie mir mal zu. Ihr Vorschlag ist unakzeptabel für uns. Jetzt sind Sie an der Reihe, sich unsere anzuhören. Wir möchten unseren Mitschiffbrüchigen« — er erinnerte sich, daß Arbogast genau diesen Ausdruck benutzt hatte — »natürlich unbedingt helfen, aber unsere Mittel sind beschränkt, und für uns geht es ums Überleben. Wir werden allen Überlebenden auf dem Plateau Lebensmittel, Kleider, Unterkünfte und was sonst noch nötig ist zur Verfügung stellen, aber als Gegenleistung dafür werden Sie jetzt Ihre Waffen niederlegen. Und Sie, Gomes, und Sie, Probian, und wahrscheinlich noch einige andere — es gibt sicher hundert Zeugen, die uns ihre Namen nennen werden — werden offiziell im Namen des Vereinheitlichten Galaktischen Gesetzbuchs wegen Mordes, Zwang zur Sklavenarbeit, Gewalttaten gegen die Person, grausamer und unüblicher Bestrafung und wegen illegaler Autoritätsanmaßung vor Gericht gestellt. Nun?«

»Sie Teufel!« sagte Gomes fast flüsternd. »Sie ...!« Er hob seine Pistole, bis ihre Mündung auf Lex Brust zeigte. Entsetztes Murmeln fuhr durch die Menge der Zuschauer.

»Und das sind *meine* Bedingungen«, erklärte er. »Entweder Sie geben uns, was wir wollen, oder ich bringe sämtliche Männer hier um und brenne Ihr hübsches kleines Dorf als Scheiterhaufen ab. Wir haben zwölf Pistolen, Sie nur zwei. Los, bewegen Sie sich!«

21

Für den Rest seines Lebens würde Lex auf diesen Augenblick als den Wendepunkt zurückschauen, an dem aus dem Wissen über sich, Wissen *von* sich geworden war. Von allen Seiten hatte man ihn gedrängt, etwas gegen Gomes zu unternehmen, die anderen Flüchtlinge zu befreien, eine Vergeltungseinheit oder eine Kidnappergruppe gegen ihn anzuführen. Seit seiner Rückkehr vom Plateau waren erst zwanzig Tage verstrichen, und doch kam es ihm wie eine Ewigkeit vor, weil zigmal Leute mit irgendwelchen Aktionsplänen zu ihm gekommen waren.

Er hatte sie alle zurückgewiesen, wenn er Zeit hatte, ihre Schwächen aufgedeckt oder einfach kurz und bündig abgelehnt, wenn er beschäftigt gewesen war. Er hatte sich irgendwie schuldig dabei gefühlt, weil er wußte, daß mit jedem Tag, den er vergehen ließ, ein Menschenleben, oder auch mehrere, Gomes' Grausamkeit zum Opfer fielen — aber gegen einen Verrückten mit einer Reihe von Energiepistolen vorzugehen, hätte zumindest für einige der Angreifer den sicheren Tod bedeutet.

Jetzt erkannte er plötzlich, daß er mit seinem Zögern nicht nur aus diesem, sondern noch aus einem viel subtileren Grund recht gehabt hatte.

Seine Entscheidung konnte die gesamte Zukunft der Menschheit auf diesem Planeten beeinflussen.

Er fürchtete nicht um sein eigenes Leben, auch wenn Gomes' Pistole auf ihn gerichtet war. Dank seiner Ausbildung besaß er Reaktionen denen ein kranker, halb verhungerter alter Mann wie Gomes nichts entgegenzusetzen hatte. In der Zehntelsekunde zwischen dem Durchziehen des Abzugs und dem Austreten des Energiestrahls hätte er sich zur Seite werfen, sich auf den Captain stürzen, ihm die Waffe entreißen und ihn in seine Gewalt bringen können, noch bevor irgendeiner seiner Begleiter hätte reagieren können.

Doch Ziel der Ausbildung eines Polymathen war nicht, das eigene Leben zu retten.

Er hätte Anweisungen für unzählige Projekte geben können, die aus dieser Handvoll Schiffbrüchigen schließlich eine blühende Gesellschaft machen würden. Aber auch das war nicht das eigentliche Ziel seiner Ausbildung.

Wie zeichnete sich ein Mann aus, der die Verantwortung über einen ganz neuen Planeten übernehmen sollte? Welche Fähigkeit berechtigte ihn dazu, eine solche Verantwortung auf seine Schultern zu nehmen? Es waren weder schnelle Reaktionen noch überlegene körperliche Fähigkeiten oder enzyklopädisches Wissen. Jeder konnte eine dieser drei Eigenschaften besitzen, und für die letzte gab es Bibliotheken, Computer und Datenspeicher, die unendlich mehr Informationen enthalten konnten als das menschliche Gehirn.

Nein. Das erforderliche, notwendige Talent war die Fähigkeit, recht zu haben.

Bei einer gegebenen Summe von zwei plus x würde ein normaler Mensch sagen, die Aufgabe sei nicht zu beantworten. Der Polymath war derjenige, der sie beantwortete. Richtig.

Bei einem völlig unerforschten Planeten und einem defekten Raumschiff würde der Polymath sagen: »Zähmt den Planeten.« Der normale Mensch: »Repariert das Raumschiff.« Der Planet ließ sich zähmen, das Raumschiff aber nicht reparieren.

Bei zwei kollidierenden Persönlichkeiten, die die Sicherheit der Flüchtlinge gefährdeten, würde der Polymath sagen: »Dieser ist wertvoll; jener ein Handicap.« Der normale Mensch dagegen: »Nun, es gibt eine ganze Menge an Für und Wider ...« Der Wertvolle arbeitete wie besessen; der andere wurde verrückt und eine Belastung für die Gemeinschaft.

Lex hatte einen bloßen Bruchteil der vollen Polymath-Ausbildung erhalten und nur die ersten Stufen der physischen Modifikationen, doch das war genug. Die Anforderungen der Situation selbst hatten die Ausbildung so weit vervollständigt, daß sich jene unabdingbare Fähigkeit herauskristallisierte — das, und die Konfrontation mit der Erkenntnis, was geschehen würde, wenn der verantwortliche Mensch die falsche Entscheidung traf.

Darum: Bei einem Geisteskranken, der mit Waffengewalt über vierhundert andere herrschte, würde der normale Mensch sagen: »Wir müssen die Unterdrückten befreien, auch wenn dabei einige von uns und viele von ihnen getötet werden.« Der Polymath dagegen würde entscheiden: »Jemand, der so verkehrt ist, wird sich selbst einen Strick drehen.«

Und hier war der Mann, der so verkehrt war und der durch die Folgen seines Handelns dazu getrieben wurde, seinen Kopf durch die Schlinge zu stecken.

Ganz langsam begann Lex zu lächeln.

Zuerst hielten ihn die anderen für verrückt, als er Gomes sagte, er könnte alles haben, was er wollte. Dann dachten sie, er wollte versuchen, Zeit zu gewinnen, so daß sie die elf überwältigen konnten, wenn sie durch Müdigkeit und Gier irgendwann so abgelenkt sein würden, daß sie nicht mehr auf ihre Waffen achteten. Und dann, als sie entdeckten, daß offensichtlich keine dieser Erklärungen zutraf, begannen sie sich zu fragen, ob er vielleicht Angst hatte.

Sie befolgten seine Anweisungen — aber sie begannen zu überlegen.

Die Ängstlichkeit, die Gomes und seine Begleiter an den Tag legten, war jämmerlich. Sie konnten nicht dem Luxus eines heißen Bads mit Seife widerstehen, die sie oben auf dem Plateau seit Monaten nicht mehr gesehen hatten. Aber sie weigerten sich, dafür in die Badehütten zu gehen und verlangten, daß man ihnen das Wasser hinausbrachte und in Wannen goß, wo sie mit schußbereiten Waffen einander Deckung geben konnten.

Lex wies seine Leute an, alles zu tun, was die elf wollten.

Sie konnten nicht dem Angebot einer anständigen Mahlzeit widerstehen, aber sie wollten sich das Essen nicht fertig zubereitet bringen lassen, sondern gingen mißtrauisch in die Küche, wo sie die Nahrungssynthetisierer inspizierten, um sich zu vergewissern, daß sie nicht manipuliert waren. Als einer von Bendles Assistentinnen Antallergen auf einen Salat aus einheimischen Pflanzen tat, zwangen sie sie, es zuerst zu probieren und zu beweisen, daß sie ihn nicht vergiftet hatte.

Sie konnten dem Angebot von Vitaminspritzen gegen die Hautinfektionen nicht widerstehen, an denen sie alle litten; der Anblick der elf, als sie sich für das Bad ausgezogen hatten, war abstoßend gewesen, denn sie waren über und über mit entzündeten Stellen und Schorf bedeckt. Gomes' geschwollenes Bein war auf dem Marsch durch das dichte Unterholz entlang des Flusses hierher noch schlimmer geworden, aber auch hier waren sie so mißtrauisch, daß sich Jerode zuerst selbst eine Injektion geben mußte.

Lex wagte nicht, sich seinen Triumph anmerken zu lassen, als er mit ihnen von Ort zu Ort ging. Es machte ihm Sorgen, daß die Leute sein Verhalten vielleicht nicht verstehen würden, aber wie es schien, hatte die Gemeinschaft inzwischen genug Vertrauen in ihn, daß ihn niemand öffentlich anzuzweifeln wagte.

Ihre Kleidung ist doch völlig hinüber, versuchen Sie mal, ob das hier paßt ... Es paßt? Behalten Sie's!

Ihr Bettzeug ist zerrissen und völlig verschmutzt — wir haben jetzt Laken gemacht. Nehmen Sie welche mit!

Der Rückmarsch wird hart — wir haben genug zu essen. Hier, bitte sehr!

Als sie wieder vor der Haupthütte standen, betrachtete Gomes zufrieden, was sie alles bekommen hatten. Er hielt noch immer seine Pistole in der Hand, und als er jetzt Lex ansah, fuchtelte er damit herum.

»Ich hätte wohl besser mehr Leute mitgebracht, damit wir mehr hätten mitnehmen können!« höhnte er. »Tja, es sieht ganz so aus, als ob eine Pistole genauso laut spricht wie zehn Leute, nur überzeugender.«

Er spuckte in den Staub. »Sie sind also ein Polymath«, fügte er hinzu. »Aber Sie können genauso sterben wie jeder andere auch. Das macht uns gleich stark.«

Lex war sich der vielen, vielen Augenpaare, die auf ihn gerichtet waren, deutlich bewußt. Alle hatten ihre Arbeit liegenlassen um Zeugen des entsetzlichen Schauspiels zu werden, wie Gomes und seine Männer soviel vom Besitz der Gemeinschaft mitbekamen, wie sie tragen konnten. Zu seinem Bedauern und zu seiner Bestürzung hatte ihr Denken an diesem Punkt offensichtlich ausgesetzt — sogar Jerode, Fritch, Aldric und Cheffy schienen sich nicht gefragt zu haben, ob diese Dinge wirklich eine Siegesbeute für Gomes waren.

Es überraschte ihn allerdings nicht, als er sah, daß Delvia, die im Schatten an der Seite der Hütte stand, leise vor sich hin lächelte, als gerade niemand von Gomes' Leuten in ihre Richtung schaute.

»Noch zwei Sachen«, fuhr Gomes fort. »Nur noch zwei. Sie haben immer noch zwei Energiepistolen, Lex. Wie es aussieht, glaube ich, daß wir sie besser gebrauchen können als Sie. Holen Sie sie!«

»Nein! Nein, das darfst du nicht!«

Aus der vorderen Reihe der Zuschauer kam Hosper gelaufen und stellte sich mit blassem Gesicht, die Hände zu Fäusten geballt, vor Gomes.

»Du!« sagte der. »Für das, was du getan hast, sollte ich dich jetzt eigentlich erschießen!« Er kräuselte die Lippen. »Aber warum sollte ich wertvolle Energie verschwenden?«

Mit diesen Worten drehte er die Pistole um und hieb Hosper mit der Waffe unter das Kinn.

Jesset stieß einen Schrei aus und versuchte, ihrem Mann nachzustürzen, die Hände zu Krallen gekrümmt; wenn sie Gomes erreicht hätte, hätte sie ihm die Augen ausgekratzt. Aber jemand hielt sie zurück, nahm sie in den Arm und beruhigte sie.

Delvia.

Wenn jemand versuchte, die Gemeinschaft auf der Basis der Überlebensfähigkeit einzuteilen, dann käme Delvia wohl direkt nach ihm selbst, dachte Lex.

Gomes funkelte Hosper an, der vor ihm am Boden lag und warf dann einen bösen Blick auf Jesset, die noch immer heftig atmete, während Delvia sie am Arm festhielt. »Geben Sie mir die Pistolen, oder ich schieße die beiden über den Haufen!«

»Los, machen Sie schon!« rief Jesset. »Es ist immer noch ein besserer Tod als das, was Sie mit den Leuten auf dem Plateau machen!«

»Wer hat die Pistolen?« fragte Lex ruhig. »Du, Aldric? Gib sie ihm.«

»Herzlichen Dank«, grinste Gomes ironisch und wischte sich den Schweiß aus dem Gesicht. »Sie haben zuerst Ihren Mund ganz schön voll genommen, Mr. Polymath! Aber diese Pistolen hier überzeugen auch Sie, was?«

Schweigend und mit einem flüchtigen Blick, als fände er, daß damit die Gemeinschaft betrogen würde, legte Aldric die Pistolen auf eins der Bündel, die für Gomes' Leute gepackt worden waren.

»Schön, das wäre es — fast. Und jetzt möchte ich noch eines klarstellen. Ich warne alle, uns zu folgen. Versucht nicht, zum Plateau hinaufzukommen. Wir haben jetzt alle Pistolen, und wir haben genug Zeit, aufzupassen, ob ihr euch anschleichen wollt. Ich muß sagen, jetzt, wo ich gesehen habe, was ihr hier unten alles habt, lohnt es sich, zurückzukommen. Ihr könnt uns also demnächst wieder mit Pistolen und all dem erwarten. Wir werden uns holen, was wir haben wollen und wann wir es haben wollen. Das nächstemal wollen wir vielleicht noch mehr. Und wenn wir dann mit unserem Schiff wieder im Raum sind, sind wir vielleicht sogar so nett, zu erwähnen, daß noch ein paar andere Flüchtlinge hier auf diesem elenden Dreckball sind. Das hängt natürlich ganz davon ab, wie ihr euch benehmt, verstanden?«

Er lachte glucksend. In diesem Augenblick raffte sich Hosper, der sich von dem Schlag erholt hatte, auf und versuchte, sich auf Gomes' geschwollene Beine zu stürzen. Probian war schneller. Sein Fuß schoß vor, und Hosper wurde wieder zu Boden geschleudert, wo er stöhnend liegenblieb und sich das Gesicht hielt.

»Danke, Probian«, nickte Gomes. »Ich denke, ich habe Hosper ein bißchen Verstand einbläuen können, selbst wenn der Rest von euch nur an eurer Bequemlichkeit und der gesunden Haut interessiert ist, auf die ihr so stolz seid.«

Er wandte sich an seine Begleiter. »Also gut, nehmt die Sachen. Wir wollen hier weg sein, bevor es dunkel wird.«

Sie traten gehorsam an, um in ihre Rucksäcke zu schlüpfen — alle, außer Dockle. Er war kaum mehr als ein Junge, das Gesicht so braun wie verbranntes Holz, die Glieder spindeldürr, der Körper mager. Dockle stand wie versteinert da, die funkelnden Augen auf Gomes gerichtet.

»Du auch, Dockle«, donnerte der Captain.

»Ich gehe nicht mit«, erwiderte der Junge. »Ich bin nicht verrückt.«

Ein eisiger Hauch fiel plötzlich über die Hitze des Tages. Alle Augen — die von Gomes, die seiner Begleiter und die der Zuschauer — richteten sich auf Dockle.

»Ich gehe nicht mit zurück!« wiederholte er lauter, und seine Stimme klang rauh von mühsam unterdrückten Tränen. »Ich gehe nicht in diese Hölle zurück! Sie werden es nie schaffen, das Schiff zu reparieren! Wir haben monatelang geschuftet, und alles, was wir erreicht haben, ist, daß wir es ein Stück hochgehoben und gesehen haben, wie kaputt der Boden ist. Auch wenn wir den ganzen Sommer über daran arbeiten, werden wir es nie hinkriegen, und wenn wir nicht Vorbereitungen für den Winter treffen, werden wir alle erfrieren. Ich gehe nicht mit zurück!«

Man konnte förmlich spüren, wie eine Welle der Wut durch die Menge ging. Lex wußte, daß sie sich auf ihn richtete. Wie konnte er, nach dem was Dockle gesagt hatte, einen selbstmörderischen Angriff auf Gomes' Trupp verhindern? Auch jetzt war er noch sicher, daß niemand seinen Überlegungen gefolgt war. Trotzdem fühlte er, daß er mit dem, was er tat, *recht* hatte. Er hatte nicht das Gefühl, daß es auf die Katastrophe hinauslaufen würde, daß achthundert unbewaffnete Menschen von elf mit Energiepistolen massakriert wurden.

Und dann, als er schon an seiner speziellen Fähigkeit, recht zu haben, zu zweifeln begann, nachdem er sie gerade erst vor ein oder zwei Stunden entdeckt hatte, lieferte ihm Gomes die fehlende Antwort.

»Nimm dein Gepäck, Dockle«, sagte er mit leiser, gefährlicher Stimme. »Nach dem heutigen Tag wird das Leben hier unten nämlich gar nicht mehr so angenehm sein. Sicher ist es schwierig, ein Schiff ohne die nötigen Mittel zu reparieren. Aber es heißt, daß ein Polymath ein Ersatz für so ungefähr alles ist.«

Er fuhr herum, und seine Pistole zielte wieder auf Lex.

»Komm her! Du bist ein wertvoller Besitz, und wir haben nicht die Absicht, dich hier zurückzulassen.«

Den Umstehenden stockte vor Entsetzen der Atem. Lex wartete, bis sie sich von dem Schock erholt hatten. Er wollte, daß alle, die zusahen — mit Ausnahme von Gomes und seinen Leuten — deutlich mitbekamen, wie genau er seinen Gehorsam zeigte.

»Also gut«, antwortete er. »Wenn Sie es unbedingt wollen. Aber ich übernehme keine Verantwortung für die Konsequenzen.«

»Dann übernehme ich keine für dein Leben!« fauchte Gomes. »Zwei meiner Männer mit Pistolen werden dich die ganze Zeit im Auge behalten, also versuch besser keine Mätzchen. Es gibt keine Hospers mehr auf dem Plateau. Wir haben reinen Tisch gemacht.« Er warf einen Blick auf Dockle und ruckte mit dem Kopf, worauf der Junge zögernd, aber jetzt nicht mehr fähig, sich dem Captain weiter zu widersetzen, sein Gepäck aufhob und es auf den Rücken schnallte.

Probian brachte einen Strick zum Vorschein. Während die anderen die Menge mit ihren Pistolen in Schach hielten, band er damit Lex' Hände hinter seinem Rücken zusammen und nahm das lose Ende als eine Art Leine.

»Vorwärts«, befahl Gomes barsch. »Wenn jemand versucht, uns aufzuhalten«, setzte er lauter hinzu, »wird es euer Lex als erster zu spüren bekommen. Bleibt uns vom Hals, alle!«

22

Hilflos folgte ihnen die Menge bis an den Rand des Dorfes, in der Hoffnung, irgendein Zeichen oder einen Wink von Lex zu bekommen, worauf sie trotz der Pistolen sofort reagiert hätten. Aber Lex ging ruhig mit Gomes und seinen Leuten mit, ohne sich umzuschauen.

Fritch ballte in ohnmächtiger Wut die Fäuste, während er zusah, wie sich die Diebe entlang des Flusses entfernten. »Was hat er sich bloß dabei gedacht?« platzte er heraus. »Jetzt werden wir ihn nie im Leben befreien können! Er muß verrückt geworden sein!«

»Er weiß schon, was er tut!« fuhr ihn Delvia an.

»Woher willst du das wissen?« fauchte Fritch zurück.

»Er ist doch ein Polymath, oder?«

»Polymath oder nicht. Tatsache ist, daß er noch reichlich jung ist. Und er hat nur einen Teil der Ausbildung mitgemacht.«

»Genau«, mischte sich Rothers ein, der ein paar Meter entfernt stand. »Und er hängt so an seinem Leben, daß er vor einer Pistole klein beigibt.«

»Ich glaube, Sie irren sich«, gab Cheffy zurück. Sie kamen jetzt zu dicht gedrängten Gruppen zusammen, als sich die Diskussion in ein Dutzend heftig wechselnder Streitpunkte spaltete. »Er hat mit eigenen Augen die Situation oben auf dem Plateau gesehen. Sie haben Hosper, Jesset und die anderen gehört — Sie wissen selbst, daß es besser ist, zu sterben, als Gomes in die Hände zu fallen, und das weiß auch Lex. Er muß irgendeinen Plan haben!«

Von irgendwo im Hintergrund der Menge bahnte sich jetzt Nanseltine einen Weg nach vorn. Seit jenem Vorfall auf der Versammlung, als Lex das Kommando übernommen hatte, hatte man nicht mehr viel von ihm gehört, aber nun sah er offensichtlich eine Chance, sich wieder aufzuspielen.

»Vielleicht hat er wirklich einen Plan!« rief er aus. »Nur keinen, der uns hilft! Was ist, wenn Gomes es mit Lex Hilfe schafft, das Schiff zu reparieren? Paßt auf, als nächstes werden wir uns ansehen können, wie es mit ihm und Gomes an Bord in die Luft steigt ...«

Die Worte endeten in einem Schrei, und Nanseltine wich zurück, die Hand auf seiner geröteten Wange. Delvia stand wutentbrannt vor ihm, den Arm zu einem zweiten Schlag erhoben.

»Nur weil Sie genau das tun würden, brauchen Sie es verdammt noch mal noch lange nicht Lex zu unterstellen! Und ihr anderen genausowenig!« Sie fuhr zu den Ausschußmitgliedern herum, die hinter ihr standen. »Und ihr seid nicht besser. Ihr überlaßt Lex die ganze Verantwortung und geratet dann in Panik, wenn er etwas Schlaues tut, das euch nie eingefallen wäre!«

Einen Augenblick war es still, dann wandte sich Aldric an Jerode. »Was meinen Sie, könnte sie recht haben?«

»Ich habe keine Ahnung.« Jerode fuhr sich mit der Hand über den kahlen Schädel. »Es fällt mir allerdings schwer, zu glauben, daß Lex einfach so nachgibt, ohne daß er ein bestimmtes Ziel damit verfolgt. Aber es scheint auf jeden Fall ein ziemlich riskantes Spiel zu sein, und ehrlich gesagt, kann ich mir nicht vorstellen, was er vorhat.«

»Ich weiß einen plausiblen Grund, warum er so handeln sollte«, mischte sich Delvia ein. »Stellt euch vor, wir hätten versucht, Gomes' Männer zu überwältigen. Sie hätten leicht fünfzig von uns getötet, und ein paar von ihnen hätten wahrscheinlich fliehen können. Sie hätten unserer Geräte zerstört, die Gebäude in Brand gesetzt — wir hätten vor dem reinsten Chaos gestanden! Lex macht sich Gedanken darüber, was mit uns passiert, ist euch das nicht klar? Und genauso macht er sich Gedanken über die anderen auf dem Plateau! Ihr glaubt es nicht? Nur weil er eure verrückten Pläne abgelehnt hat, mit denen ihr sie doch nie im Leben hättet befreien können?«

Sie hatte jetzt die Aufmerksamkeit aller. Mit blitzenden Augen und schallender Stimme fuhr sie erregt fort.

»Gomes hat gesagt, sie hätten da oben reinen Tisch gemacht, es gäbe jetzt keine Verräter mehr! Aber ihr habt alle gehört, was Dockle Gomes ins Gesicht gesagt hat, nicht? Wenn seine Leute Gomes so sehr hassen, was wird dann passieren wenn er mit seiner Beute zum Plateau zurückkommt? Glaubt ihr, er wird die Sachen mit allen teilen, hm? Sie werden ihn noch heftiger hassen als zuvor. Und wenn Lex dann noch unter ihnen ist — na!«

»Aber einer gegen so viele«, sorgte sich Fritch.

»Lex ist kein gewöhnlicher Mann« beharrte Delvia. »Baffin, hat er euch nicht, acht Leute und einen Verletzten, im Dunkeln und Gomes' Männer im Nacken, hierher zurückgebracht?«

»Das stimmt«, nickte Baffin. »Er hat gesagt, er könne im Dunkeln sehen.«

»Das hat er mir auch gesagt«, meldete sich Jerode. »Es gehört zu seinen Polymath-Modifikationen.«

»Na, also!« Delvia wandte sich an die Menge. »Gomes hat es nicht mit mir oder einem von euch zu tun.

Er hat eine Zeitbombe bei sich! Meine Vermutung ist, daß Lex innerhalb von einer Woche die Situation oben auf dem Plateau beherrscht und die Dinge so laufen, wie er es sich vorstellt.«

»Du machst dich gut als Verteidiger für deinen Wunderknaben«, brummte Fritch. »Aber wie Gomes gesagt hat, er ist ein wertvoller Besitz. Wir können ihn nicht einfach sich selbst überlassen.«

»Und ich sage, wir können und sollten«, fauchte Delvia.

Jerode dachte einen Moment nach. Schließlich richtete er sich auf. »Ich glaube, Fritch hat recht. Wir müssen ihm einen Trupp hinterherschicken. Ich weiß zwar nicht, was sie ohne Waffen gegen die anderen ausrichten können aber — ja, vielleicht könnten sie Gomes' Leute im Schlaf überraschen. Zumindest müssen wir wissen, was passiert. Sie haben den Weg schon zweimal gemacht, Baffin. Suchen Sie sich ein paar Leute aus.«

Hosper, dessen Gesicht verfärbte Stellen von Gomes' Schlag zeigte, trat sofort vor, gefolgt von Jesset, die sich an seinen Arm klammerte. Fritch meldete sich ebenfalls, dann Aykin, Cheffy, Aldric und andere.

»Egal, was du auch tust, Baffin — greif nicht ein!« bat Delvia. Baffin zuckte die Achseln und gab keine Antwort.

Es dauerte einige Zeit, bis sie Lampen, Äxte, Verpflegung und was sonst noch nötig war organisiert hatten, und es war bereits später Nachmittag, als die Mannschaft endlich abmarschbereit war. Baffin legte ein rasches Tempo vor. Sie kamen an den Wachposten vorbei, dann an der Stelle, wo Lex seine geniale Falle gelegt hatte, an der sich Gomes' Männer verraten hatten. Kurz darauf stieß Baffin einen leisen Schrei aus und deutete voraus.

»Was ist los?« wollte Fritch wissen.

»Ich habe einen Pistolenstrahl gesehen«, murmelte Baffin. »Schneller! Vorwärts!«

Den Mund trocken von dunklen Vorahnungen, mit hämmernden Herzen und schmerzenden Lungen bemühten sie sich, mit ihm durch das peitschende Unterholz Schritt zu halten. Sie hatten weitere anderthalb Meilen zurückgelegt, als sie den Toten fanden.

Aus einem dichtbelaubten Gebüsch ragten zwei dünne Beine hervor; die Füße waren nackt. Insekten krabbelten aus dem Busch und vom Boden hoch, um den Kadaver zu untersuchen.

Entsetzt blieben sie stehen. Als Baffin die Zweige beiseite bog, erkannten sie den Toten.

»Es ist der Junge.« Fritch schluckte.

Ein Schuß hatte Dockle von der Kehle bis zum Bauch verbrannt. Man hatte ihm alles abgenommen, außer seinem verkohlten Hemd, das ihm am Körper klebte. Aus dem zu einem Schrei aufgerissenen Mund liefen schon einheimische Aasfresser.

»Steht nicht herum!« sagte Hosper heftig. »Wir müssen ihnen nach — der nächste wird Lex sein!«

Doch Baffin starrte auf den Toten, die Stirn nachdenklich gerunzelt. »Ich ... überlege gerade«, meinte er schließlich. »Wißt ihr, irgendwie glaube ich es nicht. Ich fange langsam an zu begreifen, was Delvia meinte.«

Der Ärger fing früher an, als Lex zu hoffen gewagt hatte. Sobald sie außer Sichtweite des Dorfes waren, teilte sich Gomes' Trupp in zwei deutliche Gruppen. Gomes, Probian und die meisten anderen gingen vorne weg, während Lex in der Mitte blieb und Probian ihn am Ende des Stricks festhielt. Dockle und zwei andere aber, die jüngsten der elf, blieben etwas zurück und unterhielten sich leise.

Mehr als einmal fuhr Gomes sie an, bei der Truppe zu bleiben, doch besonders Dockle machte langsam, und an einer Stelle, wo das Unterholz ungewöhnlich dicht war, blieb er so weit zurück, daß er nicht mehr zu sehen war.

Nach zwanzig Schritten bemerkte es Gomes. Er sah zurück, entdeckte, daß Dockle verschwunden war und stürmte fluchend und mit erhobener Pistole an Lex vorbei. Sein schwerer Rucksack fing sich in überhängenden Zweigen und ließ sie wie Peitschenschnüre durch die Luft pfeifen.

Sie sahen nicht, was weiter passierte, aber sie hörten es: Gomes beschimpfte Dockle und befahl ihm, zurückzukommen; er bekam eine hysterische Antwort, und dann blitzte die Pistole auf.

Gomes kehrte einen Augenblick später zurück. »Holt sein Zeug«, herrschte er die beiden Jungen an, die sich bei Dockle gehalten hatten. »Packt es Lex auf. Und wenn ihr schon mal dabei seid, dann seht euch Dockle genau an, denn das wird auch mit euch passieren, wenn ihr solche Mätzchen versucht.«

Die beiden sahen aus, als müßten sie sich gleich übergeben, aber sie gehorchten.

Einer weg, blieben noch zehn. Ein weiterer vor Dunkelwerden war ratsam, kalkulierte Lex kühl. Es wäre ihm lieber gewesen, wenn es nicht gerade Dockle erwischt hätte, denn der Junge hatte den Mut gehabt, Gomes nicht nur ein-, sondern sogar zweimal die Stirn zu bieten, aber er wußte genug über die Situation auf dem Plateau, um sich ausmalen zu können, was Dockle getan oder stillschweigend mitangesehen haben mußte, daß Gomes ihn als Begleiter ausgewählt hatte. Er dachte allerdings nicht an Gerechtigkeit oder Vergeltung. Was zählte, war einzig die Zukunft der Menschheit auf diesem Planeten.

Danach sagte lange Zeit niemand mehr etwas; schweigend marschierten sie vorwärts. Sie kamen besser voran als Lex damals mit seiner Gruppe, denn auf dem Weg den Fluß hinunter hatte Gomes einen großen Teil der Pflanzen zurückbrennen lassen. Sie hatten den

Weg noch nicht wieder überwuchert, obwohl die Vegetation so üppig war, daß innerhalb von einer Woche alles wieder zugewachsen sein würde.

Eine Stunde vom Dorf weg kamen sie an den Überresten eines der Schwarzbeutelmonster vorbei, wahrscheinlich das, das einen Mann auf dem Hinweg getötet hatte. Sie waren erstaunlich zahlreich. Irgendwann würde man doch etwas unternehmen müssen, um die Menschen vor ihnen zu schützen, auch wenn man sie nicht ausrotten konnte — ihre ökologische Funktion war offensichtlich die, zu verhindern, daß die Pflanzenfresser auf dem Planeten überhand nahmen. Die nächste Stelle mit ihnen kam eine halbe Meile weiter. Lex vernahm mit seinem ultrascharfen Gehör lange vor den anderen schon ein gurgelndes Geräusch im Fluß, und er beobachtete Gomes' Leute scharf, um zu sehen, ob sie wußten, was dieses Geräusch bedeutete. Offensichtlich wußten sie es nicht. Und genauso wenig schienen ihnen die blaugrünen Schößlinge an den unversehrten Bäumen um sie herum etwas zu sagen. Auf dem Hinweg mußte es ihnen gelungen sein, diesen Fleischfresser hier zu umgehen, obwohl er durch das Pseudo-Moos getarnt war, das hier dicht den Boden bedeckte. Vielleicht war das Tier zu jenem Zeitpunkt gerade satt gewesen und nicht an weiterer Beute interessiert. Aber jetzt ...

Gomes nicht. Probian nicht. Ohne daß es auffiel, änderte Lex etwas seine Richtung und schritt vorsichtig zwischen den Beutelmäulern durch, und weil sie genau in einer Linie mit ihm gingen, entkamen ihnen auch Gomes und Probian. Der Mann hinter ihnen aber ging etwas seitlich, und plötzlich war sein linkes Bein im Boden verschwunden.

Sofort wurden Schreie laut, und die Pistolen blitzten auf. Es war völlig verständlich, daß Lex wie alle anderen entsetzt zur Seite sprang und dabei Probian, der den Strick in der Hand hielt, so mitriß, daß dessen

Schuß nicht das unheimliche schwarze Maul, sondern die Beine und den Bauch des Opfers traf.

Als die Dunkelheit über sie hereinbrach, war Gomes' Trupp in einer sehr schlimmen Verfassung. Sie brannten mit ihren Pistolen eine große freie Stelle und zündeten dann ein Feuer an, nicht, weil sie froren, denn die Nacht war warm, sondern zur Beruhigung.

Probian band Lex mit dem Rest des Stricks finster die Füße zusammen und ließ ihm die Arme hinter dem Rücken gefesselt. Lex bekam nichts zu essen, man gewährte ihm nur widerwillig einen Schluck Wasser. Die anderen aßen schweigend und sahen sich immer wieder ängstlich um. Sie vermieden es, Gomes' Blick zu begegnen.

Sehr gut.

Gomes stellte einen Wachplan auf. Bis zum Morgengrauen sollten jeweils zwei Männer mit Pistolen Lex ständig bewachen. Sich selbst ließ Gomes in der Wacheinteilung aus. Er achtete darauf, daß die beiden jungen Männer, die mit Dockle zusammen gewesen waren, nicht gemeinsam Wache hatten. Sie, und alle anderen, wußten, warum. Auch das war sehr gut. Je öfter sie auf den Gedanken gebracht wurden, Gomes im Stich zu lassen, desto besser.

Er merkte sich genau, welche seiner späteren Wachen im Gebüsch verschwanden, bevor sie sich hinlegten. Einer ging nicht, sondern trank nur hastig aus seiner Wasserflasche, bevor er sich erschöpft auf seine Decke warf.

Ausgezeichnet. Das war der Mann, den Gomes zusammen mit Probian für die Wache nach Mitternacht eingeteilt hatte. Lex lehnte sich zurück und döste vor sich hin.

Wie er vermutet hatte, hatten es die beiden ersten Wachen so eilig, sich hinzulegen, daß sie dem Mann, auf den er baute, keine Zeit ließen, auszutreten, bevor er seinen Dienst antrat. Sie weckten ihn und ließen ihn sofort seinen Platz einnehmen. Der Mann saß da mit dem Gewehr in der Hand und wurde immer unruhiger, während die anderen bald schnarchten. Lex täuschte vor, fest zu schlafen.

Schließlich konnte es sein Bewacher nicht länger aushalten. Er sagte etwas zu Probian, gab ihm seine Pistole und verschwand aus dem Lichtkreis des heruntergebrannten Feuers.

Im Schutz der Dunkelheit hatte Lex lautlos seine Fesseln durchgescheuert. Jetzt befreite er mit einem Ruck Füße und Hände und warf sich auf Probian. Der hatte noch nicht einmal die Zeit, einen Schrei auszustoßen, als sein Kopf auch schon zurückflog und er das Bewußtsein verlor.

Die Moral, dachte Lex, als er sich an den zweiten Wachposten heranschlich, um ihn von hinten zu überwältigen: Ein gewöhnliches Seil konnte einen Polymathen nicht lange halten.

Allerdings eignete es sich ausgezeichnet zum Erdrosseln.

Das Geräusch, das er verursachte, war nicht lauter als ein leiser Windhauch, und die anderen waren zu erschöpft, um davon wach zu werden. Sie lagen reglos auf ihren Decken, als er von einem zum andern schlich, alle Pistolen außer der von Gomes einsammelte — und sie mit seinem Seil zusammenband.

Dann verschwand er lautlos in der Dunkelheit. Von weiter unten flußabwärts konnte er ganz schwach Geräusche hören. Wahrscheinlich hatte Jerode oder jemand anders ›Retter‹ hinter ihm hergeschickt. Er mußte sie abfangen, bevor sie so nahe kamen, daß sie Gomes' Bande aufscheuchten.

23

Als sie den zweiten Toten fanden, der halb verkohlt und von dem angeschossenen Beutelmonster halb verdaut war, waren sie soweit, zuzugeben, daß Delvia recht gehabt hatte. Sie konnten sich zwar nicht vorstellen, wie er es anstellte, aber sie begriffen, daß Lex offensichtlich versuchte, die Männer so weit zu demoralisieren, daß Gomes irgendwann die Kontrolle über sie verlor.

Bei Einbruch der Nacht sahen sie vor sich die Strahlen von Pistolen, mit denen ein Lagerplatz freigebrannt wurde. Dann wurde ein Feuer entfacht, dessen Schein von den umherstehenden Bäumen reflektiert wurde. Baffin beschloß, ihrem Beispiel nicht zu folgen, sondern vorsichtig weiterzugehen und zu sehen, ob sie Gomes und seine Leute nicht aus dem Hinterhalt überfallen konnten.

So schlichen sie durch die Nacht, als ganz plötzlich Lex vor ihnen auftauchte, das Gesicht zu einem breiten Grinsen verzogen. Dabei hielt er die zusammengebundenen Pistolen hoch wie ein Fischer einen erfolgreichen Fang.

Sie wurden so überrascht, daß sie zuerst zu keiner Reaktion fähig waren. Fritch brach die Spannung mit einem leisen Ausruf echter — wenn auch widerwilliger — Bewunderung.

»Du junger Teufelskerl! Wie hast du das bloß fertiggebracht?«

Während Lex in Stichworten erklärte, was passiert war, teilte er die Pistolen aus. Sie reichten fast für alle.

»Du hast ja nicht alle mitgenommen!« stellte Baffin fest, nachdem er nachgezählt hatte.

»Nein, eine habe ich Gomes gelassen. Keine Sorge, ich habe meine guten Gründe dafür. Und jetzt paßt genau auf. Bald wird die reinste Hölle los sein, und wir werden alles wieder in Ordnung bringen müssen. Ein paar von euch kommen mit mir — du, Hosper, und Jesset, weil ihr beide euch auf dem Plateau auskennt, und Aldric und Cheffy. Baffin, du lagerst mit dem Rest hier unten. Wenn es hell wird, werden sie merken, was passiert ist. Vielleicht wird er so wütend, daß er versucht, sie umzubringen aber einige werden wahrscheinlich entkommen und flußabwärts hierher kommen. Ihr erwartet sie und wenn sie hier sind, nehmt ihr sie in Gewahrsam und bringt sie zurück ins Dorf. Dann sagt ihr Jerode, er soll eine große Hilfstruppe aufstellen, mit allen Krankenschwestern, die nicht schwanger sind. Bringt Decken, Kleidung, zu essen und was ihr sonst noch könnt mit. Bis ihr oben auf dem Plateau seid, werden die Sachen dringend gebraucht werden. Rechnet mit mindestens zweihundert Kranken und Verletzten; auf jeden Fall werden alle schwach und erschöpft sein.«

Er ließ ein leises Lachen hören.

»Gomes' Situation muß schon schlimm genug gewesen sein, als er sich auf den Weg zur Küste gemacht hat. Ihr könnt euch denken, was passiert, wenn er mit nur einer Pistole und wahrscheinlich nur noch einem Begleiter zurückkommt.«

Ein Lächeln auf den Gesichtern der anderen war die Antwort.

Er bedeutete den vieren, die er ausgesucht hatte, ihm zu folgen und wandte sich ab.

»Kommt mit. Aber beeilt euch. Wir gehen zurück und beobachten, was passiert, wenn Gomes wach wird.«

Gomes wälzte sich mit einem Brummen herum und öffnete blinzelnd die Augen. Eine Sekunde später saß er da, die Hand an seiner Pistole und brüllte aus Leibeskräften. Die Morgendämmerung war gerade angebrochen, und das Licht war blaßgrau. Probian lag ausgestreckt auf dem Boden, sein Atem ging röchelnd. Von der zweiten Wache war weit und breit keine Spur zu sehen, und die anderen sechs Männer schliefen fest. Natürlich war der Gefangene verschwunden.

Aus einer sicheren Entfernung von zweihundert Metern konnte Lex, der hoch in einem Baum Posten bezogen hatte, mit seinen scharfen Augen deutlich verfolgen, was geschah. In der letzten Stunde war es fast völlig still gewesen, und sein Gehör war so geschärft, daß er die streitenden Stimmen deutlich verstehen konnte. Die Männer machten es ihm leicht, da sie sich gegenseitig anbrüllten. Gomes drehte vor Wut fast durch; zuerst kreischte er, der fehlende Mann sei ein Verräter wie Dockle, und dann, als er im Gebüsch gefunden wurde, daß er und Probian unfähige Idioten seien.

Sie schütteten Probian Wasser ins Gesicht, um ihn aufzuwecken, aber er war so benommen, daß er nicht sagen konnte, was passiert war. Sein unzusammenhängendes Stottern schürte Gomes' Wut so weit, daß er Anstalten machte, Probian ins Gesicht zu treten. Einer der Männer sprang daraufhin vor und wollte wissen, ob sie jetzt vielleicht alle wie Tiere behandelt werden sollten.

Seine Begleiter teilten seine Meinung. Hysterisch schreiend bedrohte sie Gomes mit seiner Pistole und schimpfte sie Defätisten, die sich an die Leute an der Küste verkauft hätten. Die Männer sahen sich furchtsam an, und einer von ihnen ging zu Gomes — höchst wahrscheinlich durch die Pistolenmündung überzeugt.

Nun versuchte Gomes, sie zu zwingen, zurück flußabwärts zu gehen und Lex wieder einzufangen; er könnte noch nicht weit sein. Lex lächelte im stillen. Wie recht der Captain damit hatte. Allerdings war dieser Befehl der Tropfen, der das Faß zum Überlaufen brachte.

Die Männer taten, als wollten sie seinem Befehl nachkommen und bückten sich nach ihren Sachen; dann schnappte sich einer von ihnen, als er an dem heruntergebrannten Feuer vorbei kam, einen glühenden Ast und schleuderte ihn auf Gomes. Dessen Pistole, die/so gut wie leer war, blitzte schwach auf und konnte den Angreifer nicht ernsthaft verletzen. Die übrigen warfen sich auf ihn und brachten ihn zu Fall.

Sie berieten sich kurz. Aller Mut hatte sie verlassen. Sie hatten es satt, noch länger die Sklaventreiber für Gomes zu spielen, selbst diejenigen, die bisher seine Befehle getreu ausgeführt hatten. Unten an der Küste war ein Polymath, und wenn er unter den Augen zweier bewaffneter Wachen und direkt daneben Schlafenden fliehen konnte, dann gab es keine Grenzen für das, wozu er letztendlich fähig sein konnte.

Sie ließen Gomes, Probian und den Mann, den Lex mit dem Seil gewürgt hatte zurück, nahmen allerdings die leere Pistole mit, zweifellos um damit zu bluffen. Dann machten sie sich in einer Reihe auf den Weg flußabwärts.

Ausgezeichnet.

Diese sechs Deserteure waren von Baffins Leuten schon längst kassiert und zurück ins Dorf gebracht worden, als Gomes langsam wieder zu Bewußtsein kam. Der Tag war strahlend und heiß. Benommen kam er auf die Füße und mußte feststellen, daß ihm nur noch zwei Männer geblieben waren. Fluchend schimpfte er auf die anderen, die ihn im Stich gelassen hatten. Er taumelte zum Fluß kühlte sich das Gesicht mit Wasser, ging dann hinüber zu Probian, der fast im Koma lag, um ihn aufzuwecken.

Mit Tritten und Flüchen trieb er die anderen hoch, befahl ihnen, die paar Dinge aufzulesen, die die Deserteure zurückgelassen hatten und drängte sie dann weiter flußaufwärts.

Heimlich führte ihnen Lex seine Gruppe nach; hin und wieder kamen sie so nahe, daß sie die drei sehen konnten, aber meistens folgte er ihnen nur nach dem Gehör.

Der Mann, den er gewürgt hatte, brach am späten

Nachmittag zusammen, und weder Gomes' Schreie noch seine Beleidigungen konnten ihn dazu bringen, den Weg fortzusetzen. Gomes und Probian ließen ihn daraufhin zurück, und Lex wies Aldric an, sich um den Mann zu kümmern, ihn mit etwas zu essen und Wasser zu versorgen und ihm zu sagen, daß ihm geholfen würde, wenn der Hilfstrupp aus dem Dorf vorbeikam. Das würde allerdings erst am nächsten Tag sein.

Die Vegetation umschloß den Fluß wie ein Tunnel. Mittlerweile nur noch von nackter Verzweiflung aufrechtgehalten, stapften Gomes und Probian weiter, während ihnen Lex Gruppe in einem Abstand von ein paar hundert Metern folgte. Bei Anbruch der Nacht erreichten sie einen Lagerplatz, der schon zuvor freigemacht worden war, und fielen so erschöpft zu Boden, daß sie kaum noch Kraft für einen Schluck Wasser und etwas zu essen hatten. Die Marter, der sie die beiden aussetzten, begann Lex Begleitern nun doch allmählich zuzusetzen; sogar Jesset die vorher hitzig gesagt hatte, daß für solche Teufel nichts schlimm genug sein könnte, wurde still, als sie sah, in welcher Verfassung sie sich befanden.

Mit Augen wie Felssplitter starrte Lex zu der Stelle hinauf, wo die unglücklichen Männer lagen und schliefen. »Wenn wir sie kurz nach Mitternacht aufwecken«, meinte er, »können wir morgen früh mit dem ersten Licht am Plateau sein. Seht zu, daß ihr ein paar Stunden Schlaf bekommt. Ihr werdet ihn brauchen, das verspreche ich euch.«

Mitten in der Nacht schlichen sie sich an Gomes und Probian heran und weckten sie, indem sie ihnen mit den Taschenlampen in die Augen leuchteten. Die beiden waren zu müde, um Widerstand zu leisten. Nachdem sie etwas zu essen und zu trinken bekommen hatten, wurden sie nun ihrerseits gefangengenommen und weiter vorwärts getrieben.

Bald hatten sie schon höher gelegenes Gebiet erreicht und mußten über die Felsbänke neben den Fällen und Flußschnellen klettern, wobei ihnen das Licht der Sterne und Lex den Weg zeigten. Manchmal mußten sie die Gefangenen mitschleppen oder sie über die schlimmsten Hindernisse heben, trotzdem kamen sie zügig voran. Der Morgen dämmerte gerade, als sie sich unter den traurigen und nutzlosen Überresten von Gomes' vielgerühmtem Damm befanden. Der Fluß strömte jetzt ungehindert hinab ins Tal, und sein Rauschen war laut genug, um ein paar leise gesprochene Worte zu übertönen.

»Ich gehe zuerst rauf«, flüsterte Lex. »Dann schickt ihr Gomes und Probian hinterher, und zuletzt folgt ihr, so schnell wie möglich.«

Die anderen nickten. Freudig drückte Hosper Jesset mit seinem linken Arm an sich, während er in der anderen abschätzend seine Pistole wog.

»Und benutzt das wirklich nur, wenn es nicht anders geht«, wies Lex sie an.

Er kletterte über die letzte Felskante und befand sich dann auf der gleichen Höhe wie der zerstörte Damm. Seine Vermutung, daß die Lücke hier bewacht wurde, bestätigte sich. Als er sich umdrehte und den widerstandslosen Gomes hinter sich hochzog, hörte er ein Zischen, und dann sagte jemand schneidend: »Hey, es sieht so aus, als ob der Captain zurück ist!«

Der Strahl einer Taschenlampe, vom Morgenlicht stark abgeschwächt, fuhr herunter und fiel auf Gomes und Probian, die benommen am Rand des Felsens standen. Nach einem Moment tauchten zwei Männer aus ihrer Deckung auf, die — als Ersatz für die fehlenden Energiepistolen — provisorische Bögen aus biegsamen Metallstreifen und Kordelstücken in den Händen hielten.

Das faßte alles zusammen, was hier oben verkehrt gelaufen war: das, was an Kreativität vorhanden war, wurde auf Waffen verschwendet ...

Er wartete einen Augenblick, und als er seiner Sache

sicher war, winkte er den anderen, nachzukommen — aber diesmal hatte er sich geirrt. Gomes leckte sich über die Lippen.

»Zurück!« krächzte er. »Das ist eine Falle!«

Lex trat ihm die Beine weg, und er fiel der Länge nach hin. Probian versuchte, nach vorn zu flüchten, aber Lex schnappte ihn am Arm, riß ihn herum und zerrte ihn zu Boden. Damit entging er der Metallspitze des Pfeils vom Bogen des nächststehenden Wachpostens.

Doch nicht so einfach und problemlos, wie er gehofft hatte. Aber es hätte schlimmer sein können.

Cheffy hing halb über der Felskante und zielte mit seiner Pistole auf den Wachposten, doch Lex stieß sie beiseite, bevor er schießen konnte.

»Was soll das?« rief er wütend mit verstellter Stimme und hoffte, daß es ihm in dem Dämmerlicht gelang, die Wachen zu täuschen. »Der Captain hat den Verstand verloren! Er hat Dockle umgelegt! Und wir haben unsere — ach, kommt schon her und helft mir hoch!«

»Haltet euch einen Augenblick versteckt«, flüsterte er, zu Hosper und Jesset hinuntergebeugt. »Aldric und Cheffy, kommt schnell her, aber haltet eure Köpfe abgewandt, damit sie eure Gesichter nicht sehen!«

Angesichts des befehlsgewohnten Tons, den Lex angeschlagen hatte, kamen die Wachen — es waren nur zwei — näher. Damit sie ihn nicht erkannten, beugte er sich über Gomes und murmelte etwas über den Ärger, den sie unterwegs gehabt hatten.

Im selben Moment, als die verwirrten Wachen nahe genug heran waren, gab Lex ihnen einen Stoß, so daß sie das Gleichgewicht verloren.

So selbstverständlich, als ob sie es vorher geprobt hätten, versetzten Aldric und Cheffy jedem noch einen extra Stoß, der sie über den Felsrand schickte, wo sie von Jesset und Hosper in Empfang genommen wurden, die sie noch im Fallen bewußtlos schlugen.

»Nicht so grob!« fuhr Lex die beiden an. »Denkt dran, wir sind hergekommen, um genau dem ein Ende zu machen!«

Leicht verschämt ließen sie ihre Opfer liegen und kletterten zu den anderen hinauf. Unter Lex sachkundiger Anweisung wurden dann Gomes und Probian gefesselt und anschließend in eine etwas versteckt liegende Senke zwischen den zerstörten Hälften des Damms getragen.

Flüsternd teilte Lex seine weiteren Befehle aus.

»Hosper, Jesset — ihr kennt den Weg. Einer von euch geht mit Aldric und einer mit Cheffy. Macht den Posten vor den Arbeiterhütten unschädlich. Aber schießt nicht, wenn es sich vermeiden läßt. Es kann sein, daß sie von dem Krach hier gewarnt worden sind, aber ich glaube, das meiste ist im Rauschen des Flusses untergegangen. Geht nicht zum Schiff — das übernehme ich. Befreit dann sofort so viele Arbeiter wie möglich. Ich nehme an, wir können uns auf alle, die angekettet sind, verlassen, oder, Hosper?«

Der junge Mann lachte bitter. »Wenn man eine Weile hier oben ist, vergißt man, daß es noch so etwas wie ›Vertrauen‹ gibt! Aber die einzigen, die noch auf Gomes' Seite stehen, werden im Schiff schlafen, wo sie sich wahrscheinlich verbarrikadiert haben.«

»Okay. Dann los — und versucht, möglichst wenig Lärm zu machen.«

Es war eine fromme Hoffnung. Während der nächsten zehn Minuten, das graue Morgenlicht lag wie eine erstickende Decke über dem Plateau, robbte sich Lex auf das Raumschiff zu. Man war etwas weiter gekommen mit dem Vorhaben, es in die Luft zu heben; es lag jetzt auf vier Steinhaufen, und über die Unterseite, die vom Boden weg war, zog sich ein Netz aus Rissen. Gerade, als er die Stelle erreichte, von wo aus er die Haupteingangsschleuse decken konnte, ertönte ein Schrei. Die Zeit wurde knapp.

Eine Glocke schlug Alarm. Die Schleuse öffnete sich. In den Arbeiterschuppen erhob sich ein animalisches Geschrei, und zerlumpte Männer und Frauen, die Fuß- und Handgelenke von den Ketten wundgescheuert, ergossen sich wie zornige Hornissen über das Plateau. In der offenen Schleuse tauchten Cardevant und ein anderer Mann, den Lex kannte, auf. Beide hielten Peitschen in den Händen, und einer von ihnen einen Bogen. Sie standen einen Moment unschlüssig da, als sie die befreiten Arbeiter sahen, die wie Lava aus einem gerade ausgebrochenen Vulkan auf sie zuströmten, dann machten sie gemeinsam einen Schritt vorwärts, als seien sie entschlossen, den Kampf um jeden Preis aufzunehmen.

Lex zielte haargenau und brannte Cardevant die Peitsche aus der Hand. Er stellte die Energie dabei so präzise ein, daß auf der Hülle des Raumschiffs hinter ihm kaum das Aufblitzen eines Strahls zu sehen war.

Das war mehr, als die beiden verkraften konnten. Erschrocken sprangen sie zurück und schlugen die Tür hinter sich zu. Hervorragend. Da drinnen konnten sie jetzt so lange braten, wie sie wollten.

Während er ein Auge auf das Schiff hielt, falls wieder jemand auftauchen sollte, erhob sich Lex, so daß die Arbeiter ihn sehen konnten und steckte zum Zeichen seiner friedlichen Absichten die Pistole in seinen Gürtel.

Er winkte ihnen, sich um ihn zu versammeln. »Wir sind gekommen, um euch zu retten!« rief er. »Wir sind von der Küste! Ihr seid jetzt frei! Es ist alles vorbei! Wir bringen euch zu essen, Medikamente und Kleidung, und Gomes ist unser Gefangener! Ihr braucht keine Angst mehr zu haben!«

Taumelnd und verwirrt schwärmten sie mit ausdruckslosen Augen um ihn herum, einige starrten auf ihre Handgelenke, als könnten sie nicht glauben, daß ihre Fesseln tatsächlich weg waren. Nicht wenige hatten angefangen zu weinen.

Lex hatte sich gerade überlegt, daß er es sich nun wohl leisten konnte, sich zu entspannen, als er hinter sich plötzlich ein Geräusch vernahm, das das schrecklichste Geräusch war, das er je in seinem Leben hören würde, noch schrecklicher als das Heulen des Windes, wenn er im letzten Winter über die Schleusen von Arbogasts Schiff gefahren war. Es war das Geräusch von Fusionsmaschinen, die warmliefen.

Ungläubig und begleitet von den Schreien der Arbeiter drehte er sich um. Und sah, wie der von Rissen durchzogene Rumpf des Raumschiffs langsam vom Boden abhob.

24

Der Kosmos war plötzlich zu einem Ort des Wahnsinns geworden, erfüllt von schwindlig wirbelnden Lichtern. Trotzdem blieb er irgendwie Herr seiner selbst und wußte was er zu tun hatte. Er lief vorwärts, weg vom Schiff, und brüllte aus Leibeskräften, um das ansteigende Dröhnen des Raumantriebs zu übertönen.

»Runter mit euch! Haltet euch die Augen zu! Macht den Mund auf!«

Geprägt von unerträglichen Monaten blinden Gehorsams hörten die Arbeiter, was er sagte und gehorchten ihm. Wie Weizen vor der Sichel fielen sie zu Boden. Während er weiterlief, sah er Hosper und Cheffy, die hinter der letzten Gruppe, die sie befreit hatten, aus einem der stinkenden Lehmschuppen kamen. Entsetzt wollte Hosper gerade auf das Schiff feuern.

»Hosper! *Nein!*« brüllte Lex, und Cheffy faßte seinen Begleiter am Arm.

»Du darfst sie nicht entkommen lassen!« kreischte Hosper.

»Glaubst du denn, das können sie?« bellte Lex zurück. *»Runter!«* Er warf sich nach vorn auf den steinigen Boden und öffnete den Mund weit, als der schreckliche Lärm in seinen Ohren dröhnte. Das einzige, was er sehen konnte, waren die Kieselsteine und der Dreck unter seinem Gesicht. Der Lärm blieb.

Würden sie es schaffen? Würden sie es durch irgendein verrücktes Wunder schaffen? Er fühlte, wie ihm der Schweiß über das Gesicht rann, und seine Handflächen klebten. Sollten sie doch! Sollten sie doch aufsteigen, sollte Gomes beweisen, daß er recht hatte und Lex nicht, daß Lex seine Mitmenschen unnötigerweise dazu verurteilt hatte, auf einem einsamen Planeten zu bleiben, obwohl Energie und Entschlossenheit einen Hilferuf hätten losschicken und die Retter schneller als Lichtgeschwindigkeit herbringen können ...

Die Landschaft war jetzt von einem unerträglich hellen Strahlen erfüllt, und jedes Sandkorn unter Lex Gesicht war von Schatten scharf umrissen. Er wagte nicht, den Kopf zu heben.

Das Geräusch verblaßte. Wind kam auf. Der Winkel der winzigen Schatten veränderte sich. Er hielt sich die Hand vor die Augen, rollte sich auf die Seite und riskierte einen Blick durch die Finger. Leuchtend wie ein neuer Stern schob sich das Schiff in den Himmel. Überall um sich herum sah er, daß auch andere Leute ihm nachstarrten, ungeachtet des blendenden Lichts. Er identifizierte eine weinende Stimme als die von Jesset; sie mischte sich mit dem Stöhnen von hundert anderen.

Und dann ...

Er drückte sich auf die Knie hoch und sah jetzt hinauf, ohne seine Augen zu schützen. Das Schiff war in einer Höhe von zwei, drei Kilometern und wurde immer kleiner, als es in den blauen Rand der Morgendämmerung beschleunigte. Stille fiel über das Plateau, die nur von ein paar letzten stöhnenden Stimmen durchbrochen wurde. Sie alle starrten jetzt voll Ehrfurcht hinauf und *wollten*, daß das Schiff aufstieg. Auch Lex wünschte es aus ganzem Herzen.

Leuchtfeuer all ihrer Hoffnungen, wurde das Licht am Himmel immer kleiner. Ein Klecks, ein Stecknadelkopf, ein Sonnenstäubchen.

Ein ... ein Stecknadelkopf? Ein ... ein Klecks? Ein Fleck!

Weit im blauen Feld des Morgens, draußen jenseits des Festlands, wo sich die Sonne wie eine goldene Straße auf der glatten Sommersee spiegelte, kehrte das Schiff zurück. Wie Luzifer, aus dem Himmel geworfen, durchschnitt es die Luft, trug das schreckliche Licht seiner eigenen Zerstörung hinunter ins Wasser — und war verschwunden. Dort, wo es ins Meer eintauchte, stieg eine einzelne, riesige Blase voll Flammen auf. Lange Zeit später schlugen träge Wellen gegen den Strand.

Die Augen noch immer von dem verschwundenen Bild erfüllt, wurde sich Lex ganz allmählich bewußt, daß er mit seinen Fäusten auf den Boden schlug und trockenes, formloses Schluchzen seine Kehle schüttelte.

Später, als er gefragt wurde, was man mit den Elendsgestalten von Gomes' Tyrannei anfangen sollte, verweigerte er eine Antwort und setzte sich allein irgendwo zwischen die Felsen, den Kopf gesenkt.

»Lex! Lex!«

Er zuckte zusammen und sah auf. Schüchtern stand Delvia vor ihm, das blonde Haar zurückgeworfen, eine Pistole in der Hand. Ihre Augen waren erfüllt von Traurigkeit. Er zwang sich zurück in die Realität, erstaunt, daß soviel Zeit vergangen sein sollte und blickte sich auf dem Plateau um, in der Erwartung, die Hilfsexpedition bei der Arbeit zu sehen. Doch er entdeckte nur eine Handvoll Neuankömmlinge, die von den verzweifelten Gefangenen, die er befreit hatte, belagert wurden.

»Ist das alles, was Jerode an Leuten geschickt hat?« Er sprang auf.

»Nein, nein!« Delvia faßte ihn am Arm. »Wir kommen mit fünfzig Leuten und allem, was wir tragen konnten! Aber als wir dann sahen, wie das Schiff aufstieg, haben ein paar von uns gedacht, daß wir vorauseilen sollten, für den Fall, daß die Situation auf dem Plateau außer Kontrolle geraten sei. Und ...«

»Was?«

»Und ich wollte dich sehen, Lex. Ich konnte mir vorstellen, wie es in dir aussehen mußte. In fünf, zehn Jahren hätten wir das Schiff vielleicht reparieren oder irgend etwas anderes tun können, wenn auch anders, als Gomes es plante.« Die Worte kamen hastig aus ihrem Mund, als wollte sie alles sagen, bevor er sie unterbrechen konnte. »Und diese Narren haben die letzte, winzige Chance weggeworfen, und damit haben sie dir endgültig die Schwierigkeiten und Probleme einer ganzen Welt aufgebürdet, nicht?«

Ihr Mund zitterte, und ihre Augen füllten sich mit Tränen.

»Aber du wirst es schaffen; ich weiß es. Du wirst uns zeigen, wie wir hier leben können, und wir werden Kinder bekommen und ihnen alles beibringen, was wir wissen, und wir werden Erz finden und Farmen und Städte bauen, und eines Tages werden wir eine Nachricht hinausschicken und den Leuten sagen, wo wir sind, und sie werden kommen und uns finden und sagen, daß du der wunderbarste Mann bist, der je gelebt hat, weil du erkannt hast, daß wir die Geschichte unserer Welt nicht auf einer Armee, auf einem Krieg oder Töten begründen dürfen ...«

Ihre Worte gingen in einem Schluchzen unter.

Lex stand einen Augenblick wie erstarrt da; dann nahm er sie in die Arme, und küßte sie zärtlich auf ihr Haar.

»Es gibt wenigstens einen, der es versteht«, murmelte er. »Aber du hast eins vergessen, das vielleicht wichtiger als alles andere ist. Du hast recht mit der Armee und dem Krieg — aber vor allem mußten wir endlich aufhören, uns falsche Hoffnungen zu machen. Das ist schlimmer als überhaupt keine Hoffnung.«

Er fühlte, wie das Entsetzen, das ihn so lange in seiner Gewalt gehabt hatte, langsam wich. Seine Stimme war jetzt ganz ruhig, beherrscht.

»Weißt du was? Als Gomes in die Stadt kam, begriff ich zum erstenmal, was ein Polymath wirklich zu tun hat. Er muß recht haben. Immer und ausnahmslos. Nichts sonst ist gut genug.«

»Wie schrecklich«, flüsterte sie.

»Ja, das ist es. Und ich hatte solche Angst, letzten Endes doch nicht recht gehabt zu haben ... Aber wenigstens bleibt uns jetzt nur noch ein Weg offen, und ich kann nicht verkehrt entscheiden. Komm mit, Del. Wir müssen sehen, daß wir unser Zuhause in Ordnung bringen.« Ein Schatten lag auf seinem Gesicht, der seinen leichten Ton Lügen strafte.

Jetzt, ganz eindeutig und ohne eine Spur von Zweifel oder die Möglichkeit einer Einschränkung: Zuhause. Alles, was sie hatten. Wo ihre Kinder geboren und sie begraben werden würden.

Aber es wird letztendlich eine gute Welt werden.

Er hatte es nicht laut sagen wollen, und erst, als er Delvia lächeln sah, begriff er, daß er es doch getan hatte. Wenn er es sagte, mußte es natürlich stimmen. Schließlich hatte ein Polymath immer recht zu haben.

Er nahm ihren Arm, und sie gingen gemeinsam weiter.

Zweiter Roman

Die Rächer von Carrig

Originaltitel: THE AVENGERS OF CARRIG

(Eine erheblich kürzere Version dieses Romans erschien bereits 1962 unter dem Titel THE SECRET AGENT OF TERRA.
Copyright © 1962 by Brunner Fact & Fiction Ltd.)

(Das Buch erschien 1972 unter dem Titel GEHEIMAGENTIN DER ERDE als Heyne-Taschenbuch 06/3286 und wurde 1986 nachgedruckt in der Sonderausgabe WELTEN DER ZUKUNFT, Band 12, Heyne-Buch Nr. 06/1012)

Aus dem Englischen übersetzt von Walter Brumm

I

In diesem Jahr fiel der erste Frühlingsneumond auf ein frühes Datum. Die Pässe des Hochlands waren noch immer vereist und von Schnee überweht. Bei Tag dampfte der Atem der Reisenden und ihrer Lasttiere vor ihren Gesichtern, während die Füße der weniger Glücklichen in ihren derben, strohgefüllten Holzschuhen, deren Sohlen einige Nägel entragten, vor Kälte gefühllos wurden; zur Nacht, wenn die Karawane lagerte, mußten Eimer voll Schnee zu Wasser geschmolzen werden, und die Leute zitterten an ihren winzigen Feuern. Es gab keinen Brennstoff außer dem, den sie selbst mitgebracht hatten.

Doch wenn ihre Bärte und Augenbrauen auch vom eigenen Atem bereift und ihre Füße halb erfroren waren, so stapften sie willig genug weiter und beklagten sich nicht. Sie schätzten sich glücklich, unter der Leitung des Händlers Heron zu sein, ihres Karawanenführers. Oft genug in diesen bitteren Nächten, wenn der Wind pulverig trockenen Schnee über die Felsen fegte und das frostige Mondlicht auf dem schwarzen und weißen Gerippe der Berge lag, war über die Gefahr durch Banditen gesprochen worden, die jetzt am Ende des Winters ausgehungert und verzweifelt waren; doch andere hatten über solche Befürchtungen gelacht und wissen wollen, welcher vom Hunger geschwächte Bandit es wage würde, eine solche Karawane anzugreifen: Hunderte von Lasttieren, an die tausend Menschen und die bewaffnete Wache des Händlers Heron, die allnächtlich mit ihren Posten das Lager umstellte.

Aber schließlich war die Zeit für derartige Besorgnisse vorüber, und die Ängstlichen freuten sich, daß sie den Mut aufgebracht hatten, sich der Karawane anzuschließen. Die Stadt Carrig vor Beginn der Königsjagd zu erreichen, versprach zusätzlichen Gewinn. Hier schien das Kommen des Frühlings die Geldbörsen der Leute aufzutauen, wie es den Schnee von den Bergen schmolz.

Und nun hatten sie die Grenze der Ländereien von Carrig überschritten; schon hatten sie Winterwächter getroffen, die von den hochgelegenen Wachttürmen ins Tal herabgestiegen waren, und Bauern waren aus ihren verschneiten Gehöften gekommen, um Waren von der durchziehenden Karawane zu kaufen oder sich ihr anzuschließen, weil auch sie die Stadt besuchen wollten. Nach den steilen und vereisten Wegen des Berglands waren die Straßen in der Ebene eine Wohltat für Mensch und Tier, und mit dem Wissen, daß Carrigs Grenzen seit Menschengedenken nicht von Banditen überschritten worden waren, bemächtigte sich der Händler, Treiber, Mitläufer und Wachsoldaten eine Hochstimmung, die in Lachen und Singen ihren Ausdruck fand, als sie das letzte Stück ihrer mühseligen Reise zurücklegten.

Händler Heron freute sich mit den anderen. Er war ein dicker und lustiger Mann, bei weitem leutseliger als die meisten, die sich vergleichbaren Reichtums und Einflusses erfreuten. Sein Name war auf dem halben Kontinent bekannt — hauptsächlich wegen der Karawanen, die er organisierte. Sie zogen stets auf den einträglichsten Routen, waren stets so gut geplant und ausgerüstet, daß seine Investitionen sich mit fünfzig oder gar hundert Prozent verzinsten, wo andere Karawanenführer sich mit zehn oder zwanzig Prozent zufriedengeben mußten. Er besaß in jeder der vier Städte, zwischen denen seine Karawanen überwiegend verkehrten, ein Haus und eine Frau, aber niemals hielt es ihn lange an einem Ort; er mußte immer aktiv und in Bewegung sein. Im Winter war er zum westlichen Ozean gezogen und vor kaum einem Monat zurückgekehrt

— zu spät, so hofften seine Rivalen, um seine Karawane nach Carrig zusammenzustellen. Doch sein Ruf war so, daß die Leute ihm zuliefen, wenn er nur mit den Fingern schnippte.

Er saß wie ein fröhlicher Bacchant auf seinem riesigen Graat, den flachen, leicht konischen Hut in den Nacken geschoben, von den zwanzig verschieden langen Capes seines Mantels umgeben wie von den Dächern einer Pagode. Tagsüber aßen die Reisenden auf dem Marsch und begnügten sich mit den kalten Resten der Teigfladen, die sie am Abend zuvor in flachen Messingpfannen, oder, wenn sie arme Leute waren, auf erhitzten Steinplatten gebacken hatten. Obwohl es noch nicht Mittag war und die Stadt Carrig in Sichtweite vor ihnen lag, hielten sie auch an diesem letzten Reisetag an ihrer Gewohnheit fest, und Heron machte es wie die anderen und kaute im Rhythmus mit den Bewegungen seines Reittiers, während er nachdenklich zu den Türmen der Stadt blickte und sich fragte, was sie in diesem Jahr erwarten mochte. Bei seinem letzten Besuch war die Atmosphäre gespannt gewesen; allzu leicht konnten die Unbequemlichkeiten eines langen, harten Winters schwärenden Haß erzeugen, wie Brand in einem erfrorenen Fuß. Und, wenn man es recht bedachte …

Er wischte Krumen vom Gerstenfladen aus seinem Bart, rief einen seiner Männer heran und befahl ihm, einen Jungen zur Spitze der Karawane zu bringen, der erfrorene Zehen hatte; er sollte rasch in die Stadt und zu einem Chirurgen geschafft werden.

Der Gedanke an erfrorene Zehen veranlaßte ihn, hinter sich zu blicken und zu sehen, wie die beiden Männer aus dem Südland zurechtkamen, mit denen er während der Reise Bekanntschaft geschlossen hatte. Sie waren wie üblich einige Schritte hinter ihm. Es kam nicht selten vor, daß Südländer in Karawanen nach Carrig auftauchten. Meistens waren sie Händler, die mit irgendwelchen Neuheiten hausierten, oder Handwerker, die gehört hatten, daß ihre Fähigkeiten in den nördlichen Städten gefragt waren; einige waren Söldner; einige wenige waren wegen einer Blutschuld flüchtig oder zum Exil verurteilt; und im Sommer gab es immer Pilger, die zum Heiligtum des Nordens wollten, obwohl ihre Zahl von Jahr zu Jahr abzunehmen schien.

Die zwei Männer, die hinter ihm ritten, hatten Herons Aufmerksamkeit gefunden, weil sie in keine dieser Kategorien zu passen schienen. Nach ihrem zuweilen arroganten Benehmen und ihrem gebildeten Interesse für das Land zu urteilen, waren sie von vornehmer Geburt, doch schienen sie nicht reich zu sein, denn ihr mitgeführter Besitz bestand aus zwei Reittieren für jeden, von denen jeweils eins mit Gepäck beladen war; und keiner der beiden hatte Diener oder Treiber. Ihre Namen waren Belfeor und Pargetti, aber weil dies zwei von den häufigsten Namen des Südlands waren, konnte Heron nicht viel daraus schließen. Er persönlich war zu der Ansicht gekommen, daß sie abtrünnige jüngere Söhne vornehmer Familien seien, die als Abenteurer durch die Welt zogen.

Sie interessierten ihn, denn bei den abendlichen Gesprächen am Lagerfeuer hatten sie — abgesehen von den unvermeidlichen Klagen der Südländer über die Kälte — ein Maß an skeptischer Vernunft enthüllt, wie es unter den abergläubischen Einheimischen selten anzutreffen war. Sie hatten sogar das Recht der Götter in Frage gestellt, nach Gutdünken über das Leben von Menschen zu entscheiden. Heron hoffte, daß er ihre Spur nicht verlieren würde, wenn die Karawane sich in Carrig auflöste; er wollte mehr von ihren Meinungen über die Welt hören.

Die Stadt Carrig war langsam und organisch gewachsen, wie ein Wald, der sich allmählich ausbreitet. Sie lag in der Nähe der rauchenden Berge, die sich im Norden wie ein gespannter Bogen um die Ebene legten. Das Land um Carrig war von großer Fruchtbarkeit, weil Lava rasch zu produktivem Boden verwittert; so hatte das Gebiet schon frühzeitig Nahrungsmittelüberschüsse hervorgebracht.

Etwa in der Mitte der Ebene vereinigten sich mehrere der reißenden Gebirgsbäche zu einem breiten, ruhigen Fluß, der westwärts zum Ozean zog. An der Stelle, wo dieser Fluß schiffbar wurde, entstand eine Siedlung; innerhalb einer oder zwei Generationen gelangten ihre Herren, die Enkel von Holzflößern und Bootsbauern, durch Steuern und den Handel mit getrockneten Seefischen, Gemüse und Pökelfleisch zu Wohlstand. Aus weitsichtigem Eigeninteresse gaben sie einen Teil ihres Gewinns für den Bau eines guten Flußhafens mit hölzernen Anlegebrücken aus, denen einige Zeit später steinerne Kaimauern folgten. Auch mieteten sie eine Söldnertruppe, um ihre Lagerhäuser gegen Banditenüberfälle zu schützen.

Mittlerweile begannen im Südland Städte aufzublühen, und die gelegentlichen Züge von wandernden Händlern und Pilgern, die der Nordsüdstraße durch die Berge folgten und zum Heiligtum des Nordens weiterreisten — das damals für seine Orakel verehrt wurde und weithin berühmt war —, entwickelten sich zu Karawanen mit Hunderten von Menschen und Tieren und bewaffneten Eskorten gegen die Banditen. Es war logisch, daß sie in Carrig Station machten; um die Karawanenzüge direkt in die Stadt zu leiten, bauten die Herren Carrigs eine Brücke und ersparten es den Wanderern, weiter östlich eine Furt über den Fluß zu benützen. Im Laufe der Zeit ergab es sich von selbst, daß Carrig von einer Zwischenstation zu einem Ziel wurde. Heutzutage reiste kaum eine unter vier Karawanen nach Norden weiter, und auch diese wenigen taten es ausschließlich zu religiösen Zwecken, nachdem sie Händler und Arbeiter und alle Nichtpilger in Carrig zurückgelassen hatten. Aber das Heiligtum des Nordens hatte einfach seine Anziehungskraft verloren, und andere Kulte hatten den alten Glauben stark zurückgedrängt.

Carrig wurde von einem letzten Ausläufer des harten Felsgesteins beherrscht, über dessen Stufen der Fluß in seinem Oberlauf herabschäumte. Auf dieser Erhebung ragten eine Festung und ein Tempel wie Gewitterwolken über die Dächer der Stadt. Die Festung war aus grauem Lavabasalt, der Tempel aus einem bräunlichen Tuffstein, der auf Barken flußaufwärts transportiert worden war, aber der größte Teil der Stadt, die sich in willkürlicher Verschachtelung vom Fuß der Zitadelle zum Fluß erstreckte, war aus Holz.

Aus Holz war auch die Brücke, vor der die Karawane zur Zollinspektion haltmachen mußte. Die Zöllner wachten darüber, daß die Treiber den Plankenbelag nicht mit mehr als zwei Graats gleichzeitig belasteten.

Heron, der an die Spitze der Karawane geritten war, zügelte sein Reittier vor der Brückenrampe, und der großköpfige Graat senkte geduldig seinen Schädel und schnüffelte und grunzte vor sich hin. Aus dem Zollhaus kamen Beamte, die Heron bekannt waren.

Der Händler erwartete sie ungeduldig. Der Rest des Tages würde vergehen, bevor alle Tragtiere über die Brücke wären, und er hatte keine Lust, den ganzen langwierigen Prozeß zu überwachen — tatsächlich hatte er ausgezeichnete Gründe, es nicht zu tun. Da er seit zwölf Jahren zwei- bis dreimal jährlich diesen Weg machte, würde es den Zollbeamten sicherlich nichts ausmachen, statt mit ihm selbst mit seinen Aufsehern zu verhandeln.

Er beugte sich in seinem Sattel vorwärts und redete den Ältesten der Männer an.

»Wenn wir nicht vor Sonnenuntergang eine Audienz beim gnädigsten Herrn Bavis Knole erhalten, werden wir genötigt sein, die Woche der Königsjagd ohne Genehmigungen mit Warten zu verbringen. Sicherlich verstehen Sie das und erlauben mir und denen unter meiner Ägide, sogleich in die Stadt zu reiten?«

»Gewiß«, antwortete der Zöllner. »Lassen Sie nur genug Männer zurück, daß sie nach der Inspektion die Tiere weitertreiben, und Ihre weitere Anwesenheit wird nicht vonnöten sein.«

»Ich danke Ihnen herzlich«, sagte Heron und verneigte sich. Mit einem Kopfnicken zu einem seiner Aufseher bedeutete er ihm, daß dem entgegenkommenden Beamten ein passendes Geschenk zu machen sei, und dann wandte er sich zu Belfeor und Pargetti um. Die meisten anderen Südländer drängten sich bereits so nahe wie möglich an der Brücke und beobachteten besorgt die sinkende Sonne.

»Aus religiösen Gründen ruhen vom Abend des Frühlingsneumonds an alle offiziellen Geschäfte für eine Woche«, erläuterte Heron. »Wenn wir uns vorher nicht dem Schutz der Stadt unterstellen und so die Bürgerrechte erwerben, dann ist es uns nicht erlaubt, auf öffentlichen Plätzen zu kaufen und zu verkaufen, Handelsgeschäfte abzuschließen oder Arbeit zu suchen. Auch hätten wir nicht den Schutz der Polizei. Wir müssen zur Festung eilen und eine Audienz beim Regenten Bavis Knole erbitten.« Er wartete auf eine Reaktion und beobachtete die Gesichter der beiden Südländer, aber ihre Züge blieben unbewegt. »Nun«, fuhr er fort, »Sie dürfen mir glauben, daß es unangenehm sein kann, in Carrig zu leben, ohne die Bürgerrechte zu haben — wie zum Beispiel, wenn Ihre Geldbörse gestohlen wird und die Polizei sich weigert, Ihnen bei der Wiedergewinnung zu helfen.«

Belfeor, untersetzt und mit buschigen Brauen, tauschte mit seinem hellhaarigen Gefährten Pargetti einen Blick aus. Er sagte: »Dürfen wir dann mit Ihnen reiten und diese Audienz erhalten?«

Heron nickte. »Ich wollte es eben vorschlagen. Wir

treffen uns auf der anderen Seite der Brücke. Nur zwei beladene Graats dürfen sie jeweils überqueren.«

Als sie drüben waren — verfolgt von Beschimpfungen anderer Karawanenmitglieder, die nicht einsehen wollten, warum diese zwei Südländer besondere Privilegien genießen sollten — meldete Belfeor sich wieder zu Wort.

»Sie erwähnten vorhin die Religion«, sagte er. Heron bildete sich ein, daß Pargetti seinem Gefährten einen warnenden Blick zuwarf, konnte sich aber nicht denken, warum. »Ich kenne mich in den Bräuchen nicht so gut aus, aber ist diese Königsjagd nicht eher eine Sache der Politik, um zu entscheiden, wer die Stadt regieren soll?«

»Hier in Carrig ist das eine mit dem anderen eng verbunden«, antwortete Heron. »Die Leute haben in der Tat seltsame Sitten.«

Belfeor zuckte die Achseln. »Ich für meine Person bin der Meinung, daß nichts Menschliches seltsam genannt werden kann.«

Nun war Heron an der Reihe, ihm einen schnellen Blick zuzuwerfen. Das war eine bemerkenswerte Feststellung für einen Südländer! In Carrig wäre sie wahrscheinlich undenkbar. Es gab keinen Zweifel: Belfeor und sein Gefährte waren Männer, deren Bekanntschaft gepflegt werden sollte.

Diplomatisch sagte er: »Nun, ich bin ein Wandersmann, und ich muß mich nach den Bräuchen richten, wohin ich auch gehe. Aber mir scheint, daß Ihre Haltung die richtige ist.«

Sie kamen in die Stadt. Sie hatte keine Mauern, denn in den Tagen, als Banditen dieses Gebiet unsicher zu machen pflegten, hatte die ganze Bevölkerung in der Zitadelle Platz gefunden, und nun, wo fünf solcher Zitadellen nicht für alle ausgereicht hätten, wurden die Banditen eine Tagesreise entfernt an den Grenzen abgewehrt. Überall war zu sehen, daß die Leute sich auf die bevorstehenden Festlichkeiten vorbereiteten; über den Türen der Häuser und Läden hatte man Sippensymbole angebracht, und an vielen Straßenecken wie auch auf dem großen Marktplatz in der Nähe des Hafens hatten geschäftstüchtige Buchmacher Stände errichtet, an denen man Wetten abgeben konnte. Mit Kreide waren die Namen der Bewerber auf Tafeln geschrieben, dazu die gegenwärtigen Wettkurse. Dieses Jahr stand ein Name an der Spitze jeder Liste: Saikmar, Sohn von Corri, aus der Sippe der Twywit.

»Sie wetten auf den Erfolg der Bewerber?« sagte Belfeor verwundert. »Das überrascht mich.«

»Viele halten es für respektlos«, räumte Heron ein. »Aber sehen Sie, es hat ein Interregnum von achtzehn Jahren gegeben, und in dieser Zeit wurde die Stadt von der Sippe der Parradile regiert, die wegen ihrer Totem-Verwandtschaft mit dem König nicht an der Jagd teilnehmen kann. Manche Leute behaupten, daß das Wetten gefördert worden sei, um den Status der konkurrierenden Sippen in den Augen des gemeinen Volkes herabzusetzen.«

»Nun, ich würde mein Geld gewiß nicht auf den Ausgang dieses Wettbewerbs setzen«, sagte Belfeor und stieß ein seltsames Lachen aus. Heron paßte auf und sah ein Grinsen über Pargettis Gesicht gehen, aber es mochte nicht mehr als eine oberflächliche Reaktion auf eine sonderbare Sitte in einem fremden Land sein.

Am Fuß des Felsens, auf dem die Zitadelle war, mußten sie ihre Reittiere zurücklassen. Gefolgt von den ersten der nachkommenden Karawanenmitglieder, stiegen sie den gewundenen Weg zur Festung hinauf, wo der Regent von Carrig seine letzte Audienz vor dem Beginn der Königsjagd gab.

2

Bavis Knole hätte diejenigen, die ihn ausgerechnet an diesem Tag mit geschäftlichen Angelegenheiten belästigten, mit Freuden in den Krater des größten Vulkans der rauchenden Berge werfen lassen, wäre nicht ein lästiger Umstand gewesen: es war ein schlechtes Omen, ein neues Jahr mit unerledigten Geschäften zu beginnen, und er konnte nicht aus der Rolle fallen, die ihm vorgeschrieben war. Denn obgleich er seit achtzehn Jahren Herr von Carrig war, war er nicht König. Er war nur ein Regent. Der König schlief drüben in den warmen Höhlen, wo man ihn morgen wecken würde.

Darum beschäftigte Bavis Knole sich so freundlich, wie es ihm möglich war, mit den Bittstellern, obwohl sein Bauch unter der Soutane rumorte wie ein Topf mit brodelnder Suppe.

Da war das Problem mit den sechzehn Bauern, die von ihren Höfen geflohen waren, als eine Eruption ihre Felder mit Bimsstein und Asche überschüttet hatte. Sie brachten den schwefligen Gestank der rauchenden Berge bis in seine Audienzhalle; er haftete ihren ungewaschenen Körpern an, saß in ihren zerlumpten Kleidern und den ungekämmten Haaren. Sie waren ungewandte, stumpfsinnige Leute, deren einzige Tugend Beharrlichkeit war. Zwei oder drei derartige Fälle kamen jedes Jahr vor; einige Familien waren zehnmal in ebenso vielen Generationen von Asche und Lava vertrieben worden, um immer wieder zu ihrem Land in den Vorbergen zurückzukehren, wie süchtig nach den Dämpfen, die der Wind auf sie herabdrückte.

Bavis Knole seufzte und widerstand dem Impuls, ihnen zu raten, sie sollten gehen und in einen Vulkan springen. Dies war eine Jahreszeit, wo ein gutes Omen wichtig war, und den Unglücklichen zu helfen, war eine Quelle geistigen Nutzens. Energisch ordnete er an, den Flüchtlingen Unterkunft zu verschaffen, die Kranken mit Medikamenten zu versorgen und den Gesunden Arbeit zuzuweisen. Bei Erwähnung des letzteren sah er ihre Gesichter lang werden und war so verstimmt, daß er ihren Abgang kaum bemerkte.

Danach war es eine Erleichterung, sich dem Händler Heron gegenüberzusehen, einem Mann, der intelligent und reinlich und ein willkommener Besucher war, wenn er sich auch vulgärem Kommerz verschrieben hatte. Zum Verdruß der Hofbeamten, die bemüht waren, die Audienzen rasch abzuwickeln, widmete der Regent dem Händler zwanzig Minuten seiner Zeit, teils im Gespräch, teils im Austausch von Geschenken. Heron hatte kostbare Gewürze und feine Stoffe und einige Eisenschwerter, die er als Deckgebühr für einige seiner Tiere entrichten wollte. Er äußerte den Wunsch, die Tiere in Carrig zu lassen, bis sie im nächsten Winter fohlten. Weil Graats im Süden heimisch waren, war dies ein riskanter Plan, aber Heron erläuterte, daß er sie mit der zäheren nördlichen Art kreuzen wollte, um widerstandsfähigere Tragtiere für seine Frühjahrskarawanen zu erhalten.

Bavis Knole gab seine Erlaubnis. Herons Idee, in den kommenden Jahren noch eher als zum ersten Frühjahrsneumond Karawanen über das Gebirge zu bringen, war amüsant; es führte zu Visionen des dicken Mannes, wie er bis zum Bauch in einer Schneewehe steckte und sich fragte, wie er das Erlebnis profitbringend auswerten könne.

Schließlich erbaten die mit Heron gekommenen Reisenden aus dem Süden, wie der Brauch es verlangte, die Verleihung des zeitweiligen Bürgerrechts. Die Beamten notierten die Namen der Antragsteller und händigten einem jeden handtellergroße Plaketten aus weißem Porzellan aus, die als vorläufige Ausweise galten.

Unter den Reisenden bemerkte Bavis Knole zwei, die nicht zu dem üblichen Haufen von Handwerkern,

Kleinhändlern, Herumtreibern und Abenteurern gehörten. Statt respektvoll beiseitezustehen, während Heron seine Anliegen vortrug, hatten sie neben ihm Stühle eingenommen, und die Tatsache, daß er keine Einwendungen machte, zeigte deutlich genug, daß er sie für Personen von einigem Status hielt. Er stellte sie nicht vor, aber das entsprach dem Brauch; bis sie ihre vorläufigen Ausweise als Bürger erhielten, waren sie offiziell nichtexistent. Bavis Knole merkte sich ihre Namen, als sie sich vor dem Schreiber identifizierten, und aus einem Grund, den er selbst nicht wußte, prägte er sich ein, daß der dunkelhaarige Mann Belfeor und der hellhaarige, magere Mann Pargetti hieß.

Als sie schließlich gingen, hatte er das komische Gefühl, daß Belfeor tief in ihn hineinsähe und Geheimnisse ausforschte, die Bavis Knole viel lieber für sich behalten hätte. Natürlich war die Idee unsinnig. Aber sie war auch beunruhigend.

Die großen Türen des Audienzsaales wurden geschlossen; heute gab es keine weiteren Fälle zu erledigen. Sofort begannen Diener für die abendliche Versammlung Bänke hereinzutragen und in Gruppen für die verschiedenen Sippen aufzustellen. Andere ersetzten die niedergebrannten Stümpfe der Fackeln in den Wandhaltern durch neue. Obwohl das Kratzen der Bänke auf den Steinplatten seine Ohren beleidigte, verließ Bavis Knole seinen hohen Thron noch nicht.

Morgen …

Ein plötzlicher scharfer Schmerz fuhr durch seine Brust — ein Schmerz, den er nicht genau lokalisieren konnte. Er schien in den Schmerz eingebettet zu sein; er fühlte sein Herz langsamer werden und aussetzen, und der Saal verdunkelte sich vor seinen Augen. Wie ein Ertrinkender, der sich an die Luft zurückkämpft, überwand er den Anfall und gewann verzweifelt neuen Halt. Er keuchte.

Dann blickte er verstohlen umher. Niemand schien

es bemerkt zu haben. Dem oberflächlichen Betrachter mochte er erscheinen, wie er immer gewesen war — älter natürlich, und mit tieferen Furchen auf der Stirn, aber noch immer ein kräftiger und stämmiger Mann. Und doch hatte eines Gottes Hand in seinen Körper gegriffen und sich um sein Herz geschlossen, warnend.

Bavis Knole, Oberhaupt der Parradil-Sippe, hatte nun achtzehn Jahre lang in Carrig geherrscht, denn in dieser ganzen Zeit hatte niemand den König erschlagen. Mit jedem Jahr war der König gewaltiger und kräftiger und schlauer geworden. Es schien Bavis Knole jetzt, daß er vergeblich erwartet hatte, mit ihm würde das gleiche geschehen.

Gab es eine deutlichere Warnung als den Schatten des Todes, um ihm zu zeigen, wie sehr er geirrt hatte?

In der Tat: Er hatte geirrt, und er hatte unrecht getan. Diese achtzehn Jahre Herrschaft, die, wie er sich eingebildet hatte, seinen eigenen Plänen und Anstrengungen zu verdanken gewesen waren — sie erwiesen sich schließlich als eine Leihgabe der Götter. Und nun war seine Zeit als Verwalter abgelaufen. Nutzlos, sich dagegen aufzulehnen.

Mit dem Eingeständnis ließ der Schmerz nach, und sein Herz fand seinen normalen Rhythmus wieder. Oh, das Omen war unverkennbar! Mochte die Königsjagd also in diesem Jahr ungestört vonstatten gehen, selbst wenn es Männer gab, die behaupteten, daß Saikmar aus der Sippe der Twywit den König töten werde. Sollte er! Laß den Willen der Götter manifest werden und mach dieser elenden Maskerade ein Ende.

Erleichtert über seinen Entschluß, erhob sich Bavis Knole von seinem Thron und schritt majestätisch aus der Halle.

Heron ritt langsam durch die menschenerfüllten Straßen in der Nachbarschaft des Marktplatzes, die beiden Fremdlinge aus dem Süden neben sich. Sie machten gönnerhafte Gesichter, was nicht gerade zu Belfeors bekundeter Toleranz paßte. Diese zwei gaben ihm ein Rätsel auf. Gewiß, sie stammten aus Gegenden, die er selbst noch nicht bereist hatte, aber es war etwas an ihnen, das falsch klang — irgendein Widerspruch, irgendein Paradox in ihrer Natur ...

Er kam zu einem Entschluß und wartete auf den richtigen Moment, um ihn in die Tat umzusetzen.

Auf dem Marktplatz drängten sich die Lasttiere der Karawane und ihre Besitzer. Männer und Tiere schoben sich durcheinander, und geplagte Aufseher versuchten der Söldner habhaft zu werden, deren Kontrakte sie verpflichteten, abends und nachts die wertvollen Waren zu bewachen, die aber immer wieder versuchten, in die Richtung naher Tavernen zu entkommen. Gastwirte riefen Beherbergungsangebote, die offene Ohren fanden. Leute, die Waren verkaufen wollten, wünschten in unmittelbarer Nähe des Marktes Quartier zu nehmen, damit sie anderntags rechtzeitig zur Stelle wären und ihre Stände an den günstigsten Plätzen aufstellen könnten; aber jene, die müde waren, wollten gleichfalls in der Nähe unterkommen und den Weg in die Außenbezirke der Stadt vermeiden, und es kam verschiedentlich zu Streitigkeiten.

Heron stieg aus dem Sattel und watschelte energisch in die Mitte des Durcheinanders. Mit Befehlen und Ermahnungen brachte er eine Art von Ordnung in das Wirrwarr und kehrte schließlich mit befriedigter Miene zu Belfeor und Pargetti zurück.

»Nun, meine Herren!« rief er. »Was haben Sie jetzt vor?«

Belfeor zuckte mit der Schulter. »Unterkunft suchen, denke ich«, antwortete er.

»Hier im Umkreis des Marktes werden Sie kein Glück mehr haben; was an Betten vorhanden ist, geht im Nu weg. Aber passen Sie auf: ich habe ein Haus hier, klein aber behaglich, und wenn Sie bereit sind, einen Raum miteinander zu teilen, würde ich Sie als meine Gäste willkommen heißen.«

Er dachte einen Moment, daß Pargetti ablehnen würde, aber Belfeor lächelte schnell und schaltete sich ein, bevor sein Freund sprechen konnte.

»Wir wären überglücklich«, sagte er. »Ich darf sagen, daß wir Ihre Gesellschaft schätzen gelernt haben und es bedauern würden, wenn wir uns schon von Ihnen trennen müßten.«

Pargetti sagte: »Aber ...«

»Unsere Geschäfte werden dadurch keine Verzögerung erleiden«, unterbrach Belfeor. »Ist es das, was dich besorgt?«

Pargetti nickte, und Heron dachte: Also haben sie doch Geschäfte hier! Sie haben vorher nie davon gesprochen. Er fragte sich, von welcher Art die Geschäfte sein mochten.

»Was geschieht heute abend in Verbindung mit der Königsjagd?« erkundigte sich Belfeor, als die drei den Marktplatz verließen.

»Wenn der Abendstern erscheint, muß der Regent Bavis Knole die Königsjagd für eröffnet erklären, sofern ich mich recht entsinne; darauf folgt eine Versammlung der führenden Sippen, deren jede einen ausgewählten Bewerber vorstellt. Diese werden sodann feierlich verpflichtet und müssen bis zum Morgengrauen die Nacht durchwachen, während die übrigen Mitglieder der edlen Sippen oben in der Zitadelle ein großes Festgelage halten. So habe ich es mir erzählen lassen — Sie müssen verstehen, daß dies eine geheiligte Angelegenheit für sie ist, deren Einzelheiten Fremden wie mir nicht bereitwillig mitgeteilt werden. Morgen werden die Bewerber ausziehen, um den König in den rauchenden Bergen zu wecken. Manchmal dauert es einen ganzen Tag oder auch zwei, bis sie herausfinden, welche Höhle er für seinen Winterschlaf gewählt hat, obwohl sie gewöhnlich im Vorjahr markiert wird. Und dann kämpfen die Bewerber in den heißen Aufwinden über den Vulkanen mit dem König, bis er getötet ist — was in den letzten achtzehn Jahren nicht vorgekommen ist! — oder bis alle Gleiter von ihm zum Absturz gebracht werden. Es soll geschickte Herausforderer gegeben haben, die drei Tage und Nächte kämpfend in der Luft verbrachten, bis der König ermüdet und langsam war und von einem Pfeil getroffen wurde. Aber das muß vor zwei oder mehr Generationen gewesen sein.«

»Und welche Belohnung erwartet den, der den König tötet?« fragte Belfeor.

»Seine Sippe regiert von diesem Tag an bis zum nächsten Frühlingsneumond.«

»So kam der alte Mann, bei dem wir Audienz hatten, zu seiner Regentschaft?«

»Ah, das nicht.« Heron erhob seine Hand. »Gegenwärtig befindet Carrig sich in einer Zeit des Interregnums, und die Sippe der Parradile übt die Macht aus, weil es ihr als der einzigen unter den vornehmen Sippen verwehrt ist, an der Königsjagd teilzunehmen. Würde ein anderer Mann aus einer anderen Sippe regieren, dann würde er, weil er den König im vergangenen Jahr tötete, das Vorrecht haben, allein gegen den neuen König anzutreten und so seine Macht zu erneuern. Gewöhnlich gelingt ihm das, denn der alte König wird alle ernsthaften Rivalen seiner eigenen Art vertrieben haben, und ein neuer König ist oftmals jung und unerfahren. Aber der jetzige, nachdem er achtzehn Jahre überlebt hat, ist mächtiger als je zuvor einer gesehen wurde.«

»Sie haben ihn gesehen?« fragte Belfeor.

»Aus einiger Entfernung. Was mich angeht, ich würde freiwillig nicht näher als bis auf einen Tagesmarsch an ihn herangehen.«

Herons hiesige Ehefrau war aus Carrig gebürtig, und der Haushalt wurde nach der Landessitte geführt, was bedeutete, daß sie ihn während seines Aufenthalts in der Stadt wie einen auf Besuch weilenden Monarchen behandelte. Sie zu einem anderen Verhalten zu überreden, hätte ihre Ansichten über das, was recht und angemessen war, erschüttert. Sie hatte inzwischen vier Kinder; er war sicher, daß keins von ihnen das seine war, aber er hatte sich nie beklagt — schließlich wurde eine unfruchtbare Frau von den meisten Leuten mit Verachtung angesehen, und er war selten länger als zwei Monate im Jahr in Carrig. Und nach einer langen und anstrengenden Karawanenreise über verschneite Gebirgspässe war es sehr angenehm, sich einer luxuriösen Behaglichkeit zu überlassen, wie sie ihm von seinen vier Frauen nur diese zu bieten wußte.

Er hatte seinen beiden Gästen Diener zugewiesen, weil er annahm, daß auch sie heiße Bäder, Massagen, die Dienste eines Barbiers und saubere, bequeme Kleider zu schätzen wüßten. Darum war er erstaunt, als die abkommandierten Diener nach kaum einer halben Stunde zu ihm zurückkehrten. Er lehnte sich aus der ihn umhüllenden Dampfwolke, murmelte eine Entschuldigung zu seiner Frau, die ihn gerade kämmte, und verlangte den Grund zu wissen.

»Ihre Gäste, Herr«, erklärte einer der Diener, »verkündeten ihre Absicht, vor einem tragbaren Schrein, den sie mit sich führen, eine Dankesandacht für die glückliche Reise zu halten, und befahlen uns, sie während dieser Andacht ungestört zu lassen.«

Ein Prickeln überlief Herons Rücken. Er entsann sich nur zu gut jener Gespräche am Lagerfeuer, bei denen Belfeor und Pargetti sich so bemerkenswert skeptisch über die Götter geäußert hatten.

»Das paßt nicht!« brummte er und stieg so energisch aus dem Bad, daß er dabei einige Liter Wasser überschwappen ließ. Auf die besorgten Fragen seiner Frau sagte er nur: »Gib mir ein Handtuch!«

Er wickelte es um seinen Bauch, verließ das Bad und

watschelte barfuß durch den Korridor zu dem Raum, den er seinen Gästen zugewiesen hatte. Trotz seiner Leibesfülle bewegte er sich leise, und er kannte jedes knarrende Dielenbrett und wich ihm aus.

Ohne sich darum zu kümmern, daß seine Diener ihm folgten, schob er sein Gesicht an einen schmalen Spalt in der Bretterwand und spähte hindurch. Das Fenster dieses Zimmers ging nach Westen, und obwohl es dämmerte und überdies die Läden geschlossen waren, war es hinreichend hell, daß er seine geheimnisvollen Gäste ausmachen konnte. Er konnte auch ihren ›tragbaren Schrein‹ in aller Deutlichkeit sehen. Er erkannte ihn sofort. Er hatte selbst einen.

Es war ein subspatiales Kommunikationsgerät.

Er ging zwei Schritte zurück und zur Seite, stand sprungbereit der Tür gegenüber. Barsch befahl er seinen Dienern, ihm zu folgen. Für Vorsichtsmaßregeln war jetzt keine Zeit — er mußte handeln, und zwar sofort. Er warf sich vorwärts.

Der hölzerne Türriegel war nicht dazu geschaffen, fast dreihundert Pfund Entschlossenheit standzuhalten. Er brach; die Tür flog auf und ließ Heron durch. Von wegen Südländer! Kein Wunder, daß er nicht gewußt hatte, wie er sie einschätzen sollte. Sie waren nicht von diesem Planeten!

Er hatte nie Galaktisch gesprochen, seit er hier lebte, außer um seine halbjährlichen Meldungen zu machen. Aber es war seine Muttersprache, und sein Schreck und seine Erregung ließen ihn jetzt unbewußt zu ihr zurückkehren.

»Halt! Schaltet dieses Ding aus! Ihr seid verhaftet!«

Pargetti, der an den Bedienungsknöpfen des Senders hockte, war wie vom Donner gerührt. Aber Belfeor reagierte, als habe er diesen Moment erwartet. Seine Hand schoß vor und ergriff etwas, das auf dem Tisch neben dem Sender lag. Eine Energiewaffe. Ein altes Ding, aber brauchbar.

Mit einem Feuerstrahl schoß er Heron nieder, und die Diener — denen es vorkommen mußte, wie wenn er einen Blitz aus seiner Hand geschleudert hätte — kreischten, drehten um und rannten um ihr Leben.

3

Als Bavis Knole zum drittenmal die Geduld mit den Dienern verlor, die ihn in einer kleinen Kammer oben im Turm der Festung ankleideten, begriff er, daß seine sinnlose Gereiztheit ihn in Gefahr brachte, den Augenblick zu verpassen, an dem der Abendstern erscheinen sollte. Er zwang sich zu größerer Selbstbeherrschung und ließ einen Harfenspieler kommen, um seine angespannten Nerven zu beruhigen.

Der Musikant war bald zur Stelle und erkundigte sich mit tiefer Verbeugung nach den Wünschen seines Herrn.

»Sing mir die Ballade vom roten Sloin«, befahl Bavis Knole.

Der Harfenspieler verbeugte sich erneut, setzte sich auf einen roten Samthocker, strich sich das lange dunkle Haar aus der Stirn und zupfte an den Saiten. Mit klarer Tenorstimme begann er zu singen.

Bavis Knole fühlte Befriedigung. Die Musik besänftigte ihn und lenkte ihn von seinen grimmigen Gedanken ab. Die Ballade vom roten Sloin war so alt, daß kein Mensch zu sagen wußte, wann sie entstanden war; sie berichtete, wie es zum ersten Interregnum gekommen war. Damals hatte es neun Sippen gegeben, statt der acht gegenwärtigen, und das Oberhaupt der neunten Sippe, die den Graat als Totemtier hatte, war ein hinterlistiger, allgemein verhaßter Ränkeschmied. Aber sein Sohn war der geschickteste Gleiterpilot seiner Zeit, und als der Frühling und die Königsjagd näherrückten, waren alle überzeugt, daß er derjenige sein würde, der den König tötete, und daß seine Sippe an die Macht kommen und die Stadt an einen Banditenstamm verkaufen würde, der sie seit drei Sommern belagerte.

Doch aus dem Süden kam der rote Sloin, ein bekannter Kriegsheld, und er meldete sich in der Versammlung zum Beginn der Königsjagd zu Wort. Obwohl er keiner der eingesessenen Sippen angehörte und nicht einmal Einwohner der Stadt war, waren alle so in Angst vor dem drohenden Triumph der Graat-Sippe, daß sie jeden sich bietenden Strohhalm ergriffen und übereinkamen, daß Sloin die Erlaubnis erhalten sollte, mit den anderen Bewerbern auf Königsjagd zu gehen, obwohl niemand recht an seinen Erfolg glaubte.

Aber er rammte mit seinem Gleiter den Nacken des Königs, und sie stürzten zusammen in den Krater eines Vulkans, womit der Machtergreifung durch das Oberhaupt der Parradil-Sippe nichts mehr im Wege stand. Die erste Handlung dieses Mannes bestand darin, daß er die verräterische Graat-Sippe auslöschte, indem er ihre erwachsenen Mitglieder abschlachtete und die Kinder auf die anderen Sippen verteilte. Anschließend wurden die Banditen vertrieben und der Friede wiederhergestellt.

Bavis Knoles Gedanken wanderten, während seine Diener ihm die Insignien anlegten, seinen Bart kämmten und mit der Paste aus Öl und Ruß einfärbten, die verbergen sollte, daß er ergraut war. Er versuchte sich vorzustellen, wie es früher gewesen war — bevor die Menschen lernten, die Zahl der Tage in einem Jahr zu zählen, und der erste Frühlingsneumond als eine Überraschung kam. Zweifellos hatten sie damals die Leute zusammengerufen und die Tüchtigsten für den Kampf mit dem König durch allgemeine Abstimmung gewählt. Es mußte alles spontan gewesen sein, nicht wie heutzutage, wo die Sippen den ganzen Winter mit Vorbereitungen verbrachten, ihre Bewerber anstrengendem

Training unterzogen, ihre Gleiter verbesserten und ihre Pfeile neu entwarfen, damit sie schneller und gerader flögen und tiefer eindrängen.

Es war alles ritualisiert und in starre Formen gebracht, aber noch immer enthielt es die wesentliche Wahrheit, wie ein trockener kleiner Same die Gestalt eines mächtigen Baumes enthielt …

Der Harfenspieler hatte sein Lied beendet, als die Tür aufgerissen wurde und Bavis Knoles einziger Sohn Ambrus hereingeeilt kam.

»Respekt, Vater«, sagte er mit flüchtiger Verbeugung und fuhr fort, ohne eine Antwort abzuwarten: »Ich möchte wissen, ob das, was zu tun ist, jetzt oder erst am Morgen geschehen soll.«

»Was?« sagte Bavis Knole steinern und musterte den Jüngling von oben bis unten. Wenn er diesen dunkelhaarigen Burschen mit seinem mürrischen Mund und seinem wilden Gesicht ohne einen Schatten von intellektueller Verfeinerung betrachtete, fragte er sich zuweilen, ob es mit der Treue seiner Frau immer zum Besten bestellt gewesen sei. Er selbst, wenngleich die Leute zu sagen pflegten, er sei stark wie eine Säule und hart wie die Steine der Festungsmauern, war nie ein Mann gewesen, der niederschlug, was er unterminieren konnte. Nein, er war ein geduldiger Planer, der etwas über Jahre vorausberechnen konnte, wenn es sein mußte.

Nichtsdestoweniger wußte er, wie selten ein bestimmtes Erbgut über Generationen hinweg erhalten blieb; vielleicht hatte irgendein Ahne von ihm oder seiner Frau Ambrus mit so vielen Fehlern ausgestattet. Es war eine Bürde, die getragen werden mußte.

Ambrus verstand die Reaktion seines Vaters nicht und starrte ihn leer an. Dann sagte er: »Du weißt, was ich meine — was getan werden muß!«

Bavis Knole unterdrückte ein Seufzen und lehnte

sich im Sessel zurück. Er streckte erst das eine Bein aus, dann das andere, damit seine Diener ihm die Zeremonienstiefel anziehen und zuschnüren konnten. Er sagte: »Erzähl mir, Ambrus, wer gilt als der aussichtsreichste Bewerber?«

Die Miene des Jungen hellte sich endlich auf. Er begriff, daß sein Vater das heikle Thema nicht in Anwesenheit seiner Diener erörtern wollte.

»Heißt es nicht«, fuhr Bavis Knole fort, »daß Saikmar aus der Sippe der Twywit besonders gute Aussichten habe?«

»Das ist wahr«, bestätigte Ambrus und versuchte einen Enthusiasmus vorzutäuschen, den er nicht fühlte. »Man sagt, in den letzten vierzig Jahren habe es keinen Besseren gegeben.« Unausgesprochen hinter der Bemerkung, aber für seinen Vater deutlich genug erkennbar, war die Feststellung: Nicht, daß es ihm etwas nützen würde!

»Nun«, murmelte Bavis Knole, »dann werden wir wohl eine neue Sippe in dieser Festung sehen, bevor die Woche um ist.« Er sagte es bedächtig und beobachtete die Reaktion in Ambrus' Gesicht. Sie ließ nicht auf sich warten: eine dunkle Röte des Zorns.

Und einen Moment später verspürte er selbst einen weiteren schmerzenden Stich in seiner Herzgegend, so akut, daß er die Augen schließen mußte. Eine neue Warnung von den Göttern, das war, was es sein mußte — wie die Peitsche eines Treibers, der ein widerborstiges Tier einen Weg entlang drängte, dem es nicht zu folgen wünschte.

Unerwähnter Gegenstand dieses Dialogs mit seinem Sohn war ein gewisser Porzellankrug, der gut verschlossen nebenan in einem abgesperrten Schrank ruhte. Er enthielt ein Gebräu von Kräutern und Pilzen, von dem zwanzig Tropfen genügten, um den stärksten Mann in einen Rauschzustand zu versetzen, in dem übersteigertes Selbstbewußtsein sich mit einer Trübung des Reaktionsvermögens paarte. Siebzehnmal hatte Bavis Knole zu Beginn der Königsjagd den Bewerbern einen Glückstrunk gesandt, der mit der Droge gewürzt war …

Aber wann immer er in diesem Jahr auch nur daran dachte, schloß die Hand eines Gottes sich mit grausamem Druck um sein Herz.

Er öffnete seine Augen und blickte finster zu seinen Dienern. »Seid ihr fertig?« fragte er grollend.

Sie nickten furchtsam.

»Dann macht euch fort!«

Sie eilten hinaus, hastig und leise, wie kleine, diebische Tiere. Nur Ambrus blieb. Bavis Knole stand auf und begann hin und her zu wandern. Mit seinem ganzen Wesen wünschte er, daß er seinen Sohn nie in dieses Geheimnis eingeweiht hätte. Er hatte sich gesagt, daß es notwendig gewesen sei, damit Ambrus die Feinheiten der Staatskunst lerne, aber das war eine Lüge gewesen. Er kannte jetzt den wirklichen Grund: Er hatte es Ambrus gesagt, weil das einzige, was sein Sohn an einem älteren Mann, Vater oder nicht Vater, zu bewundern geneigt war, ein größeres Maß an Scharfsinn und Gerissenheit war, als es ihm selbst zur Verfügung stand.

Unvermittelt sagte er: »Wir werden Saikmar keinen Glückstrunk schicken.«

Ambrus trat einen Schritt vor, und seine Lippen formten Worte, die nicht kommen wollten. »Aber Vater«, stammelte er schließlich, »wenn er …«

»Sei still. Junge, ich habe dich vielleicht verleitet, die Götter … ah, etwas zu leicht zu nehmen. Ich bin versucht gewesen, die Dinge … zu verändern und nach meinem Gutdünken zu formen, nicht wie die Götter es wollten. Doch nun erkenne ich, daß es eine Illusion ist, denn was die Götter wollen, trifft ein, und Menschen sind nur ihre Instrumente. Es ist uns lange Zeit gut ergangen — aber nicht durch meine Klugheit, sondern durch ihre Duldsamkeit. Und ihre Geduld ist jetzt am Ende.«

Er konnte nicht das Gefühl ausdrücken, das tiefer ging als Worte, das Gefühl des drohenden Todes; er verfügte nur über Worte.

»Achtzehn Jahre, Ambrus, haben den König unvorstellbar mächtig gemacht. Vielleicht habe ich ihm geholfen. Vielleicht wäre er längst besiegt, wenn die Herausforderer nicht jährlich ihren Glückstrunk von mir erhalten hätten. Aber nun ist es an der Zeit, der Einmischung ein Ende zu machen. Wir müssen unser Schicksal in die Hände der Götter zurücklegen und auf ihre Kraft und Klugheit vertrauen — und auf die des Königs.«

Er konnte die Rebellion in Ambrus' Augen lesen. »Aber daß dieser weibische Saikmar die Sippe der Parradile um die Herrschaft bringen soll — es ist unausdenkbar!«

»Wenn es so sein soll, wird es so sein«, antwortete sein Vater seufzend.

»Das darf nicht sein!« Ambrus stampfte mit dem Fuß auf. »Ach, warum wurde ich nur in die Parradil-Sippe geboren, die nur herrschen darf, wenn andere versagen?«

»Du bist machtgierig und neidisch!« schnappte Bavis Knole. »Ich muß mich für dich schämen. Gibt es nicht Menschen, die auf ihrem Sterbebett beten, daß sie in die Sippe wiedergeboren werden, die du so gering schätzt? Betrachten sie es nicht als eine besondere Auszeichnung, das vornehmste aller Tiere zum Sippentotem zu haben?«

»Du hast gut reden!« versetzte Ambrus. »Was glaubst du, wie mir zumute ist, da ich sehen muß, wie mir die Hoffnung auf das weggenommen wird, was du seit achtzehn Jahren genießen konntest?«

»Mit diesen Worten gibst du zu erkennen, daß du für eine verantwortungsvolle Position ungeeignet bist!«

Ambrus war sprachlos. Nach einigen Sekunden wurden seine Augen schmal und tückisch. Er stützte sich mit geballter Faust auf einen niedrigen Tisch und beugte sich vorwärts. »Soll ich meinen Gleiter bewaffnen und mich morgen mit dem König messen? Besser, ich töte ihn, als ... als dieser Schwächling Saikmar!«

Bavis Knoles alte Energie kehrte in einer plötzlichen Aufwallung von Zorn und Entsetzen zurück. Er schritt auf seinen Sohn zu, nahm das rechte Ohr des Jungen zwischen Daumen und Zeigefinger und benützte den Schmerz als Hebel, um ihn tief über den Tisch zu beugen. Dann klopfte er ihm kräftig den Hosenboden durch, was er nicht getan hatte, seit Ambrus dem Kindesalter entwachsen war.

»Geh!« schnaufte er, als er die Tracht Prügel verabfolgt hatte. »Geh und reinige deinen Mund, bevor du wieder zu mir sprichst — oder zu irgendeinem anderen! Du mußt für dein Sakrileg Buße tun!«

Als ob er endlich die Bedeutung dessen begriffe, was er gesagt hatte, machte Ambrus' Wut einer unbestimmten Angst Platz, und er unternahm nichts gegen seinen Vater. Mit zuckendem Mund, doch ohne ein Wort zu sagen, wandte er sich blindlings zur Tür und ging. Bavis Knole blieb stumm zurück, erschüttert bis in den Kern seines Wesens. Daß sein Sohn davon redete, gegen den König zu kämpfen, obwohl er selbst ein Mitglied der Sippe des Königs war! Wie weit war der Weg von diesem Gerede zu dem Gedanken, einen leiblichen Vetter umzubringen ... oder gar den eigenen Vater?

Durch Ekel und Bestürzung drängte sich ein wichtiger Punkt in Bavis Knoles Bewußtsein. Wenn der Junge solcher Blasphemie fähig war, dann bedeutete ihm bloßer Ungehorsam gar nichts. Und er wußte von der Existenz des Porzellankrugs im Nebenraum.

Bavis Knole stahl sich schuldbewußt wie ein Dieb zur Tür und spähte in beide Richtungen. Niemand war in Sicht. Hastig suchte er den richtigen Schlüssel unter den vielen, die an seinem Gürtel hingen, öffnete den benachbarten Raum und schloß den Schrank auf. Da stand der Krug, seit einem Jahr unberührt. Er nahm ihn an sich und eilte zum nächsten Fenster. Er schüttete den Inhalt des Krugs über das rauhe Mauerwerk, und als der giftige Saft in einem dunklen Streifen die Mauer hinabrann, fühlte er eine große Ruhe über sich kommen. Er schleuderte den Krug weit hinaus und sah ihn auf einem der niedrigeren Dächer der Festung zerschellen.

Kaum war er in den Ankleideraum zurückgekehrt, klopfte der Hofmeister mit seinem Amtsstab gegen die Tür und sagte, daß der Sonnenuntergang unmittelbar bevorstehe. Bavis Knole nahm seine Insignien an sich und folgte dem Mann die Wendeltreppe hinauf zur höchsten Plattform des Festungsturms.

Oben angelangt, sah er mit einem Blick, daß alles vorbereitet war — die Priester, die Diener und Weisen, alle hatten in der vorgeschriebenen Form Aufstellung genommen, und auch seine Verwandten, die das stolze Symbol der ältesten Sippe trugen, die stilisierte, zweiflügelige Gestalt des Parradil, ihres Königs. Er grüßte sie steif im Vorbeigehen, und dann trat er an die westliche Brustwehr und starrte hinüber in die Glut der Sonne und der rauchenden Berge. Schon war die rötliche Scheibe des Tagesgestirns verformt von der heißen Luft über der Vulkankette. Und der Wind mußte aus der Richtung kommen, denn er roch ...

Nein. Der Geruch von Verbranntem kam mehr aus der Nähe. Bavis Knole blickte hinab auf die Stadt und sah sofort die dichte Rauchwolke in der Altstadt. Offenbar war ein Haus in Brand geraten. Glücklicherweise war der Fluß nicht weit, was bedeutete, daß genug Wasser zur Hand war, um die benachbarten Gebäude gegen ein Übergreifen des Feuers zu schützen. Volumen und Dichte der Rauchwolken machten deutlich, daß es kaum eine Möglichkeit gab, das Haus selbst zu retten.

Aus Neugierde winkte er einen der jungen Diener

heran, einen Jungen, der für seine scharfen Augen bekannt war. »Kannst du sehen, wessen Haus dort brennt?«

Der Junge spähte angestrengt, dann sagte er zweifelnd: »Es könnte das Haus Herons sein, des Händlers, aber der Qualm ist zu dicht, um es genau zu sehen.«

Herons Haus! Welch ein Unglück für den armen Mann, daß am Tag seiner Rückkehr …

Bavis Knole blickte auf und sah, daß der Abendstern gleich einem wasserhellen Juwel im aschenfarbenen Himmel erschienen war. Sofort war alles bis auf die Worte des Rituals vergessen. Er hob seine Linke und zeigte auf den Stern.

»Morgen ist es gesetzlich, daß der König getötet werde!«

4

Saikmar, Sohn von Corri, bewegte sich wie in einem Traum zu seinem Platz zwischen den anderen Mitgliedern der Twywit-Sippe. Das Blut schien wie ein Gebirgsbach durch seine Adern zu rauschen; er fühlte, daß er seine eigenen Handlungen aus einer Entfernung beobachtete, wie wenn Trunkenheit den Körper von der Kontrolle des Geistes trennt, ohne das Bewußtsein zu trüben. Doch dies hatte nichts mit Trunkenheit zu tun, es war mehr eine Ekstase.

Die anderen — seine Mutter, sein Onkel, der ihm seit seines Vaters Tod beigestanden hatte, seine Schwestern, seine Tanten und Vettern und Cousinen waren stolz auf ihn, und als er zu seinem Platz in der vordersten Reihe ging, klopften sie ihm auf die Schultern oder riefen ihm Ermunterungen zu. Aber er war nicht stolz auf sich. Er war nicht völlig hier im großen Audienzsaal. Ein Teil von ihm war dort draußen über den rauchenden Bergen, ritt in einem zerbrechlichen Gleiter die turbulente Luft — bereits an das Morgen verloren.

Die riesige Halle stand voller Bänke, die in keilförmigen Gruppen arrangiert waren, so daß in den vordersten Reihen kaum drei Personen nebeneinander sitzen konnten, während die letzte Bankreihe eines solchen Keils wenigstens zwanzig Sitzenden Platz bot. Die Ordnung, in der die Sippen saßen, war vom Los bestimmt worden. Danach besetzte die Sippe der Twywit in diesem Jahr den mittleren Keil, und so kam es, daß Saikmar, als er seinen Platz eingenommen hatte, sich direkt dem Thron gegenübersah, auf dem der Regent Bavis Knole präsidieren würde.

Er war sich undeutlich bewußt, daß die meisten Augen auf ihn gerichtet waren, kümmerte sich aber nicht darum. Diese vielen Augen sahen einen Jüngling, groß wie ein Mann, aber seltsam dünn, von schmalem und leichtem Knochenbau — vogelartig, sagten die Leute. Vor ein paar Jahren hätte kein Mensch den besten Bewerber seiner Sippe in ihm gesehen, denn damals hatte er seine Zeit mit Lernen, Lesen, Singen und dem Erklettern von Bäumen verbracht, abseits von den Balgereien seiner Altersgenossen. Doch nun, mit achtzehn, hatte er gelernt, seine natürliche Anmut durch das Medium eines Gleiters auszudrücken, seine Steuerung zu bedienen wie ein empfindliches Musikinstrument, und sein schmächtiger Wuchs und seine nervösraschen Reaktionen hatten ihn zum haushohen Favoriten gemacht, dessen taktisches Geschick von keinem Konkurrenten auch nur annähernd erreicht wurde.

Ein wenig humpelnd (er war einmal von einem Graat abgeworfen worden und hatte sich ein Bein gebrochen, das schlecht verheilt war) kam sein Onkel Malan Corri, Oberhaupt der Sippe, nach vorn und setzte sich neben Saikmar. Seine Mutter nahm den Platz auf der anderen Seite ein. Sie war alt, aber ihre Haltung verdiente noch immer das Attribut ›königlich‹.

Und nun wurden Gongs geschlagen, und Stille folgte den verhallenden Tönen. Der Regent betrat den Audienzsaal von der Rückseite her, umgeben von Priestern und Lakaien und seinem ganzen glänzenden Gefolge. Saikmars Augen starrten wie gebannt auf das Gesicht über dem glänzenden schwarzen Bart. Konnte es wahr sein, daß dieses vornehme Oberhaupt der vornehmsten Sippe, wie Gerüchte wissen wollten, Jahr für Jahr die Teilnehmer an der Königsjagd mit Drogen behandelt hatte, damit der König nicht getötet würde? Diese volltönende Stimme, wie sie jetzt die Götter anrief, klang wie eine Glocke von Aufrichtigkeit und erfüllte Saikmar bis in den letzten Winkel seines Bewußtseins mit religiöser Ehrfurcht und Erwartung.

Dann, als die Anrufungen beendet waren, folgte die traditionelle Bitte um Kämpfer gegen den König. Saikmars Herz schlug schneller; er drehte den Kopf, als der erste seiner Rivalen aufstand und seinen Namen zu Protokoll gab. Natürlich waren die Bewerber schon vor Wochen oder gar Monaten ausgewählt worden, aber das Ritual verlangte, daß jeder für sich selbst seinen Anspruch verkündete, worauf er in die Ehrenrolle eingetragen wurde. (Für einige Kämpfer, die irgendwo zwischen den Vulkanen abgestürzt waren, blieb die Eintragung in der Ehrenrolle das einzige Denkmal.)

In alter Zeit, so berichteten Überlieferungen, war das Verfahren nicht so im Formalen erstarrt wie jetzt; es gab nicht nur einen Bewerber aus jeder Sippe, und sogar Männer von außerhalb konnten ihre Geschicklichkeit mit dem König messen. Der rote Sloin, zum Beispiel, über den es eine berühmte Ballade gab.

Sein Onkel stieß ihn mit dem Ellbogen an und bedeutete ihm aufzustehen, und Saikmar sah sich in die Gegenwart zurückgerissen. Er stand auf und verkündete mit hoher Stimme seinen Namen, seine Sippe und seine Absicht, gegen den König anzutreten.

Einen Moment später verlor er sich erneut in Visionen der Jagd.

Erst als der Bewerber der letzten Sippe der Tradition

Genüge getan hatte, brach die Realität von neuem über Saikmar herein. Die hohen Flügeltüren am Eingang des Audienzsaals waren geöffnet worden, aber niemand hatte sich umgedreht, weil man vermutete, daß Diener hereinkämen, um die Fackeln anzuzünden oder eine andere notwendige Arbeit zu verrichten. Nun aber dröhnte eine Baßstimme aus dem Halbdunkel des Hintergrunds.

»Und ich! Ich möche auch auf die Jagd nach eurem König gehen!«

Verblüfft — Bavis Knole war vielleicht verblüffter als alle anderen — drehten und reckten die versammelten Edlen ihre Hälse, um zu sehen, wer gesprochen hatte. Als er vortrat, erwies er sich als ein Mann von annähernd vierzig Jahren, kräftig und untersetzt, mit dunklen, buschigen Brauen. Er trug die Tracht des Südländers: ein loses langes Hemd mit einem Gürtel darum, und darunter eine weite, kaum knöchellange Hose.

Nach kurzer Stille brach der Unwille über diesen Eindringling in lautstarkem Durcheinander los, und Bavis Knole mußte den Gongträgern ein Zeichen geben, daß sie ihre Instrumente dröhnend bearbeiteten, bevor er sich in dem Tumult Gehör verschaffen konnte. Als ein gewisses Maß an Ruhe wiederhergestellt war, brüllte er: »Kommen Sie vorwärts, Fremder! Machen Sie sich bekannt!«

Der Angeredete stapfte scheinbar unberührt von der ganzen Aufregung an den Bankreihen vorbei zum Thron, und Saikmar, dessen Herz gegen seine Rippen hämmerte, fragte sich, ob er eben eine Art von Vorahnung gehabt habe, als er über den roten Sloin und die alte Ballade nachgedacht hatte.

Bavis Knole hatte sich halb von seinem Thron erhoben und starrte den Fremden an. »Sie kamen heute nachmittag mit Heron zur Audienz!« sagte er verblüfft. »Ich erkenne Sie jetzt. Sie sind der Südländer, der sich Belfeor nennt!«

»Richtig«, sagte der Fremde sarkastisch. »Aber bitte sagen Sie nicht, daß das mich daran hindert, an der Königsjagd teilzunehmen. Der rote Sloin war auch nicht ein Mann von Carrig, und ich verlange nicht mehr, als ihm zugestanden wurde.«

Wenn man überlegte, was er seit seiner Ankunft in der Stadt durchgemacht hatte, dachte Belfeor mit grimmiger Befriedigung, dann summierte das Ganze sich zu einem höchst denkwürdigen Ereignis. Welch unglaubliches Pech, ausgerechnet auf einen galaktischen Agenten zu stoßen! Und obendrein in seinem Haus abzusteigen, ohne etwas zu ahnen! Wo es auf dem ganzen Planeten nicht mehr als sechs oder sieben Agenten geben konnte, und wahrscheinlich noch weniger.

Immerhin, es war nicht allzu schlecht abgegangen. Obwohl Pargetti zuerst in Panik geraten war, hatte er doch einsehen müssen, daß Heron — oder wie immer sein richtiger Name gewesen war — bis zuletzt keine Ahnung von der außerplanetarischen Herkunft seiner Gäste gehabt hatte; sonst wäre er nicht nur mit einem Handtuch bekleidet hereingestürzt gekommen und würde sich überdies nicht soweit vergessen haben, sie auf galaktisch anzureden. Was als ein Beweis dafür gelten konnte, daß sie sich gut verkleidet hatten, und weiterhin bedeutete, daß Heron keine Zeit gehabt hatte, ihre Anwesenheit den Behörden zu melden. Darum war nicht alles verloren. Aber sie mußten rasch handeln.

Die Diener hatten nur wegen der Energiewaffe die Flucht ergriffen. Gab man ihnen ein wenig Zeit, damit sie sich über den Tod ihres Herrn erregen konnten, würden die Mutigsten zurückkehren. Pargetti und er brachten den Sender hastig wieder in seinem Gehäuse aus einheimischem Holz unter. Dieses Gehäuse war als Schrein zurechtgemacht — eine naheliegende Tarnung, weil viele Kulte der Eingeborenen die Reliquien von

Ahnen verehrten und ihre Behälter mit ausgesuchten Flüchen und Verwünschungen schmückten, die sich gegen Diebe und Schänder richteten. Sie rafften zusammen, was von ihren Habseligkeiten absolut unentbehrlich war, und eilten aus dem Raum. Als er ging, feuerte Belfeor noch einmal auf den toten Händler und sah dabei die Dielenbretter unter dem Leichnam in Brand geraten.

»Wir zünden das Haus an!« sagte er zu Pargetti. »Man wird den Dienern ihre Geschichte nicht glauben — man wird sie wenigstens bis morgen für verrückt halten, und bis dahin müßten wir aus ihrer Reichweite sein, wenn es wahr ist, was du mir gesagt hast.«

Pargetti, blaß im Gesicht, nickte und fummelte unter seinem Hemd herum, bis er seine eigene Energiewaffe hatte. Er richtete sie auf das andere Ende des Korridors und zündete die hölzerne Wand an, um die Tür zu Herons Wohnung zu blockieren. Als sie die Außentreppe zum Stall hinuntergerannt waren, vollendeten sie ihr Werk mit zwei weiteren Schüssen durch das Fenster, und unter den Dachbalken begann Qualm herauszusikkern.

»Das wird sie eine Weile beschäftigen«, sagte Belfeor grimmig. »Es ist ausgetrocknetes Holz und wird bald wie ein Scheiterhaufen brennen. Und nun verschwinden wir in der Stadt.« Er drehte sich um und marschierte voraus durch das Gewirr der engen Gassen. Das Risiko, sich in diesem Irrgarten zu verlaufen, war jedoch gering, solange sie die Zitadelle sehen konnten, die Carrig beherrschte.

»Wie lange dauert es noch bis zur Versammlung?« keuchte Pargetti, der den Kasten mit dem Sender schleppte und Mühe hatte, mit seinem Gefährten Schritt zu halten.

»Die Versammlung beginnt, sobald der Abendstern erscheint, also kurz nach Sonnenuntergang. Der verdammte Heron! Ich wollte eine genaue Zeitabstimmung vom Schiff haben, aber der Kerl mußte uns unterbrechen.«

»Wann werden sie anfangen, sich dort oben Sorgen zu machen?«

»Wahrscheinlich haben sie schon damit angefangen, verdammt noch mal!« brummte Belfeor. »Deine erste Aufgabe ist, einen Ort zu finden, wo du den Sender wieder aufstellen und unseren Leuten erklären kannst, was geschehen ist. Sieh zu, daß sie nicht gleich den Kopf verlieren. Sag ihnen, daß Heron völlig überrascht war und niemanden warnen konnte, und daß es keinen Grund gibt, den Plan zu ändern. Vermutlich verwendete Heron seine Karawanenzüge als Tarnung für eine reguläre Patrouille, und das heißt, daß du recht hattest, als du uns sagtest, daß es in Carrig keinen ansässigen Agenten gebe. Bis ein anderer Agent auf diesem Planeten erfährt, was ihm zugestoßen ist, werden Monate vergehen, in denen wir unsere Position festigen können.«

Pargetti nickte zweifelnd. »Aber wir müssen damit rechnen, daß er gleich nach seiner Ankunft hier eine Meldung machen sollte. Wird sein Partner am anderen Ende nicht sofort Nachforschungen anstellen, wenn er seine Nachricht nicht bekommt?«

»Das fragst du mich?« konterte Belfeor. »Die Antwort auf solche Fragen müßtest du wissen, dachte ich.« Und bevor Pargetti antworten konnte, fuhr er fort: »Wie auch immer, dieses Risiko müssen wir auf uns nehmen. Hier, ich glaube, wir sind weit genug gelaufen. Jetzt trennen wir uns lieber. Wir treffen uns heute abend am ... nein, das wird nicht gehen. Wenn sie mich als Herausforderer annehmen, was ich erwarte, dann werde ich den ganzen Hokuspokus mitmachen müssen, die Nachtwache und den ganzen Rest. Du bist also auf dich selbst angewiesen. Wir werden nach der Königsjagd wieder zusammenkommen. Laß dich zu keinen Unüberlegtheiten hinreißen!«

Und dann gab es kein Problem außer dem, in die Festung zu gelangen, was er mit einem so fadenscheinigen Vorwand zuwege brachte, daß er es kaum glauben konnte, obwohl man ihm vorher versichert hatte, daß es so gelingen werde. Er brauchte den Wachen nur ein kleines Schmuckstück aus dem Südland zu zeigen und ihnen zu erzählen, es sei ein Glücksamulett, das er Saikmar geben wolle — und sie ließen ihn durch. Offenbar hatten sie alle hoch auf Saikmar gewettet und wollten ihm alles Glück zukommen lassen, was zu haben war.

Wenn der Hinweis auf den roten Sloin ebenso wirkte — wer immer dieser Kerl gewesen sein mochte —, dann war der gute Ausgang seines großen Spiels so gut wie gesichert.

Während das Stimmengewirr im Audienzsaal erneut anschwoll, starrte Saikmar verwundert den fremden Eindringling an. Er sah alt aus. Alt für einen Königsjäger, jedenfalls. Und schwer gebaut, bullig und untersetzt. Es war nicht leicht, sich einen solchen Mann vorzustellen, wie er einen Gleiter über den Vulkanschloten der rauchenden Berge manövrierte. Und außerdem — wenn er nicht die Absicht hatte, es wie der rote Sloin in der Legende zu machen und mit seinem Gleiter vorsätzlich den König zu rammen, wie konnte er dann auf einen Sieg hoffen? Saikmar wußte sehr genau, wie ungewiß seine eigenen Chancen waren, und er hatte den zweifachen Vorteil jugendlicher Reflexe und jahrelanger Übung.

Und dieser Belfeor sah nicht wie ein Mann aus, der seines Lebens überdrüssig war.

Es war gänzlich absurd, dachte Saikmar. Man mußte jung und beweglich sein, wenn man den König töten wollte, mochte er auch jung und unerfahren sein. Alle Autoritäten stimmten darin überein; kein Herausforderer hatte den König öfter als viermal hintereinander besiegt. Mit fünfundzwanzig begann man bereits steif zu werden, zu langsam, um es mit einem geschmeidigen Parradil aufzunehmen.

Hinter ihm gab es plötzlich Lärm. Luchan, der letztes Jahr für die Sippe der Twywit gekämpft hatte und dessen Gleiter nach einem Schlag von der linken Schwinge des Königs abgestürzt war, was den unglücklichen Kämpfer um ein Auge und ein Bein gebracht hatte, war aufgestanden und brüllte Bavis Knole an:

»Ein fauler Trick! Ein niederträchtiger Plan, um der Parradil-Sippe die Macht zu erhalten!«

Sofort entstand neuer Aufruhr. Andere Sippen fanden neue Beschuldigungen, und bald wurden Beleidigungen ausgetauscht. Schließlich hielt Saikmar es nicht länger aus, erhob sich und schrie, daß sie still sein sollten.

Weil er der Favorit war, ließen sie ihn zu Wort kommen. »Hat keiner von euch einen Funken Vernunft?« rief er. »Habt ihr euch diesen Mann Belfeor angesehen? Habt ihr euch überlegt, welche Aussichten er gegen den König hat? Er behauptet, er sei heute zum erstenmal in die Stadt gekommen; egal wie geschickt er als Pilot sein mag, welche Aussichten wird er haben, wenn er in die verräterischen Auf- und Abwinde über den rauchenden Bergen kommt?«

Sein Argument machte Eindruck. Auf allen Seiten sah er Gesichter, die nachdenklich wurden.

»Luchan«, fuhr er zu seinem Vetter gewandt fort, »wärest du Regent und hättest du irgendeinen finsteren Plan, den Willen der Götter zu verdrehen, würdest du dann einen solchen Mann auswählen? Ich habe keine Ahnung, was ihn zu seiner Herausforderung treibt, aber ich kann mir nicht vorstellen, daß er weiß, welcher Mühsal und Gefahr er sich damit aussetzt. Ich vermute, er versucht einfach eine Art Glücksspiel, um an die Macht zu kommen. Gut, lassen wir ihn! Wenn er so gut ist wie Sloin es war, dann wird er es morgen beweisen;

wenn nicht, wird er ein ruhmloses Ende finden. Ich sage, er soll sich ruhig vom König den Hals brechen lassen, wenn es das ist, was er will!«

Saikmar setzte sich, erstaunt über sich selbst. Seine Mutter beugte sich zu ihm und flüsterte etwas, das nach einem Kompliment klang; er antwortete nur mit einem Kopfnicken.

»Aber es ist gegen allen Brauch ...«, sagte eine bekümmerte Stimme von der linken Seite des Saales.

»Gegen den Brauch, ja«, sagte Bavis Knole mit wiedergewonnener Selbstsicherheit. »Aber gegen das Gesetz ist es nicht. Saikmar, Corris Sohn, hat gut gesprochen. Und ich erkläre vor euch allen, und besonders vor Luchan — dessen Zunge seit unserer letzten Zusammenkunft hier sehr viel lockerer geworden ist! —, daß ich diesen Emporkömmling Belfeor nur einmal zuvor gesehen habe, als er heute mit dem Rest von Händler Herons Karawane in die Stadt kam und um eine Aufenthaltsgenehmigung nachsuchte. Darüber hinaus weiß ich nichts von ihm.«

Während des langen Hin und Hers hatte Belfeor nichts gesagt. Nun hob er seine Stimme.

»Bin ich also angenommen?«

»Gegen meinen Willen, gegen unser aller Willen, aber weil es nicht verboten ist, sind Sie angenommen«, sagte Bavis Knole bitter.

»Gut!« sagte Belfeor, und blickte grinsend in die Runde. »Übrigens, Freunde, bin ich nicht hier, wie dieser junge Bursche meinte, um mir von eurem König den Hals brechen zu lassen. Vielleicht werden wir diejenigen, die mich heute auslachen, in ein paar Tagen mit langen Gesichtern sehen!«

Angesichts solcher Selbstsicherheit fühlte Saikmar Unbehagen. Es war lächerlich, zu denken, daß dieser Eindringling gewinnen könnte! Und doch ... dieses Selbstvertrauen mußte ja irgendwo seine Wurzeln haben.

»Der Mann ist offensichtlich verrückt«, hörte er seinen Onkel flüstern. Vielleicht, dachte Saikmar. Aber auf einmal fürchtete er sehr, daß dieser Belfeor etwas wußte, was das Volk von Carrig nicht wußte, und daß dieses Geheimnis ihm den Sieg bringen könnte.

5

Nicht nur ein Emporkömmling, sondern auch ein Ungläubiger. Sicherlich würden die Götter einem Mann wie diesem niemals gestatten, über den König zu triumphieren! In einer dunklen Seitenkapelle des großen Tempels, Stunden später, waren Saikmars Gedanken noch immer voll von dem, was Belfeor gesagt hatte. Es war der Brauch, daß jeder Bewerber die Nacht vor der Königsjagd in der Kapelle durchwachte, wo die Totemfigur seiner Sippe und die Statuen der jeweiligen Schutzgötter standen. Weil er keiner heimischen Sippe angehörte, brachte der Eindringling die Priester in Verlegenheit, und als sie noch beratschlagt hatten, wo sie ihn seine Wache halten lassen könnten, hatte Belfeor mit lauter, unbekümmerter Stimme — was im heiligen Bereich absolut unziemlich war — gesagt: »Macht euch keine Gedanken. Irgendein bequemer Platz wird es tun, damit ich eindösen kann, wenn mir danach ist.«

Saikmar saß auf der harten Steinbank und starrte grübelnd auf die Götterstatuen und das Sippensymbol. Wenn Belfeor bei der Jagd ums Leben käme, wäre es eine gerechte Strafe für seine Gottlosigkeit. Aber wenn er am Leben bliebe, und schlimmer noch, wenn der König nicht ...

Hartnäckig vertrieb er diesen Gedanken, der sich in den letzten Stunden immer wieder eingestellt hatte. Er konnte der Erkenntnis nicht ausweichen, daß Belfeors Eindringen eine unerträglich schwere Verantwortung auf ihn geladen hatte. Er hatte dies in aller Augen gelesen: er war der Mann, an dessen Können der Fremdling zuschanden werden mußte, von dem das Schicksal Carrigs abhing.

Um sich abzulenken und auch in der Hoffnung, daß es ihn ermutigen würde, begann er über die Natur seines Totemtiers zu meditieren. Der Twywit war ein Tier, auf dessen Totem-Verwandtschaft man beinahe so stolz sein konnte wie auf die mit dem Parradil, denn es war schnell, klug und außerordentlich zäh. Ein ausgewachsener Twywit hatte ungefähr das Gewicht eines Mannes, zwei lange, muskulöse Hinterbeine, mit denen er Hindernisse wie Bäche oder Hecken überspringen konnte, und dicke, mit langen und spitzen Krallen bewehrte Vorderpranken, die um einiges kürzer waren als die Hinterbeine und zum Schlagen und Festhalten der Beute dienten. Seine normale Gangart war allerdings auf allen vieren, ein hoppelndes Rennen. Sein Kopf war oben flach und entwickelte sich nach unten in kurze, mächtige Kiefer mit gefährlichen Zähnen. Sein Pelz war dicht und weich und von einem leichten Braungelb am Kopf zu einem Rötlichbraun am Bauch und einem tiefen Schwarzbraun am Rücken abgetönt. Er war schwanzlos.

In anderer Hinsicht war es allerdings ein Totemtier, mit dem man sich nicht gern brüstete, denn vor einigen Jahren hatte eine furchtbare Pestilenz unter den Twywits gewütet und das Land von ihnen leergefegt — zur Erleichterung der Bauern, die wertvolles Vieh und sogar Kinder eingebüßt hatten, und zum Verdruß der Sippenmitglieder, die sein Totemsymbol trugen.

War es überhaupt richtig, Verwandtschaft mit einem Raubtier zu behaupten? Saikmar hatte sich diese Frage noch nie vorgelegt, aber nun, als er an die Bauernkinder dachte, die von Twywits angefallen und getötet worden waren, erhob sie sich ungebeten in seinem Verstand. Und dies war der schlechteste Zeitpunkt, an der Weisheit der Götter zu zweifeln, denn morgen hing nicht nur sein Leben, sondern die Zukunft von Carrig und seinen Bewohnern von ihren Launen ab!

Er starrte die Statue von Maige an, der Göttin des Windes und der Schnelligkeit, und versuchte sich auf ihre verehrungswürdigen Eigenschaften zu konzentrieren, aber seine Gedanken schweiften ab. Es hatte einmal die Sippe der Graats gegeben — die Ballade vom roten Sloin erwähnte sie —, und dies kam ihm jetzt seltsam vor. Denn der Graat war ein Reit- und Tragtier, domestiziert und nützlich, während der Twywit, der Parradil, der Coshivor, der Arbitz und alle die anderen Totemtiere der großen Sippen Raubtiere waren, und überwiegend sehr wild und gefährlich.

Konnte der Graat auch einmal ein wildes Tier gewesen sein, in der Zeit, als die Sippen ihre Totems erwählten? Es war eine neue und beunruhigende Idee, aber sie erschien vernünftig.

Saikmar erschauerte — nicht vor Kälte, obwohl es in diesem hohen, zugigen Tempel zu dieser Nachtstunde alles andere als warm war, sondern unter dem Eindruck seiner unerwarteten Erkenntnis. Gewöhnlich dachte man nicht an revolutionäre Veränderungen in der Welt. Gewiß, es gab ständig Veränderungen, aber sie waren geringfügig: eine Verbesserung der Tragflächenkonstruktion für Gleiter, importierte Neuheiten aus dem Süden, modische Wandlungen in Kleidung und Benehmen. Aber nichts, was wesentlich darüber hinausgegangen wäre.

Wenn man allerdings überlegte, daß der Graat einmal ein wildes Tier gewesen sein mußte ... und daß es eine Zeit gegeben haben mußte, wo es keine Stadt Carrig an dieser Stelle gegeben hatte, nicht einmal ein paar einsame Lehmhütten ...

Angenommen, Belfeor tötete den König: was würde er tun, da er keine Sippe hatte? Würde er sich von einer der existierenden Sippen adoptieren lassen, oder würde er eine neue schaffen?

Saikmar unterbrach unwillig den Gedankengang. Es war lächerlich, Belfeors Sieg in Erwägung zu ziehen. Besser, er beschäftigte sich mit den Veränderungen der Vergangenheit und der Wahrscheinlichkeit von Veränderungen in der Zukunft. Er war immer lernbegierig und nachdenklich gewesen, und er kannte die meisten der alten Geschichten, die das Vorkommen des Menschen in der Welt erklärten. Sie unterschieden sich in mancherlei Einzelheiten, aber in den grundsätzlichen Fragen stimmten sie überein: In alter Zeit, so hieß es, waren die Menschen fast wie die Götter gewesen und hatten in einer schöneren Welt als dieser gelebt, wo sie sich wunderbarer Machtvollkommenheit über die Natur erfreuten. Aber sie wurden arrogant und übermütig. Als die Götter dies sahen, bliesen sie ins Sonnenfeuer, daß es hundertfach wilder aufflammte als gewöhnlich. Die meisten der übermütigen Menschen wurden vernichtet; nur wenigen gewährte die göttliche Gnade ein Entkommen vor der Wut der Sonne. Diese waren in einem Boot über einen ungeheuren Ozean geflohen — die Weisen glaubten, daß damit der westliche Ozean gemeint gewesen sei — und hatten lange Zeit in einer kalten, leeren Wüstenei leben müssen. Als sie endlich Erlaubnis erhielten, in gastfreundlichere Länder weiterzuziehen, wurden sie gewarnt, daß es nur bis auf Widerruf geschehe. Beleidigten sie die Götter ein zweitesmal, würden sie für immer ausgelöscht.

Es hieß ferner, daß der Brauch der Königsjagd von den Göttern eingesetzt worden sei, als eine jährlich wiederkehrende Mahnung, daß der Mensch ein schwaches und gebrechliches Geschöpf sei — daß eine Kreatur wie der Parradil, die nicht mehr war als ein Tier, stark genug sei, Menschen zu töten, und klug genug, ihren Lockmitteln und Fallen zu entgehen. Andererseits konnte man auf Länder verweisen, wo solche Bräuche nicht existierten, und statt dessen argumentieren, daß die Königsjagd von den Menschen selbst erfunden worden sei, um dafür zu sorgen, daß nur die Klügsten und Fähigsten in Carrig zur Macht gelangten, und um der regierenden Sippe jene Qualitäten zu verleihen, die der Mensch beim Parradil bewunderte. Aber hier ging die Sache in Magie über, und Magie war die Domäne der Parradil-Sippe; Saikmar wußte wenig darüber.

Wie man es ansah, eine Tatsache blieb: dies war in Carrig der Brauch, und für ihn starben alljährlich Männer. Es war nicht passend, daß ein ungläubiger Fremder mit tölpelhaften Füßen über heiligen Boden trampelte, wie Belfeor es tat. Saikmar richtete seinen Blick auf die andere Götterstatue, die das Twywit-Symbol flankierte — die Statue Orics, des Gottes aller scharfen Dinge, der Zähne, Krallen, Pfeile und Speere —, und bat Oric, daß er Belfeors Waffen stumpf mache, damit sie nicht verwundeten.

Mit dem Morgengrauen hallten Gongs durch die Gassen der Stadt und verkündeten den Auszug der Vorhut, die in mancher Hinsicht eine noch gefährlichere Aufgabe hatte als die Herausforderer des Königs selbst, denn ihre Mitglieder mußten an den höhlenreichen Bergflanken der Vulkankette herumklettern und den König aus seinem Winterschlaf wecken. Außer dem König überwinterten noch andere Parradile in jenen warmen Höhlen, und es bestand immer das Risiko, eine Mutter mit Jungen zu stören, die keinen Winterschlaf gemacht hatte und sofort anzugreifen pflegte. Der König hingegen würde verschlafen und friedfertig sein, und das Geschäft des Erwachens und Verschlingens der im letzten Herbst eingelagerten Vorräte würde ihn lange genug beschäftigen, um der Vorhut das Entkommen zu sichern.

Als die Gongs verhallt waren, kamen die Priester und riefen die Wettkämpfer zum Opferstein des Tempels, wo in ihrem Namen den Göttern geopfert wurde. Danach war es an ihnen, wie sie ihre Zeit verbringen wollten, bis der König geweckt wäre. Wer nicht zu aufgeregt war, konnte den Morgen verschlafen und sich nach der durchwachten Nacht erfrischen. Zu seiner eigenen Überraschung tat Saikmar genau dies; er legte sich auf ein Bündel von Mänteln und Umhängen und schlummerte fast augenblicklich ein, während seine Helfer den Gleiter überprüften, die zähen, elastischen Kautschukbänder auswechselten, die seine Pfeile abschossen, und jeden Zoll der Steuerseile untersuchten, um sich zu vergewissern, daß sie nicht rissen.

Er sah nicht, was aus Belfeor wurde. Als er sich beim Erwachen erkundigte, stellte sich heraus, daß niemand sonderlich daran interessiert war.

Jede Sippe hatte ihren eigenen Startplatz für Gleiter. Die Twywits besaßen den der Stadt am nächsten gelegenen Platz, und Saikmar und seine Begleiter konnten ihren Abmarsch eine volle Stunde später ansetzen als die Konkurrenten. Es war Mittag, als sie auf dem grasbewachsenen Plateau zwischen den Vulkankegeln anlangten und die Landschaft nach Zeichen von Aktivität überblickten. Saikmar kannte die Gegend besser als die Ländereien seiner eigenen Sippe, denn er hatte sie Hunderte von Malen überflogen, und jeder rauchende Krater war ein alter Freund von ihm, bereit, ihm mit einem warmen Aufwind zu helfen oder ihn zeitweise in dunklen Rauchwolken zu verbergen. Trotzdem zitterte er ein wenig, als er wartete, daß die Männer seinen Gleiter auf die Katapultrampe setzten.

»Angst?« fragte Luchan. Als früherer Bewerber hatte er das Vorrecht der Anwesenheit am Startplatz, obwohl Saikmar ohne ihn glücklicher gewesen wäre; Luchans fehlendes Auge und die Krücken waren unerfreuliche Erinnerungen an das, was der König aus einem kühnen Angreifer machen konnte.

»Ein wenig«, bekannte Saikmar.

»Du hast nichts vom alten Knole genommen, hoffe ich?« sagte Luchan leise. »Keinen Glückstrunk oder etwas Ähnliches?«

Saikmar schüttelte seinen Kopf. »Mir ist nichts zugeschickt worden«, antwortete er. Luchan und er hatten des öfteren über diesen Punkt gesprochen, und Luchan war nicht von seiner Überzeugung abzubringen, daß Bavis Knole die Bewerber mit Drogen zu behandeln pflegte.

Luchan zuckte die Achseln und warf seinem Vetter ein schiefes Lächeln zu. »Mir schickte er einen Glückstrunk, und ich trank ihn. Ich glaube, das war unklug. Aber da du keinen bekamst und ich keine Beweise für meine Beschuldigung habe, außer dem, daß ich mich nach dem Trunk anders als sonst fühlte, wollen wir den Tag nicht mit solchem Gerede verpfuschen. Woran dachtest du, als ich sprach?«

»An den Fremden, Belfeor«, sagte Saikmar. »Er gibt mir ein beunruhigendes Gefühl von — von Bedrohung.«

Luchan klopfte ihm auf die Schulter. »Du solltest dir heute Gedanken über den König machen, mein Freund, nicht über einen dummen und arroganten Fremden! Ich habe herumgefragt, und kein Mensch scheint zu wissen, was aus ihm geworden ist, seit er den Tempel verließ. Niemand hat ihn mit einem Gleiter auf dem Weg hierher gesehen, niemand weiß, wo er möglicherweise ein Katapult aufgestellt haben könnte, oder von irgendwelchen Dienern oder Helfern, die er dazu braucht ... Ich vermute, daß er es sich anders überlegt hat und sich nie wieder in Carrig blicken lassen wird.«

Saikmar wollte sagen, daß er anders darüber denke, als der Späher am Rand des Plateaus einen schrillen Ruf ausstieß.

»Sie schwenken die gelbe Flagge! Der König ist gefunden!«

Sofort kam es zu einem Wirbel von Aktivität. Sein Onkel humpelte zu Saikmar, umarmte ihn und wünschte ihm Glück; die Diener standen an ihren Gewichten und Winden, als Saikmar in die zerbrechliche

Hülle des Gleiters kletterte, Sicherheitsgurte anlegte und den Steuerknüppel für den Start nach vorn schob, so daß er vom Plateaurand abwärts schießen und Geschwindigkeit aufnehmen konnte, bevor er sich vom warmen Aufwind über dem nächsten Krater emportragen ließ; dann folgte eine Wartezeit, die lang wie die Ewigkeit zu sein schien.

»Er kommt!« rief der Späher endlich, und sie ließen die Gewichte los.

Im nächsten Moment waren aller Augen auf dem König, aber Saikmar wagte seinen Blick noch nicht in die Richtung zu wenden. Er war zu beschäftigt, den Gleiter durch die trügerischen Luftströmungen am Rand der Vulkane zu steuern und mit der richtigen Geschwindigkeit in den heißen Aufwind zu kommen, der ihn sichere dreihundert Meter über den König tragen sollte. Als er sich endlich emporgetragen fühlte und kreisend aufstieg, konnte er nach seinem Gegner Ausschau halten. Und hielt den Atem an. Gleichgültig wie oft man über den rauchenden Bergen flog, dachte er, es konnte niemals so erregend sein wie dieser erste gemeinsame Flug mit dem Königsparradil.

Er hatte sich eben erst träge in den Himmel erhoben; es war klar, aus welcher Höhle er gekommen war, denn sein steifer Schwanz zeigte noch wie ein Signal in die Richtung. Er war schwarz und blau und golden, und er glänzte in der Sonne. Die Schwingenmuskeln arbeiteten unter seiner glatten Haut wie ölige Wellen. Noch nie in der Erinnerung der Menschen hatte der König so lange überlebt; noch nie war einer zu solcher Größe herangewachsen.

Als er die wahren Proportionen des Königs erkannte, erschrak Saikmar so, daß er seinen Gleiter fast über den rechten Flügel abkippen ließ. Vor dem heutigen Tag war er noch nie mit dem König geflogen — er hatte ihn nur vom Boden aus beobachtet und seine Gewohnheiten studiert. Der Körper maß von den Schultern bis zur

Schwanzwurzel acht Meter, war oben breit und flach und unten zu einem scharfen Kiel verengt. Schwanz und Hals fügten seiner Körperlänge noch einmal acht oder neun Meter hinzu; auf dem biegsamen Hals drehte sich der Kopf hierhin und dorthin, um die aufsteigenden Gegner zu beobachten, denn auch die anderen Gleiter waren jetzt in der Luft. Und wie zum Hohn legte der König seinen mächtigen, hammerförmigen Kopf zurück, öffnete seine gewaltigen Kiefer zu einem Gähnen und lehnte sich dann auf seine linke Schwinge — zwanzig Meter betrug seine Spannweite jetzt von Spitze zu Spitze! — und segelte mit rasanter Beschleunigung in den Aufwind eines Vulkans.

Bevor Saikmar wußte, was geschah, war der König auf gleicher Höhe mit ihm und stieg weiter.

Trotzdem schien es Saikmar, daß der König schläfrig und unlustig sei, denn er gab seinem Gleiter nicht mehr als einen Blick, dann schwenkte er seitwärts ab und flog mit kräftigen Flügelschlägen davon, wie um die Steife des Winters aus seinen Muskeln zu arbeiten. Erleichtert, denn er zog es vor, eine Weile zu kreisen und die Bewegungen des Königs zu beobachten, bevor er seinen Angriff machte, ließ Saikmar seinen Gleiter noch höher steigen und hielt nach den anderen Ausschau.

Ihre verschiedenen Gleiter waren leicht genug zu erkennen; jede Sippe hatte ihre eigenen Farben, mit denen die Gleiter bemalt waren. Seiner hatte die Farben des Twywit, schwarzbraun oben und rotbraun unten. Andere waren grün, schieferfarben, blutrot, gefleckt oder gestreift.

Keiner aber sollte weiß sein.

Der Gedanke kam ihm im selben Moment, als er den Gleiter aufsteigen sah, noch als sein Verstand gegen die Information seiner Augen rebellierte. Kein Gleiter konnte derart steigen — kilometerweit entfernt von jedem Aufwind! Doch dort kam er, schoß mit ohrenzerreißendem Heulen und Pfeifen in den Himmel hinauf und ...

Die Zeit schien für ihn stillzustehen. Minuten vergingen, bis er die Gegenwart einholte und merkte, daß er den Gleiter in Spiralen zum Landeplatz hinabsteuerte, benommen und völlig mechanisch, ohne einen Pfeil verschossen zu haben. Es gab kein Ziel mehr.

Er hatte die schlimmste Katastrophe miterlebt, die jemals über sein Volk und die Stadt hereingebrochen war, und die Erinnerung daran würde bis zu seinem Todestag in sein Gehirn eingebrannt bleiben. Der weiße Gleiter jagte empor und dem König nach, und etwas aus ihm spuckte grelles Feuer wie ein Blitz in wolkenlosem Himmel. Eine Sekunde später war der König — er, der die Verkörperung von Majestät, Macht und Weisheit gewesen war — ein verbrannter Krüppel mit einem abgerissenen Flügel, der in den Krater eines Vulkans hinabstürzte.

Und Belfeor, der fremde Emporkömmling, der dreiste Eindringling aus dem Süden, hatte sich zum rechtmäßigen Herrn über Carrig gemacht.

6

Die Bezahlung war die höchste in der Geschichte, weil man mit Leben bezahlt wurde. Aber weil der Lohn so hoch war, waren die Bedingungen streng. In anderen Zweigen des Regierungsdienstes konnte man bestenfalls auf einer Fünf-zu-eins-Basis verdienen, aber nur im Korps Galactia richtete die Bezahlung sich nach der Zehn-zu-eins-Skala. Genauer gesagt: für jedes Jahr, das man im Korps diente, wurden einem zehn gesunde, zusätzliche Lebensjahre garantiert.

Wenn man lange genug lebte, um diesen Anspruch geltend machen zu können. Und vor allem, wenn man mit seinen Vorgesetzten und Kollegen im galaktischen

Korps zurechtkam. Der kürzeste Dienstvertrag hatte zehn Jahre Laufzeit, und wenn man vor Ablauf dieser Zeitspanne kündigte — oder hinausgeworfen wurde —, hatte man seine Chance zur Lebensverlängerung vertan. Niemand bekam Gelegenheit zu einem zweiten Versuch in irgendeiner Karriere, die sich durch den Gewinn zusätzlicher Lebensjahre auszahlte.

Maddalena Santos dachte über diese Tatsachen nach, während sie allein im Vorzimmer des Kommandaten wartete, und fürchtete sich plötzlich. Sie war fünfundzwanzig Jahre alt. Sie hatte gerade angefangen zu begreifen, was Leben bedeuten konnte — was eine Lebenszeit bedeuten konnte. Und sie fürchtete, daß sie ihre Chance vertan hatte.

Unter der Kuppel auf dieser luftlosen Welt war es nie kalt, aber Maddalena fröstelte. Es gab nur wenige Gründe für eine Vorladung beim Kommandanten, und sie waren praktisch alle unangenehmer Natur. Ihre Erwartungen waren um so pessimistischer, als erst vor wenigen Stunden ein Schiff von langer Patrouillenfahrt im Grenzgebiet eingetroffen war und von hier zur Erde weiterfliegen sollte, vermutlich zur Überholung. Das war die Art und Weise, wie glücklose Mitglieder des Korps abgeschoben wurden — zurück zur Erde, oder von wo sie ursprünglich gekommen waren. Heutzutage stammten nicht viele von der Erde.

Und das war Teil ihrer persönlichen Schwierigkeiten.

Rückblickend sah sie, daß sie — frisch von einer der berühmtesten Universitäten auf der Erde gekommen, stolz auf ihre Diplome und Bildung — auf die erfahreneren Korpsmitglieder, mit denen sie zusammenarbeitete, arrogant und hochmütig gewirkt haben mußte. Sie hatte ihre Kollegen einfach nicht als gleichwertig akzeptiert, das war es. Unbewußt hatte sie sie als unwissende Kolonisten und Banausen angesehen, während sie selbst ein hochgezüchtetes und verfeinertes Produkt der Erde war.

Es lag auf der Hand, daß die Konzeptionen und Methoden, die man sie auf der Erde gelehrt hatte, die besten waren. Maddalena kannte sich in ihnen aus; das machte sie überlegen.

Sie hatte fast ein Jahr gebraucht, um zu merken, wie sehr die anderen sie ablehnten. Bei einigen Leuten war es eher Haß als Ablehnung. Und die seither vergangenen drei Monate hatte sie gebraucht, um sich über die psychologischen Hintergründe dieser Ablehnung klarzuwerden.

Ja, sie hatte eine Menge Fehler gemacht. Sie schämte sich bei der Erinnerung an ihre eigene Stimme, wie sie in schrillem Ton Beschwerden vorgebracht hatte, Beschwerden und nochmals Beschwerden!

Über die Monotonie der Arbeit, über die Unterdrükkung eigener Initiative, über die bürokratisch-autoritäre Hierarchie der Altgedienten, über das Essen, über die Unterbringung, über die Umständlichkeit des Dienstwegs und das Verschleppen von Entscheidungen, oder über die Unfähigkeit, mit der andere Stellen nach ihrer Ansicht den Betrieb lähmten ...

Das galaktische Korps war eben nicht, was sie sich darunter vorgestellt hatte. Es war einer zentral gelenkten Behörde mit vielen Außenstellen vergleichbar, und wer in einer Behörde Karriere machen wollte, war gut beraten, wenn er den Mund hielt, fleißig seine Arbeit tat und sich mit seinen Vorgesetzten gut stellte. Zwar wußte man selbständiges Denken bei Anfängern gelegentlich zu schätzen, doch Kritik am Apparat selbst bewirkte nur, daß man alsbald auf der Abschußliste stand. Weil sie übersehen hatte, daß dieser militärisch organisierte Orden anders als die Universität keine Plattform für freimütige Diskussionen war, standen die Chancen gut, daß sie hundert Jahre zusätzlichen Lebens weggeworfen hatte.

Aus dem Wandlautsprecher sagte eine Stimme: »Anwärterin Santos zum Kommandanten!«

Sie stand mechanisch auf und dachte: Anwärterin! Das hatte sie auch geärgert. Sie hatte erwartet, nach dem ersten Probejahr wie die meisten anderen Anwärter in den Inspektorenrang erhoben zu werden; als das nicht geschehen war, hatte sie ihrem Unmut Luft gemacht und gesagt, dies sei das Werk von Intriganten, die kein offenes Wort vertragen könnten und sie auf diese Weise hinauszuekeln versuchten, da es an ihrer Arbeit nichts auszusetzen gebe. Das war natürlich wieder ein Fehler gewesen.

Sie blickte gewohnheitsmäßig in den Spiegel, bevor sie den Raum verließ. Sie konnte mit ihrer Erscheinung zufrieden sein. Ihre Haut war glatt und rein, leicht gebräunt, mit einem olivfarbenen Hauch darunter. Ihre Augen waren groß und dunkel, und die langen Wimpern waren natürlich. Ihr glänzendschwarzes Haar war kurzgeschnitten, damit es sich nicht im Dichtungsring eines Raumhelms verfangen konnte; aber nach anfänglichem Kummer hatte sie sich daran gewöhnt und fand nun, daß der kurze Haarschnitt ihren schön geformten Kopf besser zur Geltung bringe. Sie hatte eine schmale Taille und eine zierliche, nicht zu große Gestalt.

Nun, mehr als wahrscheinlich bekam sie jetzt die Quittung für ihr wenig systemkonformes Verhalten. Sie schritt so unbekümmert wie möglich ins Büro des Kommandanten. Brzeska warf ihr einen kurzen Blick zu und sagte in neutralem Ton, sie solle sich setzen.

Neben ihm saß ein Schiffsoffizier mit müdem Gesicht und vorzeitig ergrautem Haar. Sie folgerte, daß er der Kapitän des gestern gelandeten Patrouillenschiffs sein mußte. Vermutlich sollte er sie zur Erde bringen.

Der Kommandant sagte: »Santos, dies ist Major Langenschmidt von der Patrouillenabteilung.«

Maddalena zwang sich ein kurzes Begrüßungslächeln ab und wartete. Der Kommandant schien Schwierigkeiten mit der Wortfindung zu haben; fast eine halbe Minute verging, bevor er weitersprach.

»Nun, Santos, was ich zu sagen habe, werde ich vor Major Langenschmidt sagen, denn es ist nicht mehr als recht und billig, daß er es erfährt. Ich brauche Ihnen wohl nicht zu sagen, daß Sie die bei weitem unbeliebteste Person sind, die jemals hier stationiert gewesen ist.«

»Wenn Sie den Hinweis für unnötig halten, hätten Sie ihn nicht zu machen brauchen«, erwiderte Maddalena trocken. »Aber da Sie offenbar eine Antwort von mir erwarten, möchte ich sagen, daß es mir bekannt ist. Ich bin seit längerem um Anpassung bemüht.«

»Bisher habe ich nicht viel davon bemerkt«, konterte Brzeska. »Lesen Sie dies hier.«

Er nahm ein beschriebenes Formblatt für interne Mitteilungen vom Schreibtisch und hielt es ihr hin. Sie nahm es und las:

»Angesichts ihrer Unfähigkeit, sich ihren Vorgesetzten unterzuordnen und mit erfahreneren Mitgliedern des Korps zusammenzuarbeiten, halte ich die Anwärterin Santos als Karrierematerial für völlig ungeeignet.«

Sie starrte auf den maschinengeschriebenen Text. Karrierematerial! Das, so dachte sie, war enthüllend genug für den Geist, der in dieser Organisation herrschte. Der Mensch war Material, weiter nichts! Wäre nicht das Versprechen der Lebensverlängerung gewesen, hätte sie von sich aus längst das Weite gesucht, aber so — wer würde nicht versuchen, über den eigenen Schatten zu springen, wenn es um hundert zusätzliche Lebensjahre ging?

»Geben Sie her!« sagte Brzeska. Er nahm das Formblatt, zerknüllte es und warf es in den Aktenverbrenner, wo es rauchlos verglühte. Dann lehnte er sich zurück. Selbstzufrieden, dachte Maddalena, froh, daß er wieder einmal Schicksal spielen kann.

»Das war der Bericht, den ich mit dem Schiff des Majors zur Erde schicken wollte, zusammen mit Ihnen«, sagte er bedeutungsschwer. »Sie wissen, was das heißt, nicht wahr?«

Sie nickte.

»Hmm! Nun, ich werde Ihnen noch eine Gnadenfrist gewähren. Nach Ihren Personalakten, die ich ziemlich häufig studiert habe — genauso häufig, wie ich mich wunderte, daß Sie für den Dienst im Korps angenommen wurden —, sind Sie für Sprachen begabt, richtig? Und während Ihres Studiums verbrachten Sie einen großen Teil Ihrer Freizeit mit der Arbeit in einer Schauspielgruppe: mit Theaterspielen, wie man so sagt?«

Maddalena nickte wieder.

Brzeska seufzte. »Dank unserer gegenwärtigen Personalknappheit hat sich für uns eine Möglichkeit ergeben, festzustellen, ob diese Ihre Talente Sie wirklich zu dem Status berechtigen, den Sie sich selbst zuzumessen scheinen.« Er wandte sich an Langenschmidt. »Erklären Sie ihr die Sache, Major.«

Langenschmidt zögerte, dann sagte er: »Sie kennen vermutlich die Hauptaufgabe der Patrouillenabteilung in diesem Sektor?«

Halten Sie mich für völlig unwissend? Die Worte lagen ihr auf der Zunge, aber sie beherrschte sich und sagte: »Sie machen hauptsächlich kartographische Aufnahmen der Planeten, auf denen die Flüchtlinge von Zarathustra Zuflucht fanden. Ferner betreuen sie die Agenten auf den Welten, die noch immer vom Rest der galaktischen Gemeinschaft isoliert sind.«

»Richtig. Von einem unserer wertvollsten Agenten haben wir seit nahezu zwei Jahren nichts gehört. Nach Gerüchten, die uns von anderen Agenten übermittelt wurden, soll er tot sein, obwohl niemand Genaueres zu wissen scheint. Es wäre nichts als ein lästiger Zwischenfall — der Planet ist in vieler Hinsicht rückständig, und von einer Generation zur anderen verändert sich nicht viel. Immerhin scheint in einer der Städte, die zum Arbeitsbereich des toten Agenten gehörten, etwas sehr Ungewöhnliches geschehen zu sein. Vielleicht hat es einen technologischen Durchbruch gegeben, der zu kulturellen Umwälzungen führt, oder vielleicht war eine Revolution, oder irgendein Usurpator hat die Macht ergriffen. Wir wissen es nicht; die Meldungen, die wir erhalten haben, lassen jede dieser Folgerungen zu. Es sind Gerüchte aus dritter Hand, durch die Weitergabe von Mund zu Mund entstellt und bis zur Unsinnigkeit übertrieben. Wir werden ein bis zwei Jahre brauchen, um eine gute Tarnung für einen neuen ständigen Agenten in derselben Gegend aufzubauen, und das könnte eine gefährlich lange Zeit sein.«

»Also, Santos«, erklärte der Kommandant, »da Sie die einzige Arbeitskraft sind, auf die ich hier mit Freuden verzichten kann, biete ich Ihnen eine Chance. Wie ich es sehe, hat es Ihren Selbständigkeitsdrang nicht befriedigt und Ihre empfindliche Seele verletzt, unter uns rauhen Hinterwäldlern zu arbeiten. Ich würde mich also nicht wundern, wenn Sie diesen Auftrag zurückwiesen — schließlich sind die Leute auf der Welt, von der hier die Rede ist, nicht nur rauh und ungebildet, sondern ungewaschen und unzivilisiert.«

Maddalenas Hände zitterten, und ihre Wangen waren rot vor Zorn, was er offenbar als Beschämung mißdeutete, denn er machte ein befriedigtes Gesicht, als er zum letzten Schlag ausholte:

»Wenn Sie sich weigern, werde ich meinen Bericht natürlich in unveränderter Form neu abfassen und mit Ihnen selbst zur Erde expedieren. Und Sie werden auf ein Jahrhundert verzichten müssen.«

»Ich verstehe«, sagte Maddalena steif. »Und ich nehme den Auftrag an.«

»Gut. Aber machen Sie sich von Anfang an klar, daß Sie nicht für irgendeine ruhmvolle Rolle auserwählt worden sind. Sie sind ein Lückenbüßer, weiter nichts. Sie werden einen bestimmten Ort aufsuchen und feststellen, was dort geschieht, das ist alles. Je weniger Leute von Ihrer Existenz erfahren haben werden, wenn Sie den Planeten verlassen, desto besser wird unsere

Beurteilung Ihrer Arbeit ausfallen. Sie werden nicht berühmt sein, Sie werden keine selbstherrlichen Entscheidungen treffen. Ist das klar?«

Maddalena nickte.

»Fein. Nun brauchen Sie nur noch zu beweisen, daß Sie Anweisungen ausführen können, ohne Ihren eigenen Senf dazu zu geben. Alles andere wird Ihnen Major Langenschmidt erklären.«

Der Major stand auf. »Kommen Sie mit, Santos«, sagte er. »Wir fangen gleich an.«

7

In mancherlei Weise, dachte Gustav Langenschmidt, war er besser dran als Kommandant Brzeska oder die anderen Leute in den planetarischen Basen des Korps. Zum Beispiel war es selten, daß mehr als die Hälfte des Personals einer solchen Basis wirkliches Interesse an der Arbeit hatte — die anderen dienten einfach ihre Zeit ab und stapelten ihr zukünftiges Leben im Verhältnis zehn zu eins. An Bord eines Patrouillenschiffs interessierte sich jeder für seine Arbeit. Das mußte so sein, wenn man auf den Reisen nicht verrückt werden wollte.

Auch war er besser dran als der Kommandant, weil seine Arbeit ihn in verschiedene Gegenden brachte; im Verlauf einer Reise kam es vor, daß er acht oder zehn Welten betrat — natürlich unter äußerster Geheimhaltung —, während Brzeska unter seinem alten Kuppelbau festsaß.

Aber es gab natürlich einen fundamentalen Unterschied, an dem sich erwies, daß der Kommandant alles in allem den besseren Teil des Geschäfts machte. Wenn irgend etwas ernstlich schiefginge, würde es in Brzeskas Verantwortungsbereich als Chef dieses galaktischen Sektors fallen. Aber ankreiden würde man es Gustav Langenschmidt.

Er führte Maddalena in das Büro, das ihm für die Dauer seines Aufenthalts auf der Basiswelt zugewiesen war, und warf sich in einen Sessel. »Setzen Sie sich«, sagte er. Sie tat es nervös, und er fuhr fort: »Ich will Ihnen einen Überblick geben, damit Sie Ihren Auftrag in einem größeren Zusammenhang sehen können und etwas über die Welt lernen, in der Sie sich bewegen werden. Sollten Sie geneigt sein, das Interesse zu verlieren, weil Sie alles schon gehört haben, so passen Sie trotzdem auf. Ich war dort; ich habe gesehen und gerochen und gefühlt, und was ich Ihnen sagen kann, mag Ihnen eines Tages das Leben retten.«

Er streckte die Hand aus und drückte einen Schalter, und im Büro wurde es dunkel. Auf einer der Wände leuchtete eine Stereokarte der lokalen Systeme auf. Er nahm eine Punktlichtlampe auf und richtete sie auf den Sternhaufen, der die ganze Mitte der Wand einnahm.

»Dieses System hat einen bewohnten Planeten. Dieses. Dieses. Alle sechs von dieser Gruppe hier. Zwei weitere dahinter, und jenseits davon noch einige, wie wir mit ziemlicher Sicherheit vermuten. Das heißt, sie waren bewohnt, als wir die letzte Überprüfung machten, aber die Lebensbedingungen der Bewohner waren so prekär, daß wir keine Agenten unter ihnen stationieren mochten. Möglich, daß in der Zwischenzeit Epidemien eine oder mehrere der Bevölkerungen ausgelöscht haben. Meine Route reicht nicht ganz so weit hinaus. Überdies ist es sehr schwierig, eine kleine, im Naturzustand lebende Bevölkerung auf der riesigen Oberfläche eines Planeten zu entdecken. Stellen Sie sich vor, auf der Erde gäbe es nur ein paar verstreute Naturvölker, sagen wir, einige tausend Pygmäen im afrikanischen Regenwald, oder ein paar tausend Papuas auf Neuguinea. Ein Raumschiff könnte den Planeten monatelang umkreisen und an Dutzenden von Orten landen, ohne eine Spur von diesen Bewohnern auszumachen.

Der Grund, warum diese bewohnten Welten hier

draußen gruppiert sind, so weit entfernt vom nächsten Verband zivilisierter Planeten, ist Ihnen wahrscheinlich bekannt — hm?«

Maddalena nickte und sagte: »Zarathustra.«

»Genau. Zu diesen Systemen kam vor siebenhundertfünfzig Jahren das Gros der Flüchtlingsschiffe von Zarathustra; Schiffe voller Menschen, die sich von ihrer Heimatwelt retteten, als der Himmel in Flammen stand und die Ozeane unter der Hitze der Nova praktisch zu kochen begannen. In ihrer verständlichen Panik konnte es ihnen nur darum gehen, das nackte Leben zu retten; infolgedessen kamen sie — diejenigen, die überhaupt irgendwo ankamen — mit nichts sonst an. Es war eine unglaubliche Leistung, so viele zu evakuieren: ungefähr zweieinviertel Millionen in dreitausend Schiffen. Lange Zeit waren wir überzeugt, daß nur die Handvoll, die nach Baucis Alpha, also in Richtung auf das alte Sonnensystem entkommen war, überlebt hatte; erst vor hundertzwanzig Jahren entdeckte Huang-tse auf seiner berühmten Forschungsreise, daß es auf den Welten hier draußen Nachkommen weiterer Überlebender gab, und nach und nach erfuhren wir, wieviel mehr Schiffe bewohnbare Welten erreicht hatten.

Aber inzwischen hatten die Verhältnisse dort ihre eigene Entwicklung genommen. Für uns, die wir mit der Realität lebensverlängernder Behandlung aufgewachsen sind, mag ein Jahrhundert keine sehr lange Zeit sein. Für den Naturmenschen dagegen ist es realistischer, sich ein Jahrhundert in Begriffen von drei oder vier Generationen vorzustellen. Und fünfundzwanzig Generationen — das ist ein ganz anderes Zeitmaß. In dieser Spanne entwickelte sich unsere galaktische Sprache auf diesen isolierten Welten über Dialekte zu eigenständigen Sprachen weiter, so daß die Leute aus dem Norden diejenigen aus dem Süden nicht mehr verstehen. Dies gilt natürlich erst recht für die Bewohner verschiedener Planeten, die überhaupt nichts voneinander ahnen. Das ist etwas, das gewöhnlich zuwenig beachtet wird: was eine langfristige Unterbrechung der Kommunikation aus der Substanz der Sprache machen kann!

Eine andere Sache, die man sich nicht hinreichend klarmacht, ist die: Wenn ich irgendeine lokale Krankheit in den Knochen habe und hungrig wie der Teufel bin, weil mein Speer im letzten Beutetier abgebrochen ist; wenn der letzte Wolkenbruch mein Feuer ausgelöscht hat, so daß ich das Tier gar nicht kochen könnte, selbst wenn ich es erwischt hätte — dann tue ich Urgroßvaters Erzählungen von Flügen zwischen den Sternen und von Städten mit Millionen von Bewohnern als das senile Gefasel eines verrückten Alten ab. Ich bin mit praktischen Angelegenheiten beschäftigt. Lesen und Schreiben? Was sollte ich lesen, und warum schreiben lernen? Wem sollte ich schreiben? Alle anderen sind ja in Rufweite. Es ist viel vernünftiger, mit Pfeil und Bogen zu üben.

Infolgedessen waren einige der Welten, die wir nach der ersten Entdeckung näher zu untersuchen begannen, von subhumanen Wilden bewohnt, mit denen eine Verständigung praktisch unmöglich war —mangelhafte und einseitige Ernährung während der Kindheit war die Hauptursache. Aber auf anderen waren einige ziemlich vielversprechende einheimische Zivilisationen entstanden. Sie hatten natürlich kaum Gelegenheit gehabt, eine Technologie hervorzubringen; selbst wenn es unter den Überlebenden einer solchen Gruppe zum Beispiel einen Bergbauingenieur gegeben haben sollte, so bliebe immer noch ein langer Weg von der Auffindung einer Eisenerzader bis zur Herstellung von brauchbarem Stahl zurückzulegen.

Nun, zur Arbeit der Patrouille gehört es auch, diese Zivilisationen im Auge zu behalten. Eine von den Lektionen, die wir lange Zeit nicht lernen wollten, ist die, daß unsere Lebensweise nicht unbedingt die alleinseligmachende ist. Hier haben wir die glückliche Gelegenheit, Versäumtes nachzuholen, denn es ist denkbar, daß die Menschen auf einer dieser isolierten Welten zu Gesellschaftsformen oder Entwicklungen der Humanwissenschaften gelangen, von denen wir lernen können. Deshalb haben wir uns jeder Einmischung enthalten, unsere Anwesenheit verborgen und uns auf bloßes Beobachten beschränkt.

Dieses Beobachten ist allerdings sehr wichtig, und zwar aus zwei Gründen. Der erste ist der direkte Einblick, den diese neuen Kulturen uns in die soziale Entwicklung der Menschheit geben. Das hundertjährige Studium der Flüchtlingswelten hat unser Wissen auf diesem Gebiet weiter vorangebracht als tausend Jahre der Analyse irdischer Geschichte. Der zweite Grund ist, daß wir Patrouillenleute nicht die einzigen sind, die in diese Gegend kommen.«

»Sklavenwelt«, sagte Maddalena.

»Ganz recht. Sklavenwelt. Hat Ihnen das jemand erzählt, oder sind Sie von selber darauf gekommen?«

»Ich glaube, ich habe es gehört«, murmelte Maddalena.

»Spielt keine Rolle. Wichtig ist, daß Sie sich in diesem Zusammenhang daran erinnerten. Gut! Die Sklavenwelt war natürlich keiner der Planeten, die von Zarathustra-Flüchtlingen besiedelt wurden; ihre Bewohner wurden damals systematisch von ihren Heimatwelten entführt und gezwungen, einen bis dahin unbewohnten Planeten zu besiedeln, weil für den Abbau der reichen Leichtmetallvorkommen Arbeitskräfte gebraucht wurden. Billige Arbeitskräfte, versteht sich. Wir müssen uns vor Augen halten, daß diese Methode zweihundertzwölf Jahre lang angewendet wurde und den beteiligten Konzernen zu riesigen Gewinnen verhalf, bis gegen den hartnäckigen Widerstand eben dieser Konzerne die Patrouillen eingeführt wurden und entdeckten, was es mit diesen ›musterhaften Bergbaukolonien‹ in Wirklichkeit auf sich hatte.

Nun, unsere Wachsamkeit kann das Risiko nicht ganz ausschalten, daß gewissenlose und profitsüchtige Elemente die Möglichkeiten zu nutzen versuchen, die darin liegen, eine abergläubische und rückständige Bevölkerung auf einem reichen und fast jungfräulichen Planeten zu beherrschen. Im vorliegenden Fall scheint diese Gefahr sehr akut zu sein. Nicht, daß diese Leute auf lange Sicht Erfolg haben würden — schließlich liegt der betreffende Planet auf meiner Route, und ich habe fünf Agenten dort sitzen, verstreut über die Oberfläche. Aber wenn wir solche Abenteurer gewähren ließen, wären die Folgen für das Gefüge der einheimischen Kultur unabsehbar. Das bloße Wissen, daß jenseits des Himmels andere Menschen existieren, würde ihre religiöse Vorstellungswelt zertrümmern.«

Er ließ den dünnen Lichtstrahl über die Sternkarte wandern, bis er auf ein System zeigte, das ungefähr fünfundzwanzig Parsec von der Basis entfernt war. »Das ist das System, von dem ich rede«, sagte er. »ZFP — Zarathustra-Flüchtlingsplanet — Nummer vierzehn. Gesamtbevölkerung, beschränkt auf einen größeren Kontinent und die vorgelagerten Inseln, etwas über zwei Millionen. Sie fingen mit weniger als achthundert an, soweit wir das aus den legendenhaften Überlieferungen herausdestillieren konnten; nur ein Schiff landete dort. Klimatisch sehr angenehm, außerdem ein Planet der Klasse A, wo Menschen einheimische Pflanzen und wenigstens einige der vorkommenden Tiere essen können. Eine der größten Städte auf dem Planeten ist ein Ort namens Carrig, ein Handelsplatz am Kreuzungspunkt einer nordsüdlichen Karawanenstraße mit einem schiffbaren Fluß, der zur Westküste des Kontinents führt. Carrig hat siebzehntausend Einwohner und beherrscht das umliegende Land etwa im Bereich eines Tagesmarsches. Dort starb unser Agent, wenn er nicht umgebracht wurde, was wir nicht wissen. Unglücklicherweise hatte er längere Zeit keine Meldung gemacht; er hatte den Beruf eines Händlers und Karawanenführers, und auf seinen langen Wanderungen konnte er nicht gut ein Sendegerät mitführen.

Unsere Geographen sind der Meinung, daß Carrig dank seiner günstigen Lage eines Tages zum wichtigsten Umschlagplatz des nördlichen Kontinents werden wird. Vermutlich wird der Ort sich gleichzeitig zur Hauptstadt eines Staatsgebildes entwickeln, was die Wahrscheinlichkeit kriegerischer Verwicklungen einschließt. Aber mit etwas Glück werden sie diese Periode hinter sich bringen, bevor sie über entwickeltere Waffen als Bogen und Katapulte verfügen. Unglücklicherweise besitzen die Bewohner Carrigs bereits außerordentlich vervollkommnete Segelflugzeuge, Gleiter genannt — sie spannen Tierhäute über ein Rahmenwerk aus leichtem einheimischen Holz —, und wenn sie auf die Idee kommen, vergiftete Pfeile oder Feuerbomben daraus abzuwerfen ... Aber ich komme vom Thema ab. Ich wollte Sie über das Hier und Jetzt informieren. Wo war ich stehengeblieben?«

»Sie beschrieben die geographische Lage der Stadt Carrig«, sagte Maddalena.

»Richtig. Ich wollte gerade sagen: Der Planet ist tektonisch noch lange nicht zur Ruhe gekommen. Es scheint eine starke Kontinentaldrift zu geben, Gebirgsauffaltungen sind in verschiedenen Gebieten im Gange, und nicht weit nördlich von Carrig liegt ein geologisches Spannungsfeld mit komplizierten Schollenbrüchen, zahlreichen tätigen Vulkanen und häufigen Erdbeben.

In dieser vulkanischen Gebirgskette kommen alle möglichen schweren Elemente in großen Mengen vor. Schon eine oberflächliche geologische Prüfung macht deutlich, daß dort ein großes Reservoir an Reaktorbrennstoff liegt. Wenn die einheimische Bevölkerung einmal zur Nuklearenergie finden wird, dann wird Carrig eine neue Schlüsselposition zufallen.«

»Sklavenwelt?« sagte Maddalena wieder.

»Nun, für eine Bande skrupelloser Abenteurer mit finanzstarken Hintermännern wäre es eine Verlockung, nicht wahr? Und wenn sie sich für ein solches Projekt entschieden, hätten sie ihre Arbeitskräfte schon an Ort und Stelle.«

»Aber gibt es irgendwelche Beweise, daß jemand wirklich ...?«

»Absolut nichts. Ich will nur illustrieren, warum dies ein so empfindliches Gebiet ist, daß wir unbedingt einen Ersatzagenten brauchen, der dort die Entwicklung beobachtet. Was wir an festen Tatsachen wissen, ist rasch erzählt. Die Gesellschaft Carrigs ist durch eine primitive Form des Feudalismus gekennzeichnet, auf der Basis von Sippen und Totemismus. Es gibt sieben vornehme Sippen, die miteinander konkurrieren, dazu eine achte, die nominell neutral ist und nur in Ausnahmefällen eine politische Rolle spielt, eine Art Vorform einer Priesterkaste, würde ich sagen. In einem jährlichen Wettbewerb ermitteln die sieben rivalisierenden Sippen ihren politischen Führer für das nächste Jahr. Der Wettbewerb besteht aus einem Luftduell zwischen Männern in Segelflugzeugen und einem geflügelten Tier, das Parradil genannt wird und heilig ist, weil es die Qualitäten des Königtums symbolisiert. Die Sippe des Gewinners erhält für das kommende Jahr die Regierungsmacht zugesprochen und übernimmt die Verwaltung bis hin zur Steuereintreibung. Theoretisch kann jeder an der Jagd auf den Königsparradil teilnehmen, vorausgesetzt, er beachtet gewisse Formalitäten, aber seit langem ist die normale Praxis, daß die Teilnahme je einem ausgewählten Vertreter der sieben führenden Sippen vorbehalten ist.

Nach verläßlichen Meldungen beteiligte sich jedoch vor nicht langer Zeit ein Außenseiter an dem Wettbewerb und siegte. Nach den Erzählungen soll er einen Blitz geschleudert haben, der den Königsparradil tötete!

Slee, der ein anderer unserer Agenten auf dem Planeten und Carrig am nächsten ist, vermutet, daß jemand das Schießpulver erfunden haben könnte, denn die Grundstoffe für ein einfaches Explosivgemisch sind in der vulkanischen Region reichlich vorhanden. Wenn der Betreffende ausgeknobelt hat, wie man einfache Bomben oder gar eine Art Raketengeschoß machen kann, dann mag es sein, daß er Carrig in einen Eroberungskrieg hineinziehen wird.«

»Und Sie möchten, daß ich hingehe und feststelle, ob das wahr ist?«

»Genau«, sagte Langenschmidt. »Ich wünsche Ihnen Glück. Aber glauben Sie mir, Glück allein wird nicht annähernd genügen.«

8

Langenschmidt war nach eigener Auskunft nur dreimal auf dem Planeten Nummer vierzehn gewesen: zweimal, um Sendegeräte zu Agenten zu bringen, und einmal in Gesellschaft eines Soziologen, der genauere Informationen wollte als der ansässige Agent, der nicht Spezialist war, liefern konnte. Und trotzdem wußte er wahrscheinlich mehr über Vierzehn als der bestunterrichtete Einheimische.

Maddalena war stolz auf ihre linguistischen Kenntnisse und glaubte sich in der Etymologie auszukennen. Aber der Unterschied zwischen der wissenschaftlichen Analyse einer Sprache und der Notwendigkeit, zwei Hauptidiome mit je vier oder fünf lokalen Dialekten gut genug zu sprechen, um für eine Einheimische angesehen zu werden, war so groß, daß Maddalena in den folgenden Wochen oft der Verzweiflung nahe war.

Als sie dann an Bord des Patrouillenschiffs ging, um die Reise anzutreten, wurde es noch schlimmer, denn nun war ihr ein unwiderruflicher Termin gesetzt, der sie unter Erfolgszwang stellte. Sie verbrachte die ganze Reise mit dem Studium der Sitten und Gebräuche des Zielplaneten und mit der Vervollkommnung ihrer Sprachkenntnisse, aber jeder Tag sah ihre Befürchtungen und Zweifel wachsen.

Sie sollte beim Agenten Slee abgesetzt werden, der in der Stadt Dayomar im Südland lebte und ihre Weiterreise nach Carrig zu organisieren hatte. Ihr Reisegepäck bestand aus einem authentisch bemalten Holzkoffer, der drei oder vier landesübliche Trachten, eine Holzschachtel mit Kräutersalben und anderen gebräuchlichen Kosmetika, eine als Nähkasten getarnte Reiseapotheke, einheimische Schreibutensilien und — im doppelten Boden — einen kleinen Sender enthielt. Ferner erhielt sie einen mit falschen Juwelen besetzten kleinen Kasten, dessen Deckel religiöse Inschriften und eine Beschwörungsformel trug, die jedem, der unbefugt das Schloß aufbrechen sollte, ein schreckliches Schicksal verhieß. Statt der Reliquien ihrer Ahnen, die jeder Einheimische darin vermuten würde, lag eine geladene Energiepistole in dem Kästchen, gedacht für die Selbstverteidigung in äußersten Notfällen.

Eine gute Sache war ihr Haar. Sie hatten ihr vor der Abreise Trichorellin in die Kopfhaut injiziert, und in den seither vergangenen Wochen war ihr Haar in die Länge geschossen wie das Gras auf einer Frühlingswiese; schon hatte es Schulterlänge erreicht.

Ein Ruf von Langenschmidt unterbrach ihre anstrengenden und mühseligen Vorbereitungen, und obwohl sie sich — wie so oft in der letzten Zeit — Mut zusprach, war sie sofort wieder im Griff eines lähmenden Gefühls von drohendem Verhängnis.

Bei ihrem Eintreten blickte der Major von einem Band auf, das eben aus einem der Empfänger lief.

»Wir haben dies hier vorhin von Slee bekommen, und ich dachte, ich sollte es Ihnen vorführen«, sagte er. »Setzen Sie sich.«

Während sie es tat, steckte er die Kassette in den Schlitz. Gleich darauf blickte Slee aus dem angeschlossenen Bildschirm. Er war ein schmalgesichtiger Mann mittleren Alters, exotisch anzusehen in einem buntgestreiften Überrock mit weiten Ärmeln. Weil er anders als Heron einen ständigen Wohnsitz hatte, konnte er ein größeres Sendegerät mit Bildübertragung einsetzen. Sein Gesicht sah sorgenvoll aus, und so klang auch seine Stimme.

»Major, ich habe beunruhigende Nachrichten erhalten. Wie Sie wissen, versuche ich seit einiger Zeit, Genaueres über Herons Tod zu erfahren. Sein Haus brannte nieder, was insofern ein Glücksfall war, als sein Sender vernichtet wurde. Andererseits ist es sehr bedauerlich, weil alle denkbaren Hinweise oder Beweismittel zu Asche wurden und wir nur von den Erzählungen seiner Diener ausgehen können, und sie waren in wilder Panik. Außerdem ist Carrig zu weit von hier entfernt, als daß ich mehr als Gerüchte bekommen konnte.

Immerhin hat sich etwas ergeben, das den Fall mit diesem Fremdling Belfeor verbindet, der sich zum Herrscher von Carrig gemacht hat. Sie erinnern sich, daß es heißt, er habe den Königsparradil mit einem geschleuderten Blitz getötet, was ich als eine Art primitiver Schießpulverrakete interpretiere.

Nun, nach Auskunft eines früheren Dieners von Heron, der gerade aus einem Irrenhaus entlassen worden ist, wo sie ihn nach dem Tod seines Herrn wegen angeblicher Verrücktheit eingesperrt hatten, war es Belfeor, der Heron umbrachte — und zwar, indem er einen Blitz nach ihm schleuderte. Wir können vermuten, daß Heron von Belfeors Plänen Wind bekommen hatte, und um mögliche Einmischungen zu verhindern, legte Belfeor in Herons Haus eine Mine oder etwas Ähnliches und sprengte ihn mit dem Gebäude in die Luft. Ich sehe keine andere vernünftige Erklärung. Es ist höllisch schwierig, in diesen Geschichten Tatsachen von Phantasien zu trennen, selbst wenn man ziemlich genau weiß, wie der Verstand dieser Einheimischen arbeitet. Wir müssen bald einen Agenten nach Carrig bringen, um zu sehen, ob diese Vermutungen zutreffen oder nicht. Ich habe versucht, mir einen Grund auszudenken, warum ich selbst nach Carrig gehen sollte — vielleicht sollte ich mit einer Pilgerkarawane nach Norden ziehen, aber das würde meinen hiesigen Freunden und Bekannten höchst sonderbar vorkommen, weil sie mich als einen unheilbaren Skeptiker kennen. Ich wünschte, der Lebensstandard würde sich auf eine Ebene heben, wo sie die Idee des Tourismus entdecken!«

Langenschmidt schaltete die Wiedergabe aus und blickte Maddalena an. »Das klingt, als ob Sie dort unten wirklich gebraucht würden«, murmelte er. »Sind Sie mit Ihren Vorbereitungen fertig? Wir werden bald unter Lichtgeschwindigkeit gehen, und dann ist es nur noch eine Sache von zwei Stunden oder so, bis wir das Schiff zur Nachtseite des Planeten manövriert haben werden.«

Maddalena nickte. Ihre Kehle war schrecklich trocken und zog sich schmerzhaft zusammen.

»Gut. Halten Sie Ihren Anzug bereit und legen Sie ihn an, wenn das Signal kommt. Und lassen Sie Ihr Gepäck im Landeboot verstauen. Wenn es soweit ist, gehe ich mit an Bord.«

»Sie selbst wollen mich hinunterbringen?«

»Ich habe es schon öfter gemacht«, brummte Langenschmidt. »Vorwärts jetzt!«

Noch als sie hinter ihm in der schmalen Kajüte des projektilartigen Landeboots saß, bemühte Maddalena sich, die einheimische Kleidung aus weiter Hose, Überrock und Umhang in der Enge ihres Raumanzugs zu ordnen. Gleichzeitig lauschte sie dem monotonen Wortwechsel zwischen Langenschmidt und dem Piloten des

Patrouillenschiffs, als sie die Checkliste herunterbeteten. Ihre ängstliche Beklemmung war verschwunden, als sie an Bord des Landeboots gegangen war, abgelöst von Spannung und erwartungsvoller Bereitschaft; sie hatte getan, was sie konnte, und nun, wo es darauf ankam, das Erlernte in der Praxis anzuwenden, fühlte sie ihr altes Selbstvertrauen zurückkehren.

Nachdem alle Funktionen des Landeboots überprüft waren, betätigte der Pilot den Ausschwenkmechanismus, und das Landeboot, gehalten von vier Gelenkarmen und auf einer katapultähnlichen Schiene ruhend, senkte sich langsam unter den Schiffsbauch. Maddalena hatte zum erstenmal Gelegenheit, den Ort zu sehen, wo die Entscheidung über ihr ferneres Schicksal fallen würde: eine riesenhafte, dunkle, sanft gekrümmte Oberfläche, deren Struktur unter den Schatten der Nacht verborgen war. Sie waren dem Planeten viel näher als sie erwartet hatte, wahrscheinlich in den höchsten Schichten der Atmosphäre. Bevor ihr Bewußtsein aus staunender Betrachtung erwachte, meldete der Pilot sich wieder über Bordfunk. Seine Stimme keuchte vor Bestürzung.

»Das ist — bei allen Göttern! Dort draußen ist ein Schiff, in einer Umlaufbahn um Vierzehn!«

Maddalena schrak auf. Langenschmidt schnappte zurück: »Ein Schiff? Was für ein ...?«

Weiter kam er nicht. Es gab ein dumpf krachendes Geräusch, ein Bersten und Zerreißen von Metall, und Maddalenas letzter Gedanke war, daß sie wahrscheinlich sterben müsse.

9

Saikmar, Sohn von Corri, mittelloser Flüchtling, wanderte durch den langen, zugigen Korridor des Heiligtums zu der verborgenen Eingangstür. Draußen sang und heulte der Wind. Saikmar ging mit entschlossenen Schritten, doch wachsam, wie wenn er mit der Möglichkeit eines Überfalls rechnete.

Tatsächlich, als er seinem Ziel nahe war, verstellten ihm die alte Priesterin Nyloo und ihre ständige Begleiterin den Weg. Letztere war ein Mädchen von sieben oder acht Jahren, das eine fromme Pilgerin während ihres Aufenthaltes geboren und als ein Geschenk für die Götter zurückgelassen hatte. Die Augen des Kindes waren rund und von altklugem Ernst. Saikmar war von solchen Kindern immer beunruhigt.

Die alte Priesterin sagte: »Du willst fortgehen, Saikmar, Sohn von Corri?« Sie sprach einen seltsam akzentuierten, altertümlichen Dialekt, den er inzwischen verstehen gelernt hatte. »Draußen wird es kalt. Nicht lange mehr, und wir werden Schneemauern vor die Tür bauen und die Kälte aussperren.«

Saikmar war längst über das Stadium hinaus, wo er sich den Hütern des Heiligtums in demütiger Unterwürfigkeit genähert hatte. Er antwortete in rauhem Ton: »Und was bedeutet es dir, wenn ich dort draußen erfriere? Würdest du diesen Winter nicht einen nutzlosen Esser weniger zu verköstigen haben?«

Nyloo betrachtete ihn mit starrem Blick. Sie war sehr alt; die Haut, die ihren fast kahlen Schädel umspannte, war trocken und brüchig. Sie sagte: »Du nimmst dir die Klagen der anderen zu sehr zu Herzen. Weder ich noch die übrigen Priester und Priesterinnen werfen dir vor, daß wir in diesem Sommer unsere Abgaben nicht erhalten haben. Seit ungezählten Generationen geben wir jenen Asyl, die Ungerechtigkeit und Tyrannei fliehen, und wir erwarten dafür nur so viel an Naturalien, daß wir während der langen Winternacht nicht verhungern und erfrieren. Von Carrig ist diesen Sommer nichts gekommen — doch wie könnte das die Schuld eines Flüchtlings sein? Die Alten und die Schwachen, die ihr Leben aufgebraucht haben, werden sich mit der

Hoffnung bescheiden, daß den Jungen und Kräftigen ein weiterer Sommer vergönnt sein möge.«

»Wirst du diesen Winter sterben, Großmutter?« sagte das Kind und blickte mit seinen großen runden Augen zu der Alten auf. Saikmar ergriff seine Gelegenheit, zog den fadenscheinigen Umhang fester um die Schultern, senkte den Kopf wie einer, der sich einem Feind gegenübersieht, und eilte hinaus in den kalten Nachmittag.

Windstöße fegten pulverig-trockenen Schnee von Felsbänken und bliesen ihn in Saikmars Gesicht, als er die öden Anhöhen um das Heiligtum hinaufstieg. Es war zu seiner täglichen Gewohnheit geworden, zwischen den höhlendurchsetzten, vom Eis rundgeschliffenen Felsen herumzuklettern, bis er endlich auf einer Höhe stehen und über die Landschaft hinausblicken konnte, die jetzt noch grauen Fels zeigte, aber schon bald leerer Schnee sein würde, so weit das Auge reichte. Auch an diesem Tag starrte er mit brennenden Augen nach Süden, wo in weiter Ferne Carrig liegen mußte, seine Heimat, die er vielleicht niemals wiedersehen würde.

Seine Gedanken kreisten um immer die gleichen Erinnerungen. Wie Belfeor und seine üble Sippe — Männer, die aus dem Südland zu sein behaupteten, von denen einige aber nicht einmal die Sprache des Südlands beherrschten, und Frauen, die ebenso arrogant waren wie ihre Männer — ihre Rechte beansprucht, sich als neue Sippe etabliert und ihre Herrschaft über Carrig errichtet hatten; wie man ihnen Widerstand geleistet hatte, und wie sie schließlich alle Opposition mit ihren seltsamen, magischen Waffen unterdrückt hatten; wie sie sodann das Volk zu nie gekannter, mühseliger Arbeit zwischen den rauchenden Bergen gezwungen, die Menschen grausam angetrieben und viele getötet hatten. Wie der alte Regent Bavis Knole sich in Verzweiflung vom Wachtturm der Festung gestürzt hatte, nachdem sein Sohn Ambrus bei Belfeor Dienst genommen und seiner Sippe abgeschworen hatte ...

Er stand fröstelnd am Rand einer Felsklippe und wikkelte den Umhang enger um sich. Zu dieser Jahreszeit wurde es schon am frühen Nachmittag dunkel. Bald würde die Nacht kommen — die Nacht, die ein halbes Jahr dauern würde. Er hatte schon eine solche Nacht durchgemacht. Die immerwährende Dunkelheit! Die Einsamkeit! Draußen das Heulen des Windes, drinnen die Gesänge der Priester, die um die Wiedergeburt der Sonne beteten.

Konnte er noch so einen Winter ertragen? Nicht zum erstenmal dachte er daran, Bavis Knoles Beispiel zu folgen; ein Sturz über diese Klippe würde seinem Körper den Tod bringen und den Geist befreien. Aber er unterdrückte die Regung mit Entschlossenheit. Wäre es seine Pflicht gewesen, den Tod zu suchen, hätte er ihn längst finden können, zu Hause in Carrig, als jene, die sich dem neuen Herrscher am entschiedensten widersetzt hatten, durch das Schwert umgekommen waren.

Aber sie hatten ihm geraten — sein Onkel, seine Mutter und seine Vettern —, zum Heiligtum des Nordens zu reisen, bevor Belfeors Schergen zu ihm kämen. Sie hatten ihn gedrängt, er möge sein Leben für den Tag erhalten, wo es möglich sein würde, zurückzuschlagen. Das Heiligtum hatte Flüchtlingen seit legendären Zeiten Asyl gewährt und wurde dafür nach altem Brauch von den Städten unterstützt, die mit den sommerlichen Pilgerzügen Fässer voll getrockneter Fische, Kartoffeln, Salzfleisch und Geräuchertem zum Heiligtum schickten. Ohne diese Ergänzung zu den kümmerlichen Ernten, die während der kurzen Sommermonate dem kargen arktischen Boden abgerungen wurden, müßten die Hüter des Heiligtums und ihre Schützlinge im Winter verhungern.

Im letzten Sommer waren wieder einige Pilgerkarawanen gekommen, obwohl ihre Zahl geringer gewesen war als jemals zuvor, und Saikmar hatte die Pilger nach Neuigkeiten aus Carrig ausgeforscht. Alle Nachrichten waren schlecht gewesen; aber sie waren wenigstens eine Verbindung mit seiner Heimat. Und diesen Sommer, der sich dem Ende zuneigte … Nichts. Nicht eine Karawane war über Carrig in den hohen Norden gekommen.

Saikmar blickte in die Tiefe zu seinen Füßen, und sein Mund verhärtete sich mit der Rückkehr der Selbstmordgedanken. Nach einem freien Fall von zwanzig Metern würde er unten im Geröll aufschlagen. Ein Schritt könnte ihn von seinem Schicksal befreien. Besser dieses Ende nehmen als werden wie jene anderen, die er hier im Heiligtum angetroffen hatte, die anderen Flüchtlinge — elende, entmutigte Bettler, die in den Korridoren herumschlichen, ohne Stolz, ohne Hoffnung. Das wäre kein passendes Ende für Saikmar, den Sohn von Corri! Ein Edler sollte dem Tod mit Trotz ins Auge blicken.

O ja! Lieber Stille und Dunkelheit und das Zeitalter währende Warten auf eine Wiedergeburt, als noch einen Winter durchleiden. Ein Schritt …

Er reckte seine Schultern und warf seinen Kopf zurück, um mit einem letzten Blick Himmel und Welt zu umfassen — und sah ein Omen im dämmerigen Himmel. Zum erstenmal in seinem Leben war er sich jenseits allen Zweifels bewußt, daß die Götter ihm ein persönliches Zeichen gesandt hatten.

Dort oben, unverkennbar für einen, der Jahre verbracht hatte, die Gewohnheiten der Gattung zu studieren, zog eine Kreatur ihre ruhigen Kreise, ein Tier, das noch nie so hoch im Norden gesehen worden war. Es schimmerte dunkelblau, grün und golden im Widerschein des Sonnenuntergangs — ein junger, männlicher Parradil.

Vor Ehrfurcht erschauernd, blickte Saikmar zu dem majestätischen Tier auf, bis das letzte Licht im Westen verblich, und der Parradil tiefer und tiefer kreiste, an einer höhlendurchlöcherten Steilwand landete, seine Schwingen einfaltete und in einer der schwarzen Öffnungen verschwand.

Früh am nächsten Morgen — er hatte in seiner fieberhaften Erregung kaum geschlafen — verließ Saikmar das Heiligtum wieder. Seit er den Parradil gesehen hatte, wußte er, was er tun mußte: zu ihm gehen und sich seiner und der Götter Gnade ausliefern. Denn war nicht auch der Parradil ein Flüchtling in dieser kahlen Einöde? Daß er so weit nach Norden gekommen war, mußte bedeuten, daß Belfeors Sakrileg einen noch nie gehörten Gipfelpunkt erreicht hatte — er mußte die Parradile aus den rauchenden Bergen vertrieben haben!

Er hatte natürlich damit zu rechnen, daß das Tier ihn tötete, ihn von der Öffnung seiner erwählten Höhle vertrieb, so daß er über die Felswand abstürzte. Aber was machte es? Es würde für seine Chancen einer guten Wiedergeburt besser sein als Selbstmord.

Er fühlte sich heiterer und gelöster als seit langem, wie er sich über die Steilwand zur Höhle hinaufarbeitete. Mangel an Schlaf, Aufregung und ein leerer Magen mochten dafür verantwortlich sein. Er hatte weder sein Abendessen noch die Handvoll geröstetes Getreide und die getrockneten Früchte gegessen, die es als Frühstück gegeben hatte. Beide Mahlzeiten waren in einem Beutel an seinem Gürtel, als ein Geschenk für den Parradil.

Die Höhle war weit schwieriger zu erreichen, als es von unten den Anschein gehabt hatte. Saikmar mußte sich an vereisten Simsen und Griffen emporziehen, während der kalte Wind seinen Umhang beutelte und wie ein Segel blähte, das ihn fortzutragen drohte. In mehreren Höhlen, an denen er vorbeikletterte, sah er, daß der letzte Nachtfrost herabgeronnenes Wasser zu einer Eisschicht gefroren hatte. Er war bestürzt. Wie sollte ein Parradil, der die warmen Höhlen der rauchenden Berge gewöhnt war, einen arktischen Winter überleben? Der späte Frühling würde ihn als steifgefrorenen Leichnam wiederfinden!

Was immer er tun konnte, dem Tier das Leben zu retten, er würde es tun — und wenn er sein eigenes Leben riskieren mußte. Er spielte mit dem Gedanken, der für das Lebensmittellager zuständigen Priesterin zu sagen, daß er sich töten werde und wolle, daß sie seine so eingesparten Winterrationen dem Parradil gebe. Er verwarf die Idee. Sie würde ihn nur auslachen. Der Parradil hatte keinen Raum im Kult des Heiligtums. Für diese Leute war er nur ein unheimliches Tier aus dem Süden. Und schlimmer noch ... ihn schauderte, als ihm eine neue Möglichkeit einfiel. Sie könnten herauskommen und versuchen, den Parradil zu erlegen, denn sein Fleisch wäre in der Winterkälte lange haltbar und eine wertvolle Ergänzung ihrer geringen Vorräte.

Nein, es war besser, wenn er keinem Menschen etwas sagte.

Er überdachte eine neue Idee. Er würde seine Mahlzeiten hierher bringen, so lange er könnte. Aber es würde nur noch eine Woche oder vielleicht zwei dauern, bis sie den Eingang zum Heiligtum mit einer Schneemauer verschlössen; von da an bis zum Frühling würde niemand das Heiligtum verlassen. Überdies würde er, Saikmar, nach zwei oder drei Tagen ohne Essen zu geschwächt sein, um den Aufstieg zu machen und die Mahlzeiten abzuliefern.

Was sollte er tun?

Schließlich erreichte er die Stelle, wo der Parradil gelandet war, ein eisfreies Felsband vor der Öffnung einer Höhle, die er gebückt betreten mußte. Hier war er im Schatten, und er mußte warten, bis seine Augen sich an das Halbdunkel gewöhnt hatten, doch der Geruch sagte ihm, daß er sich am rechten Ort befand. Er kannte den Geruch von Parradilen — beißend und scharf, doch nicht unangenehm, ähnlich dem harzigen Räucherwerk, das die Priester im großen Tempel von Carrig verbrannten.

Er öffnete den Beutel an seinem Gürtel, griff hinein und zog eine Handvoll getrockneter Früchte und Röstgetreide heraus. Mit ausgestreckter Hand drang er tiefer in die Höhle ein.

Und war fünf Schritte gegangen, bevor er merkte, daß sie leer war.

Verblüfft ließ er seine Hand sinken. Aber der Parradilgeruch war unverkennbar! Wohin, im Namen der Götter, war das Tier geflogen?

Tränen der Enttäuschung brannten in seinen Augen. Halb blind stolperte er zurück zum Höhleneingang, wo er sich an die Wand lehnte und seine Hände vor das Gesicht schlug. Hatten die Götter ihn wieder verlassen? Er war so verloren in seinem Elend, daß er die Flügelschläge des Parradils erst hörte, als das Tier zur Landung ansetzte.

Er riß seine Hände von den Augen — und der Parradil war da, auf dem Felsensims neben ihm, die Flügel halb angelegt, den Kopf mißtrauisch zur Seite geneigt, beobachtend, aber nicht drohend. In seinem mächtigen Schnabel trug er etwas, das vertraut aussah.

Ein Kleiderbündel! Ein Bündel von dickem Wollstoff, wie er im Land östlich von Carrig aus Graathaar gewebt wurde!

Aber das Problem, was ein Parradil mit Wollstoff anfangen könnte, war nicht dringlich. Wichtiger war, ob das Tier angreifen würde oder nicht; schließlich hatten die Menschen seit ungezählten Generationen in ihrem alljährlichen Ritual seinesgleichen getötet.

Vielleicht aber — der Gedanke kam Saikmar erst viel später hatten sie niemals eine Verbindung zwischen Menschen und ihren Gleitern gesehen und die letzteren möglicherweise als fliegende Ungeheuer einer eigenen Art betrachtet. Jedenfalls benötigte dieser Parradil nur wenige Sekunden für seine Entscheidung, daß Saikmar keine Bedrohung für ihn sei. Er war vielleicht sechs oder sieben Jahre alt, gerade an der Schwelle zur Reife, aber bereits größer und schwerer als ein starker Mann.

Er ließ das Tuchbündel auf den Boden fallen und begann es mit dem Schnabel vor sich her und tiefer in die Höhle zu schieben. Jetzt erst bemerkte Saikmar, daß der Parradil mit den Krallen seiner Füße kopfgroße Ballen von unverarbeitetem Graathaar hielt, auf denen er wie in Pantoffeln unbeholfen dahinschlurfte. Als er einen Platz für das Stoffbündel gefunden hatte, befreite er seine Füße von den Haarklumpen und beförderte diese an den gleichen Platz.

Ein Nest für den Winter ...?

Saikmar hatte keine andere Erklärung. Aber niemand hatte je von einem Parradil gehört, der ein Nest baute!

Ermutigt von der Friedfertigkeit des Tiers, griff Saikmar in den Proviantbeutel und hielt ihm eine Handvoll Körner und Trockenfrüchte hin. Der Parradil beäugte die Hand wachsam, machte aber keine Anstalten, die Futterspende anzunehmen. Saikmar schüttete behutsam auf den Boden, was er in der Hand hielt, und trat zurück. Nun untersuchte der Parradil das Geschenk näher, und gleich darauf kam seine Zunge heraus und leckte den Felsgrund sauber. Saikmar holte mit ungeschickten Händen mehr Essen aus seinem Beutel und streckte es dem Parradil hin. Der betrachtete es genau; und als er sich überzeugt hatte, daß es mehr von der gleichen Sorte war, klappte er seinen Schnabel auf, und Saikmar schüttete den Inhalt seiner Hände in den blutroten Rachen.

Der Parradil grunzte wohlwollend und näherte sich mit langem Hals dem Proviantbeutel. Saikmar nahm ihn ab und entleerte ihn in den erwartungsvoll aufgesperrten Schlund; der gesamte Inhalt war für das Tier weniger als ein Mundvoll. Der Parradil schien enttäuscht und fuhr mit der Zunge in den Beutel, um die letzten Körner herauszuholen, dann drängte er sich an

Saikmar vorbei zur Höhlenöffnung, breitete die mächtigen Schwingen aus und stieß sich von der Felskante ab, um in gerader Linie nach Süden davonzufliegen.

Saikmar fing zu lachen an. Er lachte, bis sein Bauch schmerzte und die kalte Luft in seiner Kehle kratzte.

Als er am folgenden Tag zurückkehrte, hatte der Parradil die Höhle zur Hälfte mit weichem, warmem Material angefüllt — gestohlenen Wollstoffen, Graathaar, trockenen Gräsern, ganzen Tierhäuten, die jemand gegerbt und als Wandbehang oder Bodenbelag vorbereitet hatte. Aus diesem Haufen ragte der halb geöffnete, gezähnte Schnabel des Parradils und stieß ein drohendes Zischen aus. Doch das dauerte nur einen Moment; dann schien er seinen Besucher wiederzuerkennen und verstummte.

Saikmar bot ihm wieder Essen an, das aber abgelehnt wurde, und der Parradil schien ihm erklären zu wollen, daß er gut gegessen habe, denn er öffnete seinen Schnabel weit und stieß Atem aus, der nach rohem Fleisch roch.

Saikmar blieb eine Weile. Das Tier war seine einzige Verbindung mit der Heimat, und er hockte sich in seine Nähe und aß, was er im Proviantbeutel mitgebracht hatte.

In den folgenden Tagen wurden diese Besuche für beide zu einer Gewohnheit, aber dann fingen sie an, vor der Tür zum Heiligtum einen Schneewall zu errichten, und Saikmar mußte einsehen, daß dieser Besuch sein letzter sein mußte. Er befürchtete sogar, auf den Abschied verzichten zu müssen, denn vom frühen Morgen bis zum Nachmittag tobte ein Schneesturm, und die Tage waren nun sehr kurz. Der Weg durch den tiefen Schnee und der Aufstieg über die vereiste Felswand waren viel zu gefährlich, um das Wagnis bei Dunkelheit zu unternehmen.

Er nahm seine Gelegenheit wahr, als der Schneefall

für eine Weile aufhörte und die Wolkendecke aufriß, und ging, um sich für den Winter von seinem Freund zu verabschieden.

Der Parradil, der sich inzwischen an seine Gegenwart gewöhnt hatte, begrüßte ihn mit einem Grunzlaut, als er über die Felskante kletterte und sein Kopf in der Höhlenöffnung erschien. Als Saikmar eintrat, mit langsamen und vorsichtigen Bewegungen, weil es in der Höhle so dunkel war, drehte der Parradil sich in seinem großen weichen Nest auf die Seite und lüftete eine Schwinge, um zu zeigen, was darunter verborgen war.

Ein menschliches Wesen ...

10

Danach begriff Maddalena Santos, daß sie während der Katastrophe länger bei Bewußtsein gewesen war, als sie zu der Zeit geglaubt hatte. Sie konnte sich an fast nichts erinnern, als sie sich zu drei Vierteln in einer gigantischen Schneewehe vergraben wiederfand, verwundert, noch am Leben zu sein. Aber das war die Nachwirkung des Schocks. Bald stellten sich unzusammenhängende Erinnerungsbilder ein, die sie zusammenfügen und verarbeiten konnte, bis es ihr möglich war, ein mehr oder weniger deutliches Bild vom Geschehen zu erhalten.

Da waren der Ausruf des Piloten über ein fremdes Schiff in einer Umlaufbahn um Vierzehn, und Major Langenschmidts erschrockene Frage ... und unmittelbar darauf das Krachen einer Explosion. Vermutlich hatte das fremde Schiff ihr Annäherungsmanöver verfolgt, sie als Patrouillenkreuzer identifiziert und den Neuankömmling mit einer Rakete durchbohrt.

Es gab noch mehr Erinnerungsfetzen von etwas später, aus dem Landeboot: Langenschmidts hektische Arbeit, um sie vom Mutterschiff zu lösen; ein zweiter krachender Stoß; das Entsetzen, durch die schmale Kabine zurückzublicken und ein klaffendes Loch im Rumpf des Landeboots zu sehen, rotglühendes, zerrissenes Metall. Da war die Erinnerung, wie Langenschmidt ihr mit schneidender Stimme Befehle gab, die sie ausführte, obwohl sie kaum etwas hören konnte, weil die vorbeischießende Luft im aufgerissenen Bootsrumpf pfiff und heulte. Das Gefühl, daß sie in den Tod springe, als sie sich aus derselben Öffnung stürzte, sobald Langenschmidt die Fallgeschwindigkeit hinreichend gebremst hatte, und in eine Nacht hinausfiel, die schwarz war wie der Weltraum, wo sie das Gefühl hatte, daß die Sterne unter und die weiße Winterlandschaft über ihr waren. Der Ruck, als der Fallschirm sich öffnete und ihren scheinbar endlosen Sturz ins Leere beendete. Wie sie über eine verschneite Einöde dahintrieb, in tiefem Schnee landete und vom windgeblähten Fallschirm fünfzig oder hundert Meter fortgerissen wurde, bevor sie den Zughebel fand und die Halteseile des Fallschirms ausklinken konnte.

Sie lag ungefähr eine Stunde lang in der Schneewehe, wo sie steckengeblieben war, bis ihre Hände und Füße trotz der Isolierung des Anzugs kalt und steif zu werden begannen. So lange brauchte sie, um die Tatsache zu verarbeiten, daß sie noch lebte und allem Anschein nach unverletzt war, und anschließend, um sich selbst davon zu überzeugen, daß es einen Sinn haben könnte, wenn sie aufstünde und zu Fuß losginge, obwohl sie allein auf einem fremden Planeten war und außer ihrer Intelligenz und dem, was sie auf dem Leib trug, keine Hilfsmittel hatte.

Sie hatte nicht den Schimmer einer Vermutung, was aus Langenschmidt geworden sein mochte. Das Landeboot war zweifellos abgestürzt und irgendwo zerschellt. Vielleicht war Langenschmidt ausgestiegen, bevor es zu spät wär; vielleicht nicht. Bei der Geschwindigkeit, mit der das Boot durch die Atmosphäre gefallen war, würde er Hunderte von Kilometern entfernt heruntergekommen sein, selbst wenn er den Pilotensitz gleich nach ihr verlassen hatte.

Mit benommen-langsamen Bewegungen, halb schwimmend und halb kriechend, arbeitete sie sich aus der Schneewehe und weiter zu einem windgefegten Stück Fels, wo sie aufstand und umherblickte. Es war schwer zu glauben, daß sie auf einem Planeten war, wo Menschen leben konnten. Leere und Verlassenheit dieser Schneewüste waren vollkommen.

Sie fühlte sich in Hysterie abgleiten, als sie ihre Augen anstrengte und in dem trüben Dämmerlicht nach einem Strohhalm von Hoffnung Ausschau hielt. Das wenige Licht kam von einem kleinen Halbmond und einem ziemlich dichten und nahen Sternhaufen, die durch eine aufgerissene, aber sonst bedrohlich dicke und rasch ziehende Wolkendecke schienen.

Ihre Verzweiflung ließ ein wenig nach, als ihr klar wurde, daß sie diesen kugelförmigen Sternhaufen kannte. Also konnte sie wenigstens ihren Kompaß einstellen und die Himmelsrichtungen bestimmen. Nach langem Gefummel mit ihren behandschuhten Fingern gelang es ihr, und als sie überzeugt war, daß sie den Kompaß mit größtmöglicher Genauigkeit eingerichtet hatte, fühlte sie sich etwas besser.

Da es in dieser Eiswüste keine deutlich sichtbaren Landmarken gab, erschien es ihr am vernünftigsten, nach Süden zu marschieren. Das Schiff, das die Flüchtlinge von Zarathustra hierher gebracht hatte, war in der Arktis niedergegangen, das war bekannt; das Wrack war dann zum Zentrum irgendeines mystischen Kults geworden. Aber als die Flüchtlinge den unwirtlichen Ort ihrer Landung verlassen hatten, mußten sie logischerweise südwärts gezogen sein, wärmeren Ländern entgegen. Vorausgesetzt, daß sie sich auf der gleichen Seite des Pols befand, gab es die Möglichkeit, nicht zu weit südlich von hier eine Ansiedlung zu finden.

Es hatte jedenfalls keinen Sinn, länger hier herumzustehen. Sie dachte daran, das Tageslicht abzuwarten, erinnerte sich jedoch, daß sie gegen Ende des nördlichen Sommers auf den Planeten gekommen war. Es war nicht auszuschließen, daß in diesen hohen Breiten bereits die Polarnacht angebrochen war. In diesem Fall würde sie sechs oder sieben Monate auf das Morgengrauen warten müssen.

Sie schaltete ihre Luftversorgung vom mitgeführten Sauerstoffgemisch auf gefilterte Außenluft um und machte sich auf den Weg.

Zuerst munterte sie sich mit dem Gedanken an ihre Mission auf. Es gab keinen Zweifel, daß sie es hier mit einer Krise zu tun hatte, die viel gefährlicher war als Slee ahnte, einer Krise, die fremde Schiffe und Besatzungen einschloß, deren Horror vor der Raumpatrouille so groß war, daß sie beim ersten Anblick das Feuer eröffneten. Das deutete auf Verwicklungen hin, die mindestens von der gleichen Größenordnung waren wie der Fall mit der Sklavenwelt. Sie versuchte sich mit Phantasien anzustacheln und malte sich aus, wie sie auf sich allein gestellt die Verbrecher unschädlich machen würde, wie man sie auszeichnen und befördern und ...

Aber die Kälte und die Anstrengung, durch den tiefen weichen Schnee zu stapfen, machte diese Phantasien weniger und weniger glaubhaft. Sie verdrängte sie zugunsten naheliegender Angelegenheiten: was zu tun wäre, sollte sie auf eine menschliche Siedlung stoßen. Sie würde ihren Raumanzug ausziehen und zerstören müssen, zum Beispiel, weil die Konstruktion und viele ihrer technischen Details für diese Welt viel zu entwikkelt waren; auch mußte sie eine Geschichte erfinden, die ihre Anwesenheit hier erklären würde ... aber was für eine? Konnte sie behaupten, von Banditen entführt worden zu sein? Es gab Banditen auf Vierzehn, weshalb Karawanenführer wie Heron bewaffnete Eskorten benötigten. Aber waren sie so hoch im Norden anzutreffen? Wahrscheinlich nicht, denn hier gab es niemanden zu berauben.

Ich muß mir etwas anderes ausdenken ...

Als sie allmählich müder wurde, wurden auch ihre Gedanken langsamer. Ein scharfer Südost kam auf und behinderte ihren Marsch mit heftigen Böen und Schneewolken, die ihre Sicht behinderten.

Sie wanderte so lange, bis sie sich am liebsten in den Schnee geworfen und geschlafen hätte; das einzige, was sie daran hinderte, war, daß dazu die Entscheidung nötig gewesen wäre, nicht mehr weiterzugehen, und es war weniger anstrengend, keine Entscheidungen zu treffen. Es begann ihr aufzufallen, daß die eine Hälfte des Himmels heller wurde, während auf der anderen Seite bedrohlich schwere Wolken aufzogen. Der Wind ließ für eine Stunde oder so nach, dann drehte er und frischte wieder auf, diesmal aus Südwesten; sie hatte den Eindruck, daß sie auf der Stelle ging wie in einer Tretmühle, unfähig, weiter vorwärts zu kommen.

Sie glitt auf einer vereisten Felsplatte aus und schlug lang hin. Sie holte erschrocken Luft und hatte auf einmal eine lange Haarsträhne im Mund.

Das war der Augenblick, wo ihre Nerven versagten. Ihre Selbstbeherrschung war dahin, und die nächsten Minuten lag sie im Schnee, verdammte das Korps und Brzeska und Langenschmidt und sich selbst. Nach und nach erholte sie sich von ihrer hysterischen Verzweiflung und fand, daß der Ausbruch ihr geholfen hatte; ihr Verstand war jetzt klarer und ruhiger als zuvor, und sie konnte aufstehen und ihren Marsch fortsetzen.

Es begann zu schneien, und das Vorankommen wurde noch mühseliger, nicht nur, weil sie von Gegenwind und Schneetreiben behindert wurde, sondern weil das Terrain unebener wurde und sie einen steilen Höhenrücken überwinden mußte, der ihre letzten Kräfte beanspruchte.

»Wenn ich oben bin, werde ich ein Dorf sehen«, murmelte sie. »Ich werde Menschen sehen. Wenigstens Rauch von einem Feuer werde ich sehen. Vielleicht wird mich jemand sehen und mir entgegengehen. Vielleicht ...«

Eine Bewegung am Rand ihres Gesichtsfelds fand ihre Aufmerksamkeit, und sie blickte auf. Einen Moment lang, bevor eine Schneebö sie blendete, sah sie etwas Monströses und Geflügeltes, das geduldig über ihr kreiste. Wartend, dachte sie.

In historischen Romanen hatte sie von Geiern gelesen, die verirrte Wanderer in den Wüsten der Erde zu verfolgen pflegten, um sich auf sie zu stürzen, wenn sie vor Entkräftung liegenblieben. Ihre Phantasie entzündete sich an der Vorstellung. Dieses Ding dort oben! Es wartete nur, bis sie erschöpft liegenblieb, und dann ...

Sie erreichte den Kamm des Höhenzugs keuchend und schluchzend, und als sie den Schnee von der Sichtscheibe ihres Helms gewischt hatte, sah sie ein paar Sonnenstrahlen durch die Wolkendecke stoßen. Sie sah auch, daß die felsige Hügelkette, auf der sie stand, nach Süden in steilen, von Schutterrassen durchzogenen Felsen abbrach. Wo sie stand, waren die Steilwände niedrig und durch Geröll und Schnee geböscht, aber am anderen Ende waren sie viel höher und steiler und bildeten Klippen mit Dutzenden von dunklen Stellen, die Höhlenöffnungen sein mochten. Aber sie achtete kaum darauf. Denn die Sonnenstrahlen fielen direkt auf einen schimmernden, länglichgewölbten Körper, dessen untere Hälfte von angewehtem Schnee verdeckt war. Die obere Hälfte war jedoch vom Wind saubergefegt, und sie schimmerte, wie nur ein Material schimmern konnte — die Rumpfverkleidung eines Raumschiffs.

Darauf verlor sie völlig den Kopf. Sie schrie: »Langenschmidt! Langenschmidt!« und lief den Hang hinunter.

Sie rutschte und taumelte zwanzig Meter abwärts,

dann verlor sie endgültig das Gleichgewicht und kollerte durch den tiefen Schnee weiter hinab. Wieder gerieten lange Haarsträhnen in ihren Mund, und sie spuckte und schrie in Panik; und als sie im Fallen wieder den Himmel vorbeiwirbeln sah, erblickte sie ganz nahe über sich die riesige fliegende Bestie, den blutroten, gezähnten Schnabel aufgesperrt, die krallenbewehrten Füße zum Schlagen vorgestreckt.

Als sie mit Armen und Beinen um sich schlagend in einer tiefen Schneewehe steckenblieb, die Ohren erfüllt von ihren eigenen vergeblichen Hilfeschreien, wurden ihre Oberarme von einem eisenhart zuschnappenden Griff umklammert, und sie fühlte sich mit einem Ruck hochgerissen. Ihre Beine strampelten im Leeren, und sie begriff sofort, daß jeder Widerstand zwecklos war — das Ungeheuer war unglaublich stark, und wie heftig sie sich auch wand, es trug sie unbeirrbar zu den hohen Felsklippen hinüber.

Auf einem Sims vor der Öffnung einer der vielen Höhlen setzte das mächtige Tier sie mit so erstaunlicher Sanftheit ab, daß sie ihr hysterisches Schreien einstellte und zurückwich. Der Riesenvogel — oder was immer es war — hatte sich vor ihr auf dem Sims niedergelassen, die Flügel ausgebreitet, wie um sie zu hindern, in Panik über die Felskante zu springen, und begann, sie mit dem Schnabel vor sich her ins Höhleninnere zu stoßen.

Mit versagenden Knien stolperte sie vorwärts.

Hinten in der Höhle gab es eine Art von Nest, entdeckte sie — weich und warm ausgepolstert und den durchdringenden Geruch seines Besitzers ausströmend. Als sie es erreicht hatte, wartete sie hilflos und ergeben auf den endgültigen und tödlichen Angriff der Bestie.

Statt dessen drängte das Tier an ihr vorbei und vergrub sich in dem dicken Haufen des wolligen Materials. Als es nach längerem Hin und Her bequem ruhte, öffnete es eine der riesigen Schwingen, hackte sie über ihren Kopf und brachte Maddalena mit dem Ruck aus dem Gleichgewicht. Sie fiel zu ihm ins Nest.

Eine Weile zappelte sie und wehrte sich mit nachlassenden Kräften gegen den unerbittlichen Druck des häutigen Flügels, der sie niederhielt, dann vertrieb Erschöpfung das Bewußtsein ihrer schrecklichen Lage, und sie bemerkte nur noch, wie warm und ruhig dieser Ort nach der grausamen Schneelandschaft war, die sie die ganze Nacht lang durchwandert hatte, und dachte, wie laut der Wind draußen heulte, wie …

Von so etwas war in all den Instruktionen über Vierzehn niemals die Rede …

Und das war ihr letzter Gedanke, bis sie Stunden später erwachte und einen mageren jungen Mann sah, der sie vom Eingang der Höhle her anstarrte, das Gesicht von der Kälte verkniffen, den Mund vor Erstaunen offen.

II

Seit seiner Ankunft im Heiligtum hatte Saikmar sich immer um Würde bemüht, um ein Benehmen, wie es zum Status eines Mannes paßte, der nun zur herrschenden Sippe von Carrig gehören würde, wäre er nicht um seine Rechte betrogen worden. Er hatte sein Bestes getan, ein ernstes, gesetztes Verhalten zu zeigen, wie er es bei seinem Onkel Malan und beim verstorbenen Bavis Knole bewundert hatte.

Die Aufregung über den Parradil als ein Omen der Götter und über die neue Freundschaft mit dem königlichen Tier hatte den Firnis durchbrochen und seine wahre Natur freigelegt. Er war schließlich nicht viel mehr als ein Junge, und obendrein unglücklich und völlig ohne Freunde in einer ungastlichen Wildnis.

So gaffte er fassungslos, als das Mädchen im Nest unter dem Flügel des Parradils aus dem Schlaf schreckte und sich aufrecht setzte.

Zuerst hatte er gedacht, daß sie tot sein müsse — daß der Parradil ihm den Leichnam als eine Warnung zeige, oder sogar als ein Zeichen, daß er mit Nahrung versehen sei. Ihre Kleidung gab ihr ein so leichenhaftes Aussehen, dieser stumpfsschwarze Anzug mit einer Kapuze oder einem Helm darauf. Tatsächlich erkannte er erst nach ihren ersten Worten, daß sie ein Mädchen war, so vollkommen verhüllte der Anzug ihre Gestalt.

Ihre Stimme klang heiser, aber nicht unangenehm. Sie sagte etwas in einer Sprache, die ihm unverständlich war, dann schüttelte sie ihren Kopf, wie wenn sie sich von einer Benommenheit erholen müsse, und redete ihn im Dialekt von Carrig an.

»Wer bist du? Und was ist das für ein Wesen, das mich zur Höhle brachte?«

Saikmar strengte seine Augen an und versuchte durch die seltsam durchsichtige Platte an ihrem Helm die Gesichtszüge zu sehen — ohne Erfolg. Er sagte: »Ich bin Saikmar, Sohn von Corri aus der Sippe der Twywit in Carrig, und ich habe hier im Heiligtum Asyl gefunden. Und dieses Wesen, dessen Nest du teilst, ist ein vornehmes Tier, ein Parradil.«

Sie nickte langsam und nachdenklich. Der Parradil neben ihr, der seinen Flügel noch immer erhoben hielt, wandte seinen Kopf auf dem biegsamen langen Hals und schnaufte sie an. Dann blickte er zu Saikmar, als erwarte er etwas.

»Und du?« fragte Saikmar.

Sie schüttelte hilflos ihren Kopf. »Ich — ich ...?«

»Was ist mit dir passiert? Wie bist du hergekommen?«

»Ich — kann mich nicht klar erinnern. Ich war ohnmächtig.«

Saikmar stand da und betrachtete sie in tiefer Verwunderung. Wenn nur der Parradil sprechen könnte, dachte er. Was hatte das alles zu bedeuten? Wahrscheinlich hatte der Parradil das Mädchen in die Höhle gebracht, denn der Schneesturm war so dicht gewesen, daß nicht mal er selbst, der jeden Griff und jeden Vorsprung kannte, den Aufstieg riskiert hatte. Aber wenn der Parradil sie irgendwo in der arktischen Schneewüste gefunden und gerettet hatte, dann warf das andere Fragen auf. Was tat sie hier, allein in der kalten Einöde? Warum war sie so seltsam gekleidet? Konnte der Parradil sie aus dem Süden gebracht haben, wo er auch sein Nestmaterial geholt hatte? Er hatte nie von dergleichen gehört. Man sagte den Parradilen nach, daß sie Kinder und junge Graats raubten, aber solche Geschichten verlegten das Ereignis immer in ein anderes Land, und es war sowieso eine ganz andere Sache, einen erwachsenen Menschen fortzutragen ...

Der Wind heulte hinter ihm, und rasch aufziehende Wolkenmassen deuteten auf einen neuen Schneesturm und frühe Dunkelheit hin. Er wagte nicht, noch mehr Zeit mit Fragen zu verlieren. Er sagte: »Ich muß dich zum Heiligtum führen, wo es Wärme und Essen gibt. Kannst du aufstehen?«

Sie erhob sich vorsichtig, erst auf die Knie, dann auf die Füße. Nachdem sie alle ihre Gelenke bewegt und sich ein wenig gereckt hatte, sagte sie: »Ich bin schwach, aber die Ruhe hat mir geholfen. Ich glaube, ich werde gehen können. Stürmt es noch immer?«

»Es hat viel geschneit, aber jetzt ist der Himmel klar. Trotzdem müssen wir eilen. Neue Schneewolken ziehen auf, und es wird bald dunkel sein.«

Behutsam stieg sie aus dem Nest des Parradils und ging zur Höhlenöffnung. Sie zeigte zum tonnenförmigen Dach des Heiligtums, das nun in mattem Zwielicht lag.

»Ist das, wohin wir gehen müssen?«

»Ja«, sagte Saikmar. »Der Abstieg ist schwierig, aber du mußt jetzt mit mir kommen. Heute verschließen sie die Tür zum Heiligtum mit einem Schneewall, um sie für den Winter abzudichten. Wir werden hintereinander klettern müssen; ich werde dich führen und dir die Tritte und Griffe zeigen.«

Sie antwortete nicht, sondern starrte weiter auf die Felswand unter ihnen. Saikmar konnte ihr Zögern verstehen. Der vorausgegangene Schneesturm hatte die Felsen weiß überpudert, und im nachlassenden Tageslicht war es kaum möglich, die Halt bietenden Simse, Griffe und Risse zu sehen.

Er überlegte noch, welche Ermutigung er ihr bieten könnte oder ob er überhaupt versuchen sollte, sie zum Heiligtum zu bringen; könnte sie nicht eine Abgesandte der Götter sein? — als hinter ihnen grunzende und blasende Geräusche laut wurden und der Parradil sich aus seinem Nest erhob. Er kam zu ihnen an die Öffnung; diese bot kaum Platz für drei, und Saikmar fühlte sich vom kraftvollen Körper des Tiers an den Fels gedrückt.

Er hätte schwören mögen, daß die vorschießenden, zustoßenden Gesten hinunter zum Heiligtum, die der Parradil mit seinem Kopf machte, eine Frage ausdrükken sollten: Willst du da hinunter?

Plötzlich schien der Parradil die Geduld zu verlieren; er stieß sich von der Felskante ab, seine breiten Schwingen öffneten sich und peitschten klatschend die Luft. Zehn Meter vor der Höhlenöffnung drehte er um und kam zurückgesegelt. Seine Schwingen schlugen nach vorn und bremsten den Körper ab, während die vorgestreckten Krallenfüße fest Saikmars Arme packten.

Und Saikmar wurde wie eine Puppe durch die Luft getragen.

Der Flug war so kurz, daß er vor Verblüffung zu schreien vergaß; als er Luft holte, um es zu tun, fand er sich auf ebenem Grund unweit vom Heiligtum abgesetzt, und der Parradil schwebte in einem weiten Bogen zurück und hinauf zur Höhle, um das Mädchen nachzuholen. Saikmar sah mit Verblüffung und Bewunderung, wie sie an die Felskante trat und dem Parradil beide Arme entgegenhob, damit er sie besser fassen konnte.

Einen Moment später, und sie stand neben ihm im Schnee, während der Parradil mit ein paar kräftigen Flügelschlägen aufwärts kurvte und sich vom Wind zu seinem warmen Nest in der Felswand hinübertragen ließ.

Saikmar schnürte es die Kehle zusammen. Ohne sich bewußt zu werden, was er tat, winkte er dem Parradil nach, bis er ihn nicht mehr sehen konnte, wie wenn er einen guten Freund verabschiedete. Dann wandte er sich langsam dem Mädchen zu und führte sie zur Unterkunft.

Sie hatten den Schneewall beinahe fertiggestellt. Es war eine der Aufgaben, die den Flüchtlingen als Gegenleistung für Obdach und Verpflegung abverlangt wurden. Als Saikmar und das Mädchen näherkamen, unterbrachen die Männer ihre Arbeit und starrten ihnen entgegen. Sie waren ein zusammengewürfelter, jämmerlicher Haufen, die meisten abgemagert und mit verschlagenen Augen. Ihre bloßen Hände waren von der Arbeit im Schnee steif und wund, ihre Gesichter von Wind und Kälte halb erfroren. Nur wenige hatten ausreichende Kleidung, die anderen trugen über ihren Lumpen Umhänge aus zerrissenen Wolldecken.

Saikmar wußte, daß man von ihm eine Beteiligung an der Arbeit erwartet hatte, obwohl niemand ihm einen formellen Befehl gegeben hatte, und ein Gefühl von Beklemmung wurde in ihm wach, als er unter den Arbeitern einen Mann namens Graddo sah, der sich selbst zum Anführer der Flüchtlinge gemacht hatte. Er verachtete Saikmar wegen seiner vornehmen Herkunft und seines, wie er sagte, verweichlichten und höfischen Gehabes. Saikmar versuchte sich nichts anmerken zu lassen und führte seine Begleiterin zur letzten Lücke im Schneewall.

Aus irgendeinem Grund begnügten sich die Flüchtlinge mit finsteren Blicken, und als Saikmar aufatmend den Eingang zum Heiligtum ansteuerte, erkannte er den Grund. In der Türöffnung stand die alte Priesterin Nyloo.

»Noch ein Mund, der den Winter durchgefüttert werden will, Nutzloser?« sagte sie, nachdem sie Saikmar und das Mädchen mit starrem Blick gemustert hatte.

»Diese Frau bittet gleichfalls um Asyl im Heiligtum«, sagte Saikmar. Er hatte keine Ahnung, ob dies die Absicht der Fremden gewesen war, aber in dieser öden arktischen Wüste gab es keinen anderen Weg für sie.

»Ich sehe«, krächzte Nyloo. »Eine Frau, nicht wahr? Eine Frau von Fleisch und Blut? Hah! Eher möchte ich glauben, daß du in Angst vor den kalten Nächten einen Sukkubus beschworen hast, dein Bett zu wärmen. Ist es nicht so?«

»Ich weiß nichts von Beschwörungen«, antwortete Saikmar, der sein Gesicht trotz der Kälte heiß werden fühlte. »Magie ist deine Domäne und nicht meine.«

»In der Tat!« entgegnete Nyloo scharf: »Das ist ein Jammer, ein großer Jammer. Denn wie sollen wir ohne Beschwörungen zu Nahrung für einen weiteren hungrigen Mund kommen? Sag mir das!«

»Im Heiligtum leben siebzig Flüchtlinge«, sagte Saikmar. »Ist es ein großer Unterschied, wenn es einundsiebzig sind?«

»Es ist ein Unterschied!«

Da sie nun merkten, daß sie offizieller Unterstützung sicher waren, wenn sie ihre Abneigung gegen die Neugekommene äußerten, ließen die anderen Flüchtlinge ihre Arbeit am Schneewall liegen und drängten sich drohend um Saikmar.

»Also, was ist mit dieser Frau?« grollte Graddo und gab dem Mädchen einen Stoß gegen die Schulter. »Wo kommt sie her? Aus einer Stadt, die das Asylrecht für ihre Bürger erkauft hat, indem sie Karawanen mit Lebensmitteln für das Heiligtum geschickt hat, wie unsere Städte es taten?«

»Richtig!« rief ein anderer, und der Chor der übrigen stimmte ein.

»Gut gesprochen«, sagte die alte Priesterin. »Diese Frau wenn sie eine Frau ist und kein Sukkubus, was besser wäre, weil man Geister nicht mit Nahrung für den Körper füttern muß —, warum spricht sie nicht für sich selbst?«

»Ich bin aus Dayomar, einer Stadt im Südland«, sagte die Fremde laut und blickte der Priesterin in die Augen.

»Dayomar?« sagte Graddo zweifelnd. Er klang enttäuscht. »Was sagst du, Priesterin?«

»Ja, die Leute von Dayomar haben Asylrecht«, räumte Nyloo unwillig ein. »Sie haben es sich über viele Jahre erhalten, obwohl noch nie jemand aus so südlicher Gegend darum nachgesucht hat.«

Saikmar nahm die günstige Gelegenheit sofort wahr und sagte schnell: »Dann lasse uns ein, alte Frau!«

»Nicht so schnell!« rief Graddo. Es war klar, daß er die Chance nutzen wollte, Saikmar in Verlegenheit zu bringen. Vermutlich hoffte er sogar, daß sich mehr daraus machen ließe — vielleicht Saikmars Verstoßung aus dem Heiligtum. »Sie sagt nur, daß sie aus Dayomar sei. Ich war selbst einmal in der Stadt, bevor meine ungerechten Ankläger mich zur Flucht zwangen. Und nirgendwo im Südland habe ich jemals Kleider gesehen wie ihre hier!«

»Würdest du erwarten, daß die Südländer in ihrer heimatlichen Tracht durch die Schneefelder stapfen?« schnappte Saikmar zurück. Sein Argument blieb unbeachtet; es schien ihm sogar, daß sein Widerspruch nur geeignet war, die allgemeine Aggressivität noch zu steigern.

Sie begannen durcheinanderzurufen. »Schickt sie fort! Jagt sie beide weg! Er ist zu eingebildet und hochnäsig, um für seinen Unterhalt hier einen Finger krumm zu machen! Wir brauchen keine Schmarotzer!«

Nyloo hob eine Hand und befahl Ruhe. Als sie eingekehrt war, wandte sie sich an die Fremde.

»Wie bist du von Dayomar hierher gekommen?«

»Ich ... ich weiß es wirklich nicht«, sagte das Mädchen nach einer Pause.

»Ich fand sie dort drüben in einer Höhle!« rief Saikmar, den Arm hinter sich gestreckt. »Wo der Parradil nistet — er hatte sie in sein Nest getragen, um sie warmzuhalten.«

Ein halbes Dutzend Stimmen erhob sich gleichzeitig zu heftigem Protest. »Unsinn! Parradile hier im hohen Norden? Sie kommen nie in diese Breiten! Und wer hat je gehört, daß sie Nester bauen? Parradile bauen keine Nester! Aus Carrig, und kennt nicht mal die Gewohnheiten der Parradile! Ich wußte daß er dumm ist, aber ich hätte nicht gedacht, daß jemand so dumm sein kann!«

Saikmar ballte die Fäuste und blitzte sie an, hitzige Worte auf den Lippen. Doch bevor er sie aussprechen konnte, kam ihm die alte Priesterin unerwartet zu Hilfe.

»Deine Augen sind nicht so scharf wie die deiner eigenen Kinder! In letzter Zeit ist hier ein Parradil gesehen worden. Viele von den Kindern haben es mir gemeldet.« In ihre Stimme kam ein Unterton von Unsicherheit.

»Saikmar!« fuhr sie fort. »Du sagst, du fandest diese Frau in der Höhle des Parradils, unverletzt?«

»Das sage ich!«

»Nimmst du das auf deinen Eid? Einen Eid bei den Göttern deiner Sippe, und bei dem Parradil und dem Twywit?«

»Mit Freuden!«

Verdutzt, aber mit dem sicheren Instinkt, daß der erwartete Triumph zerronnen und Zurückhaltung angezeigt war, verharrten die Flüchtlinge in Schweigen. Nyloo winkte die Fremde mit gekrümmtem Zeigefinger zu sich und befühlte stirnrunzelnd die fremdartige Kleidung.

»Es ist ein Zeichen«, sagte sie endlich widerwillig. »Ein Omen. Bis wir seine Bedeutung bestimmt haben, müssen wir dich ins Heiligtum einlassen. Aber ich warne dich!« Ihre Stimme erhob sich. »Sollten wir entdekken, daß diese Behauptung unwahr ist — solltest du, Saikmar, einen Meineid geleistet haben —, werden wir eine Bresche in die Schneemauer schlagen und euch hinaustreiben, alle beide, daß ihr elend in der Winternacht zugrunde geht.«

Sie trat auf die Seite und machte eine ruckartige Bewegung des fast kahlen Kopfes.

»Herein!«

12

Bisher hatte Maddalena keine Gelegenheit zum Handeln gehabt; sie hatte passiv hinnehmen müssen, was mit ihr geschehen war, und sie hatte es gern getan, denn nach ihrem verzweifelten Marsch durch die Schneewüste barg jede Veränderung ihrer Lage einen neuen Hoffnungsschimmer. Nun schien ihr Schicksal sich tatsächlich zum Guten zu wenden, denn dieser magere Jüngling, der sie im Nest des Parradils gefunden hatte, fühlte sich offensichtlich als ihr Beschützer und Freund. Das war durch seine Bereitwilligkeit erwiesen, sich mit der unangenehmen alten Frau anzulegen, die ihr den Eintritt verwehren wollte.

Nun, der erste kritische Augenblick schien überstanden, und sie konnte sich umsehen. Als sie den ellipsenförmigen Körper des Heiligtums zuerst erblickt und nach Langenschmidt gerufen hatte, war sie zwar einer Täuschung erlegen, hatte aber richtig gesehen, daß das metallisch schimmernde Gebilde der Rumpf eines

Raumschiffs war; geirrt hatte sie mit ihrer Annahme, es müsse das Landeboot sein, von dem sie abgesprungen war. Es war das Schiff, das achthundert Flüchtlinge von Zarathustra gebracht hatte; das, wie man ihr erzählt hatte, zum Wallfahrtsort und Schrein eines mystischen Kults geworden war.

Während des Wortwechsels mit der alten Priesterin hatte sie gesehen, daß das Schiff bei seiner Landung verbeult und beschädigt worden war. Die Tür, durch die sie eintraten, war anscheinend eine alte Luftschleuse für Rettungsboote und entweder beim Aufprall der Landung oder durch ein Nachgeben der Strukturen in den folgenden siebeneinhalb Jahrhunderten so verformt worden, daß sie sich nicht mehr schließen ließ; darum wurde nun ein Schneewall errichtet, der die Öffnung bald ganz verschließen würde. Im Innern waren vom ursprünglichen Bodenbelag aus feuersicherem Kunststoff nur noch in wenig begangenen Winkeln Reste erhalten. Die Wände waren dick bereift, bis sie zu einer inneren Tür gelangten, die noch funktionierte und Spuren häufiger Ausbesserung zeigte; hinter ihr waren Wände und ein Geruch von vielen ungewaschenen Menschen und unzureichenden sanitären Anlagen. Maddalena schauderte.

Saikmar führte sie eilig weiter. An einer Kreuzung zweier Durchgänge stießen sie auf acht oder zehn Kinder zwischen vier und sechs Jahren, die mit viereckigen Brocken einer zähen gummiartigen Substanz spielten; das Spiel bestand darin, sie zu fangen, wenn sie in unberechenbaren Winkeln von Wänden und Boden abprallten. Beim Anblick der Fremden vergaßen die Kinder ihr Spiel und gafften mit großen Augen und offenen Mündern, während Saikmar seinen Gast an ihnen vorbei und nach links führte.

Hier im Innern, nicht weit über dem Bauch des Schiffs, waren die geschweißten Metallplatten der Wände, Decken und Böden durch die rauhe Landung und spätere Materialermüdung noch ärger mitgenommen als im Bereich des seitlichen Eingangs. Überall waren Risse, aufgeplatzte Schweißnähte und Korrosionslöcher; die größeren hatte man mit Lumpen verstopft und eine pechartige Masse darübergeschmiert. Sie vermutete, daß dies einmal die Mannschaftsquartiere gewesen waren, denn auf beiden Seiten des Durchgangs waren in Abständen von vier Metern Türöffnungen zu sehen. Die Schiebetüren waren entweder herausgerissen oder in ihren verbogenen Schienen zurückgehämmert worden und festoxydiert, und nun hingen Matten aus Flechtwerk oder Tierhäute vor den Öffnungen.

Hinter einigen dieser Vorhänge waren Bewegungen und Geräusche vernehmbar, und Maddalena stellte sich vor, daß neugierige Augen sie durch Spalten und Ritzen beobachteten.

Saikmar blieb vor einer Türöffnung am Ende des Ganges stehen, und sie sah, daß diese wirksamer verschlossen war als die anderen. Etwas, das wie der mit Drahtspiralen bespannte Rahmen eines altertümlichen Bettes aussah, war vor die Öffnung gestellt und wurde dort von einem an beiden Enden durchbohrten rostigen Winkeleisen als Riegel gehalten. Es paßte auf Wandhaken, die einmal einem anderen Zweck gedient haben mochten, und war durch ein primitives Vorhangschloß gesichert, das zwei oder drei Pfund wiegen mochte. Saikmar zog eine Art Dietrich unter seinem Umhang hervor, öffnete und hob die Barriere zur Seite.

»Komm herein«, sagte er.

Sie folgte. Der Raum war eine muffige und enge Kajüte mit zwei doppelstöckigen Metallbetten. Von einem war der obere Bettrahmen abgesägt, um als Tür zu dienen. Der Grund, daß Saikmar soviel Mühe aufgewendet hatte, war vermutlich sein relativer Reichtum im Vergleich zu anderen Flüchtlingen; die verbliebenen drei Betten waren mit Kleidung, Decken, zwei oder drei schweren, handgeschriebenen Büchern, Metallgegenständen, die wahrscheinlich Teile einer Rüstung waren, und anderen Gegenständen beladen, die ihr unbekannt waren.

Der Anblick brachte ihr schmerzlich zu Bewußtsein, wie vollkommen sie ohne ihre verlorene Ausrüstung der Gnade der Ereignisse ausgeliefert war. Sie hatte keine Möglichkeit, ihren Aufenthalt zu signalisieren, keine Medikamente — was auf einer rückständigen Welt wie dieser der tödlichste Mangel von allen sein konnte — und nicht mehr Kleider als sie anhatte. Auch hatte man ihr nur zu deutlich klargemacht, daß ihr Aufenthalt wegen des Lebensmittelmangels unerwünscht war. Und weil der Polarwinter bereits eingesetzt hatte, würden in den nächsten sieben Monaten keine Lebensmittellieferungen eintreffen.

Immerhin war ihr ein unwahrscheinlicher Glücksfall zu Hilfe gekommen. Vielleicht würde es andere geben. Tatsächlich, wenn sie es recht überlegte, hatte es schon einen weiteren gegeben. Das Schiff, das den Patrouillenkreuzer beschossen hatte, war ein Beweis, daß irgendeine Machtgruppe aus einem anderen System den Planeten entdeckt hatte und seine Bodenschätze oder die Bevölkerung ausbeutete — oder beide. Was lag näher als die Vermutung, daß der Tod Herons und die Abschlachtung des Königsparradils durch einen Mann, der den Blitz schleuderte, nicht mit der Entdeckung des Schießpulvers zusammenhing, wie Slee angenommen hatte, sondern mit diesen fremden Eindringlingen, die über Energiewaffen verfügten?

Diese Leute mußten ihr schlimmes Vorhaben sorgfältig geplant haben. Vieles deutete darauf hin, daß sie so wenig Unruhe wie möglich stiften wollten, ihren außerplanetarischen Ursprung geheimhielten, die lokalen Sprachen gelernt hatten und sich als Einheimische verkleideten. Sie hatten es schlau angefangen, dachte Maddalena bitter, und daß einer von ihnen Heron umgebracht hatte, war entweder ein Betriebsunfall oder ein Verzweiflungsakt gewesen, weil Heron irgend etwas erfahren hatte, denn die Fremden mußten wissen, daß der Tod eines galaktischen Agenten Nachforschungen zur Folge haben würde.

Aber auch so hatte es lange gedauert, bis auch nur eine Andeutung von ihrem Eindringen zu einer Basis des Korps gelangt war. Noch mehr Zeit war verlorengegangen, bis eine Agentin — sie selbst — ausgebildet und auf den Weg gebracht war. Und mit dem Abschuß des Patrouillenkreuzers hatten die Fremden sich eine weitere Galgenfrist von einem oder zwei Jahren gesichert, es sei denn, sie oder Langenschmidt kämen in den Besitz eines Senders. Es geschah immer wieder, daß Patrouillenkreuzer spurlos verschwanden, und ein Ersatzschiff für sofortige Nachforschungen stand so gut wie nie zur Verfügung.

Das war natürlich auch ein Grund dafür, daß die Bezahlung so hoch war.

Bis ein neues Schiff nach Vierzehn entsandt würde, mochten die Eindringlinge sich hinreichend etabliert haben, um dem Korps eine lange Nase zu drehen.

Die Aussichten waren eher düster, doch sie fühlte sich nicht von ihnen entmutigt, sondern angespornt. Sie hatte sich wegen ihrer offenen Kritik unbeliebt gemacht und die Hierarchie vor den Kopf gestoßen; aber hier sah sie sich einer Aufgabe gegenüber, deren erfolgreiche Bewältigung ihrer Kritik ein Fundament und zugleich eine brisante Durchschlagskraft verleihen könnte. Es war an ihr, was sie aus der Herausforderung machte.

Außer den Betten gab es in der kleinen Kajüte kein Mobiliar. In einer Ecke war ein Trockenklosett, aber das hatte wahrscheinlich seit der Bruchlandung des Schiffs nicht mehr funktioniert. Saikmar räumte eins der Betten für sie und polsterte den nackten Drahtrahmen mit einer Decke, dann bedeutete er ihr, sich zu setzen.

Sie tat es und schraubte dankbar ihren Helm ab.

Saikmar beobachtete jede ihrer Bewegungen, doch in seinem Gesicht war kein Mißtrauen, nur Neugierde.

Saikmar wußte nicht, wie er sich verhalten sollte. Bis Nyloo gesagt hatte, daß die Ankunft des Mädchens ein Omen sei, hatte er selbst nur halb an die Idee geglaubt. Gewiß, den Parradil hatte er sofort als einen Boten der Götter angesehen, aber was war dieses Mädchen?

So oder so, hier hatte er es mit einer Sache zu tun, bei der die Ansichten einer Priesterin Gewicht hatten. Und je mehr er darüber nachdachte, desto wahrscheinlicher schien es ihm, daß er vom Mantelsaum des Übernatürlichen gestreift worden sei. Das Geheimnis ihrer Anwesenheit hier; wie der Parradil sie beide vom Höhleneingang auf ebenen Grund heruntergetragen hatte — alles paßte zusammen und erfüllte seinen Geist mit Visionen von göttlicher Einmischung. Und die seltsamen Kleider dieses Mädchens, besonders ihr harter Helm mit der durchsichtigen Gesichtsplatte ...

Den sie jetzt abnahm und so zu erkennen gab, daß ihre Züge von mehr als nur menschlicher Lieblichkeit waren.

Saikmar holte tief Atem und beschloß, direkt auf den Kern der Sache zu kommen. »Bist du menschlich?« fragte er sie. »Oder kommst du von den Göttern?«

Sie schwieg eine ganze Weile, bevor sie endlich sagte: »Ich bin menschlich. Aber sehr seltsame Dinge sind mit mir geschehen.«

Das war klar genug. »Du bist von Dayomar, sagst du«, fuhr er fort. »Wie wirst du genannt?«

»Melisma, Tochter von Yull und Mazia, aber sie sind tot.« Sie machte ein Zeichen, wie er es bei Südländern gesehen hatte, wenn sie den Tod erwähnten. So weit, so gut.

»Wie bist du dann vom Südland hierher gekommen?«

Wieder diese Pause vor ihrer Antwort. Er fragte sich,

ob sie eine Lüge vorbereite, oder ob sie einfach irgendwelchen wunderbaren Erlebnissen mißtraute, die sie gehabt hatte. Ihre Worte überzeugten ihn, daß letzteres der wahre Grund war.

»Ich erinnere mich nicht deutlich. Vielleicht brachte mich der Parradil. Mir scheint, daß es so gewesen ist.«

Ob sie menschlich war oder nicht, ihre Anwesenheit war nur durch ein Wunder zu erklären. Allein hätte sie niemals so weit nach Norden wandern können. In diesem Sommer waren keine Karawanen zum Heiligtum gekommen. Es mußte der Parradil gewesen sein, der sie getragen hatte.

Er mußte seine Augen schließen, so stark war die Gemütsbewegung. Die Götter hatten ihn nicht vergessen! Hier war ein unzweifelhaftes Omen, das sich direkt auf ihn bezog, und wenn Nyloo es anders zu deuten versuchte, würde er ihr den verwirrten alten Kopf vom Rumpf trennen, Priesterin oder nicht.

»Dieser Ort«, sagte das Mädchen gedankenvoll, »ist er das Heiligtum des Nordens?«

»Ja.«

»Und du sagtest, glaube ich, daß du hier um Asyl gebeten hast. Warum? Was trieb dich von deiner Heimat fort?«

»Ich bin von einer vornehmen Familie in Carrig«, sagte Saikmar bitter. »Dort, wie du wissen magst, entscheidet die jährliche Königsjagd, wer regieren soll. Ich, der den König für die Sippe der Twywit hätte töten sollen, wurde von Fremdlingen aus dem Süden, die über böse Macht verfügen, um meine Rechte betrogen. Hätte ich nicht die Flucht ergriffen, wäre ich tot, denn die Fremden verbündeten sich mit Verrätern in der Stadt — unter ihnen Ambrus, Sohn von Knole, den die Götter vernichten mögen! — und verbrannten jene, die gegen sie aufstanden, mit magischen Blitzen.«

Verblüffung malte sich in den Zügen des Mädchens. »Aber dann bist du jener Saikmar, der ...!«

In diesem Augenblick wurde der Metallrahmen, den er wieder gegen die Türöffnung gelehnt hatte, grob zur Seite geworfen und fiel krachend um. In die Kajüte trat Graddo, und hinter ihm war ein Haufen anderer Flüchtlinge zu sehen, Frauen und Männer. Ihre Haltung und der Ausdruck ihrer Gesichter verhießen nichts Gutes.

»Ich bin gekommen, um euch Dieben und Taugenichtsen zu sagen«, erklärte Graddo schroff, »daß wir uns nichts aus Gerede von Omen und so weiter machen, wenn es vielleicht auch alte Frauen beeindrucken kann, deren Gehirne vernebelt sind. Das Essen ist knapp, denn eure Stadt Carrig hat diesen Sommer die Karawanen aufgehalten und alle Dinge für sich behalten. Wir sind alle der Meinung, daß das die einzig richtige Erklärung ist. Also werden wir euch aus dem Heiligtum hinausschmeißen. Geht nach Carrig oder sonst wohin, wenn ihr könnt!«

Er lächelte sardonisch, und die hinter ihm brachen in Beifallsgeschrei aus. Einige von ihnen, sah Saikmar, hielten Keulen und Messer in den Händen, und in allen Gesichtern waren Böswilligkeit und Haß.

13

Einen Moment blieb es still, und die Stille war gespannt wie ein Seil unter zu schwerer Last, das unweigerlich reißen mußte. Saikmars Augen suchten sein Schwert, das auf der anderen Seite der Kabine an der Wand hing, aber bevor er es erreichen konnte, würde Graddo über ihm sein. Nur zwei oder drei konnten gleichzeitig in die Kabine eindringen, und er bezweifelte, daß er zwei Gegner gleichzeitig abwehren konnte, aber er mußte es versuchen.

»Vorwärts!« sagte Graddo, als seine Geduld erschöpft war.

»Graddo!« rief jemand durch die Türöffnung. »Wirf sie raus zu uns! Wenn sie nicht gehen wollen, werden wir sie tragen!«

»Eine gute Idee!«

Graddo ging auf Saikmar zu und wollte ihn am Arm packen. Was dann geschah, konnte Saikmar nicht richtig sehen; er wartete noch auf den richtigen Moment, um unter Graddos ausgestrecktem Arm wegzutauchen und ihn mit einem Ringergriff anzugehen, als Graddo plötzlich nicht mehr da war. Er lag mit verdutztem Gesicht auf dem Rücken, und das Mädchen Melisma stand über ihm.

»Sie wollen es hart haben«, sagte ein Mann in der Türöffnung. Er hielt einen Knüppel, und die mageren Monate hatten ihn noch nicht so auszehren können wie die meisten der anderen Flüchtlinge. Er kam herein, als Graddo sich wieder auf die Füße mühte. Saikmar entschied, daß das außergewöhnliche Mädchen in den nächsten Augenblicken mit Graddo fertig werden könne, und als der Neuankömmling seinen Knüppel gegen ihn schwang, unterlief Saikmar den Schlag und warf den Mann gegen Graddo zurück, und beide fielen mit lautem Krach gegen die Metallwand.

Bevor der Knüppelträger sich aufrappeln konnte, griff Saikmar erneut an und schlug seinen Schädel gegen die Wand, dann wirbelte er herum, um sich dem nächsten Angreifer zu stellen. Er täuschte einen direkten Angriff vor, sprang im letzten Augenblick beiseite, und der Mann, vom Schwung seines eigenen Faustschlags mitgetragen, stolperte an ihm vorbei. Saikmars Faust traf ihn noch in den Nacken, und der Mann packte das Mädchen, um sein Gleichgewicht wiederzufinden.

Melisma faßte sein Handgelenk mit der Rechten. Mit der Linken stieß sie kurz und hart gegen die Unterseite seines gestreckten Ellbogens. Der Mann schrie wie ein Tier und fiel stöhnend über ein Bett; als er sich hochstemmen wollte, wurde er vom Schmerz daran gehindert.

Man konnte sich vorstellen, dachte Saikmar bewundernd, daß eine solche Frau sich in der Höhle eines Paradils zu Hause fühlte.

Graddo hatte noch nicht genug. Wieder sprang er auf und wollte sich auf das Mädchen werfen. Melisma traf seinen Solarplexus mit einem Fußstoß, und er krümmte sich, beide Hände gegen den Magen gepreßt.

Sie brachte sich in den Besitz des herrenlos gewordenen Knüppels, und Saikmar nützte die Gelegenheit, sein Schwert von der Wand zu reißen. Keuchend standen sie Schulter an Schulter, den nachdrängenden Flüchtlingen im Eingang gegenüber, deren Kampfbegeisterung jedoch abgekühlt war. Niemand zeigte Neigung, über drohende Worte und Gebärden hinauszugehen und Graddos Beispiel zu folgen. Außerdem war in der Enge der Kabine kaum noch Platz für weitere Eindringlinge.

Wohl eine Minute lang blieb die Situation statisch, dann sah Saikmar neue Bewegung unter den Flüchtlingen und machte sich auf einen weiteren Angriff gefaßt. Aber ihre Blicke richteten sich nicht mehr auf ihn, sondern in den Durchgang, und ihre Mienen zeigten Verlegenheit und Resignation. Sie machten widerwillig Platz, und Nyloo erschien in der Tür. Neben der Alten war das kleine Mädchen mit den ernsten Augen, ihre übliche Begleiterin. An sie richtete Nyloo das Wort.

»Du sagst, daß es Graddo war, der die anderen dazu anstiftete?«

Das Kind nickte, die großen Augen auf Nyloos Gesicht.

»Graddo!« sagte die Priesterin. Der Mann richtete sich unsicher auf.

»Du hast blasphemiert«, sage Nyloo. »Das Heiligtum verstößt dich. Du bist ausgestoßen in die Dunkelheit und den Winter, und dein Name ist verflucht.«

Graddos Gesicht wurde fahl. Er erstarrte. Aus den Reihen der Flüchtlinge kam ein Ächzen, als sie das Urteil hörten.

Saikmar entspannte sich und wischte seine Stirn. Das war eine Erleichterung!

Um so bestürzter war er, als Melisma sagte: »Was wird aus ihm?«

Nyloo blickte zu ihr. »Was denkst du? Er wird aus dem Heiligtum vertrieben, und die Götter werden entscheiden, ob er leben oder sterben soll.«

»Nicht für mich«, sagte Melisma. »Tut es nicht in meinem Namen.«

»Es wird geschehen, weil er das Heiligtum profaniert hat, nicht weil er dich angriff«, antwortete Nyloo schroff. »Niemand soll sich zum Richter darüber aufwerfen, wer hier Asyl erhalten darf und wer nicht. Wir, die Priester, haben allein dieses Recht. Graddo! Dies ist das letztemal, daß dein Name innerhalb dieser Wände ausgesprochen wird. Du bist verflucht. Geh!«

Mechanisch und mit Bewegungen wie ein Schlafwandler ging Graddo zur Tür und hinaus. Die Flüchtlinge wichen vor ihm zurück wie vor dem Träger einer ansteckenden Krankheit. Nach einem letzten Blick auf die Szene folgten ihm Nyloo und ihre kindliche Gefährtin, dann die zwei anderen Angreifer, die vor Erleichterung zitterten, daß nicht auch sie mit Graddo verstoßen worden waren.

Melisma wollte ihnen nach, doch Saikmar hielt sie zurück. »Er hätte das gleiche mit uns gemacht!« sagte er. »Warum sagst du nein?«

Sie ließ ihre Schultern hängen, gab aber keine andere Antwort. Er brachte seinen Türverschluß wieder an, und als er damit fertig war und sich nach ihr umwandte, zog sie den seltsamen Anzug aus. Er starrte überrascht, denn nun sah er, daß sie schlank wie eine Tänzerin war und neue Kleider von ausgesuchter Qualität trug.

Er hatte keine Gelegenheit, ihr das Kompliment zu machen, das er sich eben zurechtlegte; der Essengong hallte dumpf durch die engen Gänge, gefolgt vom aufgeregten Quietschen und den hämmernden Füßen der Kinder. Sie erschrak und ließ den schweren Anzug auf das nächste Bett fallen.

»Was war das?«

»Der Ruf zum Essen. Hast du Hunger?« Sie nickte.

»Dann komm.«

Maddalena Melisma versuchte die unfreundlichen und zum Teil unverhüllt feindseligen Blicke derer zu ignorieren, die vor der Tür warteten, durch die verheißungsvoller Essensgeruch drang. Jetzt waren es hauptsächlich die Frauen, von denen sie finstere Blicke bekam, als sie sie so fein gekleidet und gesund und attraktiv sahen. Obwohl die meisten von ihnen ziemlich jung sein mußten, waren die Flüchtlingsfrauen durch Sorgen und Entbehrungen vorzeitig gealtert.

»Wer sind diese Leute?« fragte Maddalena leise.

Genauso leise antwortete Saikmar: »Wie ich haben sie hier um Asyl angesucht — um ungerechten Anklagen oder Schuldhaft zu entkommen, oder weil sie aus ihren Heimatstädten vertrieben wurden und keine Fähigkeiten haben, sich in einem fremden Land zu erhalten.«

»Warum sind sie so — so ablehnend?«

»Sie sind ohne Hoffnung, ohne Zukunft. Sie können nicht einmal erwarten, von ihren Abkömmlingen geehrt zu werden, denn ihre Kinder werden von den Priesterinnen erzogen und in den Geheimnissen unterwiesen. Es ist die einzige Quelle, aus der die Priesterschaft des Heiligtums sich erneuern kann. Die Priesterinnen müssen Jungfrauen sein, und die Priester können keine Kinder zeugen.«

Melisma nickte mit zweifelnder Miene. Die Schlange der Wartenden kam in Bewegung, und Saikmar zeigte nach vorn. »In diesem Raum wirst du verstehen«, sagte er.

Und sie verstand. Der Raum war von Küchendämpfen erfüllt und überdies schlecht beleuchtet, aber sie sah, daß er noch immer seinem ursprünglichen Zweck als Kantine diente. Hinter einer verbeulten und zerkratzten Metalltheke standen fettleibige Eunuchen in Priestergewändern und füllten Suppe in die Schüsseln der Flüchtlinge. Andere teilten jedem ein Stück Brot und einen Streifen getrockneten Fisch zu, an dem Salzkristalle glitzerten.

Sie beobachtete, daß die Flüchtlinge nicht in der Kantine blieben, um ihre Mahlzeit zu essen, sondern den Raum verließen, wahrscheinlich um in ihre Kabinen zurückzukehren. Warum gab es keine Tische und Bänke? Ah: die Theke war offenbar nicht an ihrer ursprünglichen Stelle; man hatte sie weit in den Raum vorgeschoben, und der verbleibende Platz erlaubte vermutlich keine gemeinsamen Mahlzeiten ohne unbequemes Gedränge.

Hinter den Essen austeilenden Priestern blubberten große, urnenförmige Kochtöpfe. Durch den aufsteigenden Dampf konnte sie sehen, daß Wände und Decke völlig von Korrosion zerfressen waren. Einige Platten fehlten ganz, und durch die Öffnungen führten Rohrleitungen in die Dunkelheit dahinter.

Die Folgerungen, die sie aus dieser Beobachtung zog, waren so erstaunlich, daß sie unwillkürlich stehen blieb und grübelte, und erst Saikmars Drängeln machte ihr bewußt, daß sie an der Reihe war, eine Schüssel zu nehmen und sie füllen zu lassen. Nachdem sie es hastig getan hatte, fragte sie: »Was ist hinter der Wand dort?«

Saikmar zuckte mit der Schulter. »Etwas Magisches, denke ich. Es wird mit den Mysterien des Heiligtums zusammenhängen. Ich weiß nichts davon.«

»Ist es hier immer warm?«

»O ja, selbst im tiefsten Winter, und es gibt immer

warmes Essen, Geschmortes oder Suppe oder wenigstens Tschai, um den Magen zu beruhigen.«

Tschai, so erinnerte sie sich aus ihren Unterweisungen, war ein Aufguß von getrockneten Blättern, die eine ähnlich stimulierende Substanz enthielten wie Koka oder Betel.

Also mußte es irgendwo hinter diesen brüchigen, vom Wasserdampf der Jahrhunderte verrotteten Wände noch immer eine Energiequelle geben! Wahrscheinlich nicht die Hauptgeneratoren des Schiffs, die im untersten Bereich lagen und bei der Bruchlandung zweifellos beschädigt worden waren, sondern irgendeine Hilfsanlage. Vielleicht hatten die Überlebenden etwas zusammengebaut, um den ersten Winter zu überstehen. Was immer es sein mochte, was zählte, war, daß es noch immer arbeitete.

Bei Gelegenheit würde sie der Sache auf den Grund gehen.

Sie kehrten in ihre Kabine zurück, um ihre Mahlzeit zu essen. Das Essen war seltsam gewürzt, aber die Suppe war heiß und das Brot sättigend. Der getrocknete Fisch erwies sich dagegen als zäh und übersalzen, wodurch er seinen Eigengeschmack fast verloren hatte.

»Sag mir«, sagte sie, während sie ihre Schüssel mit dem letzten Stück Brotrinde auswischte, »was meinte Graddo, als er ...«

Saikmar warf entsetzt die Hände hoch. »Sprich diesen Namen nicht aus!« flüsterte er aufgeregt. »Er ist verflucht!«

Sie schwieg erschrocken; sie konnte sich nicht leisten, die Bräuche der Einheimischen zu mißachten. Gehorsam formulierte sie ihre Frage um: »Was meinte der Mann, der uns angriff, als er deine Stadt beschuldigte, die Karawanen aufzuhalten und ihre Waren für sich zu behalten?«

Saikmar gab zu, daß die Beschuldigung zutreffen

mochte, erklärte aber, daß keine der alten Sippen von Carrig dafür verantwortlich sei. Wenn die Schuld irgendwo liege, dann beim Usurpator Belfeor und seinen Spießgesellen, einer banditengleichen Horde, die wie durch böse Magie aus dem Nichts über die Stadt hereingebrochen sei — möglicherweise aus irgendeinem Versteck in den Bergen —, und mit fremden, schrecklichen Waffen den Herrschaftsanspruch ihres Anführers erzwungen habe.

Er steigerte sich in eine erbitterte Tirade gegen Belfeor, der Maddalena aufmerksam folgte; zu ihrer Enttäuschung konnte er ihr jedoch keine Neuigkeit sagen, die weniger als ein Jahr alt war, und nach seinen Auskünften vermochte sie nicht zu bestimmen ob sie es nur mit einer Bande von Abenteurern zu tun hatte, der es gefiel für eine Weile die Tyrannen zu spielen, oder mit einem wohldurchdachten Plan, Carrig zu versklaven und seiner natürlichen Schätze zu berauben. Bekümmert fragte sie sich, wie sie den Winter hier überstehen solle, ohne völlig zusammenzubrechen, und obendrein mit dem Wissen, daß Belfeor seine elenden Opfer mit jedem Tag fester in seinen Würgegriff zwang.

14

Zeit verging. Maddalena zwang sich zu Geduld und Anpassung und versuchte alle bekümmerten und sorgenvollen Überlegungen in den Hintergrund zu drängen. Ob es am Winter lag, oder ob die Verhältnisse das ganze Jahr über die gleichen waren, wußte sie nicht zu sagen; aber die meisten Flüchtlinge verbrachten ihre Tage und Wochen halb im Winterschlaf — selbst wenn sie wachten, waren sie apathisch und ohne Vitalität. Zweimal am Tag dröhnte der große Gong und rief zur Essenausgabe, und das waren die einzigen wirklichen Ereignisse. Kurz nach der zweiten Tagesmahlzeit erlosch das Licht im Heiligtum zu einem trüben Glimmen; einige Stunden vor der ersten Mahlzeit des neuen Tages verstärkte sich die Helligkeit wieder. Maddalena war so an quellenlose Beleuchtung gewöhnt, daß sie dies nur als einen weiteren Beweis für noch funktionierende Energieversorgung ansah, während Saikmar es als einen der Gründe erwähnte, warum die Mysterien des Heiligtums ernstzunehmen seien.

Noch immer hatte sie das Gefühl, nur geduldet zu sein. Die anderen Flüchtlinge maßen sie mit finsteren Blicken, wenn sie in der Kantine erschien, und sie war keineswegs sicher, daß Saikmars Schwur ausgereicht hatte, Nyloo endgültig zu überzeugen. Sie wagte nichts Riskantes zu tun, sich zum Beispiel des nachts in die Kantine zu stehlen und hinter die brüchige Wand zu spähen, solange sie nicht absolut überzeugt sein konnte, unentdeckt zu bleiben.

Sie war ganz auf Saikmars Gesellschaft angewiesen. Anfangs hatte diese Aussicht ihr Sorgen gemacht, aber nach den ersten Tagen merkte sie, daß ihre Befürchtungen unbegründet waren. Er hatte nichts von den rauhen Barbaren, die sie hier anzutreffen erwartet hatte; im Gegenteil, er war von nie versagender Höflichkeit und Aufmerksamkeit, versuchte niemals, ihr nahezukommen, und bot in seinem ganzen Verhalten das Gegenbild zu dem, was sie von ihren Kollegen im Korps kannte. Sie sah bald, daß der Grund dafür eine an Ehrfurcht grenzende Scheu war, die er für sie empfand; sein Firnis von aufgeklärter Bildung war hauchdünn und konnte die unergründlichen Tiefen seines Aberglaubens kaum verdecken.

Ob die anderen Flüchtlinge ähnliche Empfindungen hegten, oder ob die Ausstoßung Graddos sie nur eingeschüchtert hatte, vermochte sie nicht zu ergründen. Ihre wenigen Versuche, Gespräche mit ihnen anzuknüpfen, blieben erfolglos. Sie hatte die Atmosphäre der Korpsbasis als bedrückend empfunden; dies hier war beängstigend. Als der Eingang für den Winter mit Schnee vermauert worden war, gab es für die Eingeschlossenen buchstäblich nichts zu tun als zu schlafen, herumzusitzen und zu streiten.

Saikmar, der aus der Not eine Tugend gemacht und gelernt hatte, auch unter diesen elenden Bedingungen ein erfülltes Leben zu führen, bot seinem Gast, was er konnte. Bald entdeckte er, daß sie lesen konnte — eine seltene Errungenschaft unter Carrigs Frauen, wie es schien —, und gab ihr die wenigen Bücher, die er mitgebracht hatte. Aber trotz ihres enormen Umfangs enthielten die handgeschriebenen Wälzer weniger Text als eine der Spulen, an die sie gewöhnt war, und in ein paar Tagen hatte sie alle durchgelesen. Es gab ein Buch mit lyrischen Gedichten, die mit Anweisungen für Harfenbegleitung versehen waren, eine Chronik der Stadt Carrig, ein allgemeines Geschichtsbuch, dessen erster Teil sich auf die Wiedergabe von Fabeln beschränkte, während der zweite eine Aufzählung von Tatsachen aus den letzten drei Jahrhunderten war, und schließlich eine Art Brevier der einheimischen Religion, mit einem mühevoll ausgearbeiteten Kalender, der alle Festlichkeiten getreu verzeichnete.

Selbst der kurze und gedrängte Unterricht, den sie vor der Abreise erhalten hatte, hatte ihr mehr Informationen über Vierzehn vermittelt als alle diese an Ort und Stelle entstandenen Werke.

Während die Tage und Wochen des Winters dahingingen, beschäftigte sie sich mehr und mehr mit Plänen, wie sie in die priesterliche Zone jenseits der Kantine gelangen könnte. Es wurde zu einer fixen Idee in ihr, deren mögliches Ergebnis in keinem Verhältnis zum Risiko stand, eine Art zwanghafter Drang zur Selbstbestätigung. Sie mußte wissen, was für eine Art von Maschine noch immer dort arbeitete.

Ihre Strategie war sehr vorsichtig. Zuerst überredete sie Saikmar zu einem Besichtigungsrundgang durch all jene Abteilungen des Heiligtums, die den Flüchtlingen offen waren. Diese machten ungefähr ein Drittel des Gesamtraums aus. Ein weiteres Drittel oder etwas weniger war für die Priester reserviert. Hier wohnten und lehrten sie die Kinder, die sie rekrutiert hatten; studierten alte Schriften, die sie nicht verstanden, und ordneten ihnen symbolische Bedeutungen zu, die ihrer eigenen Realitätserfahrung entsprachen; und erfüllten ihre rituellen Pflichten.

Das letzte Drittel des ursprünglichen Schiffsvolumens war offenbar bei der Landung zerdrückt oder aufgerissen worden und im Lauf der Jahrhunderte unter den Einflüssen der Witterung weiter zerfallen.

Irgendwo im Grenzbereich der priesterlichen Zone mußte daher zu finden sein, was sie suchte.

Saikmar hatte einen gesunden Schlaf, der besonders in der Mitte der Nacht so tief war, daß praktisch nichts ihn daraus wecken konnte — wie sie in wiederholten Proben festgestellt hatte. Eines Nachts schließlich, als die Gelegenheit günstig schien, wartete sie geduldig, bis es in allen Quartieren still geworden war und Saikmar in tiefstem Schlaf lag. Nun war ihr Augenblick gekommen. Sie zog ihren Helm unter dem Bett hervor und schraubte die kleine Stirnlampe aus ihrer Fassung. Der Lichtkegel war verstellbar, und die Brenndauer der Lampe betrug Monate, bevor der Energiespeicher aufgeladen werden mußte. Schwieriger war es, aus der Kabine zu kommen und keinen Lärm mit dem metallenen Bettrahmen zu machen, der den Eingang versperrte. Eine untergelegte Decke löste dieses Problem, und sie gelangte in den Durchgang und lauschte. Es war vollkommen still.

Sie schlich die gewohnte Strecke zur Kantine, ohne jemand zu sehen oder zu hören. Ein Geruch von Essen hing noch in der Luft, die hier merklich wärmer war als in der Kabine.

Die Tür zur Kantine gehörte zu den wenigen, die noch funktionierten. Sie war natürlich zu, und überdies schien sie von der anderen Seite abgeschlossen zu sein und ließ sich nicht zurückschieben. Aber Maddalena hatte damit gerechnet. Durch ständigen Gebrauch hing die Tür locker in Schiene und Rahmen, und so war es nicht schwierig, das Messer aus ihrem Anzug in den Spalt zu schieben und den Schnäpper des Türschlosses zurückzudrücken.

Sie öffnete die Tür so weit, daß sie durchschlüpfen konnte, und nachdem sie lange gelauscht und sich vergewissert hatte, daß in Küche und Kantinenraum niemand schlief, glitt sie durch die stille, warme Dunkelheit und kam hinter die Theke. Im Lichtkegel ihrer Lampe untersuchte sie die großen Urnen, in denen das Essen gekocht wurde. Sie waren jetzt kalt, aber die Art und Weise, wie sie erhitzt wurden, war klar: sie waren an Heißdampfleitungen angeschlossen — undichte, stark korrodierte Messingrohre, die mit dem gleichen pechartigen Material abgedichtet waren wie die Risse und Löcher in den Wänden. Alle Röhren führten durch die rückwärtige Wand. Als sie die Durchbruchstellen genauer untersuchte, sah sie, daß diese Leitungen tatsächlich in der ersten Zeit nach der Landung des Schiffs verlegt worden waren. Die Installateure hatten einfach Löcher in die Wandplatten geschweißt, die Rohre durchgeschoben und die Schweißstellen zum Schutz gegen Rostfraß mit hitzebeständigem Kunststoff eingesprüht; Reste davon waren noch zu sehen, schwarz und rissig vor Alter.

Hinter dieser Wand also ...

Sie ließ den Lichtkegel ihrer Lampe über die zerfressenen Wandplatten gehen. Eine wies ein Loch auf, das nur einer geringen Erweiterung bedurfte, damit sie durchkriechen konnte. Sie leuchtete in den Nebenraum und sah ein Durcheinander von Maschinerien. Das mußte sein, was sie suchte.

Die unregelmäßig verwitterten Ränder des Lochs waren so stark oxydiert, daß sie sich mühelos biegen und abbrechen ließen; nach kaum fünf Minuten war die Öffnung groß genug, und sie kroch in den neuen Raum.

Als sie sich gut umgesehen und die aufgestellten Anlagen identifiziert hatte, erschrak sie zunächst. Die ganze Einrichtung war unglaublich behelfsmäßig. Aber dann beruhigte sie sich mit dem Gedanken, daß die Anlage seit Jahrhunderten gearbeitet hatte und darum nicht gerade jetzt explodieren würde; und wenn sie es täte, wäre auch nichts daran zu ändern. Sie wanderte herum und inspizierte alles mit ihrer Lampe, ohne etwas zu berühren.

Offensichtlich hatte die ursprüngliche Besatzung nach der Bruchlandung alle noch brauchbaren Geräte und Anlagen in diesen Raum geschafft und diejenigen von ihnen aufgestellt, die für das Überleben in den folgenden Wochen und Monaten unerläßlich waren. Ein Fusionsreaktor — ein altertümliches Modell, viermal so groß wie die gegenwärtig verwendeten — stand in der Mitte. Ein dickes, anscheinend nach draußen führendes Rohr sorgte für Wasserzufuhr; vermutlich endete es draußen in einer Art Trichter, der in den Schnee geschaufelt wurde. Ein kleiner Teil des Wassers wurde elektrolytisch aufbereitet, um Wasserstoff für den Betrieb des Reaktors zu erhalten; der Rest wurde in Heißdampf verwandelt, der das Heiligtum beheizte und einen kleinen Turbogenerator auf der anderen Seite des Raums betrieb. Dieser Generator sorgte offensichtlich für die Beleuchtung. Ein im Moment zugedrehtes Schraubventil mit Handrad ließ Dampf durch die Küchenleitungen zu den Kochgefäßen strömen.

So weit, so gut. Was gab es sonst hier? Sie stellte ihre Lampe auf breiteste Streuung ein und ging langsam zum rückwärtigen Teil des Maschinenraums, wo andere Geräte an der Wand standen, eng aneinandergerückt und bedeckt mit dem Staub von Jahrhunderten. Und eins von ihnen erkannte sie auf den ersten Blick.

Mit vor Erregung zitternden Händen wischte sie den Staub weg und fummelte die Schutzverkleidung von Anzeigeskalen und Bedienungshebeln, denn soweit sie es dem Gerät ansehen konnte, sollte es in funktionsfähigem Zustand sein. Vorausgesetzt, sie konnte es anschließen ...

Unter Aufbietung aller Kräfte zog sie die Maschine, die auf kleinen Laufrollen stand, aus ihrer Verkeilung durch die anderen Apparate und untersuchte sie von allen Seiten. Äußere Beschädigungen durch Korrosion oder Gewalteinwirkung waren nicht zu sehen. Sie suchte den ganzen Raum nach einem Kabel ab und entdeckte schließlich hinter einer anderen, halb ausgeschlachteten Maschine unklarer Bestimmung eine Rolle von vier oder fünf Metern. Sie fand einen ungenutzen Anschluß am Turbogenerator, grübelte eine Weile über die altertümliche Form und Anordnung der Klemmen nach, kam auf eine Antwort und schloß das Kabel an. Nachdem sie auch den Geräteanschluß bewerkstelligt hatte, stand sie auf und prüfte ihr Werk mit einem letzten Blick.

Dann holte sie tief Atem und drehte einen Schalter neben dem Schild, das ihre Beute als einen Diät-Synthetisator auswies, gebaut vor fast achthundert Jahren auf Zarathustra. Die luftdichten Behälter für Grundstoffe und Spurenelemente waren dreiviertelvoll, nur die Meßskalen für Phosphor, Kalzium und Eisen standen tiefer; aber Trockenfisch und Pökelfleisch waren schließlich noch vorrätig ...

Ihre Gedanken rasten weiter, während die Maschine geräuschvoll zu arbeiten begann. Ein breiter Luftfilter sog zischend Luft ein, die im Innern der übermannshohen Maschine von Kohlendioxyd, Stickstoff und Wasserstoff befreit wurde. Aus diesen Elementen hämmerte die Maschine die vier Grundstoffe lebender Materie zusammen; wie das geschah, verstand Maddalena nur vage, obwohl man ihr im Korps beigebracht hatte, diese Geräte zu bedienen.

Weil sie alt war, lief die Maschine alles andere als ruhig, aber Maddalena kümmerte das nicht. Der Lärm war Musik in ihren Ohren, und in begeisterter Erregung lief sie vor den Kontrollinstrumenten auf und ab. Als hinter dem Fusionsreaktor eine Tür aufgerissen wurde, hielt sie inne, um die Klappe vor dem Auswerfmechanismus zu öffnen, bevor sie sich nach dem Eindringling umwandte. Es war Nyloo, eine rauchende Fackel in der Hand, Wut im Gesicht. Offenbar war das Geheimnis, wie man das quellenlose Licht regeln konnte, verlorengegangen; die automatische Steuerung seines Tag-Nacht-Zyklus lief noch immer von selbst.

Zornige Worte erstarben auf den Lippen der Priesterin, als sie verdutzt näherkam, um zu sehen, was Maddalena in ihren Händen hielt: einen feuchten, saftigen Kuchen von bräunlicher Farbe und der gleichen Beschaffenheit wie lockeres Brot, der, wenn die Maschine richtig gearbeitet hätte — Proteine, Stärke, Zucker, mehrere Vitamine und verschiedene Spurenelemente enthielt.

Nach einer Pause kniete die alte Priesterin mühselig nieder und beugte sich vorwärts, um mit ihrer Stirn den Boden zu berühren.

15

Dann ergab sich das Problem, durch eine überzeugende Lüge zu erklären, wie sie eine Maschine in Betrieb genommen hatte, die jahrhundertelang unbenützt geblieben war. Es schien, daß jeder der Priester und Priesterinnen des Heiligtums eine bestimmte Spezialität hatte, und diese Spezialkenntnisse waren im Laufe der Generationen offenbar so eng und einseitig geworden, daß das Wissen in vielen Fällen mit seinem Besitzer gestorben war, sei es durch Krankheit oder Unfall; bevor ein Kind auf diesem bestimmten Gebiet der ›Mysterien‹ ausgebildet worden war.

Zum Glück drängte Nyloo nicht sofort auf eine Klärung dieses Punktes. Sie war so aufgeregt, daß sie fortlief, um die anderen Priester und Priesterinnen zu Zeugen des Wunders zu machen, und bevor sie alle ihre erste Verblüffung überwinden konnten, hatte Maddalena Zeit gehabt, sich eine für abergläubische Gemüter halbwegs plausible Erklärung auszudenken. Sie erzählte, wie sie als Kind einige alte Dokumente in ihres Großvaters Haus gefunden habe, darunter einige mit Bildern, und wie ihre Großmutter alte, den Inhalt der Dokumente betreffende Familienüberlieferungen weitergegeben habe. Viel mehr brauchte sie nicht zu sagen — alle ihre Zuhörer waren zu beschäftigt, vom Kuchen des Synthetisators zu kosten, und Nyloo zeigte sich zufrieden und beglückt über ihre eigene weise Entscheidung, die Fremde ins Heiligtum aufzunehmen.

»Das Omen hat sich erfüllt!« rief sie wieder und wieder. »Das Omen hat sich erfüllt!«

Nur Maddalena wußte, daß diese Lösung des Nahrungsproblems nur zeitweilig war. Weil mehr als hundert Münder zu füttern waren, würden die Behälter mit Spurenelementen, Vitaminen und Grundstoffen bald entleert sein, und es gab keinen Weg, kurzfristig Ersatz zu beschaffen. Die Notwendigkeit, aus wärmeren Gegenden frische Lebensmittel heranzuschaffen, sobald der Winter endete, blieb bestehen. Maddalena wagte nicht, genauere Kenntnisse der Maschine und ihrer Arbeitsweise zu zeigen, aber irgendwie mußte sie Nyloo klarmachen, daß sie sich nicht vollständig auf diese Wundernahrung verlassen durfte. Glücklicherweise hatten die Aromastoffe, mit denen die Diätkuchen normalerweise gewürzt waren, um den Appetit anzuregen, ihre Kraft längst verloren, und der Kuchen schmeckte eher wie fade, wie ungesalzene Kartoffeln.

Für die Flüchtlinge war es jedoch wie Manna. Einige der Kinder hatten nie gewußt, was es hieß, sich nach Belieben satt zu essen, und schliefen zum erstenmal in ihrem Leben die Nacht durch, ohne vor Hunger zu weinen oder wach zu liegen. Die Atmosphäre verlor ihre vom Hunger erzeugte Spannung, und die Leute lächelten häufiger.

Die Priester brachten ihrer Retterin großen Respekt entgegen, gaben ihr eine eigene Kabine und viele Geschenke von Kleidern und Möbeln aus ihren eigenen Quartieren. Zugleich verflüchtigte sich die Feindseligkeit. Wenn Maddalena zum Essenempfang in die Kantine kam, traten alle zurück, bis sie bedient war, und wenn sie ihr in den Korridoren begegneten, verneigten sie sich, wie sie es in ihrer Heimat vor Leuten von edler Geburt getan hatten.

Diese Behandlung aber war weit entfernt von der Kameradschaft, die sie suchte, und ihr einziger wirklicher Freund — Saikmar — schien im Gegensatz zu allen anderen vom Gang der Ereignisse beunruhigt und verwirrt zu sein. Tagelang mied er sie ganz und erschien sogar verspätet zum Essenempfang, um sicherzugehen, daß er sie nicht in der Schlange der Wartenden traf. Maddalena war bestürzt über sein Verhalten und beschloß, ihn zur Rede zu stellen.

Nach fünf Tagen hielt sie es nicht länger aus und ging zu ihm. Sie klopfte und hörte ihn aufstehen — widerwillig, nach seinen Bewegungen zu urteilen —, um den Bettrahmen von der Türöffnung zu nehmen. Als er sie sah, gefror sein Gesicht.

Nach kurzem Zögern sagte er mit Würde: »Welchen Dienst kann ich Melisma erweisen?«

Das war in der formalen dritten Person, eine Anrede, die den sehr Betagten, den Vornehmen und den Göttern vorbehalten war. Aber in seinem Ton war nicht Höflichkeit noch Ehrerbietung; seine Stimme schnitt wie eine Peitsche.

Maddalena errötete. Sie zwang sich zur Ruhe. »Darf ich hereinkommen?«

Er trat zur Seite und machte eine knappe Gebärde, die ausdrückte, daß er gegen seinen Willen handelte. Sie trat ein und wartete, bis er die Tür verschlossen hatte. Er drehte sich um und sah sie an, und für einen Moment wurde die Maske seiner Selbstbeherrschung brüchig. Aus seinen großen dunklen Augen blickte sie das nackte Elend an.

Es dauerte nur eine Sekunde, aber für sie war es lang genug, um alles bis auf Mitleid und Dankbarkeit zu vergessen. Bevor sie wußte, was sie tat, hatte sie ihre Arme um ihn gelegt. Sein Körper schüttelte sich in einem plötzlichen Aufschluchzen, und er ließ seine Stirn auf ihre Schulter sinken.

Sie murmelte Beschwichtigungen, strich behutsam über sein Haar und wartete, daß er sich erhole.

Nach einer Weile gewann er seine Selbstbeherrschung zurück, und nun errötete er in tiefer Verlegenheit über seine Schwäche. Maddalena kam seinen verwirrten Erklärungen und Entschuldigungen zuvor.

»Was ist mit dir, Saikmar?« sagte sie. »Ich fürchtete so, ich könnte dich verärgert haben! Warum bist du mir so lange ausgewichen?«

Er antwortete nicht, und sie fuhr hastig fort: »Ist es, weil du wie diese anderen albernen Flüchtlinge glaubst, ich sei ein übernatürliches Wesen? Hier — bin ich nicht menschlich wie du und alle die anderen?« Sie hob seine Hand und legte sie an ihre Wange.

Beinahe unhörbar sagte er: »Nein, ich bin derjenige, der albern gewesen ist. Ich bin kindisch gewesen. Sollte ich mich nicht freuen, da jene, die mich beschimpft hatten, weil ich einen neuen Esser ins Heiligtum brachte, mich nun segnen und sich verneigen, wenn ich vorbeigehe? Mein Leben wird in diesem Winter viel friedlicher sein als es im letzten war.«

»Ich brauche deine Freundschaft, Saikmar«, sagte

Maddalena eindringlich. »Niemand sonst behandelt mich wie einen normalen Menschen, wie seinesgleichen. Sie fürchten sich, mit mir zu sprechen, ob sie Priester sind oder Flüchtlinge, wie wenn ich nun, eine Art von Idol wäre, dem die Götter Leben eingehaucht haben!« Sie nahm wieder seine Hand und drückte sie. »Aber ich bin ein ganz gewöhnliches menschliches Wesen, Saikmar. Ich weiß nichts von Wundern. Ich weiß nur, daß ich in einem fremden Land bin, und daß der einzige, der mir Freundschaft erwiesen hat, sich vor mir versteckt! Warum?«

»Ja, ich glaube, daß du ein menschliches Wesen bist«, sagte Saikmar stockend. »Und doch ... Nein, ich wäre einfältig, so etwas zu sagen.«

Auf einmal begriff sie. Mit großen Augen starrte sie ihn an. »Nein!« flüsterte sie. »Wie konnte ich nicht daran gedacht haben! Du hofftest, daß ich übermenschlich sei, nicht wahr? Weil du mich im Nest des Parradils fandest und der Parradil in Carrig heilig ist. Du wünschtest in mir eine Botin der Götter zu sehen, gekommen, um dir die Heimat wiederzugeben!«

Sehr lange antwortete er nicht; dann nickte er fast unmerklich.

Maddalena ärgerte sich über sich selbst. Der Grund für seine Kälte hatte offen vor ihr gelegen, und sie hatte ihn nicht gesehen! Natürlich hatte Saikmar alles, was mit dem Parradil zusammenhing, auf sich selbst bezogen, und als er seine Vermutung, daß ihre Ankunft ein göttliches Omen sei, von Nyloo bestätigt hörte, mußten seine Hoffnungen ins Unermeßliche gestiegen sein. Als die alte Priesterin später erklärt hatte, daß die Fremde statt dessen geschickt worden sei, die Gläubigen des Heiligtums vor dem Hungertod zu retten, mußte es ein harter Schlag für ihn gewesen sein.

Sie suchte ihm Mut zuzusprechen, so gut sie konnte, aber ihre Argumente klangen hohl. Sie glaubte nicht, daß er Carrigs einzige Hoffnung sei, und anscheinend glaubte er es auch nicht; er redete es sich nur ein, um einen Grund zum Weiterleben zu haben.

Vielleicht würde er nach ein paar Tagen seine Depression überwunden haben und wieder ein Verlangen nach Gesellschaft fühlen, dachte sie, und einige Minuten später verließ sie ihn ziemlich niedergeschlagen, um in ihre eigene Kabine zurückzukehren.

In der Nähe des Eingangs stieß sie auf Nyloos Gefährtin, das kleine Mädchen mit den alten Augen, dessen Name Pettajem war, und war erstaunt, das Kind weinen zu sehen. Sie blieb stehen.

»Pettajem! Was hast du?«

Der Mund der Kleinen zuckte, und ihre großen, nassen Augen blickten zu Maddalena auf, aber sie sagte nichts. Maddalena seufzte. Wahrscheinlich wäre es besser, wenn sie sich nicht einmischte, dachte sie, und war im Begriff weiterzugehen, als sie ein seltsames Geräusch vernahm. Es schien vom Schneewall zu kommen, als ob jemand versuchte, sich von draußen hereinzugraben.

Maddalena blickte Pettajem an. Wenn irgendein wildes Tier versuchen sollte, den Schneewall zu durchbrechen, dann müßte etwas getan werden. Sie sagte: »Ist es das Geräusch, das dir Angst macht?«

Pettajem nickte.

»Hast du Nyloo davon erzählt?«

»J-ja!« antwortete das Kind mit tränenerstickter Stimme. »Sie sagt, es ist der Verfluchte, der wieder herein will.«

Maddalena schüttelte ihren Kopf. Graddo mußte längst tot sein, und an Gespenster glaubte sie nicht. Dieses Scharren und Kratzen hatte etwas unleugbar Reales.

»Gibt es große wilde Tiere hier im Norden?« fragte sie das Mädchen.

Pettajem verneinte. »Das größte Tier, das in dieser Gegend leben kann, ist der Quet, und die Quets halten Winterschlaf.«

Was immer ein Quet sein mochte ...

Plötzlich kam ihr ein Gedanke. Könnte es ein Mensch sein, womöglich Major Langenschmidt, der den Absturz des Landeboots überlebt und irgendwie den Weg hierher gefunden hatte? Sie war von der Idee so überwältigt, daß sie trotz eines entsetzten Aufschreis der Kleinen an die Schneemauer ging und dreimal mit der Faust gegen die eisharte Oberfläche schlug. Der Schnee war beim Bau der Mauer festgeklopft worden und leitete den Schall gut.

Drei Schläge antworteten von draußen. Sie sah darin eine Bestätigung, fuhr herum und packte Pettajem bei den Schultern.

»Geh und sag Nyloo, daß es kein Geist ist!« Sie kümmerte sich nicht darum, ob das Kind gehorchte, sondern zog ihr Messer und begann mit entschlossener Energie die Wand zu bearbeiten. Mit ängstlichem Geheul entfloh das kleine Mädchen.

Der unbekannte Gräber hatte gut gearbeitet. Es dauerte keine fünf Minuten, dann war eine Bresche im Schneewall, und der arktische Wind fuhr herein und überschüttete ihr Gesicht mit prickelnd harten Schneekristallen. Sie wich unwillkürlich zurück. Zusammengepackte Schneebrocken von zwanzig Pfund und mehr Gewicht brachen aus der Mauer, als der Eindringling das Loch mit kräftigen Hieben erweiterte.

Maddalena wischte ihre Augen und schaute wieder, und nach einer ungläubigen Pause begann sie zu lachen. Sie lachte noch immer, als Leute im Eingang hinter ihr zusammenströmten — Nyloo, andere Priester, mehrere Flüchtlinge und sogar Saikmar.

Zu ihm sagte Maddalena: »Hier ist dein Omen, das für dich und keinen anderen bestimmt ist! Sieh!«

Saikmar nickte und lächelte gegen seinen Willen. Und das taten auch viele andere. Man konnte den Eindringling trotz seiner imponierenden Gestalt nicht ernstnehmen, denn er sah so jämmerlich aus: die Haut vor Kälte stumpf und mit halbgefrorenem Schnee bedeckt, die Schultern zitternd, mit hängendem Kopf und trübem Blick.

Es war der freundliche Parradil.

16

Über die Aufnahme des Parradils ins Heiligtum gab es weit weniger Streit, als es im Fall Maddalenas gegeben hatte. Zum Teil mochte es daran liegen, daß Graddos Schicksal die Flüchtlinge ernüchtert hatte; zum Teil daran, daß der Diät-Synthetisator arbeitete und niemand über Nahrungsmangel klagen konnte; aber vor allem waren Priester und Flüchtlinge von dieser Aufeinanderfolge wunderbarer Ereignisse bis in ihre geistigen Grundfesten erschüttert und bereit, sie hinzunehmen wie sie kamen. Zweifellos hatte das friedfertige Betragen des Parradils, den die meisten von ihnen für ein gefährliches wildes Tier gehalten hatten, zu bedeuten, daß starke Magie am Werk gewesen war.

Saikmar, der als Teilnehmer an der Königsjagd die Gewohnheiten der Parradile studiert hatte, klärte die Bewohner des Heiligtums über den gutartigen Charakter des Tiers auf und meinte, daß er trotz seines warmen Nests unfähig gewesen sei, die Kälte des arktischen Winters zu ertragen. »Ich war verblüfft«, sagte er, »als ich sah, daß dieser Parradil sich ein Nest gemacht hatte! Das hat es noch nie gegeben: kein Mensch hat je davon gehört!« Er blickte zu Maddalena, die neben dem Parradil stand und abwesend seinen Kopf streichelte. Sie war plötzlich blaß geworden. »Ist etwas geschehen?« fragte er.

»N-nichts«, murmelte sie. Aber zum wiederholten Mal seit ihrer Ankunft auf dem Planeten hätte sie sich gern selbst einen Tritt gegeben, weil sie das Offensichtliche übersehen hatte. Saikmar hatte das einzigartige

Nest des Parradils schon einmal erwähnt, und sie war abgelenkt und unaufmerksam gewesen.

Ein Nest erfinden ... Wenn dieses Tier an ihrer Seite wirklich ganz allein darauf gekommen war, daß es in diesem Klima Isolierung gegen Wärmeverlust brauchte, dann war das ein Hinweis auf die vielleicht höchste Intelligenzstufe, die man jemals in einem nichtmenschlichen Wesen gefunden hatte!

Sie riß sich zusammen und begann Anweisungen zu geben, die vielleicht nur befolgt wurden, weil alle anderen von der Ankunft des Parradils zu benommen waren.

Sie wählte drei Flüchtlinge aus, die genug Initiative gezeigt hatten, den Schneewall auszubessern, obwohl niemand es ihnen gesagt hatte. Mit ihrer Hilfe machte sie einen leerstehenden Raum in der Nähe der Kantine ausfindig, der vermutlich einmal als Lager für Lebensmittel gedient hatte, aber seit langem ungenutzt war, weil seine Außenwand einen beträchtlichen Riß hatte. Sie ließ eine zerfetzte Decke in den Riß stopfen und dann mit dem pechartigen Dichtungsmaterial überschmieren. Dann instruierte sie einen von Nyloos Priesterkollegen, eine der Dampfheizungsleitungen in diesen Raum zu verlängern. Dies führte zu verschiedenen Einwänden, aber sie bekam ihren Willen. Ein Haufen von alten Lumpen und eine uralte Kunststoffmatratze wurden für den Parradil als Lager ausgebreitet; und er schien zufrieden zu sein.

»Parradile sind reinliche Tiere«, warnte Saikmar. »Sie beschmutzen ihre Höhlen nicht. Wir müssen auch für das etwas finden.«

Ein seltsames Gefühl von Unwirklichkeit überkam Maddalena. »Dann wollen wir versuchen«, sagte sie, »ob wir diesem hier beibringen können, eine Toilette zu benützen!«

Sie hatte gedacht, daß Nyloo zu alt und zu müde sei und in den vergangenen Wochen zuviel erlebt habe, um sich noch durch irgend etwas erschüttern zu lassen. Aber als der Parradil gezeigt hatte, daß er die Anregung verstanden hatte — es war eine Sache von wenigen Minuten gewesen —, fanden sie die Priesterin allein in einer Ecke sitzen und wieder und wieder die gleichen Worte murmeln.

»Wunder über Wunder«, sagte sie. »Daß es mir vergönnt ist, diese Tage zu sehen!«

Saikmar schüttelte nur noch seinen Kopf. Auch er konnte es nicht glauben, und sein Verhalten zu Maddalena war nun halb von Furcht und halb von Verehrung geprägt.

»Aber wie kann ein Parradil sich so benehmen?« platzte er heraus. »In wenigen Stunden hat er gelernt, sich unter uns zu bewegen, als ob er nie etwas anderes getan hätte! Selbst Kinder können ohne Furcht zu ihm gehen und seinen Hals streicheln! Sind dies die wilden Tiere, die wir seit wer weiß wie lang in der Luft gejagt haben?«

Maddalena sagte: »Erzähl mir, Saikmar, haben deine Leute den Parradil immer als einen gefährlichen Fleischfresser und Menschenjäger verfolgt?«

Saikmar setzte sich auf sein Bett. »Das nicht. Wenigstens nicht in Carrig. Twywits — mein Totemtier — werden so gejagt, weil sie junge Graats schlagen und manchmal Kinder oder alte Bäuerinnen töten. Aber der Parradil ist für uns immer etwas anderes gewesen. Die Königsjagd ist eine Zeremonie, eine heilige Handlung. Wir verehren und bewundern den Parradil, selbst wenn wir ihn töten.«

»Ich kenne deine Stadt nicht, Saikmar«, sagte sie. »Würdest du sagen, daß der Parradil getötet wird, nicht weil er die Menschen bedroht, sondern weil seine Vornehmheit auf denjenigen übergeht, der ihn tötet?«

Nach kurzem Zögern nickte Saikmar. »Ja. Ja, ich glaube, das muß wahr sein.«

»Sind Parradile wirklich eine Gefahr für den Menschen?«

»Nun, die Art, die in den rauchenden Hügeln lebt, ist nur eine unter mehreren — die größte, heißt es. Jenseits des westlichen Ozeans soll es sehr viele von ihnen geben, in einem Land, das Menschen nie besucht haben — oder, wie die alten Legenden meinen, ist es vielleicht das Land, aus dem die Menschen wegen ihrer Überheblichkeit von den Göttern vertrieben wurden. Die Fischervölker der Westküste, deren Boote manchmal weit auf den Ozean hinausfahren, erzählen von Parradilen, die oft in großer Zahl über der See und ihren Inseln kreisen und manchmal auf die Boote herabstoßen. Die Fischer sagen, viele von ihnen hätten sich nur retten können, weil sie geschickte Bogenschützen bei sich hatten, die die Tiere abschossen. Ich sah einmal die Haut von einem solchen Parradil; sie war von der gleichen Form, aber anders gefärbt als die unserer Parradile. Auch gibt es die Art aus dem Südland, die aber selten in die rauchenden Hügel kommt, weil der König eifersüchtig sein Vorrecht verteidigt und alle Eindringlinge verjagt.«

Er ballte seine Fäuste und schluckte. »Das heißt, so war es. Ich kannte in meinem ganzen Leben nur den alten König, der von Belfeor getötet wurde; ich kann mir keinen anderen als ihn vorstellen. Aber ich wollte deine Frage beantworten. Ja, es gibt verläßliche Berichte, daß die südlichen Parradile Graats angreifen, und manche behaupten, sie hätten Kinder genommen. Sie werden im Süden nicht als heilig angesehen — aber das weißt du natürlich. Gibt es bei Dayomar keine Parradile?«

Gab es welche? Maddalena hatte keine Ahnung. Sie sagte diplomatisch: »Natürlich habe ich welche gesehen, aber wir interessieren uns nicht so ausnehmend für sie wie die Leute von Carrig.«

»Ja, natürlich nicht.« Zu ihrer Erleichterung war er nicht in mißtrauischer Stimmung; er war zu aufgeregt.

»Aber ich habe gehört, daß sie im Südland richtig gejagt werden, daß man sie sogar wegen ihres Fleisches tötet — ist das nicht so?«

»Wieso, ja«, sagte Maddalena aufs Geratewohl. Aber sie wollte tiefer in diesen Komplex eindringen. Es erschien ihr wichtig. Nachdenklich sagte sie: »Wenn ich recht verstanden habe, sind die Parradile aus der Gegend von Carrig die größte Art, also müssen sie mehr essen als andere. Trotzdem berauben sie eure Bauern nicht?«

»Niemals. Jedes Gehöft hat einen Flecken Land, wo Parradile essen dürfen, was sie finden; und wenn Tiere geschlachtet werden, wird ein bestimmter Anteil davon für sie hinausgelegt; und wenn Karawanen vom Zoll besteuert werden, müssen sie ein Zwanzigstel von ihrem Pökelfleisch und getrockneten Fisch abgeben. Dies wird dann bei den Vulkanen ausgelegt, damit die Parradile sich davon bedienen. Es ist eine sehr alte Sitte, und die Parradile sind sehr zufrieden damit, denke ich.«

»Beschwert sich niemand, daß er ihnen Nahrung überlassen muß — vielleicht in Jahren mit schlechter Ernte?« forschte Maddalena.

»Oh, die Leute mögen murren«, sagte Saikmar achselzuckend, »aber ich glaube nicht, daß sie ihnen die Nahrung vorenthalten würden. Ist es so nicht besser als im Südland, wo Parradile ohne Erlaubnis Tiere von der Weide stehlen?«

»Es klingt so, als ob Menschen und Parradile zu einer Art von stillschweigendem Abkommen gelangt wären«, sagte Maddalena. Und plötzlich war die Idee da! Sie sprang vor Erregung auf.

»Saikmar! Gibt es einen Grund, warum Menschen und Parradile nicht einen Schritt weitergehen und Verbündete sein könnten?«

»Was?«

»Der Parradil half uns beiden, trug uns von seiner Höhle zum Heiligtum. Wir halfen ihm, gaben ihm Wärme, Unterkunft, Nahrung. Ohne Zweifel ist dieses Tier hoher Gefühle fähig, bis hin zur Dankbarkeit. Warum sollten wir nicht versuchen, ihn vollständig zu zähmen, so daß er uns nach Carrig zurücktragen kann, wenn der Frühling kommt?«

Saikmar schloß seine Augen und schüttelte langsam seinen Kopf. Die Idee einer solchen enormen Veränderung lag völlig außerhalb seines Vorstellungsvermögens. Er sagte mit schwacher Stimme: »Nein!«

»Warum nicht?« drängte Maddalena.

»Nein. Der Parradil ist ein edles Tier — es zu einer Art von fliegendem Graat zu erniedrigen, wäre unwürdig.«

Graat ...? Verse aus der Ballade vom roten Sloin stellten sich ungebeten ein, und er erinnerte sich früherer Überlegungen. Nach der Ballade hatte es einmal eine weitere Sippe gegeben, die der Graats. Er hatte sich damals gedacht, daß es einmal eine Zeit gegeben haben mochte, wo die Graats wilde und menschenscheue Tiere gewesen waren, genau wie die Totemtiere all der anderen Sippen.

Also waren Veränderungen dieser Art nicht etwas noch nie Dagewesenes. Doch konnte er sich des Gedankens nicht erwehren, daß es für den Parradil erniedrigend wäre, und er bekräftigte es noch einmal.

»Hat Belfeor den Parradil nicht erniedrigt?« entgegnete Maddalena. »Sagtest du nicht selbst, daß der Parradil hier in der Arktis Zuflucht gesucht haben mußte, weil Belfeors Leute seinesgleichen aus den rauchenden Bergen vertrieben hatten?«

Saikmar nickte stumm. Maddalena sah, daß ihr Argument Eindruck gemacht hatte, und fuhr fort: »Warum sollten Menschen und Parradile dann nicht zusammenarbeiten, um ihre gestohlenen Rechte wiederzugewinnen?«

Saikmar seufzte. Nach einer Weile sagte er: »Wenn du es so darstellst, klingt es richtig. Aber — wie? Was könnten ein geflohener Mensch und ein geflohener Parradil tun, um Belfeor, seine niederträchtige Sippschaft und jene nichtswürdigen Leute von Carrig zu stürzen, die wie Ambrus in seinen Dienst getreten sind?«

Eine gute Frage! Um zu verbergen, daß sie noch nicht so weit gedacht hatte, konterte Maddalena mit einer anderen.

»Gibt es eine Möglichkeit, in dieser Gegend andere Parradile zu finden? Wie viele gab es in den rauchenden Bergen?«

»Wenige. Immer nur wenige. Obwohl Parradile anderswo häufig sind und sich rasch vermehren, bringen die aus unserem Land viele ihrer Jungen tot zur Welt — warum, ist nicht bekannt.«

Für Maddalena lag der Grund dafür auf der Hand: die hohe Strahlungsdosis in den rauchenden Bergen als Begleiterscheinung der reichen Lager von schweren Elementen, die zweifellos Belfeor angezogen hatten. Sie dachte eine Weile nach und schlug plötzlich auf ihr Knie.

»Hör zu, Saikmar!« sagte sie aufgeregt. »Ich glaube, ich sehe einen Weg, wie selbst ein Parradil dir helfen könnte, Carrig zurückzugewinnen!«

17

In Dayomar brachte der Winter nicht wie in Carrig Frost und Schnee, sondern neblig-trübes Wetter mit häufigem Nieselregen. Wenn einmal Schnee fiel, dann war es selten mehr als ein naßkaltes Graupeln.

Der galaktische Agent Slee war seit acht Jahren in Dayomar stationiert. Er hatte sich längst an das Klima und alles andere gewöhnt, aber im Tiefwinter fiel er regelmäßig wieder der Depression zum Opfer, die er gefühlt hatte, als er die Stadt zum erstenmal gesehen hatte, eingehüllt in dünnen Nebel, grau, unter tiefhangenden, triefenden Wolken.

Davon abgesehen hatte er sich gut in seine Rolle eingelebt und verspürte selten den Wunsch, andere, zivilisiertere Welten wiederzusehen. Er erfreute sich aller Annehmlichkeiten, die seine neue Heimat zu bieten vermochte ... und schließlich würde sein Aufenthalt nicht ewig dauern.

In letzter Zeit war sein behagliches Leben allerdings von Ereignissen in Mitleidenschaft gezogen worden, die ihn um so mehr aus der Ruhe brachten, als er keinen Einfluß auf sie hatte. Er war überzeugt, daß in Carrig, viele Tagereisen nördlich von Dayomar, irgend etwas schiefgegangen sei, aber er hatte keine verläßlichen Nachrichten und würde auch keine bekommen, bevor der Winterschnee von den Gebirgspässen geschmolzen wäre und Karawanen hinaufziehen könnten. Wenn es in diesem Frühjahr Karawanen geben würde. Seit dieser mysteriöse Belfeor die Macht übernommen hatte, waren viele Kaufleute und Händler, die stets gute Geschäfte mit der nördlichen Stadt gemacht hatten, enttäuscht und zornig über die Arroganz und Härte der neuen Herrscher zurückgekehrt und hatten geschworen, ihren Handel in andere Gegenden zu verlegen.

Außerdem gab es noch das Problem des verschwundenen Patrouillenkreuzers, der ihm eine Aushilfsagentin bringen sollte, das Mädchen Maddalena Santos. Es kam vor, daß ein Schiff spurlos verschwand — wenn ein überoptimistischer Pilot zum Beispiel mit überhöhter Geschwindigkeit in die planetarische Atmosphäre eindrang, was zur Überhitzung und möglichen Explosion des Schiffs führen konnte —, aber dies war Major Langenschmidts Kreuzer gewesen, und Langenschmidt war ein alter Hase, der keine leichtsinnigen Fehler machte!

Immerhin, es konnte ein Unfall gewesen sein. Solange keine gegenteiligen Beweise vorlagen, war es ein

Unfall. Wie immer die Dinge liegen mochten, er war ohne die Hilfe, die er angefordert hatte. Kommandant Brzeska war bestürzt und voll Bedauern gewesen, hatte aber keine Zusage gemacht; er konnte einfach keine Leute entbehren. Maddalena Santos war nur erhältlich gewesen, weil er daran gedacht hatte, sie aus dem Dienst zu entlassen, und nun hatte er nicht nur sie verloren, sondern eine komplette Mannschaft einschließlich seines erfahrensten Patrouillenführers. Bis jemand gefunden wäre, der Langenschmidts Route übernehmen konnte — sie erstreckte sich über vierzehn oder fünfzehn Systeme —, und bis von der Erde ein neuer Patrouillenkreuzer einträfe, mußte Slee mit seinen lokalen Hilfsmitteln auskommen.

Der Haken war nur, daß er keine lokalen Hilfsmittel hatte.

Und den Sommer über waren ihm von allen Seiten neue Fragmente zugegangen, die sich in sein Bild von den Geschehnissen in Carrig fügten: Der Usurpator und sein Banditenhaufen — die Leute jedenfalls sagten, daß sie sich mehr wie Banditen denn wie zivilisierte Menschen benähmen —, setzten sich über alle Sitten und Gewohnheiten hinweg und leiteten umwälzende Veränderungen ein. Es hieß, daß die Einwohner von Carrig gezwungen würden, in den rauchenden Bergen Stollen zu graben und irgendwelche Bodenschätze abzubauen, und das fügte sich nur zu gut in Slees Theorie über die Entdeckung von Schießpulver. Folglich konnte man damit rechnen, daß Carrig in einem oder zwei Jahren Eroberungskriege gegen seine benachbarten Stadtstaaten vom Zaun brechen und die Vorherrschaft über den nordwestlichen Teil des Kontinents gewinnen würde.

Die allgemeinen Aussichten waren noch düsterer als ein Wintertag in dieser deprimierenden Stadt.

Er grübelte über die Situation zum soundsovielten Mal nach, als er eines Nachmittags durch die breite, aber schlammige Ausfallstraße heimwärts stapfte. Er hatte geschäftliche Verhandlungen geführt, die trotz ihrer Länge kein Ergebnis erbracht hatten, und seine Stimmung war nicht die beste. Wegen der Pfützen ging er auf zwanzig Zentimeter hohen Stelzenholzschuhen. Zu beiden Seiten von ihm gingen Diener und hielten die Stangen einer Art Plane, die als Regenschirm diente. Als Angehörige der Unterklasse hatten sie keine Schuhe, und ihre bloßen Füße schmatzten im Gleichklang durch den Schlamm.

Sie kamen am überdachten Eingang eines leerstehenden Hauses vorbei, als eine Stimme ihn anrief: »Slee!«

Er blieb stehen und wandte sich um. Die untersetzte Gestalt eines Bettlers — in Dayomar kein ungewöhnlicher Anblick löste sich aus dem Schatten des Vordachs, gehüllt in Lumpen, bespritzt mit Schlamm, aber mit schönen weißen Zähnen, die in einem Lächeln aus seinem wirren Bart blitzten. Er streckte mit beiden Händen seine Almosenschale aus und kam mit vielen Verbeugungen und Unterwürfigkeitsgesten näher, während er in der traditionellen Art der Bettler einen lobhudelnden Singsang von sich gab.

»Ehrwürdigster und vornehmster Herr, das Glück Eures Anblicks lächelt auf mich herab wie die Sonne, Siegerin über Kälte und Finsternis. Euer Gnaden werden sich erinnern, denn Eure Erinnerung ist wie alle Eure Eigenschaften wunderbar und vollkommen, daß Melisma, die Schwester dieses demütigen Bettlers, Tochter von Yull und Mazia, in Eurem Dienst stand. Mögen Euer Gnaden sich eines Mannes erbarmen, der in Bedürftigkeit sein Leben fristet und bereit ist, treu und ergeben im Haushalt eines großmütigen Herrn zu dienen!«

Einer von Slees Dienern schickte sich an, den Bettler mit einem Fußtritt aus dem Weg zu jagen, doch Slee hielt ihn mit knapper Gebärde zurück.

»Du bist Melismas Bruder?« sagte er. »Dann folge

mir, und ich werde einen Platz für dich finden — in der Küche, vielleicht.«

»Euer Gnaden sind der freundlichste und großmütigste aller Herren!« rief der Bettler und schloß sich ihm an.

»Und was, zum Teufel, tun Sie hier in den Straßen von Dayomar, verkleidet als Bettler?« fragte Slee. Er sank auf einen Polsterstuhl und machte eine weitläufige Gebärde. »Keine Angst, hier hört uns niemand. Dies sind meine Privaträume, und die Diener wissen, daß sie die Peitsche zu spüren kriegen, wenn sie sich unaufgefordert hier blicken lassen, also bleiben sie unten.«

»Hm!« Langenschmidt blickte finster durch den Dampf, der aus einer Schüssel mit Tschai stieg. »Es scheint, daß Sie sich den lokalen Sitten zu gründlich angepaßt haben! Aber lassen wir das. Ich habe eine höllische Zeit hinter mir — brauchte fast zwei Monate, um hierher zu kommen, und mehr als einmal war ich sicher, daß ich es nicht schaffen würde. Aber vor allem anderen: wissen Sie, daß ein Schiff in einer Umlaufbahn um diesen Planeten ist, und möglicherweise mehr als eins?«

Slee fuhr auf seinem Stuhl hoch. »Was?«

»Wie ich sagte. Kaum waren wir angekommen, schossen sie uns ab. Sie haben sich wahrscheinlich gefragt, was aus uns geworden ist, hm? Nun, da haben Sie es. Zum Glück war ich schon im Landeboot, mit dem ich Maddalena Santos herunterbringen wollte, und ich konnte vom Kreuzer freikommen, bevor er explodierte. Sie feuerten eine zweite Rakete ab und trafen das Landeboot am Heck — dachten wahrscheinlich, sie hätten es erledigt —, aber ich konnte noch die Stummelflügel ausfahren und den Sturz in der Atmosphäre abfangen. Das Mädchen stieg irgendwo über der Arktis aus; vielleicht hat sie es irgendwie bis zu einem Dorf geschafft, aber auch in diesem Fall muß sie für den Winter eingeschneit sein, und ich fürchte, die Chancen stehen schlecht für sie, weil die Gegend dort oben so spärlich besiedelt ist. Es ist ein Jammer; ich weiß nicht, was Pavel Brzeska Ihnen über das Mädchen gesagt hat, aber ich glaube, sie war aus dem richtigen Holz.

Nun, das Boot stand in Flammen, und als ich die Küste sah, stieg ich auch aus. Das Boot fiel in den westlichen Ozean; ich sah es wie einen Meteor niedergehen. Zum Glück war es Nacht, als ich landete, und noch vor dem Morgen stieß ich auf einen Bauernhof, wo ich alte Kleider mitgehen ließ. Dann verbrannte ich meinen Anzug und was sonst noch an verdächtigen Dingen an mir war. Seit damals habe ich mich durchgebettelt, um nach Dayomar zu kommen und Verbindung mit Ihnen aufzunehmen. Heute früh kam ich endlich hier an. Einmal steckten sie mich unterwegs ins Gefängnis, und einmal peitschten sie mich aus der Stadt, und ich bin hungrig und todmüde und ein paarmal war ich sehr krank, weil ich keine Medikamente bei mir hatte ... Tut mir leid. Ich schweife ab. Es war gut, daß Sie so schnell schalteten, als ich Sie ansprach.«

»Nun, Sie nannten mich Slee, nicht? Und in Dayomar kennt mich niemand unter diesem Namen. Aber dieses Schiff, das Sie abgeschossen hat! Das bedeutet ...«

»Das bedeutet, daß Ihre Theorie über einen, der das Schießpulver erfand, nicht haltbar ist. Der Blitze schleudernde Belfeor ist von einem anderen Planeten und hat eine Energiewaffe. Und mehr als wahrscheinlich haben wir es mit einem neuen Fall Sklavenwelt zu tun, wobei die Bevölkerung von Carrig gezwungen wird, die Lagerstätten von spaltbarem Material in den rauchenden Bergen abzubauen. Was sagen Sie?«

Slee stand auf. »Wir machen eine Sendung!« sagte er.

Auf der luftlosen Welt der Korpsbasis war es Nacht, und Kommandant Brzeska meldete sich schläfrig, mit halbgeschlossenen Augen. Seine erste Reaktion auf

Major Langenschmidts Anblick war freudiges Erstaunen, aber schon nach den ersten Sätzen des Majors begann seine Miene sich zu verdüstern.

Als er Langenschmidt zu Ende gehört und Slee einige Details hinzugefügt hatte, nickte Brzeska nachdenklich. »Natürlich können wir auf einen solchen Befund hin aktiv werden«, sagte er. »Auch brauchen wir uns über Fragen der Legalität nicht lange die Köpfe zu zerbrechen. Einen Patrouillenkreuzer abzuschießen — damit haben sie sich selbst den Strick gedreht. Langenschmidt, ich werde die Sache natürlich gleich unter die Lupe nehmen, aber haben Sie vielleicht irgendwelche Vorstellungen, von wo diese Leute kommen?«

»Sicherlich von einer Welt, wo ein Mangel an radioaktiven Elementen herrscht und wo man nicht reich genug ist, von Spaltreaktoren auf Fusionsreaktoren überzugehen. Cyclops, zum Beispiel.«

»Ich werde den Tip weitergeben«, sagte Brzeska. »Wenn Sie ein Schiff in einer Umlaufbahn gefunden haben, gibt es vermutlich noch ein zweites, so daß sie das Erz laufend abtransportieren können. Wir werden alle aus der Gegend von Vierzehn kommenden Partikelspuren prüfen und sehen, ob wir ihre Flugroute ermitteln können. Es wird eine Weile dauern, bis wir ihren Ursprung wissen, aber von nun an erhält diese Angelegenheit Vorrang. Slee, diese Leute haben eineinhalb Jahre Zeit gehabt, ihre Position zu festigen — wie beurteilen Sie die Auswirkungen auf die lokale Kultur?«

»Nun, meine letzten Nachrichten stammen aus dem Herbst, bevor der Karawanenverkehr eingestellt wurde. Bis dahin scheinen sie einigermaßen vorsichtig gewesen zu sein. Wahrscheinlich arbeiten sie nicht nur mit Zwang, sondern auch mit Bestechung. Aber nachdem ihnen klar wurde, daß sie ein Patrouillenschiff abgeschossen hatten, mögen sie alle Vorsicht in den Wind geschlagen und beschlossen haben, soviel Erz wie möglich fortzuschaffen, gleichgültig, mit welch brutalen Mitteln sie den Abbau forcieren mußten.«

»Sehr wahrscheinlich. In diesem Fall müßte es auf der Transportroute von Partikelspuren wimmeln. Also gut — wenn nicht was anderes sehr Dringendes dazwischenkommt, werde ich den Apparat für diese Sache in Bewegung setzen, und Sie werden unterdessen einen Plan ausarbeiten, wie Belfeor und seine Geschäftsfreunde mit einem Minimum von Beunruhigung für die Einheimischen vom Planeten abgeschoben werden können. Es wird nicht einfach sein, aber wir müssen um jeden Preis eine spektakuläre Schau von Gewalt vermeiden. Major, was machen wir mit Ihnen? Soll ich Sie abholen lassen?«

Langenschmidt schüttelte müde seinen Kopf. »Meine Mannschaft ist tot«, sagte er nach einer Pause. »Mir ist nicht danach, gleich wieder mit einer neuen auf Tour zu gehen — es wäre zu deprimierend. Ich werde einstweilen hier bleiben. Slee wird alle Hilfe brauchen, die er kriegen kann. Und wenn die Angelegenheit in Carrig geregelt ist, werde ich vielleicht meinen Lohn in Empfang nehmen und den Dienst quittieren. Sie wissen, ich bin längst überfällig.«

»Wie Sie wollen«, sagte Brzeska. »Und — viel Glück.«

Siebenundzwanzig Erdentage vergingen, bevor er sich wieder meldete, aber als er es tat, hatte er gute Nachrichten.

»Ihre Inspiration war richtig, Langenschmidt!« sagte er. »Die Leute sind von Cyclops. Es ist eine raubgierige Welt, wegen ihrer laxen Gesetzgebung ein beliebter Tummelplatz profitsüchtiger Geschäftemacher und Spekulanten und genau der Ort, wo ein Plan wie dieser ausgeheckt werden konnte. Seit eineinhalb Jahren führen ein paar obskure Firmen, die offensichtlich von

Strohmännern gehalten werden, spaltbares Material ein. Sie behaupten, in einem unbewohnten System fündig geworden zu sein. Bisher haben sechs Schiffsladungen ihren Weg auf den Markt gefunden. Es sieht so aus, als ob sie nur kleinere Mengen zur Zeit verkauften, um die Preise hochzuhalten. Aber sie haben so viele Flüge von Vierzehn gemacht, daß die Route von den Partikelströmen der Schiffstriebswerke geradezu verseucht ist. In den letzten drei Wochen haben wir sieben Flüge festgestellt. Vermutlich lagern sie das Zeug in der Nähe von Cyclops. Ich könnte mir denken, daß sie die Förderung bald aufgeben und sich von Vierzehn zurückziehen werden, wenn sie merken, daß wir ihnen auf der Fährte sind. Dann können sie ihre Vorräte nach und nach auf dem Markt unterbringen und das Geschäft mit einigen tausend Prozent Gewinn liquidieren.«

»Wer sind sie?« fragte Langenschmidt. »Ich meine, wer sind die Hintermänner?«

»Eine gute Frage«, sagte Brzeska. »Wie die Dinge auf Cyclops liegen, würde ich mich nicht wundern, gut geschmierte Förderer in hohen Regierungsstellen anzutreffen. Aber die eigentlichen Hintermänner, die das Geschäft finanziert haben und den Gewinn einstecken, werden anderswo sitzen, wahrscheinlich in den Aufsichtsräten respektabler Banken und Konzerne. Das werden wir nie herauskriegen. Die Dreckarbeit auf Cyclops und Vierzehn machen nach unseren bisherigen Ermittlungen ungefähr hundert Leute, größtenteils wohl gemietete Abenteurer, die von einigen Mittelsmännern mit Gewinnbeteiligung geleitet werden dürften. Zu dieser Gruppe wird Belfeor gehören, nehme ich an.«

»Haben Sie denn irgendeine Ahnung, wie sie auf diesen Planeten gekommen sind?« fragte Slee. »Wir haben für die Bodenschätze von ZFP's noch nie Reklame gemacht.«

»Wir wissen nichts Genaues, aber wir sind auf der Spur eines ehemaligen Korpsanwärters namens Meard, der vor ungefähr zwei Jahren wegen Veruntreuungen entlassen wurde. Er kehrte damals zur Erde zurück und ist nach Mitteilung der Zentrale inzwischen zu unerwartetem Wohlstand gelangt.« Brzeska wendete einige Blätter um, die vor ihm lagen, dann sagte er: »Ah! Hier ist die Antwort auf etwas, das Sie sicherlich schon beschäftigt hat. Wissen Sie, wie sie das spaltbare Material vom Planeten fortschaffen?«

»Wir haben uns darüber die Köpfe zerbrochen«, sagte Slee. »Sie werden es kaum riskieren, vor aller Augen Schiffe zu landen. Verwenden sie vielleicht Gleiter?«

»Nein. Die wären zu leicht gebaut. Nach allem, was unsere Gewährsmänner auf Cyclops in Erfahrung bringen konnten, wird das abgebaute Erz mit Tragtierkolonnen auf die andere Seite der Vulkankette transportiert und dort fernab von jeder menschlichen Siedlung gestapelt, um nachts von Landefähren übernommen zu werden.« Der Kommandant lehnte sich zurück. »Nun können Sie mir etwas sagen. Wie werden wir Belfeor und seine Leute aus dem Verkehr ziehen, ohne daß die Eingeborenen etwas von äußerer Einmischung merken?«

»Die einzige Idee, die wir bisher ausgebrütet haben, ist, daß es für die Bevölkerung von Carrig unbedingt so aussehen muß, als arbeiteten die Kräfte der Natur — mit anderen Worten, die Götter — gegen Belfeor und seine Gewaltherrschaft. Wir können sicherlich Unruhe in der Stadt säen, selbst wenn es zur Zeit keine geben sollte. Aber die Unzufriedenheit muß groß sein. Und dann ... Nun, es gibt einige sehr gesunde und fleißige Vulkane in den rauchenden Bergen.«

18

Erbittert über die Verachtung, die er in den Augen jener gelesen hatte, die vor wenigen Minuten mit ihm gesprochen hatten, betrat Ambrus die Privaträume des Regenten im Sockelgeschoß des Festungsturms. Früher einmal war er wie ein Mann mit Autorität hier ein- und ausgegangen ... War sein eigener Vater nicht Herr über die Stadt gewesen? Nun mußte er verstohlen herumschleichen und jeden Augenblick gewärtig sein, daß jemand zu wissen verlangte, was er hier mache.

Mit jedem Tag bedauerte er seine Entscheidung mehr. Er hatte gedacht, es sei klug und weitblickend, wenn er sich mit den Neuankömmlingen zusammentäte. Verfügten Belfeor und seine Gefährten nicht über großartige Macht? Ihre Wunderwaffen, die ehrfurchtgebietenden Maschinen, die sie bei den rauchenden Bergen gebaut hatten! Er war von der Richtigkeit seiner Entscheidung so überzeugt gewesen, daß er keine Schuld gefühlt hatte, als sein Vater sich von der Brustwehr des Turms gestürzt hatte — nur Mitleid für einen starrsinnigen alten Mann, der sich einer veränderten Welt nicht anpassen wollte.

Nun aber ...

Statt ihn willkommen zu heißen und mit Geschenken zu überschütten, die andere verlocken könnten, seinem Beispiel zu folgen, verachteten sie ihn, schickten ihn fort und hatten sich in letzter Zeit angewöhnt, ihn einfach zu ignorieren. Er war völlig allein. Niemand wollte seine Freundschaft.

Vor einigen Stunden hatte er mit Angehörigen seiner früheren Sippe gesprochen. Die Initiative war von ihnen ausgegangen, und er hatte gehofft, daß sie ihn vielleicht wieder in die Sippe aufnehmen wollten. Nichts dergleichen. Obgleich sie ihn mit steifer Höflichkeit angeredet hatten, war ihr Respekt von Sarkasmus durchdrungen gewesen, und er hatte Geringschätzung in ihren Augen gelesen. Ohne zwingende Notwendigkeit würden sie nicht ein Wort mit ihm gewechselt haben.

»In diesem Jahr«, hatte Gurton Knole gesagt, »fällt der erste Frühlingsneumond spät.« Er war Ambrus' Onkel, der jüngere Bruder Bavis Knoles und jetzt Oberhaupt der Sippe. Früher waren sie gute Freunde gewesen, Kameraden.

Jetzt nicht mehr. Gurton Knole war kalt wie Gletschereis.

Ambrus nickte wachsam.

»Wir haben einen neuen Herrscher«, sagte Gurton Knole und zog ein säuerliches Gesicht. »Letztes Jahr wurden die Vorbereitungen für die Königsjagd wie gewöhnlich getroffen, und er tötete den König mit seinen Blitzstrahlen. Der Wettbewerb war eine Farce. Immerhin blieb die äußere Form in gewisser Weise gewahrt.

Dieses Jahr«, fuhr Gurton Knole fort, »haben wir wegen der Königsjagd viele Male zu Belfeor geschickt und sind ohne eine Antwort geblieben. Er hat die Bewerber zur Arbeit in die rauchenden Berge befohlen und ihnen gesagt, sie sollten ihre Gleiterübungen vergessen. Die Männer der alten Sippen murren und sagen, daß Belfeor die Götter verspotte, wie unsere Vorfahren es vor dem Fall taten, der uns in die unfreundlichen Länder des hohen Nordens trieb. Sie sagen ferner, daß, wenn er so fortfährt, die Götter wieder das Feuer der Sonne entfachen werden, so daß die Menschen verbrannt und ausgetilgt werden.«

Als er diese furchterregenden Worte in so ernstem Ton vorgetragen hörte, war Ambrus alarmiert. Er sagte: »Was wollt ihr von mir?«

»Geh zu Belfeor. Frag ihn, welche Vorbereitungen dieses Jahr für die Königsjagd getroffen wurden. Unsere Fragen will er nicht beantworten, aber vielleicht kannst du sein Ohr gewinnen.«

Das war der Auftrag, der Ambrus hierher geführt hatte.

Der Frühling versprach ungewöhnlich warm zu werden; schon war der Schnee von den Feldern und Hügeln des Umlands verschwunden, und vor zwei Wochen waren die ersten Karawanen aus dem Süden eingetroffen. Die Wärme war allerdings nicht der Grund, daß Ambrus schwitzte, als er an die Tür von Belfeors Arbeitszimmer klopfte. Einmal war es das seines Vaters gewesen.

Er konnte Stimmen hören, mußte aber noch einmal und lauter klopfen, bevor Belfeor sein mürrisches »Herein!« brummte. Ambrus trat ein.

Bei Belfeor waren Pargetti, der hellhaarige, nervöse Mann, der seit den frühesten Tagen sein Gefährte war, und die Frau Yanna, mit ihrem leuchtendroten Mund und den harten Augen, die den Rest von Belfeors Leuten aus ihrem mutmaßlichen Banditenschlupfwinkel in den Bergen nach Carrig geführt hatte. Viele Papiere lagen auf dem Tisch, um den sie saßen und diskutierten.

»Was ist?« schnappte Belfeor. »Ich liebe diese Unterbrechungen nicht.«

Ambrus straffte seine Haltung und versuchte die Würde seines verstorbenen Vaters anzunehmen. Er blickte dem Usurpator fest in die Augen.

»Ich bin von meiner früheren Sippe entsandt«, sagte er. »Ich habe den Auftrag, zu erfahren, welche Vorbereitungen Sie für die Königsjagd getroffen haben, wie Gesetz und Brauch es erfordern.«

»Verschwinde und hör auf, mich zu belästigen«, grunzte Belfeor und kehrte Ambrus den Rücken zu.

Pargetti räusperte sich. Er sagte: »Ah, Belfeor, das ist nicht klug, weißt du. Aus Rücksicht gegen die lokale Tradition solltest du wirklich ...«

»Es wird dieses Jahr keine Königsjagd geben«, sagte Belfeor.

Ambrus tat einen halben Schritt vorwärts, unfähig, seinen Ohren zu trauen.

»Was?« platzte er heraus.

»Du hast mich gehört«, erwiderte Belfeor. »Was gibt es denn zu jagen? Diese verdammten Parradile störten unsere Arbeit, also ließ ich sie im Herbst aus den Bergen verjagen oder abschießen. Geh jetzt fort und vergiß diesen abergläubischen Unsinn.«

»Paß auf!« schrie Yanna. Belfeor fuhr auf seinem Stuhl herum und sah Ambrus mit wutverzerrtem Gesicht und geballten Fäusten auf sich zustürzen. Er sprang auf und riß eine Energiepistole aus seinem Gürtel.

»Raus!« brüllte er. »Hau ab, wenn du nicht braten willst wie deine teuren Parradile!«

Völlig gebrochen wankte Ambrus hinaus.

Den Rest des Tages widerhallte sein Geist wie ein Gong von den Erschütterungen der Panik. Was sollte aus Carrig werden, wenn die alten Traditionen mißachtet wurden? Er war nicht sehr intelligent — er hatte lange gebraucht, das zu erkennen, aber nun sah er die Berechtigung des väterlichen Vorwurfs ein, er sei für die Regentschaft unfähig. Sein Vater hatte auch darin recht gehabt, daß ein Mann die von den Göttern auferlegten Pflichten nicht abschütteln könne. War seine Trennung von der Sippe, in deren Mitte die Götter ihn gesetzt hatten, nicht die Ursache seines tiefen Sturzes?

Auch die Stadt als Ganzes hatte Verpflichtungen, und eine der wichtigsten war die Königsjagd. Sie abzuschaffen, hieß die Götter verhöhnen. Und jedermann wußte, wie die Menschheit aus einer schöneren Welt vertrieben worden war, weil sie die Götter verspottet hatte.

Die Rache der Götter mochte auf sich warten lassen, aber sie war gewiß. Er hatte Belfeor geholfen — wie konnte er hoffen, ihrem Zorn zu entgehen?

Am Abend des gleichen Tages hatte er seinen Entschluß gefaßt und tat etwas, das er seit vielen Monaten nicht mehr gewagt hatte: Er ging in die Stadt. Er mußte allein gehen. Sogar seine beiden persönlichen Diener hatten ihn nach dem Freitod seines Vaters verlassen.

Bei den Göttern! Wie hatte sich Carrig verändert!

Und die Bewohner hatten ihn nicht vergessen. Selbst die Kinder auf den Straßen kannten ihn und rannten ihm nach, bewarfen ihn mit Schmutz und riefen seinen Namen. Bevor er eine halbe Meile gegangen war, sah er ein, daß sein Vorhaben gescheitert war. Wenn er darauf beharrte, würden sie ihn womöglich in einer dunklen Gasse überfallen und totschlagen. Als Halbwüchsige sich zu der Bande von Kindern gesellten und nicht nur Schmutz, sondern auch Steine flogen, wandte er sich zur Flucht und rannte, geblendet von einem Schlammklumpen, der ihn ins Gesicht getroffen hatte, in einen Mann, der eben aus einer Schenke trat.

»Langsam, junger Freund«, sagte der Fremde und faßte Ambrus am Arm, um ihn am Fallen zu hindern. Dann rief er den Kindern zu, sie sollten aufhören und nach Hause gehen.

»Aber das ist Ambrus, der Verräter!« schrie einer der Halbwüchsigen.

Der Fremde ließ Ambrus los und sagte scharf: »Ihr habt ihm übel genug mitgespielt. Nun verschwindet, bevor ich euch mit meinem Schwert die Hintern versohle!«

Ambrus wischte sich den Dreck vom Gesicht und sah, daß sein Retter ein breitschultriger, kräftiger Mann war, athletisch trotz seiner grauen Haare und des gefurchten Gesichts. Die Kinder zogen widerwillig ab und blickten immer wieder zurück, aber der Fremde blieb breitbeinig auf der Straße stehen und starrte ihnen nach, bis sie schließlich hinter einer Ecke außer Sicht kamen.

»Ich kann Ihnen nicht genug danken, Herr«, sagte Ambrus demütig. »Aber die Kinder trifft keine Schuld. Sicherlich haben ihre Eltern sie gelehrt, mich einen Verräter zu nennen.«

»Du bist also der junge Ambrus, he?« sagte der Grauhaarige. »Ja, ich habe selber solche Reden über dich gehört. Aber ›Verräter‹ ist ein hartes Wort, und ich weiß wenig über die Gründe, weil ich erst vor kurzem mit einer der Karawanen in die Stadt gekommen bin. Immerhin, Verrat möchte ich bewiesen sehen, bevor ich mich einer Menge anschließe, die mit Steinen wirft. Aber was bringt dich allein in die Stadt, wenn die Leute so schlecht von dir denken? Bist du nicht aus einer vornehmen Familie, mit Dienern und Bewaffneten, die dich schützen können?«

Erstaunt, daß er so freimütig zu einem Mann sprechen konnte, den er nie zuvor gesehen hatte, erklärte Ambrus seine mißliche Lage.

»Keine Königsjagd!« sagte der grauhaarige Mann verblüfft, doch Ambrus glaubte einen Unterton von Befriedigung herauszuhören. Warum sollte sich jemand über die Nachricht freuen? Nach seiner Kleidung schien der Mann ein Söldner zu sein, und als solcher müßte er über den Ausfall der Festlichkeiten bestürzt sein, brachte es ihn doch in die Gefahr, seinen Lohn geschmälert zu sehen. Aber für weitere Spekulationen war keine Zeit; sein Retter wollte zurück in die Schenke und bestand darauf, daß Ambrus ihn begleite.

Ambrus widerstrebte mit dem Hinweis, daß er in der Schenke sicherlich von irgendeinem Raufbold angegriffen würde. Der andere fegte seine Einwände beiseite.

»Hier nicht! Die meisten meiner Reisegefährten sind hier. Sie werden dich beschützen, wenn es nötig werden sollte. Komm mit!«

Und er schleppte Ambrus hinein.

Es war, wie der Fremde versprochen hatte. Obwohl einige einheimische Gäste bei Ambrus' Anblick in Wutgeschrei ausbrachen und sich auf ihn stürzen wollten, genügte ein Signal des Grauhaarigen, und jeder der Angriffslustigen sah sich zwei Fremden gegenüber, die ihm den Weg verstellten. Ambrus wunderte sich, wer in aller Welt sein neuer Bekannter sein mochte, daß so viele Männer bedingungslos seinen Anweisungen folgten.

»Auf den Tisch!« befahl der Grauhaarige. »Erzähl diesen Leuten hier, was du eben mir erzählt hast!«

Innerlich bebend, aber entschlossen, den Dingen kühn die Stirn zu bieten, stieg Ambrus auf den Tisch. Er machte kein Geheimnis aus seiner früheren Treue zu Belfeor, bekräftigte aber, daß er sich nicht an einem Sakrileg beteiligen werde. Er sagte, er habe angenommen, daß der Usurpator legal an die Macht gelangt sei, indem er den König getötet habe, und daß er fortfahren würde, die alten Bräuche und Traditionen zu achten. Nun aber habe er erfahren, daß die Parradile ausgerottet und aus den rauchenden Bergen vertrieben seien, und er bereue seinen Irrtum und wolle mit Belfeors Bande nichts mehr zu schaffen haben.

Tiefes Schweigen folgte seiner Erklärung. Es wurde von dem Grauhaarigen gebrochen, der in die Hände klatschte und erklärte, sie hätten eben alle das aufrichtige Eingeständnis eines Irrtums gehört, und das müsse man anerkennen. Zögerndes Kopfnicken antwortete von allen Seiten, und jemand rief den Fluch der Götter auf Belfeor herab, womit er brüllende Zustimmung auslöste. Um seine Aufrichtigkeit zu beweisen, wiederholte Ambrus den Fluch mit aller Inbrunst.

»Gut!« sage der grauhaarige Fremde. »Aber ich fürchte, damit ist es für dich noch nicht getan, Freund Ambrus! Du steckst zu tief mit drin, um dir den Dreck so leicht von den Händen zu waschen. Aber vielleicht läßt sich aus deinem Fehler ein Vorteil ziehen. Laß uns beratschlagen, wie du am besten das Vertrauen ausbeuten kannst, das Belfeor noch zu dir hat.«

Verwundert sagte Ambrus: »Herr, Sie sagen, Sie seien ein Fremder in dieser Stadt. Warum interessieren Sie sich so stark für unsere Angelegenheiten?«

»Ich bin ein Mann, der die Ungerechtigkeit haßt, wo

immer sie zu finden ist«, antwortete der Mann. »Setz dich, Freund Ambrus, trink mit uns und laß uns besprechen, was getan werden muß.«

19

»Wärst du nicht rechtzeitig aufgesprungen«, sagte Yanna, »hätte der Barbar dich glatt erwürgt!«

Belfeor lehnte sich auf seinem Stuhl zurück. »Ambrus?« sagte er. »Ambrus ist im Gegensatz zu seinem Vater ein alberner kleiner Feigling. Der alte Bavis Knole hatte Mut genug für zwei. Sie sagten ihm ziemlich üble Tricks nach, mit denen er sich während der letzten achtzehn Jahre an der Macht gehalten haben soll, aber niemand nannte ihn je einen Feigling. Er versuchte sogar, mir Befehle zu geben — mir! Natürlich, als er merkte, daß ich von seinen Drohungen mit göttlicher Rache nicht beeindruckt war, warf er sich vom Turm, aber Ambrus brächte nicht mal diese Art von fehlgeleitetem Mut auf.«

»Ich glaube, du bringst uns in große Schwierigkeiten«, sagte Pargetti.

»Schwierigkeiten?« sagte Belfeor spöttisch. »Was für Schwierigkeiten? Alles läuft wie geschmiert. Wir schaffen mehr Erz weg als unsere Geschäftsfreunde je ...«

»Davon rede ich nicht«, unterbrach ihn Pargetti. »Du magst über die Idee göttlicher Rache lachen, aber für diese Leute ist es etwas absolut Reales. Und die Art, wie du über ihren Aberglauben spottest ...«

Belfeor schnaufte unwillig. »Du und deine verdammte Korps-Indoktrination! Nächstens wirst du mir noch erzählen, daß das Korps recht habe, diese Barbarenwelten sich selbst zu überlassen.«

Pargetti errötete. »Du weißt, wie das Korps mich behandelt hat! Und es war, weil ich aufstand und sagte, was ich über ihre Haltung gegenüber den ZFP's dachte und verurteilte, daß man Dutzende von bewohnbaren Welten einer Bande von schmutzstarrenden Barbaren überläßt. Aber wie die Dinge liegen, sind sie ein Faktor, mit dem man rechnen muß, und es hat keinen Sinn, absichtlich zusätzliche Probleme zu schaffen, nicht wahr? Du hörst mir gern zu, wenn ich über ungenutzte Bodenschätze dieses Planeten rede, aber wenn ich dir vernünftige Ratschläge zur Behandlung der Leute hier gebe, lachst du mich aus.«

Seine Stimme hatte sich in zorniger Eindringlichkeit erhoben. Etwas verdutzt über diesen Ausbruch Pargettis, zuckte Belfeor mit den Schultern.

»Also gut. Erzähl uns von den Leuten.«

Pargetti holte tief Atem. »Paß auf! Natürlich ist es wahr, daß diese Leute dank der Politik des Korps von aller Zivilisation abgeschnitten blieben und auf ein so primitives Niveau absanken, daß man sie wirklich kaum als Menschen ansehen kann, aber nichtsdestotrotz haben sie ihre eigenen Hoffnungen und Glaubenssätze und Ambitionen, und die müssen wir in unsere Rechnung einbeziehen.«

»Hört den Prediger!« höhnte Belfeor. »Ich wußte nie, daß dir soviel an diesen Wilden gelegen ist, Meard!«

»Laß diesen Namen aus dem Spiel!« sagte Yanna scharf. Sie sah sich nervös um, als ob sie die Gegenwart eines Lauschers fürchtete.

»Halte du dich heraus!« schnappte Belfeor. »Unser Freund Pargetti belehrte uns über die Eingeborenen. Laß ihn ausreden — er hat noch kein lohnendes Argument vorgebracht, aber vielleicht fällt ihm noch eins ein.«

»Denk über unsere Lage nach!« rief Pargetti. »Wir sind hundertzwei, verteilt auf die Stadt, die Abbaustätten und den Landeplatz. Wir sitzen hier in einer Stadt von siebzehntausend Einwohnern, und die Bauern der Umgebung strömen von allen Seiten zum Frühlingsfest herein. Wie werden sie reagieren, wenn bekannt wird, daß du die Königsjagd kurzerhand abgeblasen hast? Und was ist mit den Leuten, die mit den Karawanen aus dem Süden gekommen sind? Sie müssen wütend und enttäuscht sein — schließlich ist es die Königsjagd, die sie hierher zieht, und es wird ihnen nicht gefallen, sich um ihre Gelegenheit zu Handelsgeschäften betrogen zu sehen. Selbst ohne die Zugereisten ist das Zahlenverhältnis hundertsiebzig zu eins. Hast du das bedacht?«

Belfeor zog nachlässig die Energiepistole, mit der er Ambrus eingeschüchtert hatte. »In einem von diesen Dingern ist genug Ladung, um hundertsiebzig Leute zu rösten«, sagte er. »Wenn sie lange genug stillstehen und nicht in Panik weglaufen, wie sie es bisher getan haben! Verdammt, Pargetti, kriegst du es vielleicht mit der Angst? Hast du gelogen, als du sagtest, wenn ich mich zum legalen Herrscher über Carrig machte, könnte ich den Laden hier ohne Opposition dirigieren?«

»Paßt du überhaupt auf, wenn ich dir etwas sage?« erregte sich Pargetti. »Die Herren dieser Stadt sind nur Statthalter der Götter, und um zu beweisen, daß die Götter ihre Herrschaft auch fernerhin billigen, müssen sie sich alljährlich bestimmten Ritualen und symbolischen Handlungen unterziehen, wie die Tötung des Parradils eine ist. Sie sehen ihr Leben in einem universalen Geflecht göttlicher Kräfte und Willensakte, und sie erwarten, daß ihre Herrscher sich von den Gesetzen gebunden fühlen, die sie selbst respektieren.«

Belfeor blickte ihn kalt an. »Hah! Das ist weit entfernt von dem, was du uns sagtest, als wir die Operation planten! Du sagtest, die Sache sei idiotensicher; du sagtest, die Eingeborenen würden blindlings jedem gehorchen, der einmal auf legalem Weg zur Macht gekommen ist.«

Pargetti warf resignierend die Hände hoch. »Aber das hier ist etwas anderes! Es ist doch offensichtlich, daß du die abergläubische Natur dieser Leute nicht über Nacht ändern kannst! Verstehst du irgend etwas von der Mentalität der Primitiven?«

Yanna sagte langsam: »Belfeor, ich glaube, Pargetti hat in einem sehr wichtigen Punkt recht. Du solltest tun, was er sagt. Schließlich hat er bisher immer recht gehabt.«

Belfeor schlug mit der flachen Hand auf den Tisch. Er wurde allmählich ärgerlich. »Jetzt hört mal zu! Pargetti, du fragtest, ob ich über unsere Lage nachgedacht habe. Ich stelle dir die gleiche Frage. Hast du vergessen, daß diese Idioten an Bord der ›Wolfshai‹ ein Schiff abgeschossen haben? Wir wissen nicht, was es war, es fiel in die Atmosphäre und verbrannte, aber was könnte es gewesen sein, wenn nicht ein Patrouillenkreuzer, der gekommen war, um einen Agenten auszutauschen oder vielleicht sogar einen Ersatzmann für Heron zu bringen? Gewiß, wir können damit rechnen, daß das Korps nicht sofort ein Schiff für Nachforschungen erübrigen kann, aber früher oder später werden sie wieder aufkreuzen.

Bevor das geschieht, wollen wir alle soviel spaltbares Material abgebaut und abtransportiert haben, daß wir die Lieferverträge erfüllen und noch einen Teil auf eigene Rechnung verkaufen können. Das ist der Sinn der ganzen Operation, nicht wahr? Das bedeutet, daß wir die Eingeborenen antreiben und die Förderung steigern müssen. Was wir bisher gewonnen haben, deckt in etwa die Investitionskosten; jetzt kommt es darauf an, einen Gewinn zu erwirtschaften. Warum in aller Welt willst du Zeit für einen verrückten Aberglauben verschwenden, wenn unsere einzige und vorrangige Aufgabe darin besteht, zu fördern und zu verschiffen, was herauszuholen ist, solange es irgend geht?«

»Die Königsjagd ausrichten und die Eingeborenen bei Laune halten, das ist keine Zeitverschwendung!« widersprach Pargetti. »Es ist eine Lebensversicherung!«

»Dann mach du es! Mach deine kleine Schau für die

Einheimischen — das ist ungefähr alles, wozu ich dich brauchen kann. Allerdings habe ich keine Ahnung, wo du einen Parradil für die Jagd finden wirst; du weißt, ich habe sie aus den Bergen entfernen lassen.«

»Bevor du das tatest, hättest du Pargetti konsultieren sollen«, sagte Yanna. »Was für einen Zweck hatte es überhaupt?«

»Sie waren lästig!« sagte Belfeor. »Erschwerten unseren Prospektoren die Arbeit — man konnte kaum eine Höhle untersuchen, ohne einem zu begegnen!«

Pargetti sah blaß aus. »Wahrscheinlich hast du uns schon reingelegt«, sagte er und stand auf. »Du hast die lokale Tradition kaputtgemacht! Du weißt, worauf deine Legitimation als Regent beruht. Wenn du sie nicht durch einen Sieg bei einer neuen Königsjagd bestätigst, werden sie dich nicht länger als Herrscher anerkennen. Ich werde hingehen und mit Gurton Knole eine Königsjagd vereinbaren; vielleicht wird uns das eine Atempause geben. Aber ich kann keine Versprechungen machen. Meine Vermutung ist, daß deine Dummheit und Unfähigkeit eine Rebellion unausweichlich gemacht haben!«

Belfeor war über den Temperamentsausbruch des normalerweise fügsamen Pargetti so überrascht, daß er immer noch wortlos glotzte, als die Tür zugeworfen wurde.

»Gute Nachricht«, sagte Major Langenschmidt ins Mikrophon des Senders.

»Erzählen Sie«, sagte Brzeska.

»Ich spreche aus einer Schenke in Carrig. Slee besorgte mir in Dayomar einige zuverlässige Leute als Diener und Begleiter und organisierte unsere Teilnahme an einem Karawanenzug. Er hat seine Sache großartig gemacht und eine lobende Erwähnung in seiner Personalakte verdient. Wir zogen als eine Gruppe von Söldnern zum Schutz der Karawane und sind vor zwanzig Tagen hier eingetroffen. Glücklicherweise ist dies ein Jahr, wo der Frühlingsneumond auf ein spätes Datum fällt; wir hatten Gelegenheit, die Situation zu studieren, und sie ist genauso, wie wir erhofft hatten. Ich weiß nicht, ob Belfeor es weiß, aber er sitzt auf einer Zeitbombe. Er hat die lokalen Bräuche so flagrant mißachtet, daß sogar die Opportunisten, die sich seiner Bande anschlossen, inzwischen ihren Fehler eingesehen haben. Neulich kam ich aus der Schenke und stieß auf Ambrus, der von steinewerfenden Jungen verfolgt wurde. Wissen Sie, wen ich meine?«

Brzeska nickte. »Den abtrünnigen Sohn des früheren Regenten, richtig?«

»Genau. Nun, er hatte gerade aus Belfeors eigenem Mund erfahren, daß es dieses Jahr keine Königsjagd gibt, und war so erbittert und voll Angst vor der Rache der Götter, daß er unter Lebensgefahr in die Stadt gelaufen war, um die Nachricht zu verbreiten. Ich brachte ihn in die Schenke und stellte ihn gleich auf einen Tisch und ließ ihn erzählen, damit alle die Geschichte hörten.

Das war genau, was wir brauchten. Die ganze Stadt ist jetzt in Aufruhr. Jeder wartet jetzt auf die Nacht des Neumonds; dann, wenn Belfeor nicht die Königsjagd für eröffnet erklärt, werden sie die Festung stürmen und ihn in Stücke reißen, Energiewaffen oder nicht. Es wird ein blutiges Gemetzel geben, aber es bedeutet, daß wir unsere direkte Einmischung auf ein Minimum beschränken können.

Vielleicht war es die Reaktion auf die Stimmung in der Stadt, die Belfeor ein paar Tage später zur Revision seiner Entscheidung veranlaßte — ich weiß es nicht. Jedenfalls wurde Gurton Knole, gegenwärtiges Oberhaupt der Parradil-Sippe, instruiert, doch noch eine Königsjagd zu organisieren. Aber dafür ist es zu spät. Es wird eine Farce sein, und alle wissen es. Nach den Erfahrungen des letzten Jahres, als Belfeor den Parradil ohne viel Federlesens mit seiner Energiepistole abschoß, sind seine Mitbewerber nicht gerade begeistert. Statt sich durch Übungen auf die Jagd vorzubereiten, zogen sie es vor, Rachepläne gegen Belfeor zu schmieden — wenn die Arbeit in den Erzgruben ihnen dafür Zeit ließ.

Was übrigens die Erzgruben angeht, so bin ich selbst dort gewesen und habe ein paar von meinen Leuten als Agenten untergebracht. Sie haben dort eine komplette Erzaufbereitungsanlage errichtet, alles illegal importiert. Wie ich anhand von Proben schätzte, wird das Erz mit einem Reinheitsgrad von achtzig bis neunzig Prozent verschifft. Die Leistung soll bei vier bis fünf Tonnen täglich liegen, und das ist eine Riesenmenge von spaltbarem Material.«

»Wir nehmen uns der Sache an«, sagte Brzeska. »Sobald wir einen Kreuzer von anderswo hereinbekommen, wird er das System Cyclops auskundschaften. Wie sieht es mit der — ah — göttlichen Intervention aus?«

»Alles verläuft planmäßig. Ich arbeite in jeder freien Minute daran. Die Eruptionen werden wahrscheinlich halb Carrig umwerfen, aber Belfeor wird nicht unter denen sein, die danach aufstehen.«

20

Gleichgültig, wie groß es herausgestellt wird, ein Dementi kann niemals das Gerücht einholen, das es widerlegen soll. Langenschmidt beobachtete mit Befriedigung, wie die Wahrheit dieses alten Lehrsatzes sich in den folgenden Tagen wieder einmal erwies.

Nachdem Ambrus die Originalgeschichte in Umlauf gebracht hatte, daß es keine Königsjagd geben werde, hatte Belfeor mit seiner Meinungsänderung dafür gesorgt, daß selbst jene, die seine Rückkehr zu den traditionellen Verpflichtungen eines Regenten ersehnten, über die Parodie einer Jagd spotteten, wie sie in diesem Jahr organisiert wurde. Es war klar, daß der Usurpator unter Druck handelte und nicht aus einem aufrichtigen Gefühl für seine Pflichten vor den Göttern; infolgedessen kamen selbst die unwissendsten und fügsamsten der Bauern, die zum Fest in die Stadt gekommen waren, zu der Überzeugung, daß er nicht mehr der rechtmäßige Herr von Carrig sei, sondern ein blasphemischer Tyrann, der gestürzt werden müsse. Die Stadtbewohner hatten bereits zwei volle Jahre gehabt, um zum gleichen Schluß zu gelangen.

Neuankömmlinge, die ihre üblichen Wetten auf die Teilnehmer an der Königsjagd abschließen wollten, entdeckten, daß die Buchmacher keine Tische aufgestellt hatten; über den Türen der Häuser und Läden waren Symbole aller alten Sippen angebracht, aber kein Hinweis auf die herrschende Sippe der Eindringlinge; kühne Stadtbewohner tauchten ihre Festgirlanden in schwarze Farbe und hängten sie in zerrissenen Fetzen auf, unübersehbare Zeichen der Trauer. Und mit jedem Tag wurde das Murren lauter und lauter.

Eine Atmosphäre verdrossenen Widerstands lag über der Stadt, und andere Faktoren verstärkten das allgemeine Gefühl, daß Belfeor den Zorn der Götter über Land und Volk gebracht habe. Aufgrund der radioaktiven Ablagerungen in der Vulkankette hatte Carrig eine höhere Strahlungsdosis als der Rest des Planeten, doch die Einheimischen hatten eine gute Toleranz dafür entwickelt, und wenn die Zahl der Totgeburten auch weit höher lag als im Südland, so wurde ihnen das kaum bewußt.

Nun aber, da sie schon das zweite Jahr gezwungen wurden, ohne zureichenden Strahlungsschutz in Belfeors Minen zu arbeiten, waren Tot- und Fehlgeburten an der Tagesordnung, und sobald Langenschmidt ein Gerücht verbreitet hatte, das diese Erscheinung mit einem Fluch der Götter in Zusammenhang brachte, verbreitete es sich wie ein Buschfeuer über das ganze Land.

Befriedigt über seine Anfangserfolge, suchte er nach Möglichkeiten, Belfeors üble Natur weiter in Verruf zu bringen. Die Bürger Carrigs maßen Zeichen und Vorbedeutungen große Bedeutung bei, wie er sich erinnerte. Zweifellos würde es die Entwicklung beschleunigen, wenn sich ein paar passende Wunder arrangieren ließen …

Am Fuß der Zitadelle gab es eine alte, aus Stein gehauene Statue von Larso-Veng, dem Glücksgott, der sich großer Beliebtheit erfreute. Es war der Brauch, daß Händler und Kaufleute vor dem Abschluß eines Geschäfts zur Götterstatue gingen, ihre Hand berührten und eine Opfergabe niederlegten. Selbst ausländische Karawanenführer taten es oft, und kein Flußschiffer verfehlte es, der Statue einen Besuch abzustatten, bevor er eine Ladung flußabwärts zur Küste brachte.

Am Morgen, nach dem Langenschmidt fand, daß die Zeit reif für ein Omen sei, kamen der Schiffer und der Rudergänger eines Flußboots, das eine Ladung Pökelfleisch und Tierhaare zur Küste bringen sollte, zur Statue des Glücksgottes, um seine Hand zu berühren und eine gute Fahrt zu erbitten. Als sie zum Gesicht des Gottes aufblickten, sahen sie mit Verblüffung, daß die steinernen Wangen naß waren. Aus den Augen des Götterbildes sickerten deutlich sichtbare Tränen.

Am selben Tag wurde auf dem Marktplatz ein Graat verrückt. Einen Augenblick hatte das Tier ruhig und geduldig unter seiner Traglast gestanden, während sein Besitzer um den Preis eines Ballens Filz feilschte; im nächsten Augenblick bäumte es sich kreischend auf und begann nach allen Seiten auszukeilen. Es bedurfte sechs starker Männer, um den wildgewordenen Graat zu fesseln und lange genug niederzuhalten, daß er getötet werden konnte.

Der wütende Besitzer schloß sich der Ansicht eines in der Nähe stehenden Söldners an. Diese ganze Stadt Carrig war jetzt vom Unglück verfolgt. Hatte der Glücksgott nicht über den Zustand der Stadt geweint?

Eine im Stadthaus der Twywits beschäftigte Köchin ließ den Wassereimer acht Meter tief in den Brunnen hinab, und als sie ihn heraufzog, war er voll Blut. Sie ließ ihn kreischend fallen, und zwei Bedienstete kamen gerannt, um nach dem Rechten zu sehen. Nachdem sie sich der Beschaffenheit des Brunnenwassers vergewissert hatten, stimmten sie überein, daß so viele Wunder in so kurzer Zeit nur eines bedeuten konnten ...

Als Berichte über die von ihm organisierten Omina in ausgeschmückter Form die Schenke erreichten, wo Langenschmidt Quartier genommen hatte, war er verblüfft und erfreut, zu entdecken, wie sehr die mündliche Weitergabe das Rohmaterial verbessert hatte. Der Brunnen im Stadthaus der Twywits, zum Beispiel, in den er ein blutrotes Färbemittel geworfen hatte, war nun angeblich voller Leichen Ermordeter, die Belfeors Schergen während des Winters umgebracht und in den Brunnen geworfen hatten. Leute schworen, daß der verrückte Graat auf dem Marktplatz mit menschlicher Stimme Flüche gegen Belfeor ausgestoßen habe.

Zwei Tage später, als der Frühlingsneumond unmittelbar bevorstand, meuterten die Zwangsarbeiter in den Minen. Einer der Aufseher wurde in die Erzzerkleinerungsanlage geworfen, bevor ausgiebiger Gebrauch von Energiewaffen die Ruhe wiederherstellte; und selbst dann arbeiteten die Männer im Schneckentempo, bis Belfeor selbst erschien und ihnen versicherte, daß die Königsjagd stattfinden werde und sie arbeitsfrei erhalten würden, um das Schauspiel zu sehen. Nach den beiden Vertrauensmännern, die Langenschmidt am Abbauort hatte, war Belfeor sehr aufgeregt und nervös gewesen und hatte seine Gefolgsleute angeschrien und beleidigt.

Am Abend wurde bekannt, daß er Gurton Knole zu sich bestellt habe, vermutlich um Fragen des Rituals zu besprechen, aber zu dieser Zeit hatte Langenschmidt bereits sein Trumpfas ausgespielt. Seit Stunden waren seine Helfer unterwegs, um so viele Leute wie möglich zu informieren, daß Belfeor die Parradile aus den rauchenden Bergen vertrieben hatte. Was also wollte er in diesem Jahr jagen?

Letztes Jahr war Ambrus' Selbstsicherheit noch so groß gewesen, daß es ihm nicht viel ausgemacht hatte, an der Brustwehr des Festungsturms zu stehen, keine fünf Meter von der Stelle, wo sein Vater sich in den Tod gestürzt hatte.

Dieses Jahr …

Er versuchte dem Blick seines Onkels Gurton auszuweichen, der in seinem Zeremoniengewand neben Belfeor stand, und beobachtete statt dessen den Sonnenuntergang über dem westlichen Teil der rauchenden Berge. Es war ein schöner und klarer Abend, und die wenigen kleinen Wolken waren rosig verfärbt.

Belfeor schien seine Selbstsicherheit eingebüßt zu haben. Sein Gesicht war dunkel von unterdrücktem Zorn, und er schwitzte stark. Pargetti war an seiner Seite und suchte ihn mit gedämpfter Stimme zu beruhigen, doch das schien Belfeors Gereiztheit nur zu steigern. Schließlich platzte er zornig heraus: »Wie lange sollen wir noch wie die Puppen hier herumstehen?«

Pargetti machte ein verzweifeltes Gesicht. Gurton Knole wandte sich halb um und sah ihn mit brennenden Augen an.

»Bis der Abendstern erscheint.«

Belfeor zog ein Taschentuch und wischte seine Stirn. »Blödsinnige Zeitverschwendung!« brummte er. »Aber was soll's? Es muß getan werden, nehme ich an.«

Pargetti unternahm einen weiteren Versuch, ihn zu beruhigen. Belfeor beachtete ihn nicht. »Und was geschieht, wenn kein Parradil da ist, den ich töten könnte, he?« verlangte er zu wissen. »Ist das in eurem albernen Ritual berücksichtigt?«

Gurton Knole blickte finster drein und schwieg. Ambrus ballte die Hände zu Fäusten. Wie konnte er jemals so blind gewesen sein, sich diesem arroganten Lästerer anzuschließen? Sein Gesicht war rot vor Scham. Um mehr Raum zwischen sich und den Mann zu bringen, für den er nur noch Abscheu empfand, trat er einen Schritt zurück. Das schwere Zeremonienschwert an seiner Seite schlug gegen sein Bein.

Die Diener, Priester und Weisen, die nach der traditionellen Ordnung aufgereiht standen, traten unruhig von einem Fuß auf den anderen. Die Sonne versank hinter den schwarzen Silhouetten der Vulkane.

»Ich glaube, ich sehe den Abendstern!« flüsterte der scharfäugigste der jungen Diener, angestrengt aufwärts starrend.

In diesem Moment kam zwischen den rauchenden Vulkankegeln etwas Schwarzes und Geflügeltes in Sicht, winzig klein in der Ferne, aber allmählich näherkommend und unverkennbar. Die auf der Plattform des Turms Versammelten brachen einstimmig in den Ruf aus:

»Der König! Der König!«

»Ja, aber es ist etwas Seltsames mit ihm!« sagte Ambrus aufgeregt. »Seht! Er trägt etwas in den Krallen!«

Gurton Knole, der mit den anderen zum Westhimmel spähte, sagte: »Kann jemand schon ausmachen, was es ist?«

»Ich glaube«, sagte der junge Diener und mußte schlucken, bevor er weitersprechen konnte, »ich glaube, es ist ein Mensch! Er hängt unter dem Parradil!«

Alle starrten ungläubig in die Richtung, aus der sich der Parradil näherte. Dies war so außergewöhnlich, daß sogar Gurton Knole die formelle Verkündung der Königsjagd vergaß. Zuletzt brach Belfeor ungeduldig das Schweigen.

»Nun, was für einen Unterschied macht es?« brüllte er. »Da ist ein Parradil — ist das nicht, was ihr wolltet?«

Niemand reagierte. Der Parradil glitt näher, hielt seine Höhe durch gelegentliche träge Schläge seiner ausladenden Schwingen. Er überflog den Stadtrand und blieb unbeirrbar auf seinem Kurs, der direkt auf die Festung gerichtet war. Es war jetzt klar, daß der Diener richtig gesehen hatte. Unter dem Bauch des Parradils hing tatsächlich ein Mann, halb sitzend zurückgelehnt in einem Gewebe aus starken Stricken.

»Ich habe genug von diesem Unsinn!« rief Belfeor in plötzlich erneuter Nervosität. »Da ist ein Parradil, und ihr wollt, daß ich einen Parradil töte, und mir ist es gleich, ob ich es jetzt tue oder später. Bringen wir die Sache hinter uns!«

Er zog die Energiepistole aus dem Halter an seinem Gürtel.

Ambrus entschied nicht bewußt, was er tat. Er schien von einer Kraft getrieben, deren Ursprung außerhalb seiner selbst lag — einer Kraft, die jahrhundertelanger Tradition entsprang, ja, die noch weiter zurückreichte. Er packte den Knauf seines Zeremonienschwertes und riß es aus der Scheide.

Die Klinge sauste durch die Luft.

Während Belfeor seinen Arm hob und den Parradil anvisierte, spaltete das Schwert seinen Schädel vom Scheitel bis zum Kinn. Dann steckte es fest, und Belfeors Fall riß es Ambrus aus den Händen.

Pargetti kreischte auf und griff nach seiner eigenen Waffe. Ambrus warf sich in wildem Ansturm auf ihn; seine Schulter traf Pargetti vor die Brust und warf ihn rücklings auf die Einfassungsmauer. Seine verzweifelt rudernden Hände umklammerten den vom eigenen Schwung mitgerissenen Ambrus, und die beiden

Kämpfer zappelten sekundenlang in prekärem Gleichgewicht, bevor sie ins Leere stürzten.

Als der doppelstimmige Schrei im dumpfen Aufklatschen tief unten abriß, machte Gurton Knole mit seiner Rechten ein Zeichen. »Er hat seine Schuld getilgt«, sagte er tonlos.

Wie wenn eine gewaltige Last von ihren Schultern genommen wäre, reckten sich alle Umstehenden, sahen einander an und begannen zu lächeln.

»Die Frage bleibt«, sagte Gurton Knole nach einer Pause, »was mit denen geschehen soll, die diesem — diesem Stück Aas anhängen? Gleich werden die Menschen zusammenlaufen, um zu sehen, wer vom Turm gefallen ist; und sie werden Pargetti tot und Ambrus mit ihm finden. Überdies ist es meine Pflicht, die Königsjagd für eröffnet zu erklären. Weil der nahende Parradil männlich ist, muß er in Ermangelung von Rivalen der neue König sein. Und morgen ...?«

Er wurde von dem scharfäugigen Diener unterbrochen, der plötzlich winkte und schrie.

»Seht! Seht, wer es ist, der unter dem Parradil hängt! Es ist Saikmar, Sohn von Corri, das schwöre ich!«

In verblüfftem Schweigen sahen sie den Parradil herangleiten. Und der Mann, der sich von ihm tragen ließ, war Saikmar. Die schmale, langbeinige Gestalt war unverkennbar — und dieses scharfe, nun halb unter einem Bart verborgene Gesicht! Der Parradil stellte seine Schwingen an und segelte langsam auf die Turmplattform herab, zog dann seitlich vorbei, so daß Saikmar nahe genug vorbeischwang, um ihnen zuzurufen.

»Habt ihr die Königsjagd eröffnet?« rief er.

Eine solche Frage hatten sie nicht erwartet. Es dauerte einen Moment, bevor Gurton Knole eine Antwort finden konnte; dann, während der Parradil mit schlappenden Schwingen herumzog und den Turm umkreiste, trat er an die Mauerbrüstung und rief, daß sie es noch nicht getan hätten.

»Dann unterlaßt es!« rief Saikmar. »Wir von Carrig sollen nie mehr den Königsparradil töten. Von nun an sind wir Freunde und Verbündete seiner Art! Hat mich dieses edle Wesen nicht zurückgetragen, um den Usurpator zu entthronen? Gebt das Signal für den Aufstand!«

Und als ob seine Worte der auslösende Faktor gewesen wären, fuhr der grelle Blitz einer furchtbaren Eruption von den rauchenden Bergen in den Himmel.

21

Später stellte sich heraus, daß kein Bewohner Carrigs durch die Eruptionen ums Leben gekommen war. Die meisten Bauern aus dem Vorland der Berge waren anläßlich der Königsjagd in die Stadt gegangen; die Zurückgebliebenen flohen bei der ersten Erderschütterung und kamen mit leichten Verletzungen von herabregnendem Bimsstein und Asche davon. Auch die Minenarbeiter hatten Belfeors Zugeständnis genützt und waren in die Stadt gezogen. Die Aufseher jedoch blieben, um die Anlagen zu überwachen und den nächsten Erztransport vorzubereiten.

Sie wurden alle getötet.

Langenschmidts Vertrauensmänner, die als Treiber bei den Tragtierkolonnen arbeiteten und das aufbereitete radioaktive Material zum Landeplatz zu transportieren hatten, hatten nach seinen Anweisungen genug Uran 238 beiseite geschafft, daß er daraus eine kleine Atombombe bauen konnte. Seine Werkstatt war eine tiefe Lavahöhle in der Flanke eines besonders aktiven Vulkans, wo die Hitze des Gesteins auf die Nähe eines vulkanischen Kamins hindeutete; seine Bombe ein extremes Provisorium mit einer aus Stein gemauerten Ummantelung und zwei Kammern, deren eine mit selbstgemachtem Schwarzpulver aus Schwefel, zerstoßener Holzkohle und Kaliumnitrat von Parradildung gefüllt war und als Zünder dienen sollte. Als die Minenarbeiter in die Stadt gegangen waren, brachte Langenschmidt die Zündschnur an, verlegte sie sorgfältig bis hinaus zum Höhleneingang, zündete sie an und machte sich in der Hoffnung davon, daß seine nukleare Sprengladung funktionieren würde.

Sie erfüllte ihren Zweck.

Ein Teil der freigesetzten Energie war natürlich vergeudet; sie schoß aus der Höhlenöffnung und schleuderte Gesteinsbrocken Hunderte von Metern weit in die Gegend. Aber die Explosion war stark genug, den vulkanischen Kamin weit aufzureißen und einen Teil des Kraterrands zum Einsturz zu bringen. Lavaströme ergossen sich über die Hänge. Das gewaltsam gestörte Gleichgewicht der vulkanischen Kapillarität führte zu plötzlichen Ausbrüchen der benachbarten Krater.

Die Erde begann zu beben.

Die Zeit der Schneeschmelze im Bergland war noch nicht vorüber, und die Flüsse und Bäche waren angeschwollen. Ein Bergrutsch staute das Wasser eines kleinen Flusses mit hunderttausend Tonnen Schutt und Gestein und ließ es in eine poröse Bimssteinschicht am Fuß eines der größten Vulkankegel überfließen. Gas war hier einmal durch das allmählich abkühlende Gestein an die Oberfläche gesprudelt. Das Wasser ergoß sich nun auf breiter Front durch die gasgeblasenen Kanäle Hunderte von Metern in die Tiefe, bevor es auf rotglühendes Magma traf und in Dampf explodierte.

Die rauchenden Berge zuckten, und das ganze Land bebte.

Nachdem Saikmar ihnen das Stichwort zugerufen hatte, bedurften die auf der Plattform des Turms Versammelten keiner zweiten Aufforderung. Gurton Knole zog Ambrus' Schwert aus Belfeors gespaltenem Kopf, trennte ihn vom Rumpf des Toten, steckte das blutige

Zeichen als eine Standarte des Aufstands auf seinen Zeremonienstab und eilte hinunter in den großen Audienzsaal, wo die Sippen bereits versammelt waren.

Ein Triumphgeheul empfing ihn, als er zum Thron schritt und zeigte, daß der Usurpator tot war. Minuten später liefen die Männer und Frauen, die so trübselig in der Festung zusammengekommen waren, mit Freudenrufen den steilen Weg zur Stadt hinunter.

Zwanzig junge Männer stürmten unterdessen durch Belfeors Wohnräume und machten ein Dutzend seiner völlig überraschten Anhänger nieder. Zwei Burschen wurden von einer Energiewaffe getötet, dann drang das Schwert eines dritten durch die Rippen des Mörders und machte seinem Leben ein Ende.

Horden ergrimmter Menschen strömten durch die Straßen zum Marktplatz und brüllten einander die unglaubliche Neuigkeit zu — daß Saikmar auf den Schwingen eines Parradils zurückgekehrt sei, um die Stadt zu befreien. Die meisten glaubten es nicht, bis sie auf den Marktplatz kamen und sahen, daß Saikmar wirklich dort war und auf dem Dach einer Verkaufsbude stand, den Parradil neben sich.

Andere Bürger hatten überall in der Stadt Gruppen gebildet und auf Anhänger Belfeors Jagd gemacht. Immer wieder drängten sich welche von ihnen durch die Menge, beladen mit Leichen und bejubelt von ihren Mitbürgern, bis sie ihre Last vor Saikmars Füße warfen wie einen Tribut. Schließlich lagen zwanzig oder mehr Körper in einem Haufen übereinander.

Saikmar schrie Ermutigungen und Anfeuerungen, blitzende Augen unter wirrem Haar, aber das unaufhörliche Jubelgeschrei der Menge erstickte alles, was er sagte. Auf der Rückseite des Platzes saß Langenschmidt auf dem Dach eines Hauses und beobachtete den Begeisterungstaumel. Es hatte geklappt, und alles sah danach aus, daß es auch ohne seine Mitwirkung gelungen wäre. Was für ein meisterlicher Streich von diesem jungen Mann, einen Parradil zu zähmen und von seinen Schwingen getragen in die Stadt zurückzukehren! Das allein mußte genügen, ihn in den Augen des Volkes zum Wundertäter zu machen.

Und dem Gerücht zufolge war Belfeor tot — ja, dort war der Beweis: Gurton Knole, der Belfeors abgeschlagenen Kopf auf einer Stange durch die rasende Menge trug und die scheußliche Trophäe Saikmar überreichte ...

Langenschmidt schloß die Augen. Der Parradil hatte seinen langen Hals gereckt und beschnüffelte das Blut an der Stange; im nächsten Moment würde er den Kopf verschlingen, und Langenschmidt hatte keine Lust, das mitanzusehen.

Der Parradil tat dies jedoch nicht. Statt dessen wandte er seinen Kopf und stieß Saikmar hoffnungsvoll an. Der junge Mann verstand die Geste sofort und lachte. Er gab Gurton Knole die Stange zurück und rief den Leuten etwas zu. Aus den Marktständen wurden ihm Früchte heraufgereicht, Pökelfleisch, getrocknete Fische und Kugeln des klebrig geronnenen Pflanzensafts, der in Carrig zum Süßen verwendet wurde. Saikmar nahm alle diese Gaben an und fütterte den Parradil damit.

Langenschmidt erwartete, daß die Menge auf den Anblick mit neuerlichem Jubel reagieren würde. Weit gefehlt: es wurde auf einmal still, die Leute verharrten in ungläubigem Staunen.

Während er den Parradil fütterte, nützte Saikmar die vorübergehende Stille und rief: »Belfeor, der Tyrann, vertrieb die Parradile aus den rauchenden Bergen, was eine Blasphemie war! Er betrog die rechtmäßigen Herren von Carrig um ihre Rechte, was Bosheit war! Zusammen kehrten der Parradil und ich zurück, um unsere Rechte zurückzufordern, und jeder half dem anderen zum Erfolg. Darum verordne ich, daß Menschen nie wieder auf die Jagd gehen sollen, den Parradil zu töten!«

Es gab Unruhe unter den konservativ denkenden Zuhörern, aber weil sie merkten, daß Saikmar nicht ausgeredet hatte, brachten andere die Einwände zum Verstummen.

»Tötet man seine treuesten Freunde?« rief Saikmar. »Wir sind gewohnheitsmäßig ausgezogen, den König zu töten, damit seine Vornehmheit und Kraft auf den erfolgreichen Herausforderer übergingen. Ging diese Vornehmheit auf Belfeor über? Mitnichten! Er war nichtswürdig, und alle Parradile der Welt hätten ihn nicht mit Vornehmheit erfüllen können!«

Die laute Zustimmung der Menge wurde von einem dumpfen Grollen aus der Richtung der rauchenden Berge unterbrochen, und viele blickten ängstlich umher.

»Im Heiligtum des Nordens, wo ich Asyl fand, suchte dieser Parradil Schutz unter demselben Dach! Das ist ein Zeichen der Götter, für mich und für Carrig. Die rauchenden Berge speien jetzt Feuer, um den Zorn der Götter zu zeigen — die Parradile werden keine Unterkunft haben, bis der Boden abgekühlt sein wird. Ich sage, gebt ihnen Zuflucht in unserer Stadt, die zurückzugewinnen sie uns halfen! Laßt Menschen und Parradile zu Freunden werden!«

Eine gewaltige Glutwolke erhob sich im Nordwesten. Langenschmidt begann von seinem Aussichtspunkt hinabzuklettern. Er hatte kein Verlangen, in eine Massenpanik zu geraten, falls es zu einem größeren Erdbeben käme, um so weniger, als es zusehends dunkler wurde.

»In Zukunft«, brüllte Saikmar, »wird das Frühlingsfest nicht abgehalten werden, um den König zu töten, sondern um ihm unsere Freundschaft zu zeigen, und die Gleiter und die Parradile sollen eine Woche lang zusammen über den rauchenden Bergen kreisen, und alle sollen sich ihres Lebens erfreuen!«

Auf das Versprechen, daß es weiterhin Festlichkeiten geben werde, waren die meisten vollauf zufrieden, war die eigentliche Königsjagd doch schon immer Privileg einer kleinen Gruppe gewesen, an dem sie nicht teilhatten, und jemand begann den Segen der Götter auf Saikmars Kopf herabzurufen. Im allgemeinen Beifallsgeschrei spürte Langenschmidt, wie die Erde leise bebte, und das Vordach, auf das er herabgeklettert war, knarrte und ächzte unter ihm. Er sprang auf den Boden und eilte fort. Auf der anderen Seite des Flusses und außerhalb der Stadt wäre er sicherer, wenn starke Erdstöße folgten.

Ein weiterer, stärkerer Stoß erschütterte die Stadt, als er die gepflasterte Straße zur Brücke rannte. Niemand sonst war in Sicht; alle Bewohner der Stadt schienen sich auf dem Marktplatz versammelt zu haben.

Er blickte über die Schulter und sah, daß der Wehrturm der Festung vom zweiten Erdstoß beschädigt worden war. Ein breiter Riß durchzog die Rundmauer von oben bis unten, und einige von den großen Hausteinen waren aus ihrem Verbund gefallen. Die niedrigeren Holzhäuser der Stadt zeigten sich widerstandsfähiger: Langenschmidt sah keine nennenswerten Schäden.

Beim Zollhaus vor der Brücke verhielt er abermals zu einem letzten Blick auf die Stadt, als er eine Frauenstimme seinen Namen aussprechen hörte — seinen richtigen Namen, den kein Mensch in Carrig kennen durfte. Er fuhr erschrocken herum, und aus der Dunkelheit eines Hauseingangs trat eine Gestalt, die er sofort wiedererkannte. Müde und schmutzig, barfuß und mit wirrem, strähnigem Haar, aber mit Augen, die hell wie Sterne blitzten, kam Maddalena Santos auf ihn zu.

Es dauerte lange, bis er zu einer Reaktion fähig war, aber dann war er so überwältigt, daß er sie umarmte.

»Maddalena!« rief er. »Was in der Galaxis tun Sie hier?«

»Ich kam per Parradil«, sagte sie lächelnd. »Ich nehme an, daß alles gut abgelaufen ist, sonst würden Sie nicht schon gehen.«

»Gut — abgelaufen?« fragte Langenschmidt verdutzt.

»Ja! Hat Saikmars Ankunft nicht eine Revolte gegen Belfeor ausgelöst, wie wir gehofft hatten?«

Langenschmidt trat zurück und musterte sie ungläubig. Er sagte: »War es vielleicht Ihre Idee, den Parradil zu zähmen?«

»Oh, wir brauchten ihn nicht zu zähmen, nicht im üblichen Sinn. Parradile sind wahrscheinlich die intelligentesten nichtmenschlichen Wesen, auf die wir je gestoßen sind, wenn dieser als Beispiel gelten kann. Aber ... ja, es war meine Idee, Saikmar mit dem heiligen Tier nach Carrig fliegen zu lassen, damit er den Usurpator entthronte. Hat es geklappt?«

»Wenn ich gewußt hätte, daß Sie lebten und einen solchen Plan ausheckten ...« Langenschmidt seufzte. »Die Schwierigkeiten und Unbequemlichkeiten, die ich mir hätte sparen können! Ja, natürlich hat es geklappt! Ich habe selbst Belfeors abgeschlagenen Kopf gesehen, und — aber das hat Zeit bis später. Ich möchte nicht gern von einem neuen Erdstoß überrascht werden. Laufen wir über diese Brücke, bevor sie womöglich zusammenbricht!«

22

»Wir haben jetzt das vollständige Bild«, sagte Kommandant Brzeska. »Schimazi war bis vor zwei Wochen in Carrig und traf gestern bei Slee in Dayomar ein, von wo er sofort Meldung machte. Er sagte, die Eruptionen hätten ihren Zweck vollständig erfüllt — alle Bergwerksstollen und Aufbereitungsanlagen sind eingestürzt oder unter Lavaströmen begraben. Um die rauchenden Berge hat sich eine meterhohe Aschen- und Bimssteinschicht abgelagert. Der Lauf eines kleinen Flusses wurde durch einen Bergrutsch verändert und hat fünf- oder sechshundert Landbewohner heimatlos gemacht, aber die einzigen Todesopfer scheinen Belfeors Techniker zu sein, die zur Zeit der Katastrophe am Abbauort waren.«

»Was ist mit den anderen Dingen, die sie importierten?« fragte Langenschmidt. »Sie müssen zum Beispiel hundert oder mehr Energiepistolen gehabt haben.«

»Dieser Punkt gehörte zu Schimazis Aufgabenbereich«, antwortete Brzeska. »Er plazierte einige Andeutungen in empfängliche Ohren, daß alle Dinge, die Belfeors Gefolgsleuten gehört hatten, notwendigerweise von Übel durchsetzt und unheilbringend sein müßten, und so erließ Saikmar ein Dekret über das Einsammeln derartiger Gegenstände, die dann in einen Vulkankrater geworfen wurden.«

»Saikmar hat die Herrschaft angetreten?« fragte Maddalena.

»Als Schimazi die Stadt verließ, hatten Saikmar und seine Sippe, die einige sehr fähige Männer einzuschließen scheint, die Kontrolle fest in der Hand. Wie die Machtfrage sich in der Zukunft entwickeln wird, bleibt freilich abzuwarten, aber Saikmar soll sich in kurzer Zeit beim Volk sehr beliebt gemacht haben. Es war seine Idee, alle vorhandenen Tierhäute zu requirieren und daraus Zelte für die heimatlosen Bauernfamilien zu machen. Auch organisierte er ihre Versorgung mit Lebensmitteln und Arbeitsgerät, so daß sie wieder Land bebauen können. Ich glaube, er wird seine Sache gut machen; ganz gewiß ist sein Anfang vielversprechend.«

Langenschmidt nickte: »Übrigens, was haben Sie der Regierung von Cyclops gesagt?«

»Daß verschiedene ihrer Bürger, von denen noch nicht alle identifiziert sind, einen Patrouillenkreuzer abgeschossen haben. Das brachte sie sehr wirksam zum Schweigen. Egal welche Ansicht sie über die Isolierung der ZFP's haben, den Massenmord an Ihrer Mannschaft können sie nicht verteidigen. Als sie den Antrag stellten, die Kriminellen auszuliefern, damit sie nach den Gesetzen ihres eigenen Planeten abgeurteilt werden könnten, antworteten wir, daß dies unmöglich sei, weil sie illegal auf Vierzehn gelandet seien, die lokalen Bräuche verletzt hätten und von den Eingeborenen summarisch bestraft worden seien. Um tieferen Eindruck zu machen, sagte ich sogar, verschiedene von ihnen seien lebendigen Leibes in Vulkane geworfen worden; wir glaubten, dies sei das beste Mitte, andere vom Versuch einer Nachahmung abzuschrecken.«

»Hat Schimazi etwas über den Parradil gesagt?« erkundigte sich Maddalena. »Ich habe dieses Tier liebgewonnen, müssen Sie wissen.«

»O ja! Zum Verdruß des Oberhaupts der Parradil-Sippe, der das Tier als eine Art heiliges Wesen in den Tempel verbannen wollte, ist es zum Liebling der Bevölkerung geworden. Es watschelt in der Stadt herum und wird von allen gefüttert und gestreichelt, und einige wagemutige Burschen sollen es sogar dazu gebracht haben, kurze Rundflüge mit ihnen zu machen.«

»Großartig!« sagte Maddalena. »Ich bin überzeugt, daß Parradile, wenn sie in menschlicher Gesellschaft aufwachsen, ihre hohe Intelligenz erst richtig entfalten werden. Es würde mich nicht wundern, wenn sie eines Tages das Sprechen lernten.« Sie zögerte: »Ah — verzeihen Sie die Frage, Kommandant, aber darf ich annehmen, daß Ihre nächste Meldung über mich ein wenig günstiger ausfallen wird als die letzte?«

»Das können Sie. Ich habe bereits veranlaßt, daß Sie aus dem Anwärterstand in den Inspektorenrang übernommen werden. Was Sie auf Vierzehn geleistet haben, war ausgezeichnete Arbeit unter extrem schwierigen Bedingungen.«

»Meinen Glückwunsch«, sagte Langenschmidt trokken. Maddalena errötete.

»Es scheint klar zu sein«, fuhr Brzeska fort, »daß Ihre natürliche Befähigung nicht auf der Ebene von Verwaltungsaufgaben in einer Basisstation liegt. Ich würde Sie deshalb für einen planetarischen Agentenposten empfehlen, wenn Sie daran interessiert sind. Das bedeutet natürlich eine Dienstzeit von mindestens zwanzig Jahren, also überlegen Sie es sich und geben Sie mir in einer oder zwei Wochen Bescheid.«

Maddalena nagte an ihrer Unterlippe. Dann sagte sie: »Würde es möglich sein, daß ich den Posten des neuen Agenten in Carrig bekäme?«

»Nein«, sagte Brzeska entschieden. »Aus sehr einfachem Grund: obwohl ich zugebe, daß alles, was Sie taten, unter den vorliegenden Umständen notwendig war, haben Sie im Heiligtum und in Carrig viel zuviel Aufsehen erregt. Wir dürfen es nicht riskieren, Sie wieder zu denselben Leuten zu schicken. Sie haben bei zu vielen Leuten einen zu starken Eindruck hinterlassen: Der ideale Agent aber ist jemand, der alles hört und sieht und nichts direkt beeinflußt, sondern unscheinbar im Hintergrund bleibt. Sie sollten das wissen — ich bin erstaunt, daß Sie die Frage überhaupt stellten.«

Sie zuckte mit der Schulter. »Man neigt immer zu dem, was man kennt«, sagte sie. »Ich habe mir überlegt, wie es sein würde, die vornehme Dame Melisma zu sein.«

»Saikmars Gemahlin, wie?« Brzeska schmunzelte. »Dann muß er Sie ziemlich beeindruckt haben — wie auch umgekehrt. Wußten Sie, daß er nach den Erdbeben vierzig Boten aussandte, die Sie suchen sollten?«

»Nun, ich habe unsere Verabredung nicht eingehalten, natürlich. Er erwartete, mich an der Stelle anzutreffen, wo der Parradil mich nach dem Flug vom Heiligtum absetzte. Sie glauben nicht, wie stark diese Tiere sind! Er trug uns auf der ersten und längsten Etappe der Reise ohne Aufenthalt dreihundert Kilometer weit ... Genug davon. Der arme Saikmar!«

Brzeska stand auf und streckte ihr die Hand hin. »Lassen Sie mich wissen, zu welcher Entscheidung Sie über mein Angebot kommen, ja?«

»Ich glaube, ich werde es annehmen«, antwortete sie. »Und Sie, Major? Sie werden in den Ruhestand treten?«

Langenschmidt schüttelte den Kopf. »Ich habe es mir anders überlegt«, sagte er. »Was, zum Teufel, soll ich in den nächsten siebzig Jahren mit mir anfangen?« Er brach ab und blickte zu Maddalena. »Ist etwas?«

»Nein, nichts.« Sie klang verwirrt. »Ich bin nur erstaunt, weil mir eben klar wurde, wieso jemand so etwas sagen kann. Ich muß mich sehr verändert haben.«

Sie lächelte etwas verlegen und ging hinaus. Langenschmidt zögerte noch ein wenig, bevor er ihr folgte. Halblaut sagte er: »Kommandant, wenn ich eine neue Route kriege, sorgen Sie dafür, daß das Mädchen irgendwo auf der Strecke stationiert wird, ja? Ich glaube, sie hat Zukunft, und ich möchte sie im Auge behalten.«

Vorsichtig, weil das Gemäuer durch die Erdbeben brüchig geworden war, stieg Saikmar die schmale Treppe zur Plattform des Wehrturms hinauf. Oben angelangt, beschirmte er seine Augen gegen das Sonnenlicht und spähte über die Stadt hinweg zu den rauchenden Bergen.

Nichts zu sehen.

Ärgerlich schlug er mit der Faust in die flache Hand. Was konnte aus dem Parradil geworden sein? Kein Mensch hatte seit Tagen etwas von ihm gesehen! Mißtrauische Gedanken rasten durch seinen Kopf — vielleicht hatte irgendein Idiot ihm verdorbene Nahrung gegeben, so daß er nun irgendwo krank herumliegen mochte, möglicherweise tot ... Wenn jemand das getan hatte, sagte sich Saikmar, dann würde der Betreffende es sehr bereuen.

Plötzlich wich seine Niedergeschlagenheit, und er stieß einen Freudenschrei aus. Dort war er, kam zwischen zwei Vulkankegeln hervorgesegelt — und bei allen Göttern, nicht nur ein Parradil, sondern eine ganze Kette von ihnen, vier, fünf, acht, elf!

Wie einfältig von ihm, sich Sorgen zu machen! Lag es nicht nahe, daß der Parradil sich einsam fühlen und auf die Suche nach seinesgleichen gehen würde?

Nun, dies bedeutete, daß sie den Parradilen Namen geben und sie lehren mußten, auf sie zu hören. Ein Name für seinen und Carrigs Retter bot sich von selbst an: dieser Parradil sollte Sloin heißen!

Glücklich und hoffnungsvoll wartete er, bis die gewaltigen Tiere über der Stadt waren und wachsam den Turm umkreisten, bis ihr Anführer, der neugetaufte Sloin, sich auf der Brustwehr niederließ und seinen Gefährten mit den halb ausgebreiteten Schwingen Zeichen gab. Saikmar tätschelte zärtlich den hammerförmigen Kopf. Dann versuchte er auch die anderen anzulocken, aber sie waren zu ängstlich.

Sloin schien zu resignieren. Er flog mit klatschenden Flügelschlägen auf, deren Luftstöße Saikmar beinahe niederwarfen, und führte seine Gefährten im Gleitflug über die Dächer hinab zum Marktplatz.

Saikmar blickte ihnen mit Neid im Herzen nach. Der Parradil hatte Gefährten und ohne Zweifel auch eine Partnerin gefunden, und in ein paar Jahren würden die Parradile wieder so zahlreich sein wie in den Tagen, bevor Belfeor ihre Abschlachtung befohlen hatte. Wogegen er ...

»Ach, Melisma«, stöhnte er. Nirgendwo war eine Spur von ihr zu finden. Die Frau, die er zu seiner Braut und zur Herrscherin über diese große Stadt hatte machen wollen, war wie vom Erdboden verschluckt. Es war ein schaler Trost, darüber nachzudenken, daß sie ebenso mysteriös verschwunden war wie sie aufgetaucht war. War sie überhaupt wirklich gewesen? Sie hatte ihm einige Beweise ihrer köstlichen Weiblichkeit gegeben, aber das bedeutete noch nicht, daß sie in Wahrheit nicht die Schöpfung eines freundlichen Gottes gewesen war ...

Eine Idee kam ihm in den Sinn. Obwohl Melisma

fort war, sollte sie nicht in Vergessenheit geraten. Nicht, wenn er etwas dagegen tun konnte.

Er eilte die Treppe hinab. Als er in die Räume des Regenten zurückkehrte, schickte er den erstbesten Diener mit einer dringenden Botschaft fort, setzte sich und wartete ungeduldig.

Nicht lange, und der Harfenspieler kam herein und verneigte sich tief. »Mit welchem Lied darf ich Saikmar unterhalten?« fragte er.

»Ich will, daß du singst. Noch nicht. Ich möchte, daß du eine neue Ballade dichtest. Sie wird ›die Ballade der Melisma‹ genannt werden, und dies sind die Geschehnisse, die darin erzählt werden müssen. Sie sind seltsam und wunderbar, und die Ballade muß in einer Sprache verfaßt sein, die dem Gegenstand gerecht wird. Verstehst du mich?«

Der Harfenspieler setzte sich auf seinen roten Samthocker. »Ich höre und gehorche«, sagte er. »Ich werde mein Bestes tun.«

»Ich muß mit der Ankunft Belfeors beginnen«, sagte Saikmar sinnend. »Als er die Macht über Carrig an sich riß, wurden die Götter zornig, und dies ist, was sie planten ...«

DRITTER ROMAN

Die Erlöser von Zyklop

Originaltitel: THE REPAIRMEN OF CYCLOPS

(Eine kürzere Version des Romans erschien 1965 als Serie in FANTASTIC STORIES. Copyright © 1965 by Ziff-Davis Publishing Company. Diese Version wurde 1965 von Ace Books nachgedruckt. Die Rechte fielen 1971 an den Autor zurück. Der Roman wurde für die Ausgabe von 1981 völlig überarbeitet.)

(Eine kürzere Version des Romans erschien 1971 unter dem Titel MECHANIKER DER UNSTERBLICHKEIT als Nr. 189 in der Heftserie TERRA NOVA.) Der Roman wurde für diese Ausgabe neu und ungekürzt übersetzt.

Aus dem Englischen übersetzt von Horst Pukallus

I

Wie das Innere einer blauen Trommel tönte der Himmel wider vom Flirren der Strahlung des grellweißen Sonnenlichts. Ein Wind, so heiß wie der Gluthauch eines Hochofens, rührte den Silberspiegel des Ozeans zu Kräuselungen, und das Gekräusel zerspellte das Spiegelbild der Sonne zu einer Leuchtbahn, die gleißte wie verstreute Diamantsplitter. Justin Kolb, den Schweiß juckte, höchste Anspannung verkrampfte, mußte sogar hinter dem Totalvisier die Augen verkneifen, weil es das Reaktionslimit des gewölbten Glases überforderte, wenn er den Kopf dem glitzrigen Leuchtstreifen zuwandte, der sich übers Wasser erstreckte, und die Absorptionsfunktion der Polarisationsfläche plötzlich zu völliger Undurchsichtigkeit tendierte.

Ärgerlicherweise hatte er das Schimmern eines Flügels zuerst ausgerechnet in der Richtung der Sonne bemerkt.

Er hatte erwartet, die Sichtung der Jacksonbussarde müßte seine unbestimmte Angespanntheit in die altvertraute Erregtheit kanalisieren, Körper und Geist wieder zu der effektiven Kombination vereinen, wie er sie bei effizientestem Leistungsstand abgab, in der er Waffe so sehr war wie Person. So lange versuchte er schon, sich auf diese Weise zurechtzufinden — auf der Jagd, die ihm jetzt als Ersatz für seine früheren, ihm lieber gewesenen Beschäftigungen dienen mußte —, daß die Belastung, sich ans Warten zu gewöhnen, seine früher lebhafte Vorfreude auf die Verfolgung ablöste.

Sicher ist es so nur, bis ich die Bussarde sehe, hatte er sich ermuntert. *Aber dann ...!*

Endlich hatte er, als er bereits halb zu der Auffassung gelangt war, selbst für diese Jahreszeit, zwei Tage nach dem Mittsommer, zu weit im Norden zu sein, die Bussarde gesehen, und der Moment des Nervenkitzels war eingetreten — doch eben nur einen Augenblick lang. Jetzt stak er wieder im Tief gelangweilter Wachheit, das ihn den ganzen gestrigen und auch den gesamten vorgestrigen Tag geplagt hatte. Er spürte stickige Hitze, nahm blendende Helligkeit wahr, fühlte das Kribbeln von Schweiß, hatte einen Krampf von der Anstrengung, die es kostete, das Skimmer trotz des Schwappens der Wellen gleichmäßig auf Kurs zu halten. Seine Hände an der Steuerung waren schlüpfrig, und der harte Kolben seines Harpunengewehrs schien auf dem Deck des Skimmers doppelt soviel Platz als gewöhnlich zu beanspruchen.

Kurz schloß er die Lider, wünschte sich mit aller Inbrunst, er könnte irgendwie die Zeit zurückdrehen, es stünde ihm frei, in den Weltraum zurückzukehren.

Aber Zyklop war eine arme Welt. Sie konnte sich den Luxus der Raumfahrt nicht erlauben. Im All mußte man produktiv sein — auf Asteroiden schürfen, Solarkraft-Relaisstationen warten, mit absoluter Konzentration, wie eine Maschine, rund um die Uhr eine Arbeit verrichten.

Was, zum Donnerwetter, bin ich jetzt? Ein Gigolo.

Der Gedanke ging vorbei. Mochte es so sein oder nicht, wenigstens war er dazu in der Lage, seinen Drang nach Aufregungen und Herausforderungen in gewissem Umfang auszuleben; hätte er sich für eine der anderen Möglichkeiten entschieden, die ihm offengestanden hatten, wäre er dazu gezwungen gewesen, diesen herrlichen Sommer trostlos in einer Stadt abzusitzen, auf einer Farm oder in einem schmutzigen Fischereihafen zuzubringen, ständig belästigt von den Wünschen anderer Leute, belastet durch die Notwendigkeit, Arbeitsguthaben anzuhäufen, sich um Löcher in den Schuhen oder im Dach zu kümmern.

Dem ist sogar Ihre Großkotzigkeit vorzuziehen ...

Er zwinkerte. Wieder schimmerte ein Flügel, und diesmal blieb er sichtbar, anstatt in der Verwaschenheit des Hitzedunsts und der gleißendhellen Spiegelungen längs des Horizonts zu verschwimmen. Sein Puls schlug schneller, als er zu zählen anfing: Fünf, sechs ... acht, zehn ... Es waren mindestens ein Dutzend, vielleicht mehr.

Beim Namen des Kosmos, das muß ja ein Riesenvieh sein!

Für einen Moment verspürte er für ihn völlig untypische Beunruhigung. Er hatte diese nördliche Grenze der Wolfshai-Wandergebiete absichtlich aufgesucht, eben weil die Exemplare, die fast zweihundert Kilometer entfernt von den äquatorialen Untiefen, die ihre eigentliche Heimat waren, eine Schneise des Massakers durchs Meer fraßen, mit Sicherheit die größten und gierigsten ihrer Art verkörperten, und nach seinem langen, ungeduldigen Herumbrüten in Frestadt hatte er das Empfinden gehabt, daß nichts als ein wahres Ungeheuer ihn dafür entschädigen könnte.

Aber ein Dutzend oder mehr Bussarde in der Höhe schweben zu sehen, flößte ihm gehörige Bestürzung ein.

Sie waren der vielleicht charakteristischste Anblick auf Zyklops: Geschwinde Jacksonbussarde mit fürchterlichen Krallen und stahlharten Schwingen, wie sie einem Wolfshai folgten, der nicht aus Hunger, sondern aus wilder Mordlust tötete, so daß seine zerfleischten, blutigen Opfer selbst den gewaltigen Appetit der Vögel stillten. Um diese Jahreszeit konnte man, wenn man in Äquatornähe auf See ausschaute, bis zu fünf oder sechs Schwärme der Aasfresser erspähen, den blutbesudelten Mordhaien hinterdreinziehen sehen, denn der Ozean wimmelte von Leben.

Doch es kam selten vor, daß man pro Wolfshai mehr als sechs Bussarde beobachtete. Meistens sättigten sie sich zu zweit oder zu dritt, flatterten dann vollgefressen und schwerfällig davon, ließen andere an ihre Stelle, so daß die Zahl der Tiere, die den Himmel bevölkerten, ungefähr konstant blieb. Und es gab Gründe dafür, warum den Wolfshaien, die hoch in den Norden vordrangen, normalerweise nur zwei oder drei Bussarde folgten: Erstens bot das Meer weniger Opfer und deshalb weniger Aas; zweitens fütterten die Vögel in dieser Zeit des Jahres noch ihre Jungen und durften nicht zu weit von ihren Brutmatten fortfliegen, den großflächigen, floßähnlichen Ansammlungen zyklopschen Riementangs, den es nur in einem schmalen Gürtel rund um die Mitte des Planeten gab.

Trotzdem, da war er: Ein so großer, so schneller, dermaßen mörderisch gefährlicher Wolfshai, daß er nahezu zweihundert Kilometer fern von daheim in hinlänglich umfangreichen Mengen tötete, um im trüben Hirn etlicher Bussarde gegenüber der treuen Fürsorge für den Nachwuchs den Ausschlag zugunsten der Freßgier zu geben.

Justin spitzte die Lippen und schob sein Harpunengewehr näher zur Schießnut im vorderen Dollbord des Skimmers. Würde ein Schuß zum Erlegen des Hais genügen? Wäre es besser, erst eine Harpune ohne Leine zu laden, um die Mordbestie erst zu schwächen, bevor er einen Schuß mit Leine wagte und damit das Risiko einging, auf den Meeresgrund hinabgezerrt zu werden? War dies enorme Biest schon früher gejagt worden und entkommen — und falls ja, wie oft? Je häufiger Wolfshaie entwischten, um so vorsichtiger wurden sie bei Annäherung eines Skimmers, und um so wahrscheinlicher attackierten sie es, selbst wenn sich ringsum leichte Beute fand.

Mit einer Hälfte seines Verstands erwog Justin die Alternativen, während er mit der anderen Hälfte über seine Umgebung nachdachte.

Er hielt sich auf der Wasserhalbseite Zyklops auf, soweit eine solche Unterscheidung der Hemisphären überhaupt einen Sinn hatte. Der Planet hatte flache

Meereszonen, sein Mond war ziemlich klein und erzeugte weder erheblichere Bewegungen in der planetaren Kruste, noch größere ozeanische Tiden; allerdings übte die Sonne einen beträchtlichen Tideneffekt aus.

Die Flachheit der See hatte zusammen mit der Tatsache, daß das Gesamtvolumen des vorhandenen Wassers an den Durchschnitt für Planeten der Klasse A heranreichte (sie umfaßte Welten, auf denen Menschen leben sowie einen Teil der Vegetation und der heimischen Fauna für Ernährungszwecke nutzen konnten), eine in kleinere Parzellen zerstückelte Landmasse zum Resultat. Die andere Seite des Planeten hatte ein paar recht ansehnliche Inseln und sogar einen Quasikontinent vorzuweisen, der aus beinahe zwei Dutzend großer, durch Isthmen verbundener Inseln bestand; diese Seite war dünn besiedelt, und die größte Insel im Umkreis innerhalb Hunderter von Meilen galt offiziell nicht einmal als Teil Zyklops, sondern war Reparaturbasis und Erholungszentrum des Galaktischen Korps.

Fischerei in gewissem Umfang, einiges an Schrottverwertung, ein paar Terrafarmen auf ausreichend isoliert gelegenen Inseln, daß sich der Aufwand lohnte, eine rein terragene Ökologie gegen die Gefährdung durch Schwebesamen und Wandertiere von den normalzyklopschen Inseln ringsum zu schützen — das war die Summe des menschlichen Engagements auf dieser Hemisphäre, ließ man einmal die Solar- und Gezeitenkraftwerke außer acht, die man mit einem Minimum an Personal betrieb.

Kolb zögerte. Dann stieß er ein rauhes Auflachen aus. Sollte er sich etwa wegen der Gefahr, allein und fernab jeder Rettung zu sterben, daran hindern lassen, auf diesen Wolfshai rekordverdächtige Jagd zu machen? Er könnte sich nie wieder im Spiegel betrachten.

Und auf alle Fälle hatte er schon im Weltall nicht Hunderte, sondern Hunderttausende Kilometer von den nächsten anderen Menschen entfernt dem Tod ins Auge geblickt.

Flüchtig befiel ihn Mißstimmung. Er erinnerte sich ungern an die Umstände, die ihn aus dem Weltraum vertrieben und zu einer planetaren Existenz verurteilt, es ihm unmöglich gemacht hatten, seine Lust zur Gefahr mit wertvoller Arbeit zu vereinbaren. Seine verbissenen Wolfshaijagden hatten ausschließlich für ihn ihren Wert; die Menschen lebten auf Zyklop inzwischen lange genug mit Wolfshaien zusammen, um die Grenze zu kennen, durch deren Überschreitung sie ein Ärgernis wurden, und sobald das Erfordernis entstand, dezimierte man die Spezies wirksam und mit Präzision durch aus der Luft tätige Einsatzteams.

Tatsächlich habe ich in letzter Zeit, dachte Kolb trübsinnig, *verdammt wenig mit meinem Leben angestellt, das für irgendwen einen Wert haben könnte. Am wenigsten für mich ...*

Langsam begann ihn eine Art von gedämpfter Erregung zu erfüllen, während er sich dem Glänzen der Schwingen näherte, indem er einen Kurs steuerte, auf dem er im Abstand von sechs bis acht Kilometern die Insel passieren konnte, wo das Galaktische Korps seinen Reparaturstützpunkt unterhielt, und auf dessen Verlängerung er direkt auf die Insel zuliefe. Inzwischen war er zu erkennen imstande, daß die Bussarde sich längst zu sehr vollgefressen hatten, um mehr als bloß noch Scheinanflüge auf das zu unternehmen, was der Wolfshai getötet hatte, aber trotzdem machte keiner von ihnen Anstalten — als ob sie die Kraft der Bestie bewunderten —, nach Süden und zu den Brutmatten zurückzusegeln.

Ich werde alle Rekorde brechen! Von so einem Giganten habe ich noch nie gehört.

Er legte die leinenlose Harpune, nach der seine Hand für den ersten Schuß unwillkürlich gegriffen hatte, zur

Seite. Mit Fingern, die so genau handelten wie die eines Chirurgen, lud er eine Harpune mit Leine und stützte das Gewehr in den Schießnut.

Dann schloß er die linke Faust um den Kontrollhebel und fuhr den Reaktor, ohne daß seine Hand zitterte, auf volle Leistung hoch.

Mit einem Aufheulen, das laut genug erklang, um einen Wolfshai selbst über die zweifache Distanz hinweg aufzuscheuchen, schoß das Skimmer, indem es sich aufbäumte, auf seinen Tragflächen vorwärts, und sofort schlangen die Bussarde, die überm Wolfshai kreisten, die Bissen hinab, die sie sich zuletzt geschnappt hatten, erklommen am Himmel eine sichere Höhe von vierzig Metern. Durch das Röhren des Antriebs, das aus seinem Fahrzeug scholl, hörte Kolb ihr gerade noch vernehmliches Kreischen, das Ähnlichkeit mit dem Wiehern eines erschrockenen Pferds hatte.

Auf eine seiner Fragen jedenfalls erhielt er Antwort. Dieser Wolfshai war schon gejagt worden, sogar häufig genug, um in einem Skimmer die Bedrohung zu erkennen, die für ihn davon ausging. Er vergaß seine Betätigung, eine Bresche der Vernichtung durch den friedlichen Ozean zu pflügen, vollführte im Wasser eine Kehrtwendung und drehte sich dem schwachen Boot zu. Er senkte den Schwanz und spreizte die Flossen, hob den Kopf über die Wasseroberfläche.

Kolbs Selbstbewußtsein geriet ins Wanken, so daß er sich verzweifelt an seine unausgesprochene Entscheidung klammern mußte: *Es spielt keine Rolle, ob ich sterbe oder nicht!* Doch sich den Wolfshai riesig vorzustellen, und zu sehen, durch welche Riesenhaftigkeit er sich wirklich auszeichnete, waren zwei verschiedene Dinge.

Wie groß war er also? Fünfzig Meter von Flossenspitze zu Flossenspitze, durchschaukelte er die Fluten wie ein Manta, hatte jedoch einen vorn verjüngten, auf vollkommene Weise stromlinienförmigen Leib, dessen Spitze gewissermaßen den Kiel für die Muskeln bildete, die die fächerähnlichen Flossen bewegten; nur ein Zukken, ein einziges Rucken dieser Muskeln ließ den Hai schnell wie ein Torpedo auf irgend etwas anderes zuschießen, das in Zyklops Wassern schwamm, und Kiefer, die aufgesperrt einen Menschen verschlingen konnten, bissen gezackte Zahnreihen in und *durch* die Beute. Der Biß tötete, und die mörderische Bestie vergaß das Futter. Im Sommer hatte ein Wolfshai nie Hunger. Er schluckte, was ihm zwischen die Kiefer gelangte, und es reichte ihm für die wenigen Minuten bis zum nächsten Fang.

Kolb unterdrückte die heftigen Bedenken, die ihn plagten, und richtete mit felsenfester Sicherheit das Zielgerät des Gewehrs mitten auf den Rachen des Ungetüms.

Und dann, während der Abstand auf achtzig, siebzig Meter schrumpfte, dröhnte der Knall.

Er schüttelte das Skimmer. Er verdutzte den Wolfshai. Es handelte sich um einen Knall, wie er entstand, wenn ein Raumschiff des Galaktischen Korps am Rand der Planetenatmosphäre die Geschwindigkeit senkte, um in der Reparaturbasis zu landen.

Durch einen Reflex, den nicht einmal die Lebensgefahr neutralisierte, hob Ex-Raumfahrer Justin Kolb den Blick, die Sonne schien ihm mit voller Grellheit aufs Totalvisier, löste den Polarisationseffekt aus und überforderte ihn, so daß er nichts mehr sehen konnte. Er schrie auf, seine Hand krallte sich um den Abzug seines Gewehrs. Die Harpune pfiff weit am Ziel vorbei, und der Wolfshai griff an.

2

Während des Flugs hatte Maddalena Santos meistens herumgesessen und vor sich hin ins Nichts gestarrt, ununterbrochen über die Entscheidung nachgegrübelt, vor der sie stand: Ob sie im Patrouillendienst bleiben oder nicht bleiben sollte.

Drei weitere Passagiere befanden sich an Bord, Personal einer Korpsbasis auf einem luftlosen Himmelskörper nahe der Grenzen der erforschten Galaxis; sie hatten turnusmäßigen Urlaub und waren deswegen ziemlich aufgeregt. Zwei waren Männer. Daß die Männer Maddalena nur ein einziges Mal angeschaut hatten, verriet ihr etwas über die Auswirkungen, die die letzten zwanzig Jahre auf ihr Äußeres gehabt haben mußten.

Zu wissen, daß sie sich wieder zwei Jahrhunderte Leben verdient hatte, war eines; etwas anderes war es, bei dieser nach so langer Zeit ersten Rückkehr in die Zivilisation zu merken, wie tief zwei Jahrzehnte auf einer Barbarenwelt sich auf sie ausgewirkt hatten.

Die Entgeltskala der Patrouille sicherte ihr Langlebigkeit; in einer Galaxis, in der die älteren Welten über derartigen Reichtum verfügten, daß es buchstäblich keinen Unterschied bedeutete, ob ein bestimmtes Individuum arbeitete oder es unterließ, bedurfte es entweder einer zufälligen Neigung oder eines verführerischen Köders, um Freiwillige für die unvermeidliche Plackerei in Regierungsdiensten zu gewinnen.

Nicht daß man wirklich von Regierungstätigkeit reden könnte, rief Maddalena sich teilnahmslos in Erinnerung. *Es ist mehr, als ob man eine Herde hütet. Und obendrein eine träge Herde.*

Die übrigen Regierungsinstitutionen vergolten die Arbeit in geringerem proportionalem Verhältnis; nur die Patrouille bot in der einzigartigen Lebenszeit-Währung einen Ausgleich von zehn zu eins.

Zwanzig Jahre lang war Maddalena als Planetenagentin unter stinkigen Barbaren, die abgesondert in Lehm und Matsch hausten, tätig gewesen und hatte dadurch das Anrecht — das sie, falls sie wollte, hier und jetzt beanspruchen konnte — auf garantiert zwei

Jahrhunderte sorgenfreien, gesunden Lebens an einem Ort ihrer Wahl erworben. Sie könnte ohne weiteres sogar heim zur Erde; dort war sie nämlich geboren worden.

Versonnen betrachtete sie den mit Sternen gesprenkelten Hintergrund des Weltraums, fragte sich, was während der Dauer ihrer Abwesenheit auf der Mutterwelt geschehen sein mochte.

So optimistisch war sie gewesen ... Zu Beginn ihrer Laufbahn hatte sie mit knapper Not, als sie im Korps einen solchen Murks baute, daß sie Gefahr lief, nicht einmal von ihrem anfänglichen Probandenstatus zum Leutnant befördert zu werden — wodurch sie ihre Aussicht auf Langlebigkeitentgelt für immer verloren hätte —, noch einmal durch eine erfolgreiche Aktion alles retten können und wahrhaftig sogar etwas Reputation erlangt; das war auf einem der verstreuten Zarathustra-Flüchtlingsplaneten gewesen, auf denen Versprengte vor mehr als sieben Jahrhunderten die Hölle der Zarathustra-Nova überlebt hatten.

Doch als man ihr, weil es ihr untersagt blieb, auf die Welt zurückzukehren, auf der sie solche Unruhe gestiftet hatte, den Posten einer Planetenagentin antrug, mit der Aufgabe, diese gestrandeten Außenseiter der Menschheit zu beobachten und zu überwachen, hatte sie unter den vorhandenen vier oder fünf Freistellen beinahe blindlings wählen müssen.

Und schon recht früh nach Antreten des Postens, dessen Ausübung ein Minimum von zwanzig Jahren erforderte, sah sie ein, daß sie sich falsch entschieden hatte.

Ihr Eindruck war gewesen, auf dem Planeten, den sie sich aussuchte, müßte demnächst etwas geschehen — ein Übergang vom typischen bäuerlichen Lehmwühlerniveau, auf dem viele der Flüchtlinge stehengeblieben waren, zu einer expansiven Anfangsphase der höherzivilisatorischen Entwicklung mit einiger Industrialisierung und zwischenkulturellen Einflüssen eintreten: Dann hätte sie dort persönlich faszinierendes Material studieren können.

Aber daß dieser Trend zustandekam, war vom Überleben eines organisatorischen Genies abhängig gewesen, das die Führerschaft eines strategisch wichtig gelegenen Stadtstaats geerbt gehabt hatte. Und innerhalb eines Monats nach Maddalenas Ankunft wurde der Mann von einem seiner mißgünstigen Rivalen ermordet, der daraufhin die Macht ergriff und so den Planeten erneut zu wenigstens noch einer Generation der Stagnation verurteilte.

Jedes Eingreifen war strikt verboten. Und weil sie hatte untätig dasitzen und zuschauen müssen, wie nichts passierte, war es ihr schließlich dermaßen langweilig geworden, daß sie kaum noch daran zu denken wagte.

Jetzt war die Zeit für Urlaub und danach einen neuen Auftrag. Ihr ›Tod‹ war vorgetäuscht worden; ihren Nachfolger hatte man eingewiesen, er selbst sich bereits in den Patrouillenraumer eingeschifft, der ihn unter Geheimhaltung absetzen sollte, damit er in der lokalen Gesellschaft seine sorgfältig vorbereitete Rolle übernehmen konnte ... Und sie flog nach Zyklop; und sie hätte nie gedacht, diesen Planeten einmal gern aufzusuchen.

Aber der ohne Angabe von Gründen erteilte Befehl, vor Urlaubsantritt diese Welt anzufliegen, war ihr durchaus gelegen gekommen. Die Verzögerung gab ihr eine Möglichkeit, um endlich den Entschluß zu fassen, den sie schon seit so langem aufschob: Im Patrouillendienst zu bleiben, um Versetzung in einen niedriger eingestuften Tätigkeitsbereich zu bitten oder ganz aus dem Dienst auszuscheiden?

Neidisch dachte sie an Gus Langenschmidt, den Patrouillenmajor, der ihr Vorgesetzter und Supervisor gewesen war und in dessen Zuständigkeit auch die Welt gehört hatte, auf der sie ihren ersten Auftrag hatte erledigen sollen; er alterte, ergraute, neigte sogar zum Fettwerden, als sie ihn das letzte Mal sah, doch weil er sich nichts anderes vorstellen konnte, das sich mit seiner erworbenen Langlebigkeit anfangen ließe, arbeitete er mittlerweile schon lange über das Maximum der Dienstzeit hinaus, die zum Zehn-zu-eins-Entgelt berechtigte. Fünf Jahrhunderte bildeten das erreichbare Limit. Sie entsprachen fünfzig Dienstjahren in der Patrouille.

Mehr als die Gesamtheit meiner bisherigen Lebensjahre, überlegte Maddalena. *Wie geht es Gus? Wo ist er? Es wäre leichter gewesen, meinen Auftrag durchzustehen, hätte ich gewußt, daß er weiter zwei- oder dreimal im Jahr zu Besuch kommt ... Aber nach Überschreiten seiner maximalen Dienstzeit hat man ihn abgezogen, damit er woanders den Laden schmeißt, und seinen Nachfolger habe ich nie so recht leiden mögen.*

Die Kommunikatoren kündeten das Bevorstehen des Einflugmanövers an. Luft fing um den Rumpf des Raumschiffs zu rauschen an; es klang, als rumorte der Marschtritt Dutzender von Füßen. Maddalena lehnte sich zurück und schloß die Augen, rang wieder mit ihrem scheinbar unlösbaren Problem. Den eigentlichen Landungsvorgang nahm sie kaum zur Kenntnis, obwohl ihre Mitpassagiere durcheinanderquatschten, Witze rissen und bruchstückhafte Informationen über Zyklop austauschten. Sie hielten ihn für eine rauhe Welt.

Rauhe Welt! wiederholte Maddalena stumm. *Diese verweichlichten Sesselfurzer sollten einmal dorthin, woher ich gerade komme!*

Trotzdem ...

Innerhalb eines Augenblicks bewegte ihr Verstand sich um zwei Jahrzehnte zurück. »Eine räuberische Art von Welt ...« So hatte die Beschreibung gelautet, die ihr genannt worden war, als sie damals erfuhr, daß Zykloper hinter der ZFP-Diversion steckten, die sie dann mittels glänzender Improvisation ausgeräumt hatte.

Was hatte sie nun überhaupt hier zu tun? Warum, bei der Galaxis, hatte sie in der Korpsbasis, wo sie sich darüber Gedanken gemacht hatte, ob sie ihr Urlaubsjahr auf der heimatlichen Erde verbringen sollte, die Anweisung erreicht, mit dem nächsten Raumschiff nach Zyklop zu fliegen?

Die Antwort wurde in dem Moment klar, als die Schleusen sich öffneten und den Weg hinaus auf den Landungsplatz freigaben — oder vielmehr, den Landeponton. Da Zyklop so ausgedehnte Wasserflächen aufwies, blieb dementsprechend wenig trockener Boden zum Parken von Raumschiffen übrig. An ihrem Sitz, auf dem sie noch immer lustlos saß, während die anderen Passagiere aufgeregt aufgestanden waren und die Erlaubnis zum Aussteigen abwarteten, hatte Maddalena mehr als ein Dutzend Raumfahrzeuge im Blickfeld. Die dürren Umrisse von Kränen, gewissermaßen abstrakten Formen aufgereihter Rümpfe, die man zwecks Verschrottung zerschweißte, die sauberen, hellen Geländer von hohen Laufstegen verwoben vor der blendendblauen Tiefe eines Sommerhimmels zu Gespinsten aus Metall.

Sie hatte nicht damit gerechnet, so helles Licht vorzufinden; das Primärgestirn der Welt, die sie verlassen hatte, war kühler als die Sonne der Erde, aber Zyklops Sonne schien weißlicher und heißer.

Ein Mann in sommerlicher Interimsuniform, dessen kurzgeschnittenes Haar anzeigte, daß er raumflugbefugt war — lange Haare unterlagen einem Verbot, weil sie in einem Raumhelm eine Gefahr darstellten —, schwang sich behend in die Schleuse, noch bevor man die fahrbare Gangway in Position gebracht hatte. Er lugte in den schattig-düsteren Korridor zwischen den Passagierkabinen.

»Oberleutnant Santos?« fragte er.

Maddalena gab sich einen Ruck und stand auf.

»Der Stützpunktkommandeur erwartet sie«, sagte der Mann. »Würden Sie bitte mitkommen?«

Die anderen Passagiere wechselten Blicke des Mißfallens, das man besonders der Frau anmerkte. Sie war nie außerhalb des Verbreitungsbereichs zivilisierter kosmetischer Behandlungen gewesen, und ihr Alter ließ sich nicht schätzen, wogegen Maddalena um die vollen zwanzig Jahre älter aussah, die sie zugebracht hatte, wo Kosmetika nur in Form primitiver Salben und Puder existierten.

Apathisch folgte sie der Aufforderung. Doch in dem Moment, als sie in den Schleusenausstieg trat und sah, wer unten in der offenen Steuerkanzel des Bodenskimmers wartete, vergaß sie in einem Ausbruch purer Freude alles sonstige.

»Gus!« schrie sie und hastete, indem sie jeweils drei Stufen auf einmal hinabsprang, die Gangway hinunter, warf ihm die Arme um den Hals.

»Langsam, Mädchen, langsam«, schnaufte er, befreite sich aus ihrer Umarmung. »Ich muß hier auf diesem Schrottplatz, auch wenn's mir zuwider ist, einen gewissen Anschein von Autorität wahren. Laß dich mal anschauen. Es ist lange her, daß wir uns gesehen haben.«

Maddalena wich auf Armlänge zurück und musterte ihren alten Freund. »Du siehst inzwischen besser als ich aus«, sagte sie mit einer Anwandlung von Neid. Und das stimmte: Sein graues Haar war aufgefrischt, sein Gesicht geliftet worden, um die Sorgenfalten zu beseitigen, seine Taille zu jugendlicher Schlankheit gesundgeschrumpft. In seiner tadellosen Kommandeursuniform ähnelte er jemandem in einem Werbespot der Patrouillen-Rekrutierungsabteilung.

»Ich muß die Fassade aufrechterhalten, genauso wie du's machen mußtest«, brummte Langenschmidt. »Komm, steig ein, wir fahren zu meinem Hauptquartier, dort kannst du dich 'n bißchen stärken. Um dein

Gepäck kümmert man sich. Es ergibt sich selten 'ne Gelegenheit, um meinen Posten fürs eigene Vergnügen auszunutzen, aber diesmal habe ich's getan, und du sollst von allem, was der Planet zu bieten hat, das Beste haben.«

»Vergnügen?« meinte Maddalena, entspannte sich mit einem Aufseufzen im weich gepolsterten Beifahrersitz. »Hast du mich bloß zum Vergnügen herbeordert?«

Langenschmidt warf ihr, während er den Bodenskimmer ums Heck des Raumschiffs lenkte — Resonanzschwingungen durchliefen unter ihnen die Hülle des Pontons —, einen Blick der Überraschung zu.

»Hat man dir nicht erklärt, warum du geschickt wirst? Ich hatte erwartet, du würdest schwer dagegen protestieren, den Urlaub, nachdem du zwanzig Jahre lang darauf gewartet hast, verschieben zu sollen.«

»Nein, ich habe getan, was mir gesagt worden ist.« Maddalena verkniff im grellen Sonnenschein die Augen und ließ den Blick über die ordentlich geparkten Raumschiffe schweifen.

»Hm«, machte Langenschmidt. »Dann mußt du dich in den Jahren seit unserer letzten Begegnung verändert haben. Du warst 'n ganz bemerkenswerter Hitzkopf. Tja, ich ... Naja, gut.« Er strich mit dem Finger um den Kragen der Uniformjacke. »Also werde ich dir wohl mal besser darlegen, worum's geht, wie? Natürlich hängt es mit den ZFP zusammen. Die Debatte über das Nichteinmischungsprinzip ist wieder von vorn losgegangen. Man konnte schon merken, daß so was in der Luft liegt, kurz bevor ich von meinem alten Posten hierher versetzt worden bin, und man hat mich genau aus dem Grund versetzt, weil das Zentrum der Quertreiberei, die sich damals zusammenbraute, hier auf Zyklop zu finden ist.«

Maddalena, die kaum zuhörte, gab einen Laut von sich, der sich als durch Interesse bedingter Kommentar auffassen ließ.

»In gewissem Umfang hat das alles tatsächlich mit unserer kleinen Aktion auf Carrig zu tun«, erläuterte Langenschmidt weiter. »Obwohl Zyklops Regierung nie 'ne Möglichkeit hatte, sich an die Öffentlichkeit zu wenden und über uns zu beklagen, hat die Tatsache, daß um die hundert Zykloper von stinkenden Barbaren in Vulkane geschmissen worden sind und wir wegen des Nichteinmischungsprinzips in Zusammenhang mit der ZFP-Entwicklung nichts unternommen haben, um es zu verhindern, sie doch sehr in ihrem Stolz gekränkt. Bei zweihundertundsoundsoviel Welten — zweihundertsechzig sind's, oder? —, die alle über Sinn und Zweck des Korps mitzureden haben, dauert's Jahre, irgendwelchen Ärger anzuzetteln, aber von einer äußerst entschlossenen Seite ist so was dann schließlich zu schaffen. Und auf Zyklop haben wir eine so entschlossene Person. Sie heißt Alura Quist, und bestünde keine Repräsentativregierung, würde ich behaupten, sie sei eine Diktatorin. Sie ist ... äh ... einfach nicht zu bremsen. Die Zykloper hätten unsere Basis lieber gar nicht hier gehabt, aber ohne die Einkünfte, die dadurch anfallen, könnten sie ihr planetares Haushaltsbudget nicht ausgleichen. Und wenn's für sie nicht ratsam ist, das Korps vom Planeten zu vertreiben, bleibt ihnen nur eine Methode, um uns die Carrig-Affäre heimzuzahlen. Das ist ein Vorstoß gegen unser heiliges Nichteinmischungsprinzip. Und infolge dessen will Quist eben zu diesem Thema eine Riesenkonferenz mit Delegierten von allen möglichen Welten veranstalten, darunter auch der Erde, und es hat mich, offen gestanden, ziemlich entsetzt, wieviel Namen einflußreicher Persönlichkeiten, die sie dafür hat einspannen können, auf der Teilnehmerliste zu finden sind. Das Problem liegt jetzt bei mir, Maddalena, und ich habe mir deswegen schon den Kopf bis zur Verblödung zermürbt. Ich bin damit betraut worden, Quists Absichten zu durchkreuzen — oder es wenigstens zu versuchen —, aber ich weiß nicht, wie ich's hinkriegen soll. Als ich gehört habe, daß dein Dienstturnus zu Ende geht, dachte ich mir: Beim Kosmos! Sie stammt von der Erde, hier draußen sind erdgeborene Korpsmitglieder selten und weithin verteilt, sie hat als Planetenagentin gedient, also in der Praxis Erfahrungen gesammelt ... Aus diesen und einigen anderen Gründen dachte ich, du bist vielleicht dazu imstande, mein Gehirn aus den alten Denkbahnen zu befreien und mich zu Einfällen zu inspirieren, wie ich Quists Vorhaben vereiteln könnte.«

Maddalena regte sich, wandte den zierlich geformten Kopf. Ihre frühere Zartheit jedoch, bemerkte Langenschmidt, war größtenteils verschwunden, sie wirkte härter und weniger weiblich.

»Nachdem ich zwanzig Jahre hindurch mitanschauen mußte, wie ein Haufen Zarathustra-Flüchtlinge es zu absolut nichts gebracht hat, Gus, bin ich inzwischen selbst der Überzeugung, daß es ein Verbrechen ist, sie sich zu Narren machen zu lassen. Es tut mir leid, dich schon wenige Minuten nach unserem Wiedersehen seit Jahren zu enttäuschen, aber das ist momentan mein Standpunkt, und wenn du den Delegierten dieser Konferenz einleuchtend klarmachen willst, Nichteinmischung sei die richtige Politik, fängst du am besten an, indem du's bei mir versuchst.«

3

Zum drittenmal kramte Bracy Dyge in der buntgemischten Sammlung von Transistoren, die auf dem Boden seines Ersatzteilkastens lagen, hoffte noch immer, ohne daß diese Hoffnung berechtigt gewesen wäre, der Defekt im Fischecholot behöbe sich von selbst. Er befand sich vier Tage Fahrt vom Hafen entfernt; selbst wenn er sofort losführe, bräuchte er mit seinem langsamen, alten Trawler so lange, der die einzige Unterhaltsquelle — neben ihm als ihrem einzigen körperlich tüchtigen Seemann — seiner ganzen Familie bedeutete. Er kreuzte schon seit drei Tagen in den Fischgründen, als er — erst am Abend zuvor — herausgefunden hatte, daß die Ursache für die Unmöglichkeit, irgendwelche Ölfischschulen zu orten, nicht auf völligem Fehlen von Fisch beruhte, sondern auf einem Defekt im Gerät.

Aus irgendeinem Grund, den er infolge seines nur kümmerlichen technischen Wissens nicht entdeckte, zeigte das Fischecholot nichts über dem Meeresgrund an. Mit einer Präzision, die irrsinnig machen konnte, zeichnete es auf dem runden Oszilloskopschirm das Profil der Felsen neunzig Meter unterm Kiel nach, während es nicht einmal den großen Plastikeimer erfaßte, den Bracy als Treibanker nachschleppte.

Transistoren waren teuer, und es blieb ausgeschlossen, durch den bloßen Augenschein festzustellen, ob einer funktionsfähig war oder nicht intakt. Deshalb konnte er nicht ersehen, welches der Exemplare, die er zu verschiedenen Zeiten aufbewahrt und in den Ersatzteilkasten getan hatte, besser oder schlechter war als die dem Fischecholot schon eingebauten Transistoren. Er hatte nur die Wahl, jede überhaupt erdenkliche Kombination auszuprobieren, bis auch die letzte Möglichkeit erschöpft war, und weil das Fischecholot insgesamt sechzehn Transistoren und er sieben Transistoren im Ersatzteilkasten hatte, stand er vor einer schier unerträglich langwierigen Aufgabe.

Aber zumindest sortierte er bei dieser Gelegenheit nutzlosen Schrott aus. Zwei Ersatztransistoren hatten das Fischecholot vollends außer Betrieb gesetzt, und er hatte sie verdrossen über Bord geworfen.

Die Sonne schien brutheiß, und die See war vollkommen glatt. Sein schäbiger Trawler, dem die Farbe abblätterte, verkörperte das einzige Anzeichen für die Anwesenheit von Leben, soweit das Auge reichte. Bracy hockte im Schneidersitz auf dem Achterdeck im dürftigen Schatten einer zerfledderten Plastikplane und verwendete die abgenommene vordere Abdeckung des Fischecholots als Schüssel für die losen Einzelteile. Er war sehr hager, und der Sommer hatte den natürlichen Braunton seiner Haut zur Färbung alten, eingefetteten Leders gedunkelt. Das Haar baumelte ihm in dicken Zöpfen um die Schultern, und im durchstochenen linken Ohrläppchen stak ein glänzender, jedoch von der See fleckiger Ohrring. Jeder mit einiger Kenntnis der zyklopischen Kultur konnte ihn sofort einordnen, selbst ohne sein ehemals weißes Lendentuch und seine Elastiksandalen zu berücksichtigen: Ein Fischerjunge aus einem der Häfen der Wasserhemisphäre, höchstwahrscheinlich aus Gratignol, der in diesem Jahr ziemlich schlechte Geschäfte machte.

Und genauso verhielt es sich. Mürrisch bemerkte Bracy, daß noch einer der Ersatztransistoren wertlos war und warf ihn als dritten über Bord.

Auf keinen Fall, nahm er sich vor, wollte er nach Hause umkehren, bevor er alle Eventualitäten, um sich selbst zu helfen, geprüft hatte. Und sogar dann ...

Sein Magen knurrte, und ihm grauste vor der Aussicht, womöglich mit leerem Laderaum heimzukehren. Sicherlich war es besser, hin- und herzukreuzen, bis zufällig etwas in seine Netze geriet, das die Familie essen konnte, auch wenn es sich um keinen Ölfisch handelte. In diesem Teil des Ozeans war Ölfisch die einzige verkäufliche Fischsorte; eßbare Fische dagegen konnte jeder fangen, indem er ein paar Leinen mit Ködern auswarf. Ölfische zogen in großen Schulen von acht- bis zehntausend Stück durchs Meer, doch wegen ihrer Größe hielten sie sich dicht beisammen, und ohne Fischecholot mochte man wochenlang auf Fangfahrt sein, ohne auf eine einzige Schule zu treffen.

Wäre er bloß Mitglied einer anderen Familie ... Wäre er zum Beispiel einer der Jungs der Familie Agmess: Sechs Brüder, die über ausreichende technische Begabung verfügten, um nicht nur elektronische Reparaturen eigenhändig ausführen zu können, sondern sogar Ausrüstung für die Fischereiboote anderer Familien zu bauen ... Und gerade darum hüteten sie ihre Kenntnisse gut. Er müßte heimfahren und sie für ihre Hilfe bezahlen, oder jemand anderes — doch womit sollte er nach einer ergebnislosen Fangfahrt zahlen? Die Boote der Familie Agmess hatten auch Funkgeräte installiert, so daß sie auch bei Maschinenschaden Beistand rufen konnten. Bracy hingegen war ganz allein und auf sich gestellt, hatte die Verantwortung für ein Fischerboot, von dem der Lebensunterhalt seiner vier Schwestern, einer Großmutter sowie seines jüngeren, achtjährigen Bruders abhing.

Er war siebzehn Jahre alt. Seit dem gewaltigen Sturm im vorletzten Winter, bei dem seine Eltern durchs Kentern eines Seenotrettungsboots ertranken, das in See gestochen war, um einen elenden Blödian zu retten, arbeitete er als Ernährer der Familie.

Ich bin auch nicht viel gescheiter, rügte er sich mißmutig. *Meine Eltern würden sich entsetzlich für mich schämen, sähen sie mich hier in dieser miserablen Patsche.*

Er pausierte bei seiner undankbaren Tätigkeit und schaute beiläufig übers Gleißen des Meeresspiegels aus, erwartete nicht, irgend etwas anderes als Wasser und Himmel zu sehen. Da durchfuhr ein Ruck sein Herz, er hatte den Eindruck, daß es für mehrere Schläge aus dem Takt kam, und fast verschüttete er die Ersatz- und Einzelteile von der provisorischen Schüssel, die er auf den Beinen balancierte.

Jacksonbussarde! So weit im Norden konnte ihre Anwesenheit nur eines besagen — die Nähe eines Wolfshais.

Mit überstürzter Hast sammelte er die Bestandteile des Fischecholots auf und schob sie in einen Beutel, in dem sie sich nachher zumindest wiederfinden ließen, und sprang auf. Außer per Elektronik gab es eine andere Methode, um Ölfische aufzuspüren, und zwar bestand sie daraus, einem Wolfshai zu folgen, so wie es die Bussarde taten, bis seine Beutegier zu einer Schule führte. Ein Wolfshai spürte die nahrungsreichen Strömungen, in denen die Ölfischschulen schwammen, so gut wie alle anderen Fische, und diese Strömungen brachten ihn unweigerlich auf die Wanderrichtung des Ölfischs.

Natürlich begegnete man nicht in allen ozeanischen Strömungen Ölfischen; dafür gab es viel zu viele. Aber es war eine Chance.

Er zögerte, blinzelte verkniffenen Blicks in die Helligkeit, hob eine Fußsohle vom Deck, um sich damit die Wade des anderen Beins zu reiben, wie er es stets machte, wenn er sich auf ein Problem konzentrierte. Vor einem Entschluß galt es mehrere Faktoren abzuwägen. Zunächst einmal mußte der Wolfshai, um so viele Bussarde auf seine Spur zu locken, ein wahres Mordsvieh sein. Zweitens trennten Bracy bereits vier Tage Fahrt vom Heimathafen, und ein Wolfshai, der viel Beute fand, mochte eine Woche hindurch rund um die Uhr töten, ehe er ermüdete und in Äquatorrichtung kehrtmachte. Drittens hatte Bracy, obwohl er vom Hörensagen wußte, daß man einen Wolfshai als Lotsen zu Ölfischschwärmen benutzen konnte, nie irgendwen gekannt, von dem das schon wirklich getan worden wäre; so etwas war ein überflüssiges Vabanque-Spiel, seit jeder, der aus Gratignol zum Fischen auslief, sich ein Fischecholot leisten konnte.

Und schließlich konnte ein Wolfshai dieser Größe, wenn er den Trawler anzugreifen beschloß, ihn wahrscheinlich mit einer einzigen, wilden Attacke versenken.

Bracy schöpfte einen sehr tiefen Atemzug. Jetzt war es, entschied er, Zeit für verzweifelte Maßnahmen, und er ging nachschauen, ob er für sein Vorhaben die geeignete Ausstattung dabei hatte.

Die Vorräte bedeuteten, das Trinkwasser ausgenommen, kein Hindernis, und solange das Wetter sich nicht verschlechterte, lief der Solarantrieb, der ihn auch mit Strom versorgte; tagsüber ließ sich dank der in der Sonne ausgebreiteten Siliziumdynid-Solarzellenflächen genug Energie speichern, um das Boot wenigstens im Spaziertempo vorwärtszusteuern, und nachts durfte er ruhig einiges von den Reserven verbrauchen. Also konnte er es wagen, ein paar Tage im Kielwasser des Wolfshais zu verbringen.

Sich gegen das Tier verteidigen zu müssen, falls es böse wurde, war eine andere Schwierigkeit. Seine einzigen Waffen waren zwei Fischhaken, von langer Benutzung schon recht rostig — besonders der eine wirkte, als müßte er bald entzweibrechen —, und ein Schlagnetz mit unzuverlässigem Suchsensor, das nicht zu viel mehr taugte, als Quallen heraufzuholen, die dann in der Sonne zerliefen.

Einen Moment! Plötzlich hatte er einen Einfall. Im Notschrank lagen mindestens ein halbes Dutzend Signalraketen, die auf einer so dünn besiedelten Welt wie Zyklop zumindest Stratosphärenhöhe erreichen mußten, sollten sie ihren Zweck erfüllen. Sie wogen pro Stück zweiunddreißigeinhalb Kilo. Kontakt mit Meerwasser löste sie, nachdem das Rettungsfloß zu Wasser gelassen worden war, in einstündigen Abständen automatisch aus.

Es dauerte fünfzehn Minuten, in denen er schwitzte und fluchte, zwei der Raketen an der Bugreling bereitzulegen und einen Eimer Seewasser zu schöpfen, mit dem er sie abfeuern konnte. Falls ihn sein Urteil nicht trog und er etwas Glück hatte, konnte er damit sogar einem Wolfshai von monströser Größe eine Ladung Metall in den Leib jagen, die er spürte.

Danach schaltete er — trotz der Hitze des Tages war ihm auffällig kalt — den reaktionsschwachen Staustrahldüsen Energie zu, und der Trawler begann in die ungefähre Richtung des Wolfshais zu tuckern.

Er war noch rund anderthalb Kilometer von ihm entfernt, als der Skimmer in Sicht kam.

Er schien aus dem Nichts zu erscheinen. Dermaßen flach lag er auf den Fluten, daß schon das Schwellen seiner öligen Bugwelle ihn der Sicht entzogen hatte, bis er sich auf die Tragflächen erhob und heckwärts einen schaumigen Schwall erzeugte. Offenbar hatte er keinerlei Aufbauten — man sah lediglich ein Deck mit vorn leicht erhöhtem Rand sowie einen Mann, der darauf lag, das Gesicht gegen den Sonnenschein mit einem Visier geschützt.

Bracy schluckte. Machte er etwa Jagd auf den Wolfshai ...? Ja! Denn er lag hinterm Kolben eines Harpunengewehrs, und an dem Geschoß funkelte das Sonnenlicht auf den Widerhaken.

In diesem Moment erblickte Bracy den Wolfshai und wünschte nun doch, sich ihm nicht genähert zu haben, weil er derart gigantisch war, wie er es sich nicht einmal in den wüstesten Alpträumen ausgemalt hätte — seine Spannweite stimmte mit der Gesamtlänge des Trawlers überein.

Der Anblick des auf dem Skimmer ausgestreckten Manns, der auf den gräßlichen aquatischen Mörder zusauste, bot sich Bracy gerade lange genug, um sich seinem Gedächtnis einzuprägen, bevor ein Überschallknall durch den Himmel donnerte und die nur eine Sekunde alte Szene zu einem Chaos aus Gischt und schrillen Schreien der Bussarde zerstob, die nun, teils nach Erbrechen ihres halbverdauten Mageninhalts, in sichere Höhe emporflatterten.

Der Skimmer verschwand so unvermittelt, wie er aufgetaucht war, in einem vom Vorüberschwimmen des Wolfshais verursachten Strudel, und ein Dutzend Trümmerstücke segelten durch die Luft, klatschten in Abständen von bis zu vierzig Metern ins Wasser. Von dem Mann, der das Fahrzeug gesteuert hatte, sah Bracy momentan nichts. In der Hauptsache lag das allerdings daran, daß er keine Zeit mehr mit Beobachten vergeudete. Er hatte den Motoren die Solarenergie ab- und stattdessen auf Reserve umgeschaltet — nicht daß es ihm dadurch möglich gewesen wäre, dem Ungeheuer zu entwischen, doch zumindest erhielt er eine Chance, ihm auszuweichen, wenn er das Manöver richtig timte.

In höchster Anspannung wartete er ab. Würde das Tier ihn ignorieren, oder ...? Nein, das Glück ließ ihn im Stich. Denn nachdem der Wolfshai gemächlich einen Kreis gezogen hatte, stieg er wieder an die Oberfläche und stierte über den Meeresspiegel.

Er war nicht nur ein Ungetüm in seiner Größe, sondern eindeutig auch ein alter, bösartiger Einzelgänger. Kaum hatte er den Trawler bemerkt, schoß er auch schon auf ihn zu.

Bracy schrie mit voller Lautstärke seiner Stimme, er hatte keine Ahnung, welche Worte er ausstieß, doch möglicherweise waren es Beschimpfungen. Indem er lediglich, in äußerster Hast — wie verrückt —, über den Daumen peilte, drehte er den Trawler bei, bis der Bug auf den Kurs des Wolfshais wies, kippte Wasser über den Auslösungsmechanismus beider Signalraketen, sprang in den Frachtraum in Deckung und hoffte, daß er vom Rückstoß verschont blieb.

Eins ... zwei ... drei ... Drei Herzschläge, so lang auseinander wie gemessene Schritte, scheinbar unerträglich langsam.

Und dann schien die Welt zu explodieren.

Benommen raffte Bracy seine durchgeschüttelte Gestalt hoch, die sich anfühlte, als gehörte sie jemand anderem, und spähte über den Rand des Frachtraums, um sich das Deck anzusehen. Zwei der Solarzellenflächen waren zerfetzt, und die Plastikplane, die ihm Schatten gespendet hatte, völlig weggefegt worden; auf den Planken waren verkohlte Stellen zurückgeblieben, und das Fenster des Steuerhauses hatte es zerschmettert.

Doch zwanzig Meter vor dem Bug hatten die Projektile eine sehr zufriedenstellende Wirkung erzielt. Bracy erkannte es, noch ehe er über die Reling blickte, weil die Jacksonbussarde — sie waren, was das Aas betraf, das sie fraßen, nicht wählerisch — sich schon wieder herabschwangen, um das Futter, das einige aus Panik hervorgewürgt hatten, zu ersetzen.

Voraus wand sich der Riesenleib des fast in zwei Stücke zerrissenen Wolfshais, sein Blut pulste in großen Schwällen in den Ozean, verteilte sich rasch.

Aus Erschlaffung mußte Bracy sich an die Reling klammern, zog aber die Hand augenblicklich zurück. Vom Hitzerückstoß der Raketen war die Reling noch heiß. *Ein Wunder,* dachte er matt, *daß ich das Schiff nicht in Brand gesetzt habe.*

Apathisch starrte er aufs Wasser. Jetzt hatte er zwei Solarzellenflächen verloren, keinen Lotsen mehr, der ihn zu einem Ölfischschwarm führen könnte, und das für gar nichts.

Unvermittelt straffte sich Bracy. Was war das dort hinten im Wasser? Dort zappelte etwas, als wollte es nach dem Himmel grapschen.

Der Mann vom Skimmer! Er lebte noch, trieb auf irgendeinem schwimmfähigen Teil seines Fahrzeugs dahin, brachte sogar hinlängliche Kraft auf, um schwache Rufe von sich zu geben, die Bracy jetzt, da sein Gehör sich darauf einstellte, durchs wiehernde Gekreisch der Bussarde wahrnahm.

Mit unendlicher Mühsal drehte Bracy den Trawler nochmals bei und stoppte neben dem Mann, der auf den Wellen schaukelte und inzwischen zu schwach war, um sich selbst helfen zu können; Bracy mußte ihn mit einem Fischhaken an einem gekreuzten Gurt auf seinem Rücken an Bord ziehen. Seine Schwäche gab keinen Anlaß zur Verwunderung ab. Als Bracy ihn aus dem Wasser fischte, stellte sich heraus, ihm war von den Zähnen des Wolfshais unterm Knie ein Bein abgebissen worden.

»Keine ... Sorge«, raunte der Mann, als er bemerkte, wie Bracy entsetzt die Verletzung betrachtete. »Der Anzug ... stillt ... die Blutung.«

Welcher Anzug? Bracy schaute genauer hin. Eine Art von transparenter Folie bedeckte die Haut des Mannes — das mußte es sein, was er meinte —, und diese Folie zog sich zusammen, bildete selbsttätig um den Beinstumpf quasi eine Aderpresse, so daß das Fleisch sich fahlweiß verfärbte und der Blutstrom sich auf ein geringfügiges Sickern aus den Adern verminderte.

Na, dann ist ja alles klar, dachte Bracy freudlos und ging eine neue Signalrakete holen, um diesmal, egal woher sie kommen mochte, Hilfe anzufordern.

4

Sogar auf einer armen Welt wie Zyklop genoß das Korps von allem das Erlesenste. Das war eine Notwendigkeit, um das Personal für die oft tragischen Aufgaben, die es bewältigen mußte, zu entschädigen; gleichzeitig bedeutete der Sonderstatus des Korps, zumal die Entlohnung aus Langlebigkeitsbehandlung bestand, insofern einen Nachteil, als er Neid und Feindschaft hervorrief und Horden vollkommen untauglicher Bewerber vor die Auswahlkommissionen der Rekrutierungsabteilungen lockte.

Langenschmidts Wohnsitz und Hauptquartier, eine Villa auf dem höchsten Punkt der Insel, die die zyklopsche Regierung dem Korps geleast hatte, war für dessen Luxus symptomatisch. Es bestand Erfordernis für den Kommandeur, bei der praktischen Ausführung seiner Zuständig- und Verantwortlichkeiten durch seine Untergebenen auf dem Raumhafen und dem Reparaturplatz persönlich anwesend zu sein; elektronische Verbindungen dienten seiner Aufgabenerfüllung und gewährleisteten ihm die Privatsphäre, wie einem Mann, der seine Dienstzeit größtenteils auf einem einsamen Patrouillen-Aufsichtsposten, an dem ein Turnus bis zu zehn Jahre dauern konnte, zugebracht hatte.

Aufgrund der Bestürzung, die Maddalenas unerwartete Stellungnahme auf seine ersten Darlegungen nach ihrem Wiedersehen bei ihm ausgelöst hatte, blieb er stumm, bis sie beide in dem langen, kühlen Großwohnzimmer standen, aus dem man Ausblick auf das Panorama der Insel und die Küstenpontons hatte, das vor den deckenhohen Fenstern wie eine Landkarte ausgebreitet lag. Dort lehnte er sich, einen Drink in beiden Händen, in einen Konturensessel und musterte diese Frau, die er noch vor einer Stunde unbewußt als die hitzköpfige Double-Agentin der zwanzig Jahre zuvor stattgefundenen Carrig-Affäre betrachtet hatte.

An die Veränderungen, wie die Rückkehr in Komfort und Zivilisation sie bei ihm bewirkt hatten — beispielsweise die Rückgängigmachung der Alterungsfolgen —, war er längst gewöhnt. Doch der Anblick Maddalenas im Alter ›natürlicher‹ fünfundvierzig Jahre hatte ihn betroffen gemacht. Ihr Körperbau war noch zierlich, ihr Kopf nach wie vor so fein geformt wie eine abstrakte Skulptur. Beiderseits der geraden Nase, so scharf, als wäre sie ein äußerliches Zeichen ihrer unstillbaren Neugier, glänzten ihre Augen noch heute wie Edelsteine. Aber ihre Haut sah grob aus, ihre Hände waren rauh, und in Haltung und Stimme kamen Erschöpfung zum Ausdruck.

»Also, Maddalena«, sagte er, um die Beunruhigung, die sie ihm eingeflößt hatte, zu zerstreuen, mit unehrlicher Herzlichkeit. »Wie ist's dir ergangen, seit wir uns 's letzte Mal gesehen haben?«

»Schlecht.« Sie zeigte keine Neigung, den Drink zu probieren, der ihr von ihm gereicht worden war, obwohl sie aus einer Schale eine trockene, schmackhafte Knusperkugel genommen hatte, die sie jetzt zwischen den Fingern drehte. »Ich bezweifle, daß es für dich mehr als eine Logbucheintragung war, aber vielleicht erinnerst du dich daran, daß Häuptling Cashus kurz nach meiner Einweisung ermordet wurde, und mit seinem Tod war alle Hoffnung auf Fortschritt dahin. Folglich ...«

Sie zerdrückte die Knusperkugel zu Krümeln und ließ die Reste in die Schale rieseln. »Folglich mußte ich eine verdammt lange Frist damit herumbringen, mir anzuschauen, wie absolut nichts geschah. Und du?«

»Ach ... Ich habe mich auf neue Einsatzbereiche umstellen müssen und festgestellt, daß ich darin wenig tauge. Moderne Diplomatie, würdest du's, glaube ich, wohl nennen. Daß etwas *geschah,* habe ich auch nicht gesehen, aber im galaktischen Maßstab vollziehen sich Vorgänge derart langsam, daß 's schwerfällt, ihre Tendenzen abzuschätzen.« Langenschmidt zögerte. »Maddalena, war's dein Ernst, was du vorhin gesagt hast, das übers Nichteinmischungsprinzip, oder war das bloß auf Müdigkeit infolge des Flugs zurückzuführen?«

»Diese Müdigkeit ist über lange, lange Zeit hinweg in mir entstanden.« Endlich trank sie vom Drink, äußerte sich jedoch nicht über ihn. »Und ... Ja, es ist mein Ernst.«

»Bist du etwa in die Ansichten zurückgefallen, die ich dir mit solcher Mühe ausgeredet habe — dir und Pawel Brzeska —, während wir damals nach Carrig unterwegs gewesen sind?«

»Nein. Das war die vorgefaßte Meinung eines dummen Mädchens. Das ist lange her, Gus, auch für ein Korpsmitglied, und ich ... Ich glaube, ich habe mich verändert.«

»Nun hör mal zu!« Langenschmidt beugte sich vor. »Du bist auf Dreizehn gewesen, der kaum als Klasse A zählen kann, wo die Flüchtlinge sich mit klimatischen Extremen abfinden müssen und zudem unter den schlechtmöglichsten Voraussetzungen anzufangen hatten, weil ihnen geschulte Führungspersönlichkeiten fehlten. Ich kann verstehen, daß der Anblick einer primitiven bäuerlichen Gemeinschaft jeden moralisch runterzieht. Aber bevor du in der Frage des Nichteinmischungsprinzips die Seite wechselst, denk an Vierzehn und an Carrig. Du solltest mal die letzten Berichte von dort lesen. Denk an Sieben, wo man gegenwärtig neue biologische und gentechnische Verfahren entwikkelt, oder Achtzehn, wo sich ein sprachlicher Wandel vollzieht, der letzten Endes irgendwann die gesamte Struktur der menschlichen Kommunikation ändern wird.«

»Denk an Fünf«, hielt Maddalena ihm entgegen. »Falls sie dort nicht die Problematik der Gehirnlähmung lösen, werden die Überlebenden auf das Niveau von Affen absinken und bloß noch vor sich hingrunzen.«

Einige Augenblicke lang herrschte Schweigen. Beklommen kaute Langenschmidt auf der Unterlippe und beobachtete Maddalena, fragte sich, was er als nächstes sagen sollte.

Die Problemstellung, über die sie diskutierten, blieb seit anderthalb Jahrhunderten akut und verursachte immer wieder Dispute. Der Ursprung jedoch lag viel länger zurück, ungefähr siebenhundertfünfzig Jahre, um genauer zu sein, als das Primärgestirn eines Planeten mit Namen Zarathustra sich zur Nova aufgebläht hatte. Danach nahm man sechshundertunddreißig Jahre lang an, es hätte nur eine kleine Handvoll Flüchtlinge entkommen können: Nach Baucis Alpha auf der erdwärtigen Seite der Position Zarathustras. Aber dann empfing man überraschenderweise von der erdabgewandten Seite Funksignale, die Frucht der Anstrengungen von Generation um Generation aufopferungsvoller Arbeiter, die mit nichts besserem als dem ausgeschlachteten Schrott eines einzigen Sternenschiffs angefangen, zum Schluß ihre Tätigkeit jedoch mit dem Umbau eines Asteroiden in ein großes, mit Sonnenenergie betriebenes Kraftwerk gekrönt hatten, das sie so konstruierten und ausrichteten, daß es eine schüsselförmige Sendeantenne bildete, mit der sie Mitteilungen mit Lichtgeschwindigkeit heim zur Zivilisation schleichen ließen.

Die Funksignale waren von Lex' Planet gekommen, den man seither unter der Bezeichnung ZFP Eins kannte; er war der erste Zarathustra-Flüchtlingsplanet, den man lokalisierte und rekontaktierte. Heute gehörte er der Galaktischen Union an und galt als zivilisierte Welt.

Dort hatte man erfahren, daß während der Nova nicht weniger als dreitausend Sternenschiffe von Zarathustras Nachtseite sowie dem äußeren Quadranten seines Orbits geflohen waren und rund zweieinviertel Millionen Menschen an Bord gehabt hatten. Die zwei Jahrhunderte vorher gegründete Patrouille erhielt den Auftrag, die übriggebliebenen Überlebenden, falls es welche gab, ausfindig zu machen.

Mittlerweile hatte man an Welten, auf denen Flüchtlinge gelandet waren, einundzwanzig gefunden. Auf einigen hatten sie nicht nur überlebt, sondern im Laufe ihrer Isolationsperiode recht interessante und beachtenswerte Zivilisationen aufgebaut. Manche konnten Technologien auf höherem als lediglich rudimentärem Niveau vorweisen, während andere wiederum völlig neuartige Errungenschaften — so wie Langenschmidt sie Maddalena gegenüber erwähnt hatte — erarbeitet hatten, die neue Wege für die kulturelle oder wissenschaftliche Weiterentwicklung der Menschheit verhießen.

Nach langen Debatten und Gewissenserforschungen formulierte man das Nichteinmischungsprinzip und hielt sich fortan daran. Wenn es den ZFP nicht gelang, eigenständig den Kontakt zur Zivilisation wiederherzustellen, sollten sie sich überlassen bleiben und im Rahmen der Möglichkeiten und Bedingungen entfalten, die sie vorgefunden beziehungsweise geschaffen hatten. Dafür gab es viele Argumente. Auf einigen Planeten hatten sich infolge der fremden Umweltverhältnisse evolutionäre Abweichungen vollzogen; auf allen war ein kultureller Bruch entstanden, und Jahrhunderte der ›natürlichen‹ Vermehrung — vier bis fünf Generationen pro Jahrhundert — hatten die Diskontinuität verstärkt. Vielleicht am wichtigsten von allem war, daß sich der bisher rasante Fortschritt der galaktischen Zivilisation verlangsamte, als ob die Entfernungen zwischen den Sternen für die gegenseitige Befruchtung der Kulturen nicht nur eine räumliche, sondern auch psychologische Barriere bildeten. Allem Anschein nach hatte man das Gefühl, daß Erfindungen oder Forschungen wenig Sinn hätten, solange man nicht wußte, ob die gleiche Arbeit nicht schon jemand auf einem der übrigen zweihundertsechzig von Menschen bewohnten Planeten geleistet hatte.

Lassen wir sie sich allein fortentwickeln, lautete der Standpunkt, dann kann es dahin kommen, daß die ZFP die ursprünglichen menschlichen Triebfedern des Wissensdursts wiederentdeckten und zu guter Letzt den Rest der Rasse neu damit ansteckten.

Woanders hatte ein kultureller Angleichungsprozeß stattgefunden. Welten wie die Erde waren Gegenstand der Bewunderung, doch nur Oberflächlichkeiten der Mode breiteten sich von ihnen aus, nicht die wirklichen Veränderungen, die ihnen zugrundelagen, und infolgedessen war der Stand der Dinge im großen und ganzen noch so wie zur Zeit der Gründung der Patrouille. Rückständige Welten mühten sich ab, um den Durchschnittsstandard einzuholen, und etliche hatten dabei Erfolg, doch auf den Planeten mit überdurchschnittlichem Standard blieb man müßig, es mangelte an jeder Initiative.

Maddalena rückte sich im Sessel zurecht und heftete den Blick ins verjüngte Gesicht ihres alten Freunds. »Wer führt die Kampagne diesmal an? Vermutlich wie üblich ZFP Eins.«

Langenschmidt berichtigte sie sofort. »Nein, und das ist daran am interessantesten. Bei den Bewohnern von Eins war's mal üblich, lauthals die schockierende Art und Weise anzuprangern, wie ihre Landsleute dem Elend ausgeliefert worden seien, anstatt sie zu retten und heimzuholen. Diese überkommene Tradition ist aber in letzter Zeit ausgestorben. Ich glaube, das lag daran, daß Eins bis jetzt gebraucht hat, um völlig mit der galaktischen Zivilisation zu verflechten, und erst heute ersieht, welche umfangreichen Änderungen sich während der Isolationsperiode in der eigenen Kultur abgespielt hatten. Heute schweigen die Repräsentanten von Eins meistens zu dem Thema, und wir hoffen, daß sie schließlich auch für das Nichteinmischungsprinzip eintreten werden. An ihrer Stelle betreiben jetzt die Zykloper die Agitation — nach meiner persönlichen Auffassung tun sie's wegen der Carrig-Affäre —, und unterstützt werden sie durch eine beträchtliche Menge wohlmeinender, aber kurzsichtiger Personen von den älteren Unionswelten, darunter besonders von der Erde. Was sie einfach nicht kapieren, ist — sage ich —, daß das erdtypische Luxusdasein schlichtweg nicht die ideale menschliche Lebensweise darstellt. Sie wollen ihn überall als Standard etablieren, ob die Adressaten dieser Wohltätigkeit die Kulturen, die sie gegenwärtig haben, nun genießen oder nicht, und unabhängig von der jeweiligen Produktivität oder Kreativität dieser Kulturen.«

»Auf Dreizehn hat man jedenfalls keine ausgesprochene Genußkultur«, sagte Maddalena halblaut.

Langenschmidt gab keine Antwort. Er blickte hinüber zu den Fenstern, und er sperrte die Augen auf, als eine Spur greller Lichtpunkte, ähnlich den Stichen einer Nähnaht, ins Blau des Himmels hinaufschossen.

»Holla«, rief er. »Das ist 'ne Seenot-Signalrakete. Ich vermute, da ist irgendein Fischer in Schwierigkeiten geraten. Wir müssen die Einheimischen dauernd aus irgendwelchen Klemmen befreien, entweder Fischer, die sich mit ungenügender Ausrüstung zu weit auf See hinauswagen, oder Playboys der hiesigen Oberschicht, die auf Wolfshaijagd gehen, denen dann aber im entscheidenden Moment die Nerven versagen. Immerhin bietet's uns in dieser Eintönigkeit hier 'n bißchen Abwechslung.«

Er wandte sich einer diskret ins sachliche Dekor des Raums integrierten Kommunikationskonsole zu.

»Hat bereits jemand Maßnahmen hinsichtlich der eben abgefeuerten Signalrakete veranlaßt?«

Stille. Nach einer Weile antwortete mitten aus der Luft eine Stimme, die nach Irritation klang. »Entschuldigung, Kommandeur, wie war das?« Dann fügte der Sprecher hinzu, als wäre ihm die gerade erst gestellte Frage nachträglich wieder eingefallen: »Ach, die Rakete! Ja, ich habe jemand losgeschickt, um den Burschen aus dem Meer zu fischen und an Land zu holen.«

»Schön.« Langenschmidt schenkte seine Aufmerksamkeit von neuem Maddalena. »Weißt du, ich glaube, bevor wir diese Diskussion zu Ende austragen, sollte ich dir lieber mal dazu Gelegenheit geben, galaktische Zivilisation à la Zyklop kennenzulernen, damit du dir davon einen Begriff machen kannst, was für 'ne seichte Daseinsweise 's wirklich ist. Du kannst die jetzige Situation hier als exemplarisch auffassen. Da ist diese Frau namens Alura Quist, die auf Zyklop, wie ich erwähnt habe, den Laden schmeißt. Aber ihre Betätigung auf Zyklop beschränken zu müssen, eine Welt, die so arm ist, daß sie ihre Energieversorgung noch per Kernspaltung statt -fusion sichert, ärgert sie. Warum Korpspersonal mit Langlebigkeitsbehandlung entlohnt wird, während sie altert und sogar zu kosmetischen Zwecken zur Erde fliegen muß, sieht sie schon mal als erstes überhaupt nicht ein. Ich glaube, wenigstens zum Teil geht ihre Feindseligkeit geradewegs auf nichts komplizierteres als gewöhnlichen Neid zurück. Eine Frau, die sich davor fürchtet, ihr jugendliches Aussehen zu verlieren, ist ein trauriger Fall. Sie hält sich öffentlich einen Liebhaber, einen der bestaussehenden Männer übrigens, die mir je begegnet sind, der gleichzeitig als 'ne Art von planetarem Helden gilt, einen ehemaligen Raumfahrer, der unter anerkennenswerten Umständen eine Verletzung erlitten hat, durch die er berufsunfähig wurde. Alle Einzelheiten kenne ich nicht. Sie führt ihn vor, muß man sagen, wie ... wie einen Schoßhund, zeigt ihn herum: Hier ist er, der berühmte Justin Kolb, er ist mein Liebster. Verstehst du, was ich meine?«

Achtlos nickte Maddalena. Mit Ausnahme des Kolb-Falls kannte sie das Ganze schon, es war ihr noch infolge der Carrig-Affäre geläufig: Eine Gruppe zyklopscher Unternehmer hatte von einem gescheiterten Korpskandidaten die Position von ZFP Vierzehn sowie das dortige Vorhandensein von Ablagerungen gewinnträchtiger radioaktiver Elemente erfahren gehabt und für geraume Zeit mit der Arbeitskraft örtlicher Sklaven eine Mine betrieben, bis es der Patrouille gelang, die Schurkerei zu durchkreuzen; seitdem hatte Zyklop in permanentem Groll mit dem Wissen gelebt, daß zivilisierte Menschen — in diesem Fall wohl eher sogenannte — von einem Haufen ZFP-Barbaren in Vulkane geschleudert worden waren, wie der lokale ethische Maßstab es für derartige Verbrechen als Strafe vorsah.

»Es ist meine ehrliche Meinung, daß Quist an den ZFP als solchen gar kein Interesse hat«, ergänzte Langenschmidt seine Darlegungen. »Sie will sich aus persönlichen Beweggründen, aus Mißgunst, am Korps rächen, und daß es infolge der Vorgänge auf Vierzehn eine weitverbreitete, gewisse Abneigung gegen das Korps gibt, liefert ihr einen Ansatzpunkt. Verzichteten wir aufgrund einsehbarer, vernünftiger Argumente auf das Nichteinmischungsprinzip, wäre ich wohl dazu bereit, mich mit einer solchen Entscheidung abzufinden — vielleicht widerwillig, aber ich würde sie hinnehmen. Aber bloß wegen so einer ...«

Aus dem Kommunikator meldete sich erneut die Stimme zu Wort. »Kommandeur?«

»Ja?« Im Sessel drehte Langenschmidt sich halb um.

»Es geht um die Signalrakete. Ich dachte, es könnte Sie interessieren, was los war.«

»Sonderlich interessiert's mich nicht, aber raus mit der Sprache.«

»Wir haben einem Gratignoler Fischer aus Seenot geholfen — das heißt, eigentlich ist's 'n Junge, hat man mir gesagt, kaum siebzehn. Er war mit einem Wolfshai aneinandergeraten, auf den eine ... äh ... ziemlich bekannte Person Jagd machte. Nachdem diese besagte notorische Person ein Bein fast ganz verloren hatte, ist sie vom Fischer aus dem Meer geborgen worden. Zum Glück trug der Mann einen Medi-Anzug, er ist nicht tot, nur ohnmächtig. Es könnte für Sie von Interesse sein, zu hören, um wen's sich handelt.«

»Na«, brummte Langenschmidt, »dann nennen Sie mir seinen Namen.«

»Es ist Justin Kolb«, antwortete die Stimme.

5

Alura Quist war mit dem Lauf der Dinge zufrieden. Nicht einmal ihr Abbild, das sie im Multivspiegel sah, vor dem sie sich auf das offizielle Bankett vorbereitete, das bei Sonnenuntergang beginnen sollte, konnte ihre Stimmung grimmiger Befriedigung, die die Stellungnahmen der außerplanetarischen Abordnungen ihr eingeflößt hatten, gänzlich beeinträchtigen.

Natürlich hatten die Delegierten der reicheren Welten, etwa der Erde, selbst zum Besten, was Zyklop zu bieten vermochte, eine gönnerhafte Einstellung, doch wäre es schlecht mit ihren vollmundig bekundeten wohlwollenden Absichten gegenüber den Unterprivilegierten der ZFP vereinbar gewesen, offen herumzunörgeln, also hatten sie ihre höflichsten Manieren hervorgekehrt. Und der Fanatismus des Delegierten von ZFP Eins, Omar Hausts — eines inzwischen alten Manns, der aber noch voller vehementer Leidenschaft stak —, glich den Wankelmut eines Dutzends ängstlicherer Kollegen aus. Er hielt noch an Ansichten fest, wie die meisten Bewohner seines Heimatplaneten sie längst, wenn auch widerwillig, aufgegeben hatten.

Das Bankett sollte eine Pracht werden; Speisen und Getränke waren so teuer, daß sie im planetaren Jahreshaushalt einen besonderen Posten erfordert hatten — aber das spielte keine Rolle, die Kosten ließen sich durch eine einprozentige Erhöhung der Leasingrate für den Stützpunkt des Galaktischen Korps ausgleichen. Nach dem Essen würde man selbstverständlich Reden halten — es war seltsam, wie stark in solchen förmlichen Bereichen menschlicher Aktivitäten Traditionen erhalten blieben —, aber das konnte Quist verkraften. Angesichts des Erfolgs einer so viele Jahre hindurch betriebenen Planung fühlte sie sich ein paar Stunden des mit fortwährenden Wiederholungen gespickten Geschwafels zu ertragen imstande.

»Wir auf Zyklop«, sagte sie zum Spiegel und beobachtete, wie sich bei den Worten ihre Kehlmuskulatur bewegte, »zählen nicht zu den wohlhabendsten Einwohnern der Galaxis. Aber wir hüten nicht selbstsüchtig, was wir haben. Wir würden es bereitwillig mit jenen teilen, denen es noch schlechter als uns geht. In den Zeiten vor der Galaktischen Union, wissen wir von den Historikern, erzählte man eine Fabel von einem Hund, der sich seinen Schlafplatz auf dem Futter eines Zugtiers suchte und dadurch verursachte, daß das Tier verhungerte.«

Sie verstummte, zum einen, weil sie sich nach wie vor unsicher war, ob sie diese geradezu arkane literarische Anspielung in ihre Rede aufnehmen sollte — obwohl der Textkompositor völlig veraltete Termini wie

›Krippe‹ und ›Ochse‹ schon daraus gestrichen hatte —, zum zweiten, um ihr Äußeres nochmals einer gründlichen Begutachtung zu unterziehen.

Sie war noch schlank; sie zeichnete sich durch die nervöse kraftgeladene Konstitution aus, die ihr in ihrem fortgeschrittenem Alter anstatt überschüssigen Fetts Knochigkeit sicherte. Ihr Haar, das eine helle, warme Blondfärbung hatte, war makellos frisiert und rahmte ein eindrucksvolles Gesicht, in dem die Augen blau und licht wie Saphire glommen. Ihr Kleid war ein irdisches Modell, nach Befund der Gäste von der Mutterwelt modisch zweifellos überholt, doch es stand ihr so gut, daß sie diese Haltung einer Minderheit getrost ignorieren durfte.

Wie lange mochte alles noch dauern? Ihr Mund zuckte, verzog sich zu einem harten Ausdruck, beraubte ihr Gesicht augenblicklich jeder Schönheit, als ihr der Gedanke an einen derartigen Menschen wie Gus Langenschmidt in den Sinn kam. Nach fünfzig Jahren des Hin- und Herpatrouillierens zwischen den ZFP-Barbaren sah er einem Weiterleben bei guter Gesundheit und in künstlicher Jugend entgegen, während von ihr nur noch Bemerkungen in lokalen historischen Aufzeichnungen zeugen würden.

Ändern ließ sich schwerlich etwas an dieser Tatsache. Aber die Zwecke, denen er sein Leben gewidmet hatte, konnten ihrer Bedeutung beraubt werden.

Ach, der Entwurf ihrer Rede taugte genug. Sie befaßte sich nicht länger damit, sondern wandte sich in einer anderen Sache, die ihr momentan Gedanken machte, an die Bedienstete, die ihr gerade die Zehennägel pedikürte.

»Würdest du wohl Justin Kolb ausrichten, daß ich vor dem Bankett noch mit ihm sprechen möchte?«

»Nimmt er denn teil, Chefin?« fragte das Mädchen.

Quist stutzte. War der gleichmäßigen Stimme ein Anklang von Spott herauszuhören? Aber in den dunklen Augen, die ihren Blick erwiderten, fehlte jedes offensichtliche Anzeichen für so etwas; sie lockerte sich innerlich wieder ein wenig.

»Was meinst du? Freilich wird er teilnehmen. Wieso sollte er denn nicht?«

»Ich weiß von seinem Kammerdiener, Chefin, daß er vor einer halben Stunde noch nicht zurück gewesen ist.«

»Nicht zurück?« Verwirrt starrte Quist auf das Mädchen hinunter. In den vergangenen zwei Tagen, seit der Ankunft der außerplanetaren Delegationen, hatte sie kaum einen Moment erübrigen können, um an ihren Liebsten zu denken. Vage hatte sie zur Kenntnis genommen, daß er sich nach irgendwohin aufgemacht hatte, war aber ganz selbstverständlich in der Erwartung gewesen, er käme rechtzeitig heim, um heute abend seine wichtige offizielle Funktion wahrzunehmen.

Sie patschte die Hand auf die Taste des überalterten, ihrem Schminktisch eingebauten Kommunikators und sprach vor sich in die Luft. »Ist Justin Kolb inzwischen nach Hause gekommen?«

»Hier ist sein Kammerdiener, Chefin«, gab eine Stimme in verbindlichem Tonfall zur Antwort. »Nein, er ist noch nicht wieder da.«

»Wo steckt er denn? Hat er sich gemeldet?«

»Er hat nicht angerufen, Chefin. Wenn Sie es wünschen, werde ich versuchen, mit ihm Kontakt zu erhalten.«

»Wissen Sie, wo er ist?« Verspätet fiel Quist auf, daß es nachteilig für ihr Image war, es selbst nicht zu wissen, doch konnte sie die Frage, nachdem sie sie einmal geäußert hatte, nicht zurücknehmen.

»Nur ungefähr, Chefin. Er ist auf Wolfshaijagd an die nördliche Grenze vom Aktionsradius der Spezies gefahren.«

Quist hatte das Gefühl, als stünde plötzlich die Zeit

still. »Kontaktieren Sie ihn«, sagte sie schließlich leise und mit rauher Stimme, »und finden Sie heraus... Stellen sie fest, wann er zurück sein wird.«

Und wenn er wieder zu Hause ist, fügte sie bei sich hinzu, *werde ich ihm für die Frechheit, meine Weisung zu mißachten, heute abend da zu sein, eine Lektion erteilen, die er niemals vergessen wird.*

Vielleicht war es sogar an der Zeit, um mit Justin Kolb Schluß zu machen — ihn zurückzustoßen in die Jämmerlichkeit der niedrigen Arbeit, mit der er ohne sie, nachdem die Eiseskälte des Weltraums ihm ein Bein auf einen Stumpf verkürzt hatte, kümmerlich seine Existenz fristen müßte. Zyklops Ökonomie erlaubte keine Nischen zum Luxus unproduktiver Krüppel.

Sie änderte soeben die Sitzanordnung des Banketts, als der Kommunikator summte. Rief Justin an? Für eine Sekunde schloß Quist die Augen, fragte sich, wie sie es über sich bringen könnte, sich dieses Manns zu entledigen, dessen nur halb gezähmtes Gemüt die zweitgrößte Herausforderung ihres Lebens darstellte.

»Chefin, ich bin es noch einmal«, sagte der Kammerdiener. »Ich habe, wie ich leider sagen muß, eine bedauerliche Nachricht.«

Quist brachte kein Wort heraus, wartete ab wie eine Leidende. Das Mädchen beendete die Pediküre und begann die Ausstattung einzupacken, um zu gehen.

»Justin Kolb liegt in der Klinik im Stützpunkts des Galaktischen Korps. Er ist von dem Wolfshai, den er gejagt hat, angegriffen worden, und ein Fischer hat ihn gerettet. Es heißt, er wird durchkommen, aber...« Der Kammerdiener stockte.

»Weiter«, forderte Quist ihn mit tonloser Stimme auf. Die nächste Bedienstete, die die Aufgabe hatte, ihr die Schuhe anzupassen, trat ein, kniete sich vor ihre Füße.

»Durch einen Biß des Wolfshais hat er den rechten Fuß und den Großteil des Unterschenkels verloren.«

Möchte dieser Verrückte eigentlich gerne Krüppel

sein? So lautete der erste Gedanke, der ihr durch den Kopf ging, doch sofort wich er einer ununterdrückbaren Aufwallung des Mitleids und der Anteilnahme. Wäre nicht für heute das Bankett angekündigt gewesen, sie wäre noch in diesem Moment aufgesprungen und an Justins Krankenbett geeilt, um seine Hand zu halten und ihn zu trösten.

Ach, Justin, Justin! Was ist das nur für eine Liebe zur Gefahr, die dich mit soviel Leidenschaft erfüllt? Eines Tages wird sie dich das Leben kosten, und ich werde vom einen zum anderen Augenblick alt werden ...

»Verbinden Sie mich mit ihm«, befahl sie laut und energisch. »Sofort!«

»Ich werde es versuchen, Chefin«, ertönte die deutlich von Zweifeln geprägte Antwort; danach blieb der Kommunikator stumm.

Jede Absicht Quists, ihren Geliebten zu bestrafen, war bei Erhalt der Unglücksnachricht verflogen. Sie konnte sich sein Auftreten vorstellen, mit dem er ihr die Trophäe überreicht hätte, zwar trotzig, weil er wußte, daß er sie verstimmte, wenn er sich in Gefahr begab, andererseits jedoch auf gewisse Weise schüchtern, wie ein Junge, der voller Unsicherheit darauf aus war, bei seinem ersten Mädchen Gefallen zu finden. Er hatte den Vorsatz gehabt, früh genug fürs Bankett zurückzukehren, hätte ihn ohne den Zwischenfall auch eingehalten, ihr seinen Tribut dargebracht, und sie wäre gleich verärgert wie erfreut gewesen, weil das Wissen, einen derartigen Mann zum Liebsten zu haben, ihr guttat.

Der Kommunikator summte erneut. »Alura Quist?« fragte eine Stimme, die sie sofort erkannte.

»Mit Ihnen wollte ich nicht sprechen, Kommandeur Langenschmidt«, entgegnete sie in abweisendem Ton.

»Kann sein, aber ich dachte, vielleicht sprechen Sie lieber mit mir als überhaupt niemandem. Justin Kolb wird noch für einige Zeit ohne Bewußtsein bleiben, auf jeden Fall für die nächsten paar Stunden. Er hat durch den Vorfall einen schweren Schock davongetragen. Aber Sie können ihn morgen oder übermorgen zurückhaben, sagen die Ärzte.«

Quist verkrampfte sich. »Mit wiederhergestelltem Bein?«

Eine anscheinend durch Verblüffung bedingte Gesprächspause folgte. Dann stieß Langenschmidt ein gezwungenes Auflachen aus. »Ich bedaure, das wohl kaum. Ich habe den Eindruck, manche Leute machen sich übertriebene Vorstellungen davon, was unsere Medizin leisten kann. Eine Gliedregeneration über Nacht übersteigt unsere Möglichkeiten.«

Mit einer anderen Auskunft hatte Quist nicht gerechnet, aber sie hatte nicht zu verhindern vermocht, daß die Frage ihr entschlüpfte; ihren Ursprung gab der heftige Neid ab, den sie wegen seiner Entlohnung mit Jugend und Gesundheit auf das Korpsmitglied verspürte.

Aber egal: Ein Problem entstand darum nicht. Justin hatte das Bein schon einmal verloren gehabt, durch ein Weltraum-Gangrän, und dabei mehr als nur Fuß und Unterschenkel, nämlich das ganze Bein, fast bis zur Hüfte.

»Danke für die Freundlichkeit, mich zu informieren«, sagte sie ohne die geringste Liebenswürdigkeit. »Allerdings hätte ich eine frühere Benachrichtigung zu schätzen gewußt.«

»Ich war der Auffassung, sie hätten andere Angelegenheiten im Kopf«, erwiderte Langenschmidt umgänglich.

Indem sie eine Fratze schnitt, bei deren Anblick Quist darüber froh war, daß auf Zyklop die Kommunikatoren keine Bild-, sondern lediglich Tonübertragung hatten, zwang sie sich zur Ruhe. »Ich werde ihn morgen früh mit einem Wagen abholen lassen«, sagte sie. »Ist es Ihnen so recht?«

»Ich denke schon, aber Sie müssen einen Arzt mitschicken.« Langenschmidts Stimme ließ sich leichte

Überraschung anmerken, als wäre er darauf gefaßt gewesen, es stünde ein Versuch bevor, ihm einzureden, Kolbs Bein müßte in der Korpsklinik regeneriert werden.

»Natürlich«, wiederholte Quist und desaktivierte den Kommunikator.

Eine Sekunde lang wartete sie; dann wandte sie sich von neuem an das Gerät. »Machen Sie Dr. Aleazar Rimerley ausfindig, und zwar schnell!«

Dr. Rimerley genoß den Sonnenuntergang, als der Anruf ihn erreichte. Er gehörte zu den vermögendsten Leuten auf Zyklop, und sein Wohnsitz umfaßte die Fläche und einen Teil des Innern einer ganzen Insel von rund anderthalb Kilometern Durchmesser. Seine Wohnräume erstreckten sich bis in den Ozean, so daß er je nach Laune auf der oberen Ebene sitzen und den Himmel betrachten konnte — wie er es momentan tat —, oder auf die Höhe des Meeresgrunds hinabsteigen und das Panorama des sommerlichen ozeanischen Lebens genießen.

Sein oberster persönlicher Diener verständigte ihn über den Anruf. Erstaunt rieb Rimerley sich am Kinn; er hatte noch keine Absicht gehabt, wieder mit Quist in Kontakt zu treten, doch war es, sobald einfache kosmetische Verfahren die Spuren des Alterns nicht mehr aufhielten, immer möglich, mit ihr ins Geschäft zu kommen. Deshalb war der Zeitpunkt, um mit ihr zu reden, jetzt so günstig wie jedes andere Mal, zumal sie mit ihm Kontakt aufnahm.

Unwillkürlich setzte er ein Lächeln auf, obwohl sie ihn nicht sehen konnte. »Meine liebe Alura Quist«, sagte er mit ausgesuchter Herzlichkeit. »Was für eine Ehre, nach so langem wieder einmal mit Ihnen sprechen zu können.«

Sie überging alle gesellschaftlichen Förmlichkeiten und kam gleich zur Sache.

»Doktor, ich habe wieder einen Auftrag für Sie. Soviel ich weiß, sind Sie die einzige Person auf Zyklop, die dazu fähig ist, sie zu bewältigen.«

»Ich will mein Bestes tun«, beteuerte Rimerley und unterdrückte ein Schmunzeln, das aufrichtiger geworden wäre als das vorherige Lächeln.

»Justin Kolb hat sein Bein wieder verloren. Durch eine Wolfshaijagd.«

Rimerley zwinkerte. Er hatte etwas ganz anderes erwartet, war sicher gewesen, der Auftrag beträfe eine für Quist selbst zu erbringende Leistung. Diese Anfrage jedoch schreckte ihn aus seiner Nonchalance.

»Ich lasse ihn morgen früh zu Ihnen schaffen. Ich baue darauf, daß das Resultat Ihrer Regenerationstherapie so hervorragend wie beim letzten Mal ausfällt.«

»Ähm ... einen Moment«, sagte Rimerley voller Unbehagen. »Bestimmt ist Ihnen klar, daß das eine Art von Verfahren ist, die nicht bloß wenige Stunden beansprucht.« Nebenher fing er bereits mit überschlägigen Berechnungen an: So lang, um eine Quelle für die Materialbeschaffung aufzutun, so lang, um das Gewebe immunologisch zu neutralisieren, so lang, bis es anlangte ... »Leider bezweifle ich, daß der Fall in weniger als zwei Wochen abgeschlossen werden kann.«

»Zwei Wochen?!«

»Das ist eine grobe Schätzung. Natürlich kann es sein, daß ...«

»Dann kann ich ihn genausogut lassen, wo er ist. Dort wird man sich wahrscheinlich besser um ihn kümmern, als in einer unserer zweitklassigen Kliniken.«

Längs der Wirbelsäule spürte Rimerley ein Kribbeln, wie es ihn stets vor Unannehmlichkeiten warnte. »Äh ... Wo ist er denn?« erkundigte er sich mit für ihn ungewöhnlich matter Stimme.

»In der Klinik des Galaktischen Korps. Nachdem er von einem Fischer aus der See geborgen worden war, hat man ihn dort eingeliefert.«

Schweigen.

»Dr. Rimerley?« fragte Quist schließlich in hörbarer Beunruhigung.

Sie konnte unmöglich nur halb so beunruhigt sein wie sich Rimerley fühlte. Fast hätte er nicht einmal eine Antwort hervorpressen können.

»Wenn ... äh ... wenn ich mir's recht überlege, ist es vielleicht doch vorteilhafter, ihn zu mir zu befördern. Je früher, um so besser.« Er leerte den Rest des Drinks, von dem er während seiner abendlichen Gemütlichkeit getrunken hatte. »Ja, sicherlich, auf gar keinen Fall später als morgen früh!«

Als er die Kommunikatorverbindung trennte, vergoß er Ströme von Schweiß.

6

Soraya schuftete wie gewohnt am Schöpfbrunnen und hatte mit Firdausi den üblichen Zank um seinen Wunsch, sie zu heiraten — dazu drängte er sie schon seit ihrer Pubertät —, da hörte sie jemanden, der ihren Namen wie wild schrie.

Mit einem Wink bewog sie Firdausi zum Schweigen und spähte durch die Dampfschwaden, die aus dem Großkessel aufquollen, versuchte zu erkennen, wer sie rief. Es war eine Kinderstimme, aber so heiser vom aufgeregten Schreien, daß sie sie nicht erkannte.

Der Schöpfbrunnen bestand aus drei Teilen. Erstens war da die eigentliche Schöpfvorrichtung, die aus dem Naturteich Wasser schöpfte; sie umfaßte eine durch zwei große hölzerne Transmissionsscheiben bewegte Eimerkette, und die Scheiben trieb ein Yorb an, den es anscheinend vollauf zufriedenstellte, den ganzen Tag lang im Kreis zu laufen und für diese Mühe am Abend mit Futter belohnt zu werden. Die Eimer entleerten Wasser in den zweiten Bestandteil, den Großkessel, unter dem ständig ein loderndes Feuer brannte, aus dessen Inhalt dauernd träge Blasen aufstiegen und platzten. Obwohl das Wasser völlig klar und sauber wirkte, wenn es aus dem Teich kam, bildete sich während des Kochens stets Abschaum, und diese Absonderung mit Holzkellen zu entfernen, war die Aufgabe, die Soraya und Firdausi gegenwärtig erledigten.

Aus dem Kessel lief das Wasser nach und nach, in geringen Mengen, in den dritten Bestandteil der Anlage, das Kühlbecken, einen aus schweren, mit natürlichem Mörtel vermauerten Steinen errichteten, zylinderförmigen, oben schmaleren Behälter, aus dem die Dorfbewohner sich mit Kübeln für den häuslichen Bedarf versorgen konnten.

»Kannst du sehen, wer's ist?« fragte Soraya.

Firdausi kletterte die Leiter hinab, auf der sie für ihre Arbeit stehen mußten, um unter die Dampfwolken zu gelangen. »Sieht aus wie der Jüngste eurer Nachbarn«, sagte er. »Der kleine Hakim.«

»O *nein!*« Soraya schluckte und sprang mit geschmeidigem Beugen ihrer langen Beine hinab auf die Erde. Lüstern beobachtete Firdausi sie. Soraya war das mit Abstand schönste unverheiratete Mädchen des ganzen Orts: Sie hatte dunkle Augen, eine olivbräunliche Haut und langes, schwarzes Haar sowie zarte, anmutige Glieder. Sehnsüchtig wünschte Firdausi, ihre Eltern scherten sich nicht um solche weltlichen Dinge wie Mitgift, sondern wären ohne alle Vorbehalte damit einverstanden, daß er sie heiratete. Er war sich ganz sicher, daß sie eine ausgezeichnete Ehefrau abgäbe ...

»Hakim, mein Schätzchen«, rief sie, sank auf die Knie und schlang die Arme um das tränenüberströmte Bübchen, das auf sie zurannte. »Was ist denn passiert?«

Zwischen Schluchzern der Erschöpfung und des Schreckens quetschte das Kind eine Mitteilung heraus: Sorayas Mutter war wieder erkrankt.

»Geh sofort heim«, sagte Firdausi zu Soraya. »Ich bringe Marouz zu euch.«

Sie schenkte ihm ein Lächeln der Dankbarkeit und eilte in die Ortschaft.

Das Dorf war aus zwei Reihen mit Rutengeflecht und Gips hochgezogener Häuser gebaut, die sich mit weiten Zwischenräumen gegenüberstanden, umgeben von großen Gemüsegärten und Viehweiden. Angepflockte Yorbs sahen Soraya ohne Neugierde nach, während sie vorübereilte, ihre Füße in die Pfützen klatschten, die ein nächtliche Regen zurückgelassen hatte, wie er gerade jeden Moment nochmals auszubrechen drohte. Das fünfte Gebäude links war ihr Zuhause; sie stieß das roh gezimmerte Holztor des Zauns auf, der den Garten umschloß, und lief ins Haus.

Hakims ältere Schwester Yana stand über das Bett gebeugt, auf dem die Gestalt einer scheinbar alten Frau lag und vor sich hinkeuchte. In Wirklichkeit war Sorayas Mutter nicht älter als siebenunddreißig, doch unter den hiesigen, harten Umweltbedingungen kam das Alter mit der Schnelligkeit einer Tropennacht über die Menschen.

Aber sie litt nicht nur am Altern; das wäre erträglich gewesen, weil es jeden heimsuchte. Es handelte sich um etwas, das wahllos zuschlug und rascher tötete. Es hatte einen Namen: Man nannte es Schlottern. Einen Namen dafür zu haben, bot jedoch keine Abhilfe. Was man benötigte, war eine Behandlungsmethode.

Soraya blickte, elend vor Verzweiflung, Yana an. »Ist sie schon lang in diesem Zustand?«

»Ich habe sie am Herd auf dem Fußboden gefunden«, antwortete das andere Mädchen halblaut. »Sieh nur, ihr Kleid ist angesengt ... Es war Glück, daß ich in dem Moment ins Haus geschaut habe, sonst wäre sie womöglich verbrannt.«

Soraya schauderte zusammen. »Wann war's denn? Eben erst?«

»Es ist nicht länger her, als Hakim gebraucht hat, um zu dir zu laufen.« Yana zuckte die Achseln. »Ich hab ihn sofort losgeschickt.«

Soraya umklammerte die Hand ihrer Mutter, spürte das ununterdrückbare Zittern, das ihren schwächlichen Körper schüttelte, empörte sich insgeheim über die Launenhaftigkeit des Schicksals.

»Soll ich Marouz holen?« meinte Yana.

»Danke, aber Firdausi ist schon zu ihm unterwegs, er war mit mir am Schöpfbrunnen.« Sorayas Tonfall wurde bitter. »Nicht daß er 'ne Hilfe wär«, fügte sie hinzu.

»So was darfst du nicht sagen. Er ist der älteste und klügste Mann im Dorf.« Yanas Stimme bezeugte Bestürzung.

»Und wozu ist Klugheit ohne praktischen Nutzen gut? Er kann uns predigen, gehorsame Kinder und pflichtbewußte Eltern zu sein, und wir tun unser Bestes ... Aber unsere Mutter, die die gütigste Frau überhaupt ist, hat's Schlottern.« Soraya hob die Hand und wischte sich eine Träne ab.

»Scht!« machte Yana unterdrückt. »Da kommt er schon.« Sie wandte sich um, als sich unter der niedrigen Oberschwelle der Tür Marouz' weißbärtiger Kopf zeigte.

»Ehre und Gewinn für dies Haus«, sagte der Magus so schnell und tonlos, daß der Satz wie ein einziges Wort klang, und humpelte zu einem Stuhl, den Yana neben das Bett gestellt hatte. »Hmmm! Hat deine Mutter unabgekochtes Wasser getrunken, Soraya?«

»Du glaubst, das würde ich zulassen?« Entsetzt sprang Soraya auf. »Obwohl ich am Schöpfbrunnen arbeite?! Wofür hältst du mich?«

»Soraya, so zu reden, ist nicht recht«, ermahnte Firdausi sie halblaut; er war hinter Marouz eingetreten, hielt den kleinen Hakim am rundlichen Händchen.

»Ist mir egal!« Wieder füllten Sorayas Augen sich mit Tränen. »Es ist mir egal! Da liegt meine Mutter todkrank auf dem Bett, und ihm fällt nichts anderes ein, als mich zu fragen, ob sie nichtabgekochtes Wasser getrunken hätte! Mein Vater hat vor mir am Schöpfbrunnen gearbeitet, und er hat so was nie einreißen lassen, und genauso halte ich es ... Und sie hat *trotzdem* das Schlottern! Was kann also Wasser damit zu tun haben?«

Marouz' Miene war hart wie Stein geworden. »Die Weisheit der Ahnen lehrt uns ...«, begann er eine Belehrung.

»Und was sie uns nicht alles nutzt!« brauste Soraya auf. Doch beim letzten Wort sackte sie vor dem Magus auf die Knie, in hemmungslosem Schluchzen zuckten ihre Schultern.

»Na, na«, sagte Marouz, tatschte ihr täppisch den Schopf. »Solche Bürden werden uns gesandt, um uns auf die Probe zu stellen, meine Tochter. Wir tun, was wir können, aber wir sind noch weit davon entfernt, sämtliche Rätsel des Lebens zu begreifen. Wenn du so alt wie ich wirst — und das kann ohne weiteres so kommen —, hast du bis dahin gelernt, dich geduldig ins Unvermeidliche zu fügen.«

»Es tut mir leid«, preßte Soraya hervor. »Ich habe meine Mutter eben lieb, sie hat soviel für mich getan ... Kannst du ihr nicht irgendwie helfen?«

»Geistlichen Beistand könnte ich ihr bieten, aber ich kenne deine Mutter als edelmütige, hochherzige Frau, die meiner Ratschläge kaum bedarf.« Bedauernd schüttelte Marouz den Kopf, so daß sein fließend-langer Rauschebart wackelte. »Der einzige Rat, den ich erteilen kann, gilt dir, und du weißt, wie er lautet, denn ich habe ihn dir schon gegeben.«

»Ich hab's ihr auch empfohlen«, mischte sich Firdausi ein. »Sie hört aber nicht auf mich.«

»Meine Mutter soll aus dem eigenen Haus fort und wer weiß wohin gebracht werden?« rief Soraya. »Das ist mir einfach zu ... zu herzlos!«

»Aber, aber, meine Tochter«, versuchte Marouz sie zu beschwichtigen. »Das Notwendige ist uns allen zuwider, es hat jedoch keinen Sinn, sich dagegen aufzulehnen. Die Kranken-Erlöser sind gute Menschen voller alter Weisheit und haben die fürsorglichsten Absichten. Ist es nicht günstiger, deine Mutter in sicherer Obhut zu wissen, als sie hier auf dem schmalen, harten Bett liegen und sich zu Tode schlottern zu lassen?«

Nach dieser unverblümten Frage ergab sich Schweigen; schließlich brach Marouz es. »Tja, mehr als ich getan habe, kann ich nicht tun«, erklärte er, langte nach Yanas Arm, um sich vom Stuhl hochzurappeln. »Du solltest dich bald entscheiden, Soraya, in ein paar Tagen sind die Erlöser wieder in dieser Gegend, und bis sie dann das nächste Mal kommen, dürften mindestens einige Monate vergehen.«

Er hinkte hinaus, und alle Anwesenden, mit Ausnahme der Kranken, wünschten ihm in der traditionellen, für greise Personen bestimmten Art Gutes. »Möge Gesundheit dich bis ans Grab begleiten.«

Firdausi sah Yana in die Augen, und sie verstand den Blick. Sie stapfte über den Lehmboden zu ihrem jüngeren Bruder. »Naja, ich habe nebenan noch allerhand zu erledigen«, sagte sie in gedehntem Ton. »Ich denke mir, ihr möchtet nun sowieso lieber allein sein.«

Kaum war sie fort, legte Firdausi seinen Arm um Soraya. »Liebste, warum quälst du dich und deine Mutter bloß derartig?«

Sie befreite sich von seinem Arm und setzte sich auf den Stuhl, den Marouz verlassen hatte, betrachtete ihre Mutter, bohrte die Fingernägel tief in die Handteller, als wollte sie durch selbstzugefügten Schmerz an ihrem Leid Anteil nehmen.

»Soll ich sie verkaufen wie 'n Yorb?« schnauzte sie. »Du weißt genausogut wie ich, daß aus diesem Dorf bloß für Geld noch nie eine einzige Person den Erlösern überlassen worden ist. So was mag in den Orten angehen, wo man keine Liebe zu den Eltern lehrt, aber mich ekelt es an.«

»Kannst du mehr als die Erlöser für sie tun?« erwiderte Firdausi.

»Was tun sie denn?« wollte Soraya wissen. »Niemand will's mir sagen. Was wird aus denen, die man ihrer Barmherzigkeit ausliefert?«

»Das müßtest du Marouz fragen.«

»Ich hab's, als er mir den Vorschlag zum erstenmal gemacht hat. Und er wußte keine bessere Auskunft, als daß er keinen Zweifel daran hätte — ›keinen Zweifel!‹ —, daß sie ein besseres Los erwarte, als wir unwissenden Leute es ihnen bieten könnten.«

»Wäre denn nicht nahezu alles besser als das hier?« hielt Firdausi ihr entgegen. »Als hilflos unter Ratlosen zu liegen?«

Er kniete hin, schaute sie geradezu flehentlich an. »Ich bewundere dich für deinen Wunsch, deine Mutter bei dir zu behalten, glaube mir. Aber wenn du sie ansiehst und weißt, wir können ihr auf gar keine Weise helfen, wie bist du dann dazu fähig, ihr länger so etwas zuzumuten? Hör mal, warum fragst du sie nicht nach ihrer Meinung, sobald sie wieder sprechen kann?«

»Hab ich schon«, antwortete Soraya bleichen Gesichts.

»Was hat sie gesagt?« erkundigte sich Firdausi.

»Daß die Bezahlung — falls die Erlöser sie nehmen — meine Mitgift sein, ich dich heiraten und das Haus erben könnte.« Sie sprach jedes einzelne Wort so aus, als ob es ihr im Mund einen widerwärtigen Geschmack verursachte.

»Aber in diesem Fall ...!« Firdausi ließ sich auf die Fersen sinken. »Wenn's ihr eigener Wunsch ist, was hält dich noch zurück?«

»Möglicherweise nehmen sie sie gar nicht«, meinte Soraya leise. »Sie möchten ja nicht jeden, nicht wahr?«

»Es besteht aber doch 'ne Chance, siehst du das nicht

ein? Welche Aussichten außer einem schweren Siechtum und dem Tod hat sie denn hier?«

Soraya zögerte für einen langen Moment mit der Antwort. »Firdausi«, sagte sie schließlich, »dich interessiert bloß eins, nämlich mich heiraten zu können. Mal den Fall unterstellt, ich bin damit einverstanden — ich betone, *falls* —, meine Mutter den Erlösern zu bringen, heißt das noch längst nicht, daß ich die Absicht hätte, dich zu heiraten.«

Diesmal zögerte Firdausi mit seiner Entgegnung.

»Ich glaube«, sagte er nach einer Weile bedächtig, »daß die Weise, wie du deine Mutter in diesem Haus sinnlos leiden läßt, wahrscheinlich meinen Wunsch, dich zur Ehefrau zu haben, verringern wird.«

Soraya fuhr zusammen, als wäre sie geschlagen worden. Firdausi fühlte sich im Vorteil und beschloß, ihn auszunutzen.

»Deine Haltung hat etwas beinahe Selbstsüchtiges an sich. Vorhin hast du mir gesagt, was sie will, aber du versteifst dich darauf, dagegen zu sein. Wenn das nicht nur 'ne Art ist, um deinen Eigensinn zu befriedigen, weiß ich nicht, was 's ist.«

Soraya biß sich auf die Unterlippe, um deren Zittern zu unterbinden, war erst nach neuem Schweigen wieder zum Sprechen imstande. Ihre Worte fielen wie bleischwere Schritte.

»Also gut. Geh zu Marouz und finde heraus, wann die Ankunft der Erlöser fällig ist und wo sie sein werden. Und ich will versuchen, einen Karren und einen Yorb zu leihen, um sie hinzubringen.«

»Ich bin wirklich der Überzeugung«, sagte Firdausi in recht sachlichem Tonfall, obwohl sich sein Triumphgefühl in seinem Gesichtsausdruck widerspiegelte, »daß das das gescheiteste Vorgehen ist.«

Er wandte sich um und ging.

Ich werde es also tun, dachte Soraya verbittert. *Aber ich werde weder dich noch sonst irgendwen in diesem gräßlichen*

Kaff heiraten. Falls sie Mutter nehmen, brenne ich das Haus ab und verwende das Geld, um woanders hinzugehen, wo ich meine Schande verheimlichen kann.

Unvermittelt drehte sie sich dem Wasserkübel zu und fing an, sich die Hände zu waschen, wusch sie immer wieder, als müßte sie sie von irgendeinem hartnäkkigen, unsichtbaren Makel säubern.

7

Maddalena und Langenschmidt nahmen das Abendessen gemeinsam im Hauptrestaurant des Stützpunkts ein. Unter dem Eindruck der größtmöglichen Annäherung an den Luxus der Zivilisation, die sie seit etlichen Jahren genießen konnte — die Korpsbasis, auf der sie sich kürzlich aufgehalten hatte, war so spartanisch gewesen wie jede der Außenstationen —, war Maddalenas Stimmung des Ausgelaugtseins und der Apathie gewichen. Musik, Essen und Wein brachten sie zum Aufblühen wie eine Blume in der Sonne, so daß sie noch vor der kosmetischen Behandlung wieder Anzeichen des impulsiven Mädchens zu zeigen begann, als das Langenschmidt sie früher gekannt hatte.

Unglücklicherweise war inzwischen er es, der zerstreut blieb und für längere Weilchen des Schweigens nur vor sich hin ins Leere starrte. Es dauerte eine Zeitlang, bis es Maddalena auffiel — sie hatte ausführlich von ihren Erlebnissen auf ZFP Dreizehn erzählt —, und als sie es merkte, spöttelte sie erst einmal.

»Nanu, Gus? Ist das die richtige Art, wie man einen Gast behandelt? Ich dachte, du hättest hier die Zeit damit herumgebracht, das korrekte gesellschaftliche Betragen zu lernen.«

»Hm?« Mit einem Ruck kehrte Langenschmidts Aufmerksamkeit ins Hier und Jetzt zurück. »Oh, Verzeihung. Irgend etwas beschäftigt mich, und ich glaube,

Ich bin gerade dabei, endlich zu klären, was es ist. Bitte entschuldige mich für 'n Augenblick. Ich möchte mal eben was nachprüfen.«

Maddalena musterte ihn. Plötzlich beugte sie sich vor und legte ihre auf seine Hand. »Tut mir leid, Gus. Ich hatte nicht die Absicht, dich bei unserem Wiedersehen seit vielen Jahren zu nerven. Du mußt dich um Probleme kümmern, und ich sollte darauf mehr Rücksicht nehmen, als ich gerade bewiesen habe.«

»Nein, es geht um nichts, das direkt mit dir zu schaffen hätte. Wenigstens glaub ich's nicht. Würdest du mich also kurz entschuldigen ...?«

»Ist es etwas, wovon ich nichts erfahren soll, oder darf ich mitkommen?«

»Doch, klar, wenn du willst, komm mit. Weit ist's nicht. Zuerst möchte ich zu einem Kommunikator und anschließend, falls mein Verdacht sich als berechtigt herausstellt, in die Stützpunktklinik.«

»Dreht's sich um diesen Mann namens Justin Kolb?«

»Ganz genau.«

Maddalena schob ihren Stuhl zurück und stand auf.

Das Netzwerk von Kommunikatorverbindungen durchzog die Basis so gründlich wie Nerven einen lebendigen Körper, so daß niemand ihrer wichtigen Personen sich im seltenen Fall einer Notsituation je außer Reichweite eines Apparats aufhielt. Hier kommen bestimmt, dachte Maddalena, während sie Langenschmidts ausdrucksstarkes Profil betrachtete, das sich gegen die Wand der Kommunikatorzelle des Restaurants abhob, weniger Zwischenfälle als in anderen Stützpunkten vor. Er mußte ein erstklassiger Kommandeur sein: Sorgsam, geduldig, weitsichtig.

Aber er mußte auch ein erstklassiger Patrouillenmajor gewesen sein, und als Planetenagent wäre er zweifellos wenigstens so leistungsfähig wie Maddalena gewesen; während der Carrig-Krise hatte er felsenfest zu ihr gestanden und seine Verläßlichkeit bewiesen.

Kaum hörbar seufzte sie, beneidete ihn um seine Anpassungsfähigkeit und Entschlossenheit. Im Vergleich zu ihm fühlte sie sich leicht beeinflußbar, schwach und egozentrisch.

Auf dem Bildschirm in der Zelle erschien das Symbol, das freien Zugriff auf die Computerbänke der Basis anzeigte; abgesehen von der Regierung war das Korps auf Zyklop der einzige reguläre Benutzer visueller Kommunikation.

»Ich möchte bitte Daten über den Zykloper Justin Kolb«, sagte Langenschmidt mit Nachdruck. »Besonders über die Umstände, die zu seiner Entlassung aus dem Dienst der Zyklopschen Raumfahrtorganisation führten.«

Ein Wort erweckte bei Maddalena Beachtung und gleichzeitig Belustigung. Man stelle sich vor: Jemand sagte ›bitte‹ zu einer Maschine! Doch bei genauerer Überlegung fand sie es nicht mehr komisch; vielmehr war es lediglich charakteristisch für den Mann, der es tat.

»Wählen sie akustische oder visuelle Präsentation«, forderte der Apparat Langenschmidt auf, und er entschied sich für ersteres, wohl weil es dann leichter für Maddalena war, die von außen in die Zelle schauen mußte, die Angaben mitzubekommen.

Der Apparat nannte Daten, die einem ihr unbekannten Kalender entstammten. »Kolb, Justin«, sagte sie danach. »Raumfahrer, Asteroiden-Montantechniker. Stellvertretender Kommandant des im lokalen System stationierten Montan-Raumschiffs *Sigma*. Erhielt für heldenhaften Einsatz bei einer Havarie, die die Zerstörung der *Sigma* sowie den Tod des Kapitäns und von fünfzehn Besatzungsmitgliedern zur Folge hatte, die Tapferkeitsmedaille von Zyklop verliehen. Erlitt Weltraum-Gangrän des rechten Beins bis Oberschenkelmitte und wurde als vorzeitig pensioniert ehrenhaft aus dem Dienst der Zyklopschen Raumfahrtorganisation entlassen. Werden weitere Daten erwünscht?«

Der freundliche Tonfall der abschließenden Frage war, durchdachte man es richtig, befand Maddalena, ein Wunder raffinierter Technik. Worauf hinaus mochte Gus wollen?

»Wer ist für seine Beinregeneration verantwortlich gewesen?« fragte Langenschmidt.

»Zu dieser Frage sind keine Informationen vorhanden.«

»Hm. Äh ... Welcher Arzt hat den Behandlungsfall übernommen und seine letztendliche Genesung überwacht?«

»Dr. Aleazar Rimerley«, lautete die Auskunft des Apparats.

»So was hab ich mir gedacht«, brummelte Langenschmidt gedämpft, machte Anstalten, sich umzudrehen. Aber dann zögerte er, stellte nach kurzem Überlegen noch eine Frage.

»Welche Einrichtungen existieren auf Zyklop für die Vollregeneration menschlicher Gliedmaßen?«

»Die Klinik in der Basis des Galaktischen Korps ist für die Regeneration von Gliedmaßen vollständig ausgestattet.«

»Andere Institutionen, die sie durchführen könnten, gibt's nicht?«

»Zu dieser Frage sind keine Informationen vorhanden«, antwortete der Apparat nach kurzer Pause.

»Das ist ja hooochinteressant«, bemerkte Langenschmidt und desaktivierte den Kommunikator. »Komm«, sagte er zu Maddalena. »Wir gehen in die Klinik. Hast du alles mitgekriegt?«

»Es betrifft sein rechtes Bein ... Er hat's, heute mitgerechnet, zweimal verloren?«

»Dumm bist du nicht, was?« meinte Langenschmidt herzlich, nahm sie am Arm und geleitete sie aus dem Restaurant.

»Ich glaube, du freust dich doch, trotz der Sachen, die ich gesagt habe, mich wiederzusehen«, sagte Maddalena leise, sobald sie ein kurzes Stück zurückgelegt hatten.

»Hm? Oh, ja natürlich, sicher doch ...!«

»Mann, du hast hier ja *echt* völlig charmantes gesellschaftliches Verhalten gelernt«, maulte Maddalena und entzog ihm ihren Arm.

Anscheinend rätselte Langenschmidt bei sich noch immer an der Bedeutung der Rüge herum, als sie die Klinik erreichten und man sie an einen hochgewachsenen, braunbärtigen Mann in autosterilisatorischem Weiß verwies, der sich die Zeit mit einem Schachproblem vertrieb.

»Das ist Dr. Anstey Nole, unser Stabsarzt«, stellte Langenschmidt ihn Maddalena eher beiläufig vor. »Doktor, 's geht um Justin Kolb. Wie steht's um ihn?«

»Den Umständen entsprechend, wenn man berücksichtigt, daß er 'n Unterschenkel mitsamt Fuß verloren, die Aderpressenfunktion eines Medi-Anzugs lange genug angehalten hat, um 'n Absterben des Gewebes zu verursachen, und durch den Wolfshai beinahe vor Schrecken um den Verstand gebracht worden ist. Gar nicht davon zu reden, daß er, als der Fischerjunge seine Raketen abgefeuert hat, fast in Fetzen gerissen worden wäre.«

»Was?« Langenschmidt blinzelte. »Ich habe selbst eine Rakete aufsteigen sehen, es machte mir den Eindruck, als hätt's fehlerfrei geklappt.«

»Ach, ich meine nicht die Rakete, die als Notsignal verschossen worden ist. Sind Sie nicht drüber informiert worden, wie er den Wolfshai erledigt hat? Indem er nämlich zwei dieser verflucht dicken Knaller auf dem Vorderdeck seines Trawlers bereitgelegt und aus geringer Entfernung hat abzischen lassen. Ich kann mir vorstellen, daß das sogar einen Wolfshai in Stücke gesprengt hat. Ein ziemlich schlauer Bursche, soviel kann ich Ihnen sagen. Er liegt auch bei uns und wird wegen

Unterernährung, Lupus im Anfangsstadium und beim Verballern der Raketen erlittener, leichter Verbrennungen behandelt. Die Hälfte seines Haars ist weggekokelt.«

»Lupus?« wiederholte Maddalena neugierig.

»Streng genommen ist die Bezeichnung inkorrekt, ich geb's zu, trotzdem verwenden wir sie provisorisch. Es handelt sich um eine bei den Fischern häufige Hauterkrankung, die entsteht, weil sie zu stark der Sonnenstrahlung ausgesetzt sind, und durch Reizstoffe, die die Ölfischschuppen absondern. Das Dasein auf einer zurückgebliebenen Welt kann manchmal recht unangenehm sein.« Unbehaglich hob Nole den Blick. »Entschuldigen Sie, daß ich davon anfange.«

»Mir brauchen Sie so was nicht zu erzählen«, entgegnete Maddalena unwirsch. »Ich habe gerade einen zwanzigjährigen Einsatz auf einem ZFP hinter mir.«

Nole wirkte nach wie vor, als wäre ihm nicht wohl in seiner Haut, und er wechselte hastig das Gesprächsthema.

»Ich möchte den Jungen, sobald er gesund ist, tatsächlich sogar zu Ihnen schicken, Kommandeur. Sein Name ist übrigens Bracy Dyge. Er sagt, er will sich um Aufnahme ins Korps bewerben. Offen gestanden, im ersten Augenblick habe ich gelacht. Dann hab ich's mir in Ruhe überlegt und bin zu der Einschätzung gelangt, daß er, verdammt noch mal, immerhin 'n cleveres Kerlchen mit Initiative ist.«

»An sämtlichen Küsten des Planeten wimmelt's von Bürschchen, die sich einbilden, sie könnten im Korps was werden«, konstatierte Langenschmied sarkastisch. »Ich wundere mich über Sie, Doktor. Diesen Figuren geht's doch nur um die Entlohnung.«

»Davon weiß er gar nichts«, erwiderte der Stabsarzt. »Glaube ich wenigstens.«

»Was? Selbstverständlich muß er darüber Bescheid wissen. Jeder weiß, daß ...«

Entschieden unterbrach Nole ihn. »Nein, während unserer gesamten Unterhaltung hat er sie kein einziges Mal erwähnt. Ihm kommt's nur darauf ein, seine Familie besser unterstützen zu können — beide Eltern sind tot —, als 's durch Ölfischfang möglich ist. Sein Fischecholot ist defekt gewesen, und ... Ich habe veranlaßt, nebenbei erwähnt, daß man das Ding mal in unserer Werkstatt repariert, ich hoffe, Sie haben keine Einwände. Ich dachte, das wäre das mindeste, was wir für ihn ...«

»Donnerwetter, ich bin nicht hier, um über diesen ... diesen Bracy Dyge zu schwadronieren«, rief Langenschmidt. »Ich will mit Ihnen über Kolb sprechen. Vor allem über Kolbs Bein.«

Nole hob die Schultern. »Ich dachte, ich hätte Ihnen dazu schon alles mitgeteilt.«

»Irrtum. Sie haben noch gar nicht richtig angefangen. Sie haben nicht einmal darauf hingewiesen, daß er es schon einmal verloren gehabt hatte.«

Nole war überrascht. »Davon hat mir niemand was gesagt. Sind sie sicher? Also wirklich, es *sah aus* wie ein natürliches Bein, als ich's untersucht habe ... Oder was übrig war.«

»Es stand ja wohl auch nicht zu erwarten, daß 's wie ein falsches Bein aussieht, oder? Sagt Ihnen der Name Dr. Aleazar Rimerley etwas?«

»Nein, glaube ich nicht. Ist das 'n hiesiger Knochenbrecher, oder wie?«

»Vielleicht könnte man ihn so nennen. Er ist der erfolgreichste Mediziner auf ganz Zyklop. Wenigstens einmal hat ihn Quist in Anspruch genommen. Ist es möglich, daß er dazu fähig gewesen ist, Kolbs Bein zu regenerieren?«

Nole spitzte die Lippen und schnitt eine Miene des Zweifels. »Denkbar wär's. Eine Beinregeneration ist ... ähm ... Naja, mit halber Megacomputer-Kapazität ließ sie sich vom Knie abwärts einigermaßen gut machen.

Vorstellbar ist es, aber ich wußte nicht, daß Zyklop sich Medi-Computer dieser Leistungsklasse erlauben kann.«

»Es war keine Regeneration unterhalb des Knies. Sie war von der Oberschenkelmitte an erfolgt.«

»Dann halt ich's für ausgeschlossen«, sagte Nole. »Dafür braucht man 'ne komplette Megacomputer-Kapazität, und selbst dann bleibt's fraglich, ob's gelingt.« Er schaute Maddalena an, als sorgte er sich, die besprochene Sache könnte ihr Abscheu verursachen, hätte er das Empfinden, sich deshalb entschuldigen zu müssen. »Es ist wegen des Gelenks, wissen Sie, besonders der synovialen Membranen. Ihre Regeneration genau zu programmieren, ist sehr heikel.«

»Was ist denn nun Ihre Meinung?« fragte Langenschmidt freundlich. »Hat Justin Kolb zwei funktionstüchtige Knie, oder hat er sie nicht?«

Nole stieß einen dumpfen Laut aus und wandte sich auf dem Absatz um.

Maddalena setzte sich auf die Ecke des Tischs, auf dem Noles Schachbrett stand, heftete den Blick auf Langenschmidt.

»Ich verstehe nicht ganz, was daran so wichtig sein soll«, gab sie zu. »Es gibt Institutionen, wo solche Therapien durchführbar sind, und wenn dieser Kolb der ... äh ... offizielle Geliebte Alura Quists ist, könnte sie nicht haben ihre Beziehungen spielen lassen, um ihm eine Behandlung auf einem höherentwickelten Planeten zu vermitteln?«

»Wäre es so gewesen, hätten die Datenspeicher darüber Informationen nennen können.« Langenschmidt begann im Zimmer auf- und abzugehen. »Es waren aber keine vorhanden. Auf meine Frage, wer für Kolbs Wiederherstellung verantwortlich gewesen sei, kam eine unmißverständliche Auskunft, es ist auf einen zyklopschen Arzt hingewiesen worden, der wahrscheinlich im Rahmen seiner Grenzen sehr kompetent ist, aber schlichtweg unmöglich den Zugriff auf Computerkapazitäten haben kann, wie sie für derartige Regenerationen erforderlich sind.«

Maddalena spürte, wie ihr das Blut aus den Wangen wich. »Aber was für eine alternative Methode könnte er denn angewendet haben? Kolb hat doch ein neues Bein gehabt, oder nicht? Mag sein, Nole hat die Tatsache übersehen, daß das Bein kein Original war, eine Prothese hätte ihm aber unbedingt auffallen müssen.«

»Genau«, bestätigte Langenschmidt halblaut und verfiel in Schweigen.

Sie warteten, ohne ein Wort zu sprechen, zwanzig Minuten lang, bis Nole zurückkehrte; das Gesicht über seinem braunen Bart war blaß geworden.

»Ich weiß nicht, wie sie darauf gestoßen sind, Kommandeur«, begann er sich zu rechtfertigen, »und ich begreife ebensowenig, wie's mir passieren konnte, so etwas zu übersehen ...«

»Sparen Sie sich die Entschuldigungen. Was haben Sie jetzt beim Nachforschen herausgefunden?«

»Das rechte Bein ist nicht seins. Ich meine, es ist kein regeneriertes Bein, regenerierte Glieder zählen zum eigenen Gewebe.« Aufgeregt zauste Nole mit den Fingern im Bart. »Also bleibt nur eine Möglichkeit: Es ist ein Transplantat. Und obendrein ein enorm gutes, das Glied muß sehr sorgfältig ausgesucht worden sein, um so zum linken Bein zu passen, wie's der Fall ist. Naja, sobald mir das klar wurde, habe ich natürlich sofort 'ne Zellprobe entnommen und die Genstruktur analysieren lassen, und dadurch habe ich eine ganz bestürzende Feststellung gemacht.«

Langenschmidts Miene blieb vollkommen gelassen, als wüßte er längst, welche Enthüllung Nole zu machen hatte. »Na weiter«, sagte er bloß.

»Tja, es ist schwierig, absolut sicher zu sein, aber ich bin auf der Grundlage dessen, was ich vorhin gesehen habe, zu der Einschätzung gelangt, daß das Bein nicht bloß nicht seins ist, sondern zudem auch nicht zyklopscher Herkunft. Auf jeden Fall ist die spezielle genetische Struktur der untersuchten Zellen nicht in Zyklops Genkarten verzeichnet.«

»Und können Sie sagen«, fragte Langenschmidt knapp, »woher das Material stammt?«

»Ich habe die Computer darauf angesetzt, aber es kann sein, wir erhalten kein endgültiges Resultat.« Nole strich wieder mit den Fingern durch den Bart. »Kommandeur, das ist die ungewöhnlichste Angelegenheit, von der ich je gehört habe.«

8

Der Bildschirm des Subraum-Kommunikators glomm auf. Weil ihr Unternehmen so einträglich war, konnten die Inhaber sich solche Raffinessen wie interstellare Visu-Verbindungen leisten. Auf der Bildfläche erschien ein Mann, der dank seines klobig-hakennasigen Gesichts Ähnlichkeit mit einem Jacksonbussard aufwies; er trug die schlichte, schwarze Kutte eines Erlösers, hatte die Kapuze auf die Schultern zurückgeschoben. Sein Haar war im Ergrauen begriffen, aber noch üppig, und die Falten in seiner Miene gingen wohl weniger auf verstrichene Lebenszeit zurück, sondern waren mehr ein Ausdruck starker Konzentration.

Der Mann hieß Lors Heimdall, und von ihm war Rimerley vollständig abhängig.

»Was gibt's?« brummte er und musterte das Abbild des Arztes, das er auf seinem Bildschirm sah. Im Hintergrund konnte Rimerley verschwommen das Innere seines Hauptquartiers erkennen: An einer Wand hingen an einem Garderobenregal eine Anzahl Kutten wie tote Fledermäuse, ein Videograf spielte die Aufzeichnung irgendeines Musikdramas ab.

Wenn er meinem Gesicht die Krise nicht auf den ersten

Blick ansieht, dachte Rimerley, *muß ich den schlimmsten Schrecken wohl überwunden haben.*

In der Tat fühlte er sich erheblich wohler als unmittelbar nach dem Gespräch mit Quist. Er hatte sich nicht nur einen weiteren kräftigen Drink gegönnt, sondern auch eine Mixtur aus Tranquilizern und Weckaminen injiziert, eine Mischung, die er normalerweise nur zur Vorbereitung auf eine schwierige Operation benutzte. Doch es mochte ganz gut sein, daß die eingetretene Lage eine schwierige Operation eigener Art erforderte ...

»Zweierlei«, sagte er forsch. »Übrigens, ich bedaure, Sie zu stören, aber wenn ich Ihnen erzähle, was los ist, werden Sie einsehen, daß es sein mußte. Habe ich Sie bei irgend etwas unterbrochen?«

»Nein, hier ist es noch früher Morgen, es ist erst seit 'ner halben Stunde hell. Wir sind noch nicht aufbruchbereit.« Zweifellos war Heimdall ungeduldig, aber er sprach in zumindest vordergründig friedlichem Ton.

»Wo sind Sie im Moment?«

»Wir wollen uns nun vom Deppenkap südwärts zu den Campinghügeln aufmachen. Rate ich richtig, wenn ich sage, daß Sie wieder 'ne Sonderbestellung für uns haben?«

Rimerley nickte. »Sogar eine doppelte. Erst einmal: Wie denken Sie darüber, Justin Kolb noch eine Gefälligkeit zu erweisen?«

»Noch eine?« meine Heimdall bissig. »Der Lump hat in seinem Leben schon zuviel Glück gehabt. Ohne seine Inkompetenz wäre ich wahrhaftig nicht, wo ich heute bin — aber diese Rechnung habe ich beglichen, und ich mag mich gar nicht weiter damit befassen. Beim Kosmos, er war nicht mal 'n halbwegs fähiger Raumfahrer — bloß 'n Rabauke mit 'ner besonderen Art, Leute für sich einzunehmen —, und so einen haben sie zum Helden hochgejubelt. Oder vielmehr, Quist hat's.« Er schnitt eine böse Miene. »Na schön. Was für eine Gefälligkeit?«

Rimerley mußte sich etwas Schweiß abtupfen, der ihn juckte. »Hier ist's heiß, wir haben Hochsommer«, sagte er zur Erklärung halblaut zu Heimdall. »Also, er hat wieder das Bein verloren. Diesmal durch einen Wolfshai. Dasselbe Bein.«

»Und Quist will ohne jeden Zweifel ihr zahmes Äffchen geheilt haben«, schlußfolgerte Heimdall schroff. »Außerdem müssen wir ihren Auftrag schleunigst erledigen, um sie für den Tag bei Laune zu halten, an dem sie unsere größte Kundin wird. Wir haben die Spezifikationen gespeichert, demnach müßte der Wunsch leicht zu erfüllen sein. Nicht wahr?«

»Nicht ganz«, widersprach Rimerley verhalten. »Ich meine, das ist nicht die ganze Situation. Was sich nach seinem Zusammenstoß mit dem Wolfshai ergeben hat, ist nämlich weniger erfreulich. Er ist durch irgend so einen Ignoranten von Fischer gerettet worden und in die Klinik des Galaktischen Korps eingeliefert worden. Ich vermute, das war der nächste Ort, von wo aus Hilfe ihn erreichen konnte.«

Heimdalls Gesicht wurde so finster wie der Himmel vor einem Unwetter. »In dem Fall hauen wir sofort ab! Ich will weit fort auf einem passablen Planeten sein, mitsamt neuem Namen und neuer Identität, ehe hier die Kacke zu dampfen anfängt.«

»Warten Sie«, bat Rimerley in einem Tonfall, der Heimdall beschwichtigen sollte. »Wissen Sie, noch ist nicht alles hin. Ich habe Quist nahegelegt, ihren Stenz spätestens morgen früh dort herauszuholen und mir zu überstellen. Es besteht eine ausgezeichnete Chance, daß das Korps sich zuwenig für zyklopsche Skandalgeschichtchen interessiert, um Kolbs Vorgeschichte zu kennen. Wie Ihnen genau bekannt ist, pflegen das Korps und die Zykloper nur Kontakte geringen Umfangs.«

»Die geringsten Kontakte sind für meinen Geschmack schon zuviel«, entgegnete Heimdall mißmutig.

»Aber wie ist's mit der genetischen Struktur des Transplantats?«

»Weshalb sollten sie auf die Idee kommen, sie zu untersuchen?« hielt Rimerley ihm entgegen. »Wenn sie Kolbs Vorgeschichte nicht kennen, müssen sie davon ausgehen, daß es sich um das Originalbein handelt. Die Beine paßten einwandfrei zusammen, das wissen Sie doch. Schließlich hatte ich Sie ganz schön umhergescheucht und wer weiß wie viele ungeeignete Exemplare abgelehnt, bis Sie ein vollauf brauchbares Stück auftreiben konnten, erinnern Sie sich?«

Heimdall nickte, aber sein Gesichtsausdruck spiegelte unverändert Bedenken wider.

»Und selbst falls sie über seine Vorgeschichte informiert sind, dürften sie's höchstwahrscheinlich für ein regeneriertes Bein halten. Immerhin ist er ja Quists Geliebter, und wem ließe sich leichter unterstellen, daß er's sich leisten kann, jemanden irgendwohin auf einen Raumflug zu schicken, wo er den normalen Standard an Medi-Computern vorfindet? Sie könnten nur auf eine Weise auf die andersartige Genstruktur aufmerksam werden, nämlich wenn sie's mit einer neuen Regeneration versuchen und das Material des Stumpfs mit dem linken Bein vergleichen.«

»Kann es nicht sein, daß sie genau das tun?« fragte Heimdall. »Es ist 'n offenes Geheimnis, daß Quist fürs Korps nichts übrig hat und den Leasingvertrag für die Insel, auf der es sitzt, kündigen würde, wenn's sich irgendwie einrichten ließe. Vielleicht kommt man auf den Einfall, Kolb für sie wiederherzustellen, um sich bei ihr beliebt zu machen. Als 'ne Art von Bestechung.«

»Wäre das ihre Absicht«, äußerte Rimerley mit übertriebener Zuversicht, »hätte Quist nicht von sich aus vorgeschlagen, ihn morgen früh zu mir zu bringen, oder? Sie hätte sich tatsächlich nicht einmal die Mühe gemacht, sich mit mir in Verbindung zu setzen.«

»Ja, ich glaube, Sie haben recht«, räumte Heimdall ein.

»Und zudem«, argumentierte Rimerley, indem er sich näher vor seinen Kommunikator beugte, »sind wir es, die Quist eine Bestechung bieten. Eine Bestechung, die sie unmöglich abschlagen könnte, selbst wenn die Gegenleistung aus etwas bestünde, das uns sehr nützlich wäre, zum Beispiel, wollen wir mal sagen, die Anweisung, die Korpsbasis auf Zyklops mit sofortiger Wirkung zu schließen. Damit dürfte das Korps genügend beschäftigt sein, ohne sich den Kopf über Justin Kolbs Bein zu zerbrechen.«

In Heimdalls Augen entstand ein Funkeln. »Wenn Sie so einen Trick aus dem Ärmel zaubern, um uns das Unheil vom Hals zu halten, sind Sie schlauer, als ich gedacht habe. Wie wollen sie das arrangieren?«

»Folgendermaßen«, antwortete Rimerley und begann sein Vorhaben zu erklären.

Das Bankett war erträglich zügig vorübergegangen, doch die anschließenden Reden schleppten sich dahin, als sollten sie in alle Ewigkeit dauern. Vor einer Viertelstunde hatte Alura Quist aufgehört, auf den Wortlaut zu achten, und befaßte sich stattdessen mit ihren eigenen Gedanken.

Ab und zu glitt ihr Blick zum Platz links neben ihr, den der Delegationsleiter der Abgesandtschaft der Erde einnahm, auf dem am Abend Justin hätte sitzen sollen.

Ich fühle mich gräßlich alt, ging es ihr durch den Kopf. *Und höchstwahrscheinlich sehe ich umso älter aus, je genauer jemand mich ansieht. Und wenn ich gestorben bin, was wird dann noch an mich erinnern als ein verwitterter Grabstein und ein paar Daten meiner Laufbahn, die außerhalb Zyklops niemand in der Schule lernt?*

Sogar ihr seit langem gehegter Plan, das vom Galaktischen Korps hochgehaltene Nichteinmischungsprinzip gegenüber den ZFP zu Fall zu bringen, bekam nun, als sie den Greis anblickte, der rechts neben ihr saß, einen bitteren Beigeschmack: Omar Haust von ZFP Eins, der die Ehre hatte, an ihrer Seite sitzen zu dürfen, weil er die einzige anwesende Person war, deren Vorfahren tatsächlich die Existenz im Dreck eines Flüchtlingsplaneten hatten ertragen müssen.

Er war dabei, sich um alle Ehre zu bringen.

Erstens hatte er von Anfang an zuviel getrunken. Bei der Eröffnung des Banketts hatte er asketisch gewirkt, mit dem weißen Schnauzbart auf der Oberlippe und dem einem Heiligenschein ähnlichen, schlohweißen Haarkranz um den glänzend-kahlen Schädel nahezu wie ein Heiliger ausgesehen. Zudem hatte er auch am weiteren Abend schwer dem Alkohol zugesprochen; bei den späteren Gängen bestand er störrisch darauf, beim Besteck abzuwinken und mit den Fingern zu essen, wohl als eine gewisse Solidaritätsgeste mit den Bewohnern der ZFP, denen man andersartige Hilfsmittel versagte. Zweimal waren ihm aus den vom Essen fettigen Händen gefüllte Weinbecher gerutscht und hatten seine Tischnachbarn bespritzt, darunter auch Quist, deren kostbares Festkleid von der Erde infolgedessen dunkle Flecken sprenkelten. Und seit einigen Minuten brabbelte er beleidigende Bemerkungen in seiner Muttersprache, einem davon abgewichenen Ableger der verbreiteten Galaktischen Einheitssprache, die mit letzterer aber noch soviel Gemeinsamkeiten aufwies, daß Quist selbst bei dem, was sie nur halb verstand, wiederholt zusammenzuckte.

Allerdings hatte sie für ihn, indem sie sich zusehends eingehender mit ihren privaten Sorgen befaßte, bald keine Beachtung mehr erübrigt.

Plötzlich schreckte die Beobachtung sie aus ihren verworrenen, kaleidoskopischen Überlegungen, die sich sehr regelmäßig um Justin Kolb drehten, daß der Alte endgültig die Geduld verlor. Er war aufgesprungen, hämmerte mit dem Boden seines Bechers auf die Tafel, und mit jedem Schlag verrieselte er ringsum frische Weinspritzer. Der Delegierte, der gegenwärtig seine Rede hielt, verstummte entsetzt, als Haust in seinem faustdicken Akzent loszuschreien anfing.

»Mir wird speiübel! Es is zum Kotzen! Hier wird ja bloß lauter gebildeter Blödsinn über unsere armen, bedauernswerten Brüder und Schwestern auf 'n Flüchtlingsplaneten gequasselt, die aus 'm Elend zu befreien und in 'n Schoß der Zivilisatie zurückzuholen uns verboten wär, und wer sabbert den ganzen abgedroschenen Quatsch nach? Hä? Wer plappert den ganzen lammfrommen Humbug nach, was wir zu machen hätten?«

Betroffen schauten die versammelten Ehrengäste weg, suchten sich einen weniger peinlichen Anblick als den dieses alten Saufkopfs, der sich aufs Kinn seiberte.

»Ich werd's euch sagen!« brüllte er. »Ein Haufen schmutziger, verlogener Heuchler! Das seid ihr allesamt! Sieh dich doch an!« Er schleuderte seinen Becher in die ungefähre Richtung der Rednerin der Erde, einer neunzig- oder hundertjährigen Frau mit gütigem Auftreten und einer ehrenvollen politischen Laufbahn auf ihrer Heimatwelt; glücklicherweise flog das Wurfgeschoß weit an ihr vorbei.

»Sieh dich an!« röhrte Haust noch einmal. »Wie die Fettwülste der Erde dir um die Hüfte schwabbeln! Und mit allen andern hier ist's genauso. Und was *dich* angeht ...«

Er wandte sich Quist zu, die auf ihrem Stuhl zurückwich. Beunruhigtes Personal rückte näher, sich noch unsicher, ob man versuchen sollte, Haust zu bändigen, oder erst warten mußte, bis er gegen die Chefin wirklich tätlich wurde; sie selbst saß völlig erstarrt da, gab ihnen keinen Verhaltenshinweis.

»Du bist so lumpig wie der Rest!« schrie der Alte. »Wer un ... unner ... unterdrückt denn die ZFP? Das beschissene Galaktische Korps doch, und seine widerlichen Stiefellecker in der Patrouille. Und wer hat 'm dreimal verfluchten Korps hier auf Schüschlopp ... Züklopp ... hier auf dieser Dreckswelt, egal wie sie heißt ... Wer hat 'm Korps 'ne Basis geleast? Na, *du!* — Baaah! Gebt mir zu saufen, damit ich mein' Ekel runterspülen kann!«

Er griff sich den nächstbesten Becher, zufällig Quists Trinkgefäß, aber als er ihn an die Lippen setzte, geriet er vollends aus dem Gleichgewicht und stürzte mit Gepolter zu Boden.

»Meine Überzeugung lautet«, erklärte der darauffolgende Redner, »daß wir aus dem, was zu viele von uns lediglich als mißratenes Benehmen bewerten, eine Lehre zu ziehen haben.« Er war ein hagerer Mann von den Zwillingswelten Alpha und Beta Lobulae, die so wenig interne Probleme gekannt hatten, daß sie über genug überschüssigen Tatendrang verfügten, um sich in die Schwierigkeiten anderer Systeme einzumischen. »Es sollte uns alle daran erinnern, daß wir es nicht mit abstrakten Angelegenheiten zu tun haben, sondern mit Menschen, die sich durch Leidensfähigkeit auszeichnen, die weit mehr leiden, als wir glücklichen Kinder gesegneterer Welten es überhaupt begreifen können. In der Tat bereitet es mir keine große Überraschung, zu sehen, daß Omar Haust das Vorhandensein eines Stützpunkts des Galaktischen Korps auf diesem Planeten als unnötigen Hohn empfindet — damit stelle ich die Gastfreundschaft dieses Planeten nicht in Frage, und ich bezweifle auch nicht, daß seine Regierung mit unseren Zielen vollauf sympathisiert, aber vielleicht könnte ihre Haltung in dieser Hinsicht bei Wankelmütigen Zweifel in bezug auf unsere letztendliche Entschlossenheit auslösen.«

Seine Äußerungen, erkannte Quist, die bei diesem Gedanken Mulmigkeit befiel, verlangten eine Antwort. Und einfach die Wahrheit auszusprechen, hülfe nichts: Daß ohne die Einnahmen aus dem Leasingvertrag für die Insel die Delegierten gar nicht hier wären; die Leasingeinnahmen entschieden, ob Zyklop sich eine Flotte interstellarer Raumschiffe, wie klein sie auch war, leisten oder nicht leisten konnte.

Quist stand auf und schaute in die Runde. Sie hatte die Möglichkeit, befand sie, bei der Einleitung der ursprünglichen Fassung ihrer Ansprache zu bleiben. Der Kompositor hatte gute Arbeit geleistet, und innerhalb kurzer Zeit hörten die Delegierten, ausgenommen der Mann von Lobulae, in ruhiger Selbstzufriedenheit zu.

»Selbstverständlich muß man berücksichtigen«, erläuterte Quist schließlich, ihm zugewandt, mit einem Anflug von Verzweiflung, »daß man zu der Zeit, als die Vereinbarung zwischen dem Korps und meiner, *unserer* Regierung zustandekam, noch nicht einmal die ersten ZFP entdeckt gewesen waren. Es liegt mir fern zu leugnen, daß das Korps in seiner Kapazität als interstellares Pendant einer Polizeitruppe sinnvolle Dienste verrichtet hat. Nur in seinen Bestrebungen, Politik zu betreiben, hat es offensichtlich seine eigentlichen Kompetenzen überschritten.«

Dazu wurde rundherum genickt.

»Aber wir sind für den erfolgten Denkanstoß dankbar. Ich werde die Anregung untersuchen lassen, und falls sich zeigt, daß ein Vorgehen gegen die Existenz des Stützpunkts ein wirksamer Hebel zur Durchsetzung unserer Ziele gegen den Widerstand des Korps sein könnten, gedenke ich zu dieser Sachfrage eine formelle Erklärung abzugeben.«

Applaus. Quist nahm wieder Platz, wünschte sich von ganzem Herzen, Justin wäre da, um ihr, gleich wie gezwungen — und das, wußte sie, wäre sein Beifall — seine Zustimmung zu bekunden.

Der Himmel stehe Zyklop bei, sollte ich je auf der Grundlage dieser verschwommenen Zusage handeln müssen, dachte sie, lächelte fortwährend den Delegierten zu, die ihr für ihre Ausführungen Komplimente aussprachen.

9

Nole hatte sich, nach wie vor aufgeregt, nochmals entfernt, um nachzuschauen, ob von dem Computer, den er damit beauftragt hatte, den Gentypus des Gewebes von Kolbs Beintransplantat aufzuspüren, inzwischen ein ausgedrucktes Ergebnis vorlag.

Im Büro, in dem Maddalena und Langenschmidt auf Neuigkeiten warteten, blieb es sehr still. Die Klinik summte von den gleichen, leisen Effizienzgeräuschen wie eine ultramoderne automatische Fabrik; weil ihre Aufgabe quasi aus Reparatur und Wartung der hochgradig komplizierten Funktionen des menschlichen Fleischs bestand, war diese Ähnlichkeit nicht weiter erstaunlich. Von außerhalb der Mauern drang kaum hörbar die Geräuschkulisse anderer Reparaturarbeiten herein: Das Klirren neuer Rumpfplatten, die man in Überholung befindlichen Raumschiffen montierte, das leicht irritierende Jaulen getesteter Antriebseinheiten.

Maddalena hatte für mittlerweile geraume Zeit den Halbmond des heutigen Abends betrachtet — durch den großen Abstand von Zyklop wirkte er um so winziger — , als sie zu guter Letzt wieder das Wort ergriff.

»Es gibt furchtbar viel Aspekte der hiesigen Situation, die ich überhaupt nicht durchschaue, Gus. Vielleicht solltest du mich lieber einweihen.«

»Hm?« Langenschmidts Kopf ruckte herum. »Ach! O ja, tut mir leid, du hast recht ... Ich gehe noch immer von der falschen Annahme aus, du wärst vor der Entsendung nach Zyklop instruiert worden. Da das nicht der Fall ist, weißt du vermutlich so gut wie gar nichts. Schließlich ist Zyklop ja nicht eben 'ne Welt, die in den galaktischen Medien zu Sensationsmeldungen Anlaß liefert.«

»Ich habe ihr das letzte Mal vor zwanzig Jahren Aufmerksamkeit geschenkt. Seitdem müssen sich viele Veränderungen vollzogen haben.«

»Ja und nein.« Langenschmidt hatte auf der Kante des einzigen, großen Tischs im Zimmer gehockt; nun wurde es ihm darauf unbequem, er schlenderte zu einem Kontursessel, ließ sich zerstreut hineinsacken und das Sitzmöbel sich seiner Gestalt anschmiegen. »Die ... die Stimmungslage auf Zyklop, der planetare Durchschnitt der menschlichen Einstellungen sozusagen, ist über eine lange Periode hinweg konstant gewesen, so wie überall. Wie hieß das Wort, das ich von dir dafür gehört habe?«

»Räuberisch?«

»Genau. Ähmmmm ... Zur Hölle, wo soll ich nur loslegen?« Müde rieb Langenschmidt sich das Gesicht. »Am besten wohl am Anfang. Ich muß mit der Tatsache anfangen, daß es sich bei Zyklop um eine irreguläre Siedlungsgründung handelte.«

Maddalena stutzte. »*Tatsächlich*? Ich kann mir vorstellen, daß das eine Menge erklärt.«

»Da bin ich auch sicher. Von den zweihundertsechzig zivilisierten Welten sind über zweihundert dem offiziellen Standardmuster gefolgt: Erforschung, punktuelle Besiedlung unter der Supervision eines für die Erschließung nur dieses einen Planeten intensiv spezialgeschulten Polymathematikers und zum Schluß Freigabe für die Immigration. Zyklops zählt zu den etwa fünfzig Welten, deren zivilisatorische Entwicklung davon abweicht. Seine Kultur ist ein Ableger von Dagon. Sagt dir das was?«

»Aber natürlich.« Maddalena zögerte, stieß dann ein unterdrücktes, nervöses Lachen aus. »Mein lieber Gus! Wie wenig du dich verändert hast ... Du hast noch dieselben lehrerhaften Manieren wie damals, als du mich 's erste Mal über ZFP Vierzehn informiert hast, du bist noch genauso reizbar, und du denkst heute wie derzeit, du hättest ein eitles, abgrundtief unwissendes Mädchen von der Erde vor dir.«

»Entschuldigung.« Langenschmidt widmete ihr ein

etwas schiefes Schmunzeln. »Also unterstellen wir, daß dir der Rest bekannt ist. Auf Dagon ist einer der seltenen Fehler bei der Auswahl des Polymathematikers unterlaufen. Er war ein Mann, der die Belastung nicht durchhalten konnte, er bekam Krach mit einem der kontinentalen Siedlungsleiter, der sich schließlich sagte, daß er keine Lust mehr hatte, den Ärger mitzumachen, und sich selbst auf einem anderen Planeten besser zurechtfände. Deshalb verließen er und ungefähr viertausend Anhänger Dagon und ... Ja, sie siedelten sich, um's klar zu sagen, auf Zyklop an. Zunächst muß es für sie so hart wie auf ZFP Eins oder irgendeinem ähnlich wirtlichen ZFP gewesen sein. Weil seine Anhänger sich ihm aufgrund seines Freiheitsversprechens anschlossen — mit dem er im Gegensatz zu den autoritären Launen eines untauglichen Polymathematikers gestanden hatte —, beharrten sie naturgemäß auf zumindest nichts geringerem als einer repräsentativen Regierungsform, und sie hat überdauert, allerdings nur als Formalität bis zu dem Grad, wie sie erforderlich ist, um Zyklop für die Mitgliedschaft in der galaktischen Zivilisation zu qualifizieren. Auch ihre Gesetze orientieren sich an den Kriterien der Galaktischen Union, wenigstens in der Theorie. In Wirklichkeit jedoch haben sie's, weil der Anfang mit einem so schweren Handikap erfolgte, alles bei Förmlichkeiten belassen und eine Hand-in-den-Mund-Mentalität entfaltet, aus der sie sich bis jetzt nicht hocharbeiten konnten. Zyklop ist einer der wenigen zivilisierten Planeten, auf denen Rücksichtslosigkeit Macht einträgt. Quist, die seit langem *de facto* Regierungsoberhaupt ist, hat für diesen Posten keine bessere Qualifikation als bloß ihren Hang zum Autoritären. Sie findet um ein signifikantes Prozent mehr als andere Menschen daran Spaß, Befehle zu erteilen, und zu sehen, wie sie befolgt werden. Falls du passende Vergleichspersonen genannt haben möchtest ... Tja, dann muß man wohl auf Beispiele aus Zeiten vor der Galaktischen Union zurückgreifen. Aus dem ersten Jahrhundert der Atomara, etwa auf Erdgebiete wie Spanien, einige Länder Lateinamerikas und manche Südasiens. Dort hatte man eine viel zu verarmte Ökonomie, um das Verwaltungswesen einer finanziell effizienten Regierung tragen zu können, stattdessen nur obenauf eine Art Wohlstandsschicht. Die Hälfte der Bevölkerung vegetiert an der Armutsgrenze, ein Drittel umfaßt Analphabeten, ein Viertel Kranke, und etwa einer unter zwanzig schafft durch pure Zähigkeit irgendeine Art von individuellem Erfolg ...«

»Ich wußte gar nicht«, sagte Maddalena in einem Moment des Schweigens, »daß du dich auch mit der irdischen Historie so gut auskennst.«

»An sich weiß ich darüber nicht gut Bescheid. Ich brauchte nur 'n paar Vergleichsdaten, als ich nach Zyklop geschickt worden bin, und das sind die Informationen, die unsere Sozialpsychologen für mich ausgegraben haben.«

»Was stützt denn die zyklopsche Wirtschaft? Und wie hoch ist gegenwärtig die Gesamtbevölkerungszahl?«

»Teure Volkszählungsaktionen zählen zu dem Luxus, den man sich hier nicht gestatten kann, aber nach unseren wahrscheinlichsten Schätzungen liegt die Population um die sieben- bis achthundert Millionen. Beachte bitte, die Lebenserwartung ist niedrig, und eins von acht Kindern stirbt im ersten Lebensjahr. Was die Wirtschaft betrifft: Hinsichtlich des Wohnraums und der Ernährung steht sie auf eigenen Beinen — in dieser Beziehung ist das Klima der Äquatorialzone ein Vorteil, dort treten nur sehr milde Regenzeiten und keine richtigen Winter auf —, ebenso sind mehrere grundlegende andere Industriezweige vorhanden, etwa Textilindustrie ... Zyklop ist ein für Siedler ziemlich sicherer Planet der Klasse A, sonst hätten die ersten Bewohner nicht überlebt. Fischöl ist fast der einzige Exportartikel;

es dient zur Erzeugung synthetischen Proteins und letzendlich zur Nahrungsergänzung auf einigen benachbarten, vitaminarmen Welten. An zweiter Stelle des Exports stehen im Asteroidengürtel gewonnene Rohstoffe. Es gibt einige Brocken aus reinem Erz, das so wertvoll ist, daß sich sogar der Transport über Fernstrecken lohnt. Aber es wird nur knapper Gewinn abgeworfen, und es sind zwei unsichtbare Außenhandelsfaktoren, die den maßgeblichen Unterschied zwischen Zurechtkommen und dem Rückfall ins Hungerdasein ausmachen. Der eine ist eine kleine Trampschiffahrt-Raumflotte, die etwas über einhundert interstellare Raumschiffe umfaßt. Und der zweite ist ... das hier.« Langenschmidt beschrieb mit einer Geste alles Umliegende. »Zyklops Position prädestiniert den Planeten in diesem Sektor geradezu für eine vorgeschobene Basis, darum ist diese Insel schon kurz nach der Gründung des Korps geleast worden. Die Zykloper haben uns ungern hier, aber ihre ökonomische Schwäche läßt ihnen keine andere Wahl. Ist es keine wirklich uralte Platitüde, daß die Armen die Polizei nicht mögen? Aber wir sind nun einmal da, und sie können's sich nicht erlauben, uns fortzuscheuchen.«

Der Bürokommunikator summte, und eine Sekunde später ertönte nervös Noles Stimme aus dem Apparat. »Kommandeur, würden Sie bitte in den Computerraum runterkommen? Ich erhalte Ergebnisse, die ich nicht verstehe, und ich glaube, Sie werden sie sehen wollen.«

»Schon unterwegs«, rief Langenschmidt lebhaft und stieß sich aus dem Konturensessel hoch.

Mit äußerster Vorsicht schwang Bracy Dyge die Beine über die Bettkante. Sie befand sich höher als vermutet überm Fußboden. Überhaupt stimmte dieses Bett kaum mit seiner Vorstellung von einem solchen Möbelstück überein; vielmehr war es eine komplexe therapeutische Installation, der eine etwas beunruhigende Aura von

Denk- und Empfindungsvermögen anhaftete, und Bracy hätte viel lieber, wie er es von daheim gewöhnt war, auf einem nur sechs bis acht Zentimeter hohen Stapel aufgeblasener Fischhäute gelegen.

Man hatte ihm empfohlen, in der Horizontalen zu bleiben und zu schlafen, doch es war ihm ganz einfach nicht gelungen. Nach kurzer Lebenszeit am Rande des Verhungerns hatten die ihm verabreichten Injektionen an Nährstoffen und Stärkungsmitteln auf ihn die Wirkung eines überstarken Stimulans gehabt, eine Konsequenz, die die Ärzte hätten beachten müssen, die von ihnen jedoch unberücksichtigt geblieben war, weil sie gewohnheitsmäßig den Maßstab ihrer gesünderen und besser ernährten Patienten, die sie normalerweise behandelten, angelegt hatten.

Er fühlte sich, kurz gesagt, in Bestform. Die Verbrennungen, die es ihm beschert hatte, seine Signalraketen auf den Wolfshai abzufeuern, waren mit etwas bestrichen worden, das die Schmerzen weitgehend linderte, und obwohl ihm die Hälfte seines zu Zöpfen geflochtenen Haars sowie mehrere Quadratzentimeter Kopfhaut fehlten, fühlte die verletzte Schädelfläche sich kühl und erträglich an. Nichts lenkte ihn von dem ab, was momentan im Vordergrund seines Denkens stand — nämlich der Tatsache, daß man ihn auf die halb sagenhafte Korpsinsel gebracht hatte, die für die Einheimischen Zyklops gewöhnlich streng verboten blieb.

Schon morgen mußte er darum bitten, nach Hause befördert zu werden: Er schuldete es seiner Familie, schleunigst auf See zurückzukehren und zu versuchen, seine bisher fruchtlose Fangfahrt doch noch erfolgreich zu beenden. Er hatte es gewagt, dem Arzt seinen Wunschtraum anzuvertrauen — den Eintritt ins Korps —, doch durch etwas an dem Lachen, mit dem der Mann darauf reagierte, war ihm die Auffassung eingeflößt worden, eine lächerliche Phantasterei ausgesprochen zu haben. Man hatte ihm versprochen, sein

Fangnetz zu reparieren, und er mußte wohl oder übel mit diesem Lohn für seine Rettung des Wolfhaijägers zufrieden sein.

Wäre es nur eines der Korpsmitglieder gewesen ...! Aber es hatte keinen Sinn, sich zu wünschen, Vergangenes wäre anders verlaufen.

Vielleicht konnte er auch noch um Ersatz seiner zerstörten Solarzellenflächen bitten. Trotzdem mußte er auf jeden Fall morgen aufbrechen. Und wachzuliegen, ohne die Gelegenheit zu nutzen, sich anzuschauen, wie die Korpsangehörigen lebten, war mehr, als er zu verkraften vermochte.

Er huschte zur Tür und probierte den Öffner aus. Wie sich erwies, ließ er sich leicht betätigen: Nach Druck auf eine erhöhte Stelle in der Mitte rollte die Tür seitlich in die Wand, gab den Blick in einen menschenleeren Korridor frei.

Nachdem er aufmerksam auf Schritte oder das Geräusch von Rädern gelauscht hatte, wie sie ihm schon bei der Einlieferung aufgefallen waren, flitzte er den Gang hinab und um die nächste Ecke.

Dahinter änderte sich die Natur der Umgebung vollkommen. Statt der kaum sichtbaren Umrisse von Türen gab es große, längliche Fenster, durch die man allerdings nicht das Freie sah, anders als bei den Fenstern, die er kannte. Man hatte durch sie Einblick ins Innere anderer, benachbarter Räume.

Er schlich zum ersten dieser Fenster und lugte hindurch. Alles was er sehen konnte, war ein Durcheinander von Gerätschaften, ähnlich wie im Gehäuse des Fischecholots, nur viel umfangreicher und unübersichtlicher. Er versuchte zu erkennen, welchem Zweck es diente, kam jedoch zu keinen Einsichten; da bewegte sich plötzlich etwas von ganz allein, ein glänzender Metallarm stellte eine Verbindung zwischen irgendwelchen Teilen her, und dieser Vorgang ängstigte Bracy so, daß er ein Fenster weiter schlich.

Was er dadurch erblickte, erregte weit stärker sein Interesse. Dahinter lag eine nackte Frau.

Sie war groß und sehr schön, obwohl sie dunklere Haut als Bracy hatte, ein Hinweis darauf — nach seinen Begriffen —, daß sie seiner Unterschicht entstammte, zu arm war, um bei Hitze im Schatten zu sitzen. Reglos lag sie ausgestreckt, mit geschlossenen Augen, auf einem gepolsterten Wagen. Den gesamten Raum rund um sie erfüllten Mechanismen, die sich langsam bewegten, unverständliche Aufgaben verrichteten.

Sein Blick betrachtete die Rundungen ihres wohlgewachsenen Körpers: Da war der linke Arm, er lag auf der Brust, und der rechte Arm ... Wo war er?

Schrecken durchfuhr Bracy, als er sah, daß der rechte Arm im Rachen einer der Maschinen stak, die sich auf genau die gleiche Weise an ihm hinauffraß, wie ein Saugmaul-Neunauge ihr unglückliches Opfer verschlang.

Wie allen Kindern armer Herkunft auf Zyklop hatte man auch Bracy, wenn er sich als Junge danebenbenahm, mit Bestrafung durch das Korps gedroht. Jetzt etwas zu sehen, das er als schauderhafte Folter mißverstand, jagte ihm Grausen ein, und er stieß einen Schrei des Entsetzens aus.

»Was war das?« fragte eine entferntere, aber deutliche Stimme, und Bracy erkannte unvermittelt, daß er Schritte sich nähern gehört hätte, wäre er von seiner Entdeckung nicht so fasziniert gewesen. Er fuhr keuchend herum und bemerkte hinter sich, an einer Kreuzung der Korridore, einen Mann und eine Frau.

»Wer zum ...?« meinte der Mann. »He, Sie da!«

Bracy suchte das Weite, floh blindlings ins Gewirr der kahlwandigen Gänge. Die furchtbaren Verfolger setzten ihm nach, schrien ihm hinterher, bis es ihm dank der größeren Schnelligkeit, die ihm das Grauen verlieh, schließlich gelang, sie abzuhängen, und endlich erreichte er ein dunkles, stollenartiges Rohr, in das er in dem Glauben flüchtete, darin Zuflucht zu finden.

»Das muß der Fischerjunge sein, der Kolb gerettet hat«, sagte Langenschmidt zu Maddalena. »Wir haben sonst niemanden mit solchem Haar in der Klinik liegen. Und wohin er jetzt verschwunden ist, kann *ich* mir beim besten Willen nicht vorstellen. Eins steht aber fest: Er ist in die Richtung der Hauptsteuerzentrale gelaufen, und wir müssen ihn schnappen, ehe er irgend was kaputtmacht. Siehst du irgendwo 'n Kommunikator? Egal was Nole festgestellt hat, es muß erst mal warten.«

10

Über Nacht hatte Regen den Weg in einen Schlicksumpf verwandelt. Der geduldige, gewaltig starke Yorb mußte sich häufig gehörig abplagen, immer wieder rutschten seine breiten Pfoten auf dem matschigen Untergrund aus, wenn er den beladenen Karren durch einen besonders tückischen Abschnitt zu ziehen versuchte. Aber jedesmal stieg Firdausi ab, brach im Unterholz längs des Wegs Zweige und legte sie vor den Karrenrädern aus, ohne sich zu beschweren.

Während sie die schlüpfrigen Zügel locker in den Händen hielt, fühlte Soraya sich durch die wortlose Hilfsbereitschaft des Jungen zu verschwommener Dankbarschaft veranlaßt. Fast neigte sie dazu, ihren Entschluß für den Fall, daß die Erlöser ihre Mutter in ihre Obhut nahmen — das Elternhaus für immer zu verlassen —, nun rückgängig zu machen. Vielleicht lagen Firdausi ja wirklich ihre besten Interessen am Herzen ...

Sorayas alte Mutter ruhte, ohne zu klagen, auf dem Haufen weicher Lederhäute, die sie auf der harten Ladefläche des roh zurechtgezimmerten Holzkarrens für sie ausgebreitet hatten. Gelegentlich zuckten ihr im Schlaf die Hände. Es war nach Sorayas Ansicht besser, daß sie schlief. Obwohl dem letzten, beinahe tödlichen Schlotteranfall eine längere Periode geistiger Klarheit gefolgt war, hatte die Krankheit sie inzwischen fürchterlich geschwächt; sie konnte kaum mehr als ein Dutzend Schritte gehen, ohne daß die Kräfte sie verließen, und auf ihrem geschrumpften Fleisch war die Haut runzlig geworden.

Sie hatte gesagt, sie freute sich über Sorayas Entscheidung, zu versuchen, sie bei den Kranken-Erlösern unterzubringen, und erklärt, sie sei schon viel zu lange für die Familie eine unnütze Belastung gewesen. Doch mußte man diese Worte als Konsequenz vernünftigen Überlegens anerkennen, oder waren sie lediglich ein Ausfluß der Apathie und Verblödung, zu der die Erkrankung führte? Nach so zahlreichen Anfällen mochte sich vielleicht jeder wünschen, das Elend bald ein für allemal hinter sich zu haben.

»Es bleibt nicht mehr lange so«, sagte Firdausi halblaut. »Noch ein Hügel, und wir haben für den gesamten Rest der Strecke eine anständige, trockene Landstraße vor uns.«

Soraya nickte, obwohl sie seine Bemerkung in Wahrheit kaum zur Kenntnis genommen hatte.

Der Himmel über ihnen war grau; die Bäume ringsherum, behangen mit ihrem sonderbaren, Haarsträhnen ähnlichem Laub, waren graugrün und troffen noch vom letzten Regenguß kurz vor Anbruch der Morgendämmerung. Die Umgebung paßte genau zu Sorayas niedergedrückter Stimmung.

Und wenn sie sie nun gar nicht nehmen? Wenn sie nun sagen, ich hätte zu lange gewartet ... Daß sie ihr hätten helfen können, wäre ich einen Monat früher gekommen, aber es jetzt aussichtslos ist? Das könnte ich mir nie verzeihen. Niemals!

Der Yorb zog den Karren über die Kuppe des letzten Hügels, der sie noch vom Ziel trennte, und danach gelangten sie, wie von Firdausi angekündigt, auf eine bessere, feste, mustergültig gestampfte und mit einer

Schicht gepreßten Schotters versehene Landstraße. Sie verlief auf eine voraus bereits sichtbare Kleinstadt zu, einen viel größeren Ort als das Dorf, in dem Soraya ihr bisheriges Leben zugebracht hatte. Die Ortschaft mußte, schätzte sie, fast tausend Häuser umfassen.

Es fiel schwer, die Überlieferungen der Ahnen zu glauben — daß die Menschen einmal zu Millionen gezählt, zwischen den Sternen gewohnt haben sollten, die am Himmel leuchteten ...

Ein kurzes Wegstück weiter begegneten sie einem Landarbeiter, der gerade einen bockigen Yorb zwischen die Zugstangen eines hoch mit eßbaren Wurzeln behäuften Karrens spannte. Er grüßte sie höflich. Als sie ihm den Zweck ihrer Reise erklärten, deutete er hinüber zur Stadt.

»Die Erlöser sind noch nicht da, werden aber noch in dieser Stunde erwartet, glaube ich. Zum Glück ist meine ganze Familie bei guter Gesundheit, deshalb habe ich mich diesmal nicht genauer erkundigt. Fahrt zum Marktplatz, dort trefft ihr welche an, die ähnliches Unglück wie ihr haben.«

»Vielen Dank«, sagte Firdausi und trieb den Yorb vorwärts.

Lors Heimdall verzog in äußerster Verachtung die Lippen, als ihn das erste Anzeichen dafür erreichte, daß sie sich dem Zielort näherten: Der Gestank.

Die Blödheit dieser Menschen! Dieser Schmutz, die Krankheiten, der Mangel an Hygiene ...! Wie konnte man sie eigentlich als Menschen betrachten, wenn sie wie wilde Tiere lebten? Falls das tatsächlich der ›natürliche Zustand‹ war, aus dem nur ein langsamer Prozeß technischer Evolution die Menschheit erhoben und in die sauberen, hellen Städte der galaktischen Zivilisation geführt hatte, mußte man es als Wunder einstufen, daß es überhaupt je so etwas wie Fortschritt gab.

Allem Anschein nach entbehrten sie jedes durchdachten Systems, und stattdessen arbeiteten sie auf der Grundlage eines Bündels kruder, unverstandener, halb abergläubischer Vorstellungen: Zum Beispiel kochten sie ihr Trinkwasser ab. Schon von weitem ließen sich die Dampfwolken erkennen, die über den örtlichen Wassermühlen emporwallten. Vermutlich ging das Abkochen auf einen Befehl zurück, der von einem der ursprünglichen Flüchtlinge, der in der Folgezeit der Katastrophe einen einigermaßen klaren Kopf behalten hatte, ausgegeben worden war, und es hätte im Rahmen eines geeigneten Sauberkeitscodex durchaus einen Sinn gehabt. Unter den gegenwärtigen Verhältnissen jedoch, angesichts des Fehlens einer ausgebauten Entwässerung, blieb es ein unsinniges Ritual.

Dennoch hatten einige der Zufallsprodukte der kulturellen Entwicklung sich als vorteilhaft erwiesen: Beispielsweise die Institution der Kranken-Erlöser. Anfangs mußte es sich dabei um eine Form der Quarantäne und Isolierung von Kranken gehandelt haben, deren Leiden die Flüchtlinge mit ihren begrenzten Möglichkeiten nicht heilen konnten; wahrscheinlich hatte man gehofft, daß wenigstens ein paar Betroffene sich dank natürlicher Widerstandskaft erholten, doch aus Sicherheitsgründen waren sie aus den Gemeinden entfernt und an besondere Sammelstellen gebracht worden.

Diese Verfahrensweise war vor einiger Zeit schon unüblich gewesen, weil das Personal dieser Quarantänepunkte selbst regelmäßig durch Infektionen dahingerafft worden war, die es sich von jenen zuzog, denen es zu helfen versuchte. Doch die Wiederbelebung dieses Brauchs hatte Heimdall und seinen Komplizen eine ausgezeichnete Tarnung für ihre Tätigkeit abgegeben.

Und sollte je herauskommen, was sie hier trieben, war die Gefahr einer schnellen Strafverfolgung gering. Auf den meisten zivilisierten Planeten erkannte man unheilbar Kranken das Recht auf Euthanasie zu, und solange die Debatte um das Nichteinmischungsprinzip, ums Ja oder Nein, in Gang gehalten werden konnte, würde das Korps es nie wagen, summarische Strafen zu vollziehen.

In gewissem Umfang fand Heimdall in diesen Überlegungen Beruhigung, und er hatte das Bedürfnis nach Beruhigendem. Trotz seiner Fassade kompromißloser Entschlossenheit kannte er das Gefühl der Sorge, und was er von Rimerley erfahren hatte, war sehr wohl, um es gelinde auszudrücken, ein Anlaß zur Besorgnis gewesen.

Es war zu hoffen, daß der raffinierte Trick, durch den dem Korps neue Scherereien verursacht und sein Interesse abgelenkt werden sollten, sich bewährte.

Seine Mitarbeitertruppe — sie ritt Yorbs, so wie er, weil man hier, abgesehen von ungefügen Karren, keine anderen Transportmittel kannte — folgte ihm die Hügelstraße hinab zur Ortschaft. Ganz am Schluß rollte der Wagen, gedeckt mit einer über Holzpfosten gespannten, undurchsichtigen Plane, unter der sie die Geheimnisse ihrer Betätigung verbargen. Am Ortsrand erwartete eine Abordnung von Lokalgrößen sie, um sie zu begrüßen, und nach feierlichem Austausch guter Wünsche setzte man gemeinsam den Weg zum Marktplatz fort.

Wir müssen hier etwas mehr Propaganda treiben, sagte sich Heimdall, während er die schauerliche Ansammlung lahmer, verstümmelter und siecher Bewerber um die barmherzigen Dienste der Erlöser musterte. *Denen muß endlich eingetrichtert werden, daß eine alte Oma oder ein unterernährtes Kind keine Aussichten mehr haben, daß der ideale Typ, dem wir ›helfen‹ können, eine zwar verletzte, ansonsten aber organisch gesunde, möglichst erst vor kurzem voll erwachsen gewordene Person ist.*

Auf einmal, als er sich schon umdrehen wollte, bemerkte er auf dem zuletzt eingetroffenen Karren an der Seite des Marktplatzes, anscheinend neben ihrem Freund, ein Mädchen sitzen. Sein Herz machte ungewohnt einen Ruck. Es sah auf den ersten Blick so aus, als hätte er gefunden, was Rimerley verlangte, ohne lange danach suchen zu müssen. Natürlich war eine genauere Untersuchung erforderlich, um Gewißheit zu haben, doch war die Wahrscheinlichkeit so hoch, daß er plötzlich, wie ihm auffiel, auf eine Weise vor sich hinfeixte, die keineswegs zu der Rolle paßte, die er in dieser Gesellschaft spielte.

Unruhig wartete Soraya ab, während die Erlöser zwischen den Kranken umherschlenderten. Firdausi hätte unterdessen gern ihre Hand gehalten, aber Soraya konnte für die Dauer des Wartens außer der Berührung ihrer Mutter niemandes Nähe ertragen. Die Greisin war wach und versuchte wiederholt, den Kopf zu heben, schaffte es jedoch nicht.

Schließlich kamen die Erlöser zu ihrem Karren, und nach gegenseitiger Begrüßung beugten sie sich vor, um die ausgezehrte Gestalt auf den ausgelegten Häuten aufmerksam zu betrachten.

»Eure Mutter?« erkundigte sich der Führer der Erlöser.

»Meine«, antwortete Soraya. »Äh ... Dieser junge Mann ist ein Freund, der uns begleitet.«

»Aha.« Der Erlöser nickte. Er hatte ein dermaßen strenges Gesicht — mit einer Hakennase, die einem furchterregenden Schnabel glich, und einem dünnen, geraden Mund —, daß Soraya, was von Mardouz beteuert worden war, gar nicht recht glauben konnte: Daß die Erlöser gute Menschen voller altüberlieferten Wissens und gütiger Absichten seien.

»Komm mal bitte mit«, sagte er unvermittelt zu Soraya, gab ihr mit einem Wink zu verstehen, daß sie vom Karren steigen sollte. Sie zitterte ein wenig, während sie gehorchte, und zu ihrem Erstaunen entfernte der Erlöser sich zu seinem Wagen.

Soraya schloß sich ihm an, versuchte unterwegs klarzustellen, daß ihre Mutter, nicht sie, Hilfe suchte. Der Mann kümmerte sich nicht um ihre Einwände, schwieg vielmehr, bis sie den Wagen erreichten. Dort forderte er sie zum Einsteigen auf, schlug für sie einen Zipfel der Plane beiseite, um ihr den Zustieg zu erleichtern.

Hinter der Plane stand in einem winzigen Abteil ein Tisch mit zahlreichen fremdartigen Gegenständen darauf: Kleinen Glasröhrchen; weißen, in viereckige Felder unterteilten, verschiedentlich mit Blut beschmierten Plättchen; Tellerchen und Behälterchen mit verschiedenfarbigen Flüssigkeiten. Außerdem waren zwei Stühle vorhanden, einer auf Sorayas, einer auf der anderen Seite des Tischs.

Durch die Vorhänge, die den hinteren Teil des Wagens dem Blick entzogen, trat ein Mann in Erlöserkutte, deren Kapuze er nach hinten geschoben hatte. Er wies Soraya an, sich hinzusetzen, nahm von einer Unterlage auf dem Tisch eine spitze Nadel und bohrte sie ihr ohne Warnung unterhalb des Daumens in den Handballen.

Ein unterdrückter Aufschrei entfuhr ihr, und der Erlöser, der sie zum Wagen gebracht hatte, nuschelte gleichgültig ein paar Worte der Ermutigung.

Es folgte eine Art von Ritual, dessen Bedeutung Soraya nicht begriff. Man füllte das ihr durch den Nadelstich entnommene Blut in ein Glasröhrchen, schmierte ein wenig auf die weißen Plättchen; danach wurde ein Tropfen in ein Gefäß mit einer farbigen Flüssigkeit geträufelt; weiteres Blut, das ihr erst frisch aus dem Handballen gequetscht werden mußte, schaffte man nach hinten in den Wagen außer Sicht. Von dort hörte sie dann undurchschaubare Geräusche: Ein Summen wie von einem Insekt, leises Klappern und gedämpfte, fast im Flüsterton abgegebene Bemerkungen.

Der Mann mit der in den Nacken geworfenen Kapuze kam zurück und nickte dem anderen Mann zu, der bei Soraya wartete. Er hatte eine zweite Nadel dabei, die er nun, wieder ohne Warnung, ins Fleisch ihres Unterarms stach.

Flehentlichen Blicks bat Soraya stumm um eine Erklärung all dieser Vorgänge.

»Für deine Mutter können wir nichts mehr tun«, erläuterte der Mann, der sie zum Wagen geführt hatte. »Wir haben oft genug klargemacht, immer wieder, daß es für die Alten keine Hilfe gibt. Krankheit muß größtenteils vom Kranken selbst besiegt werden. Darum sind wir am besten denen zu helfen fähig, die noch Jugend und Kraft auf ihrer Seite haben.«

In ihren Ohren hörte Soraya das Blut rauschen.

»Aber das heißt gleichzeitig«, fügte der Erlöser hinzu, »daß du großes Glück hast.«

»Was?« Durch die Tränen, die ihr in die Augen quollen, blickte Soraya hoch.

»Du bist noch so jung, daß wir dir helfen können, zumal wir nun schon im frühen Stadium der ...«

»Was?« Soraya sprang auf. »*Ich* bin doch gar nicht krank! Ich ... ich ...«

Das Rauschen in ihren Ohren wich einem Sausen; die Vorhänge, die hochgewachsenen, in Schwarz gekleideten Erlöser, alles schien um sie zu strudeln wie Wasser, das man im Topf umrührte.

Sie brach zusammen.

In höchster Anspannung sah Firdausi den Erlöser allein von dem Fahrzeug zurückkommen. Er warf einen Blick auf Sorayas Mutter: Sie war wieder in Besinnungslosigkeit gesunken. Aber wo war Soraya?

»Ich habe eine gute und eine schlechte Nachricht für dich, junger Freund«, sagte der Erlöser, als er nähertrat.

»Ich ... ich verstehe nicht«, stammelte Firdausi, »was Sie meinen.«

»Deine Freundin hat sich noch rechtzeitig an uns gewandt, und wir akzeptieren sie.«

»Aber ...!« Firdausis Verstand stockte; sein Blick forschte in der Miene des Erlösers nach der Lösung des Rätsels.

»Ich nehme an, du bist zur Annahme des Entgelts befugt, das wir gewöhnlich entrichten?« fragte der Schwarzgekleidete im Ton der Aufmunterung und hob einen schweren Beutel, in dem es hörbar klimperte, vor Firdausis Augen, ein Säckchen, worin nur das grob geprägte Weichmetall stecken konnte, wie es hier als Währung diente.

In Firdausis verblüfftem Gemüt rang Gier mit Befremden. Der Beutel wirkte, als hätte er ein beachtliches Gewicht; er mochte ganz gut soviel wie die Mitgift eines reichen Mädchens enthalten. »Und ihre Mutter?« preßte er trotzdem hervor.

»Sie ist alt, wir können ihr nicht mehr helfen.«

Ein Moment des Schweigens folgte. »Aber Soraya ist doch gesund und munter«, sagte Firdausi in einer plötzlichen Anwandlung von Entschiedenheit.

»Das glaubst du? Dann komm mit.«

Benommen gehorchte Firdausi und ging mit dem Erlöser quer über den Marktplatz zu der freien Stelle vor dem geschlossenen Planwagen. Dort erblickte er entgeistert Soraya, die man gerade die Stufen der Trittleiter hinabtrug, um sie auf einen am Boden hingelegten Strohsack zu betten. Das Zittern, das ihren schlanken, jungen Körper schüttelte, ließ sich absolut nicht verkennen.

Es war das Schlottern. Die gefürchtete, tödliche Krankheit hatte, wie ihre Mutter, auch sie befallen.

»In unserer Obhut besteht für sie Hoffnung«, sagte der Erlöser. »Wenn du sie gern hast, kannst du nicht dagegen sein, daß wir sie mitnehmen.«

Firdausi hörte gar nicht zu. Er spürte auch kaum den Ruck an seiner Hand, als man ihm die Schlaufe des vom Metall schweren Beutels in die wie tauben Finger hängte.

Aber zu guter Letzt drückte er den Beutel, weil man ihm voraussichtlich keinen anderen Trost mehr bot, doch an seine Brust.

II

Schon blinkten überall in der Klinik Warnlampen, und aus Alarmanlagen erschollen diskrete, jedoch hartnäckige Warnsignale, als Nole im Laufschritt vor dem Eingang zur Hauptsteuerzentrale zu Langenschmidt und Maddalena stieß.

»Ich habe soviel Personal hochgescheucht, wie ich erreichen konnte«, schnaufte er. »Natürlich sind's bloß wenig, normal planen wir keine Nachtschicht ein. Und das ist keine Art von Notfall, für die wir Übungen veranstaltet hätten. Was genau ist denn eigentlich passiert?«

Langenschmidt schilderte ihm, wie sie auf dem Weg zum Computerkeller — zu Nole — unvermutet Bracy gesehen hatten. Nole nickte, als verstünde er den Vorfall auf Anhieb.

»Er muß in eine der Regenerationskammern geguckt haben, wahrscheinlich die hinterste, darin liegt nämlich eine Frau, die in der vergangenen Woche bei einem Unfall im Großreparaturdock die rechte Hand verloren hat. Was ich überhaupt nicht verstehe, ist aber, was dieser Fischerjunge außerhalb seines Zimmers gemacht hat ... Als ich vor einer Weile nach ihm geschaut habe, hatte ich den Eindruck, daß er sehr müde war, er kam mir völlig umgänglich vor.«

»Ich will mal raten«, meinte Maddalena mürrisch. »Er wollte seine erste und einzige Chance, sich mal gründlich im Stützpunkt umzusehen, nicht versäumen.«

»Ist jetzt ja gleich«, unterbrach Langenschmidt sie. »Tatsache ist, er ist in den Tunnel gerannt, und dadurch gelangt er in einen Bereich der Basis, wo er verflucht viel Unheil anrichten kann, wenn wir ihn nicht dran hindern.«

»Wo führt der Tunnel hin?« fragte Maddalena.

»Ich hab's doch erwähnt, oder nicht? Da unten liegt die Energieversorgung der Klinik, da sind die automatischen Funktionskontrollen, sämtliche Vorräte lagern da, beispielsweise aktiviertes Wasser, Sauerstoff, Nährflüssigkeiten zur Lebenserhaltung, kommerzielles Gewebesynthetik, alles, wirklich alles.«

»Wieso bei der Galaxis laßt ihr den Tunnel dann einfach so offenstehen?« rief Maddalena verdutzt.

»Weil hier beim routinemäßigen Lauf der Dinge ausschließlich Korpsmitglieder vorbeikommen, die zu gescheit sind, um ihre Nase in dunkle Ecken zu stecken«, brummte Langenschmidt. »Dafür ziehe ich Sie zur Verantwortung, Nole, das ist Ihnen ja wohl klar, oder? Den Burschen in einem unverschlossenen Zimmer zu lassen ...!«

»Ja, aber ...!« Nole sah die Zwecklosigkeit aller Ausreden ein und wandte sich ab.

Von allen Seiten liefen jetzt Männer und Frauen zusammen, ein oder zwei davon im gleichen autosterilen Weiß wie Nole, die Mehrheit von ihnen jedoch in Freizeitkleidung, weil der Alarm sie aus ihren Unterkünften geschreckt oder von sportlichen Aktivitäten weggeholt hatte.

Kurz und bündig informierte Langenschmidt alle über die Situation. Sie wechselten Blicke der Bestürzung.

»Besteht die Gefahr«, wollte einer der zuletzt eingetroffenen Mitarbeiter wissen, »daß er absichtlich Schäden verursacht?«

»Nein, aber er ist wahrscheinlich in Panik. Er ist ausgerissen, kaum daß er uns sah. Hat jemand 'n Vorschlag zu machen?«

Einen Augenblick lang herrschte Schweigen. Dann ergriff eine ältere Frau, die sich anscheinend, da sie nur ein schenkellanges Musselinhemd trug, aus dem Solartherapieraum eingefunden hatte, das Wort.

»Ich bin der Meinung, daß nicht mehr als zwei mit Atemgeräten ausgestattete Personen nach ihm suchen sollten, um ihn mit einem Betäubungsgas außer Gefecht zu setzen, denn das dürfte leichter sein, als ihn zum Bravsein zu überreden.«

»Hervorragende Idee«, sagte Langenschmidt. »Wir wollen sofort ...«

»Einen Moment mal«, mischte sich Nole ein. »Und was ist mit der Strahlung?«

»Was?« Langenschmidt blinzelte. »Wir beziehen Energie aus Fusion, oder nicht? Welche Strahlung?«

»Zur Zeit habe ich einige Fälle, die eine Isotopenbehandlung benötigen. Ich arbeite mit Jod hunderteinunddreißig und Kalium vierzig. Ich will nicht behaupten, es müßte dahin kommen, aber es könnte sein, daß er zu dicht an die Strahlungsquelle gerät.«

»Wunderbar«, kommentierte Langenschmidt bitter. »Also müssen wir die Verfolgung nicht nur mit dem Aussehen von Ungeheuern aufnehmen, wir müssen ihm mit dem Äußeren von Robotern folgen, in Schutzanzügen. Tja, wenn's sein muß, muß 's sein. Meldet jemand sich freiwillig?«

»Ich geh«, brummelte Nole. »Schließlich ist's ja meine Schuld.«

Bracy Dyge war mittlerweile kaum noch zu irgendeinem klaren Gedanken fähig. Der Effekt irrationalen Entsetzens hatte sich durch die kombinierte Wirkung der verabreichten Medikamente sowie der vehementen Adrenalinausschüttung und Kraftentfaltung, während er vor unbeschreiblichen Greueln zu fliehen glaubte, in seinem Verstand dutzendfach verstärkt. Sich jetzt zwischen Maschinen zu befinden — scheinbar endloser Maschinerie, vom Boden bis an die Decke —, die ihn, so wie für seine Begriffe die nackte Frau hinter dem

Fenster, jeden Moment verschlingen mochten, überforderte das schwache Gerüst seiner Selbstbeherrschung weit nachhaltiger, als er es durchstehen konnte. Er stöhnte und japste vor sich hin, während er inmitten der aufgereihten Maschinenanlagen dahintaumelte, ein sicheres Versteck suchte.

Zuerst hatte der unterirdische Raum, als er ihn betrat, im Dunkeln gelegen, aber dann war irgendwo weit weg ein Schalter betätigt worden, und jetzt erhellte ein Licht unsichtbaren Ursprungs die gesamte, riesige Räumlichkeit. Gab es keinen einzigen düsteren Winkel, in den er sich drücken könnte?

Bewegungen am Rande seines Blickfelds und an Instrumentenkonsolen blinkende Lämpchen erschreckten ihn. Der starke Ozongeruch, der auf die gewaltigen Kräfte verwies, die in den Apparaturen schlummerten, flößte ihm, der noch nie so nah an einem Fusionsmeiler gestanden hatte, Furcht ein.

Er keuchte um Atem, blieb vor einem glänzenden, im Boden verankerten Schaltpult stehen, hörte hinter sich ein Geräusch. Sein Kopf ruckte herum, er erblickte zwei weiße, massige Gestalten, die unförmigen Menschen ähnelten, sich lautlos näherten, etwas trugen, was in seiner aus Grauen verzerrten Sichtweise nach Schußwaffen aussah. Unartikuliert schrie er auf, flüchtete weiter, lief blindlings davon. Im ausgedehnten Maschinensaal begann ein gefährliches Katz-und-Maus-Spiel.

Es dauerte nicht lange, bis ihm dank eines Rests seiner Vernunft auffiel, daß es darin eine Stelle gab, an die seine Verfolger sich nicht trauten; zweimal beobachtete er, wie sie achtsam eine große, schwarze Maschine umgingen, die im wesentlichen aus einem dicken Metallrohr von der Länge seines Arms bestand; von ihr schlängelten sich auf dem Fußboden dicke Stromkabel fort. Weshalb sie sie mieden, verstand er nicht, doch sobald sich eine Gelegenheit ergab, floh er vor ihnen in diese Tabuzone.

Das Klinikpersonal, von dem er behandelt worden war, hatte sich die Mühe gespart, ihm den großen Chrom-Ohrring, sobald feststand, daß er als einigermaßen keimfrei gelten durfte, zu entfernen, der sein Ohrläppchen zierte. Als er in den Einflußbereich der Wirbelströme gelangte, die die Maschine umflossen, erhitzte sich das Metall. Es war nur gut, daß die Rückständigkeit Zyklops nicht auch die Verwendung metallener Zahnfüllungen einschloß, denn in diesem Fall wäre eine äußerst schmerzhafte Wirkung eingetreten. So hatte er bloß das Gefühl, mit einer glutheißen Zange ins Ohr gezwickt zu werden, er heulte auf und stürmte ohne anzuhalten zurück zur Tür.

Dort gelang es, ihn mit Betäubungsgas auszuschalten, doch vorher hatte er bereits eine Dosis harter Strahlung abbekommen, die genügte, um seinen Kopf auch der anderen Hälfte seines prächtigen schwarzen Haars, auf das er so stolz war, zu berauben.

»Wir haben ihn«, konstatierte überflüssigerweise Nole, während man die schlaffe Gestalt auf eine Bahre lud, um den Ohnmächtigen zu den Klinikstationen zu befördern. »Aber er wird mindestens eine Woche lang krank sein.«

»Sie sind ein Idiot, Nole«, sagte Langenschmidt mit ausdrucksloser Stimme. »Jetzt fangen die Schwierigkeiten doch erst an. Wie steht's mit der Familie, die er in Gratignol haben soll? Nun müssen wir ihr irgendeine Art von Entschädigung zukommen lassen, und wenn wir sie nicht genau richtig bemessen, drängt sich in Kürze die Hälfte der armen Fischersleute dieses Planeten vor unserem Tor und bettelt um ähnliche Gaben, wie wir sie dieser Familie zugeschanzt haben ... Ach, zum Donnerwetter, das ist mein Problem, und's kann bis morgen warten. Wissen Sie, ich werde allmählich müde. Die letzte Zeit war für mich reichlich anstrengend, und mich mit Notsituationen herumschlagen zu müssen, während ich Schlaf nachholen müßte, ist mir nicht gerade 'ne Hilfe.«

Nole zögerte. »Äh ... Möchten Sie denn gar nicht mehr die Daten erfahren, die mir über Kolbs Bein vorliegen?«

Es schien längst ein Jahr, nicht erst eine Stunde her zu sein, daß sie sich auf den Weg zum Computerraum gemacht hatten, um sich Noles angeblich so sonderbare Untersuchungsergebnisse anzusehen. Lasch strich Langenschmidt sich mit der Hand durchs Haar.

»Na schön, ich glaube doch. Irgendeinen Zweck hat's aber eigentlich nicht. Vor morgen früh kann ich kaum nennenswerte Maßnahmen einleiten, und selbst dann ... Ach, was *quassele* ich hier überhaupt rum! Also los, ehe ich aus den Latschen kippe und auf 'm Fußboden einpenne.«

Während sie ihm mit Nole durch den Korridor folgte, bereute Maddalena, ihre gegensätzliche Meinung ausgesprochen zu haben, als Langenschmidt sie über den Stand der ZFP-Kontroverse unterrichtet hatte. Seine Wiedersehensfreude anläßlich ihres Aufkreuzens hatte den schweren Tribut vertuscht, den die Problematik ihm abforderte. Jetzt erkannte sie, es zermürbte ihn so tief, daß ihr jedes Recht dazu abging, auf der Grundlage ihrer persönlichen, kläglichen Erfahrungen mit nur einem einzigen, zudem von ihr selbst offenen Auges ausgesuchten ZFP darüber zu urteilen.

»Hier ist der Ausdruck«, sagte Nole mit einer Art nervösen Übereifers, den vielleicht die Absicht erklärte, die Verlegenheit zu verheimlichen, die es ihm bereitete, daß er fürs Entwischen des Burschen namens Dyge aus seinem Zimmer und die daraufhin entstandenen Komplikationen die Verantwortung trug. »Wie Sie sehen, umfaßt es drei Abschnitte. Erstens habe ich nach lokaler Identifizierung gefragt ... Etwas anders formuliert, nach einem wahrscheinlichen Herkunftsort auf Zyklop.«

»Und mit Nullresultat, hm?« Langenschmidt furchte die Stirn; offenbar hatte er sich von seinem Erschöpfungsanfall erholt.

»Stimmt. Der Gentypus ist nicht auf Zyklop heimisch, das können Sie als endgültig einstufen. Sein anderes Bein, dem ich eine Vergleichsprobe entnommen habe, ist von hiesigem und ziemlich häufigem Typ ... Die Speicherbänke enthalten eine Liste der Welten — es sind acht oder zehn, glaube ich —, auf denen die Transplantation von Spendermaterial noch als allgemein anerkannte, akzeptable medizinische Praxis gilt. Bei einigen Kulturen betrachtet man es sogar als ehrenhafte Tat, dafür zu sorgen, daß nach dem eigenen Tod ein Teil des Körpers jemand anderem einen Dienst erweist. Aber keine dieser Welten liegt im Umkreis von dreißig Parsek. Jedenfalls führte auch diese Untersuchung zu einem klaren Nullresultat. Darum bin ich auf gesamtgalaktische Parameter umgestiegen — und dabei ist nichts als Unsinn herausgekommen ...!«

Mit einer Gebärde der Ungeduld zeigte er auf den Ausdruck; Langenschmidt fing ihn langsam und sorgfältig durchzulesen an.

»Wie viele sind das?« grummelte er. »Um die neunzig Welten?«

»Zweiundneunzig ... Aber schauen Sie sie sich doch an! Die höchste Wahrscheinlichkeit, die aber, für sich bewertet, nicht einmal ausreicht, verweist auf die Erde. Und wer ließe sich vorstellen, der Kolb ein Beintransplantat von der Erde besorgen könnte?!«

»Wie denkst du darüber, Maddalena?« fragte Langenschmidt.

»Falls die Verhältnisse sich in keinem geradezu unglaublichen Maße geändert haben«, antwortete Maddalena bedächtig, »wird keine erdgeborene Person je damit einverstanden sein, daß nach ihrem Ableben Teile ihres Körpers exportiert werden.«

»Aber das ist noch nicht alles!« erregte sich Nole.

»Der Computer hat lang überlegt, bevor er die entsprechenden Lokationen nannte. Die Übereinstimmungen sind minimal. Und die Hinsicht, in der die Variationen Signifikanz aufweisen, ist lachhaft. Ich kann Ihnen die Information ausdrucken, wenn Sie's wollen, aber die Daten sind außerordentlich technischer Natur.«

»Wir werden's Ihnen kurzerhand mal glauben«, entgegnete Langenschmidt. »Bloß erklären Sie uns den Sachverhalt 'n bißchen ausführlicher, ja?«

»Naja ... äh ... Man könnte sagen, die Anomalien verweisen in den nichtmenschlichen Bereich.«

Daraufhin ergab sich ein Schweigen der Ratlosigkeit. Maddalena beendete es. »Ist es möglich, daß es eine synthetische Prothese ist, oder wie? Gehört habe ich von so was noch nie, aber ich halte es nicht für abwegig, es in Betracht zu ziehen.«

Beeindruckt nickte Nole. »Sie meinen ein nach annäherungsweisen Spezifikationen synthetisch fabriziertes anstatt ein in Angleichung ans andere Bein regeneriertes Glied? Möglich wär's, es wäre immerhin denkbar.«

»Aber wird nach Ihrer Kenntnis so eine Technik überhaupt irgendwo angewendet?« fragte Langenschmidt.

»Nein ... Aber bei der Informationsverzögerung, mit der wir's heutzutage in der Wissenschaft zu tun haben, muß das keine unwiderrufliche Feststellung sein. Wenn Sie's wünschen, lasse ich die Daten durchforschen und gebe Ihnen am Morgen endgültig Bescheid.«

»Tun Sie das.« Langenschmidt seufzte. »Mann, war das 'n Tag ...! Es tut mir leid, Maddalena, daß ich dir gleich den ersten Abend deiner Anwesenheit verdorben habe, ursprünglich hatte ich mir ernsthaft vorgenommen, ihn uns richtig schön zu machen.«

»Was? Ach so.« Offensichtlich hatte Maddalena nicht zugehört. »Das ist egal, Gus. Aber darf ich, bevor wir gehen, noch eine Idee überprüfen, die mir gerade gekommen ist?«

»Warum nicht?«

Maddalena blickte Nole an. »Können Sie mit Ihrem Programm eine Erdlokation ermitteln? Mit anderen Worten, ist es Ihnen möglich, die Gebiete zu nennen, in denen die Übereinstimmungen am größten sind?«

»Die Erdbevölkerung verkörpert ein ganz schön umfangreiches genetisches Mischmasch«, antwortete Nole, indem er sie musterte. »Immerhin kann man dort, außer ein paar neueren Mutationen, jeden einzelnen Gentypus der Galaxis finden.«

»Ich bin selbst ein bemerkenswertes Gemisch«, räumte Maddalena geduldig ein. »Ich habe iberische, amerikanisch-indianische und wer weiß was noch für Erbgutanteile. Aber seien Sie so freundlich und prüfen Sie das mal, ja?«

Nole zuckte die Achseln und tippte die Fragestellung in den Computer.

»Alles unterhalb der Grenze brauchbarer Wahrscheinlichkeit«, gab er das Ergebnis bekannt. »Der höchste Annäherungswert betrifft ... Ähm ... Wie sprechen Sie das aus? Iran, oder wie?«

»Gus«, fragte Maddalena kaum hörbar, »auf Zarathustra war doch eine zweite Sprache verbreitet, nicht wahr?«

»Natürlich war das der Fall! Du hast selbst in den vergangenen zwanzig Jahren eine Vermengselung einer iranischen Sprache und der Galaktischen Einheitssprache benutzt, also ...«

Langenschmidt verstummte mitten im Satz, sein Gesicht war unversehens kalkweiß geworden.

»Dr. Nole«, wandte Maddalena sich an den Mediziner, »haben Sie die Resultate nicht nur mit zivilisierten, sondern auch mit nichtzivilisierten Gentypen verglichen? Ich wette, Sie haben's nicht. Ich spreche natürlich ...« — das fügte sie leicht maliziös hinzu — »von den ZFP.«

Nole ächzte erstickt und korrigierte die dem Computer eingegebene Problemstellung. Fast unverzüglich kam ein neuer Ausdruck zum Vorschein.

»Wahrscheinlichkeit siebzig Prozent«, las er das Resultat ab, »plus oder minus zwei Prozent. Nein, leider haben Sie in dieser Sache unrecht ... Was mich erleichtert, muß ich gestehen. Die Wahrscheinlichkeit müßte über achtzig Prozent betragen, um als Handlungsgrundlage herzuhalten.«

»Auch falls sich zeigen sollte«, fragte Maddalena gedämpft, »daß wir es mit ZFP Nummer Zweiundzwanzig zu tun haben?«

Ein Schweigen der Verblüffung entstand. Dann klatschte Langenschmidt in die Hände. »Maddalena«, fuhr er auf, »wie bin ich bloß die ganze Zeit hindurch ohne dich zurechtgekommen?! Nole, wo, zum Satan, ist der nächste Kommunikator? Maddalena, *verdammt* noch mal, du bist ein Genie!«

12

Leicht benommen starrte Nole in Maddalenas Miene, während Langenschmidt auf seine Kommunikatorverbindung wartete.

»Nummer ... Zweiundzwanzig ...«, wiederholte Nole gedehnt, als forschte er in den zwei Wörtern nach irgendeiner geheimen, zusätzlichen Bedeutung. »Entschuldigen Sie vielmals, aber ... ich kapiere nicht ganz, was Sie damit meinen.«

»Ach, jetzt machen Sie mal 'n Punkt!« schimpfte Maddalena. »Würden Sie sich nicht hauptsächlich den Kopf über Gus' Drohung zerbrechen, Ihnen die Ohren langzuziehen, weil Sie den Fischerjungen haben aus dem Krankenzimmer abhauen lassen, wären sie früher als ich darauf gestoßen. Kolbs Bein ist weder ein regeneriertes Glied, noch ist's 'n Original. Also ist's entweder ein Transplantat oder eine synthetische Prothese.

Sie haben selbst gesagt, Sie könnten sich, obwohl's 'ne Möglichkeit wär, nicht denken, wo gegenwärtig synthoprothetische Technik angewendet wird, folglich handelt's sich nahezu mit Sicherheit um 'n Transplantat. Und Sie haben selbst erwähnt, Sie wüßten in unmittelbarer stellarer Nähe keine Welt, von wo Transplantatmaterial erhältlich wäre, und zudem schließt der Computer die Wahrscheinlichkeit der Existenz eines dem Gewebe des Beins entsprechenden Gentypus auf irgendeinem Planeten in Zyklops Nachbarschaft aus. Aber er läßt die Möglichkeit offen, daß die ursprüngliche Herkunft des weitergereichten Erbguts durchaus im iranischen Gebiet der Erde gelegen haben kann. Zur Zeit der Zarathustra-Nova waren ungefähr zehn bis zwölf Prozent der Bewohner des Planeten vorwiegend iranischer Abstammung und stellten eine ausreichend große Zahl dar, um gegen den normativen Druck der Galaktischen Einheitssprache ihre Muttersprache als Minderheitenidiom beizubehalten und zu pflegen, so daß sich ein spezieller zarathustrischer Dialekt mit iranischen Beimischungen entwickelte...« Maddalena verstummte. »Sagen Sie's mir ruhig, falls ich Sie mit alten Kamellen langweile.«

Rasch schüttelte Nole den Kopf. »Um ehrlich zu sein, obwohl die Hälfte aller Patienten, die sozusagen zur Generalüberholung bei uns eingeliefert werden, auf ZFP gewesen sind, habe ich mich nie über die Ereignisse informiert, die zur heutigen Lage geführt haben.«

»Das hätten Sie aber tun sollen«, rügte Maddalena ihn grimmig. »Die ZFP sind in diesem Sektor der Galaxis der bedeutendste Einzelfaktor. Aber egal... Indem ich Ihnen einiges erzähle, habe ich dazu Gelegenheit, meine Theorie gleich selbst auf ihre Tauglichkeit zu prüfen. Wo war ich? Ach ja. Die auf ZFP Eins überlieferten Traditionen beweisen, daß die nahezu unglaubliche Zahl von dreitausend Raumschiffen mit weit über zwei Millionen Menschen an Bord von Zarathrustra starten konnten, von der Nachtseite, die durch die Masse des Planeten noch für mehrere Stunden nach dem Ausbruch der Nova vor ihrer Glut geschützt blieb. Bis heute sind von uns einundzwanzig Flüchtlingsplaneten ausfindig gemacht worden, auf denen Menschen zumindest überlebt haben, wenn auch auf primitivstem Niveau. Durch sie erklärt sich allerdings lediglich der Verbleib von knapp zehn Prozent der den Berichten zufolge entkommenen dreitausend Raumschiffe, um genau zu sein, von nur etwa dreihundertundsechs Raumern. In bezug auf ZFP Eins wissen wir beispielsweise genau, daß dort bloß zwei Schiffe gelandet sind. Auf Vierzehn war's nur ein Raumschiff. Auf Dreizehn, wo ich zwei Jahrzehnte zugebracht habe, sind es um die sechzig gewesen, die die Landung schafften, die Erstankömmlinge hinterließen im Orbit 'ne Subradio-Funkboje, die später ankommende Flüchtlinge anpeilten. Leider erwies es sich als schwerer Fehler, ihre Signale als Leitstrahl zu benutzen, im ersten Jahr beliefen die Verluste sich auf achtzig Prozent, und die Überlebenden überwältigte eine derartig tiefe Verzweiflung, daß ihre Nachkommen sie bis in die Gegenwart psychisch nicht bewältigt haben. Aber ich schweife ab ... Der wesentliche Punkt ist folgendes: Seit der Episode auf Vierzehn, an der Gus und ich vor zirka zwanzig Jahren beteiligt gewesen sind — ein gescheiterter Korpsanwärter hatte damals eine Bande zyklopscher Unternehmer auf dortige Ablagerungen radioaktiver Elemente aufmerksam gemacht, und diese Halunken mißbrauchten die Bewohner für den Abbau als Sklavenarbeiter —, sind die erfaßten ZFP ständig unter so wachsamer Beobachtung geblieben, daß die Gefahr einer Wiederholung ähnlicher Schurkereien durch Außenstehende aus dem All als verschwindend gering eingestuft werden kann. Aber wenn wir einen bis jetzt unbekannten ZFP in Betracht ziehen, passen sämtliche Fakten genau zusammen. Dann müßte der Gentypus des Transplantats mit den Genen einer isolierten Flüchtlingsgruppe korrespondieren, die basal ursprünglich iranisches Erbgut hat, und einer der Gründe, warum das Korps hier auf Zyklop einen Stützpunkt unterhält, ist ja, daß der Planet innerhalb der gesamten stellaren Zone, in der die ZFP verstreut sind, eine günstige Position einnimmt.«

Noles Gesicht war spitz und fahl geworden. Maddalena schwieg, widmete ihm einen Blick, der ihn zum Sprechen ermutigte.

»Anders gesagt«, faßte er zusammen, »Sie glauben, irgendwer auf Zyklop mißbraucht einen unentdeckten ZFP als … als … als Organreservoir.«

»Genau«, bestätigte Maddalena.

»Aber das ist ja Mord!«

»Wenn sie den faktischen Eigentümer der Organe oder Körperteile, die sie in ihren Besitz bringen, für diesen Zweck töten, ist es selbstverständlich Mord. Aber glauben Sie nicht, daß Mord für alle Menschen ein so schockierendes Verbrechen wie für Sie wäre. Wo ich gerade herkomme, betrachtet man Meuchelmord als legitime politische Waffe. Und hier auf Zyklop, weiß ich von Gus, stirbt von acht Kindern eins im ersten Lebensjahr. Wenn das Leben so kurz ist, sinkt sein Wert.«

Das war zuviel für Nole. Als Stabsarzt des Korps war er zwangsläufig jemand, der sich dem Schutz des menschlichen Lebens verschrieben hatte, ihn um jeden Preis garantierte, ohne Rücksicht auf sich selbst. Die von Maddalena vorgetragene Theorie beruhte auf zuviel Kaltblütigkeit, als daß er sie hätte ohne weiteres verwinden können. Halblaut entschuldigte er sich und eilte zur nächsten Toilette, um der Übelkeit, die ihn befallen hatte, nachzugeben.

»Wo ist Nole geblieben?« fragte Langenschmidt und drehte dem Kommunikator den Rücken zu.

»So wie er aussah, ist ihm wohl schlecht geworden.« Maddalena hob die Schultern. »Ich habe die Vermutung geäußert, daß man möglicherweise Kolbs Bein irgendeinem armen Hund auf einem unbekannten ZFP abgesägt hat, und das ist ihm wohl auf 'n Magen geschlagen.«

»Wundert mich nicht«, erwiderte Langenschmidt. »Ein praktischer Mensch ist er nicht — ich erinnere bloß daran, was er heute hat passieren lassen! —, aber im Grunde seines Herzens ist er 'n netter Kerl, und außerdem ist er als Arzt 'ne Kapazität. Ich bitte dich bloß um eins, Maddalena, posaune deinen Verdacht nicht gleich in alle Welt hinaus, ja? Es bleiben noch jede Menge andere Möglichkeiten zu untersuchen, bevor wir in dieser Beziehung aktiv werden können.«

»Und die wären?« fragte Maddalena verdrossen.

»Naja, am wahrscheinlichsten ist eine andere Annahme, die auch von dir stammt, nämlich daß es sich um ein Synthetikprodukt handelt. So was herzustellen ist viel leichter als die Durchführung einer Regeneration, das ist dir bestimmt klar, und es läßt sich sicherlich mit den Medi-Computern leisten, die wir hier vorfinden. Ich werde die Daten darauf überprüfen lassen, ob Nole mit seiner Einschätzung recht hat, diese Technik sei ungeläufig. Ich wäre überrascht, sollte das zutreffen.«

»Warum? Die Zahl der Welten, auf denen man sich komplette Regenerationstechniken erlauben kann, ist sehr begrenzt, und dort gäbe man sich nur in verdammt wenigen Fällen mit einer kurzfristigen Zwischenlösung zufrieden, es ist doch logisch, daß jeder die fortgeschrittenere Methode vorzieht, sobald er in ihren Genuß kommen kann.«

»So wird's wohl sein.« Langenschmidt stieß einen Seufzer aus. »Ich laß 's trotzdem nachprüfen. Außerdem fordere ich die aktuellsten Informationen über sämtliche bekannten ZFP an. Zusätzlich will ich detailliert die vom Korps angefertigten Gentypkarteien haben.«

»Aber du glaubst«, behauptete Maddalena, »ich liege richtig.«

Für etliche, lange Sekunden schwieg Langenschmidt, dann nickte er widerwillig.

»Verflucht noch mal, aber ich hoffe, du hast unrecht. Noch ein Skandal auf Zyklop müßte mir für den Rest meiner Dienstzeit als Kommandeur das Dasein beträchtlich versauern, und falls sich herausstellt, daß wieder so ein Kollektivschuldfall vorliegt und wir Strafmaßnahmen ergreifen müssen, werden wir hier wie 'ne Besatzungsarmee leben.«

»Ist das wahrscheinlich?«

»Ja und nein. Die Masse der Menschen, soweit sie die ZFP-Problematik überhaupt versteht, erübrigt Mitgefühl für ein Schicksal, das mit der eigenen Situation Ähnlichkeit hat. Andernfalls fände Quist für ihre Kampagne gegen das Nichteinmischungsprinzip keine so breite Unterstützung, wie sie ihr offenbar entgegengebracht wird. So ein schmutziges Geschäft, wie wir's vermuten, kann also unmöglich eine öffentlich bekannte Angelegenheit sein. Zudem wär's uns dann ja wohl längst aufgefallen. Aber Kolb dürfte wahrscheinlich keinen Einzelfall darstellen. Und wir haben hier ja ein oberes Zwanzigstel der Bevölkerung, das durch Skrupellosigkeit in Positionen des Wohlstands und der Macht aufgestiegen ist. Davon hatte ich schon gesprochen, ja? Und wenn jemand den Eindruck hat, daß sich Hartherzigkeit auszahlt, wird er höchstwahrscheinlich zu der Einstellung neigen, daß irgendein primitiver Überlebender auf einem ZFP einfach ein ... ein Nullfaktor ist. Wieso sollte es ihn interessieren, was aus ihm wird, wenn er durch ihn geheilt werden kann?«

»Es könnte also nach vergleichbarem Muster wie in der Carrig-Affäre ablaufen?« mutmaßte Maddalena. »Eine kleine Gruppe handelt in voller Kenntnis der Tatsachen, aber weil sie etwas so Wertvolles zu bieten hat, schauen die Nutznießer nicht so genau hin — drücken ein Auge zu, wie man so sagt?«

»Was?«

»Drücken ein Auge zu. Das ist eine Redensart, die auf Dreizehn überdauert hat, wo's viele Augenkrankheiten gibt. Ich glaube, der Ursprung geht schon auf die Epoche vor der Galaktischen Union zurück.«

»Geradezu prähistorisch, würde ich sagen«, bemerkte Langenschmidt leise. »Außer auf ZFP bin ich noch nie Blinden begegnet. Das Sehvermögen ist so kostbar, daß 's sich lohnt, darauf achtzugeben.«

»Hmmm ...« Maddalena neigte den Kopf seitwärts. »Du bist der Meinung, daß Kolb kein Einzelfall ist, ja? Ließe sich ermitteln, ob vielleicht noch mehr Angehörige des ›oberen Zwanzigstels‹ Zyklops in letzter Zeit wider Erwarten von schweren Verletzungen oder Erkrankungen genesen sind? Scheelsichtigkeit ist ein so guter Ansatzpunkt wie jeder andere.«

»Ich muß wirklich *vollkommen* übermüdet sein«, sagte Langenschmidt. »Oder das Leben auf diesem Planeten hat meine Intelligenz geschädigt. Daran hätte ich längst selbst denken müssen. Ich kümmere mich morgen früh sofort darum. Diese Nacht kann ich nicht mehr viel ausrichten. Es ist schon Mitternacht durch, weißt du das?«

»Während der vergangenen paar Wochen auf einem luftlosen Basisplaneten habe ich nach Korpszeit gelebt«, antwortete Maddalena patzig. »Ich verliere leicht den Überblick des natürlichen Tag- und Nachtwechsels.« Trotzdem hatte der Hinweis auf die späte Stunde zur Folge, daß sie sich zerstreut reckte und ein Gähnen unterdrückte.

»Welche Vorgehensweise befürwortest du in dem Fall, daß ich recht habe? Willst du Kolb festhalten, statt ihn zu seinem hiesigen Arzt verlegen zu lassen — Rimerley heißt er, glaube ich, oder?«

»Freilich nicht«, erwiderte Langenschmidt barsch.

»Aber er ist der einzige Zeuge, den wir haben, und ...«

»Er ist, um mal einen der altertümlichen Ausdrücke

zu benutzen, die du so gerne verwendest, wie ein zweischneidiges Schwert«, unterbrach Langenschmidt sie. »Hielte ich ihn fest, statt ihn Rimerley zu überstellen, wär's das gleiche, als ob ich 'n Alarm auslöse. Du kannst davon ausgehen, daß Rimerley mit in der Sache steckt. Er würde das Team warnen, das auf dem mutmaßlichen zweiundzwanzigsten ZFP das Material sammelt, es setzt sich unverzüglich ab, und selbst wenn wir den Planeten lokalisierten, könnten wir außer durch die wenig aussagekräftige Übereinstimmung dort vorhandener Gene mit dem im Gewebe aufzeigbaren Gentypus keine Verbindung zu Zyklop nachweisen. Und falls wir nicht den Rest des ursprünglichen Eigentümers oder seinen überlebenden eineiigen Zwilling finden, besteht keine Aussicht, die Angelegenheit vor Gericht zu bringen.«

»Du hast leider recht«, gab Maddalena zu. »Hast du zu warten vor, bis man das Transplantat für ihn herschafft?«

»Darauf müssen wir erst einmal aufmerksam werden, und ich bezweifle, daß uns das gelingt. Ich nehme an, wir werden wohl oder übel den ZFP lokalisieren und dort die Materialbeschaffer auf frischer Tat ertappen müssen. Und ich brauche dir ja wohl nicht erst zu erklären, was für eine Aufgabe das ist ...!«

»Mir ist nicht mal klar, wie wir ...« Maddalena stockte. »Ach doch, ich glaube, es läßt sich durchaus machen. Es müßte möglich sein, nachträglich die stark iranischen Siedlungsgebiete Zarathustras festzustellen und anschließend zu berechnen, welchen Kurs die von diesen Teilen des Planeten gestarteten Raumschiffe am wahrscheinlichsten genommen hatten. Aber selbst dann wird's ein verdammt hochkompliziertes Problem bleiben, und die Suche könnte Monate beanspruchen.«

»Jahre«, sagte Langenschmidt mit Nachdruck. »Verflucht noch mal, wir fahnden permanent nach ZFP, und wenn wir diese Welt bisher nicht entdeckt haben, muß sie in irgendeinem ziemlich unwahrscheinlichen Zipfel des Weltalls liegen.«

»Was glaubst du, wie die Zykloper sie gefunden haben?«

»Warum fragen wir sie nicht einfach, sobald wir sie erwischt haben?« meinte Langenschmidt grob, bedauerte jedoch sofort seine Unfreundlichkeit. »Entschuldigung. Es war nicht meine Absicht, dich anzuschnauzen.«

»Nein, ich bin diejenige, die sich entschuldigen müßte. Immerhin ist's ja bis jetzt nur ein Verdacht, so daß ich kein Recht habe, dich zu irgend was zu drängen, als wäre er schon bewiesen. Und du bist müde. Ich lasse dich nun in Ruhe. Sorgst du bitte dafür, daß man mich am Morgen weckt, bevor Kolb abgeholt wird? Ich bin ... daran interessiert, dabei zu sein.«

»Geht klar«, versprach Langenschmidt, schenkte ihr ein mattes Lächeln, das sie herzlich erwiderte.

Als sie ging, rief er ihr nach.

»Maddalena ...?«

»Ja?«

»Es ist wohl zu früh, um dich nochmals nach deinem Standpunkt zum Nichteinmischungsprinzip zu fragen, oder?«

»Na, wer benimmt sich denn *jetzt* so, als wäre mein Verdacht schon bewiesene Tatsache?«

»Du hast recht.« Wieder lächelte Langenschmidt, diesmal mit größerer Natürlichkeit. »Gute Nacht. Es ist ... schön, dich nach so langer Zeit wieder einmal zu sehen.«

»Trotz all des Ärgers, der mit meiner Ankunft einhergeht? Hui, da fühle ich mich aber wirklich geschmeichelt.«

13

»Pfoten weg von dem Mädchen!« kollerte Lors Heimdall.

Die beiden Mitglieder seines Teams, die sich über Sorayas besinnungslose Gestalt gebeugt hatten, zuckten zusammen und fuhren herum. Sie hatten die leichte Überwurfdecke zurückgezogen, den hohen, jugendlichen Busen sowie den flachen, festen Bauch des Mädchens entblößt, und um sich auszumalen, was ihre weiteren Absichten waren, brauchte es wenig Phantasie.

»Was ist denn mit dir los?« murrte der Ältere. »Kriegen wir diesmal für Jungfrauen 'n extra hohen Preis, oder wie? Auf lange Sicht macht's doch keinen Unterschied.«

»Raus mit euch, aber schnell!« donnerte Heimdall sie an, zerrte den Saum der schwarze Kutte beiseite, so daß man den Griff seiner Energiepistole sah.

Die zwei Männer wechselten Blicke, hoben die Schultern und gehorchten.

Heimdall verknotete den Gürtel der Kutte neu und tupfte sich ein Rinnsal Schweiß aus dem Gesicht. Er wagte es nicht, seine Handlanger darin einzuweihen, wie notwendig es war, das Mädchen in einwandfreier Verfassung abzuliefern; sie brauchten nur eine Andeutung der Gefahr mitzubekommen, in der sie alle schwebten, seit Kolb in der Korpsklinik lag, und sie würden ihm sofort die Mitarbeit aufkündigen.

Doch bis jetzt schien das Glück auf seiner Seite zu sein. Das Mädchen am selben Tag, an dem eine entsprechende Anfrage von Rimerley einging, in seinen Gewahrsam gebracht zu haben, war eine bemerkenswerte Leistung, die sein Selbstbewußtsein beachtlich gesteigert hatte. Natürlich war sie eine Person mit ziemlich dunklem Teint, so wie neun von zehn Bewohnern Zyklops, aber man kannte Mittel, um die Melaninausschüttung, die die Ursache war, zu unterbinden.

Und in jeder anderen Hinsicht erfüllte sie die Anforderungen fast ideal: Sie hatte die geeignete Statur, die passenden Proportionen, fiel in bezug auf die immunologischen Reaktionen in die richtige Kategorie ... Rimerley hatte erwähnt, in Anbetracht der Wichtigkeit des Auftrags wäre er sogar deutlich weniger adäquates Material zu nehmen und es nach Maßgabe der vorliegenden Spezifikationen zu modifizieren bereit; doch diesen Aufwand konnte er sich nun sparen.

Er beugte sich vor, um die Decke wieder über Soraya zu breiten, verhielt dabei, die Finger in den Stoff gekrallt. Er spürte den Beginn einer Erektion. Natürlich stimmte es, daß es auf lange Sicht keine Rolle spielte ... Über das unvermeidliche Minimum hinaus träte kein physischer Schaden ein, und auf jeder Welt mit einigermaßen vernünftigen Normen erfolgte er ein, zwei Jahre nach der Pubertät sowieso; und was eine etwaige seelische Schädigung betraf, war sie völlig irrelevant.

Aber er unterdrückte mit aller Entschiedenheit diese Überlegungen und schob die Decke in ihre vorherige Lage zurück. Dann durchquerte er das Zimmer und setzte sich vor die mit Schnitzereien verzierte Holztruhe, die seinen Subraum-Kommunikator tarnte.

Seit Kolb zu ihm verlegt worden war und Rimerley sich durch eine Untersuchung einen ersten Eindruck vom Zustand des Mannes verschafft hatte, wartete er gespannt auf Heimdalls Anruf. Daß Kolb sich, berücksichtigte man, was er kaum einen vollen Tag vorher durchgemacht hatte, in erstaunlich guter Verfassung befand, damit hatte er gerechnet; die Korpsklinik bot Behandlungsmöglichkeiten, für die es Rimerley schlichtweg an den Voraussetzungen fehlte.

Was er jedoch an Möglichem bieten konnte, hatte ihm zu immensem Reichtum und nicht unbeträchtlicher, geheimer Macht verholfen. Jetzt war die Zeit da, um diese Macht zu seinem Schutz einzusetzen.

In dem Moment, als ihn der Anruf erreichte, sah er am Ausdruck nahezu diebisch-vergnügter Selbstgefälligkeit in Heimdalls Gesicht, daß sie das schlimmste Risiko, wie es sich durch längeres Warten auf eine Gelegenheit ergeben hätte, um Quist den entscheidenden Vorschlag zu unterbreiten, ausgestanden hatten.

»Haben Sie jemanden?« platzte er augenblicklich mit der Frage heraus, neigte sich aufgeregt näher an den Apparat.

»Ich glaube ja.« Heimdall nickte. »Material für Kolb habe ich noch nicht, aber ...«

»Scheißen Sie auf Kolb«, unterbrach Rimerley ihn. »Kolb können wir behandeln, wann's uns paßt. Erst müssen wir sicherstellen, daß uns dafür genug Zeit bleibt.« Er starrte in die Ecke der Bildfläche, wo er hinter Heimdalls Schulter, leicht unscharf und nur verschwommen unterscheidbar, eine verhüllte Gestalt erkannte. »Ist das dort hinter Ihnen dieses Mädchen?«

»Ja, ist es. Wir haben sie abgeschleppt, indem wir 'n Anfall der verbreitetsten lokalen Seuche vortäuschten — des Schlotterns, wie sie's hier nennen —, sie hat die Symptome aber inzwischen überwunden und liegt im künstlichen Koma. Wegen der Umstände konnten wir außer dem, was uns ihr Freund über sie erzählt hat, fast nichts über sie erfahren, aber sie ist auf jeden Fall noch einige Jahre unter zwanzig, und auch sonst erfüllt sie allem Anschein nach weitgehend sämtliche Kriterien, die Sie mir bei der Bestellung aufgeführt haben. Sie hat sogar — ich kann mir denken, daß Ihnen das Sorge gemacht hat — die richtige Blutgruppe.«

»Hat sie? Das ist ja erstaunlich!« Rimerley fühlte die Anspannung weichen wie Luft aus einem aufgerissenen Raumanzug. »Ich hatte den Eindruck, daß die häufigste Blutgruppe auf Zyklop dort die seltenste ist. Darf ich annehmen, daß Sie sie unverzüglich herschicken?«

»Ich habe mir überlegt, ob wir's angesichts der Dringlichkeit nicht riskieren sollten, das Raumschiff irgendwo direkt hier in der Nähe zu landen. Die Wahrscheinlichkeit, beobachtet zu werden ...«

»Es ist das Risiko nicht wert«, unterbrach ihn Rimerley. »Nein, befördern Sie sie auf dem üblichen, unauffälligen Weg zum gewohnten Landeplatz in den Bergen, selbst wenn's einen Tag Verzögerung bedeutet. Es bleibt immer eine geringe Gefahr bestehen, daß man uns ertappt, das wissen Sie, und uns gegebenenfalls über unsere Tätigkeit hinaus auch noch vorwerfen lassen zu müssen, einen ZFP offen mit Raumfahrt konfrontiert zu haben, wäre eine überflüssige Verschlimmerung unserer Situation.«

»Ich habe immer angenommen«, erwiderte Heimdall, »man würde uns, wenn man uns schnappt, sowieso sämtliche einschlägigen Strafen aufbrummen.«

»Wie wir argumentieren, falls 's je dahin kommt, habe ich Ihnen doch schon ein Dutzend Mal erläutert«, entgegnete Rimerley. »Es gibt genug Welten, die freiwillige Euthanasie anbieten, um uns dahinter verschanzen zu können ... Moment mal! Haben Sie zu dem Mädchen irgend etwas gesagt?«

»Seit der Vortäuschung des Krankheitsausbruchs habe ich natürlich nicht mehr mit ihr gesprochen.«

»Hm ... Um des Scheins willen müssen wir ihr einreden, sie sei todkrank und mit einem stillen, friedlichen Abgang besser bedient.«

»Das haben wir doch schon häufiger fertiggebracht«, antwortete Heimdall mit zynischem Lächeln, »als ich mich erinnern kann.«

»Ja, aber ... Verdammt, ich *weiß* nicht, weshalb ich eigentlich noch Zeit vergeude. Ich werde gleich Quist aufsuchen. Wünschen Sie mir Glück.«

Quist erhielt die Mitteilung am nächsten Konferenztag im Laufe der zweiten Beratungssitzung: Dr. Aleazar Rimerley hätte sie gerne so bald wie möglich gesprochen.

So ein Blödian! Sich ausgerechnet in diesem Moment

zu melden und dann aus irgendeinem unbegreiflichen Grund auch noch persönlich aufzukreuzen . . .! Ein Kommunikator hätte sicherlich zur Übermittlung jeder erdenklichen Nachricht genügt.

Sie kaute auf der Lippe, sah sich im Konferenzsaal um, während der Diener, der ihr die Mitteilung gebracht hatte, diskret hinter der hohen Rückenlehne ihres Stuhls abwartete. Während des Vormittags waren die letzten Meinungsverschiedenheiten zwischen Delegierten auf einer für alle Beteiligten annehmbaren Ebene beigelegt worden; im bisherigen Verlauf des Nachmittags hatte man, teils unter stürmischem Applaus, konkrete Aktionsvorschläge für eine Strategie vorgetragen, die in eine Abkehr von der Nichteinmischungspolitik gegenüber den ZFP münden sollte. Zwei dieser Anregungen versprachen sogar — auch nach Quists Einschätzung — über fünfzigprozentige Erfolgsaussichten, und das durfte als Rekord gelten.

Nach seinem blamablen Benehmen am Abend zuvor hatte Omar Haust sich nicht wieder blicken lassen. Vielleicht verdankte man den erfolgreichen Ablauf des heutigen Konferenztags seinem Fernbleiben; Delegierte wohlhabender, höherentwickelterer Welten fühlten sich anscheinend in Gegenwart eines tatsächlichen ZFP-Bewohners nicht so recht wohl.

Der Redner, dem momentan die Aufmerksamkeit der Versammlung galt, spürte wohl, daß sich eine Ablenkung ergeben hatte. Höflich schwieg er und schaute Quist an. Alle anderen Anwesenden taten das gleiche.

Während sie fortgesetzt wortlos vor sich hinschimpfte, äußerlich jedoch die Fassung wahrte, erhob sich Quist.

»Ich bitte um Verzeihung«, sagte sie. »Ein sehr enger Freund ist gestern, wie einige von Ihnen vielleicht erfahren haben, von einem Wolfshai schwer verletzt worden.«

Unter den Versammelten breitete sich Gemurmel der

Sympathie aus; Quist sah ein, zwei Mienen der Ratlosigkeit, doch Sitznachbarn derjenigen, die von Wolfshaien keine Ahnung hatten, klärten sie rasch auf.

»Ich bin gerade davon benachrichtigt worden, daß der behandelnde Arzt mich dringend zu sprechen wünscht. Wenn Sie mich also für kurze Zeit entschuldigen würden ...?«

»Natürlich«, rief ein Dutzend Stimmen. Quist deutete eine Verbeugung an und schlüpfte aus dem Saal.

Rimerley wartete in einem Audienzraum mit Wänden aus zierlichem Silberfiligran auf sie. Eine Räumlichkeit, befand Quist, wie sie für eine Unterredung mit dem angesehensten Mediziner des Planeten sehr wohl angemessen war, und ihr Ärger darüber, aus der Konferenzsitzung gerufen worden zu sein, wich der Sorge um Kolbs Zustand. Wenn Rimerley persönlich zu ihr kam, mochte das durchaus eine schlechte Neuigkeit bedeuten.

»Doktor«, fragte sie, »ist etwas mit ...?«

Brüsk fiel er ihr ins Wort. »Ehe wir irgend etwas diskutieren, wünsche ich Ihre Zusicherung, daß unsere Unterhaltung weder belauscht noch aufgezeichnet wird.«

»Doktor! Ich versichere Ihnen ...«

»Hören Sie auf! Ich weiß, daß auf diesem Planeten niemand, der nicht sehr vor- und weitsichtig ist, in so hohe Ämter wie Sie gelangt. Und es ist eben Vorsicht, die empfiehlt, daß wir über die Sache, die ich mit Ihnen besprechen will, in vollkommener Privatsphäre reden.«

Quist musterte ihn. Bisher hatte Rimerley ihr ausgesuchte Höflichkeit erwiesen, sich sogar unterwürfig gezeigt. Jetzt sprach er nicht nur wie ein Ebenbürtiger mit ihr, sondern vielmehr wie ein Höherrangiger. Seine letzte Äußerung war ein Befehl gewesen, ein zwar freundlich verpackter, aber ein Befehl.

»Ich habe es lieber«, schnauzte sie, während sie

spürte, wie sich ihr Gesicht verfärbte, »wenn nicht in diesem Stil mit mir geredet wird!«

»Ich weiß. Aber wenn Justin Kolb Ihnen etwas bedeutet, werden Sie sich wohl damit abfinden müssen.«

Schweigen folgte. Schließlich zuckte Quist die Achseln und ging ans andere Ende des Audienzraums. Sie hob eines der kunstvoll filigrierten Motive der Wanddekoration, das einen Schalter verbarg, drehte ihn um neunzig Grad.

»Also gut. Es wird nichts aufgezeichnet, nicht einmal die Tatsache, daß wir uns hier getroffen haben. Was haben Sie zu sagen? Sind Sie ... Haben Sie Justin schon behandelt?«

»Nein. Ach, was ihn angeht, brauchen Sie sich keine Sorgen zu machen. Die Korpsärzte haben ihm hervorragende Ersthilfe geleistet, der Stumpf wird rasch verheilen.«

Bei der Erwähnung des Stumpfs schrak Quist zusammen. Um diese für sie wenig charakteristische Schwäche zu übertünchen, stellte sie schnell und forsch weitere Fragen.

»Wie bald wird er wieder gesund sein? Und warum haben Sie ihn, wenn das alles war, was bis jetzt bei ihm vorgenommen worden ist, gleich nach der Überstellung in Ihre Obhut allein gelassen?«

»Bis wir ein geeignetes Transplantat ausfindig gemacht haben, kann ich für ihn nichts tun«, sagte Rimerley; und wartete darauf, daß Quist die volle Tragweite seiner Antwort begriff.

»Ein Transplantat?« Quist lauschte auf ihre Wiederholung des Worts, als wäre es lediglich ein beliebiger Laut. »Aber ich dachte, Sie arbeiten mit Regeneration. Nennt man das nicht so?«

»Für eine Frau, die schon so lange im Effekt die Regierung dieses Planeten ist, sind Sie erstaunlich unwissend«, antwortete Rimerley. »Ihnen zuliebe würde ich das Bein gerne regenerieren — vorausgesetzt, Sie kaufen mir einen Medi-Computer mit Megakapazität und bezahlen seine Ausstattung mit den für Zyklop erforderlichen Daten. Da selbst Sie solche Aufwendungen nicht verkraften können, wird Kolb mit dem zufrieden sein müssen, was er schon einmal gehabt hat, nämlich einem leichter erhältlichen, einfacher anpaßbaren und billigeren Beintransplantat.«

»Schon einmal? Sie meinen, er ...?«

»Ich komme nun auf das zu sprechen, was ich meine. Ich muß dafür zu einer etwas umfangreicheren Erklärung ausholen, also ist es wohl besser, ich setze mich.« Rimerley schaute sich nach einem Stuhl um und nahm Platz.

»Ein Transplantat«, sagte er. »Man entfernt ein vorhandenes Organ und verpflanzt es einem anderen Körper. Klar? Sie hatten mir Justin Kolb zur Behandlung übergeben, nachdem er durch Weltraum-Gangrän ein Bein verloren hatte, und es war bei mir durch ein fast tadellos passendes, immunologisch neutrales Bein ersetzt, Nerven und Muskeln waren so gut gekoppelt worden, wie man's sich nur wünschen konnte. Nicht so gut, daß er die Belastungen einer Berufstätigkeit im All noch hätte aushalten können, aber das war kein Nachteil, gegen den Sie im Hinblick auf Ihre ... äh ... Beziehung Einwände hatten.«

»Rimerley«, sagte Quist durch zusammengebissene Zähne, »ich weiß nicht, auf was Sie hinauswollen, aber ...«

»Dann warten Sie doch, bis ich's Ihnen sage!« fuhr Rimerley sie an. »Gestern ist seine Beinverletzung von Korpsmedizinern verarztet worden. Ich verfüge über keine Mittel und Wege, um herauszufinden, ob sie sich das Bein genau genug angesehen haben, um seine Herkunft festzustellen, aber falls 's getan worden ist, stekken Sie in Schwierigkeiten. Anscheinend war Ihnen tatsächlich bis heute überhaupt nicht klar, daß Gliedregeneration unsere hiesigen Möglichkeiten bei weitem übersteigt. Es ist aber allgemein bekannt, und man wird unterstellen, daß Sie wußten, was hinter den Kulissen geschehen ist ...«

Matt winkte Quist mit der Hand, ihre Gedanken hingen noch um zwei Sätze hinter Rimerleys eilig dargelegten Ausführungen zurück. »Herkunft?« preßte sie hervor.

»Ja, *Herkunft*. Was glauben Sie denn, wie ich's beschafft hatte — vielleicht in 'm Hafenschuppen in Gratignol, oder wie? Nicht mal ein vom Verhungern bedrohter Fischer wäre ein gesundes Bein zu verkaufen bereit, das ist Ihnen doch einsichtig, oder? Nein, es war importiert worden. Aus einer Bezugsquelle, wo die Einheimischen nichts ausplaudern können — um es deutlich auszusprechen, von einem unbekannten ZFP.«

Quist bewegte die Lippen, doch kein Ton drang aus ihrem Mund.

»Was ich sagen will, ist folgendes«, fuhr Rimerley fort. »Kein intelligenter Außenstehener würde glauben, daß Sie, Alura Quist, im Ernst der Überzeugung gewesen sind, ich hätte das Bein regeneriert. Man wäre der Auffassung, Sie hätten Bescheid gewußt. Und falls das an die Öffentlichkeit gelangt, was würde dann, um nur einen Aspekt zu erwähnen, aus Ihrer gepriesenen Konferenz?«

Daß die Delegierten von diesen Vorgängen erfahren könnten, bedeutete für Quist eine geradezu gräßliche Aussicht. Sie ballte die knochigen Hände zu Fäusten.

»Das ist Erpressung!« zischte sie. »Damit kommen Sie nicht durch. Ich werde Sie öffentlich anprangern. Ohne Rücksicht auf Justin. Vielleicht heilt das Korps sein Bein, wenn ich es darüber informiere, was Sie ...«

»Mich anprangern? Das sähe nach einer Panikhandlung aus, um Ihre Kampagne gegen das Korps zu retten, und darauf würde niemand hereinfallen. Außerdem muß das Korps sich, weil Sie es so stark beschäftigen, mit anderen Angelegenheiten befassen.«

Ausdruckslosen Blicks starrte Quist ihn an.

»Es könnte sein, ja, es wäre *vielleicht* denkbar, daß sich das Korps zu einer Geste des Großmuts herabläßt und Justin Kolb heilt«, gestand Rimerley mit verständnisvollem Gehabe zu. »Aber es kann Ihnen kein neues Leben schenken — im Gegensatz zu mir. Sie fürchten das Alter, nicht wahr? Sie haben Furcht vor dem Tod, dem langen, dunklen Nichts danach.«

In seinen Worten klang etwas mit, das Quist solches Grauen einflößte, daß sie unwillkürlich stumm nickte.

»Also kommen wir nun zur Sache«, sagte Rimerley. »Dem Vorschlag, den ich Ihnen machen möchte und der für uns beide seine Vorteile hat. Mir ist nicht daran gelegen, daß diese Sache der Allgemeinheit bekannt wird, obwohl Sie die Hauptleidtragende wären. Mir geht's um mich, das will ich gar nicht leugnen. Die Wahrscheinlichkeit, daß das Korps sich stark genug für Kolbs Bein interessiert, um Nachforschungen zu betreiben, ist davon abhängig, was es sonst zu tun hat, und Sie sind an dem besten Posten, um es vor ein Problem zu stellen, durch das alles andere — zu unserem Nutzen, wie ich hoffe — in den Hintergrund tritt. Und zudem habe ich aus den Medienmeldungen über Ihre gegenwärtige Konferenz ersehen, daß Sie für das, was ich mir habe einfallen lassen, schon den Boden bereitet haben. Natürlich wird dann Kolb« — letzteres fügte er beiläufig hinzu — »auch ein neues Bein erhalten.«

Für ein beachtliches Weilchen stand Quist vollkommen reglos da. »Und was ...?« fragte sie schließlich mit einer Stimme, die völlig emotionslos war.

»Was ich biete?« hakte Rimerley nach. »Ach, nicht viel. Zwanzig Jahre zusätzlicher Jugend. Vielleicht fünfzig.«

Für einen Moment glomm in Quists Augen Gier, bis Tränen sie löschten. »Das ist doch nur ein grausamer Scherz«, sagte sie heiser. »Es ist der schmutzigste, widerwärtigste ...«

»Ich treibe *keinen* Scherz.« Rimerley lehnte sich mit so vollständiger Ruhe in den Stuhl, daß Quist neue Versuchung empfand, ihm zu glauben.

»Wie sollte das möglich sein?«

»Das verrate ich Ihnen nicht. Vorerst nicht. Erst einmal mache ich Ihnen ganz einfach das Angebot. Zwanzig Jahre, unter Umständen erheblich mehr.« Er maß ihr Äußeres unverfroren direkten Blicks. »In welcher Form sind Ihre Brüste heute ohne Stütze? Schlapp, kann ich mir denken. Und trotz aller kosmetischen Maßnahmen erschlaffen Ihnen inzwischen die Bauchmuskeln. Ich kann das alles beheben.«

Erneut herrschte für eine Weile Stille im Raum. Sie zog sich lang und länger hin. Endlich zuckte Rimerley die Achseln, stand auf, brach das Schweigen.

»Schade. Ich hätte wirklich nicht gedacht, daß Sie dieser Chance eine öffentliche Demütigung und wahrscheinlich ein Gerichtsverfahren wegen Verstoßes gegen die Gesetze übers ZFP-Nichteinmischungsprinzip vorziehen. Das wird zu einem außerordentlich ironischen Höhepunkt Ihrer Anti-Korps-Kampagne führen, glauben Sie nicht?«

»Warten Sie«, bat Quist leise. »Verdammt noch mal ...! Sie wußten, daß es *eine* Art der Bestechung gibt, der ich unmöglich widerstehen kann.«

»Natürlich wußte ich's«, bestätigte Rimerley mit spöttischem Schmunzeln.

»Was ... was soll ich tun?«

Mit nur einem, sehr markigen Satz erklärte er es ihr. »Und zwar«, ergänzte er ihn, »noch heute!«

14

Wie zugesagt, war Justin Kolb am frühen Morgen abgeholt worden. Maddalena blickte dem in Weiß gespritzten Klinik-Kopter nach, der mit ihm nach Südwesten davonsurrte. Sie empfand das Modell der Maschine als irgendwie archaisch, aber hatte nach zwanzig Jahren in einer Umgebung, unter deren Bedingungen man außer einer gewissen, rohen Werkzeugfertigung keinerlei Technologie betrieb, gleichzeitig das Gefühl, nicht die richtige Person zu sein, um Industriedesignern Verbesserungsvorschläge zu machen.

»Ich wollte, es hätte eine Möglichkeit gegeben, einen Indikator an ihm zu verstecken«, hatte Langenschmidt gedämpft geäußert, während er neben ihr stand, dem weißen Pünktchen nachschaute, das am strahlendblauen Himmel zusehends schrumpfte.

»Ich dachte, das sei der Fall?!«

»Ich habe Nole gefragt, was an Einschlägigem bei einer einigermaßen gründlichen medizinischen Untersuchung übersehen werden könnte, und er hat mir glattweg geantwortet: ›Nichts.‹ Unfähig könne Rimerley nicht sein, hat er gesagt, zu seinen Patienten hätten schon die herausragendsten Persönlichkeiten Zyklops gezählt.«

»Hast du Nole auch gefragt, wie es dazu kommen konnte, daß er die tatsächliche Natur von Kolbs erneuertem Bein übersehen hat?«

»O ja, das habe ich allerdings von ihm wissen wollen.« Langenschmidt wirkte etwas verstimmt. »Wir sind uns darüber ganz schön in die Haare geraten. Aber das ändert nichts: Kein Indikator, um niemanden zu warnen.«

»Aber sicher kennst du doch Kolbs Bestimmungsort?«

»Angeblich fliegt man ihn zu Rimerleys Privatinsel. Es wäre mir aber lieber, es genau zu wissen. Er ist für uns 'n Zeuge, du hast's gestern abend selbst erwähnt.«

»Ich nehme an, ihr habt wenigstens ein paar Gewebeproben zurückbehalten.«

»Nole hat welche an Stellen entnommen, wo's nicht

auffällt, und konserviert, sie sollen als Vergleichsmaßstab bei der Gentypen-Analyse dienen, an der er arbeitet. So lautet jedenfalls die Begründung, die wir anführen werden, falls man uns doch je nach dem Grund fragt.« Inzwischen war der Kopter vollständig außer Sichtweite verschwunden. »Tja«, meinte Langenschmidt lebhafter, »ich kann nicht den ganzen Tag lang hier rumstehen. Ich habe 'n Stützpunkt zu kommandieren.«

»Ich nicht«, sagte Maddalena bescheiden. »Und da du mich nach Zyklop beordert hast, denke ich mir, du weißt auch für mich was zu tun, damit ich ›nicht den ganzen Tag lang hier rumstehen‹ muß.«

»Naja, ich wüßte da tatsächlich so einiges ... Ich habe gezögert, dich darum zu bitten, es kommt mir irgendwie ungerecht vor, dich zu belästigen, weil du ja eigentlich in großem Urlaub bist, aber da du nun schon danach fragst ...«

»Trotz all dieser Behauptungen, Gus: Du bist kein guter Diplomat. Also, worum geht's?«

»Was ich gegenwärtig an Zeit erübrigen kann, muß ich im wesentlichen aufwenden, um diese verfluchte Konferenz, die Quist veranstaltet, zu beobachten. Die lokalen Medien wimmeln von Berichten über ihren Verlauf, sie stellen sie als selbstloses Unterfangen Zyklops im Namen der armen Brüder dar, die durch die reichen, habgierigen Welten vernachlässigt werden, und so weiter ... Aber warum soll ich dir viel über was erzählen, was du dir leicht selbst zusammenreimen kannst? Gestern abend kam's beim offiziellen Bankett zu einer Art von Eklat, der Delegierte von ZFP Eins hat sich vollgesoffen und einige unbequeme Wahrheiten ausgesprochen, die die Organisatoren der Konferenz scheußlich in Verlegenheit gebracht haben. Sei doch so gut und sichte die Berichterstattung über den heutigen Vormittag der Konferenz, ja? Gib mir 'ne Zusammenfassung über ihre Fortschritte bis zur Mittagspause, falls sie welche erzielen konnten. Das wäre eines. Die andere Aufgabe, an die du dich machen könntest, hast du dir selbst eingebrockt: Geh und hilf meinem überlasteten Computerteam, die Suche nach der wahrscheinlichen Position von ZFP Zweiundzwanzig richtig anzupacken. Voraussichtlich läßt sich der Fehlerspielraum nicht auf unter hundert Parsek beschränken, aber falls wir ihn möglicherweise auf fünfzig drücken können, wär's machbar, glaube ich, daß ich den Einsatz zweier Explorerschiffe genehmigt kriege.«

Das Problem war ebenso faszinierend wie kompliziert. Über die Populationsverteilung auf Zarathustra zur Zeit der Nova lagen Daten vor, deshalb konnte mühelos ermittelt werden, welche iranstämmig besiedelten Gebiete auf der Tagseite gewesen und daher unverzüglich ausgelöscht worden waren; auf der Nachtseite dagegen hatte es drei ausgedehntere Regionen gegeben, in denen man die Minderheitensprache gesprochen hatte, und in jeder davon mochte der in Kolbs Beintransplantat festgestellte Gentypus vorhanden gewesen sein.

Auf dieser Grundlage galt es computerisiert zu berechnen, ob nur in einer Region, zwei oder allen drei Regionen eine Chance bestanden hatte, Menschen von ihren Wohnorten zum nächstgelegenen Raumhafen zu transportieren, bevor der Planet sich so weit um seine Achse drehte, daß er die Raumschiffe beim Start der Nova aussetzte. Nur die Flüchtlinge, denen es gelungen war, für eine Strecke von mehreren Millionen Kilometern im Schatten des Planeten zu bleiben, waren dem Strahlungssturm entgangen.

Eine dieser Schlüsselzonen war volle sieben Stunden lang im Dunkeln geblieben; die beiden anderen Zonen kaum halb so lang.

Nachdem man sich auf die erstere Zone als den wahrscheinlichsten Ausgangspunkt einer erfolgreichen Flucht geeinigt hatte, instruierte das Team die Computer zu berechnen, welchen Trajektorien von Raumschiffen, nachdem sie bis zum letztmöglichen Moment gewartet und Flüchtlinge an Bord genommen hatten, zu beschreiben gewesen waren, um im planetaren Schatten zu bleiben; die Berechnungen fanden jeweils unter Zugrundelegung einer Stunde, zweier, dreier — und so fort — Stunden Restzeit der zarathustrischen Nacht statt. Und anhand dieser hypothetischen Flugkurse versuchte man zu errechnen, wohin die Raumschiffe gelangt sein mochten.

Für einige Zeit verlief die Untersuchung reibungslos; mehrere mögliche Flugbahnen schieden bald aus, weil das Korps die Sektoren des Alls, durch die sie verliefen, bereits bis zur äußersten Reichweite gründlich erforscht hatte, die ein Raumschiff zurücklegen konnte, während seine Passagiere sich noch in einem Zustand befanden, der ihnen eine Landung erlaubte. Danach jedoch glich die Tätigkeit immer mehr einem blinden Tappen durch dichten Nebel.

Maddalena erfüllte Langenschmidts Bitte, sich mittels der lokalen Mediennachrichten über die Konferenz zu informieren; was sie zu hören bekam, waren überwiegend Plattheiten, meistenteils bloß Auszüge gutgemeinter Reden, gespickt mit Lobhudeleien Quists im besonderen und Zyklops im allgemeinen wegen des angeblichen edelmütigen Mitgefühls für die ZFP. Während sie zuhörte, erinnerte sich Maddalena an Langenschmidts Bemerkung des vorangegangenen Abends: Daß es wohl noch zu früh sei, sie noch einmal nach ihrer Haltung zur Nichteinmischungspolitik zu fragen.

Wirklich war sie sich ihrer Einstellung gar nicht mehr sicher. Und diese Reaktion schon so kurz nach ihrer Ankunft bei sich zu beobachten, verstörte sie.

Darum war sie über die Gelegenheit froh, sich bald wieder in die Komplexitäten interstellarer Kursberechnungen vertiefen zu können, und sie befaßte sich gerade intensiv mit einem anscheinend vielversprechenden

Plotten, da erreichte sie drunten im Computerkeller eine Nachricht: Ob sie sofort den Kommandeur aufsuchen könnte?

Sie kam der Bitte nur widerwillig nach, legte sich auf dem Weg zu Langenschmidt eine scherzhafte Beschwerde zurecht. Aber sobald sie ihn sah, erstickte die Äußerung auf ihren Lippen. Sie merkte ihm auf den ersten Blick an, daß ihn etwas stark schockiert hatte.

»Gus«, rief sie, »du siehst ja aus, als hättest du soeben erfahren, daß diese Sonne auch zur Nova wird.«

»Fast so schlimm ist es …!« knirschte Langenschmidt. »Auf alle Fälle hat's dieselbe Wirkung … Wir sind zum Evakuieren gezwungen.«

»Was?«

»Nimm Platz, dann spiele ich dir 'ne Aufzeichnung einer Nachrichtensendung vor. Ich selbst wäre gar nicht dazu imstande, das alles korrekt zu wiederholen.« Er drückte Tasten auf dem Terminal, an dem er saß, und ein Bildschirm wurde hell. Entgeistert ging Maddalena zu einem Stuhl, von dem aus sie den Bildschirm gut sehen konnte.

Anfangs erschien darauf nur Verschwommenes, während eine automatisch ergänzte Zusatzüberspielung den Zeitpunkt der Aufnahme angab und in die Normzeit der Korpsbasis umrechnete; dann verschwanden die verschwommenen Gebilde, und in einschneidend-strengem Tonfall erklang eine Stimme mit Zyklopakzent.

»… eine Mitteilung Alura Quists in Person an den Kommandeur im Stützpunkt für Reparatur, Montage sowie Urlaubs- und Freizeiteinrichtungen des Galaktischen Korps auf Zyklop. Alura Quist!«

Der Bildschirm zeigte ein Gesicht. Interessiert sah Maddalena es sich an; es war das erste Mal, daß sie die berühmte Quist zu sehen bekam, die seit so vielen Jahren unangefochten das Schicksal dieses Planeten lenkte. Sie erblickte eine schöne, blonde Frau, deren beste

Bemühungen, den Auswirkungen des Alterns zu widerstehen, keinen vollen Erfolg hatten.

»Kommandeur, aus der nachfolgenden Aufzeichnung meiner Ansprache an die Konferenz gegen die ZFP-Nichteinmischungspolitik, deren Vorsitz ich gegenwärtig ausübe, werden Sie erfahren, was Sie nun zu tun haben. Ich wünsche lediglich hinzuzufügen, daß ich unverzüglich Maßnahmen einleite, um zu gewährleisten, daß der Beschluß meiner Regierung ausgeführt wird.«

Ihr Gesicht verflimmerte, erschien jedoch gleich wieder, diesmal vor dem Hintergrund eines großen Konferenzsaals, in der Delegierte von Welten mit Dutzenden von verschiedenerlei Bekleidungsmoden saßen. Quist sprach zur Versammlung und fand bei ihr offensichtlich Anklang.

»Sie werden sich daran entsinnen«, sagte sie, »daß der verehrte Abgesandte von ZFP Eins — der heute bedauerlicherweise indisponiert ist und deshalb diese öffentliche Erklärung nicht hören kann — den Vorschlag präsentiert hat, innerhalb unseres Einflußbereichs das Galaktische Korps in seiner angemaßten Rolle als politische Kraft zu beschneiden. Ich habe über diese Anregung nachgedacht und bin zu einer unausweichlichen Schlußfolgerung gelangt: Es widerspricht unseren anerkannten Idealen, hier die Anwesenheit des Korps zu dulden, solang es unsere Wünsche mit Füßen tritt.«

Die Zuhörerschaft auf dem Bildschirm schwieg ebenso perplex wie Maddalena.

»Deshalb möchte ich Ihnen davon Kenntnis geben, daß ich heute den Kommandeur der Basis auffordern werde, sämtliches Korpspersonal von Zyklop auszufliegen und den Stützpunkt zu schließen. Dieser Vorgang läßt sich vermutlich nicht über Nacht verwirklichen, aber muß zügig abgewickelt werden, und auf jeden Fall steht die Basis mit sofortiger Wirkung unter vollständiger Isolation, alle Kontakte zwischen Zyklopern und dem Galaktischen Korps sind von diesem Augenblick an beendet, ausgenommen offizielle Verständigung, soweit sie für Evakuierungszwecke unvermeidlich ist. Ich …«

Stürmischer Beifall übertönte den Rest der Deklaration. Langenschmidt tippte auf eine Taste und stoppte die Wiedergabe.

»Na?« raunzte er.

Fassungslos schüttelte Maddalena den Kopf. »Ich dachte, du hättest gesagt, der Planet könnt's sich nicht leisten, die Basis zu verlieren.«

»Kann er auch nicht. Und das heißt, diese Quist ist verrückt geworden. Aber übergeschnappt oder nicht, sie ist die rechtmäßige Regierungschefin Zyklops, und darum bin ich verdammt sicher, daß mir befohlen wird, wenn der Entscheid vom Hauptquartier eintrifft — den ich inzwischen angefordert habe —, nach ihrem Willen zu verfahren.«

15

Langenschmidts düstere Einschätzung der Situation war berechtigt; das konstatierten seine Computer, noch bevor eine Entscheidung des Hauptquartiers anlangte. Keine bewohnte Welt hatte die Pflicht, dem Korps Platz einzuräumen. Um Stützpunkte zu erhalten, die es brauchte, auf irgendwelchen luftlosen Felsbrocken mitten im All jedoch nicht in geeigneter Form einrichten konnte, schloß das Korps Verträge ab, als wäre es ein unabhängiger, souveräner Planet. Aber es war nichts dergleichen, und wenn eine Planetenregierung entschied, daß es verleastes Territorium dem Korps zu entziehen wünschte, hatte dieser einseitige Entschluß unbestreitbare Gültigkeit.

Langenschmidt schimpfte herum, während die Rechtsexperten des HQ ihn über die juristische Situation aufklärten, wollte wissen, wieso man derartige Schwierigkeiten nicht vorausgesehen und dagegen vorgebeugt hätte. Die Stimme des Experten, der ihm darauf antwortete, die gegebenen Umstände seien einzigartig und deshalb nicht absehbar gewesen, und überdies sei es ja wohl er, der an Ort und Stelle zuständige Kommandeur, der in der idealen Lage gewesen wäre, um Weitsicht zu beweisen, enthielt einen ziemlich eisigen Unterton.

Auf Langenschmidts Stirn glänzte Schweiß, als er das Gespräch beendete.

Er hatte den Seitenhieb noch am folgenden Morgen im Ohr, als er auf dem Hauptponton des Reparaturdocks den offiziellen zyklopschen Beauftragten begrüßte, den man ihm angekündigt hatte: Einen sehr großen, ganz mageren, äußerst grimmigen jungen Mann in makellos weißer Uniform, der die Gangway des Großskimmers herabschritt, mit dem er gekommen war, und zackig, noch ehe Langenschmidt die Gelegenheit fand, ein Wort zu sagen, den Männern zuwinkte, die sich schon beim Einschwenken des Fahrzeugs auf den Ponton an Deck versammelt hatten.

»Mein Stab«, sagte er. »Die Regierung Zyklops hat uns zur Überwachung der Evakuierung des Korpspersonals ermächtigt.«

Langenschmidt betrachtete die Männer. Insgesamt mochten es mindestens zweihundert sein. Wie auf einer gar nicht geringen Anzahl von Welten, deren Ökonomie einerseits an zu vielen Unzulänglichkeiten krankte, um Vollbeschäftigung zu garantieren, die andererseits zu arm waren, um die Wohlstandsbarriere zu durchbrechen, jenseits der es für das Individuum belanglos blieb, ob es arbeitete, machte man auf Zyklop aus dem zwangsläufigen Kompromiß zwischen beidem das schlechteste, indem die Regierung eigenes, nur ihr unterstelltes Personal hielt, vergleichbar mit den Armeen der irdischen Nationalstaaten in der Ära vor der

Galaktischen Union. Diese Abteilung mußte aus sorgfältig ausgewählten Angehörigen des Regierungspersonals bestehen.

Sie waren bewaffnet, bemerkte Langenschmidt voller Unbehagen, trugen veraltete, jedoch zweifellos funktionstüchtige Energiepistolen. Quist *mußte* irrsinnig geworden sein!

»Und das Material?« erkundigte er sich schroff.

Der hochaufgeschossene, dünne junge Mann blinzelte ihn an. »In dieser Hinsicht habe ich keine eindeutigen Instruktionen erhalten«, antwortete er. »Ich bin lediglich da, um zu sichern, daß dieser Stützpunkt innerhalb angemessener Frist personell restlos geräumt wird. Inoffiziell darf ich Ihnen mitteilen, daß unsere Regierung sieben Tage als angemessene Zeitspanne erachtet.«

»Sieben Tage?!« Langenschmidt hatte keine Absicht gehabt, sich einen solchen Ausruf entfahren zu lassen, doch er konnte seine Betroffenheit schlichtweg nicht verheimlichen; sein Blick glitt über die kolossalen Reparaturdocks, sämtliche sonstigen Bauten und Gebäude der Basis, die praktisch eine komplette, eigenständige Stadt bildeten, deren Fundamente, die unter anderem sogar Testanlagen für Raumschifftriebwerke umfaßten, bis ins Muttergestein des Planeten hinabreichten.

»Sieben Tage«, bekräftigte der dünne junge Mann und verzog das ausgezehrt-fahle Gesicht zu einem Lächeln. »Mein Name ist übrigens Bengt Barly. Ich stehe im Rang eines Majors der Raumflotte Zyklops.«

»So, stehen Sie?« meinte Langenschmidt boshaft. »Hoffentlich ist das nicht alles, was Ihnen steht.«

Er machte auf dem Absatz kehrt und holte mit einer Geste einen Untergebenen heran.

»Das ist *Major* Barly«, stellte er den Zykloper barsch vor. »Ohne Zweifel möchte er lieber mit jemandem seines Ranges verhandeln. *Mir* ist es jedenfalls angenehmer.«

Barlys Gesicht lief hellrosa an, und Langenschmidt erlebte einen Moment freudloser Genugtuung. Doch es blieb für längere Zeit sein letzter derartiger Augenblick.

Welche Möglichkeiten, außer dem Verlangen der Regierung Zyklops nachzukommen, standen ihm offen? Seine Vorgesetzten sagten, es gäbe keine Alternativen; Raumschiffe anderer Stützpunkte sollten eingesetzt werden, um die Evakuierung in der schnellsten und effektivsten Weise durchzuführen, die die verfügbaren Mittel gestatteten. Und das war es dann.

In hilfloser Wut drosch er eine Faust in den anderen Handteller. Die einzige erkennbare Abhilfe bestünde im Sturz der Regierung Quist — aber wie sollte er so etwas in die Wege leiten können? Hätte man wenigstens noch ein, zwei Tage lang mit diesem wahnwitzigen Ausweisungsbeschluß gewartet, so daß es vielleicht gelungen wäre, in der Sache um Kolbs Bein genügend Beweismaterial zu sammeln ...!

Ihm fiel ein, daß er an diesem Morgen Maddalena noch nicht gesehen hatte. Zerstreut schaute er sich nach allen Seiten um, doch sie war nirgends zu erblikken, und seine Sorgen verdrängten den Gedanken an sie unverzüglich aus seinen Überlegungen.

Sturz der Regierung Quist ... Offensichtlich war das der richtige Ansatzpunkt. Aber schon im Laufe der Nacht hatten mit Radar ausgerüstete Fahrzeuge rings um die Insel Position bezogen, und in einer Höhe von dreißigtausend Kilometern über der Insel war ein Raumschiff in einen stationären Orbit gegangen, überwachte mit sensitiven Detektoren die Beachtung des Verbots aller Kontakte zwischen dem Korps und dem Rest Zyklops. Nicht einmal per U-Boot wäre es möglich, die Basis heimlich zu verlassen und, wie es Maddalena vorgeschlagen hatte, nach Hinweisen auf reiche Zykloper, an denen in letzter Zeit rätselhafte Heilungen geschehen waren, zu forschen. Schließlich hatte selbst der Trawler des Fischerburschen, dieses Bracy, ein Fischecholot an Bord, und mit Sicherheit beobachtete man die Gewässer rund um die Insel mit U-Boot-Detektoren ...

Der Trawler!

Mit einer enormen Willensanstrengung hielt er sich davon ab, sich umzudrehen und zu dem wackeligen Kahn mit dem abgeblätterten Anstrich hinüberzuspähen, dessen zerstörte Solarzellenflächen gegenwärtig ein Reparaturrobot, dem niemand das Gegenteil befohlen hatte, durch neue Exemplare austauschte.

Hmmm ...! Doch momentan hatte Langenschmidt erst den Keim einer Idee, und er mußte sich anderen, unaufschiebbaren Verpflichtungen widmen. Er verschob das Nachdenken über die Frage, was sich dank einer Gelegenheit, unauffällig die Insel verlassen zu können, unternehmen ließe, auf später, befaßte sich als nächstes mit einer dringenderen Angelegenheit. Sie hing mit seinen ergebnislosen Einsprüchen beim Hauptquartier zusammen; er hatte um Befehl gebeten, Quists Ultimatum ablehnen zu dürfen, und das Gesuch damit begründet, es handele sich um einen Trick der Zykloper, um die materiellen Ressourcen der Basis in ihre Hand zu bekommen und mit dem, was dadurch in ihren Besitz gelangte, einen kommerziellen Sternenschiff-Reparaturservice zu eröffnen.

Der Stab des Korps-Hauptquartiers kannte genug Ironie, um seine Darstellung zur Kenntnis zu nehmen. Doch den erlassenen Befehl widerrief das HQ nicht. Es empfahl lediglich die Installation eines neuen, funkbetätigbaren Schalters am Fusionsreaktor im Innersten der Insel, so daß sie, sobald das Personal fort war, in einen qualmenden Krater verwandelt werden konnte.

Das sollte Langenschmidt ein kleiner Trost sein. Er seufzte und machte sich auf die Suche nach seinem Leitenden Energietechniker.

Maddalena hatte früher als Langenschmidt an den Trawler gedacht, um genau zu sein, schon in der vergangenen Nacht, während sie, von Unruhe geplagt, einzuschlafen versuchte. Zudem hatte sie die Tatsache berücksichtigt, daß sie nicht zum eigentlichen Personalbestand der hiesigen Korpsbasis zählte und deshalb in den Computern nur unter ›Beurlaubtes Personal‹ gespeichert war; ein Druck auf eine einzige Taste konnte ihren Namen vollständig aus den Speichern löschen, ohne daß über ihren Verbleib Rechenschaft abgelegt zu werden brauchte.

Diese Gedankengänge hatten sie dazu bewogen, Nole eine halbe Stunde lang zu nerven, bis er ihr aus schierer Verzweiflung erlaubte, was sie wollte: Bracy Dyge unter vier Augen sprechen.

Als sie die Tür seines Zimmers öffnete, schrak der Fischerjunge zurück wie ein furchterfülltes Tier; zweifellos hatte er das Kahlscheren seines Schädels, wie es für die infolge der erhaltenen Strahlungsüberdosis notwendig gewordene Behandlung erforderlich gewesen war, als Vorbereitung auf irgendeine schreckliche Bestrafung für seine Unbesonnenheit am Vortag fehlinterpretiert.

Es bedurfte Maddalenas gesamter Erfahrung als Diplomatin unter Primitiven, um den Jungen soweit zu bringen, daß er ihr zuhörte, ohne vor sich hinzuzittern. Ungenutzt verstrich unwiederbringliche Zeit; endlich glaubte sie, auf den mühsam errungenen Ansatz zielstrebig aufbauen zu können.

»Bracy«, versuchte sie das Gespräch in die gewünschte Richtung zu lenken, »hast du nicht erwähnt, als du bei uns eingeliefert worden bist, es wäre dein Traum, fürs Korps arbeiten zu dürfen?«

Die Entgegnung des Jungen fiel fast unhörbar leise aus; minutenlang mußte Maddalena ihm gut zureden, bis er eine offene Antwort gab. Und was er dann sagte, verhieß recht wenig. Maddalena verfluchte bei sich

Nole für den Sarkasmus, mit dem er auf die schüchterne Nachfrage des Burschen reagiert haben mußte; infolgedessen hielt er sich jetzt geschlossener als ein Pelikan seinen Schnabel.

Also blieb ihr nichts anderes übrig, als ihm wilde Versprechungen zu machen und mit großartigen Angeboten zu locken — nicht zu seinen Gunsten, sondern zum Vorteil seiner Familie, das war für ihn ehrenhafter —, ehe sie ihm eine Zusage, ihr zu helfen, abzuringen vermochte. Dies Verfahren würde Langenschmidt wahrscheinlich unrecht sein, doch wahrscheinlich mißbilligte er ohnehin ihr Vorgehen insgesamt.

Die Tür des Zimmers rollte beiseite, und da kam er herein.

»Ach, du bist mir wieder mal zuvorgekommen, was?« schmollte er halblaut.

Im ersten Moment war Maddalena durcheinander, aber dann lachte sie. »Du meinst, du hast den gleichen Einfall gehabt?«

»Ja natürlich!« bestätigte Langenschmidt entrüstet. »Hast du etwa geglaubt, ich beuge mich so ohne weiteres den Schikanen dieser Idiotin Quist? Nole hat mir gesagt, wo du bist, und da habe ich endlich kapiert, wieso ich den ganzen Tag lang an Dyges Fischerboot denken mußte, obwohl ein Schwarm zyklopscher Beamter wie Kakerlaken durch den Stützpunkt wimmelt.«

»Na, aber dir nutzt's doch nichts, oder?« erwiderte Maddalena. »Deine Aussicht, auf Zyklop bleiben zu können, ist gleich null.«

»Vielleicht könnte ich's so hinbiegen, daß ...«

»Ach was, *vielleicht*, du meine Güte! Das Protokoll der Evakuierung einer Korpsbasis geht zurück bis auf die Aufgabe eines Ozeanschiffs früher auf der Erde. Meine Korpsausbildung liegt noch nicht so lange hinter mir, wie's bei dir der Fall ist. Wahrscheinlich hast du längst all die kleinen Nebensächlichkeiten vergessen, die man während der Ausbildung mitkriegt — solche

Hintergründe beispielsweise —, aber jedenfalls, es besteht eine Vorschrift, die du mal nachschlagen solltest: Der Kommandeur hat die Basis als letzter zu verlassen, und er ist die Person, die für die Übergabe der Zuständigkeit für den Stützpunkt an seine Nachfolgeautorität die Verantwortung trägt.«

Langenschmidt stöhnte auf. »Das ist alles so ausgeheckt worden, daß es mir vor lauter Frust den Verstand raubt! Aber was hast denn du mit dem Schiff vor?«

»Laß mich erst mal die Unterredung mit unserem jungen Freund Bracy zu Ende führen, dann wirst du bald erfahren, was ich mir vorstelle.« Maddalena wandte sich erneut an den Fischerjungen, der dem Wortwechsel mit offenkundigem Unverständnis gelauscht hatte, und nahm die Unterhaltung wieder auf. »Also, wenn ich richtig kapiert habe, hättest du gute Karten und womöglich ein Funkgerät, würd's dir nichts ausmachen, um den halben Planeten zu fahren, ja?«

»Ich tät zu den Sternen fliegen, hätt ich 'n Schiff«, behauptete Bracy in einer plötzlichen Anwandlung von Prahlerei.

»Das glaube ich dir. Du bist ein mutiger Junge ... ein *Mann*. Jeder konnte das sofort erkennen, als erzählt wurde, wie du den riesigen Wolfshai erlegt hast. Nun ergibt sich für dich eine Gelegenheit, um deinen Mut noch deutlicher zu beweisen, gleichzeitig eine Art von Auftrag auszuführen, nach dem das Korps sich für dich interessieren wird, und obendrein kannst du dir einen Satz neuer Solarzellenflächen, eine neue Reaktoranlage *und* ein Funkgerät für dein Schiff verdienen.« Maddalena schielte während des Sprechens Langenschmidt an, der mit einem Achselzucken andeutete, daß das Korps, wenn es ohnehin den Großteil seiner Materialausstattung zurücklassen mußte, es sich bestimmt leisten konnte, Bracy mit ein paar Kleinigkeiten der erwähnten Sorte auszuhelfen.

Unter ständigem Überreden, Schmeicheln und Beschwatzen setzte Maddalena das Verhandeln mit Bracy fort. Langenschmidts Gedanken, von den akuten Problemen stark in Anspruch genommen, schweiften von dem Gespräch ab. Hätten die Zykloper wenigstens gewartet, bis Maddalenas Verdacht, die Transplantate stammten von einem bislang unentdeckten ZFP, geklärt worden wäre ... Lag ein Zufall vor, oder nicht? Höchstwahrscheinlich ja. Bestimmt war Rimerley bis über die Ohren in das Geschäft verwickelt — als der Chirurg, der bei Kolb die Transplantation vorgenommen hatte, mußte er es einfach sein —, aber es war kaum denkbar, daß er auf Quist dermaßen Druck ausüben konnte, um sie zu einer solchen Aktion zu nötigen. Das Bestehen einer Verbindung zwischen den beiden bewies noch keine kriminelle Komplizenschaft. Selbst wenn er sie erpressen könnte, weil sie die Herkunft von Kolbs Ersatzbein kannte, ließe sie sich deswegen nicht dazu verleiten, auf unabsehbare Zukunft hinaus das planetare Budget zu gefährden. Sobald Zyklop die Nachteile zu spüren begann, die durch den Fortfall der Leasingzahlungen des Korps entstanden, war sie ohnedies erledigt. Irgendwer würde ihre Regierung stürzen und sehr wahrscheinlich das Korps zurückholen. Für diesen Fall empfahl es sich vielleicht, die Basis doch nicht zu sprengen — die Wiederinbesitznahme funktionierender Anlagen und intakter Einrichtungen bedeutete erheblich weniger Umstände als der Wiederaufbau eines Trümmerhaufens, und vermutlich hatte zudem der Fortschritt des vergangenen Jahrhunderts letzteren Aufwand unwirtschaftlich gemacht.

Das Kommando über diesen Stützpunkt war keine solche Herausforderung wie seine frühere Aufsichtstätigkeit in der Patrouille, doch sie hatte auch ihre Vorzüge, und er hatte durchaus daran Freude gehabt.

Wenn ich Zyklop endgültig verlassen muß, überlegte er mürrisch, *stehen mir zwei Wege offen: Ins Hauptquartier, um dort einen Papageien der Computer abzugeben, oder ich verabschiede mich völlig aus dem Korps ... Oder schieße mich ins All.*

Plötzlich merkte er, daß Maddalena ihn angesprochen hatte, und bat für seine Unaufmerksamkeit um Entschuldigung.

»Ich habe gefragt«, sagte sie und zwinkerte ihm zu, »ob du auf der Insel eine Sprengfalle installiert hast.«

»Wie kommst du ...? Ach, der Gedanke liegt wohl nahe. Ja, habe ich, aber mit Fernsteuerzündung.«

»Hab's bloß nicht zu eilig damit, den Knopf zu drükken. Bracy hat gerade eingewilligt, mich aus dem Stützpunkt zu schmuggeln und um den Planeten zu Rimerleys Privatinsel zu bringen, und möglicherweise gelingt's mir mit seiner Unterstützung, dir deinen Kommandeursposten zu retten, wenn die Quist-Regierung nach dem Zoff, den ich veranstalten werde, gestürzt wird.«

»Du?« fragte Langenschmidt.

»Ja, ich!« Maddalena maß ihn trotzigen Blicks. »Gus, es hat einen ganz einfachen Grund, weshalb ich so lang herumgebummelt und darüber nachgegrübelt habe, was ich eigentlich mit meinem Urlaub anfangen soll: Ich habe gar keine Lust, mir auf der Erde oder irgendeinem anderen Weichlingsplaneten ›Ruhe und Erholung zu gönnen‹, ich habe zwanzig verdammte Lebensjahre mit Nichtstun verplempert. Ich will endlich wieder mal in Aktion sein, so daß mein Kreislauf in Schwung kommt — und nun ist es soweit!«

16

»Was ist das dort für ein ... ein Objekt?« erkundigte der unerträgliche Major Barly sich und zeigte auf das, was er meinte.

Langenschmidt drehte sich um und hoffte, daß man ihm die persönliche Sorge um das ›Objekt‹ nicht anmerkte. Die Sonne schien hell und mit voller Kraft auf die glänzenden Rümpfe der Raumschiffe, die zur Zeit in Reparaturdocks standen, ihr Schimmern erhöhte den Kontrast zwischen ihnen und dem winzigen, dreckigen Trawler um so mehr, machte ihn noch augenfälliger. Rings um das Fischerboot betätigten sich Roboter und Arbeiter so geschäftig, daß ihre Aktivitäten nur durch eine Halbwahrheit verharmlost werden konnten.

»Das da?« fragte Langenschmidt mit äußerster Gelassenheit. »Ach, sicher entsinnen Sie sich, Justin Kolb, Quists Freund, ist nach einem Zusammenstoß mit einem Wolfshai aus dem Meer geborgen worden, und dieser Trawler gehört dem Fischerjungen, der ihn gerettet hat. Wir möchten das Verhältnis zur einheimischen Bevölkerung nicht sinnlos beeinträchtigen, deshalb dachten wir uns, wir überholen den Kasten für ihn, während er seinen Schrecken verwindet.«

Major Barlys Miene spiegelte unmißverständlich seine Meinung wider: Nur Schwachköpfe gaben sich an einem so kritischen Zeitpunkt mit einem nichtsnutzigen Fischerlümmel ab. Aber er erteilte großmütig — unter der Voraussetzung, daß die Arbeiten nicht den baldigen Abzug des Korpspersonals verzögerten — seine Genehmigung zum Weitermachen.

Es war ein Glück, dachte sich Langenschmidt, daß Quist mit dem Überwachen der Evakuierung einen Blödmann beauftragt hatte. Vielleicht bestanden die Truppen der Zyklop-Regierung ausschließlich aus Dusseln, doch daran mußte gezweifelt werden. Ein intelligenter Mensch, überlegte Langenschmidt, hätte sich gleich gefragt, was denn mit dem Stützpunktkommandeur los sei: Bei der Begrüßung trat er grob und unhöflich auf, aber wenig später verwandelte er sich in ein Muster an außerordentlicher Leutseligkeit und ließ es sich nicht nehmen, den ganzen Arbeitstag damit zu verbringen, die Gäste in der Basis umherzuführen, während der Besichtigung Untergebene anzuschnauzen, die den Eindruck erweckten, bei der Befolgung des Willens der zyklopschen Regierung zu lahm vorzugehen, sich für jede Wartezeit, die zwei Minuten überschritt, zu entschuldigen, und ganz allgemein kooperativ bis an den Rand der Parodie zu sein.

Die Computer druckten Personallisten aus; man verglich sie, damit niemand unbemerkt durch die Maschen der Überwachung schlüpfte, mit den Soldlisten; von benachbarten Raumstationen waren Raumschiffe herbeordert worden, die Zyklop im Orbit zu umkreisen hatten, bis in sechs Tagen nach Bekanntgabe des Ultimatums das Verladen des Personals und der transportablen Güter beginnen sollte.

Ich habe verdammt das Gefühl, es war ein Fehler, den Stützpunkt so effizient geleitet zu haben, dachte Langenschmidt verbittert. *Hätte ich keine strenge Anweisung zu gegenteiliger Arbeitsweise gegeben, könnten wir, glaube ich, innerhalb zweier Tage mit dem Zusammenpacken fertig sein.*

Unterdessen wurden, während er sich immer Neues einfallen ließ, um die Zykloper abzulenken, zwei wichtige Tätigkeiten erledigt. Ein mit Langenschmidt befreundeter Mitarbeiter der Korps-Personalabteilung beim Hauptquartier fahndete nach einem gewissen Pawel Brzeska, der sich nach seiner Dienstperiode als Befehlshaber des Patrouillensektors, dem auch Langenschmidts ehemaliger Zuständigkeitsbereich gehörte, gegenwärtig in Beförderungsurlaub aufhielt; normalerweise unterhielt Langenschmidt keinen engeren Umgang mit Generalen, als unvermeidbar blieb, doch Brzeska war ein Ausnahmefall. Und an der Mole hinter den Raumschiffsdocks verrichtete man unter dem aus rohen Holzplanken gezimmerten Deck von Bracys Trawler einige bemerkenswerte Arbeiten.

In den kleinen Rumpf waren bereits genug Apparaturen und technische Raffinessen gezwängt worden, um das Schiff zum Gegenstand des Neids selbst der wohlhabendsten Fischerfamilien Gratignols zu machen.

Falls sich noch Platz für sämtliche Geräte fand, von denen Maddalena gesagt hatte, sie »könnten unter Umständen nützlich sein«, müßte es sogar bei den reichsten privaten Jachtbesitzern diesseits der Erde Neid auslösen.

Allerdings würden diese Jachtbesitzer niemals etwas von diesem außergewöhnlichen Schifflein erfahren.

Am Abend von Tag Zwei, wie Langenschmidt jetzt für sich die Tage der Frist abzählte, waren beide Angelegenheiten zur Befriedigung abgeschlossen worden. Der Trawler sollte so offen ersichtlich wie möglich ablegen, deshalb kam ein Auslaufen bei Nacht nicht in Frage; daraus ergab sich ein Zeitverlust von mehreren Stunden, doch andererseits mußte das Schiff ohnehin, egal welche Geschwindigkeit es potentiell erreichen konnte, bummelige Fahrt machen, bis es den Blockadering wachsamer zyklopischer Marineeinheiten durchquert hatte, und darum würde die Aktion auf alle Fälle nur sehr langsam angehen. Maddalena hockte mit Bracy zusammen und unterwies ihn in der Bedienung der Technik, deren Verwendung das umgebaute Fahrzeug ihm künftig abverlangte.

Und Pawel Brzeska rief an. Langenschmidt, der dafür gesorgt hatte, daß er für ein, zwei Stunden von den zyklopschen Inspektoren verschont blieb, nahm den Anruf in seiner Villa entgegen.

»Gus«, rief der neue General, sobald die Verbindung hergestellt war, »gerade habe ich von der Klemme erfahren, in der du auf Zyklop steckst. Was ist bloß los mit dir, daß du dich von so einer Bande in die Ecke drängen läßt? Du hattest doch schon mal mit dieser Clique zu schaffen, stimmt's? Mir ist, als wär's anläßlich der Affäre auf Vierzehn gewesen, oder?«

»Stimmt genau.« Langenschmidt nickte. »Gemeinsam mit Maddalena Santos. Sie ist übrigens auch da. Ich habe sie wegen der Konferenz gegen die ZFP-Nichteinmischungspolitik kommen lassen, die momentan hier veranstaltet wird.«

»Davon habe ich gehört. Das ist das erste Mal seit ihrem Abgang von Dagon, ist mein Eindruck, daß die Zykloper im Alten System die Beachtung der Medien finden. Eine starke Lobby unterstützt sie, es wird jede Menge sentimentale Propaganda verbreitet.« Brzeska schnitt eine düstere Miene. »Wie bietet sich's denn eigentlich dort auf Zyklop dar?«

»Im großen und ganzen wie gehabt: Hohle, pathetische Phrasendrescherei. Aber hör mal her, Pawel! Wofür ich deine Hilfe brauche, ist etwas, das mehr oder weniger mit den ZFP zusammenhängt, und mit deinen Kenntnissen und Erfahrungen kannst du mir sicherlich über eine Anzahl Dinge Auskunft geben, nach denen ich mich auf normalem Weg, weil's zu auffällig wäre, nicht zu erkundigen traue. Ich stütze mich bloß auf 'n Verdacht, und obwohl ich der Überzeugung bin, moralisch im Recht zu sein, kann ich ohne handfestere Beweise keinen vollen Rückhalt des Korps anfordern.«

»Das mußt du mir erklären«, verlangte Brzeska.

Langenschmidt tat es. »Bei der jetzigen Sachlage ist es eine reichlich heikle Aufgabe«, erläuterte er zum Schluß, »die unumgänglichen Berechnungen fertigzustellen, wir müssen damit zurechtkommen, daß die zyklopschen Inspektoren in unserem Computerkeller ein- und ausgehen, um Ladungsverzeichnisse, Personenregister und dergleichen zu kontrollieren. Aber mit ein bißchen ... äh ... Hartnäckigkeit haben wir's geschafft, die Suchzone, in der dieser unbekannte ZFP liegen müßte, auf eine Fünfzig-Parsek-Sphäre einzuengen. An wen muß ich mich wenden, damit für die Suche ein paar Raumschiffe abkommandiert werden?«

Diesmal setzte Brzeska eine noch finsterere Miene auf. »Ja verdammt noch mal! Was ist denn während meiner Abwesenheit in eurem Sektor aus dem Korps geworden? Früher hätte man, wäre irgendwo so ein

Verdacht wie jetzt bei euch aufgetaucht, die gesamte Vierte Flotte geschickt, ohne Fragen zu stellen.«

»Wäre ich nicht mit dem Ultimatum konfrontiert worden, hätte ich die Möglichkeit gehabt, offiziell um Unterstützung zu ersuchen. So wie's steht, nimmt man wohl an, daß ich das Korps durch Unfähigkeit, mangelhafte Intelligenz und allgemeine Ungeschicktheit bei der Pflege der Beziehungen zur lokalen Regierung um die hiesige Basis gebracht habe.«

Brzeska musterte Langenschmidt scharfen Blicks. »Ich weiß. Eine dreiköpfige Untersuchungskommission ist zu dir unterwegs, sie dürfte, falls es bei eurer Gnadenfrist bleibt, gerade noch rechtzeitig eintreffen, um euren Abflug mitzuerleben. Also, äh ... sag mal ... *hast* du Schuld an dieser miesen Lage?«

»Habe ich nicht. Ich bin davon ausgegangen, daß Zyklop sich nicht selbst 'ne Grube gräbt. Ohne die Einnahmen aus dem Leasingvertrag des Stützpunkts wird das planetare Budget binnen zwei Jahren im Arsch sein.«

»Das ist mir klar.«

»Ich wußte nicht«, merkte Langenschmidt mit einer gewissen Bitterkeit an, »daß du dich eigens über die Verhältnisse auf Zyklop informiert hast.«

»Ich mußte mich vor einiger Zeit darüber in Kenntnis setzen«, entgegnete Brzeska mit Zurückhaltung. »Es stand auf der Kippe, ob nach deinem Vorgänger ein neuer Kommandeur eingesetzt oder die Basis als veraltet und überflüssig geschlossen werden sollte. Die Abhängigkeit Zyklops von den Leasingeinnahmen gab schließlich den Ausschlag. Ich bin um meine Empfehlung ersucht worden, und ich habe zur Beibehaltung des Stützpunkts geraten ... Als ich noch jünger war, habe ich dort mal Urlaub gemacht und bin ein paarmal mit großem Vergnügen auf Wolfshaijagd gewesen.«

»Das klingt ja«, sagte Langenschmidt — plötzlich erfreut —, »als hätte ich mich genau an den richtigen Mann gewandt.«

»Soviel steht außer Frage. So, mal schauen ...« Einen Moment lang starrte Brzeska vor sich hin ins Nichts. »Ach ja. Du solltest Keita Bakary in meiner früheren Basis kontaktieren. Er kann alles, was du willst, in kürzester Zeit veranlassen.«

»Vielen Dank. Es ist übrigens, falls es dich interessiert, meine Absicht, unter dem Vorwand, an einer Stabskonferenz des Hauptquartiers zwecks Versetzung unseres Personals und Beratung über die Auswahl einer neuen Basislokation teilnehmen zu sollen, von hier abberufen zu werden, und ich hoffe, bis die Kommission die Untersuchung der Umstände, die zur jetzigen Situation geführt haben, beendet hat, kann ich für Quist den Strick knüpfen, an dem sie baumeln wird.«

Sichtlich schauderte es Brzeska. »Du benutzt ziemlich gruselige Ausdrücke, Gus. Muß wohl auf deine lange Beschäftigung mit den ZFP zurückzuführen sein. Nun ja, ich wünsche dir viel Erfolg und eine baldige Rückkehr in deine Basis.«

Das Morgengrauen brach erst in einer Stunde an, deshalb war es noch recht dunkel, während Maddalena die Treppe zu der Mole hinabschlich, an der Bracys Trawler vertäut lag. Ein straff koordinierter Plan zur Ablenkung der zyklopschen Inspektoren, deren Wachen an ihren Posten dösten, stellte sicher, daß sie unbeobachtet ihr Ziel erreichen und unbehelligt unter Deck huschen konnte.

Dort schlüpfte sie in ein verstecktes Abteil unmittelbar vor dem Maschinenraum und unterzog die neue Instrumentierung, die installiert worden war, einer raschen Überprüfung. Anscheinend war alles in Ordnung. Sie unterdrückte einer Kichern purer Aufgeregtheit und sprach im Flüsterton in das mit Klebeband in Höhe ihrer Stimmbänder befestigte Mikrofon.

»Gus! Ich bin an Bord, es gab keine Schwierigkeiten ... Und deine Techniker haben hier unten im Schiff prächtige Arbeit geleistet. Ich weiß nicht, wo alles geblieben ist, aber man hat noch soviel Platz, daß ich zuerst die Befürchtung hatte, es sei etwas vergessen worden.«

»Wenn's dich interessiert«, drang zur Antwort Langenschmidts Stimme mit leicht blechernem Wispern aus dem Empfänger, der Knochen als Leitmedium benutzte und ihr von Nole angepaßt worden war, »sie haben die ursprüngliche Innenverkleidung des Rumpfs demontiert und ihn statt dessen mit Druck — und Kompaktschaltkreisen ausgekleidet. Seid vorsichtig und steuert das Schiff nicht gegen Felsen, jede Delle im Rumpf dürfte ein Dutzend Apparate außer Betrieb setzen.«

»Um bei dieser Qualität der Navigationselektronik gegen einen Felsen zu steuern, müßte man's schon vorsätzlich tun, und selbst dann würden die Automatiken es wohl verhindern.« Aus alter Gewohnheit hob Maddalena die Hände, um sich das Haar nach hinten zu streichen, entsann sich zu spät daran, daß sie es am Abend zuvor auf die laut Patrouillenvorschrift pflichtgemäßen zwei Zentimeter — eine Sicherheitsvorkehrung fürs Tragen von Raumhelmen — hatte stutzen lassen. Sie war sich selbst nicht ganz sicher, weshalb sie darauf bestanden hatte, doch zur Ausrüstung, die an Bord geschafft worden war, zählte tatsächlich auch ein Raumanzug mitsamt Zubehör.

»Moment mal«, sagte Langenschmidt. »Das war Nole«, meldete er sich wenig später. »Bracy ist wach und wird jetzt durchgecheckt. Gestern abend war sein Zustand anscheinend gut, aber du mußt darauf achten, daß er weiter die Medikamente gegen die Strahlendosis nimmt, die er abgekriegt hat. Und er mag den Geschmack unserer hochvitaminisierten Standardrationen nicht. Ich habe ihn Synthokekse probieren lassen, die schmecken ihm, also bringt er nachher einen tragbaren Nahrungssynthesizer mit an Bord — ein ›Abschiedsgeschenk‹ seiner Freunde beim Galaktischen Korps.«

»Vermutlich wird ihm Barly den wegnehmen«, meinte Maddalena mißmutig.

»Dazu erhält er gar keine Gelegenheit. Ich habe mir von ihm die Auslauf- und Freie-Fahrt-Erlaubnis für den Trawler noch am gestrigen Abend geben lassen, und danach hat Nole ihm ... ähm ... einen Schlaftrunk gereicht. Er wird bestimmt bis mittags pennen.«

»Wie blamabel. Was Synthokekse betrifft, habe ich davon schon damals auf Vierzehn genug fürs ganze Leben gefuttert. Tja, nun brauche ich, nehme ich an, bloß noch abzuwarten.«

»Genau — bis ihr außer Sichtweite der Zyklopermarine seid, die die Insel observiert. Und dann macht ihr volle Fahrt.«

Maddalena lachte kehlig auf und schaltete ab.

Bracy Dyge spielte seine Rolle, das mußte Langenschmidt ihm zugestehen, ganz ausgezeichnet. Er stieg in eben der richtigen Mischung aus Bedauern, weil er den Komfort und Luxus der Insel, wie ihn das Korps genoß, verlassen mußte, und eifriger Vorfreude aufs Erproben der neuen Solarzellenflächen und des reparierten Fischecholots — auf die sich offiziell die Umbauten an seinem Boot beschränkten — die Stufen zur Mole herunter.

»Es war nicht nötig, wegen dieses Bengels so einen Aufwand zu betreiben«, nörgelte einer der zyklopschen Inspektoren, ein Mann mit einem Gesicht wie eine Zitrone, nach dessen Namen sich erst gar nicht zu erkundigen Langenschmidt für den Fall, daß der Name so häßlich war wie der Kerl selber, vorgezogen hatte. »Ich bin davon überzeugt, Alura Quist wird dafür sorgen, daß er eine angemessene Belohnung erhält.«

»Ganz bestimmt«, sagte Langenschmidt ironisch, ohne hinzuzufügen, daß Quist, falls alles gutging, in aller Kürze selbst ihren Lohn bekam.

Fast stockte ihm der Atem, während er zuschaute,

wie der Trawler in freies Gewässer hinaustuckerte. Stolz zeigte Bracy auf seine neuen Solarzellenflächen. Danach erst entkrampfte sich Langenschmidt. In zwei, höchstens drei Stunden mußte das Schiff die äußersten Marineeinheiten des Blockaderings passiert haben, und von da an sollten sich an ihm einige beachtliche Veränderungen auswirken.

Die Solarzellenflächen würden eingeklappt, stattdessen unterm Rumpf zwei Hydro-Staudruckdüsen, betrieben von dem kompakten Fusionsreaktor, gegen den die alten Sonnenenergie-Akkumulatoren ausgetauscht worden waren, aus einem getarnten Hohlraum ausfahren und den Trawler — den es dabei wohl ein wenig schütteln mußte, dessen Stabilität dank der durch die Techniker vorgenommenen Überholungsmaßnahmen jedoch vollauf genügte — mit gut und gerne hundertfünfzig Knoten Geschwindigkeit in die Richtung der Privatinsel Rimerleys befördern.

Sehr schön. *Sehr* schön. Langenschmidt hoffte, daß es ihm gelang, ein Grinsen aus seiner Miene fernzuhalten, wenn er das nächste Mal vor Barly trat und ihm mitteilte, er hätte Befehl, zu einer wichtigen Stabskonferenz zu fliegen, auf der über die Etablierung eines Ersatzstützpunkts für die Basis, die hier auf Zyklop geräumt werden mußte, beraten werden sollte.

17

Sogar in Maddalenas abenteuerlich-abwechslungsreichem Dasein gehörte diese Seefahrt zu ihren ungewöhnlichsten Erlebnissen. Sie hatte schon in den Klauen eines Parradils gehangen; sie war im Raumanzug, mit nichts als Steuerdüsen, um sich vor einem fatalen Aufprall zu bewahren, durch eine Atmosphäre gestürzt; sie hatte in einem Kanu Stromschnellen gemeistert und alle Arten von Reit- und Lasttieren geritten.

Doch durch Zyklops Ozeane zu kreuzen, war vielleicht von allen die seltsamste Reise.

Die Nachricht, es wäre ein Gratignoler Trawler mit einer Geschwindigkeit, die sogar die von den schnellsten Passagiertrimmern, die zwischen den dichter besiedelten Inseln verkehrten, an Tempo überbot, gesichtet worden, hätte mit Sicherheit unerwünschtes Interesse erregt. Deshalb drosselten sie die Energiezufuhr, sobald die Automatikdetektoren in der Nachbarschaft ein anderes Schiff orteten, und entfalteten die Solarzellenflächen. Dann fläzten Maddalena und Bracy sich an Deck und benahmen sich, als hätten sie im ganzen Universum keine andere Sorge als den Ölfischfang. War die Gefahr vorüber, klappten sie die Solarzellen wieder ein, schalteten die Energie zurück auf volle Leistung, und erneut sausten sie vor einem kilometerlangen Schwall erhitzten Wassers ihrem Ziel entgegen.

Außerdem begann es Bracy, der ursprünglich sehr willig gewesen war, an der Aktion mitzuwirken, und sich anfangs über die an seinem Fahrzeug durchgeführten Abwandlungen gefreut hatte, nach ein paar Stunden langweilig zu werden. Maddalena hatte ihm die Bedienung sämtlicher Apparaturen erklärt — auch der Geräte, die mit Seefahrerei nicht zusammenhingen —, um die Zeit zu vertreiben, doch die Tatsache, daß die Kontrolle über sein Boot an Maschinen abgetreten worden war, störte ihn auf Dauer, er kauerte mit einer Miene der Beunruhigung da, beobachtete die Bugwelle, lauschte mit zur Seite geneigtem Kopf auf das Summen des Antriebs, das von unten heraufdrang.

Was ihm hauptsächlich Bedenken verursachte, Maddalena fand es nach langem Bohren schließlich heraus, war der Umstand, daß er nicht mit eigenen Augen sehen konnte, wohin sie fuhren; Radar kannte er selbstverständlich — manche wohlhabendere Fischerfamilien Gratignols konnten es sich zusätzlich zum Fischecholot leisten, wogegen die armen Familien mit letzterem zufrieden sein mußten —, aber der kleine Radarschirm bedeutete unter psychologischen Gesichtspunkten kein vollwertiges Äquivalent zur direkten Sicht.

Bei einem Fahrtwind, wie ihn eine Geschwindigkeit von hundertfünfzig Knoten hervorrief, war es allerdings ausgeschlossen, sich an Deck aufzuhalten; bei voller Fahrt mußten sie im Sitzraum am Heck bleiben, weil man die Außenverkleidung der Kabine in einigem Umfang modifiziert, für dieses Tempo aerodynamischer gestaltet hatte. Aber als Bracy angesichts des Dahinjagens, das für sein Empfinden völlig blindlings geschah, ernste Anzeichen der Zermürbung zeigte, beschloß Maddalena, für eine Weile eine manuelle Steuerung zu riskieren, um ihm das Gefühl zu geben, daß die letztendliche Verantwortung keineswegs bei den Maschinen lag.

Fast wäre das die letzte Entscheidung ihres Lebens geworden. Das Fischecholot erfaßte irgend ein riesenhaftes Meereslebewesen — keinen Wolfshai, jedoch ein beinahe ebenso großes, nicht weniger grobschlächtiges Geschöpf —, und kaum daß er voraus ein derartig enormes Hindernis bemerkte, stieß Bracy einen Schrekkensschrei aus und riß das Steuer hart herum. Die Seite des Boots tauchte ins Wasser, weil der Hydro-Düsenantrieb sich für dermaßen ruckartige Kurskorrekturen nicht eignete, und das Schiff schoß kilometerweit durch einen engen Kreis, während Gischt übers Deck schäumte und schwere, wuchtige Wogen gegen den Rumpf wumsten, ihn zum Beben brachten.

Als Maddalena das Steuerrad Bracy entwunden und den Trawler wieder auf den richtigen Kurs gelenkt hatte, lag die Ursache des Zwischenfalls schon etliche Kilometer hinter ihnen; das blieb der erste und einzige Versuch, den der Fischerjunge unternahm, sein Fahrzeug bei dessen neuer Höchstgeschwindigkeit eigenhändig zu steuern.

Besonders wenn sie das Tempo verlangsamen mußten, um bei Sichtung auf anderen Schiffen kein Aufsehen zu erwecken, hatte Maddalena viel Zeit, um sich mit dem Jungen zu unterhalten, und gegen Ende der Fahrt fand sie ihn ziemlich sympathisch. Die meisten Jugendlichen hätten vor solchen Problemen, wie er sie hatte, längst kapituliert; er hingegen war nach seiner Verwaisung mit nichts als diesem Trawler als Erwerbsmittel an die Aufgabe gegangen, an die Stelle zweier gesunder, ausgewachsener Schwerarbeiter, die zudem über jahrzehntelange Erfahrung auf See verfügt hatten, zu treten. Diese konsequente Entschlossenheit verlangte eine andere Art von Mumm als die Selbstbeherrschung, deren es bedurfte, um als Klinikpatient, den sonderbare, gepanzerte, unkenntliche Erscheinungen — wie in einem Alptraum — durch Säle voller bedrohlicher Maschinerie hetzten, nicht in Panik zu geraten. Am Anfang hatte Maddalena ihn lediglich als Werkzeug eingestuft, um die Überwachung der Zykloper zu unterlaufen und Kolb zu Rimerleys Insel zu folgen; nun sah sie eine Person in ihm, einen Menschen, der schüchtern war, aber trotz aller widrigen Umstände ehrgeizig und vor allem seinen Stolz hatte.

Überdies zeichnete er sich, wie man ihm gerade jetzt anmerkte, während er noch an den Folgen der Strahlungsüberdosis litt, durch die Art zäher Hartnäckigkeit aus, wie die legendenhafte Überlieferung sie dem Kuli des Zeitalters vor der Galaktischen Union zuschrieb, der zwar stets halb verhungert und halb erfroren, nur in Lumpen gekleidet gewesen sei, jedoch Kräfte entwickelt haben sollte, die ihn unaufhaltsam machten.

Als endlich am Horizont Rimerleys Privatinsel erschien und sie darum die Geschwindigkeit aufs von Trawlern allgemein gewohnte Tempo senken mußten, um nicht aufzufallen, hatte Maddalena ihren ursprünglichen Plan erheblich revidiert und vor Anbruch der Nacht, in der sie an Land zu gehen beabsichtigten, zwei Stunden darauf verwendet, Bracy neue Instruktionen zu geben.

Es war eine regelrechte Ironie, dachte Maddalena, während sie die private Domäne des Doktors beobachtete, daß sie jetzt hier, offen im Blickfeld, mit der Strömung auf die Insel zutreiben konnten. Aber um so besser — hätten sie warten müssen, bis es dunkel war, bevor sie sich in Sichtweite wagten, wären dadurch nur zusätzliche Schwierigkeiten zu bewältigen gewesen.

Durch ein dem Mast des Trawlers eingebautes, vergrößerungsstarkes Periskop, das ein gestochen scharfes Bild auf eine Bildfläche unterhalb des Masts übertrug, betrachtete Maddalena den Ausblick, der sich ihr bot. Rimerley gehörte eindeutig zu Zyklops ›oberstem Zwanzigstel‹, wie Gus Langenschmidt diese Schicht genannt hatte; in der Tat mußte er sogar, wenn er solchen Grundbesitz hatte, zu den tausend Reichsten des Planeten zählen. Da stand ein weitläufiges Haus, das sich teilweise in den Ozean erstreckte, so daß man sich nach Hinabsteigen einer kurzen Treppenflucht wie in einem übergroßen Aquarium fühlen konnte; es gab einen privaten Jachthafen, an dessen Kai zwei Skimmer dümpelten; hinter dem Gebäude parkte ein Kopter, und jenseits der Wohnanlage verlief eine gewundene Straße zur höchsten Stelle der Insel hinauf, deren Gelände hinter Bäumen verborgen lag.

Wenn es stimmte, daß Rimerley sein Vermögen erworben hatte, indem er Menschen auf Ersatzteile ausschlachtete, mußte er schon Dutzende, möglicherweise Hunderte von Opfern auf dem Gewissen haben, folgerte Maddalena, und bei dieser Einsicht fing ihr Magen zu rumoren an.

Von unten aus dem Rumpf erscholl gedämpft martialische Musik, dann sprach eine Stimme, allerdings zu leise, als daß Maddalena die Worte hätte verstehen können, doch der Tonfall klang unverkennbar nach Überredungskunst. Bracy spielte wieder am Funkgerät. Vor dem Tod seiner Eltern hatte die Familie eines gehabt, danach aber war er es — während eines Hungermonats im vergangenen Winter, hatte er erzählt — zu verkaufen gezwungen gewesen; jetzt war vom Korps eine Funkanlage an Bord des Trawlers installiert worden, die an Leistungsfähigkeit alles übertraf, was in Gratignol zu kriegen war.

Fortgesetzt hielt Maddalena das Land unter Beobachtung, achtete auf Lebenszeichen. Zweimal observierte sie jemanden: Ein Mann verließ das Ufer, wo er seine Angeln eingeholt hatte, trug einen großen Korb, in dem die Beute glänzte, diverses Seegetier; ein anderer, weißgekleideter Mann, wahrscheinlich ein Mechaniker, kam aus dem Haus, erledigte irgendeine Verrichtung am Kopter und kehrte ins Gebäude zurück.

»Bracy«, rief Maddalena.

»Einen Moment.« Kurz blieb es still, dann schob er seinen Kopf aus dem Sitzraum. »Ja?«

»Entschuldige, hast du was Neues gehört?«

Der Junge verzog die Lippen. »Eine Regierungserklärung. Der Sprecher hat gesagt, die Schließung eurer Basis würde das Leben für uns schwerer machen, wir müßten aber an unsere armen Brüder auf den Flüchtlingsplaneten denken. Ich wüßte bloß gern, warum sie sich unbedingt um noch mehr Arme kümmern wollen, wenn sie nicht mal uns 'n anständiges Dasein sichern können.«

Gute Frage, kommentierte Maddalena stumm. Bracy hatte sie während der Fahrt mit Fragen zu Zyklop und anderen Planeten gelöchert und dabei ein erstaunliches Maß natürlicher Verständigkeit in bezug auf die Probleme gezeigt, über die sie in diesem Zusammenhang sprachen. Höchstwahrscheinlich waren seine Eltern, vermutete Maddalena, für zyklopsche Fischersleute relativ gebildet gewesen und hatten keine Mühe gescheut, um alles an Wissen und Kenntnissen, was sie gehabt hatten, ihrem Sohn weiterzuvermitteln.

»Wolltest du sonst noch was von mir?« fragte Bracy.

»Ja. Ich möchte feststellen, ob zwischen der Insel und

irgendeinem anderen Teil des Planeten Kommunikation erfolgt. Dafür gibt's unten bei den Apparaturen ein Gerät. Ich habe dir gezeigt, wie's bedient wird, meinst du, du hast die Einzelheiten noch im Kopf?«

»Ja, ich glaub's. Wenn's nicht klappt, sage ich dir ehrlich Bescheid.« Bracy grinste breit und verschwand nach unten.

Maddalena lachte und nahm die Observation der Insel wieder auf; wenig später rief Bracy ihr eine Mitteilung nach oben.

»Nein, es findet keine Fernkommunikation statt. Die einzige erkennbare Fernverbindung messe ich weiter östlich, anscheinend ist's 'n Vergnügungsschiff, das dabei ist, den Fahrplan abzuändern.«

»Gut, danke. Und wie steht's mit internen Kommunikatoren?«

»Moment ...«

Nur wenige Augenblicke verstrichen. »Maddalena! Da ist 'n Gespräch in Gang, wovon ich mir denke, das würdest du gern hören.«

Geschmeidig schwang sich Maddalena vom Sitz und sprang den offenen Niedergang hinab. Aus dem Tele-Audifon, das es gestattete, im Umkreis von rund fünfzehn Kilometern Zimmerkommunikatoren zu belauschen, drang eine lebhafte Stimme.

»... bis Mitternacht alles vorbereitet haben«, hörte Maddalena. »Es darf nun keine Verzögerungen geben. Ich weiß, das sage ich immer, aber diese Nacht ist es von noch entscheidenderer Bedeutung als sonst. Wir müssen alles innerhalb einer halben Stunde abwikkeln.«

»Und was passiert«, fragte eine andere Stimme, »wenn die unplanmäßige Landung registriert wird, wie's ja bei diesem Blockade- und Embargorummel möglich ist, und sie für 'ne Provokation des Korps hält?«

Unwillkürlich spannte sich Maddalena an.

»Das wird nicht passieren«, widersprach die andere Stimme mit scharfem Nachdruck. »Es gibt keine unplanmäßige Landung. Die Lieferung ist für Quist, klar? Ich habe sie die Landung offiziell avisieren lassen. Wie man's deklariert, habe ich keine genaue Ahnung, wohl ›Luxusgüter zum privaten Verbrauch‹ oder so ...«

Ein beifälliges, kriecherisches Lachen ertönte. »Gut, echt gut«, prustete es halblaut aus dem Tele-Audifon. »Den muß ich mir merken.«

»Also alles klar?« fragte der andere Gesprächspartner. »Oder gibt's noch was zu besprechen?«

»Nein, ich glaube nicht.«

»Dann halten Sie sich ran.«

Danach blieb das Tele-Audifon stumm; auf der Insel waren keine Kommunikatoren mehr in Betrieb.

»Was hatte das alles zu bedeuten?« erkundigte sich Bracy und sah Maddalena an.

»Es soll etwas aus dem Weltraum für Quist angeliefert werden«, sagte Maddalena. »Gegen Mitternacht. Soviel ist begreiflich gewesen, aber um was es da genau ...«

Sie unterbrach sich mitten im Satz, weil sie etwas zu durchschauen begann. Langenschmidt hatte einen unausgegorenen Verdacht geäußert, das Ultimatum, die Korpsbasis zu räumen, stünde womöglich mit Kolbs Beintransplantat und dem Risiko, dessen Herkunft könnte aufgedeckt werden, in Verbindung, aber war sich nicht zu denken imstande gewesen, durch was Quist sich zu so einem Handeln hätte zwingen lassen. Nahm man jedoch einmal an, daß gar kein Fall von Erpressung vorlag, sondern der Bestechung; unterstellte man, daß sie davor stand, Rimerleys Klientin zu werden, Ersatz für ein von Versagen bedrohtes Organ benötigte — den Aufnahmen zufolge, die Maddalena anläßlich der Teilnahme Quists an der Konferenz gegen die ZFP- Nichteinmischungspolitik gesehen hatte, befand sie sich nicht mehr in jugendlichem Alter —, und

Rimerley ihr gesagt hatte, sie käme, wenn das Korps die Lieferung von Ersatzteilen unterband, um ihre Chance ...

»So *muß* es sein«, rief Maddalena, achtete nicht auf Bracys Verwirrung, indem sie an den Subraum-Kommunikator eilte, der ihre Verbindung zum Korps darstellte. Die verwendeten Frequenzen waren, soviel man wußte, gegen alle auf Zyklop gebräuchlichen einschlägigen Gerätschaften abhörsicher, doch zur Vorsorge für den Fall, daß der Korps-Nachrichtendienst in diesem Bereich irrte, hatte man den Apparat mit einem automatischen Verwürfler gekoppelt.

»Hier Maddalena Santos«, sagte sie, sobald sie die Verbindung zustandegebracht hatte. »Ich möchte Kommandeur Langenschmidt sprechen.«

»Tut mir leid«, lautete die gelassene Antwort. »Der Kommandeur ist zu einer Stabskonferenz über die Personalumverteilung vom Planeten gerufen worden.«

»Verdammt, er ist schon weg? Dann geben Sie mir seinen Stellvertreter.«

»Zur Zeit ist Dr. Nole der ranghöchste befehlshabende Offizier, aber er ist momentan in der Klinik mit dem zyklopschen Inspektorenteam beschäftigt. Kann ich Sie mit jemand anderem verbinden?«

»Ich glaube, das geht nicht.« Maddalena seufzte. »Aber warten Sie mal, mir kommt eine Idee. Können Sie eine verwürfelte Nachricht aufzeichnen und sie für Langenschmidt hinterlegen?«

»Ja, sicherlich. Einen Augenblick.« Eine Reihe von Knackgeräuschen folgte. »Bitte sprechen Sie«, kam dann eine Aufforderung. »Aufzeichnung läuft.«

In knappen Worten faßte Maddalena ihre Mutmaßungen zusammen. »Und übrigens, Gus«, fügte sie zum Schluß hinzu, »wenn du so davon überzeugt bist, du kannst zurückkehren, sobald die Zykloper die Nachteile spüren, die sie ohne unseren Stützpunkt haben, warum versuchst du nicht bei deinen Oberen durchzusetzen, daß sie die Evakuierungseinheiten, anstatt sie brav das Personal auf ein Dutzend anderer Stützpunkte verteilen zu lassen, auf die Suche nach dieser unbekannten ZFP schickt? Es braucht mindestens dreißig Raumschiffe, um die Raumsektoren zu durchkämmen, die in Betracht kommen, aber schon die Hälfte könnte wenigstens die wahrscheinlichsten Lokationen gründlich absuchen. Aber wie ich dich kenne, ist es wohl genau das, um was du dich im Moment kümmerst.«

Damit beendete sie die an Langenschmidt gerichtete Mitteilung und bedankte sich beim Korpsfunker. Anschließend wandte sie sich an Bracy.

»Kannst du mit einer Energiepistole umgehen?« fragte sie ihn.

Der Junge schüttelte den Kopf.

»Dann werde ich's dir im Laufe der nächsten halben Stunde beibringen. Es dürfte 'n hohen Wert haben, was da um Mitternacht eingeflogen werden soll, und wenn wir uns einmischen, wird's voraussichtlich Ärger geben. Ein Glück, daß ich 'ne Zweitwaffe mitgenommen habe, was?«

18

Dunkelheit umgab den Trawler, der nach wie vor, geradeso wie jedes Fischerboot, das an einer der nahrungsreichen ozeanischen Strömungen auf die Ankunft eines Fischschwarms wartete, auf See trieb.

»Damit sind wir fürs unbewaffnete Auge praktisch unsichtbar«, stellte Maddalena leise fest. »Nun machen wir uns auch für seine Alarmanlagen unkenntlich, und wir können an Land gehen.«

Die Bedeutung dieser für ihn rätselhaften Bemerkung hatte Bracy vergeblich zu verstehen versucht. So streckte er nun passiv den Arm aus und ließ sich von Maddalena einen miniaturisierten Sender umschnallen.

Sie hatte einen Allzweck-Computer für die Aufgabe

programmiert, ihre elektronische Unsichtbarkeit zu gewährleisten; das war vielleicht der raffinierteste von allen Tricks, deren sie sich bedienten. Im wesentlichen bestand er darin, die Frequenzen des Tele-Audifons abzuwandeln und sowohl dies Gerät wie auch den AZ-Computer einem Sender mit ultrahoch verdichtetem Rafferstrahl anzuschließen; das Tele-Audifon ermittelte die Frequenzen, auf denen die Detektoren der Alarmanlagen arbeiteten, und der Sender erzeugte quasi eine verquirlte Funkemission, die ihre Schaltkreise störten und verursachten, daß sie nur harmlose Diffusionen orteten, die an ozeanische Nebelbänke erinnerten.

»Aber denke daran«, ermahnte Maddalena Bracy ernst, »daß du, selbst wenn's stockfinster ist und du vor den Detektoren geschützt bist, Geräusche machen kannst, die uns womöglich verraten. Also sei vorsichtig.«

Bracy nickte und grinste. Das Feixen wich aus seiner Miene, als er den Blick auf den Griff der Energiepistole senkte, der aus dem wasserdichten Halfter ragte. Maddalena empfand eine Anwandlung von Besorgnis: Ob es klug gewesen war, ihm so eine Waffe zu überlassen, obwohl sie die Unterweisung in ihrer Handhabung aufs Theoretische hatte beschränken müssen? Es hatte etwas Mühe gekostet, ihn davon abzuhalten, sie probeweise abzufeuern, aber sie wollte das Abfeuern eines Energiestrahls einfach nicht riskieren; bei Energiepistolen handelte es sich um keine Waffen, wie schlichte Fischersleute sie sich normalerweise leisten konnten, und die Entladung war ein ziemlich auffälliges Phänomen, besonders über Wasser, wo sie eine Dampfwolke von zwanzig oder mehr Metern Höhe hervorriefen.

Doch jetzt war es zu spät, um es sich anders zu überlegen — die Zeit verging, und sie mußten noch vor Mitternacht das Haus, das umliegende Grundstück sowie das dahinter befindliche, höhergelegene, zwischen Bäumen verborgene Gelände auskundschaften. Dort oben war nämlich nach Maddalenas Einschätzung der einzige Ort, wo hier ein Raumschiff landen konnte, es sei denn, man vollführte die Landung auf dem Wasser, aber das wäre gleichfalls wegen der Sprühwolken und hohen Wellen, die sich dabei nicht vermeiden ließen, ein auffälliger Vorgang.

Deshalb erfolgte die Landung, hatte sie gefolgert, nahezu mit Gewißheit zwischen den Bäumen. Und weil Bracy und sie sich nur beinahe im Schneckentempo bewegen durften, mochte ihre anfängliche Erkundung mehrere Stunden beanspruchen, ganz zu schweigen von der Planung der eigentlichen Maßnahmen gegen Rimerley und seine Komplizen.

»Ankern«, rief sie Bracy zu.

Lautlos wie ein Geist wand er den Anker bis auf den Meeresgrund ab, ruckte behutsam am Seil, um sich zu vergewissern, daß das Schiff festlag. Im Flüsterton sagte er Maddalena Bescheid, und sie stieg über die Reling ins Wasser, schwamm mit Stößen, die die Wellenbewegungen minimierten, auf die Küste zu.

In dem Teil des Hauses, das sich bis auf den Meeresboden erstreckte, glomm Licht, doch der beleuchtete Raum war leer. Auf einem niedrigen Tisch sah man die Reste einer Mahlzeit; offenbar hatte der Esser an diesem Abend wenig Appetit gehabt. Hinter einigen höheren Fenstern konnte man Frauen umhergehen sehen, insgesamt drei, eine in Weiß, die beiden anderen in Dunkelgrün gekleidet.

Maddalena führte Bracy ein Stück weit am Strand entlang, ehe sie landeinwärts abbogen. Sie hatte bereits einen Eindruck von der Aufteilung des Gebäudes; an der Seeseite wohnte der Eigentümer, während die Landseite die Unterkünfte des Personals sowie die häuslichen und technischen Einrichtungen umfaßte. Von Kindern war keine Spur zu sehen; vermutlich war Rimerley entweder kinderlos, oder er unterhielt für seinen Nachwuchs woanders ein separates Haus. Oder er konnte natürlich schon alt genug sein, um erwachsene Kinder zu haben. Irgendwie hatte Maddalena ihn sich als jungen, habgierigen, skrupellosen Arzt vorgestellt, nicht als alten, lediglich hartherzigen Mann.

Den ersten Zwischenhalt machten sie am Jachthafen, in dem die Skimmer vertäut lagen. Niemand bemerkte sie, während sie sich zunächst an das eine, dann ans zweite der beiden schnittigen Renner kauerten. Von dort aus schlichen sie zum Kopter. Der Mechaniker beendete gerade seine Arbeit, wischte sich die Hände ab und packte einige Werkzeuge weg. Sie warteten fünf Minuten lang, bis er außer Sicht war, dann warf Maddalena ein kleines klebriges Objekt an die Seite der Maschine. Es blieb hängen.

Von nun an mußte jeder, der die Insel per Skimmer oder Kopter verlassen wollte, die unwillkommene Aufmerksamkeit einer Selbstlenkrakete mit Hohlladungssprengkopf auf sich ziehen, außer er war so achtsam, die von Maddalena angebrachten, klebrigen Gegenstände vorher zu entfernen.

Daran allerdings zweifelte Maddalena. Die Person würde voraussichtlich in heller Panik sein.

»Tür ist zu«, flüsterte Maddalena kaum hörbar. »Nun zu den Ventilatoren.«

Wo sich das Klimasystem des Gebäudes befand, war vom Trawler aus deutlich zu erkennen gewesen: Zwei hohe Sauglüfterköpfe verwiesen auf die Stelle, wo unter dem Dach die Pumpenanlage stand. Bracy hatte beteuert, er könnte, weil er es gewohnt sei, bei unerwartet stürmischem Wind Solarzellenflächen einzuklappen, leicht aufs Dach klettern; trotzdem schlug Maddalena das Herz im Hals, und sie hielt die Faust um den Griff der Energiepistole geklammert, während er zu den Lüfterköpfen hinaufturnte, auf ihnen die drei Glasbehälter ablegte, die sie ihm mitgegeben hatte, und mit einer dazugehörigen Zündschnur koppelte. Am Ende der Zündschnur klemmte ein Funkzünder.

Längere Zeit hatte sie darüber nachgedacht, wo Justin Kolb einquartiert worden sein mochte; erst bei der Beschäftigung mit dem Klimasystem fiel ihr die wahrscheinlichste Möglichkeit ein. Jeder vernünftige Arzt, der Patienten in seinen privaten Wohnsitz holte, brachte sie bestimmt — für den Fall, daß sie Infektionen hatten, an denen sich die übrigen Bewohner durch den Luftzug anstecken könnten — im Endbereich der Belüftung unter. Sobald Bracy wohlbehalten vom Dach herabgeklommen war, bat sie ihn, auf sie und das Umfeld achtzugeben, während sie sich dem Fenster seitlich unterhalb des Standorts der Lüfterköpfe näherte.

Und tatsächlich, dort war er, sah sich in einem großen Zimmer voller medizinischer Gerätschaften eine Musikkonserve an, trank dabei ein Glas Wein. Er befand sich allein in dem Raum, doch zu beiden Seiten des Betts standen angeschlossene Kommunikatoren, und auf seinen Oberkörper war ein Medi-Scanner gerichtet.

Ursprünglich hatte Maddalenas Plan lediglich zum Zweck gehabt, Justin Kolb ausfindig zu machen und an einen Ort zu schaffen, an den das Korps ein Raumschiff herunterschicken konnte, um ihn in Gewahrsam zu nehmen, aber jetzt war sie darüber froh, Informationen aufgefangen zu haben, die es erlaubten, ihr Vorhaben zu erweitern. Wie sie es sich zunächst gedacht gehabt hatte, war es alles viel zu einfach: Sie hätte per Funk den Zünder betätigt, zehn Minuten lang gewartet, bis im Haus sämtliche Personen besinnungslos waren, ein Fenster eingeschlagen, Kolb zum Trawler geschleppt — und fertig wäre die Aktion gewesen.

Jetzt beurteilte sie dies Vorgehen als viel zu zahm und hatte die Absicht, viel mehr zu erreichen.

Mittlerweile hatte sie vom Haus genug gesehen und strebte mit Bracy ins höhere Gelände der Insel. Sie hielten sich parallel zur Straße, jedoch außerhalb der Sichtweite, eine Vorsicht, die sich auszahlte, als etwas später ein Bodenskimmer vom Gebäude zu dem Baumbestand fuhr und innerhalb weniger Minuten zurückgesummt kam.

Die Bäume hatten dichtes Laub, aber auch Dornen, waren Exemplare einer heimischen Gattung, vor der niemand Maddalena gewarnt hatte; ehe Bracy ihr zeigte, wie man den herabhängenden Zweigen am geschicktesten auswich, hatte sie schon mehrere Kratzer im Gesicht. Das letzte Stück ihrer Wanderung legten sie langsamer zurück, gelangten schließlich auf ein kleines Plateau, das die Kuppe der Insel bildete.

Maddalena spitzte die Lippen. Sogar ohne bessere Lichtverhältnisse, als der Sternenschein sie schuf, konnte sie erkennen, daß hier einer der am besten ausgestatteten Raumschiffslandeplätze lag, von denen sie je gehört hatte. Am Rand stand ein flacher Kastenbau mit einem beeindruckenden Antennensortiment auf dem Dach, darunter auch einer Antenne für Subraum-Kommunikation über interstellare Entfernungen hinweg; hier eine solche Anlage zu entdecken, bereitete Maddalena echte Bestürzung. Vielleicht beugte die zyklopsche Regierung sich *doch* Rimerleys Willen.

Und was war es, das man um Mitternacht oder kurze Zeit später erwartete? Ein neues Bein für Justin Kolb? Ein so grauenvolles Beweisstück genügte, um Rimerley und seine Mitwisser selbst vor einem zyklopschen Gericht zu überführen, gar nicht zu reden von einem Gerichtshof der Galaktischen Union.

»Was jetzt?« raunte Bracy, berührte sachte, um Maddalenas Aufmerksamkeit auf sich zu ziehen, ihren Arm.

»Ich will versuchen, den Leuten, die aus dem Weltraum einfliegen, eine Falle zu stellen«, erklärte Maddalena ähnlich leise. »Ich weiß nicht, wieviel's sind, und ebensowenig, wie viele Mitglieder des Hauspersonals Rimerley zum Raumschiff begleiten werden. Alle die im Haus bleiben, bedeuten natürlich kein Problem für uns ... Ach, verdammt noch mal!«

Sie patschte sich eine Hand auf die Stirn.

»Was ist denn?« wollte Bracy wissen. Beim Gedanken daran, was jene, die im Gebäude blieben, am Eingreifen hindern sollte, hatte er ein wölfisches Grienen aufgesetzt, weil er schon auf persönliche Erfahrung mit dieser Sorte von Betäubungsgas zurückblickte, mit dem er nämlich in der Steuerzentrale der Basis neutralisiert worden war; doch das Grinsen verflog augenblicklich, als er Maddalena den unterdrückten Fluch ausstoßen hörte.

»Es kann sein, daß Rimerley gar nicht mit einem Bodenskimmer zum Landeplatz fährt. Vielleicht nimmt er den Kopter. In dem Fall würde er unverzüglich abgeschossen. Ich muß umkehren und den verdammten Peilsender entfernen.«

»Laß mich das machen«, schlug Bracy vor.

Maddalena zögerte. Bisher hatte er sich als verläßlich erwiesen, und die Zeit wurde nun knapp ...

»Na gut«, entschied sie. »Du brauchst nichts anderes zu tun, als dich nahe genug anzuschleichen und dieses klebrige Ding abzunehmen. Hast du gesehen, wohin ich's geworfen habe?«

»Ja. Ich kann das schnell erledigen und bald wieder hier sein.«

»Viel Glück«, zischelte sie ihm gedämpft nach, als er davonhuschte.

Danach machte sie sich, verärgert über ihren eigenen, übertriebenen Erfindungsreichtum, an eine Besichtigung des kleinen Raumhafens, suchte nach den günstigsten Verstecken und vorteilhaftesten Beobachtungspunkten. Mit nur zwei Personen der Crew eines interstellaren Raumschiffs einen Hinterhalt zu legen, war eine verwegene Aufgabenstellung, doch an Bord des Trawlers gab es Ausrüstungsgegenstände, die ein Gelingen ermöglichen könnten, vorausgesetzt allerdings, sie schaffte es rechtzeitig, aufs Schiff zurückzukehren, sie zu holen und ihren Einsatz vorzubereiten ... Wo blieb Bracy? War es überhaupt erforderlich, seine Rückkehr abzuwarten — konnte sie ihn nicht auf dem Weg zum Ufer abpassen und dadurch Zeit einsparen?

Lieber nicht.

Am Himmel krochen die Sterne ihrer mitternächtlichen Konfiguration entgegen, doch Bracy ließ auf sich warten. Erschrocken bemerkte sie, daß es, falls sein Ausbleiben noch länger dauerte, zu spät sein würde, um die Sachen vom Trawler zu holen.

Und dann war es schließlich zu spät. Aus der Richtung des Gebäudes drang deutlich das Brummen der Koptermotoren; sie sah auf der Parkfläche Lichter umhergeistern, schemenhafte Gestalten durchquerten die Lichtkegel heller Lampen.

Der Kopter hob ab, und für lange Augenblicke glaubte sie ständig das Sausen und den Explosionsknall der Rakete zu hören, deren Sensoren auf den angeklebten Peilsender justiert waren; doch nichts geschah. Statt dessen nahm der Kopter Kurs auf den kleinen Raumschiffslandeplatz.

Nahebei ertönte im Unterholz ein Rascheln, und Maddalena wirbelte herum, ihre Hand grapschte nach dem Griff der Waffe.

»Ich bin's, Bracy«, sagte der Junge verdattert, und sie erkannte ihn; wütend stellte sie ihn zur Rede.

»Wo bist du so lange gewesen? Nun bleibt uns keine Zeit mehr, um zum Trawler zu schwimmen und herzuschaffen, was wir brauchen!«

»Es tut mir leid. Ich hab's nicht gewagt, mich zu nah anzuschleichen. Mehrere Leute haben an der Maschine gearbeitet, unter ihr so was wie 'n Traggestell angebracht. Schließlich konnte ich nicht länger warten. Ich habe mir einen der Männer geschnappt, der ungefähr so groß war wie ich, als die anderen ihn nicht sehen konnten, und *so* gemacht ...« Anschaulich schloß er die eigenen Hände um seinen Hals und stieß ein Röcheln hervor. »Dann habe ich mir seine Kleidung übergezogen, bin ganz offen zu der Maschine gegangen und habe das Klebding abgenommen. Es war echt im letzten Moment, danach kam nämlich 'n wichtiger Mann aus 'm Haus und fragte, ob man mit der Arbeit fertig wär, und da bin ich zurück zu dem Mann, von dem ich die Kleider hatte, habe ihn kaltgemacht und die Leiche beseitigt. Solang ich die anderen hören konnte, ist er von ihnen gesucht worden, aber ich glaube, sie werden ihn nicht finden. In der Bucht schwimmt 'n Wolfshai. Hast du ihn gesehen, während wir an Land geschwommen sind?«

»Nein!« entfuhr es Maddalena.

»Doch, es ist einer da. Er frißt nicht, denn es sind keine Bussarde in der Luft, aber auf Menschenfleisch sind Wolfshaie immer gierig.«

Maddalena nahm diese Enthüllung so ruhig hin, wie sie sich imstande fühlte.

»Was nun?« fragte Bracy.

Maddalena zuckte die Achseln. »Wir improvisieren, würde ich sagen.«

»Was?«

»Egal. Halte Augen und Ohren offen und richte dich nach den Befehlen, die ich dir per Zeichen gebe. Wir müssen ganz einfach so gut zurechtkommen, wie wir's mit nur zwei Energiepistolen und dem Überraschungsvorteil können.«

Mit einem Wink wies sie Bracy zu schweigen an, denn über den Baumwipfeln dröhnte jetzt der Kopter abwärts, und der letzte Akt des nächtlichen Dramas konnte seinen Lauf nehmen.

19

Während das Raumschiff schräg in die Randzonen der Atmosphäre eindrang, fragte Lors Heimdall sich grimmig, wie weit seine Männer wohl die Erklärung geglaubt haben mochten, die er gegeben hatte. Dies Geschäft würfe soviel Gewinn ab, hatte er behauptet, daß sie sich eine vorzeitige Heimkehr erlauben dürften, und es war kaum zu erwarten, daß sich viele darüber beklagten, und die Barbaren konnten eine Zeitlang ohne Erlöser auskommen, bis wieder ein Patient Rimerleys den Tod so scheute, daß er ein neues Herz bestellte, oder irgendein privilegierter Schwachkopf vom Schlage Justin Kolbs sich mit einem Wolfshai anlegte.

Trotzdem war es in der Geschichte ihres Unternehmens ein beispielloses Ereignis, daß das Team vollzählig von dem ZFP abzog und gleichzeitig heimkehrte.

Er hatte den Entschluß aus kaltblütiger Überlegung gefaßt. Sollte Rimerley sich womöglich in seiner Einschätzung der Wirkung, die Quists Ultimatum auf das Korps ausüben sollte, geirrt und irgendein allzu neugieriger Arzt sich doch für den Gentypus von Kolbs Beintransplantat interessiert haben, wollte er von der Patrouille nicht ausgerechnet auf einem abscheulichen, schmutzigen Lehmbuddler-Planeten, der kein Fingerschnippen wert war, gestellt werden.

Natürlich stand es keineswegs zur Diskussion, ihre langfristige Planung ganz aufzugeben. In einigen Jahre würde unweigerlich Heimdall selbst zum Klienten für Rimerleys spezielle Fähigkeiten werden; manchmal fiel ihm, wenn er sich stark angestrengt hatte, das Atmen schwer, und daran merkte er, daß seine Lungen und Bronchien alterten. Und warum sollte er einen Großteil seines hart erarbeiteten Vermögens vergeuden, um für eine ärztliche Behandlung eine reiche Welt anzufliegen, wenn er für Rimerley unentbehrlich war und den Doktor dazu überreden konnte, ihn kostenlos zu überholen?

Von alldem abgesehen, fragte er sich allerdings sehr ernsthaft, ob seine Männer nicht den wahren Grund, der sich hinter der Weisung zum Abziehen verbarg, erraten hatten.

Zum Glück war der Flug kurz; das Raumschiff war überbelegt, und in beengten Verhältnissen ergaben sich leicht Mißstimmung und Reibereien.

Außerdem hatten sie das Mädchen dabei, das unbestreitbar attraktiv aussah. Die Mehrheit der Männer hatte den Widerwillen gegen Schmutz nie überwunden und sich deshalb während des Aufenthalts auf dem ZFP nie mit einheimischen Frauen eingelassen. Doch Soraya war längst gewaschen und desinfiziert worden … Ja: Die Kürze des Flugs war ein Umstand, über den man froh sein mußte.

»Auf dem Landeplatz wartet man schon auf uns«, meldete der Pilot, als ob sich das nicht von selbst verstünde. »Ich fliege direkt ein.«

»Gibst du auf Patrouillenraumer acht? Ich nehme an, daß es wegen der angekündigten Räumung des Korpsstützpunkts im lokalen Raum nur so davon wimmelt.«

»Sie sind momentan hinterm Planeten«, brummte der Pilot. »Bloß zwei, und sie sind über dreitausend Kilometer von unserem Landepunkt entfernt.«

Das war keine Gefahr. Heimdall spürte, wie eine bis zu diesem Augenblick unbemerkt gebliebene Anspannung von ihm wich.

Tatsächlich lief alles so glatt ab, daß es ihn beinahe enttäuschte, wegen einer wahrscheinlich unbegründeten Sorge nutzlos soviel Kräfte verschwendet zu haben. Das Raumschiff setzte mit einem kaum spürbaren Ruck auf; der Pilot war längst an die rauheren Landungen auf der ZFP gewöhnt, und Rimerleys Landeplatz stand in seinen Qualitäten einem öffentlichen Raumflughafen kaum nach. Heimdall wartete schon an der Ausstiegsschleuse, als die Entwarnungslämpchen aufblinkten und die Blenden beiseiteglitten, den Blick in die Nacht draußen auf Zyklop freigaben, in der ein paar glimmrige Lichter die Umrisse eines geparkten Kopters sowie daneben einer Gruppe von vier Männern erhellten.

»Warte mal 'n Moment«, wies Heimdall ein Mitglied seines Teams an, das mit voreiligem Eifer Anstalten machte, sich aus der Schleuse zu schwingen. »Doktor?« rief er anschließend mit verhaltener Stimme übers Landefeld.

»Hier bin ich«, erscholl Rimerleys Antwort. »Sie haben keinen Ärger gehabt, oder?«

»Nein, niemand hat uns zu stoppen versucht, nichts. Können Sie das Mädchen im Kopter nach unten fliegen? Sie ist ohne Besinnung, seit wir sie haben.«

»Ja, wir haben für ihre Tragbahre eine Gondel unter den Kopter montiert. Bringen Sie sie her, dann transportieren wir sie zum Haus, und danach komme ich zurück zu Ihnen.«

»Wird gemacht.« Heimdall wandte sich um und gab seinen Leuten mit einem knappen Wink zu verstehen, daß sie das Mädchen zur Schleuse tragen sollten. Er hielt es für besser, Rimerley noch nicht zu sagen, daß mindestens drei Kopterflüge erforderlich waren, um sämtliche Männer, die er mitgebracht hatte, zum Haus hinabzubefördern.

Zwei Mitarbeiter Heimdalls trugen Soraya schnaufend und nörgelnd, zum Kopter und betteten sie in die Transportgondel. Heimdall begleitete sie, und sobald die Bewußtlose sicher verstaut war, nickte er Rimerley zu.

»Da haben Sie sie — aber trödeln Sie nicht zu lang, ehe Sie den Kopter zurückschicken, ja?«

Rimerley, der ziemlich gereizt war, hörte in der Äußerung einen Mißklang und schaute Heimdall lang und fest an. Dann trat er einige Schritte vor, verließ den Helligkeitskreis, in dem der Kopter parkte, so daß er in die trübe Beleuchtung der Raumschiffschleuse spähen konnte. Dort sah er mehr Köpfe hervorlugen, mehr Personen die Hälse verdrehen, als anwesend sein sollten.

»Heimdall«, forschte er barsch, »haben Sie etwa Ihr ganzes verdammtes Team dabei?«

Heimdall atmete tief durch. »Ja. Und wir kehren nicht um, bis die Krise ausgestanden ist.«

Verdutzt scharten sich Rimerleys Begleiter um ihren Chef, und nachdem die Männer im Raumschiff Heimdalls Worte aufgeschnappt hatten und dadurch ihren halbgehegten Verdacht bestätigt fanden, kletterten sie alle durch die Schleuse ins Freie, liefen zu ihm und überhäuften ihn wirr mit Fragen. Innerhalb von Sekunden war ein chaotisches Gezänk in Gang, Anschuldigen und Gegenbeschuldigungen brachen aus den Beteiligten hervor, als wäre ein Damm geborsten.

Könnte gar nicht besser sein, dachte Maddalena. *Aus dem Raumschiff sind jetzt alle draußen — darauf würde ich wetten, für noch mehr Leute wäre darin unmöglich Platz gewesen. Und sie haben ein mitgebrachtes Mädchen erwähnt. Ganz bestimmt von dem ZFP.*

Sie stieß Bracy an, der sich ein paar Dutzend Schritte weit ins Dunkel fortschlich, und als er die ihm zugewiesene Stelle eingenommen hatte, erhob sich Maddalena.

Aufs Zehnfache der natürlichen Lautstärke verstärkt, hallte ihre Stimme mit einer Autorität über den Landeplatz, die durch Mark und Bein fuhr. »Alles stehengeblieben! Ich bin Exekutivoffizierin des Galaktischen Korps, und Sie sind wegen Verstoßes gegen den Galaktischen Universalcodex verhaftet!«

Die Wirkung des Brüllens fiel so aus, wie Maddalena es erhofft hatte. Lange Sekunden verstrichen, in denen jeder auf dem Landeplatz starr vor Schreck dastand; sie nutzte diese Sekunden, um die Taste eines an ihren Gürtel gehakten Signalgebers zu drücken, den Funkimpuls zu senden, der auf dem Dach der Villa die Zündschnur der drei Glasbehältnisse auf den Lüfterköpfen des Klimasystems zum Schwelen brachte. Träge wallte genug Betäubungsgas, um eine ganze Armee kampfunfähig zu machen, die Ventilatorschächte hinab.

Da löste sich der Mann, in dem sie Rimerley erkannt hatte, aus der Gruppe — sein Gehirn funktionierte wohl schneller als bei seinen Kumpanen — und rannte flink hinüber zum Kopter. Sofort ertönte Geschrei. »Haltet ihn fest!« schrie jemand mit gesundem Menschenverstand.

»Patrouillenanwärter Bracy«, rief Maddalena ins Megafon. »Den Helikopter ausschalten!«

Und tu es um Himmels willen, ohne das Mädchen darunter in der Transportgondel zu verletzen!

Sie befürchtete, er würde nie reagieren, hob schon selbst die Waffe, als er endlich doch handelte.

Prachtvoll.

Er war so unerwartet vernünftig gewesen, seinen erstmaligen Gebrauch der Energiepistole nicht zu überhasten, sondern ruhig geblieben, hatte sorgfältig gezielt, wie es ihm von Maddalena erklärt worden war, den Atem angehalten, damit der Arm nicht wackelte, und dann erst geschossen.

Der Energiestrahl lohte übers Landefeld, erhellte die gesamte Insel wie ein Blitzschlag, trennte dem Kopter die Rotoren ab, gerade als Rimerley die Triebwerke anschaltete und sie sich in eine Glitzerscheibe zu verwandeln anfingen.

Tropfen geschmolzenen Metalls zersprengten das Transparentdach der Kopterkanzel in Scherben trüben Plastiks, und Rimerley schrie wie ein verängstigtes Tier. Doch es war unwahrscheinlich, daß das vom Rumpf der Maschine geschützte Mädchen irgendeinen Schaden erlitten hatte.

»Danke, Bracy«, sagte Maddalena mit voller Lautstärke. »Alle anderen dort unten bleiben, wo sie sind. Wenn einer dieser widerwärtigen Schlächter aufmuckt, Bracy, oder wegzulaufen versucht, brennst du ihm eins über, klar? Komm her und hilf mir, sie zu entwaffnen.«

Die entladene Kraft einer Energiewaffe hinterließ einen starken psychologischen Eindruck, der seine Wirkung auch auf Personen, die auf Zyklop herangewachsen waren, wo Gewalt häufiger vorkam als auf den meisten zivilisierten Welten, keineswegs verfehlte. Verdrossen und widerwillig, aber deutlich mit Entsetzen in der Miene, wartete die Gruppe Männer geduldig wie Vieh im Schlachthaus, bis Bracy und Maddalena sie erreichten. Bracy grinste übers ganze Gesicht, so zufrieden war er mit seinem Beitrag zu der nächtlichen Aktion; Maddalena mußte ihm erst einen bitterbösen Blick zuwerfen, ehe er einen ernsteren Gesichtsausdruck aufsetzte, der besser zu einem Patrouillenkandidaten im Dienst paßte.

Die Methode, die Maddalena sich für diese Phase des Einsatzes ausgedacht hatte, bewährte sich bestens. Nacheinander trat Bracy, in der Rechten die Energiepistole, in der linken Hand eine Betäubungskapsel mit automatischem Injektor, vor jeden der Männer, stach die Kapsel mit einem Klaps auf die Schulter des jeweils Betroffenen ins Fleisch und ließ sie stecken, während er ihm alle Waffen abnahm, die er etwa am Gürtel trug; insgesamt waren vier der Kerle bewaffnet. Auf dem Gesicht des auf diese Weise Abgefertigten spiegelte sich vage Überraschung wider, und Sekunden später sank er ohnmächtig zusammen.

Unterdessen war Maddalena zum Kopter gegangen, der Lichtkegel ihrer Stablampe glitt über das Wrack. Rimerley saß reglos in der Kanzel, stöhnte nur vor sich hin. Unter dem Rumpf lag in der Transportgondel das Mädchen, ohne von allem etwas zu bemerken, das lange, schwarze Haar übers Kopfende der Tragbahre gebreitet.

Hmmm! Ein schönes Kind. Ob sie die Kleine wohl auf ... Ersatzteile ausschlachten wollten?

Doch jetzt blieb keine Zeit für so schaurige Überlegungen. Hinter Maddalenas Rücken flammte grelle Helligkeit auf, und sie fuhr herum. Der hochgewachsene, fürchterlich hakennasige Mann, der die Übergabe des Mädchens überwacht hatte — Heimdall war er von Rimerley genannt worden —, hatte sich von der Gruppe gelöst und rannte auf die Finsternis der Bäume zu. Bracy hatte einen Energiestrahl auf ihn abgefeuert, jedoch weit danebengeschossen.

Im Handumdrehen hatte Maddalena die Waffe in der Faust, und ihr Schuß traf.

Jene Mitglieder der Gruppe, die sich noch bei Bewußtsein befanden, starrten mit aufgesperrten Augen und Mäulern zu dem Toten hinüber, dann krümmten sie sich mit regelrecht komischer Gleichzeitigkeit und erbrachen sich auf den Erdboden. Aus so geringer Entfernung schmorte ein Energiestrahl einen Menschen zu einem Häufchen verkohlter Knochen zusammen, und jetzt durchzog ein ekelhaft appetitlicher Geruch nach verbranntem Fleisch die Luft …

Maddalena wartete, bis sie sicher war, daß Bracy die Lage wieder unter Kontrolle hatte, schob die Waffe ins Halfter und wandte sich wieder Rimerley zu. Er hatte einen Teil seiner Selbstbeherrschung zurückgewonnen und quasselte in den Bordkommunikator, um das Personal in seinem Haus zu alarmieren.

»Das wird nichts nutzen«, sagte Maddalena kurzangebunden. »Ich habe das Haus unter Gas gesetzt. Ihre Leute werden bis zum Morgen pennen. Kommen Sie, steigen Sie aus!«

Rimerley gehorchte wie eine schlecht koordinierte Marionette, plumpste beim Herausklettern ungeschickt hin und verdrehte sich den Fußknöchel. Er humpelte, nachdem Maddalena ihm befohlen hatte, sich zu seinen Komplizen zu gesellen, winselte über diese ›Behandlung‹ Beschwerden.

»Wenn Sie noch weiterquengeln«, warnte Maddalena ihn unbarmherzig, »schieße ich Ihnen 'n Bein ab, dann geht's Ihnen auch wie dem armen Schwein, der 'n Transplantat für Justin Kolb liefern mußte. Klar, Mann?«

Mühsam schluckte Rimerley und watschelte eilig vorwärts.

»Jetzt haben wir sie alle beisammen«, erklärte Bracy stolz, wies auf die am Boden verstreuten, ausgestreckten Gestalten. »Ihre Waffen habe ich dort drüben auf 'n Haufen geworfen.«

»Ausgezeichnet«, sagte Maddalena. »Um ehrlich zu sein, ich hatte nicht geglaubt, daß wir's schaffen. Du hast deine Sache ganz hervorragend gemacht.« Sie klopfte ihm auf die Schulter, dachte momentan nicht daran, was er eben getan hatte, war deshalb erst verdutzt, dann erstaunt, als er besorgt die Hand an die Schulter hob, um nachzuschauen, ob er nicht womöglich seine Schuldigkeit getan hätte und nun selbst ins Land der Träume geschickt werden sollte.

Rimerley japste abgehackt um Atem und rang um Wiedererlangung seiner Würde. »Ich verlange Auskunft«, forderte er, »mit welchem Recht Sie ...«

»Das habe ich bereits gesagt«, schnauzte ihn Maddalena an. »Falls Sie konkrete Beschuldigungen hören möchten, wahrscheinlich wird der Hauptanklagepunkt auf Mord lauten, der zweite Anklagepunkt Diversion gegen einen Zarathustra-Flüchtlingsplaneten sein.«

Rimerley lächelte höhnisch. »Wie Sie wissen müßten, stellt unsere Regierung die Rechtmäßigkeit des Nichteinmischungsprinzips in Frage«, sagte er. »Und das Recht auf Euthanasie wird von zahlreichen Planeten anerkannt. Sollten Sie uns unterstellen, wir hätten Morde begangen, um an Material für von uns durchgeführte Transplantationen zu gelangen, erliegen Sie einem Irrtum. Ich kann Ihnen die Einverständniserklärung jedes einzelnen Spenders vorlegen, in der er wegen unheilbarer Erkrankung oder schwerer Verletzung in die Euthanasie einwilligt.«

»Auch dieses Mädchens dort?« erwiderte Maddalena und sah voller Genugtuung, wie das Lächelns des Doktors erstarb.

»Was machen wir jetzt?« erkundigte sich Bracy.

»Tja, da diese Herren so freundlich waren, uns ein Verkehrsmittel zur Verfügung zu stellen«, antwortete Maddalena, »glaube ich, wir sollten direkt zu Kommandeur Langenschmidt fliegen. Zwar habe ich seit etlichen Jahren kein Raumschiff mehr geflogen, es aber bei der Korps-Ausbildung gründlich gelernt, und es heißt, was das Korps lehrt, wird nie vergessen. Möchtest du zur Abwechslung mal den Weltraum kennenlernen, Bracy?«

Der Junge zögerte. Dann überwand die Selbstachtung seine Bedenken, er bog die Schultern zurück und nickte nachdrücklich.

»Dann hilf mir, diesen Sauhaufen Gesindel an Bord zu schaffen«, sagte Maddalena, »und wir starten.«

20

Das Raumschiff, mit dem der dreiköpfige Untersuchungsausschuß von der Erde eintraf, hatte die Parsek mit einer Geschwindigkeit hinter sich gelassen, im Vergleich zu der das Licht an eine lahme Schnecke erinnerte, und sank nun auf den ihm zugeteilten Landeplatz der Zyklop-Basis. Die drei Ausschußmitglieder kamen zum Vorschein: Als Dienstälteste Generalin Lyla Baden, klein von Statur, aber mit lauter Stimme, und zwei Oberste; ein Korpsoberst war ein Stabsoffiziersrang, und von jemandem, der ihn einnahm, wußte man, daß er nicht in der Patrouille gedient, sondern eine Verwaltungslaufbahn eingeschlagen hatte.

»Generalin Baden?« fragte Dr. Anstey Nole, indem er vortrat, um die Kommission zu begrüßen. »Mein Name ist Nole, zur Zeit Stellvertreter des Kommandeurs dieser Basis.«

Aus eisig-blauen Augen betrachtete Generalin Baden die Umgebung. »Ihnen ist ein Ultimatum gestellt worden«, meinte sie schließlich, »dem zufolge Sie spätestens morgen diesen Stützpunkt geräumt haben müssen, stimmt's? Wie ist denn der Stand Ihrer Vorbereitungen zum Abflug?«

Tatsächlich sah man bereits nach dem ersten, oberflächlichen Blick, daß der Arbeitsbetrieb in der Basis vollkommen normal ablief — weit davon entfernt, die Anlagen zu demontieren, beschäftigten Roboter und Personal mit Reparaturen und Überholungen, eine Situation, die den einheimischen Inspektoren während der vergangenen Tage erhebliches Kopfzerbrechen verursacht hatte, denn eine rückständige Welt wie Zyklop konnte, schaltete das Korps auf stur, absolut nichts dagegen unternehmen.

Jetzt trat auch Major Barly vor, der an Noles Seite gestanden hatte. »Ich wünsche den allerschärfsten Protest gegen das obstinate Verhalten Ihres Stützpunktkommandeurs einzulegen!« schimpfte er überlaut. »Bis gestern hat er sich vollauf kooperativ gezeigt. Dann hat er plötzlich eine gegenteilige Haltung bezogen, seine sämtlichen Weisungen hinsichtlich der Evakuierung widerrufen und sich geweigert, mit mir zu reden und seine überhebliche Renitenz zu erklären.«

»Hmmm.« Generalin Baden musterte ihn. »Wer sind Sie?«

»Entschuldigen Sie.« Barly knallte die Hacken zusammen. »Major Bengt Barly von der Raumflotte Zyklops. Ich habe den Auftrag, die Räumung dieser Basis zu überwachen.«

»Aha. Wo steckt der Kommandeur gegenwärtig? Wieso hat er sich nicht persönlich zu unserer Begrüßung eingefunden?« In den Worten der Generalin klang ein kühler Unterton an.

»Kommandeur Langenschmidt erwartet Sie in seiner Villa«, gab Nole nonchalant zur Antwort. »Ich habe die Anweisung, Sie unverzüglich hinzubegleiten.«

»Na, dann los!« entgegnete die Generalin grimmig.

»Ich will von Ihrem Kommandeur eine Erklärung haben — und er wird eine gute Begründung abgeben müssen.«

Langenschmidt empfing die Ankömmlinge mit maskenhaft undurchschaubarer Miene. Er hielt sich nicht allein im Raum auf, in dem er sie begrüßte. Außer ihm und sechs bewaffneten Korpsangehörigen waren anwesend: Ein gealterter Mann, der aus einer tieferen Ursache als Krankheit irgendwie siech wirkte, möglicherweise aus Furcht; ein Jugendlicher, der so aufrecht wie ein Korpsmann dabeistand, jedoch eindeutig keiner war, denn er hatte statt der zwei Standardzentimeter Haarlänge, wie die Patrouille sie vorschrieb, die Haare vollständig geschoren; ein sehr junges Mädchen mit schwarzem Haar und großen Rehaugen, die Beunruhigung ausdrückten; und in Interimsuniform des Korps eine Frau, deren Lippen der Anflug eines Lächelns umspielte.

»Der Leiter des zyklopschen Inspektorenteams hat mir mitgeteilt«, sagte Generalin Baden ohne Umschweife, »daß Sie den Räumungsbefehl zurückgenommen haben. Weshalb?«

»Weil der Stützpunkt nicht geschlossen wird«, entgegnete Langenschmidt, ohne mit der Wimper zu zukken. »Außerdem möchte ich darum ersuchen, daß die für den Abtransport unseres Personals bestimmten Raumschiffe, da diese Aufgabe nun entfällt, mir stattdessen für einen Sonderauftrag unterstellt werden.« Er schwieg einen Moment lang. »Ich glaube sogar, die Hälfte aller abkommandierten Raumschiffe wird genügen — der Rest kann den regulären Dienst wiederaufnehmen.«

»Sind Sie von Sinnen, Mann?« brauste die Generalin auf, betonte das letzte Wort, als hätte sie schon vor langem die Überzeugung verloren, Angehörige des anderen Geschlechts könnten über Intelligenz verfügen.

»Generalin, möchten Sie nicht Platz nehmen...?« Langenschmidt drehte sich um. »Stühle!« herrschte er die Korpssoldaten an, die hastig Sitzmöbel heranschafften. »Ich glaube«, wandte er sich wieder an Baden, »Sie brauchen mir bloß für ein paar Minuten zuzuhören, und Sie werden verstehen, wovon ich spreche. Am liebsten würde ich anfangen, wenn Sie gestatten, indem ich Sie mit den Anwesenden bekanntmache. Ähm ... Maddalena Santos ist meinem Stab zum Zwekke der besonderen Verwendung zugewiesen worden, und ich möchte Sie schon jetzt bitten, zu veranlassen, daß ihr für weit über die normale Pflichterfüllung hinausgehende Tapferkeit eine Belobigung ausgesprochen wird. Aber das nur am Rande ... Dieser junge Mann hier, Bracy Dyge, ist ein zyklopscher Fischer aus einer Ortschaft namens Gratignol, er hat sich um den Anwärterstatus des Korps beworben, und wir sind von ihm auf solche Art und Weise unterstützt worden, daß seine Bewerbung meinerseits in vollem Umfang befürwortet wird.«

Bracy grinste breit, widmete sich dann wieder dem Zeitvertreib, der ihn momentan am stärksten beanspruchte: Das schlanke, attraktive Mädchen anzuschauen, das neben ihm stand.

»Das hier«, setzte Langenschmidt das Vorstellen fort, »ist Dr. Aleazar Rimerley, der sich unter weniger erfreulichen Umständen in unserer Gesellschaft befindet. In der Tat ist er von uns wegen systematischer und offenkundiger Verstöße gegen mehrere Artikel des Galaktischen Universalkodex in Haft genommen worden, worüber ich Sie noch in allen Einzelheiten zu informieren beabsichtige. Und dies ... dieses Kind, muß ich wohl sagen« — er kehrte sich dem Mädchen zu — »trägt den Namen Soraya. Sie versteht nur wenig von dem, was wir reden, aber das ist durchaus nicht überraschend. Sie hat während des Aufwachsens nicht die reine Galaktische Standardsprache gelernt, sondern einen mit galaktischen Einflüßen vermischten, iranischen Dialekt. Der Grund ist, daß es sich bei ihr« — Langenschmidt richtete den Blick direkt in Generalin Badens Gesicht, um die Wirkung seiner sensationellen Enthüllung beobachten zu können — »um eine Einheimische des ZFP Nummer Zweiundzwanzig handelt, dessen stellare Position wir nicht ermittelt, dessen wahrscheinliche Lokation wir inzwischen aber auf eine Dreißig-Parsek-Sphäre eingegrenzt haben, und deshalb ...«

»Zweiundzwanzig?« wiederholte die Generalin mit erstickter Stimme.

»Aber ...« sagten beide Oberste gleichzeitig.

Endlich entkrampfte sich Langenschmidts Miene, er verzog das Gesicht zu einem fröhlichen Lächeln. »Habe ich jetzt Ihre Erlaubnis, mein Verhalten erklären zu dürfen?«

In letzter Minute war beschlossen worden, aus der Abschlußsitzung der Konferenz gegen die ZFP-Nichteinmischungspolitik eine öffentliche Veranstaltung mit soviel Pomp und Aufwand zu machen, wie die zyklopschen Mittel es so kurzfristig gestatteten, und die planetaren Nachrichtenmedien sollten das Spektakel komplett übertragen. Es gab viel Anerkennung für Omar Haust, den lebenden Repräsentanten all jener, die der feindlichen Umwelt ungebändigter Welten ein karges Dasein abrangen — so hatte es jedenfalls Quists Textkompositor formuliert, und sie selbst war viel zu beschäftigt mit Grübeln, um Gedanken über die Formulierung anzustellen. Doch in den Sitzreihen des Publikums, in denen eilig fürs Erscheinen mobilisierte zyklopsche Prominenz saß, den an einer langen Tafel auf der Empore des Konferenzsaals verteilten, außerplanetarischen Delegierten lauschte, sie angaffte, sah man einige sorgenvolle Mienen.

Die Frage, die Quist plagte, war noch immer dieselbe, die sie von dem Augenblick an, als sie Rimerleys unwiderstehlicher Bestechung nachgab, gequält hatte: Ließ das Korps auch genug verwertbares Material zurück, um in diesem Jahr das planetare Budget auszugleichen, während man nach einer anderen externen Einnahmenquelle suchte, um die durch den Fortfall der Korpsbasis bedingten Verluste aufzufangen, oder etwa nicht?

Allmählich begannen ihr, trotz ihrer tief beklommenen Gemütsverfassung, Geräusche von außerhalb des Veranstaltungssaals bewußt zu werden. Sie wurde stutzig, drehte sich um und blickte durchs Fenster hinaus, das Ausblick auf den großen Platz vor der Halle bot. Drunten verfolgten Tausende von Einwohnern der Stadt auf öffentlichen Bildschirmen den Verlauf der Konferenz.

Sie brauchten doch nicht so zu grölen. Dieser Gedanke ging Quist noch flüchtig durch den Sinn, ehe sie entgeistert von ihrem Sitz aufsprang.

Wie ein Fisch, der durch klares Wasser schwamm, hatte sich vor dem hohen Fenster, in dessen Rahmen ausschnittweise sichtbar, ein gewaltiges, schimmerndes Gebilde vorbeibewegt. Ein Raumschiff. Ein so riesiges Raumschiff, daß der gesamte Vorplatz des Gebäudes kaum ausreichte, um ihm das Aufsetzen zu ermöglichen.

Auch andere Personen im Saal hatten es bemerkt, und der gegenwärtige Redner am Podium — ein niedrigrangigerer Delegierter der Erde, der Zyklop für seine edelmütige Aufopferung ausgiebig Lob spendete —, brach seine Ansprache ab. Das Gerufe auf dem Vorplatz hatte sich inzwischen zu regelrechtem Geschrei gesteigert.

Die zusammengetrommelten Prominenten fingen sich von den Sitzen zu erheben an, murmelten betroffen durcheinander, und dann erstarrten sämtliche Anwesenden vor Schrecken.

Die großen Türflügel des Haupteingangs zum Saal

wurden aufgestoßen — sie rollten nicht, anders als vorgesehen, seitwärts in die Wände, sondern ein wuchtiger Donnerschlag kippte sie einfach aus dem Rahmen. Über sie hinweg stapften mit dem unbeirrbaren Stampfen von Maschinen Erscheinungen, wie die Mehrzahl der Versammelten sie — außer in historischen Aufnahmen — noch nie gesehen hatte: Eine Abteilung des Galaktischen Korps in voller Kampfausrüstung, einer hinlänglich widerstandsfähigen Panzermontur, daß sogar Energiestrahlen daran abprallten, dermaßen schwer, daß im Tornister mitgeführte Miniatur-Fusionsreaktoren sie antreiben mußten, und derartig auf Hochglanz poliert, daß sie im gesamten Spektrum des Lichts heller als Spiegel leuchtete. Die phantastischen Reflektionen machten es nahezu unmöglich, den Blick auf die Träger dieser Monturen zu richten, verliehen ihnen den Anschein alptraumhafter Trugbilder.

Darum hatte Gus Langenschmidt darauf bestanden, daß die Abteilung sie anlegte. Einen so heftigen Widerstand, daß die Benutzung tatsächlich gerechtfertigt gewesen wäre, erwartete er keineswegs.

Die Abteilung trennte sich, marschierte nach rechts und links um die Bestuhlung, die Soldaten verteilten sich, bis sie es völlig umstellt hatten, und als letzter betrat Langenschmidt den Saal, ging schnurstracks auf Quist zu, die wie zu ihrem eigenen Denkmal versteinert zwischen den Delegierten der außerzyklopschen Planeten stand.

Er wollte seine einleitenden Worte sprechen, bevor einer der Medientechniker genügend Geistesgegenwart wiedererrang, um die Übertragung nach draußen abzuschalten.

»Alura Quist«, sagte er, und seine Stimme dröhnte durch den Saal wie die Glocken des Jüngsten Tags, »ich bin Kommandeur Gustav Langenschmidt, befehlshabender Offizier des Galaktischen Korps auf Zyklop, und ich verhafte Sie unter dem Vorwurf der Komplizenschaft bei folgenden Verfehlungen gegen den Galaktischen Universalcodex, nämlich: Vorsätzlichem Mord, Totschlag durch Unterlassen, gemeinschaftlicher Verschwörung zu dem Zweck ...«

In diesem Moment brach Panik aus, erscholl Geheul. Langenschmidt verstummte; seine Abteilung war genau instruiert worden, wie sie im Fall solcher Schwierigkeiten zu handeln hatte. Es dauerte nur wenige Minuten, im Saal die Ruhe wiederherzustellen; von da an kauerten die Honoratioren, totenblaß in den Gesichtern, mit zwischen die Beine geklemmten Händen auf ihren Stühlen, als versuchten sie so klein zu werden, daß niemand sie mehr sehen könnte; die außerweltlichen Delegierten raunten sich fassungslos gegenseitig unbeantwortbare Fragen zu; und die Medientechniker waren durch Korpsmitglieder abgelöst worden, um zu sichern, daß die Ausstrahlung der Veranstaltungsübertragung ohne Unterbrechungen weiterging.

»Gemeinschaftlicher Verschwörung zum Zweck einer Diversion der autonomen Entwicklung eines Zarathustra-Flüchtlingsplaneten«, vollendete Langenschmidt die Aufzählung, »gemeinschaftlicher Verschwörung mit Dr. Aleazar Rimerley, Lors Heimdall und anderen Beteiligten mit dem Ziel der Ermordung eines gewissen Ekim Hakimi und Zerstückelung seines Leichnams zwecks Handels mit Leichenteilen, sowie bestimmter sonstiger Ihnen vorgeworfener Rechtsbrüche.«

Er vollführte eine Drehung auf der Stelle, ohne Quist länger zu beachten, weil er wußte, daß zwei Korpssoldaten in Panzermonturen zu Quist geschritten waren und sie in die Mitte genommen hatten, ihre Arme festhielten, wandte sich den Zyklopern zu, die geduckt auf den Stühlen hockten. Er hatte eine der für die Massenmedien gedachten Listen der Eingeladenen abgefangen und wußte daher, alle waren anwesend, deren Namen er zu nennen beabsichtigte.

»Sophie Alt, ich verhafte Sie unter dem Vorwurf der

gemeinschaftlichen Verschwörung mit Dr. Aleazar Rimerley, Lors Heimdall und anderen Beteiligten mit dem Ziel der Ermordung einer gewissen Mara Rustum und Zerstückelung ihres Leichnams zwecks Handels mit Leichenteilen. Don Ambonine, ich verhafte Sie unter dem Vorwurf der gemeinschaftlichen Verschwörung mit den vorgenannten Beteiligten zur Ermordung eines gewissen Ali Quarab und Zerstückelung seines Leichnams zwecks Handels mit Leichenteilen. Ved Conakry, ich verhafte Sie unter dem Vorwurf ...«

Und so fort; was er aufsagte, war die ganze jämmerliche Geschichte der reichen Klienten Rimerleys und ihrer bedauernswerten Opfer, bis am Ende vor ihm über dreißig Männer und Frauen aus Entsetzen bebten.

Dann reichte er die Dokumente, von denen er abgelesen hatte, einem seiner Männer, klappte den Helm der Panzermontur zurück und erklomm die Empore. Die gesamte Beachtung des Planeten galt ihm, als er erneut das Wort ergriff.

»Volk von Zyklop und Sie, Gäste von den anderen Planeten — vor allem Sie! —, die Sie zur Teilnahme an dieser Konferenz gekommen sind, die ich so unhöflich gestört habe« — er warf ihnen einen Seitenblick zu und sah, daß sie ebenso aufmerksam wie alle übrigen zuhörten —, »ich möchte den Hintergrund der schockierenden Geschehnisse erklären, deren Zeugen Sie gerade geworden sind ... Sie alle wissen über die Zarathustra-Flüchtlingsplaneten Bescheid. Vielleicht sollten Sie auch wissen, daß viel mehr Menschen, als allgemein bekannt ist — womöglich noch über eine Million —, der Zarathrustra-Nova entkommen konnten und über deren Verbleib wir bis heute keinen Aufschluß haben. Und in den vergangenen paar Tagen haben wir erfahren, daß die Menschen eines weiteren Flüchtlingsraumschiffs überlebt haben, ihre Nachkommen auf einer Welt leben, deren Existenz durch Zufall entdeckt wurde, ohne daß das Korps davon informiert worden wäre. Der Entdecker war der Kapitän eines Tramp-Raumfrachters, ein Mann namens Lors Heimdall. Er befand sich auf einem etwas ungewöhnlichen Flug auf einer von den regulären Raumfahrtlinien nicht beflogenen Route, als eine Überlastung seiner Triebwerke auftrat und er sich in einem unerforschten Sonnensystem zu einer Notlandung auf einem Klasse-A-Planeten — also einer einigermaßen bewohnbaren Welt — gezwungen sah. Dort stieß er auf die Nachfahren einer Gruppe iranstämmiger Zarathustraner, die aus ihren dortigen Verhältnissen das Beste zu machen versuchten. Er und seine Besatzung verschwiegen die Entdeckung, weil er den Gedanken hatte, das Geheimnis könnte sich irgendwann als sehr nützlich erweisen. Nicht lange danach ergab sich wirklich eine entsprechende Gelegenheit. Einem gewissen Justin Kolb, der auf Zyklop dank seines mutigen Handelns bei einem Raumfahrtunfall eine gefeierte Berühmtheit geworden war, sollte ein neues rechtes Bein angepaßt werden. Aber obwohl Dr. Aleazar Rimerley, Zyklops qualifiziertester Chirurg, ihn in Behandlung hatte, bestanden hier keine adäquaten Einrichtungen für eine komplette Beinregeneration, und einen Patienten zu einer wohlhabenderen Welt zu schicken, wäre zu kostspielig gewesen. Heimdall machte also Rimerley einen Vorschlag: Er könnte für Kolb ein Ersatzbein zur Transplantation besorgen, ein Glied, das dem übriggebliebenen Bein sehr ähnelte, und zwar für einen Bruchteil der Kosten einer Regeneration. Rimerley sollte seiner Klientin — denn nicht Kolb, sondern Alura Quist zahlte, sie zahlte aus den planetaren Finanzfonds — jedoch die vollen Kosten einer Regeneration berechnen, so daß die beiden, Heimdall und Rimerley, sich den überschüssigen Gewinn teilen könnten. Rimerley ging auf das Angebot ein. Und Heimdall lieferte, wie versprochen, das Ersatzbein, indem er sich einer ganz besonders schäbigen Irreführung der unglücklichen Bewohner des von ihm geheimgehaltenen ZFP bediente. In der Anfangszeit ihres dortigen Lebens hatten sie ein humanes Quarantänesystem für Menschen etabliert, die an Erkrankungen litten, die mit ihren beschränkten Hilfsmitteln nicht heilbar waren, und solche Krankheiten gab es viele. Freiwillige betätigten sich als sogenannte Erlöser, holten die Siechen aus ihren Gemeinschaften, um die Ansteckungsgefahr für die restlichen Einwohner zu mindern, und pflegten sie, bis sie entweder genasen oder starben. Dieses System stand am Rande des Verschwindens, denn die Erlöser waren so häufig an denselben Krankheiten wie ihre Patienten gestorben, daß es sich allem Anschein nach nicht länger praktizieren ließ. Aber Heimdall und seine Kumpane gaben sich als neues Erlöserteam aus und erschlichen sich das Vertrauen der Einheimischen, nahmen jedoch nie die wirklich Kranken mit, sondern ausschließlich Personen, deren körperliche Charakteristiken sie als unfreiwillige Organspender geeignet machten. Rimerley hatte gleich in dem ZFP die Möglichkeit einer unerschöpflichen Bezugsquelle von Transplantationsmaterial erkannt. Auf Zyklop hat es nur wenige Reiche, aber denen, die reich sind, kann man nachsagen, sie sind es in unverhältnismäßiger Weise, und sie gieren nicht nur nach materiellem Wohlstand, sondern auch nach Jugend. Wie Sie selbst vorhin erlebt haben, sind in diesem Saal knapp um die dreißig Personen in den Genuß der Früchte dieser Schlächterei Rimerleys gelangt — neuer Gliedmaßen, neuer Augen, neuer lebenswichtiger Organe. Es ist behauptet worden, man hätte nichts anderes getan, als hoffnungslos Kranken die Euthanasie angeboten, eine Praxis, die hier und auf den meisten bewohnten Planeten toleriert wird. Aber diese Schutzbehauptung ist unwahr. Woher wissen wir das? Sicherlich haben Sie gehört, daß die Anordnung ergangen ist — vorgeblich als symbolischer Protest gegen die ZFP-Nichteinmischungspolitik —, die hiesige Korpsbasis zu schließen.«

Er verzog während des Sprechens den Mund und spürte, daß seine Ironie den Zuhörern nicht entging.

»Möglicherweise haben Sie darin eine idealistische Geste gesehen, denn Zyklop kann es sich eigentlich nicht erlauben, auf die Leasingeinnahmen aus der Basis zu verzichten. Oder vielleicht haben Sie sich gefragt, was wohl in Alura Quist gefahren sein könnte, daß sie so ein Ultimatum ausspricht. Sie hat es gestellt, weil Rimerley ihr eine Bestechung antrug: Eine Erneuerung ihres Lebens. Er wußte, daß wir seinen Geheimnissen auf die Spur zu kommen drohten, darum beschloß er, uns mit etwas abzulenken, das uns so in Anspruch nehmen sollte, daß uns ein bis dahin bloß halb vorhandener Verdacht weitere Ermittlungen nicht wert wäre. Und der Köder, den er Quist vor die Nase hielt, bestand aus dem unversehrten, gesunden Körper eines jungen Mädchens mit Namen Soraya, die er als Lieferantin frischer Organe zum Ersatz für Quists versagensgefährdete Organe mißbrauchen wollte. Dieses Mädchen ist — wie durch ein Wunder — noch am Leben und in unserer Obhut. Sie hat uns geschildert, auf welch arglistige, betrügerische Art ihren Freunden vorgespiegelt worden ist, sie sei das Opfer einer tödlichen Krankheit und deshalb die richtige Person, um von den Erlösern mitgenommen zu werden. In Wirklichkeit war sie überhaupt nicht krank. Man bot ihr nicht einmal unter dem Vorwand, sie sei unheilbar erkrankt, einen leichten Tod an. Man verfrachtete sie einfach nach Zyklop wie ein Tier zum Schlachthaus.«

Langenschmidt legte eine Kunstpause ein. »Volk von Zyklop, es fällt nicht unter die Pflichten des Korps, Ihnen zu sagen, was Sie tun sollen. Ich verrichte meinen Dienst bereits seit vielen Jahren auf Ihrem Planeten und habe Sie zumindest ein wenig kennengelernt. Darum bin ich der Überzeugung, daß Sie *wissen,* was Sie zu tun haben.«

Er drehte sich den blaß und zittrig gewordenen Delegierten der Konferenz zu. »Und was Sie betrifft«, sagte er, »brauche ich Ihnen wohl nicht erst zu erklären, daß Sie gerade die Entlarvung einer ZFP-›Diversion‹ miterlebt haben. Denken Sie einmal darüber nach. Und … guten Heimflug.«

Für lange Augenblicke regte sich niemand. Dann erhob sich, als handelte er im Traum, der Greis von ZFP Eins, Omar Haust, ging auf Quist zu. Er sah sie an, als wäre sie etwas Ekliges, das er unter einem Stein gefunden hätte. Er spitzte die Lippen, und — spie ihr mitten ins Gesicht.

Langenschmidt senkte wieder den Helm über den Kopf und gab seinen Männern ein Zeichen. Sie verließen ihren Standort rings um die Bestuhlung und nahmen die Männer und Frauen fest, deren Namen er bei seiner langen Verlesung der Haftbefehle genannt hatte. Sie wurden abgeführt; manche blieben aus Hoffnungslosigkeit passiv, andere wehrten sich und schrien hysterisch.

Als letzte geleitete man Quist — Langenschmidt hielt sich dicht hinter ihr — ins Freie, und sie mußte, während man sie zu dem gelandeten Raumschiff brachte, die Empörung der planetaren Bevölkerung ertragen.

21

»Hast du deinen Standpunkt in bezug aufs Nichteinmischungsprinzip jetzt abgeklärt?« erkundigte sich Langenschmidt im Ton falscher Scherzhaftigkeit bei Maddalena.

Ihrer Antwort, die zerstreut klang, nach Niedergeschlagenheit, war nicht einmal der Versuch anzumerken, sich darauf einzulassen.

»Gus, das ist unfair. Zyklop ist für die zivilisierten Planeten untypisch, und genau besehen kann man Leute wie Heimdall und Rimerley auch nicht als typische Zykloper betrachten.«

»Das gebe ich zu.« Langenschmidt schaute durch die Fensterwand seiner Villa hinunter zum Stützpunkt, die nach der Aufhebung des Räumungsanordnung inzwischen wieder den vollen Betrieb aufgenommen hatte. »Andererseits habe ich den Eindruck, daß sie typisch für die Leute sind, die an Macht, Einfluß und Reichtum gelangen, nur weil sie einfach in so ungeheurem Maß danach gieren. Wirklich zivilisierte Menschen erstreben keine Macht. Sie haben ... Wie soll man's nennen? Vielleicht ist es Einfühlungsvermögen, das sie davon abhält.«

»Dafür gibt's ein anderes, viel älteres Wort«, sagte Maddalena.

»Und das wäre?«

»Gewissen.« Fahrig bewegte sich Maddalena, als wäre es ihr in dem luxuriös gepolsterten Sessel unmöglich, eine behagliche Haltung zu finden. »Aber betracht's einmal anders herum, Gus. Es liegt ebenso am Mitfühlen, wenn mich die Wut packt, sobald ich an die vielen armen, kranken, verkrüppelten Menschen denke, die ich — zwanzig Jahre hindurch, beachte das — auf Dreizehn sehen mußte. Du hast nie auf einem Planeten einen Auftrag zu erledigen gehabt, dessen Abwicklung länger als Wochen oder Monate gedauert hätte. Wir sollten eine zeitliche Begrenzung festlegen. Man sollte sagen: Machen diese Leute innerhalb dieses oder jenes Zeitraums keine erkennbaren Fortschritte, treten wir offen mit ihnen in Kontakt und leisten ihnen Hilfe.«

»Kann man denn Fortschritt definieren?« entgegnete Langenschmidt. »Ich dachte, das Problematische so einer Definition gehörte zu den Grunderkenntnissen, auf die das Nichteinmischungsprinzip sich stützt. Wenn eine sogenannte zivilisierte Welt Figuren wie Heimdall und Rimerley hervorbringen kann, müssen wir irgendwo die Orientierung verloren haben. Es kann ja sein, was uns abhandengekommen ist, wird auf den ZFP wiederentdeckt.«

»Das ist mir alles bekannt«, erwiderte Maddalena schroff. »Aber es mir noch immer ... Na, ziehen wir doch mal ein aktuelles, ganz deutliches Beispiel heran. Soraya, dieses bemitleidenswerte Mädchen, hatte zu Hause einen Freund und eine kranke Mutter. Sie sollte heiraten. Wir wenden das Nichteinmischungsprinzip streng an und verbieten ihr wegen der Dinge, an die sie sich seit ihrer Entführung erinnert, die Rückkehr zu ihrem Heimatplaneten. Sie hat von allem recht wenig mitgekriegt, weil sie bewußtlos gehalten wurde, aber die Vorschrift hat nun einmal Gültigkeit. Ich kann nicht sagen, daß mir so was gefällt.«

»In Wahrheit hast du ein äußerst schlechtes Beispiel angeführt«, hielt Langenschmidt ihr brummig entgegen. »Ihr dufter Freund hat den Lohn einkassiert, den Heimdall als Anreiz zahlte, damit die Leute sich bereitwillig von ihren kranken Verwandten trennen, und kehrte damit so wohlhabend in sein Heimatdorf zurück, daß er unter den heiratsfähigen Mädchen die freie Auswahl hatte, und er hat noch in derselben Woche seine Wahl getroffen.«

»Was? Woher weißt du das?« Ungläubig sah Maddalena ihn an.

»Vor ein paar Stunden ging ein Bericht ein. Anhand der Informationen, die wir den Aussagen von Heimdalls Mannschaft entnommen haben, hat eine Gruppe Korpsmitglieder sich als Erlöser verkleidet und Sorayas Heimatort einen Besuch abgestattet. Das Erlösersystem wird eine vorzügliche Tarnung für unsere permanent stationierten Agenten abgeben. Ich glaube, du kannst dich darauf verlassen, daß das Nichteinmischungsprinzip gelegentlich kräftig genug gebeugt wird, um einen Fall, in dem es wirklich angebracht ist, jemanden zu heilen.« Er grinste boshaft. »Wär's dir vielleicht recht, als nächstes 'n Auftrag auf Zweiundzwanzig zu übernehmen, hm? Oder verabschiedest du dich aus dem Korps?«

»Nein … Nein, ich glaube nicht. Noch nicht.« Zwei Gestalten, die vorm Fenster vorüberschlenderten, hatten Maddalenas Beachtung erregt: Ein junger Mann und ein Mädchen, beide mit langen, schwarzen Haaren. »Sind das dort draußen Bracy und Soraya?«

»Ist dir nicht aufgefallen, wieviel Zeit sie miteinander verbringen? Ich habe mir Bracy vorgeknöpft und ihm erzählt, was sie durchgemacht hat, und ihm seinen ersten Korpsauftrag erteilt: Sich um sie zu kümmern. Nicht daß er dafür erst 'n ausdrücklichen Befehl gebraucht hätte.«

»Er ist schon fürs Korps in Aktion gewesen. Mit mir.«

»Da hatte er sich noch nicht offiziell um den Anwärterstatus beworben, außer mündlich bei Nole, und das zählt nicht. Aber diesmal ist es offiziell: Rehabilitierung eines Opfers krimineller Umtriebe.«

Maddalena lachte, und diesmal klang ihre Reaktion für Langenschmidts scharfe Ohren erfreulich ungezwungen. »Ach, verdammt, Gus! Warum bist du bloß so 'n netter Kerl?«

»Dank langer Übung«, antwortete er. »Wenn du erst mal in meinem Alter bist …«

»Ein Narr bist du auch, aber das muß vererbt worden sein.« Erneut verdüsterte sich Maddalenas Miene. »Mal im Ernst, weißt du … Ich hatte schon, bevor ich nach Zyklop kam, daran gedacht, mir einen neuen Posten auf einem Planeten zuteilen zu lassen. Ich habe es nur nicht gesagt, weil ich mir nicht sicher war, denn ich hatte das Gefühl, meine Tätigkeit nicht mehr mit sachbezogener Objektivität ausüben zu können. Ich habe dermaßen in einem Sumpf von Dreck, Krankheiten, Dummheit und Barbarei gesteckt, daß ich Gefahr laufe, die galaktische Zivilisation quasi als Paradies anzusehen. Naja, ich denke mir, in gewissem Sinn ist sie auch fast so etwas, aber *meiner* Vorstellung vom Paradies entspricht sie nicht. Im Grunde nicht.«

Kurz schwieg sie, blickte Langenschmidt direkt ins Gesicht.

»Gus, ich möchte meinen Urlaub gerne verschieben. Wenn ich's will, wird's sich machen lassen. Ich habe keine große Lust, zur Erde zurückzukehren. Hinge ich so an meiner Heimatwelt, wäre ich von vornherein dort geblieben. Aus dieser Ferne kommt sie mir geradezu wie ein Illusion vor. Planeten wie Zyklop dagegen sind nur allzu real. Wär's für dich tragbar, mich unter deine Mitarbeiter einzureihen — sagen wir mal, für ein Jahr —, bis ich mich nach und nach wieder an die Realitäten gewöhnt habe?«

»Das wird mir eine Ehre sein«, sagte Langenschmidt. »Soll ich dir mal was erzählen? Vor langem habe ich einmal Pawel Brzeska prophezeit — ich habe jahrelang nicht daran gedacht, bis 's mir vorgestern, während ich mich mit Pawel unterhielt, wieder einfiel —, du würdest irgendwann Geschichte machen, und wenn's soweit wär, würde ich gerne dabei sein. Na, zwanzig Jahre sind verstrichen, ohne daß sich hier nennenswerte Geschichte abgespielt hätte. Und dann kreuzt du plötzlich in meinem Sektor auf, und schon geht es endlich doch so richtig damit los. Ich möchte dir dafür danken, daß du dich gebremst hast, bis mein Wunsch erfüllt wird und ich alles als Zeitzeuge miterleben darf.«

»Du bist ein Schatz«, antwortete Maddalena voller Zuneigung und legte ihre Finger in seine Hand.